中国社会科学院学部委员专题文集
ZHONGGUOSHEHUIKEXUEYUAN XUEBUWEIYUAN ZHUANTI WENJI

第十位缪斯

法国文学研究中的自觉

郭宏安◎著

中国社会科学出版社

前　言

　　哲学社会科学是人们认识世界、改造世界的重要工具，是推动历史发展和社会进步的重要力量。哲学社会科学的研究能力和成果是综合国力的重要组成部分。在全面建设小康社会、开创中国特色社会主义事业新局面、实现中华民族伟大复兴的历史进程中，哲学社会科学具有不可替代的作用。繁荣发展哲学社会科学事关党和国家事业发展的全局，对建设和形成有中国特色、中国风格、中国气派的哲学社会科学事业，具有重大的现实意义和深远的历史意义。

　　中国社会科学院在贯彻落实党中央《关于进一步繁荣发展哲学社会科学的意见》的进程中，根据党中央关于把中国社会科学院建设成为马克思主义的坚强阵地、中国哲学社会科学最高殿堂、党中央和国务院重要的思想库和智囊团的职能定位，努力推进学术研究制度、科研管理体制的改革和创新，2006 年建立的中国社会科学院学部即是践行"三个定位"、改革创新的产物。

　　中国社会科学院学部是一项学术制度，是在中国社会科学院党组领导下依据《中国社会科学院学部章程》运行的高端学术组织，常设领导机构为学部主席团，设立文哲、历史、经济、国际研究、社会政法、马克思主义研究学部。学部委员是中国社会科学院的最高学术称号，为终生荣誉。2010 年中国社会科学院学部主席团主持进行了学部委员增选、荣誉学部委员增补，现有学部委员 57 名（含已故）、荣誉学部委员 133 名（含已故），均为中国社会科学院学养深厚、贡献突出、成就卓著的学者。编辑出版《中国社会科学院学部委员专题文集》，即是从一个侧面展示这些学者治学之道的重要举措。

　　《中国社会科学院学部委员专题文集》（下称《专题文集》），是中国社会科学院学部主席团主持编辑的学术论著汇集，作者均为中国社会科学院学部委员、荣誉学部委员，内容集中反映学部委员、荣誉学部委员在相关学科、专业方向中的专题性研究成果。《专题文集》体现了著作者在科学研究实践中长期关注的某一专业方向或研究主题，历时动态地展现了著作者在这一专题中不断深化的研究路径和学术心得，从中不难体味治学道路之铢积寸累、循序渐进、与时俱进、未有穷期的孜孜以求，感知学问有道之修养理论、注重实证、坚持真理、服务社会的学者责任。

2011 年，中国社会科学院启动了哲学社会科学创新工程，中国社会科学院学部作为实施创新工程的重要学术平台，需要在聚集高端人才、发挥精英才智、推出优质成果、引领学术风尚等方面起到强化创新意识、激发创新动力、推进创新实践的作用。因此，中国社会科学院学部主席团编辑出版这套《专题文集》，不仅在于展示"过去"，更重要的是面对现实和展望未来。

这套《专题文集》列为中国社会科学院创新工程学术出版资助项目，体现了中国社会科学院对学部工作的高度重视和对这套《专题文集》给予的学术评价。在这套《专题文集》付梓之际，我们感谢各位学部委员、荣誉学部委员对《专题文集》征集给予的支持，感谢学部工作局及相关同志为此所做的组织协调工作，特别要感谢中国社会科学出版社为这套《专题文集》的面世做出的努力。

《中国社会科学院学部委员专题文集》编辑委员会

2012 年 8 月

目　　录

自序 批评:形成条例的印象

"吾十有五而志于学,三十而立,四十而不惑,五十而知天命,六十而耳顺,七十而随心所欲,不逾矩。"自从有了这个"子曰",中国人的人生就有了标志,标志着人生的某一阶段的成功或失败。是否"十有五而志于学",可以不论,"三十而立",却是每一个中国人,无论有知还是无知,都要扪心自问或被问的问题。"立"者,"有所成"也。"立"了,就说明你在三十岁以前的人生是成功的,你可以顺利地向着"不惑"之年迈进;没有"立",就说明你在三十岁以前的人生是失败的,四十岁能否进入"不惑"还是一件没有把握的事。要判定某一年纪是否"立"了、是否"不惑"、是否"知天命"、是否"耳顺"、是否"不逾矩",一支烟,一杯茶,一轮月,清夜独坐,低眉苦思,浮想联翩,这种种的氛围是断乎不可少的。然而我没有这种空闲,不是说我没有吸烟喝茶赏月的工夫,而是说我吸烟只管吸烟,喝茶只管喝茶,赏月只管赏月,居然没有想一想"三十而立"之类的问题。再说,什么叫"立"?什么叫未"立"?人生的成功或失败果真那么重要吗?什么是成功?什么是失败?恐怕是不同的人会给予不同的回答。

我三十岁的那一年,正是 1973 年,还在"文化大革命"之中,全国人民的首要大事是批林批孔,"子曰"的一切自然都在清扫之列。我在记忆中搜寻,只记得那时我正在寻求离开部队,到人民日报或新华社去,也许我下意识地认为,我已经到了三十岁,然而还一事无成,也就是说,没有"立"。一年以后,我果然脱下了军装,到了新华社,还去了日内瓦,似乎是有些"立"的意思了,尽管已经过了"而立"之年。三年以后,国家恢复研究生招生,我又按捺不住,重新燃起了研究文学的热情,当上了中国社会科学院研究生院外国文学系的研究生,也许我下意识地认为,我已经三十五岁了，还是一事无成，也就是说，过了"而立"之年却还没有"立"。那么，究竟做了什么事才算"立"呢？回想我在部队的八年，工作也算尽力，颇得领导的信任，也有过封官的许诺，在别人看来，大约算是年轻有为前途无量了，可是我却因为没用上大学里学了五年的法文而心有不甘，毅然放弃了"锦绣前程"去做了一名翻译。可是待我做了翻译，也是兢兢业业地做，一旦有了机会，潜藏在心底的愿望就死灰复燃了，想一想我大学毕业时的愿望不是做一名法国文学的研究生吗？我在新华社工作的时间不长，却得到领导的器重，送我出去留学，准备派出当驻外记者，在别人看来，大约算是年轻有为前途无量了，可是我却死活要报考研究生。研究生毕业了，我如愿地留在了中国社会科学院外国文学研究所，读书写作，至今不悔。究竟有没有"立"，我不知道，反正"而立"之年是过去了，接着过去的是"不惑"之年和"知天命"之年，"耳顺"之年也不远了。我只知道，四十岁的时候，没有想过自己是否已经"不惑"了，五十岁的时候，没有想过自己是否已经"知天命"了，日子在读书和写作中一天一天地过去了。

如今已经到了 1999 年，新世纪的脚步声已经听得见了，但是我对新旧世纪的交替不那么敏感，对其到来既不感到恐惧，也不感到兴奋，不相信 1999 年 12 月 31 日和 2000 年 1 月 1 日（或者 2000 年 12 月 31 日和 2001 年 1 月 1 日）会是两个不同的天地。对往日，没有什么不能释怀的遗憾，对来日，也没有怀着什么令人激动的希望，只是有许多待做的事情等在那儿，日子仍然会像平静的流水，在忙碌中流过。但是，1999 年确乎是一个整理自己的思想的机会，如果有的话。三十岁的那一年，在忙碌中过去了。四十岁的那一年，在忙碌中过去了。五十岁的那一年，也在忙碌中过去了。1999 年，20 世纪的最后一年，虽然依旧是忙碌，却也该是一个总结的年份吧。

如果从我读研究生时开始，算算我从事法国文学的研究和批评也有二十年了，发表的文字（包括翻译）也有三百万字了，成功的喜悦不曾品尝，写作的欲望和乐趣却常常在心底涌起。这期间，我唯一的愿望，就是做一个自觉的文学批评家。"自觉"两个字，写起来容易，说起来可就难了，做起来则更难。如果说在世纪末我有什么需要阐明的事情，那就是这

"自觉"二字了。

　　"自觉"的基本含义，是知道批评和批评家的局限。翻开批评史，我们有过教训指导的批评，有过阐释讲解的批评，有过评价的批评，有过鉴赏的批评，有过印象的批评，有过意识的批评，有过对话的批评，等等；与之相应的，有过各式各样的批评家。从批评的理论来源看，我们有过实证主义的批评，有过马克思主义的批评，有过精神分析的批评，有过现象学的批评，有过社会学的批评，有过形式主义的批评，有过结构主义的批评，等等。这种种的批评的背后都潜藏着一个问题，即对文学的基本看法。把文学作品看作经验的事实，还是看作认知的对象，还是看作斗争的工具，所产生的批评是不一样的。当然，每一种批评都有存在的理由，但是也都有各自的局限。每一种方法都可能产生好的批评，也可能产生坏的批评，方法的确立并不能决定批评的质量。我们也许不能说清楚批评能做什么，但我们也许能够说一说批评不能做什么。例如，我不大相信教训指导的批评，批评家不能充当教师爷，他既不能以自己的批评指导作家，也不能以自己的批评指导读者。如果把批评当作哨兵和耳目的话，那么批评家就整天处在一种风声鹤唳或疑神疑鬼的状态，是做不好批评的。文学是独立的存在，有它的尊严，它不必依附于政治或经济之类，更不必成为政治或经济之类的说明和注解。当然，所有的作家都有政治观点和经济之类的行为，但那和文学活动无关。作家有充分的理由反感那些耳提面命式的批评，但是他没有理由反对批评，因为批评是使他的作品传播广远的不可缺少的手段，尽管批评也许并未使他的作品为更多的人所理解。可以说，没有一个作家不是通过批评而声名远播的。每当我听见一个作家对批评说出不敬的话的时候，我总怀疑那不是他的由衷之言，或者那竟是他的忘恩负义之辞。再说，批评并不以传播作家的声名为其唯一的使命，它有更高的追求，那就是和作品一样，展示批评家个人的人格和思想。当然，任何一种批评，都不能囊括作品的全部，也就是说，任何方法都有遗漏的地方，再加上批评家本人性情、学养、政治和社会的关系等等因素，全面的、理想的、人人满意的批评是不存在的。批评必然是片面的，如果它是美的、深刻的、精到的，它就是一篇好的批评。众多的片面集中起来，就会渐渐逼近全面，但是我很怀疑这种全面会是出于一人之力。真诚的人并不都能作批评，但是好的批评必出于真诚的人之手。唯有真诚才不至于误解或曲解作品，才能坦然地不怀成见地面对作品。全面的批评家是不存在的，只要每一个批评家贡献出他最好的东西，我们就会有接近全面的批评。我不追求全面，我追求独特，独特就是局限。

许多人都记得法朗士的名言："优秀的批评家讲述的是他的灵魂在杰作之间的冒险。……批评家若是坦率的话，就应该说：先生们，关于莎士比亚、拉辛、帕斯卡尔，或是歌德，我所要谈的是我自己。"然而法朗士的名言已被现代文学批评所抛弃，因为现代文学批评追求科学性，"灵魂冒险"之说成了印象主义的圭臬，只是作为一句名言被尘封在批评史之中了。只有李健吾先生不怕印象主义的恶谥，对这句名言给予了独特的理解，他说，"所谓灵魂的冒险（奇遇）者，他不仅仅在经验，而且要综合自己的观察和体会"，他"也不应当尽用他自己来解释"，还应当"比照人类以往所有的杰作"。他并不止于此，他有古尔蒙给他的"建议"："一个忠实的人，用全副力量，把他独有的印象形成条例。"这里的关键是"独有"和"条例"。李健吾先生的批评是形成条例的印象，是印象的分析与综合。加上中国的诗文评传统，他的批评实际上成为一种以印象和比喻为核心的整体、综合、直接的体味和观照。他超越了法朗士的印象主义。我喜欢李健吾先生的批评。

批评必自印象始，而印象的基础是直觉。一部文学作品要感人，最初的入口便是印象，这印象或深刻，或强烈，或像一股清流沁人心脾，总之，要有"一种打得准打得正的感觉"（波德莱尔语）。这印象不是任何人的印象，而是每一个具体的人的具体的印象，是独有的印象。一个饱经沧桑的老人，一个初涉世事的青年，其印象必有不同。一个博学的人，一个无知的人，其印象必有不同。一个对文学艺术具有特殊敏感的人，一个对科学技术抱着独特感受的人，其印象必有不同。黑格尔说："正像同一句格言，从年轻人（即使他对这句格言的理解完全正确）的口中说出来时，总是没有那种在饱经风霜的成年人的智慧中所具有的意义和广袤性，后者能够表达出这句格言所包含的内容的全部力量。"一句话，老人孩子，男人女人，不同身份地位的人，对同一部作品，其印象是不同的。批评家是特殊的读者，他不仅要阅读，还要把阅读的结果告诉别人。他的独特性不止于此,他必须是一个有丰富的阅读经验的人。他要真诚,他要博学,当他接触一部作品时,他要把他所拥有的一切理论暂时地搁置一旁,这样他才能使他的精神胶片获得最初的曝光,否则,早在最初的刺激之前,他的精神胶片就已经曝光了。这就是说,阅读之初,我们应该对作品持一种"天真的"、"包容性理解"的态度,一种"受制于作品内在规律的、没有预防的阅读"(斯塔罗宾斯基语)。并不是每一部作品都能给一个批评家留下印象,也不是一个批评家对任何一部作品都能有印象,哪怕这作品轰动一时。这是批评家的局限。因此,批评家的印象是极可宝贵的。如果他把最初的印象公之于众,他就是一个印象主义的批评家。我以为,一个自觉的批评家并不能就此止步。

　　印象必继之以体验,体验须借助于想象。浅尝的读者始于印象,终于印象。批评家则不同,对于所获之蜂拥而至的印象,他要调动自己的回忆和经验反复体会验证,直至达到融洽无间的程度。日内瓦学派的批评家乔治·布莱说:阅读和批评的"原初运动"乃是"全面地应答所读或所赏的作品发出的暗示",是"两个意识的相遇","没有两个意识的遇合,就没有真正的批评"。这使我想起清代批评家仇兆鳌的一段话:批评家要"反复沉潜,求其归宿所在,又从而句栉字比之,庶几得作者苦心于千百年之上,恍然如身历其世,面接其人,而慨乎有余悲,悄乎有余思也"。中西悬隔一万里,古今相差两百年,如果传统和现代之间没有某种联系的话,我想这样的两个人是不会说出如此相似的话的。体验离不开想象,批评家个人的回忆和经验并不能自动地和他所获得的印象连接,他必须依靠想象力来形成往来的渠道。并不是所有的印象都能在批评家那里激起体验的冲动,也不是所有的批评家都能体会和验证他所获得的印象。这也是批评家的局限。因此,批评家的体验是极可宝贵的。如果一个批评家把他的体验化成文字,他仍然是一个印象主义的批评家,只不过是多了一种个人的色彩而已。我以为,一个自觉的批评家并不能就此止步。

　　体验须上升为思想,思想的动力来自学问。思想者,理性之认识也。批评家要把他的纷纭复杂的感性认识通过理性的思考,即一系列综合概括的过程,上升为理性的认识,这其中的关键是自由。思想并不是僵死的东西,只有自由,才能赋予它以鲜活的生命。所谓"自由",就是不以政治为其唯一的归宿。批评是对作品的诘问：谁在说话？对谁说话？话是对什么样的受话人说的？真实的？想象的？集体的？个人的？还是不在场的？距离如何？克服了怎样的障碍？通过什么手段？等等。诘问的过程就是阐释的过程，在这里，斯塔罗宾斯基提出了"批评轨迹"的概念，指出批评的轨迹就是"自发的同情、客观的研究和自由的思考三个阶段的协调运动"。批评的轨迹是一种从没有预防的阅读、中经客观的研究、到自主（自由）的思考之间的不间断的往复和循环。批评永远是未完成的，理解和阐释都应该承认有"残留部分"，有"余数"。批评需要反复地进行，使"余数"逐渐地缩小，但是，这"余数"不能缩小至无。唯此批评的精神才能够得到"最纯粹的展现"。我以为，"批评轨迹"论是迄今为止对批评的最好的概括。到此，批评才可以说摆脱了印象主义的束缚，走向了自由的批评。

批评的最高境界是美的展现。"（批评之）美来源于布置、勾画清楚的道路、次第展开的远景、论据的丰富与可靠，有时也来源于猜测的大胆，这一切都不排斥手法的轻盈，也不排斥某种个人的口吻，这种个人的口吻越是不寻求独特就越是动人。不应该事先想到这种'文学效果'：应该仿佛产生于偶然，而人们追求的仅仅是具有说服力的明晰……"这是斯塔罗宾斯基在 1984 年的一次采访中表明的看法。他在 1979 年为一本书写的序言中提到了"与诗的成功相若"的"精神之美"，说："在这种情况下，诗的效果越是不经意追求，则越是动人。它来自所处理的问题的重要性、探索精神的活跃和经由世纪之底通向我们时代的道路的宽度。它来自写作中的某种震颤的和快速的东西、连贯的完全的明晰和一种使抽象思想活跃起来的想象力。它从所引用的材料的丰富和新颖上、从其内在美上、从其所来自的阅读空间的宽广上所获亦多……"这两段话，一是口头上的，措辞不那么严谨，一是文字上的，用语非常精练，然而却是那么一致，并无抵牾矛盾之处。把这两段话加起来，我以为就得到了关于批评之美的完整的论述。批评要真诚，还要美的表达。美的表达不在于华丽的词句，而在于词句的准确和明晰。批评可以是美的，我以为这就是批评的极致。这也是我的追求。

我以为，由印象而体验，由体验而思想，三者不可缺一，乃是批评的一条可行的道路。印象主义的被埋葬是一件不可挽回的事情，但是印象不可被埋葬。一篇批评文字可以被称为"读后感式"的批评，那是说它肤浅片面，但是如果它出于大批评家之手，那情况就可能不一样了。印象是批评的基础，是与作品接触的一刹那之间发生的事情，如电光石火，稍纵即逝，所谓"好景一失遭难追"。可以说，没有印象就没有批评。文学批评是一种科学的说法存在于世已经有一百多年了，在 20 世纪的后半叶又一次掀起了追求科学性的高潮，不过五十多年的实践证明，文学批评毕竟与艺术的关系更为密切，科学性与文学性相比只能占很小的一部分。所以，印象在批评中的地位理应恢复。印象主义与后来的现象学批评之间的区别并不像人们认为的那样大，甚至水火不容。不过是位置不同罢了，印象主义把印象当做了批评的目标，置于批评的顶端，而现象学批评则把印象当做批评的初始，或者当做进入意识的入口，置于批评的起点。乔治·布莱把这种批评指责为"虚假"，比作"正经女人"，"她们喜欢玩火，只要没有严重的后果。阅读，就是接受一些震颤，梦想一些快乐，随后重新回到自己的常情常理之中"。他未免言重了，印象主义者不过是把印象当做了批评的极致罢了。若再往前走一步，他们是有可能成为现象学批评家的。

　　批评的先决条件是阅读，而阅读的最高境界是没有功利之心的为读而读，从这个角度看，批评无疑是一种独白，只是一个人读了书之后内心的情绪的一种表达和升华，并非一定要有人听的。可是一个批评家写了文章总要发表，既占了篇幅，又占了读者（如果有的话）的时间，所以，批评家的活动又不可能是独白。这种内在的矛盾束缚了批评家，使他不大可能无所顾忌地畅所欲言，完全摆脱功利之心，无论是个人的，还是集体的。一个普通的读者可以不批评，或者不发表他的批评文字，但是一个批评家不能只读而不写，还要把他所写的东西发表出来。这种要发表的意图或欲望在某种程度上败坏了阅读的乐趣，使得一个批评家几乎成了阅读的机器，他发表出来的东西有多少是真诚的，就大可怀疑了。如今，批评的声誉不算太好，其重要的原因就是批评家的功利之心太盛。功利之心太盛则把批评当作稻粱之谋、敲门之砖或晋身之阶，不能沉下心来仔细阅读、反复体验和自由思考。现今的批评家以与作家保持良好的关系为人称颂，或者批评家以结识作家、大批评家以结识大作家为荣，这些都足以影响批评家的活动。批评家当然可以与作家做朋友，但是他们的友谊以不涉及彼此的文学活动为好。虽然我们相信批评家的真诚和公正，但是我们的信任屡屡为现实的存在打破。如果批评家取普通读者的姿态，或许可以有一种健康的批评文字。

　　匆匆写下上述文字，算是我留给过去的世纪的一种小结吧。当我望着新世纪的曙光升起的时候，我发现我还是我。我于是明白：当一个人发生变化的时候，他不在乎世纪的更迭；当一个人有某种东西要固守的话，新旧世纪的交替不过是今天和明天罢了。

写于 1999 年岁末，北京

拉辛与法国当代文学批评

　　在法国的文坛上，20 世纪是名符其实的批评的世纪。声名赫赫的圣伯夫是在 1900 年借丹麦批评家勃兰兑斯之力才登上批评之王的宝座的。嗣后，拥护者有之，反对者亦有之，彼此交锋，蔚为壮观。文学批评仿佛一下子挺起了胸，尽扫往日那种内心里羡慕创作的自卑心理，流派蜂起，名家辈出，呈现出一派欣欣向荣的热闹场面。一向颇受冷落的批评界头顶上仿佛罩了一重光环，居然想兼容人文科学各学科的新成果，成为文学王国中最崇高的领地，而几乎所有新进的批评家都自认"能够而且应该比作家知道得多"①。如果说 19 世纪还有作家对批评表示蔑视，如雨果、巴尔扎克、福楼拜，但在 20 世纪却很少有人敢对批评表示不敬了。据统计，仅 1956—1966 年这十年间，用法文出版的批评著作就达七千种之多，相当于小说的一半，超过了诗歌的总和②。批评界的香火可谓盛矣。然而，流派虽多，大都是方生方死，转眼即成明日黄花；名家虽众，常常是争论不休，外战方停内战又起；著述虽丰，不少是故弄玄虚，寻常读者无由问津。那么，法国究竟有多少种批评理论？有多少种批评方法？众说纷纭，莫衷一是，更有不少批评家喜欢串门搬家，实难说清他们的籍贯和住址。1963 年，最喜流动的罗兰·巴特说，在法国同时存在着两种批评，一种是"大学的批评"，一种是"意识形态的批评"③。他把法国众多的批评流派分为两大家，可谓快刀斩乱麻。这两种批评是共处的，但它们的共处却不是和平的。果然此论一出，立刻引起一场批评界的"欧纳尼之战"。对垒的双方，一方被称作传统批评，一方被称作新批评。

---

　　① 见乔治·布莱主编《目前批评的道路》，巴黎，联合出版社 1968 年版，第 253 页。
　　② 同上书，第 285 页。
　　③ 见罗兰·巴特《批评文集》，巴黎，瑟伊出版社 1964 年版，第 246 页。

新旧两军交战，选的是一个古战场，即三百年前的拉辛悲剧。《论拉辛》（1963 年）的作者罗兰·巴特写道："十几年来，在法国进行的多少有些重要性的批评都与拉辛有关，例如：吕西安·戈德曼的社会学批评，夏尔·莫隆的精神批评，让·包米埃和莱蒙·毕加尔的生平批评，乔治·布莱和让·斯塔罗宾斯基的深度心理批评……"[①] 巴尔特本人进行的则是结构主义的批评。实际上，所谓批评界"欧纳尼之战"，正是恪守传统批评的巴黎大学教授莱蒙·毕加尔对新批评的首领罗兰·巴特发起的反击。双方打出来的牌都是拉辛：莱蒙·毕加尔写有《拉辛的事业》（1961 年），罗兰·巴特写有《论拉辛》（1963 年），吕西安·戈德曼写有《隐蔽的上帝》（1955 年）和《剧作家拉辛》（1956 年），夏尔·莫隆写有《拉辛作品和生平中的无意识》（1957 年）。批评的"欧纳尼之战"与文学的"欧纳尼之战"不同，并没有分出胜负，只是留下了几部著作，作为这次论战的见证：莱蒙·毕加尔的《新批评还是新骗术》（1965 年），罗兰·巴特的《批评与真理》（1966 年），塞尔日·杜布罗夫斯基的《为什么要有新批评》（1966 年）以及让－保尔·韦伯的《新批评和旧批评》（1966 年）。

资料的缺乏限制了我们的视野，我们很难十分清楚地看见那个古战场上发生的事情，其中有些人，如新批评的两员主将，乔治·布莱和让·斯塔罗宾斯基，我们根本就看不清他们的面目，不知道他们在干些什么。但是，我们总可以就目力所及，对双方的情况进行一般的描述。为此，有必要先把这个古战场清理一番，为拉辛及其悲剧勾画出一个大致的轮廓，然后再来看对垒双方的阵容和战法。

一　拉辛的生平和作品

让·拉辛于 1639 年生于外省的一个中小资产阶级家庭，一岁丧母，三岁丧父，遂由姑母和祖母抚养。他先被送进姑母隐居的波尔－罗亚尔修道院，六年后，他的祖母也隐居此地。波尔－罗亚尔修道院是让森教派的大本营之一。让森教派是天主教内部的反对派，也是专制王权迫害的对

[①]　罗兰·巴特：《批评文集》，第 246 页。

象。这一派的教义认为世界已经坏到极点，根本不可能在这个世界中过一种真正有价值的生活，因此，它的信徒们都主动地放弃社会中的进取，过着一种与世隔绝的生活。世人称他们为"孤独者"。让森派的教义对统治阶级和被统治阶级的某些阶层有着相当大的精神上的影响。拉辛自幼在让森派的学校中读书，他的老师们都是学识渊博的人文主义学者，但在精神上和道德上受到的却是森严的让森派教义的熏陶。在知识上，他受到的是当时欧洲最好的人文主义教育，而在精神上，他受到的却是最严密的禁锢。拉辛终于未能如师长所愿，在修道院过孤独的隐修生活，而是在十九岁那年到巴黎去学习，追求功名。对于一个贫穷但是有才能的青年来说，唯一有希望成功的道路是写作。最初，他写了几首称颂国王的诗，得到国王的赏赐。随后，他写了两部悲剧：《忒巴依德，或兄弟阋墙》和《亚历山大大帝》。正当他准备写作《安德洛玛刻》的时候，让森派的尼古拉，拉辛先前的一位老师，与让森派的敌人发生论战，在文章中写道："小说家和戏剧诗人是公开的投毒者，不是毒害信徒的肉体，而是毒害他们的心灵……"让森派反对一切世俗的活动，对文学创作更是视若寇仇。1667年，拉辛自认受到攻击，于是加入论战，宣布与让森派决裂。1667年，拉辛写出《安德洛玛刻》，演出获得极大成功。以后，他陆续写出《布里塔尼斯》、《贝雷尼斯》、《巴雅泽》、《米特里达特》、《伊菲吉妮》，直到1677年，写出他最重要的悲剧《费德尔》。《费德尔》演出的成功引起了敌对集团更猛烈的攻击。同年，路易十四要求他停止一切戏剧活动，与布瓦洛一起做他的史官。拉辛在《费德尔》的序言中表示了与让森派和解的愿望。拉辛停笔达十二年之久，在此期间，他曾三次随从路易十四亲征。1690年，他被封为国王侍臣，1694年，他担任国王的私人秘书。拉辛晚年写过两出悲剧《爱丝苔尔》和《阿塔莉》，并可能于1693年着手编写颂扬让森派的《波尔－罗亚尔修道院简史》。他被指责信奉让森派教义，与路易十四关系日渐疏远。1699年，拉辛逝世。

拉辛一向被认为是法国古典主义的典范。他是剖析女性心理的圣手，描绘人类热情的巨匠。他的剧作情节单纯，冲突激烈，人物不多，语言清晰。因此，各种流派的批评都想在他身上试试功效如何。

战场清理即毕，我们可以检阅交战双方的阵容和战法了。但是，摆在我们面前的几部著作大都洋洋数十万言，我们只能摘取其一、二小例，略加申说，以求"管中窥豹，可见一斑"之效。

二　传统批评

传统批评指的是由圣伯夫开创，中经泰纳改造，由朗松集其大成的一种实证主义的批评方法。在其一百多年的发展中，虽不免有许多变化，但万变不离其宗，它始终是一种以"真实"为基础、以考证为先行、通过作品以外的因素来考察作品的批评方法。这些因素，可能是作者的生活、气质、爱好，也可能是作家所处的"种族、环境、时代"。这种批评方法到了朗松的手里，经过一番修补改造，成了一种具有相当的灵活性的方法。朗松曾经指责圣伯夫"把生平研究几乎当成了批评的全部"，"不是用生平解释作品，而是用作品代替生平"[1]，他也不满泰纳的所谓"科学的批评"。1963 年，罗兰·巴特指出："五十多年以来，朗松的著作、方法和思想通过其无数的追随者支配着大学的批评。"[2] 可见其影响之深且广。

朗松的批评方法，是从"真实"出发，将对作品的评价置于客观的事实之上，在下结论之前，要尽量收集全面的、不容置疑的材料及前人研究的成果。他在给学生制订的工作计划中说："建立作家的年谱，确定日期，对照版本，利用杰作，找出成因，弄清事件的原委，从一团乱麻中理出头绪……"[3] 他特别强调制订一份详尽的参考书目，确定作品产生的原因，考证不同的版本。他说："我们的主要工作在于认识文学作品，加以对比，从共性中区分出个性，从传统中区分出独创，依照体裁、流派、运动把作品加以分类，最后确定它与我国的文化、道德、社会生活之间的关系，以及它与欧洲的文学和文明发展之间的关系。"[4] 我们从中可以看到，朗松的批评是一种注重文学作品和外界事物之间的联系的批评。在他的一些缺乏

---

[1]　转引自罗歇·费约尔《论批评》，巴黎，阿尔芒－高兰出版社 1978 年版，第 142—143 页。

[2]　罗兰·巴特：《批评文集》，第 253 页。

[3]　转引自安德烈·拉加德和罗朗－米夏尔编《法国大作家，二十世纪》，巴黎，包达斯出版社 1973 年版，第 668 页。

[4]　转引自罗歇·费约尔《论批评》，第 143 页。

独创性的追随者的手里，这种批评成了一种近世人们常说的"外围批评"，更被夏尔·贝玑讥为"大包围圈式的批评"。但是，我们必须说句公道话，朗松本人并未失去对文学作品本身的兴趣和敏感，他明确地指出，个人对作品的直觉是必不可少的。他反对机械地看待资料和学问，认为："学问不是目的，而是手段。卡片是扩大知识面的工具，是避免记忆不确的工具。"① 那种只见卡片、不见作品的批评家们只是变本加厉地发展了朗松的实证主义倾向。当然，所谓传统批评，是既包含朗松的批评，也包含他的批评所固有的以及被后人所发展了的弊病在内的。

　　莱蒙·毕加尔的《拉辛的事业》一书就是在这种批评方法的指导下写成的。这部著作所要研究的是作为社会人的拉辛，研究拉辛一生中的重大事件所产生的物质的、社会的结果。毕加尔感兴趣的不是作为剧作家的拉辛，而是作为路易十四的廷臣的拉辛，也就是说，在他看来，拉辛的一切活动，包括写作悲剧，都为了一个目的：成就功名，争取较高的社会地位，因此，他所研究的内容是：拉辛以什么方式进入各种社会集团，他的生活方式和进取手段如何，他的功名心有什么特点，他的野心使他遭受到何种磨难，他为达到目的采取过什么样的行动，等等。莱蒙·毕加尔认为，要进行这样的研究，必须采用历史的方法，而史家的最重要的品质是客观，要把作家与作品区分开来，无须在作品中寻找作家的生平，换句话说，伟人的作品并不说明作家具有伟大的品格，一切都要建立在可靠的材料之上，因此，毕加尔尽量利用同时代人的见证等第一手材料，而避免轻易地下结论、作判断。他说："我试图不下判断，不作结论，不把拉辛本人也不想使之协调一致的各种行为简化为一种虚假的统一整体……对我来说，我坚持尽可能只利用 17 世纪的材料，这里的拉辛是人们试图制造的神话之前的拉辛，是时代的拉辛。"② 他的结论是，拉辛集忠诚的廷臣、热情的诗人、虔诚的基督徒于一身，作为廷臣，他追求国王的恩宠，作为诗人，他关心作者的声誉，作为教徒，他一方面是真诚的，一方面也不忘记从中捞到实际的好处。总之，拉辛是一个生活在各种矛盾相互平衡之中的

---

① 转引自罗歇·费约尔《论批评》，第 143 页。
② 莱蒙·毕加尔：《让·拉辛的事业》"前言"，巴黎，伽利玛出版社 1956 年版。

人，这种平衡经常处于濒临破裂的境地，由此而在当时人的眼里生出好几个不同面目的拉辛。然而，后世的人们只看到他借以传名的悲剧，并以此来判断其人，其结果是，作为廷臣的拉辛被忘记了，作为基督徒的拉辛被忘记了，而只剩下了伟大的悲剧诗人拉辛。莱蒙·毕加尔的研究正在于还拉辛以本来面目，恢复真正的、有血有肉的拉辛，也就是说，是摒除了各种神话的拉辛，是时代的拉辛。

莱蒙·毕加尔搜集了有关拉辛的身世、教育、创作、社交、仕途、家庭等方面的十分详尽的资料，写出了这本数十万言的辉煌巨著，表现出深厚的功力。作为问题的一个方面，拉辛其人，完全可以成为一个必要的，富有成果的研究课题。这样的研究，如果能够有助于理解、解释和评价作品，还将成为一切深入研究的基础。这里的关键在于如何把生平研究与作品研究结合起来，这种结合不应该是机械的、表面的类比或等同，而应该是致力于找出二者之间的辩证的、内在的联系。因此，并非作家生平中的任何细枝末节都可以成为研究者注意的对象。与作品无关的生平细节是没有任何文学上的意义的。同时，把作家生平中的大事挖掘并罗列出来，只是生平研究本身的第一步，还必须对纷纭复杂的现象作出正确的解释。我们看到，在莱蒙·毕加尔的研究中，有两个很大的弱点：一是作家生平与作品之间缺乏内在的联系，他对拉辛悲剧的研究仅限于描述这些作品在演出时受到怎样的欢迎和攻击；二是作家的生平没有得到全面合理的解释，他把拉辛的一切活动都简单地归结为追求功名的野心的产物。据此，我们认为毕加尔的批评是一种典型的"外围批评"，是一点也不过分的。

然而，对于所谓"外围批评"，我们是不能弃之若敝屣的。外围批评中的考证版本，搜集作家的生平资料，参考作品产生的社会历史条件等工作，都是任何严肃认真的研究所不可少的。有人说，传统批评是文学批评中的"步兵"。这是传统批评的光荣，因为在任何现代化的战争中，步兵都是不可少的。当然，步兵也应该现代化，也能够现代化。事实上，传统批评已经不完全是圣伯夫、泰纳和朗松手中的样子了，它在不断吸收当代人文科学的各种研究成果，从中获得新的力量。传统批评历百年而不衰，它最擅胜场的文学史研究至今仍很兴旺发达，就是明显的证据。应该抛弃的是那种在外围批评上止步不前、用外围批评代替作品批评的批评方法。

总之，如果贝玑说得对，传统批评是一种"大包围圈式的批评"的话，那么，有两种情况应加以区别。如果只是围而不打，自然是不能解决战斗的，如果先将敌包围，然后聚而歼之，那就仍不失为有效的战法。

三　社会学批评

社会学批评又叫作历史—社会学批评，最著名的代表是吕西安·戈德曼（1913—1970 年）。他在卢卡契的早期著作的影响下写出了名震一时的文学理论批评著作《隐藏的上帝》（1956 年），被认为是西方马克思主义的"新黑格尔派"继卢卡契之后的主要代表。1962 年，戈德曼又在《小说社会学》这部著作中把他的方法称为发生学结构主义。

社会学批评的出发点是"这样一种假设，即人的一切行为都是试图对一种具体的境况作出有意义的反应，并由此趋向于在行动的主体和主体行动的对象、即周围的世界之间建立一种平衡"。据此，戈德曼认为，"一种思想，一部作品，只有被置入一个生命或一个行为的整体中，才能显示它的真正含义"[1]。这就是说，对研究对象，例如一部文学作品的认识，在其未被纳入一个更大的范围内加以具体化时，就总是表面的，抽象的。只有这种"纳入"才能超越局部的、抽象的现象而深入到现象的本质。因此，一部文学作品不能从自身（包括作品和作者）中得到理解和解释。例如，拉辛本人的生活对于理解和解释他的悲剧并无多大的帮助，而联系到让森教派的思想和长袍贵族的社会、经济地位，拉辛的悲剧就至少可以得到部分的理解和解释了。

那么，为什么必须以及何以能够将作品纳入"一个生命或一个行为的整体"中呢？所谓"整体"又指的是什么呢？戈德曼认为，"可以假设，唯有历史的全局才有意义，组成它的各部分哪怕是暂时游离于具体的环境也会变得毫无意义。但是，人类实际上是不可能认识历史的全局的，因此，在人文科学上，必须既承认历史的全局的意义，又承认历史的局部的意义。这种关系意味着，随着人们将部分纳入一个比它大些的、包容着它

---

① 　吕西安·戈德曼：《隐藏的上帝》，巴黎，伽利玛出版社 1955 年版，第 16 页。

的部分之中，理解和解释就会不断深入"①。所谓"一个生命或一个行为的整体"指的是某个社会集团或社会阶级在某个特定的历史时期内的全部社会的、政治的、经济的、文化的、感情的生活。作为"部分"的作品所以能够被纳入社会集团或社会阶级的"整体"中加以考察，是因为不能把作品看作作者个人的创造，也不能把作者看作无所依附的孤立的个人。戈德曼认为，任何个人都是某个社会集团或社会阶级的一分子，任何行为的主体都不是个人，而是集体，因此，"作品的真正作者不是个人，而是社会集团"②。

那么，作品和社会集团或社会阶级的接触点是什么呢？是戈德曼所说的世界观。他认为，作品的想象世界的结构和某个社会集团的精神世界的结构是对称的，或者二者之间有明确的关系。社会集团（或阶级）的意识的最高表现就是世界观，即联结一个社会集团（或阶级）的成员的"愿望、感情和思想的整体"。这种意识通过哲学家或诗人的意识得到了观念上或感情上的表现。伟大的作家是些出类拔萃的人，他们能够具有或尽可能地具有集团或阶级的完整系统的集体意识，并把这种意识转化为文学作品。这样，在多大的程度上表现一个集团或阶级的世界观，就成为评价文学作品的根本标准。一部真正重要的作品，其想象世界所表现的意识，如拉辛悲剧中的悲剧观，与某个社会集团的世界观，如让森派教义，是绝对一致的，作家所创造的世界与他所采取的文学手段也是绝对一致的。考察文学作品的第一步，即理解的阶段，是由研究作品本身到确定作品表现的世界观的过程。戈德曼称这种研究为现象学的研究。研究并不能到此为止，如果这种研究不能进入第二阶段，即解释的阶段，他称为发生学的研究，那么，第一阶段的研究是毫无意义的。理解和解释不可分割。他指出："揭示一种有意义的结构，是个理解的过程，而将其纳入一个更大的结构之中，则是一个解释它的过程。"③ 因此，所谓发生学的研究，就是把文学作品的结构与某个社会集团（或阶级）的精神结构联系起来。戈德曼

---

① 吕西安·戈德曼：《隐藏的上帝》，第105页。
② 同上书，第25页。
③ 吕西安·戈德曼：《小说社会学》，巴黎，伽利玛出版社1964年版，第353页。

把文学创造理解为"创造一个世界，其结构与作品产生于其中的社会现实的结构相似"。例如，他在拉辛的悲剧中辨察出一种反复出现的结构：人，世界和上帝。悲剧主人公在一个充满自私、坏到极点的世界中追求一种不可能实现的绝对价值，而上帝则隐而不现，不给人以任何的指点和帮助。这就是拉辛戏剧中的悲剧观。他又发现拉辛曾经与之发生关系的让森派的教义正是拒绝在一个坏到极点的世界中生活，而让森派教义又恰恰是当时法国的长袍贵族的意识形态背景，这个阶层既在经济上依赖王权，又在政治上反对王权的发展，处于一种进退维谷、行将消失的地位。从这里可以看到，作品所表现的世界观与某个社会集团的世界观是多么的相似。"任何伟大的文学和艺术作品都是一种世界观的表现"，这正是拉辛悲剧所以重要的原因。

　　如何把一部作品纳入一个更大的结构中去呢？这里，戈德曼提出了"相对整体"的概念，用来指一系列逐步扩大的结构和系统。一部作品是一个部分，但相对一个片断来说，它又是一个整体，因此，只有将片断放入全书中才能理解并解释之。同样，一部作品也必须被纳入一个更大的范围中加以考察。那么，究竟多大的范围才是合适的呢？究竟有多少可以这样逐步扩大的范围呢？戈德曼说："虽然我们认为存在着一系列有意义的结构，但并非随意划分都可以发现其含义。因此，寻找有意义的整体就成为研究的指南。"① 这种有意义的整体就是"足以自足的相对整体"，由正确地划分经验事实而来。他在分析拉辛的悲剧时，就将其纳入一个逐步扩大的结构之中，这个结构是由让森主义极端派、让森主义、长袍贵族、法国历史和西方历史等五个小结构组成。他指出，阐明拉辛悲剧的结构，是个理解的过程；将其纳入让森主义，对前者来说是个解释的过程，对后者来说就是个理解的过程；依此类推，直到西方历史，而拉辛悲剧的含义则在这依次的"纳入"中被层层揭示出来。

　　总之，戈德曼的社会学批评的基本模式是：1. 通过作品的内部结构分析，考察作品的世界观，实际上是对作品的内容进行高度抽象；2. 考察作家所属的社会集团或阶级（有时作家也可以不属于此集团或阶级）的

---

① 吕西安·戈德曼：《隐藏的上帝》，第338页。

全部精神生活、感情生活、社会生活和经济生活，从中抽象出它的集体意识直至其最高表现，即世界观；3. 把两种世界观联系起来，加以对比，其一致的程度说明作品的重要程度。戈德曼明确指出，他的方法只适于分析第一流的作品，对于二、三流的作品来说，最有效的方法是传统的社会学方法，因为在这类作品中，作品的内容和社会、政治、经济的事实是直接联系在一起的。

戈德曼试图以马克思主义哲学为指导，吸收当代人文科学的某些研究成果，运用社会学的研究方法，为文学批评在理论上建立一个客观的、坚实的基础。这种尝试是很有意义的。但是他的方法有个很大的缺点，它在力图避免把马克思主义庸俗化的同时，仍未能避免机械论的倾向，常把文学分析淹没在社会学的分析之中，使文学批评成为社会学的婢女，文学的美学价值没有得到应有的重视。他不承认反映论，他的社会意识的概念是黑格尔的，而不是马克思的。他把他的方法同时称为发生学结构主义，也表现出一种反辩证法的形而上学倾向。

四　精神批评

在法国，运用弗洛伊德的精神分析学的原则和方法进行文学批评，是一件比较晚的事情。最初，由于大多数文学批评家不懂精神分析，一些喜欢文学的精神分析家就不免越俎代庖，用他们为人医病的方法搞起文学批评来，他们的著作与其说是文学批评，还不如说是医疗报告。自 20 世纪 30 年代起，精神分析才渐渐在法国文学批评中站稳脚跟，并产生了弥漫性的影响，几乎所有以"新"为标榜的批评派无不打上它的烙印。真正严格地遵循弗洛伊德的学说，试图把精神分析变成一种文学批评方法，是夏尔·莫隆（1899—1966 年）。他在 1949 年发表的《奈瓦尔与精神批评》中，第一次提出精神批评这名称，在 1957 年出版的《拉辛作品和生平中的无意识》一书中作了全面具体的应用，并在 1963 年发表的《从反复出现的比喻到个人的神话》一书的引言中，对精神批评的原则、方法及其局限性进行了全面的概括。

与受到精神分析学影响的萨特等批评家不同，莫隆严格地遵循弗洛伊

德的学说，用里比多（Libido）、伊得（id）、俄狄浦斯情结（complexe d´
Oedipe）、固恋（fixation）、自我（ego）、超我（superego）等概念组成一
个看似复杂实则简单的批评体系。精神批评的要义是在作家的无意识中寻
找作品的意义及其形成的原因。莫隆"试图使精神批评摆脱医学的精神分
析，建立一种真正的文学批评"①。医学的精神分析是从材料到人，目的在
于治病救人，而精神批评却是从材料到材料，以人为中介，即是说，它从
作品出发，再回到作品，目的在于分析解释作品。他利用精神分析来说明
一部作品如何受作家的无意识心理的制约。他打了一个比喻，说明任何一
部作品都有一个引力场，如同一张纸下面放一块磁铁，上面的铁屑随着磁
铁的移动形成同样的图案。如何辨认出这种引力场并加以利用，就是分析
的任务。这种引力场就是作者的无意识。医学的精神分析依靠的是患者的
自由联想，而精神批评则依靠作者的全部作品的叠合与比较。他说："到
达这种引力场的最直的道路是对作品进行音乐式的分析——找出反复出现
的主旋律并对其变奏进行研究。"②所谓主旋律，就是作者的无意识的表
现。对莫隆来说，一个作家，例如拉辛，他的作品产生的原因再现了他心
理结构形成的原因。作为个人的拉辛在日常生活中不自觉地表现出来的东
西，作为诗人的拉辛将其再现在纸上，并为作家本人所不知，"仿佛作品
是嫁接在作者的无意识上面似的"。我们要时刻牢记，莫隆所说的"无意
识"，始终是弗洛伊德精神分析学中的无意识，即深潜在人的知觉之外的、
由童年时代性欲受到压抑而形成的那种动物性的本能和冲动。

　　精神批评的原则已如上述，那么，精神批评是如何在批评实践中进行
的呢？巴黎高师教授罗歇·费约尔在《论批评》一书中，把莫隆的方法概
括为四个步骤：首先，将一个作家的全部作品重叠起来，从中发现比喻
网、反复出现的神话形象、不断重复的戏剧性场面；其次，发现"个人的
神话"，这是整个作品的结构；再次，用精神分析的理论解释这种神话，
将其看成作家的无意识的幻觉的表现；最后，用关于作家的生平研究所获
得的成果加以验证，证明批评家研究作品时所发现的模式确实与作家童年

①　见夏尔·莫隆《拉辛作品和生平中的无意识》"前言"，加普，奥弗里斯出版社1957年版。
②　见夏尔·莫隆《拉辛作品和生平中的无意识》，巴黎，瑟伊出版社1966年版，第157页。

时代由于心灵创伤所形成的心理结构相一致。

　　一般认为，莫隆的最成功的例子是对马拉美和拉辛的作品所做的精神分析，他在 1957 年出版的《拉辛作品和生平中的无意识》被认为是这方面的一部典范之作，集中地体现精神批评的方法上的特点。例如，他对拉辛悲剧的总体分析是这样的：首先，他把拉辛的全部悲剧当作一个整体，当作一首音乐的总谱，从中找出反复出现的主旋律及其发展，从中想象出无意识结构的初步形态。他在从《安德洛玛刻》到《阿塔莉》等八部剧作中提取出这样一种模式：庇吕斯受到女俘安德洛玛刻的吸引，排斥对他拥有权利的爱尔米奥娜（《安德洛玛刻》）；尼禄受到他所控制的朱妮的吸引，排斥对他拥有权利的阿格里庇娜（《布里塔尼斯》）；提都斯受到贝雷尼斯的吸引，同时又排斥对他拥有权利的贝雷尼斯（《贝雷尼斯》）；巴雅泽受到同他一样作为俘虏的阿塔莉的吸引，排斥对他拥有生杀大权的罗克萨娜（《巴雅泽》）；然而，从《米特里达特》开始，模式发生了变化：米特里达特受到冒犯，用死来威胁他的妻子和儿子（《米特里达特》）；阿加门农受到神的启示，用死来威胁他的女儿伊菲吉妮（《伊菲吉妮》）；忒修斯受到冒犯，要向他的不贞的妻子费德尔和他的儿子希波里特进行神圣的报复（《费德尔》）；若亚德受到上帝的启示，杀死企图加害自己的孙子若亚斯的阿塔莉（《阿塔莉》）。这样，前四部悲剧和后四部悲剧在结构模式上就有了明显的差别。莫隆发现，导致这种差别的根本原因是出现了父亲的形象（米特里达特，忒修斯，阿加门农，若亚德）。莫隆认为，这个事实意义重大，非属偶然。根据弗洛伊德的精神分析原理，他认为这是俄狄浦斯情结的表现，尽管形态有某些不同。这种俄狄浦斯情结的不同表现存在于拉辛的全部悲剧中。莫隆经过一番复杂得与烦琐无异的分析，得出一个十分简单的结果：拉辛的悲剧实际上只有两个人物，即母亲和儿子，父亲的形象是母亲形象的一个侧面的男性化，儿子则一分为二，或为怀有爱情的儿子，或为作见证的儿子，前者试图摆脱母亲，寻求自己的爱情，而后者具有政治和道德意识。前者是自我，后者是超自我，整个戏剧就在这两者与母亲的关系的变化中运动。他的结论是：拉辛悲剧的心理结构是无意识的，与拉辛本人的心理结构一致，都表现了现代心理学的基本规律：俄狄浦斯情结。拉辛是那种大作家，"能够有意识地达到美，无意识地达到心理真实"。那么，他的分析有何见证吗？证据就是拉辛自幼丧母丧父，在姑母和祖母的手中长大，波尔－罗亚尔修道院也无异于一个母亲，这种情况造就了拉辛的无意识的心理结构。

莫隆并不认为精神批评与传统批评势不两立，他明确地指出："精神批评自知不全面，它想融进而非代替整个的批评。"他说，精神批评只是想"增强我们对文学作品的知觉力，在作品中发现迄今尚不为人知的事实和联系，而其根源是作家的无意识的人格"[①]。因此，在所有的新的批评倾向中，精神批评还是较易被传统批评接受的一种，《拉辛作品和生平中的无意识》原本是一篇博士论文，在传统批评的大本营巴黎大学顺利通过，就是明证。

但是，弗洛伊德的精神分析学的原则本是一种假设，在治病时也许有些效用，但他夸大了性冲动的作用已经越来越受到人们的怀疑和指责。因此，以弗洛伊德精神分析学为基础的精神批评究竟有多少科学性就是很值得怀疑的了。无论如何，总不能把作家当成精神病患者，把作品当成精神病人的呓语。这一点，莫隆曾经为自己申辩过，但终究挡不住人们提出这样的疑问。同时，由于俄狄浦斯情结被看成是一种人皆有之的东西，因此，无论分析什么样的作品，批评家总要千回百转，最后转到性冲动上面去，导致千篇一律的结果，这不啻是把复杂的事物简单化了。实际上，文学的精神批评是很难与医学的精神分析划清界限的。

五　结构主义的批评

20世纪60年代，是结构主义春风得意的十年。作为一种研究事物的方法，结构主义是与辩证法根本对立的。它最初由瑞士语言学家索绪尔在其语言学研究中奠定了原则和方法，后经人类学家克洛德·列维－斯特劳斯运用于研究原始部落的信仰和风俗，而于60年代继存在主义之后盛行于西方学术界。结构主义的基本原理是：事物的结构是一个封闭自足的整体，要抓住事物的结构，只需找出组成整体的各部分之间的关联，而不必

[①]　见夏尔·莫隆《拉辛作品和生平中的无意识》"前言"，加普，奥弗里斯出版社1957年版。

求助于该事物之外的其他任何因素。所谓结构，索绪尔称为"系统"，"其中各部分是彼此相关联的，某一部分的价值只有在其他部分同时存在的情况下才能产生"；列维－斯特劳斯认为是"许多成分的集合，其中任何一种成分的任何变化都要引起其余成分的变化"。而"部分"或"成分"，就是索绪尔所称的"符号"。符号是两种东西的结合：一个是形象，叫作"能指"（le signifiant），一个是概念，叫作"所指"（le signifié）。结构实际上就是一些符号按照一定的规律组合成的一个整体，因此，就文学作品来说，美国学者韦勒克和沃伦认为，结构就是"形式和内容为着美学目的的结合"。文学批评中的结构主义其实只有分析而没有批评，它关心的不是作品"说了些什么"，而是作品是"怎么说的"，因此，有人称它为"新形式主义"。结构主义在文学批评中产生的直接后果是：文学作品不再被看成某种客观事物的反映，不再被看成某种原因所产生的某种结果，而被看成是一个封闭自足的体系，从作品本身各部分的关系和变化中就可以把握住作品的结构。简言之，一部文学作品可以从自身中获得理解和解释。

在法国，最早把结构主义引进文学批评的是罗兰·巴特，他在 1963 年出版的《论拉辛》被认为是一部运用结构分析的代表作。这是一部由三篇文章组成的论文集。他在《历史还是文学》那一篇中，不承认传统的文学史的价值，认为文学作品与作品本身以外的东西不存在因果的关系，文学作品不是某种"产物"，来源、成因、反映等批评概念都已过时，产物的概念应让位于符号的概念。总之，"作品是作品以外的某种东西的符号，批评就是辨读符号的含义，发现符号的项，即所指（le signifié）"。也就是说，"作品被看成是某种东西的言语系统"①。由于在辨识这种陌生的言语系统时缺乏具体的证据，因此，无论就能指来说，还是就所指来说，这种言语系统都是"主观武断的"。据此，一方面他指出："一部作品或文本的意思不能自己产生，作者永远只能给出意思的假定，或者说，只能给出形式，要由众人来充实之。"② 他对作者不感兴趣，他感兴趣的只是作者给

---

① 见罗兰·巴特《论拉辛》，巴黎，瑟伊出版社 1963 年版，第 157 页。
② 罗兰·巴特：《批评文集》，第 246 页。

出的形式，即符号的整体。他分析这些符号，从中得出一系列形象及其功能，并指出它们是如何结合的。另一方面，他认为一部作品具有多种意义，批评家不过是从中进行选择罢了，所以，他认为不可能有一个"真正的拉辛"。他的分析与拉辛无关，只涉及拉辛的人物。他"避免从作品到作者，从作者到作品的推论"，他的分析是"封闭的"，他"置身在拉辛的悲剧世界中，试图描绘其居民，不理会这个世界的来源（例如历史的或生平的）"。他把拉辛的悲剧当作一系列的整体和功能。请以《安德洛玛刻》的分析为例。

罗兰·巴特认为，《安德洛玛刻》这出戏提出的问题是：旧秩序如何向新秩序过渡？死如何产生？它们彼此间的权利是什么？他首先指出，旧秩序是嫉妒的，表现为忠诚，由誓言使之神圣化，例如安德洛玛刻宣誓忠于赫克托耳，庇吕斯宣誓娶爱尔米奥娜为妻。爱尔米奥娜代表旧秩序，是一个社会（如希腊）的保证，她的身后是由神祇支持的父亲，因此，背叛她，就等于背叛父亲、过去、祖国和宗教。在她身上，爱情的忠诚与法的、社会的、宗教的忠诚是不可分割的。庇吕斯死于希腊人之手不是偶然的。接着，他指出安德洛玛刻是个情人的形象，只有死亡才能够解除她的义务。她也代表着过去，但她的武器远不如爱尔米奥娜的有力，因为她是个女俘。所以，她的忠诚只能是被动的，只能用语言来表示。她想保住儿子的性命，其代价就是她要丧失一部分忠诚。这里，安德洛玛刻就成了死与生之间的中介。最后，他指出庇吕斯的独特地位。庇吕斯试图忘掉过去，开始一种新生活，因为他与爱尔米奥娜毁约，追求昔日的仇人安德洛玛刻，这无疑是抛弃了过去、祖国和宗教，然而他是坦然的，真诚的。庇吕斯与过去决裂无异于创造新的未来。安德洛玛刻接替了他。他的死亡开始了安德洛玛刻的新生。

从以上的简略的分析，我们可以看出结构分析的特点之一，即模式化和抽象性。巴特指出，在结构主义的名目下，有许多不相同的分析方法，并不存在一种标准的结构主义方法，而且分析并不一定总是有结果。在分析的时候，需要有对结构的敏感和对多义性的直觉。分析的目的不是获得对文本的解释，而是实现作品的多义性。

结构主义的批评在表现形式上千差万别，罗兰·巴特的方法只是其中的一种，而且也只代表他的某一个时期。如果要回答什么是结构主义批评，可以援引杰拉尔·热奈特的话："任何一种封闭在作品之内而并不考虑其来源和动机的分析都是不言而喻的结构主义分析。"[1] 如果说结构主义批评是一种形式主义批评，它也并不是完全不涉及作品的内容。罗兰·巴特就指出过："任何分析都必须从意义的分析开始。"热奈特也认为："结构主义的野心并不限于数韵脚或找出声音的重复。"但是，我们必须明白，结构主义对意义的分析并不涉及价值的判断。因此，我们读结构主义的分析时，常常感到天光云影，一片空蒙，虽说是分析结构，其实只如"七宝楼台，拆下不成片断"，这正是罗兰·巴特所说的"打开作品"或"炸开文本"。作为一种文学批评，我们也许可以说结构主义别开生面，但绝不能说它就可以成为文学批评的全部。就这种只有分析没有综合的形而上学的方法来说，理解和解释文学作品显然是它所力不胜任的。

可以认为，结构主义文学批评的最根本的缺陷是，它忽略了文学的特性，即形象和感情，它所做的所谓结构分析在很大程度上与文学无关，莱蒙·毕加尔指责结构主义批评"谈到悲剧时不管戏剧性，谈到小说时不管小说技巧"，不能说是没有根据的。如果说这正是当代批评的特点的话，那只能是所谓新批评的一厢情愿的想法而已。很多人认为结构主义批评不属文学，而属哲学或语言学，也正是表明了对它的质的规定性所发生的怀疑。我们认为，文学批评的非文学化并不是一种健康的现象，而在这方面，结构主义无疑是走得最远的。

我们简略地勾画了这一场发生在 20 世纪 60 年代的文学批评大论战的轮廓。这是一幅极不完整的图画。要谈法国当代文学批评，至少萨特、巴什拉尔、博朗等一系列名字是不应被遗漏的。这里我们只是借拉辛评论的便利，撮要地谈了谈传统批评和新批评之间的论战。这场论战常被人称作"新的古今之争"，其重要性足以使我们窥见当代法国批评的一个颇具代表性的方面，那就是对于批评的忧虑。

20 世纪的法国批评界出现了这样复杂动乱的局面，有人认为是健康的，标志着批评的成熟，但更多的人认为是批评"出了问题"，处于"危

---

[1]　见杰拉尔·热奈特《形象 I》，巴黎，瑟伊出版社 1966 年版，第 156 页。

机"之中。例如，莱蒙·让在《危急的局势》① 一文中就指出了作家和批评家的关系处于危机之中，批评和作品（批评对象）的关系成了一种进攻和防守的关系。他列举了三种情况：1. 批评教训作品，"压迫作品"，批评的根据是某种教条，有确定的标准，有美学的规则或意识形态的需要。2. 批评无视作品，或是它不能进行深入的分析，或是它不能理解，或是仅仅止于欣赏。这就是那种大学教授的批评，他们满足于考证版本，调查作者的身世或有关的时代的历史。3. 批评掩盖作品，例如巴特就认为，真正的批评的功用不是暴露，发现作品，而恰恰是掩盖作品。这也正是新批评的野心所在，其结果是批评取代了作品，似乎阅读批评可以代替阅读作品。更为严重的后果是，不是文学作品产生文学批评，而是文学批评产生文学作品。有些作品迎合批评，要求批评的合作，甚至按照批评的尺码来生产。越来越多的小说离开评论就根本无法阅读，它们需要一种阅读指南，如同药品需要一种使用说明书一样。实际上，作家把批评家当成了唯一的读者。许多新小说派的作家声称他们的小说需要读者的合作，需要读者来共同完成他的作品，其实这种读者大概只是某些批评家而已，而批评家的批评也往往是从原作出发又独立于原作的第二创作。所以，根据莱蒙·让的分析，新批评和传统批评都以各自不同的方式脱离了具体的文学作品，一个离得太远，一个贴得太近，实际上是殊途同归，换句话说，它们各自趋向极端，结果在距离作品很远的地方碰了头。如果说传统批评是"大包围圈式的批评"，那么，也可以说，新批评是"地窖式的批评"，它们都在某种程度上脱离了作品本身，都还戴不上科学的批评这一顶桂冠。事实上，传统批评和新批评之间的距离并不像它们各自所说的那样遥远。尽管传统批评指责新批评"晦涩"、"滥造新术语"、"不用简单明了的方式说话"，"在蒙娜丽莎的脸上画胡子，用爵士乐演奏肖邦的葬礼进行曲"，它还是从弗洛伊德的精神分析学、结构主义人类学、社会学等学科那里吸取了一些新的概念和方法来改善和补充传统的文学史的研究，尽管新批评指责传统批评"专断"、"僵化"，"以为弄清了作家的鼻子的形状就弄懂了作品"，它还得承认文学史的研究是一切研究的"坚实的内核"，

---

① 载乔治·布莱主编的《目前批评的道路》。

还得参考所谓"外围"的材料（如历史、社会、作家的生平和思想等）。实际上，新批评并不是一个有组织、有纲领的统一的批评流派。它的内部非常复杂，也经常发生变化。什么是新批评？这几乎是一个无法回答的问题。莱蒙·毕加尔认为"任何利用人文科学的某一学科来进行的批评都是新批评"，罗兰·巴特认为，任何有意识地与某种意识形态相联系的批评都是新批评，让·斯塔罗宾斯基认为，新批评是一种"按照自己的方式来理解文学作品"的批评，塞尔日、杜布罗夫斯基认为，新批评的特点是"绝对地要求把作品放在第一位"，而费约尔则认为，"新批评就是任何一种旨在研究、描述、探索作品而不做价值判断的批评"。根据以上的说法，我们可以认为，所谓新批评，就是试图突破传统批评的框框的许多种批评的混合体。这种意图是资产阶级文学发展的必然产物，而文学的发展离不开社会的发展，因此，新批评的产生有其深刻的社会根源和思想根源，并不能单从文学方面得到圆满的解释。可以肯定的是，传统批评企图压制新批评，取消新批评，新批评企图打倒传统批评，成为批评中的正宗，这两种企图都是不可能实现的。传统批评和新批评必将是共处的，而它们的共处也必将不是和平的。

1980 年 11 月，北京
（原载《外国文学研究》1982 年第 2 期）

圣伯夫:在现代性的门槛上

　　圣伯夫生于 1804 年，卒于 1869 年，是诗人，小说家，文学批评家，尤其以最后一个身份闻名于世。他号称 19 世纪法国第一大批评家，然而进入 20 世纪，他的地位和声誉却受到了深刻的质疑和严重的挑战。一位批评家，从一文难求到他的作品"在图书馆里蒙上了一层高贵的灰尘"①，其地位的升降，声誉的荣辱，前后反差之大，法国文学界恐怕没有一个超过圣伯夫了，而其地位升降声誉荣辱前后反差之大给我们带来的思考，恐怕也没有一个超过圣伯夫了。传统批评和现代批评（所谓新批评）之间的博弈就发生在 20 世纪。

一

　　1824 年，圣伯夫二十岁，在《地球报》上发表了第一篇文章，开始了文学批评家的生涯，但是，直到 1844 年，据英国《外国评论周刊》的调查，圣伯夫在法国文学批评界仅占有第四的位置，其批评的扎实还在圣－马克·吉拉尔丹和儒勒·雅南之后②。长期以来，圣伯夫被视为"法国文学的官方预言家"，但是，直到《月曜日漫谈》的结集出版（1851年），他"才开始真正地树立权威"③。1849 年之前，他的判断还不成熟，文笔还不老练，思考也不深入，还没有一个阵地供他发表人人都可能听到和可能信服的看法，虽然他已经提出了为作家画肖像和为作家做传记的批

---

　　① *Sainte-Beuve：Panorama de la littérature française*，édité par Michel Brix，Paris，Gallimard，2004，p. 7.

　　② Roger Fayolle，*La Critique*，Paris，Armand Colin，1978，p. 104.

　　③ Roger Fayolle，*Sainte-Beuve et le 18ème siècle*，Paris，Armand Colin，1972，p. 10.

评方法。《月曜日漫谈》第一卷出版于 1851 年，到 1862 年共出版了十六卷，1861 年开始出版《新月曜日漫谈》，到他去世后的 1870 年，共出版了十四卷。加上他的《16 世纪法国诗歌与戏剧史》、《文学批评与肖像》、《女人肖像》、《同代人肖像》、《维吉尔研究》、《波尔－罗亚尔修道院史》、《夏多布里昂和他在帝国时代的文学团体》和他死后出版的三卷《早期月曜日漫谈》，可以说著作等身，卷帙浩繁了。画肖像，做传记，是圣伯夫作为文学批评家毕生遵循的方法：他把文学作品当作作家的性格、气质、心理等因素的反映，研究作品，就是要发现隐藏在作品后面的人。作品是一个特定的人在特定的条件下的产物，因此，要透彻地理解作品，就必须"抓住、概括、分析这整个的人"，要找出促使他写出这样一部作品的内在和外在的种种因素。为了写出一篇批评文章，他从不满足于作品所呈现出的作者的面目，而是以"上穷碧落下黄泉"的功夫和毅力，努力搜寻与作家本人有关的一切材料，如未发表的文章、日记、通信，还访问作家的亲属、继承人、朋友等，从他们的言谈中了解情况，同时代人所写的有关材料。总之，他要"抓住他为人所熟知的癖好、他显露的笑容、他稀疏的头发掩盖不住的令人痛苦的深刻的皱纹"。将近五十年的批评家的生涯为圣伯夫赢得了威信和尊重，每一位作家都以能得到他的一篇文章为荣，夏尔·波德莱尔更是因对他尊敬有加而未能得到他的评论耿耿于怀。但是，圣伯夫在得到地位和声誉的同时，也受到了蜚短流长的攻击，例如说他"没有理论"、"没有方法"、"没有系统"、"变化多端"，例如同时代的批评家巴尔贝·多尔维利就说："他对他所研究和探索的作品来说是一条变色龙，如此而已。"① 更有甚者，一些道德评价也加在他的身上，如"向女子献殷勤的可笑之徒"、"伪君子"、"雄猫"、"踩脚炉的老妇人"、"无能的天才"、"嫉妒的人"、"面色灰白的作家"，巴尔扎克说他："有蝙蝠的苍白诗才"②，等等。对这些"流言蜚语"，居斯塔夫·朗松 1904 年在纪念圣伯夫诞辰一百周年的一次演讲中说："我认为圣伯夫尽管有如许

---

① 转引自 J. P. de Beaumarchais, Daniel Couty et Alain Rey, *Dictionnaire des Littératures de la Langue française*, Paris, Bordas, 1984, p. 2070。

② 转引自 Annie Prassoloff et Jose-Luis Diaz, *Sainte-Beuve: Pour la Critique*, Paris, Gallimard, 1992, p. 12。

弱点和毛病，他还是无愧于他的名声的。……恰恰相反，圣伯夫是个大公无私、独立不羁、乐于助人、豁达大度、勇于捍卫他的朋友——还有一点有时也是同样值得推崇的，那就是他勇于承认某人是他的朋友。要是看不到他品格当中这些高尚可贵的地方，那就未免眼睛太瞎，心眼太偏了。"①

1984年出版的《法语文学词典》这样评价圣伯夫："为了获得知识而展开一种复杂的方法之多样性：文体学批评（写作及其主题词的不同的性质）、直觉的同质性、对泰纳的系统性采取的非常有限的历史主义：古典的学问，浪漫派的'灵感'，实证主义的预言家，圣伯夫反映了19世纪文学批评的各种思潮，他是诗人，传记作家，历史学家，随笔作家，伦理学家，他站在今日所有批评的十字路口上。"② 这是20世纪末期对圣伯夫的评价，要达到这样的评价，圣伯夫从荣誉地位的巅峰直降到谷底，又从谷底攀爬到今日的状态，中间经过了好几个之字形的升降，这是圣伯夫的命运给我们的启示，足以令我们深长思之。

二

在圣伯夫的晚年，他的批评获得了至高的权威，他被称为"批评之王"，虽然他的"微妙"、"多变"、"细腻"、"影射"等成为他的敌人诟病的目标。这期间丹麦批评家勃兰兑斯的推崇厥功至伟，可以说，圣伯夫的声名越出法国的国界，勃兰兑斯的《法国的浪漫派》一书起了关键的、不可或缺的作用。勃兰兑斯生于1842年，卒于1927年，1872年至1875年在哥本哈根大学任教期间发表了关于欧洲文学的一系列演讲，后汇编成《十九世纪文学主流》，其中包括《法国的浪漫派》，关于圣伯夫，他写道："作为诗人，他显得拥有精细而独创的才华；然而，他却是个划时代的批评家，是开创一个体系、奠定一门新艺术的人物之一。从某种意义上可以说，他在自己的领域内比当代其他作家在他们各自的领域内，更是一

---

① 昂利·拜尔编：《朗松：方法、批评及文学史》，徐继曾译，中国社会科学出版社1992年版，第501—502页。

② *Dictionnaire des Littératures de la Langue française*, p. 2070.

个伟大的革新家；因为在雨果以前就有了现代抒情诗，而现代文艺批评——就这个词的严格意义而言——在圣伯甫以前是不存在的。无论如何，象巴尔扎克完全改造了小说一样，他完全改造了文艺批评。……直到他生命的最后一刻，他被所有优秀人物视为天然统帅，‘青年近卫军’特别渴望在他的眼里出头露面一番。"① 圣伯夫死后不到十年，一个外国的批评家对他有了这样的评价，可以说他的声名达到了顶峰。

　　勃兰兑斯指出，圣伯夫的心灵的特质在于"它能理解和阐释其他大多数心灵"，其唯一的局限是他不能理解"象巴尔扎克那样富饶多姿而又不很精炼的天才的心灵，象司汤达那样伟大而又反常的天才的心灵"②。他注意到圣伯夫对细节的关注，对个人的关注，对社会关系的关注，"把人生的面包弄成碎屑"，"把最优美的观念隐藏在从属句子里，把最富暗示性的思想隐藏在注解里"③。圣伯夫"只在描写方面发挥想象力，他决不向壁虚构，或曲传失真"④。他的"语调不是武断的，而是带着从容、宁静的怀疑色彩"⑤。他"在作品里看到了作家，在书页背面发现了人"。同时，"在他认识这些作家以前，他朦胧地预感到书本和生活之间的差距，不象别人那么容易接受作者本人的自述，不容易接受作者希望通过他的著作印在读者心灵上的他自己的形象"⑥。在他创作的鼎盛时期，他发现了"中庸之道"："他不赞颂一切，把一切归之于高尚的动机，他也不苦心搜寻卑劣的动机。他既不颂扬人性，也不毁谤人性。他对它有所理解。……他深入调查作家的家谱，他的体质和健康，他的经济情况；他抓住他所做的一些无心的自白，指出它可以用其它言论来证实，指出它能说明、解释这个人的行动。他在他光彩奕奕的高尚时刻描写他；他在他衣冠不整时冷不防撞见了他；他以'草堆里寻针'的惊人毅力，发现了死者埋藏在内心深处的东西。他以科学研究者公正不阿的冷静态度，列举他向善的倾向和向恶

---

　　① 勃兰兑斯：《十九世纪文学主流·法国的浪漫派》，李宗杰译，人民文学出版社1982年版，第349—350页。

　　② 同上书，第350页。

　　③ 同上书，第351页。

　　④ 同上书，第372页。

　　⑤ 同上书，第374页。

　　⑥ 同上书，第376页。

的倾向，并在天平上衡量它们的轻重。"① 因此，批评有了坚实的基础，结束了四分五裂、支离破碎的局面，变成了一个"有组织能力、起建设作用的过程"。"他的批评并不把既定的材料捣碎成筑路的金属和碎石，而是用它们建成一座建筑物。他的批评并不把人的灵魂分解成各个构成部分——那样，我们所理解的灵魂便只是一堆死机械，我们不知道它在运动中究竟是什么样子。"② 由于圣伯夫的改革，文学批评一新其面目，"一向被认为是历史科学的次劣部门的文学史，已经变成历史本身的指南了，已经变成历史中最有趣味、最生动活泼的部分了"③。勃兰兑斯说了一段富有诗意的话："批评是人类心灵路程上的指路牌。批评沿路种植了树篱，点燃了火把。批评披荆斩棘，开辟新路。因为，正是批评撼动了山岳——撼动了信仰权威的山岳，偏见的山岳，毫无思想的权力的山岳，死气沉沉的传统的山岳。"④ 圣伯夫的批评正是这样的批评，它就是以这样的面貌越过了法国的边界，走向了世界。可以说，是勃兰兑斯把圣伯夫推上了19世纪批评之王的宝座。

三

高处不胜寒。圣伯夫在顶峰上待了不到二十年，就受到了比他年轻的批评家的挑战，如伊波里特·泰纳等人，他的批评方法也遭到了程度不同的质疑。前者，出生于1828年的泰纳提出了"主要能力"和"种族、环境、时代"三因素决定说，认为："要了解一件艺术品、一个艺术家、一群艺术家，必须正确设想他们所属的时代精神与风俗概况。"后者，著名的教授居斯塔夫·朗松对他的传记批评法提出了温和的批评。1895年，朗松在"圣伯夫的功绩是无庸置疑的。他是本世纪三、四位批评大师之一，他的思想的好奇、灵活、讥讽和精细是无可比拟"的前提下，对他的传记批评法提出批评，说传记批评法"在当时是项进步，今天要是再用的话，

---

① 勃兰兑斯:《十九世纪文学主流·法国的浪漫派》，李宗杰译，第377—378页。
② 同上书，第381页。
③ 同上。
④ 同上书，第383页。

那就是倒退了"①。朗松说:圣伯夫"不是用传记来解释文学作品,而是用作品来编制传记。他用处理某位将军仓促写成的回忆录或哪位妇女抒发感情的书信的办法来处理文学艺术当中的杰作;所有这些作品,他都拿来为同一目标服务,那就是用它来作为一个支点以认识某个人的心灵或思想,这恰恰是取消了文学价值"②。朗松认为,文学研究和批评的重点首先在于作品,而不在于作家,如果对作家的生平感觉兴趣的话,也是通过作家来认识、理解作品,他强调:"圣伯夫很好地做了他要做的事情,但不应该把他的方法推而广之,更不应该把它看成取得文学知识的完整而充足的方法。在他的研究当中,人掩盖了作品,作品从属于人,而正确的做法应该是人从属于作品。"③ 这是在很大的程度上否定了传记批评法。

但是,十年之后,朗松的态度有了微妙的变化,不是立场变了,而是着眼的重点变了。1904 年 12 月 18 日,朗松在比利时列日学术会堂做了一次演讲,题目是《圣伯夫》,重点讲了圣伯夫的"求真的癖好",对"传记批评法"作为方法则不着一字。然而,"求真的癖好"与"传记批评法"并不矛盾,作家传记中的一切细节都要符合"真实"的要求。朗松具体而生动地描述了圣伯夫的"两难","一是求真难,一是以最严格的正确字眼将真表达出来也难",他这样说:"当他为《月曜日漫谈》选定了一个题目以后,他马上就写个便条给他在帝国图书馆当馆员的朋友谢龙或者拉夫奈尔;他们就会给他送来一捆书,他的秘书和他两个人就从中挑出对写文章有用的材料。他时常还让秘书再上图书馆去搜寻一番。他要找到一个问题的原始根源。他喜欢发掘珍本,被遗忘了的书籍、未发表过的作品,拿来阐明一个问题或解决一个疑点。他常向收藏家们,作家的继承人或亲属求援。他喜欢那些卷帙浩繁的书,写得虽然芜杂但含有大量特定的细节和确实的文件,编撰者虽无文学才华也不追求文学价值,却收集了关于一个人或者一个问题的大量资料。他认为鲍斯韦尔的《约翰逊传》是传记的典范。评论家从这些饶有风味的卷帙中汲取了足以将一个人写活,

---

① 昂利·拜尔编:《朗松:方法、批评及文学史》,第 522 页。
② 同上。
③ 同上书,第 523 页。

将他的一生特点刻画出来所需的东西。他敢于追求精神生活或传记方面的细节，即使上流社会人士、道貌岸然的修辞学家、自视高人一等的哲学家皱起眉头，说上一句'胡说八道，真是扯淡'，他也不怕。胡说八道就胡说八道，扯淡就扯淡吧！我们这位批评家懂得，要想把一篇文章总的精神理顺，就必须收集大量特定的事实，而一个人物的现实感体现在每天发生的细微行为上面。他不愿自欺欺人，他要使那些在文坛和政坛上演出的演员们感到意外，在他们不经意的时候，摆脱官场身份而表现自然和真诚的时候，捕捉他们在家庭生活中的镜头。如果他要谈到一位刚离世的死者，他就要访问那些跟他认识的人、当代的生者，总之是一切有助于为他提供死者往日的真正色彩的人——不管这是如何难以探索。这是过去生活色彩的重现，譬如说关于古赞的那些，是不是一些粗糙的小彩画，就跟浪漫主义戏剧家笔下的地方色彩一样的虚假，一样的刺眼呢？如果传记主人还在世的话，他就会登门拜访或者邀他前来；他希望能在描绘他之前，能跟画家为模特画像一样，让模特在他面前坐这么一小会时间。"① 这样的描述，在我们今天那些喜欢考证的人眼里，是很亲切的，然而考证不是一切研究的基础吗？这番话表明，居斯塔夫·朗松是圣伯夫的真正的弟子和继承人。

圣伯夫从未受到绝对理性的"毒害"，从未想在"文学中发现什么绝对真理"，也从未相信自己"已经深入到事物的中心"，他满足于"确信他以全部精力去观察的某些现象确属真实"。他没有"体系精神"，他知道，"体系精神最可怕的危险就是为评论定出错误的准则。谁要是接受了一种体系，那他就倾向于按照事物是否与构成这一体系的整套观念相联系来决定是接受还是抛弃这一事物。在我们决定一个概念是否正确，是否重要时，我们对它提出的条件就是要求它易于套进一个逻辑圈子，而当我们看到它符合这个条件时，我们就忘了向它提出其他条件，忘了进行各种验证，进行多种比较以确信它们按体系自然而然得出的论断与事实相符"②。这是朗松所遵循的实证主义的思想方法，他用来论证圣伯夫的"整体方

① 昂利·拜尔编：《朗松：方法、批评及文学史》，第511—512页。
② 同上书，第516—517页。

法"，倒也距事实不远。他认为圣伯夫的"局限"、"成见"、"错误""并不严重，也并不是出之于教条主义的立场"，"他不是由于体系精神而犯错误，因为他没有什么体系，不搞什么普遍的假设，不通过某个个别人物对万事万物的总体作出解释，不就一个小说家或一个诗人来构筑一门哲学或者一门美学"。他向我们提供"部分的真理"，"小块的真理"，"避免将物理学、化学或者博物学的方法强加于文学"，"他的方法是历史的方法，文学的方法"①。

　　朗松盛赞圣伯夫的开放和自由，他说："他有他惯常的观察问题的众多观点，调查研究的各项方法。他也不做他自己的方法的奴隶。他并不把他的方法当作一部机器来切割现实，而把其中最好的部分当作边角料扔掉。他的方法其实只给他指出一个总的方向，即是从真实中收集更多的东西，双眼则盯着现实中的东西尽可能不让其遗漏。他永远葆有选择自己的手段的自由，决不排除任何一种。他已经注意到泰纳所说的环境、时代与种族三点，但他还注意到别的许多东西——他就一个作家向自己提出的问题不止三个，而是几十个。"因为有了这种开放和自由的精神，圣伯夫才"有资格不仅充当以广大公众为对象的报刊评论的导师，而且也有资格搞文学史的学者、教授、研究人员的导师"。圣伯夫不像泰纳是一个学派的首领，他是一个真正的导师，所谓"师傅领进门，修行在个人"："他为我们指出方向，但仍让我们自由处理。我们从他那里领受一些绝妙的箴言，我们跟他一起养成一些良好的习惯：让每一个人做他愿做的事情，按他愿采取的方式。在他那里没有暴君式的东西，没有专制性的东西，你有权利把什么都抛弃，然而你从他那里却没有什么可抛弃的。"因此，"对圣伯夫的崇拜是一种没有教义，没有仪式的崇拜，是一种对自由的崇拜，每一个人都可以按他喜欢选择的形式，只要符合热爱真实这个精神就行"②。

　　知识的发展是产生圣伯夫的局限的根本原因，而他"在这种发展中并未失去任何东西"。朗松就此对他进行了有力的辩护："书常常被他用来触

---

　　①　昂利·拜尔编：《朗松：方法、批评及文学史》，第517页。
　　②　同上书，第517—518页。

及书的作者，通过作者触及作为作者的那个有血有肉的人，我们则可以从人和作者重新回到书，可以只利用心理学方面的、精神科学方面的材料以获得对文学现象的更完整的认识。圣伯夫由于他所受的教育和时代的要求，时常不得不采取简捷的方法，依赖他的直觉，他的嗅觉，匆匆忙忙地根据一些数量不足的样品进行评价，或者根据贸然进行的几下勘探就来猜测，由于未能进行谨慎的察看而有时发表一些巧妙的预言，而我们今天则可以，也应该利用在我们到达待耕的土地时就已经存在的各种财富，利用已准备好的工作，已制订好的方法，和各门辅助学科。我们可以在研究工作中充分利用语文学、目录学和手稿学已取得的技术成果，让这些学科先把我们领向尽可能远的地方，然后再只用文学和精神科学的方法继续前进。"朗松的辩护令人信服，自然而然地达到了这样的结论："他的著作说明了他的思想和他的方法的价值所在，他的著作依然惊人的扎实和年轻，依然可以利用，只有极少量的废料和累赘之处。他的著作之所以如此扎实和年轻，都是因为圣伯夫唯一的方法就是对求真的癖好，都是因为他将这方法付诸实践，直到最后时刻。"①

开宗明义，朗松的演讲的第一句话是："圣伯夫是批评家和文学史家以及一切以认识并评论古今作家为业的人们的导师。"这是对圣伯夫的至高无上的评价，只需在"古今作家"后面加上"及其作品"等几个字。在朗松的心目中，这几个字乃是题中应有之义，因为他已经说过："我们则可以从人和作者重新回到书。"他在为《大百科全书》撰写的条目中说："他曾经和勒南一起，也许更甚于勒南，是在1860年至1890年之间成长起来的一代的精神导师之一。"② 远在大洋彼岸的美国，欧文·白璧德在1912年写的一本书中，追随阿诺德，把圣伯夫视为"批评艺术中的最优秀者"，说："圣伯夫的作品把广度与丰富和多样化结合起来的方式几乎是独一无二的。或许没有别的作家能写出五十多卷书而绝少重复的、或绝少低于自己的最好的标准的，即从开始到最后都差别不大。……圣伯夫避

---

① 昂利·拜尔编：《朗松：方法、批评及文学史》，第519—520页。

② *Encyclopédie* ⅩⅩⅩ, p. 883. 转引自 Antoine Compagnon, *La Troisième République des lettres*, Paris, Editions de Seuil, 1983, p. 177。

免重复自己的秘诀是更新自己。"① 阿尔贝·蒂博代 1922 年的演讲中，把圣伯夫称为"古典批评家的唯一批评家"，"唯一真正而生动的批评心理学可能是一个经历了职业批评家的痛苦和欢乐的人的心理分析传记，他就是圣伯夫"②。1900 年前后四、五十年间，是以朗松为代表的学院派批评的黄金时期，也是他所尊奉的圣伯夫的黄金时期。

四

从 1933 年开始，阿尔贝·蒂博代就谈论"大学批评的撤退"，他认为大学教授们在 1902 年至 1932 年之间进行了"有用的活动"。进入 20 世纪，法国文学界就通过大众媒介掀起了一场反对所谓朗松主义的浪潮，其实质是捍卫所谓法兰西民族精神的"秩序"、"明确"和"趣味"，抵制模糊和滞重的"德意志思想"。无论如何，索邦大学作为文学史研究的大本营从 1918 年就离开了公众的视线，1932 年就彻底躲进了自己垒起的高墙之内。大学批评的撤退意味着奉圣伯夫为祖师爷的批评处在风雨飘摇之中，这预示着传统批评的式微，新批评的萌芽。

文学史研究是法国文学批评的堡垒，居斯塔夫·朗松于 1909 年至 1914 年出版了《法国现代文学参考书目 1500—1900·补充》，全书共四卷，加上一卷《补充》，包括 23000 部参考资料，这是朗松对法国文学批评的第一个真正的贡献，是法国文学史研究这座建筑物的第一块砖。法国文学史研究的要义在于参考资料的完备，可谓竭泽而渔，难怪贝玑讥讽道："对于一个问题，在穷尽资料之前绝不能写一个字。"③ 这部著作的出版标志着一个学派的成熟，这个学派世人称之为朗松主义，在此之前的 1902 年，就有人写道："朗松先生在索邦大学改良了，更确切地说，建立了法文的教学，在他的推动下，一个年轻的学派形成了，它不无喧闹地带来了一种科学的、严格的、准确的方法，在攻防的讨论会上，教条和夸张

① 白璧德：《法国现代批评大师》，孙宜学译，广西师范大学出版社 2002 年版，第 62 页。
② 阿尔贝·蒂博代：《六说文学批评》，赵坚译，郭宏安校，生活·读书·新知三联书店 1989 年版，第 4、11 页。
③ Péguy, *Argent*, *Oeuvres* II , p. 1154, 转引自 *La Troisième République des lettres*, p. 149。

引起了有时是激烈的抗议。"① 我们必须还朗松一个公道：朗松不是一个朗松主义者。他的过分热情的弟子们把老师的不乏灵活性的方法推向了极端，弄得朗松主义成为众人攻击的目标，例如蒂博代就说："你们给我的用以解释活的现实的原因，是一些死的现实，是一些回忆，阅读，文本，书；总是书。"保尔·瓦莱里也说："所谓的文学史教学根本不涉及诗的发展的奥秘，一切都在艺术家的内心里经过，仿佛他的生活的可以观察的事件只对他的作品有一种表面的影响……文学史可以观察到的东西实际上是微不足道的。"② 瑞士批评家马塞尔·莱蒙在 1924 年 3 月 28 日的日记中写道："索邦大学令我失望。确切地说，法国文学的教学令我失望。他们或向我提供事实，那是新索邦的猎物，或者向我提供语句，那是老索邦的遗风，或者不触及本质的课文分析。"③ 他在 1933 年出版的《从波德莱尔到超现实主义》是对统治法国文学批评界的实证主义的沉重的一击，他说："重要的是，创造出一种做法：它与教训相反，不给传记任何地位，把历史的成分压缩到最小。……永远要揭示出每一个诗人、每一首诗的特性，把它最准确地表达出来，而不做泛泛之论。对于事实的参照应该委婉地暗示出来，应该以最直接的方式抓住根本。"④ 这本书是日后被人称作日内瓦学派的肇始，与它同时的还有"阐释批评"、"参与批评"、"创造性批评"，等等，新批评已经准备好披挂上阵了。

从 1905 年开始，马塞尔·普鲁斯特就已经考虑圣伯夫的批评方法问题了，到 1908 年，他的思考接近成熟，写下了长短不同的一些文章或笔记，1954 年，经贝尔纳·德·法洛瓦的整理编定，这些笔记出版成书，书名叫做《驳圣伯夫》。书一出版，立即引起轰动，"如今所有的人（或差不多）都在'驳圣伯夫'"⑤。普鲁斯特对圣伯夫的驳斥主要在于不能用社会中的人来判断评价作品中的人，圣伯夫之所以不能理解当代如斯丹达

---

① Gendarme de Bévote, *Souvenirs d'un universitaire*, pp. 213 – 214, 转引自 *La Troisième République des lettres*, p. 156。

② Thibaudet, "La querelle des sources" (1923), *Réflexions sur la critique*, p. 147; Valéry, "Au sujet d' Adonis" (1921), *Oeuvres*, t. 1, p. 483; *La Troisième République des lettres*, p. 207.

③ *Colloque de Cartigny: Albert Béguin et Marcel Raymond*, Paris, Jose Corti, 1979, p. 259.

④ Marcel Raymond, *Le sel et le cendre*, Paris, José Corti, 1976, p. 92.

⑤ Annie Prassoloff et José-Luis Diaz, *Sainte-Beuve: Pour la critique*, Paris, Gallimard, 1992, p. 14.

尔、巴尔扎克、奈瓦尔及波德莱尔等人，不是出于嫉妒，而是他的方法不行："一本书是另一个'自我'的产物，而不是我们表现在日常习惯、社会、我们种种恶癖中的那个'自我'的产物，对此圣伯夫的方法是不予承认，拒不接受的。这另一个自我，如果我们试图了解他，只有在我们内心深处设法使他再现，才可能真正同他接近。"① 他指责圣伯夫"不了解文学灵感与文学写作中的特殊方面，也不了解其他一些人工作与作家所从事的不同工作根本区别在哪里"，他说："事实上，人们展示给读者的是个人独自写下的，即自我的作品。提供给所谓知交友人的，是倾注于交谈中的东西（这种交谈无论多么精雅，愈是精雅愈是有害，因为这种谈话与精神生活发生联系就会歪曲精神生活：福楼拜与其侄女和钟表商的谈话不存在这种危险），专为知交友人写出的作品也就是降低到适应这类人的趣味的作品，即写出来的谈话，这是极其外在的人而绝非内在的自我的作品，有深度的内在自我只有在排除他人和熟知他人的自我在这种情况下才能发现，自我与他人相处，正是在这样的时刻，他渴望真正感受到那种孤独的真实，孤独的真实也只有艺术家才能真正体验到，真实就象一尊天神，艺术家逐渐与之接近，并奉献出自己的生命，艺术家的生命原本就是礼敬神明的。"② 但是，我们必须指出，圣伯夫"拒不承认，拒不接受"的并非另一个"自我"，他所探索的作家在不自觉、无意识状态下流露出来的自我非"创造的自我"而谁？

圣伯夫的方法所涉及的另一个重要问题是智力问题，普鲁斯特对此有明确的表述，他说："对于智力，我越来越觉得没有什么值得重视的了。我认为作家只有摆脱智力，才能在我们获得种种印象中将事物真正抓住，也就是说，真正达到事物本身，取得艺术的唯一内容。"他指责圣伯夫过分倚重智力，不重视非理性的作用，"哲学家并不一定真正能发现独立于科学之外的艺术的真实"③。他对圣伯夫把杰拉尔·德·奈瓦尔说成是"往来于巴黎和慕尼黑之间的旅行推销员"大为不满，指出："在杰拉

---

① 普鲁斯特：《驳圣伯夫》，王道乾译，百花洲出版社1992年版，第65页。

② 同上书，第69页。

③ 同上书，第62页。

尔·德·奈瓦尔身上，狂症待发未发之时，仅仅表现为一种极端的主观主义，对于某种梦幻、某种回忆，在感性的个人性质上与众不同，可以说比一般人共有的、感受到的现实更有重要意义。"[1] 这是一种"无法确指难以言传的东西，凭借思谋筹划虽可窥知，但不能真正直接体验，这是一种自为的本原，潜存于这一类的天才的构成体之中"[2]。普鲁斯特的结论是："艺术家割断与表象的联系，深入到真正生命的深处，我们和这样一位真正的艺术家发生关系，正因为有艺术作品在，我们就可以更加专注于一部牵涉问题极其广泛的作品。但首先必须具有深度，能触及精神生活领域，艺术作品只有在精神领域才可能被创造出来。"[3] 然而，"圣伯夫的作品并不是有深度的作品"，所以，"他那不可思议的洋洋洒洒规模宏大的作品整体没有什么意义——因为他之所长，就是那么一点东西。《星期一丛谈》，虚有其表"[4]。总之，"说一位作家象上等人物爱好艺术弄弄文学以欢度余年，也可能不时展现才华，这完全是一种虚伪的天真的想法，这就好比说一位圣徒通过高超的道德生活以便上到天堂能过快乐的世俗生活一样。只有象巴尔扎克那样理解古代伟大人物，才能接近古代伟大人物，象圣伯夫那样理解古人，离古代伟大人物就远了。那种玩玩文学艺术的观念是什么也创造不出来的"[5]。在普鲁斯特眼里，圣伯夫不再是一位"伟大的批评家"[6] 了。

大学批评的存在越来越引起质疑，某些人，例如让·博朗就宣称批评这架机器在空转，在《塔尔伯之花》（1941 年）中，他指出"我们今天的批评放弃了它的优越感，不再直接观看文学"了，"作品之后我们看不到作者，作者之后我们看不到人"，对于批评家，从圣伯夫开始，"小说不再易懂，而是作者怯懦；诗不再平庸或平淡，而是诗人作弊；戏剧不再缺乏趣味，而是戏剧家思想保守。人们评价作家而不是作品，评价人而不是作

---

① 普鲁斯特：《驳圣伯夫》，王道乾译，第85页。
② 同上书，第92页。
③ 同上书，第224页。
④ 同上书，第83页。
⑤ 同上书，第154页。
⑥ 同上书，第122页。

家"①。总之，大学批评及其核心文学史研究已经陷入重重危机之中。

　　其实，从 20 世纪 50 年代起，各种倾向的批评方式，如社会学批评、
现象学批评、精神分析批评、结构主义批评、马克思主义批评等，像雨后
春笋般纷纷向传统批评提出质疑，甚至发起攻击，试图取而代之，《驳圣
伯夫》的发表恰逢其时。可以说，《驳圣伯夫》的出版使圣伯夫的地位和
声誉跌到了谷底。

五

　　20 世纪六、七十年代，作为文学批评家，圣伯夫的地位和声誉处于尴
尬的状态，一方面是新批评（通过朗松）的贬低，一方面是传统批评的维
护，所谓传统批评乃是："大学的批评"，是由圣伯夫开创、中经泰纳的改
造、由朗松集其大成的实证主义的批评方法，而新批评乃是"意识形态的
批评"，是向马克思主义、结构主义、精神分析学、现象学哲学等求援的
批评方法，两种批评对立的实质是：一个是对作家作品进行历史—生平的
研究，重在对象的内容；一个是对作品进行系统的分析，重在对象的形
式；两者之间的博弈持续了十几，甚至二十年。

　　1963 年，罗兰·巴特对朗松的理论和方法表示不满，说："五十多年
来，朗松的著作、方法和思想通过其无数的追随者支配着大学的批评。"②
一批年轻的批评家认为，这种状况不能再继续下去了。他们指责传统批评
"专断"、"僵化"，"以为弄清了作家的鼻子的形状就弄懂了作品"。罗
兰·巴特 1963 年出版了《论拉辛》，完全否定了传统的文学史价值，这本
书引起了巴黎大学教授莱蒙·毕加尔的愤怒，他在次年于《世界报》上发
表文章予以驳斥，由此拉开了文学批评的欧纳尼之战。这场论战持续了十
年之久，先后出版了几种专著，如毕加尔的《新批评还是新骗术》（1965
年），巴尔特的《批评与真理》（1966 年），塞尔日·杜布罗夫斯基的
《为什么要有新批评》（1966 年）以及让－保尔·韦伯的《新批评和旧批

---

①　Roger Fayolle, *La Critique*, Paris, Armand Colin, 1978, p. 170.

②　Rolland Barthes, *Essais de la critique*, Paris, Editions du Seuil, 1964, p. 65.

评》（1966 年），看来，新批评的攻势甚猛，传统批评似乎只有还手之力。

虽然普鲁斯特的书的重新出版给新批评增加了新的战斗力，但是，仅仅四年之后，阿尔及尔大学的莫里斯·勒加尔教授就出版了一本薄薄的《圣伯夫》（1959 年），他在书中说："他给我们带来了有价值的方法，这不是一种小的光荣，如果人们看一看今日出版的专题著作和传记，它们都是建立在圣伯夫提供的典范之上的。……没有这个先驱者，文学史不可能达到一种相对的稳定，这是肯定的。"① 韦勒克在 1964 年出版的《近代文学批评史》中说："探讨圣伯夫时，如把问题归结于传记方面，并拿他和文学史家泰纳进行对比，那是错误的做法。圣伯夫兼顾个性和历史。不仅在思想史、情趣史、社会史，而且在狭义文学史方面，他均有大量著述。历史代表性这一整体观念使他注意到次要的有时是不足挂齿的作家。"② 总之，他认为，"圣伯夫为重建法国批评的盟主地位而做的努力超过其他任何批评家。他成了独步文坛的批评家，非但在法国而且在欧美世界都是一代大家"，当然，对于他的局限，例如他对同时代的伟大作家"少所许可、怀着对立情绪、摆出恩主架势"，韦勒克称之为"他未能过关的重大考验"③。在 1966 年举办的关于现代批评的研讨会上，客体意象批评的代表人物让-彼埃尔·里夏尔说："圣伯夫是我们伟大的祖先之一，思考他的批评可以使我们更好地提出我们的问题。"④ 在新批评中，对于圣伯夫，明显地存在着分歧。

但是，圣伯夫的地位显然十分脆弱，著名的文学批评家亨利·勒麦特在 1968 年出版的《波德莱尔以来的诗歌》中说，波德莱尔是法国"19 世纪最大的艺术批评家"⑤，幸好，他只说了艺术，还没有说文学。同样在 1968 年，法国出版了一部大型的《法国文学史》，作者是著名的教授安托瓦纳·亚当，他断言："从他（指波德莱尔——引者注）的批评文字看，

---

① Maurice Regard, *Sainte-Beuve*, Paris, Hatier, 1959, p. 204.
② 雷纳·韦勒克：《近代文学批评史》（第三卷），杨自伍译，上海译文出版社 1997 年版，第 49 页。
③ 同上书，第 40 页。
④ *Les chemins actuels de la critique*, Union Generale d' Editions, 1968, p. 109.
⑤ Henri Lemaitre, *La poésie depuis Baudelaire*, Armand Colin, 1968, p. 22.

他远比圣伯夫更有把握成为 19 世纪最大的批评家。"①

1969 年，为纪念圣伯夫逝世一百周年，在比利时列日市举行了"圣伯夫与当代文学批评"研讨会。会上，著名的法国文学批评家杰拉尔·安托瓦纳强调了圣伯夫的"现代性"，指出圣伯夫的方法有两种：一种是文体学的方法，一种是传记的方法，而文体学的方法的实质是："一，极端地注意表达的技巧问题；二，在作品中意识到根本的、创造性的角色；三，在艺术作品中寻求有特色的、独有的东西。"② 这个问题一直为人们所忽视，直到今天的年轻的批评家，他们看不到《漫谈》的作者身上存在着他们所希望的东西。他用圣伯夫的言论证明："通过作品的形式向精神的形式过渡，通过写作的对象的内部向不仅写的而且活的主体的过渡"③ 清楚地表明文体批评是如何演变到传记批评的。正如会议主持人所说："如果我们没有像他所值的那样'复活'圣伯夫，至少我们向某些人证明约瑟夫·德洛默根本不像他们长期以来宣称的那么老，它并不代表一种今天已然过时的批评形式，正相反，它处于批评之最新近的某些方法的源头上。"④

20 世纪 70 年代，比利时批评家乔治·布莱在他的《批评意识》（1971 年）中彻底地否定了圣伯夫的批评，说"真正的批评不是圣伯夫的批评"，圣伯夫的批评是"一种通奸的批评"，"批评家成了栖身在作家的窝里的杜鹃"。圣伯夫的批评"表现为一种无动于衷的、冷静地加以完成的认同行为"，所以不是"同情的热情"。"它通过模拟风格和仿效感情及思想竭力模仿一个变成朋友的陌生人的生活习惯。它接受其怪癖和恶习，享用其安逸与快乐，利用的却是他自己的精神对象。这种经验，连本人都说，包含着迟钝，假装或故意的犹豫，线索混乱，接近的方式拐弯抹角，总之是一种可疑的、不完全的成功。……这是一种若即若离的、迂回曲折的、模棱两可的批评，其目的不是向他人的精神世界慷慨地开放，而是攫

① Antoine Adam, *L' Histoire de la littérature française*, Larousse, 1968, p. 156.
② *Sainte-Beuve et la critique littéraire contemporaine*, actes du colloque tenu à Liège du 6 au 8 octobre 1969, Paris, Editions Les Belles Lettres, p. 110.
③ Ibid., p. 614.
④ Ibid., p. 207.

取其所具有的好处。……觊觎他人的财富，这是它的出发点。其终点也丝毫不是一种同情的运动，即两个意识的结合。这是一个意识取代另一个意识，前者置身于后者的家园之中，侵入者将后者赶出家园。"① 乔治·布莱的批评显然不是那么厚道。

　　一年之后的 1972 年，罗歇·费约尔出版了他的博士论文《圣伯夫与18 世纪》，高度评价了圣伯夫和他的批评方法，他说：圣伯夫的批评作品"可以作为 19 世纪的批评活动的典范提出来"。"1849 年 10 月，他进入《宪政报》，开始了一个全新的事业，很快建立了权威，成为文学共和国的唯一的、至上的支配者。"他的影响"压倒一切，争论或对其周期性地产生的保留意见证实了这种影响"。"圣伯夫想要展示一切作品不仅与一个人有关，而且与一个时代和一段历史有关；只根据它的文学的表象抽象地研究文学，在他看来是不可能的。从作品出发，找出个人的特点，然后将其置入时代，这就是圣伯夫的批评的本质的独特性。"②

　　20 世纪 70 年代，圣伯夫的地位还在未定之天，有人攻击，有人维护，处在胶着的、犬牙交错的状态，但是，天平已经明显地向着圣伯夫倾斜了。

六

　　圣伯夫的"复活"始于 20 世纪的 80 年代。法国著名的批评家约瑟·卡巴尼斯于 1987 年在伽利玛出版社出版了《为圣伯夫一辩》，重提他的传记批评法，并为之辩护："圣伯夫的真实性在于他对书籍感兴趣是为了猜测和理解人，抓住他们的秘密，楔入一枚金**钉子**，这枚金钉子就是最后的、内在的认识。"③ 圣伯夫对人有着清醒的认识，认为一个人不敢说他认识所有的人，也不敢说认识这一个人，他必须搜集所有的证据、所有的情况和所有的文章，才可能做出最后的判断。这还不够，文章往往掩盖着

---

① 乔治·布莱：《批评意识》，郭宏安译，百花洲出版社 1992 年版，第 5 页。
② Roger Fayolle, *Sainte-Beuve et le 18ème siècle*, Paris, Armand Colin, 1971, pp. 10 – 11.
③ Jose Cabanis, *Pour Sainte-Beuve*, Paris, Gallimard, 1984, p. 3.

人，欺骗读者，因此需要不断地、反复地研究，才有可能对人有一个基本的认识。所谓"人心"，是"深不可测的，其底是一个深渊"，正是人的独特性，更可能的是人的复杂性吸引了圣伯夫，使他写出了或好或坏的文章①。

人可以美化作品，掩盖作品，远不能解释作品，但是，人也可以揭示作品，暴露作品，能够解释作品，因此，我们可以发现作者不自觉地，甚至没有想到而放进作品中的东西，这正是圣伯夫要做的事情，他说："深入盔甲的缝隙，说出真实。"这是圣伯夫的格言。有人说圣伯夫是一个"魔鬼"，卡巴尼斯说圣伯夫是一个勒萨日笔下的"瘸腿魔鬼"，他打开一本书，就当场发现了一个秘密②。圣伯夫对人比对书感兴趣，原因在此。

卡巴尼斯提到，1904年圣伯夫诞辰一百周年就有人说，圣伯夫奠定了"现代批评的真正的基础"。他引用了著名批评家雅克·布莱奈的话："波德莱尔和福楼拜始终都是赞同圣伯夫的。他们的判断是不可以被忽视的。"因此，尽管从1905年开始普鲁斯特就訾议圣伯夫的批评，但是，"普鲁斯特的无可辩驳的天才并没有压倒圣伯夫审慎的才能"③。对于为人所诟病的画肖像的方法，卡巴尼斯指出："圣伯夫留下了他那个时代的另一部《人间喜剧》，没有背景，没有描写，没有风景，其中没怎么出现他几乎不看的巴黎、外省与罗马，但是有一大群男人和女人，若没有他，他们就会消失，也不配出现。"④ 描写名不见经传的人，是圣伯夫的一大功绩，卡巴尼斯说："对于从头至尾读过圣伯夫的人来说，整整一群死人活着从他们的坟墓中走出来。"⑤

1992年，伽利玛出版社出版了由阿妮·普拉索洛夫和吕伊·迪亚兹编辑的《圣伯夫论批评》一书，在长篇《引言》中，编者说："在人们对作者已死的宣言产生怀疑、传记作品重新出现在书店的橱窗里的今天，也许

① Jose Cabanis, *Pour Sainte-Beuve*, Paris, Gallimard, 1984, p. 99.
② Ibid., p. 101.
③ Ibid., p. 102.
④ Ibid., p. 103.
⑤ Ibid., p. 104.

是更为自由地重新评价《文学肖像》和《月曜日漫谈》的作者的时候了。"① 他们郑重地宣布:"圣伯夫不是人们所说的学院派批评家——过去的标准所说的学院派——完全忠实于神圣的传记,深陷于'人',其社交关系和情妇,而不是直面作品的困难的解释。圣伯夫有文化修养,有才智,有风度。圣伯夫也有方法,尽管他知道任何方法都有其局限。这个喜欢任何形式下的'文学对象'的不安和勤奋的人对瞭望哨——这是他的批评家的职业,他带着一种薄情的但苛求的命运履行着这种职业——进行过很多的思考。"② 所谓传记批评法,并非只关注作者的生卒年份或其他一些小故事,批评的文章是一枚沿路放置的镜子,照出了行人的身影,编者说:"我们是'主体死亡'的同时代人,或其宣布者的同时代人,我们不会忘记传记的意义首先在于它是一枚禁果。它不是一种学者的反应,而是一种成果,一种解放。渐渐地,文本有了人的面目,文学变成一种存在的历险。"③ 圣伯夫在作为社会人的作者身上寻找缺口,以认识他的本质,编者说:"事实上,他画出的肖像首先是一种平常的传记,包含着省略和未言的东西。其相对的简短,其活泼的节奏,是其魅力的条件。他不讲故事,或讲得很少。传记的机器由出生年月和一些童年的小故事构成,一经发动,肖像就很快随着年月掠过作品,追寻命运的大的关节及其线索的脆弱点。"④ 他把批评视同小说,在他身上,已经存在着一个不自知的普鲁斯特了:"远非坚持'社会的自我'和忽视'创造的自我',所谓传记法的全部最为经常的是通过作品和资料追随这个小说的元英雄之形而上的变量,作者就是这个元英雄。"⑤ 圣伯夫探索作者最喜用的词汇和最常有的动作,"这样做的时候,当他成功的时候,他就像普鲁斯特一样,时而是音乐家,时而是画家,时而是雕塑家。作为读者,他把主题和变奏最基本的音调和它们的和谐的关系在自己身上建立和确立下来。作为作家,他使一

---

① *Sainte-Beuve*: *Pour la Critique*, p. 14.
② Ibid., p. 16.
③ Ibid., p. 48.
④ Ibid., pp. 48 – 49.
⑤ Ibid., p. 50.

种结构清晰可见，重新安排时间。"① 这是一本小开本的、仅有 390 页的书，它像布谷鸟的叫声，开启了 90 年代"复活"圣伯夫的思潮。

1997 年，德国社会学家、文化史家沃尔夫·勒珀尼出版了关于圣伯夫的长篇传记，题目是《圣伯夫：站在现代性的门槛上》，2002 年，伽利玛出版社出版了法译本，出版社在封底的介绍文字中说："把一种自然和一种坚实的博学结合在一起，这部精神的长篇传记复活了作品、人和他的世纪。"② 这是一部精神传记，不仅涉及传主的生平，而且论述了他的作品及其反映的思想。普鲁斯特作为圣伯夫的对立面，是一个贯穿始终的人物。勒珀尼指出："左拉，尼采，普鲁斯特：他们都证明人们批评圣伯夫是多么容易，也证明人们避免他的魅力是多么困难。"③ "普鲁斯特所以能写出《驳圣伯夫》，是因为圣伯夫的许多文章他并没有读。"④ 人们指责圣伯夫不理解波德莱尔等大作家，反而倾注了不应有的精力于名不见经传的小人物，就此勒珀尼指出："人们经常指责圣伯夫过于关注文学史上二、三流的作家。理由之一是圣伯夫作为资产者所不能遏止的对古怪性和边缘性的兴趣。但也是对文学批评的探索功能的一种挑战：'大作家'已然在文学中有他们的位置，其地位已然确定，人人都可以从容地、安全地描绘他们，而'小作家'却需要艰难地发现，时时都可能被批评的观察者错过。"⑤

人们经常讽刺圣伯夫没有理论，没有方法，没有体系，只对个人感兴趣，喜欢作裁判却没有裁判的规则，对此勒珀尼说："实际上，他有一种直接从实践中产生的理论，他已经以众多的经验做出了证明：这是一种自然的理论和方法，人们不能将其归于泰纳的理论和方法，而他的敌人往往视而不见。"⑥ 所谓"自然的"，在这里应该读做"博物学的"。像伟大的博物学家布封一样，圣伯夫试图把魅力与现实主义结合起来，诗与生理学

---

① *Sainte-Beuve：Pour la Critique*，p. 76.

② Worf Lepenies，*Sainte-Beuve：Au seuil de la modernité*，traduit par Jeanne Etore et Bernard Lortholary，Gallimard，2002，frontispice.

③ Ibid.，p. 20.

④ Ibid.，pp. 158 – 159.

⑤ Ibid.，pp. 241 – 242.

⑥ Ibid.，p. 245.

并不互相排斥，在他的眼里，文学的历史就是"文学的自然史"。勒珀尼指出："普鲁斯特在圣伯夫的作品中只看到细节；他看不到《漫谈》在其总体上是人类生理学类型的万花筒，是一个伦理世界的宝库，好像《人间喜剧》一样，许多段落预告了《追寻失去的时光》。"[1] 圣伯夫有理论，有方法，有体系，只不过他不受一种理论、一种方法、一种体系的限制而已。

普鲁斯特说圣伯夫"是随着时势转变来看待文学的"，勒珀尼指出："人们可以从中感觉到一种恶意的声调，批评圣伯夫追随时尚。但是，在同样的言辞中，人们也可以赞赏圣伯夫具有实际的品性，承认他要把文学史变成文学审判庭的努力。'他是随着时势的转变来看待文学的。'这同时意味着在圣伯夫看来，公正的批评乃是重新发现文学的时刻。在现代的精神政治中，圣伯夫给予文学一种具有特权的地位，因为它是唯一的'外省'，在那里，价值体系正在崩溃，对于进步的信仰已经失去了任何限度，在这种混乱和迷醉中，人们还可以保存某种秩序。"[2]

沃尔夫·勒珀尼高度评价了圣伯夫："吸引圣伯夫的是一种失败：面对现代性的失败，迄今为止，我们还没有任何成功。知识分子的背叛在 20世纪产生了严重的后果——面对重大的精神危机——其不容置辩的自负恰与他们的缺点相等——在圣伯夫身上已经显示出来。19 世纪更为宽容，它当然孕育了专制主义，但还没有到致命的狂热的程度，避免了自我的精神否定和道德放弃。圣伯夫站在了现代性的门槛上。"[3] 圣伯夫又重新登上了19 世纪第一批评家的宝座，读者们又开始期待他的作品了，因为除了图书馆，市面上已经很难找到他的《月曜日漫谈》了。

2003 年，新世纪伊始，法国文学界就在斯特拉斯堡召开了规模宏大的关于文学史的学术研讨会，会议出版的论文集题名为《21 世纪初的文学史问题》，有超过三分之一的发言者的文章论及圣伯夫的作品，有的还以圣伯夫为主题。索邦大学教授希尔万·莫南身兼《法国文学史杂志》主

---

[1]　Worf Lepenies, *Sainte-Beuve*: *Au seuil de la modernité*, 256.

[2]　Ibid., p. 450.

[3]　Ibid., p. 20.

编，他说，圣伯夫是"文学史尚未成为一门学科时的文学史的重要人物之一"①。南锡大学教授罗杰·马沙尔说，"圣伯夫的作品为环境研究奠定了基础，为所有研究 19 世纪文学史的人所不能忽视"②。斯特拉斯堡大学教授帕斯卡尔·图沃南以《圣伯夫：波尔－罗亚尔修道院的一个浪漫派》为题，得出了这样的结论："圣伯夫的《波尔－罗亚尔修道院史》就是以现今的文学史的观点看，也是文学史和诗的结合的一个出色的中心，不能忘怀的纪念碑。"③ 虽然研讨会的主旨是"争论与共识"，但在圣伯夫身上，共识还是主要的，即圣伯夫复活的时刻已经完全到来了。

　　果然，新世纪开始的 2004 年，伽利玛出版社出版了米谢尔·布里克斯编辑的、长达 1500 页的圣伯夫的选集，书名叫做《法国文学的全景》，论述了从玛格丽特·德·纳瓦尔（1492—1549 年）到龚古尔兄弟（1822—1896 年，1830—1870 年）的全部法国文学。出版者在书的封底的介绍文字中说："今天，作家、教授、批评家的职能明显地分化，圣伯夫成了代表这三种职能的最后的伟大形象。特别是由于《驳圣伯夫》的打击，这个形象渐渐远去。在这部著作中，普鲁斯特指责圣伯夫用人来解释作品，因为一本书是'另一个自我'的产物而不是作家在书中之表现的产物，而导致了他的失败。但是，《漫谈》的作者实际上追寻的是人的'不可解释'的部分，'这正是天才的个人禀赋'：也许重新发现圣伯夫、愉快地阅读圣伯夫的时刻到来了。"④ 因此，该书的编者说："对于圣伯夫的批评著作来说，20 世纪末和 21 世纪初标志着复活的时刻。"⑤ 在"新批评"遭到某种不信任的今天，人们是否有权回到圣伯夫？是否应该重新给他一个位置？《漫谈》的作者是否如人们经常宣称的是一个平庸的文人？关于那些他不知疲倦地为之画肖像的作家，他的作品是否告诉我们一些东西？对于这些问题，编者都给予了肯定的回答，除了一个问题即圣伯夫"是否一个平庸的文人"，他予以否定，因为他认为，说圣伯夫由于创作的

---

①　*L'histoire littéraire à l'aube du 21ème siècle*, sous la direction de Luc Fraisse, PUF, 2005, p. 16.

②　Ibid., p. 611.

③　Ibid., p. 97.

④　*Sainte-Beuve: Panorama de la littérature française*, frontispice.

⑤　Ibid., p. 7.

失败而被迫转入批评,乃是 20 世纪的一大神话,"没有比这更不正确的了"。他说:"不必为他的散文作品,也不必为他的韵文作品感到脸红,我们的作者(指圣伯夫——引者注)决定一心从事批评。"① 他指出,为作家画肖像是文学批评的一大创举,圣伯夫不仅研究作者其人,而且通过社会中的作者来揭露作品的"习见、欺骗、似是而非的东西",这正是"通过社会中的自我来追寻创造的自我"②。圣伯夫优于 20 世纪初的批评家的,是他区分了作者和叙述者,远在结构主义者之前③。"独立是圣伯夫的批评活动的主要特点之一。没有什么比体系精神离他更远。"④ "在精神自由的绝对必要性上,圣伯夫从不妥协,他甚至预见到了我们今天的批评活动所遇到的困难",例如他写过《论文学产业》,揭露和批判了著书都为稻粱谋的现象。远在主题批评出现之前,圣伯夫就喜欢用一个词或一句话概括一个人的本质,他努力地追寻一个人喜用的词或反复出现的词,以此来发掘其作品的秘密。

　　20 世纪的批评是充满了教理、主义和意识形态的批评,一个作家或批评家动不动就被"革出教门",这种情况为圣伯夫的"不同声音"所不容,因为他关注"小作家"和他们的独特性⑤。现代作家宣扬文学艺术的"无用性",以此来逃避他们的社会责任,掩盖他们对名誉、地位和金钱的追求,布里克斯指出:"对于我们的现代性的这一方面,圣伯夫是不会同意的。在他的眼里,作者是不能回避他的道德使命的,读者有权问一问他是否有能力履行他的责任。而这是有道理的:一个作家如果在他的私人事务中没有表现出任何无私,他是否能够用作品来宣扬这种品德。"⑥

　　命运的沉浮,地位的升降,声誉的荣辱,风雨飘摇的 20 世纪终于过去了,21 世纪的曙光照亮了圣伯夫复活的道路。21 世纪是圣伯夫的幸运世纪吗?

---

① *Sainte-Beuve*:*Panorama de la littérature française*, p. 8.

② Ibid. , p. 12.

③ Ibid. , p. 16.

④ Ibid. , p. 20.

⑤ Ibid. , p. 30.

⑥ Ibid. , p. 54.

七

　　沃尔夫·勒珀尼说："圣伯夫站在了现代性的门槛上。"圣伯夫只需迈出一步，就会进入现代性，而现代性是什么？用波德莱尔的话来说："现代性就是过渡、偶然、短暂，就是艺术的一半，另一半是永恒和不变。"①1984 年出版的《法语文学词典》说，圣伯夫"站在今日所有批评的十字路口上"。他没有迈出这一步，只是站在现代批评的十字路口，由后人来选择前进的方向。他不可能是所有现代批评的祖师爷，但是所有现代批评都不能忽视他的存在。他当然有偏见，有成见，有可笑的定见，但这不是他的方法的错误，也不是他对文学的本质的看法的错误，应该说是时代局限了他。《朗松：方法、批评及文学史》的编者昂利·拜尔教授在《编者导言》中说："文学批评家在身后五十年或一百年，仍有一代又一代的学人对其作品一再进行研读和利用的非常少见。文学史家的著述在半个世纪以后，能不被人们看成是陈旧得可笑，散发着时代偏见和派系成见的臭味，论证依据很不充分的，就更加少见。"②圣伯夫应该进入"非常少见"之列，也应该进入"更加少见"之列。拜尔教授这样评价居斯塔夫·朗松："研究文学，当然需要借助历史、社会学和心理学；如果朗松出世较晚，他还会加上精神分析学，加上加斯东·巴什拉尔的观点，加上风格学以及今天莫理斯·布朗休、乔治·布莱、让－比尔·里夏尔。"③我以为，把这句话移至圣伯夫的身上，是再恰当也没有了。整个 20 世纪见证了批评家圣伯夫的命运的发展和变化，而其发展变化的轨迹值得我们反思。

　　反思的结果有许多种，择其荦荦大者，有如下数端，试论之：

　　其一，传统不容断裂，任何人都不可与传统做彻底的决裂，无论是以革命的名义，或是以革新的名义。现代性也好，独创性也好，如果离开了传统，必成无根之木，无源之水。对于传统，如能取其精华，去其糟粕，

---

①　《波德莱尔美学论文选》，郭宏安译，人民文学出版社 2008 年版，第 439—440 页。

②　昂利·拜尔编：《朗松：方法、批评及文学史》，第 1 页。

③　同上书，第 29 页。

是可以给现代性或独创性以丰富的滋养的，也可以成为它们的一部分的，断不可全盘的否定，一股脑儿地弃之若敝屣。盲目的创新，冒进的创新，空无所依的创新，即使一时炫人眼目，无一不以失败告终。新的不就是好的，文化上没有进化论，要警惕"唯新主义"。即以传记批评法而论，其精华是对人的精神和个性的把握，其糟粕是弃作品于不顾而专注于人，失了文学批评的本义。实际上，没有人，何来作品？没有作品，如何表现人？关注人，反转来加深对作品的理解。关注作品，自然会关注到人。人和作品是不可分离的，对圣伯夫的批评方法，应作如是观。

其二，传统与现代既是统一的，又是矛盾的。说它们是统一的，是说它们有着继承的关系；说它们是矛盾的，是说它们是不可相互取代的。所以，传统和现代，是矛盾中的统一，它们只能共处，哪怕不是和平的。一个想吃掉一个，一个想取代一个，"卧榻之侧岂容他人酣睡"，曾经是传统派或新批评（现代派）共有的梦想，新批评为此奋斗了十年，传统派也对新批评压制了十年，都没有成功。其实，远一点说，17世纪的法国就有"古今之争"，以后的争论更是不绝如缕，不过有时激烈，有时缓和罢了。人类历史就是一个新与旧不断斗争的历史，新的未必是好的，旧的未必是坏的，只有新与旧互相取长补短，人类才能变得越来越聪明。普鲁斯特驳斥圣伯夫，新批评反对大学（学院派）批评，有其历史的必然性，但是，它们若想一个取代另一个，形成独霸天下的局面，那就会变成拉封丹笔下的"想长得和牛一样大"的"青蛙"，"鼓气鼓到这种程度，居然胀破了肚皮"。文化争论的事情不是几年、十几年甚至几十年可以说得清的，"一锤定音"的事几乎没有。圣伯夫几进几出"遗忘的炼狱"，证明了一个事实，即一个批评家可以被误解、被曲解，甚至被诋毁，但是在矛盾的统一之历史长河中，终究会获得他应有的地位和声誉的。

其三，文学批评是一门独立的、尊严的、多元的艺术，既有理性，又有想象力，也有道德的诉求，用让·斯塔罗宾斯基的话来说，就是文学批评要"善于把科学和诗结合起来"[1]。无论是大学的批评，还是各种各样的新批评，只要是"把科学和诗结合起来"，就是好的批评，都有存在的

---

[1]　*Cahiers pour un temps*：*Jean Starobinski*，Centre Georges Pompidou，1985，p. 196.

根据。文学批评应该是多元的，从形式上说，应该有规范的论文，有自由的随笔，也有灵活的小品；有客观的描述，有主观的倾诉，也有主客观的对话；但是，所谓多元，主要说的还是内容。马克思主义，精神分析学，历史主义，实证主义，结构主义，现象学，社会学，都可以是它的理论指导，这样我们就有了一座各种批评之花竞相绽放的百花园，其中有万人瞩目的牡丹，也有无人眷顾的小草，间或有几株毒草也不必大惊小怪。再说，有时候，香花毒草也不是一时可以认定的。如今文学批评的一部分已经发展成在相当封闭的小圈子里活动的学问，一些新的概念和术语只在专家的笔下流动，与普通读者无缘。这种批评对写给普通读者的评论有积极的、潜移默化的影响，值得警惕的是，有些专家在小圈子里优游自得，孤芳自赏，采取一种高高在上、顾盼自雄、睥睨天下的姿态。圣伯夫在批评界的浮沉有力地表明，文学批评在当代社会正在蜕变为一些自以为精英的人自得其乐的一种游戏。

其四，"修辞立其诚"。文学作品，创作的或是批评的，应该是真诚的，真实的，批评家考察一部作品，不能止于揭露作者的"社会的自我"，而是为了理解和解释作品中表现的作者的创造的自我。无论社会的自我与创造的自我是否相符，都是对作品的一种深入的探索。社会的自我固然不能证明作品的价值，但独独依靠创造的自我就能揭示作品的内在的本质吗？这是大可怀疑的。只有两种自我相互比照，才能对作品进行深一步的阐发。圣伯夫说："直击作品伪装下的作者。"[1] 就是说，他毕生为之战斗者之一是："不断地揭露文学作品在各种形式下，甚至以最平常的形式下所隐藏的犯罪、诡计、俗套、学究气、哄抬、掺假和谎言。"[2] 当代社会忽视作家品格上的弱点和缺点，直至否定作品与作者之间的联系，导致文过饰非、美化自己的作品越来越多。圣伯夫给我们的启示是：我们不会以作家的品行之优劣来评价作品，但是，我们会以作家的行止来对照作品中的表现，因为作为读者，我们会问："如果作家在他的私人事务中是自私的，那么他是否有权在作品中宣扬无私这种品德呢？"我们的社会会回答："他

---

[1] 转引自 *Sainte-Beuve：Panorama de la littérature française*, p. 15。

[2] 同上。

有权。"可是,我们的批评家呢?难道他不应该超越社会的习惯和俗见,主持正义吗?一个批评家不能禁止自私的作家在作品中宣扬无私,但是他有权揭露他。

其五,批评可以是美的。让·斯塔罗宾斯基提到批评之美时说,批评具有"与诗的成功相若"的"精神之美","我喜欢清澈的东西,我追求简单。批评应该能够做到既严谨又不枯燥,既能满足科学的苛求又无害于清晰。因此我冒昧地确定我的任务:给予文学随笔、批评,甚至历史一种独立的创造所具有的音色性和圆满性"[1]。批评之美来源于批评家精神的自由。精神的自由是什么?李健吾先生说沈从文的小说"具有一种特殊的空气,现今中国作家所缺乏的一种舒适的呼吸"[2],我以为,自由就是这种"舒适的呼吸"。真正喜欢文学的人一定喜欢富有文采的批评文字,喜欢"既严谨又不枯燥,既能满足科学的苛求又无害于清晰"的阐释作品的作品(并非所有的批评都能成为作品)。那些喜欢玩弄新奇的概念和术语的人是否真的喜欢文学,我想是大可怀疑的。圣伯夫的批评文章描写生动,观察敏锐,见解精辟,语言机智,并有自己的感情和个性,"驳圣伯夫"的人,如果读过他的文章又真正喜欢文学,是会转而为圣伯夫辩护的。

文章已经写得够长了,可是对圣伯夫的命运的反思似乎还远未结束。圣伯夫的升降荣辱持续了整整一个世纪,新的世纪开始了,他的命运是否还会有变数呢?让我们拭目以待。

2010 年 1 月,北京

[原载《跨文化的文学理论研究》(第 3 辑),2010 年]

---

[1]　*Cahier pour un temps*:Jean Starobinski,p. 196.
[2]　《李健吾批评文集》,郭宏安编,珠海出版社 1998 年版,第 55 页。

波德莱尔:连接新旧传统的桥梁

　　1928 年，保尔·瓦莱里在《波德莱尔的地位》一文中说："波德莱尔处于荣耀的巅峰。这小小的一册《恶之花》，虽不足三百页，但它在文人们的评价中却堪与那些最杰出、最博大的作品相提并论。它已经被译成大多数欧洲语言……随着波德莱尔，法国诗歌终于跨出了国界而在全世界被人阅读；它树立起了自己作为现代诗歌的形象；它被仿效，它滋养了众多的头脑。诸如史温伯恩、加布里埃尔·邓南遮、斯蒂凡·乔治等人出色地显示了波德莱尔在国外的影响。因此我可以说，在我们的诗人中当中，如果有人比波德莱尔更伟大和更有天赋，却绝不会有人比他更重要。……这种身后的受宠、这种精神的丰富多产、这种无以复加的光荣，应当不仅仅有赖于他作为诗人本身的价值，还有赖于一些特殊的情形。特殊的情形之一就是批评的智慧与诗的才华结合到一起。……然而波德莱尔最大的光荣……也许在于他孕育了几位很伟大的诗人。……魏尔伦和兰波在感情和感觉方面发展了波德莱尔，马拉美则在诗的完美和纯粹方面延续了他。"[1]瓦莱里的话，对于后人如何认识波德莱尔，可以说是开辟了一个新的方向。

　　几年之后，马塞尔·莱蒙在《从波德莱尔到超现实主义》一书的开头便说："人们今天一致认为，《恶之花》是当代诗歌运动的活的源泉之一。诗的第一条矿脉，是'艺术家'的矿脉，从波德莱尔到马拉美，尔后到瓦莱里；另一条矿脉，是'通灵人'的矿脉，从波德莱尔到兰波，接着是一批寻求风险的新人。"[2]马塞尔·莱蒙的观点显然建立在瓦莱里的观察之上，不过是更精细、更准确了。

---

① 瓦莱里：《文艺杂谈》，段映虹译，百花文艺出版社 2002 年版，第 167—183 页。
② 见马塞尔·莱蒙《从波德莱尔到超现实主义》"引言"，约瑟·科尔蒂出版社 1982 年版，第 11 页。

1987 年，克洛德·毕舒阿和让·齐格勒在《波德莱尔》中以这样一句话："厄运一直不离活着的波德莱尔，死去的波德莱尔却有着巨大的运气。"① 开始了波德莱尔波诡云谲的生平和创作。所谓"运气"，是说波德莱尔的创作已经成为经典，进入了人类文明的精神遗产，供后世人阅读和研究，并对人的精神世界产生了巨大的影响。

英国诗人 T. S. 艾略特说，波德莱尔是"现代所有国家中诗人的最高楷模"②。

以波德莱尔的代表作《恶之花》论，今天距其诞生日已将近一百五十年，期间世事沧桑，几不可辨，然而波德莱尔的影响却不绝如缕，绚烂之极趋于平淡，不知不觉中显出痕迹的深远。瓦莱里所谓"现代诗歌的形象"和"身后的受宠"，可谓一语破的，道出了波德莱尔作为诗人的根本。

一　《恶之花》：厄运，厌倦，忧郁，深渊

《恶之花》是在 1857 年 6 月 25 日出现在巴黎的书店里的，在此之前，已经有过多年的积蓄和磨砺，惨白的小花零星地开放在"地狱的边缘"，有预告说，未来的《恶之花》是由《累斯博斯女人》（女同性恋者）经《边缘》变化来的，"意在再现现代青年的精神骚乱的历史"③。据说，《恶之花》这题目出自波德莱尔的记者朋友希波利特·巴布的建议。波德莱尔说过："我喜欢神秘的或爆炸性的题目。"④ 先前的《累斯博斯女人》表明了同性恋的主题，作为题目具有爆炸性，颇能刺激读者的神经；《边缘》则透露了一个朦胧的世界，具有神秘性，很能引动读者的遐想；而《恶之花》则两者兼有，因"恶"而具爆炸性，因"花"而具神秘性，然而，这本神秘而具有爆炸性的书不但引起了普通读者的好奇，也引来了第二帝国政府的阴险恶毒的目光。《费加罗报》首先发难，说什么《恶之花》中

---

① 见克洛德·毕舒阿和让·齐格勒《波德莱尔》，朱利亚出版社 1987 年版，第 9 页。
② 转引自彼埃尔·布吕奈尔《法国文学史》，巴黎，包达斯出版社 1972 年版。
③ 转引自克洛德·毕舒阿为伽利马版《恶之花》（1972 年）所写的引言，第 12 页，巴黎。
④ 见《波德莱尔书信集》第一卷，巴黎，伽利马出版社 1973 年版，第 378 页。

"丑恶与下流比肩，腥臭共腐败接踵"，敦请司法当局注意。果然，《恶之花》很快受到法律追究，罪名有二："亵渎宗教"和"伤风败俗"。诉讼的结果是：亵渎宗教的罪名未能成立，伤风败俗的罪名使波德莱尔被勒令删除六首诗（《首饰》、《忘川》、《给一个太快活的女郎》、《累斯博斯女人》、《该下地狱的女人》和《吸血鬼的化身》），并被罚款三百法郎。四年之后，波德莱尔亲自编定出版了《恶之花》的第二版，删除了六首诗，增加了三十五首诗，并且重新做了安排，其顺序如下：《忧郁和理想》、《巴黎风貌》、《酒》、《恶之花》、《反抗》和《死亡》。《恶之花》的再版本（1861 年）获得了极大的成功。他被看作一个诗派的首领，有人恭维他，有人嫉妒他，他在文学界的地位牢固地树立起来了。

　　从 18 世纪末到 19 世纪中，欧洲资产阶级文学中出现了一群面目各异却声气相通的著名主人公，他们是歌德的维特、夏多布里昂的勒内、贡斯当的阿道尔夫、塞南古的奥伯尔曼、拜伦的曼弗雷德，等等。他们或是要冲决封建主义的罗网，追求精神与肉体的解放，或是忍受不了个性和社会的矛盾而遁入寂静的山林，或是因心灵的空虚和性格的软弱而消耗了才智和毁灭了爱情，或是要追求一种无名的幸福而在无名的忧郁中呻吟，或是对知识和生命失去希望而傲世离群，寻求遗忘和死亡。他们的思想倾向或是进步的、向前的，或是反动的、倒退的，或是二者兼有而呈现复杂状态的，但是他们有一个一脉相承和一种息息相通的心理状态：忧郁，孤独，无聊，高傲，悲观，叛逆。他们都是顽强的个人主义者，都深深地患上了"世纪病"。"世纪病"一语是 1830 年以后被普遍采用的，用以概括一种特殊的、具有时代特色的精神状态，那就是一代青年在"去者已不存在，来者尚未到达"这样一个空白或转折的时代所感到的一种"无可名状的苦恼"①，这种苦恼源出于个人的追求和世界的秩序之间的尖锐失谐和痛苦对立。这些著名主人公提供了不同的疗治的办法，或自杀，或浪游，或离群索居，或遁入山林，或躲进象牙塔，或栖息温柔乡……在这一群著名人物的名单上，我们发现又增加了一个人，他没有姓名，但他住在巴黎，他是维特、勒内、阿道尔夫、奥伯尔曼、曼弗雷德等人精神上的兄弟。他也身

---

① 见缪塞《一个世纪儿的忏悔》，梁均译，人民文学出版社 1980 年版。

罹世纪病，然而，他生活在一个新的时代里，或者由于他具有超乎常人的特别的敏感，他又比他们多了点什么。如果说"资本来到世间，从头到脚，每个毛孔都滴着血和肮脏的东西"①的话，那么，当它站稳了脚跟，巩固了自己的胜利，开始获得长足的发展的时候，那"血和肮脏的东西"便以恶的形式发展到了登峰造极的地步。《恶之花》中的诗人比他的前辈兄弟们多出的东西，就是那种清醒而冷静的"恶的意识"，那种正视恶、认识恶、描绘恶的勇气，那种"挖掘恶中之美"、透过恶追求善的意志。

　　他的兄弟们借以活动的形式是书信体的小说、抒情性的日记、自传体的小说，或哲理诗剧，而在他，却是一本诗集。不过，那不是一般的、若干首诗的集合，而是一本书，一本有逻辑、有结构、浑然一体的书。

　　结构，作为《恶之花》的支撑，不仅为评论家所揭示，也为作者波德莱尔本人的言论所证实。《恶之花》出版后不久，评论家巴尔贝·多尔维利应作者之请，写了一篇评论。评论中说，诗集"有一个秘密的结构，有一个诗人有意地、精心安排的计划"，如果不按照诗人安排的顺序阅读，诗的意义便会大大削弱②。此论一出，一百多年来，或许有人狭隘地将《恶之花》归结为作者的自传，却很少有人否认这"秘密的结构"的存在。其实，这结构也不是"秘密的"，从作者对诗集的编排就可以见出。《恶之花》中的诗并不是按照写作年代先后排列的，而是根据内容分属于六个诗组，各有标题。这样的编排有明显的逻辑，展示出一种朝着终局递进的过程，足见作者在安排配置上很下了一番功夫。波德莱尔在给他的出版人的信中，曾经要求他和他"一起安排《恶之花》的内容的顺序"③。他在给辩护律师的辩护要点中两次强调对《恶之花》要从整体上进行判断④。他后来在给维尼的一封信中明确地写道："我对于这本书所企望得到的唯一赞扬就是人们承认它不是单纯的一本诗集，而是一本有头有尾的书。"⑤结构的有无，不仅仅关系到在法庭上辩护能否成功（实际上，强

---

① 见《马克思恩格斯选集》第二卷，人民出版社 1972 年版，第 256 页。
② 见《波德莱尔全集》第一卷，巴黎，伽利玛出版社 1972 年版，第 1191 页。
③ 见 1856 年 9 月 9 日，波德莱尔致布莱－马拉西书，《全集·通信集》第一卷。
④ 见《波德莱尔全集》第一卷，第 193—195 页。
⑤ 见 1861 年 12 月 16 日，波德莱尔致维尼书，《全集·通信集》第一卷。

调结构并未能使《恶之花》逃脱第二帝国的法律的追究），而是直接地决定着《恶之花》能否塑造出一个活生生的抒情主人公的形象。

一百多年来的批评史已经证明，波德莱尔得到了他所企望的赞扬，《恶之花》是一本有头有尾的书。精心设计的结构，使《恶之花》中的诗人不仅仅是一声叹息，一曲哀歌，一阵呻吟，一腔愤懑，一缕飘忽的情绪，而是一个形象，一个首尾贯通的形象，一个血肉丰满的人的形象。他有思想，有感情，有性格，有言语，有行动；他有环境，有母亲，有情人，有路遇的过客；他有完整的一生，有血，有泪，有欢乐，有痛苦，有追求，有挫折……他是一个在具体的时空、具体的社会中活动的具体的人。自然，这不是一个普通的人，而是一位诗人，一位对人类的痛苦最为敏感的诗人。

《恶之花》最终的版本（1861年）打乱了诗的写作年代，按照诗人的精神历程呈现出如下的结构。

第一部分，名为《忧郁和理想》，从第1首到第85首，诗人以极大的耐心和冷静的残忍描述了他在理想与忧郁之间的挣扎：美和健康是他的渴望，然而他却深陷于每日的折磨与痛苦，他把这种折磨与痛苦称作"厌倦"、"厄运"、"忧伤"，统而言之，是"忧郁"。"忧郁"一语，波德莱尔用的是英文词 spleen，含有"意气消沉"的意思，与法文词 la mélancolie 同义。虽然含义相同，但是用了一个英文词必然在读者眼中产生惊奇感，从而留下一个更深刻、更具体的印象。忧郁（le spleen）概括了一种精神和肉体的痛苦，波德莱尔在《恶之花》出版后不久，给他的母亲写了一封信，说："我所感到的，是一种巨大的气馁，一种不可忍受的孤独感，对于一种朦胧的不幸的永久的恐惧，对自己的力量的完全的不信任，彻底地缺乏欲望，一种随便寻求什么消遣的不可能……我不断地自问：这有什么用？那有什么用？这是真正的忧郁的精神。"[①] 波德莱尔用的正是这个英文词：le véritable esprit de spleen，罗贝尔·维维埃对此有极精细的分析："它比忧愁更苦涩，比绝望更阴沉，比厌倦更尖锐，而它又可以说是厌倦的实在的对应。它产生自一种渴望绝对的思想，这种思想找不到任何与之

---

① 见波德莱尔 1857 年 12 月 30 日致母亲书，《全集·通信集》。

相称的东西，它在这种破碎的希望中保留了某种激烈的、紧张的东西。另一方面，它起初对于万事皆空和生命短暂具有一种不可缓解的感觉，这给了它一种无可名状的永受谴责和无可救药的瘫痪的样子。忧郁由于既不屈从亦无希望而成为某种静止的暴力。"① 实际上，波德莱尔的忧郁，是一个人被一个敌对的社会的巨大力量压倒之后，所产生的一种万念俱灰却心有不甘的复杂感觉。要反抗这个社会，他力不能及，要顺从这个社会，他于心不愿；他反抗了，然而他失败了。他不能真正融入这个社会，他也不能真正地离开这个社会。他的思想和行动始终是脱节的，这是他的厌倦和忧郁的根源所在。

　　第二部分，题为《巴黎的忧郁》，从第 86 首到第 103 首，如果说波德莱尔已经展示出一条精神活动的曲线的话，现在他把目光投向了外部的物质世界，投向了他生活的环境——巴黎，这个"拥挤的城市，充满梦幻的城市"。他打开了一幅充满敌意的资本主义大都会的丑恶画卷，同时也展示了种种怪异奇特的场面。诗人像太阳"一样地降临到城内，让微贱之物的命运变得高贵"（《太阳》）。他试图静观都市的景色，倾听人语的嘈杂，远离世人的斗争，"在黑暗中建筑我仙境的华屋"（《风景》）。然而，诗人一离开房门，就看见一个女乞丐，她的美丽和苦难形成鲜明的对比，她任人欺凌的命运引起诗人深切的同情（《给一位红发女乞丐》）。诗人在街上徜徉，一条小河让他想起流落在异乡的安德洛玛刻，一只逃出樊笼的天鹅更使他想起一切离乡背井的人，诗人的同情遍及一切漂泊的灵魂（《天鹅》）。诗人分担他们的苦难，不仅想象天鹅向天空扭曲着脖子是"向上帝吐出它的诅咒"，而且还看到被生活压弯了腰的老人眼中射出仇恨的光。在这"古老首都曲曲弯弯的褶皱里"，那些瘦小的老妇人踽踽独行，在寒风和公共马车的隆隆声中瑟瑟发抖（《小老太婆》），而那些盲人则阴郁的眼睛不知死盯着何处（《盲人》）。夜幕降临，城市出现一片奇异的景象，对于不同的人来说，同一个夜又是多么的不同：恶魔鼓动起娼妓、荡妇、骗子、小偷，让他们"在污泥浊水的城市中蠕动"（《薄暮冥冥》）。诗人沉入梦境，眼前是一片"大理石、水、金属"的光明世界，然而，当他睁

① 见罗贝尔·维维埃《波德莱尔的独特性》，巴黎，书的复兴出版社 1966 年版，第 108—109 页。

开双眼，却又看见"天空正在倾泻黑暗，世界陷入悲哀麻木"（《巴黎的梦》）。当巴黎从噩梦中醒来的时候，卖笑的女人、穷家妇、劳动妇女、冶游的人、种种色色的人都以不同的方式开始了新的一天，鸡鸣，雾海，炊烟，号角，景物依旧是从前的样子，然而一天毕竟是开始了，那是一个劳动的巴黎。然而，劳动的巴黎，在波德莱尔的笔下，却是一座人间的地狱，罪恶的渊薮。巴黎的漫游以次日的黎明作结。

第三部分，题为《酒》，从第 104 首到第 108 首，写的是麻醉和幻觉。那用苦难、汗水和灼人的阳光做成的酒，诗人希望从中产生出诗，"飞向上帝，仿佛一朵稀世之花"（《酒魂》）。拾破烂的人喝了酒，敢于藐视第二帝国的侦探，滔滔不绝地倾吐胸中的郁闷，表达自己高尚美好的社会理想，使上帝都感到悔恨（《醉酒的拾破烂者》）。酒可以给孤独者以希望、青春、生活和可以与神祇比肩的骄傲（《醉酒的孤独者》），而情人们则在醉意中飞向梦的天堂（《醉酒的情人》）。然而，醉意中的幻境毕竟是一座"人造的天堂"，诗人只做了短暂的停留，便感到了它的虚幻。醉梦提供了虚假的解放和自由，诗人从此距离"乐园"愈来愈远。

第四部分，题为《恶之花》，从第 109 首到第 117 首，诗人深入到人类的罪恶中去，到那盛开着恶之花的地方去探险，那地方不是别处，正是人类的灵魂深处。他揭示了魔鬼如何在人的身旁蠢动，化做美女，引诱人们远离上帝的目光，而对罪恶发生兴趣（《毁灭》）。他以有力而冷静的笔触描绘了一具身首异处的女尸，创造出一种充满着变态心理的怵目惊心的氛围（《殉道者》），以厌恶的心情描绘了一幅令人厌恶的图画。变态的性爱（同性恋）在诗人笔下，变成了一曲交织着快乐和痛苦的哀歌（《该下地狱的女人》）。放荡的结果是死亡，它们是"两个可爱的姑娘"，给人以"可怕的快乐以及骇人的温情"（《两个好姐妹》）。身处罪恶深渊的诗人感到血流如注，却摸遍全身也找不到创口，只感到爱情是"针毡一领，铺来让这些残忍的姑娘狂饮"（《血泉》）。诗人在罪恶之国漫游，得到的是变态的爱，绝望，死亡，对自己沉沦的厌恶。美，艺术，爱情，沉醉，逃逸，一切消弭痛苦的企图均告失败，"每次放荡之后，总是更觉得自己孤独，被抛弃"。于是，诗人反抗了，反抗那个给人以空洞的希望的上帝。

第五部分，题为《反抗》，从第 118 首到第 120 首，诗人曾经希望人世的苦难都是为了赎罪，都是为了重回上帝的怀抱而付出的代价，然而上帝无动于衷。上帝是不存在，还是死了？诗人终于像那只天鹅一样，"向上帝吐出它的诅咒"。他指责上帝是一个暴君，酒足饭饱之余，竟在人们的骂声中酣然入睡。人们为享乐付出代价，流了大量的血，上天仍不满足。上帝许下的诺言一宗也未实现，而且并不觉得悔恨（《圣彼埃尔的背弃》）。诗人让饱尝苦难、备受虐待的穷人该隐的子孙"升上天宇，把上帝扔到地上来"（《亚伯和该隐》）。他祈求最博学、最美的天使撒旦可怜他长久的苦难，他愿自己的灵魂与战斗不止的反叛的天使在一起，向往着有朝一日重回天庭（《献给撒旦的悼文》）。人终于尝遍种种的诱惑和厌恶失败的企图，而放纵于精神的诅咒和灵魂的否定。

　　第六部分，题为《死亡》，从第121首到第126首，诗人历尽千辛万苦，最后在死亡中寻求安慰和解脱。恋人们在死亡中得到了纯洁的爱，两个灵魂像两支火炬发出一个光芒（《恋人之死》）。穷人把死亡看作苦难的终结，他们终于可以吃、可以睡、可以坐下了（《穷人之死》）。艺术家面对理想的美无力达到，希望死亡"让他们的头脑开放出鲜花"（《艺术家之死》）；但是，诗人又深恐一生的追求终成泡影，"帷幕已经拉起，我还在等待着"，舞台上一片虚无，然而人还怀着希望（《好奇者的梦》）。死亡仍然不能解除诗人的忧郁，因为他终究还没有彻底地绝望。诗人以《远行》这首长达一百四十四行的诗回顾和总结了他的人生探险。无论追求艺术上的完美，还是渴望爱情的纯洁，还是厌恶生活的单调，还是医治苦难的创伤，人们为摆脱忧郁而四处奔波，到头来都以失败告终，人的灵魂依然故我，恶总是附着不去，在人类社会的旅途上，到处都是"永恒罪孽之烦闷的场景"，人们只有一线希望：到那遥远的深渊里去"发现新奇"。"新奇"是什么？诗人没有说。诗人受尽痛苦的煎熬，挣扎了一生，最后仍旧身处泥淖，只留下这么一线微弱的希望，寄托在"未知世界之底"。

　　波德莱尔的世界是一个阴暗的世界，一个充满着灵魂搏斗的世界，他的恶之花园是一个形容惨淡的花园，一个豺狼虎豹出没其间的花园，然而，在凄风苦雨之中，也时有灿烂的阳光漏下；在狼奔豕突之际，也偶见云雀高唱入云。那是因为诗人身在地狱，心向天堂，忧郁之中，有理想在呼唤。诗人从未停止追求，纵使"稀稀朗朗"，那果实毕竟是红色的，毕竟是成熟的，含着希望。正是在失望与希望的争夺中，我们看到了一个有血有肉的人在挣扎。

二　象征主义：人心的底层

波德莱尔使法国浪漫主义恢复了青春。他深入到浪漫主义曾经探索过的未知世界的底层，在那里唤醒了一个精灵，这精灵日后被称作象征主义。

有论者说："象征主义就在浪漫主义的核心之中。"[①] 它曾在拉马丁、雨果、维尼等人的诗篇中透出过消息，曾在杰拉尔·德·奈瓦尔的梦幻中放出过光彩，更曾在德国浪漫派诗人诺瓦里斯的追求中化作可望而不可即的"蓝色花"。然而，处在浪漫主义核心中的象征主义毕竟还只是"潜在的和可能的"，"为了获得真正的象征的诗，还必须有更多的东西：一种新的感觉方式，真正地返回内心，这曾经使德国浪漫派达到灵魂的更为隐秘的层面。因此，需要有新的发现，为此，简单的心的直觉就不够了，必须再加上对我们的本性的极限所进行的深入的分析"[②]。所以，诗人要"真正地返回内心"，就不能满足于原始的感情抒发或倾泻，而要将情绪的震颤升华为精神的活动，进行纯粹的甚至抽象的思索，也就是"分析"。这种分析，在波德莱尔做起来，就是肯定了人的内心所固有的矛盾和冲突，即："在每一个人身上，时时刻刻都并存着两种要求，一个向着上帝，一个向着撒旦。祈求上帝或精神是向上的意愿；祈求撒旦或兽性是堕落的快乐。"[③] 他发现并深刻地感觉到，高尚与卑劣之间有着密切的联系，无意识和向上的憧憬有着同样紧迫的要求。这种深刻的感觉，马塞尔·莱蒙将其界定为"对精神生活的整体性的意识"，并且认为这是波德莱尔的诗的"最重要的发现之一"[④]。这就是说，波德莱尔是有意识地寻求解决人的内

---

① 彼埃尔·莫罗语，转引自纪·米寿《象征主义的诗信息》，巴黎，尼才出版社1947年版，第26页。

② 纪·米寿：《象征主义的诗信息》，第27页。

③ 《波德莱尔全集》第一卷，第682—683页。

④ 马塞尔·莱蒙：《从波德莱尔到超现实主义》，第18页。

心矛盾冲突的途径，也就是说他要"到未知世界之底去发现新奇"，与已知的现实世界的丑恶相对立的"新奇"。这"新奇"天上有，地下有，梦中亦有，要紧的是离开这个世界，哪怕片刻也好。他的所谓"人造天堂"其实是有意识地促成的一种梦境，起因于鸦片，起因于大麻，起因于酒，都不重要，重要的是创造一个能够加以引导的梦境。"象征主义首先是梦进入文学。"① 波德莱尔也曾指出："梦既分离瓦解，也创造新奇。"② 所谓"新奇"，实际上就是人世间的失谐、无序、混乱和黑暗的反面。对于感觉上麻木的世人来说，这新奇是可怕的；对于精神上懒惰的世人来说，这寻觅新奇的精神冒险也是可怕的。然而诗人是无畏的，他的勇气来自构筑人间天堂的强烈愿望和非凡意志。虽然梦境不能长久，但诗人必须尽力使之延续，他靠的是劳动和技巧，精神的劳动使他痛苦的灵魂摆脱时空的束缚，超凡入圣，品尝没有矛盾没有冲突的大欢乐；艺术的技巧使他将这大欢乐凝固在某种形式之中，实现符号和意义的直接结合以及内心生活、外部世界和语言的三位一体，于是，对波德莱尔来说，"一切都有了寓意"③。经由象征的语言的点化，"自然的真实转化为诗的超真实"，这是波德莱尔作为象征主义的缔造者的重要标志之一。波德莱尔实际上是把诗等同于存在，在他看来，真实的东西是梦境以及他们的想象所创造的世界，这种梦境与现实的对立正是人心中两种要求相互冲突的象征。

　　梦境的完成需要想象力的解放，而想象力的解放则依赖语言的运用，因为波德莱尔实际上认为，语言不仅仅是一种工具，也同时是一种目的，语言创造了一个世界，或者说，语言创造了"第二现实"④。这里的语言自然不是人们日常生活中仅仅用于交流的语言，而是诗的语言，是用于沟通可见之物和不可见之物、梦境与现实、人造天堂和人间地狱之间的语言。这样的语言是诗人通过艰苦的劳动才创造出来的语言，因此波德莱尔说："在字和词中有某种神圣的东西，巧妙地运用一种语言，就是实行某

---

① 亚历山大·布瓦扎语，转引自《象征主义的诗信息》。
② 《波德莱尔全集》第二卷，巴黎，伽利玛出版社 1972 年版，第 15 页。
③ 见《天鹅》（二），载《波德莱尔全集》第一卷。
④ 《波德莱尔全集》第二卷，第 693 页。

种富于启发性的巫术。"① 同时，他还有"招魂，神奇的作用"、"暗示的魔法"、"应和"等相近的说法。这一切自然与当时流行的神秘学（占星术、炼金术等）有着深刻的联系，但就其实质来说，则是表达了波德莱尔的诗歌观念，正如瑞士批评家马克·艾杰尔丁格指出的那样："波德莱尔和奈瓦尔一起，但在兰波之前，在法国最早将诗理解为'语言的炼金术'、一种神奇的作用和一种转化行为，此种转化行为类似于炼金术中的嬗变。"②

　　诗所以为诗，取决于语言。波德莱尔从应和论出发，痛切地感觉到语言和他要表达的意义之间的距离。所谓"文不逮意"，并不总是对语言的掌握不到家，有些情境，有些意韵，有些感觉，确乎不可言传，得寻别的途径。然而就诗来说，这别的途径仍然不能出语言的范围，所谓"语言炼金术"，正表达了象征主义诗人们在语言中寻求"点金石"的强烈愿望。波德莱尔既然要探索和表现事物之间非肉眼、非感觉所能勘破的应和与一致的关系，就不能不感觉到对这种点金石的迫切需要。结果，他摈弃了客观地、准确地描写外部世界的方法，去追求一种"富于启发性的巫术"，以便运用一种超感觉的去认识一种超自然的本质，他所使用的术语有着浓厚的神秘主义色彩，然而他所要表达的内容却并不神秘。他所谓的"超自然主义"，指的是声、色、味彼此沟通，彼此应和，生理学和心理学已经证明，这并非一种超感觉、超自然的现象，而是一种通感现象（la synesthésie），在他之前已反映在许多作家的作品中了。波德莱尔的创新之处，他把这种现象在诗创作中的地位提高到空前未有的高度，成为他写诗的理论基础。因此，他虽然也使用传统的象征手段，但象征在他那里，除了修辞的意义以外，还具有本体的意义，因为世界就是一座"象征的森林"。他的十四行诗《应和》，被称为"象征派的宪章"，内容非常丰富，影响极为深远：

　　　　自然是座庙宇，那里活的柱子

----

① 《波德莱尔全集》第二卷，第690页。
② 同上书，第957页。

有时说出了模模糊糊的话音，
人从那里过，穿越象征的森林，
森林用熟识的目光将他注视。

如同悠长的回声遥遥地汇合
在一个混沌深邃的统一体中，
广大浩漫好像黑夜连着光明——
芳香、颜色和声音在互相应和。

有的芳香新鲜若儿童的肌肤，
柔和如双簧管，青翠如绿草场，
——别的则朽腐、浓郁、涵盖了万物，

像无极无限的东西四散飞扬，
如同龙涎香、麝香、安息香、乳香
那样歌唱精神和感觉的激昂。

所以，象征并不是诗人的创造，而是外部世界的固有之物，要由诗人去发现、感知、认识和表现，正如象征派诗人梅特林克所说："象征是大自然的一种力量，人类精神不能抗拒它的法则。"他甚至进一步指出："诗人在象征中应该是被动的，最纯粹的象征也许是在他不知道的情况下产生的，甚至与他的意图是相悖的……"① 因此，我们不难理解为什么波德莱尔要把想象力当作"各种功能的王后"，当作引导诗人在黑暗中前进的"火炬"。想象力在浪漫派诗人那里，是意境和感情的装饰品，而在波德莱尔看来，想象力则是一种有血有肉、有具体结果的创造力。所谓"富有启发性的巫术"，其实就是运用精心选择的语言，在丰富而奇特的想象力的指引下，充分调动暗示联想等手段，创造出一种象征性的意境，来弥合有限和无限、可见之物和不可见之物之间的距离，或者说，寓无限于有限，

---

① 引自儒勒·雨莱《关于文学演变的调查》，巴黎，托特出版社1984年版，第124页。

创造一种"缩小的无限"①，试图在可见的物体上看到不可见的世界，赋予事物的联系一种更广泛更普遍的意义。

波德莱尔在《天鹅》中写道："一切都有了寓意。"他在诗中追求的正是这种"寓意"（l'allégorie），但是，他所说的寓意并非传统的含有道德教训的那种讽喻，而是通过象征所表现出来的灵性（la spiritualité）。所谓灵性，其实就是思想。诗要表现思想，这是对专重感情的浪漫派唱了反调，这也是波德莱尔对象征主义诗歌的一大贡献。波德莱尔的诗歌富于哲理，就是由此而来。而所谓哲理，并不是诗人从某位哲学家那里贩来硬加在诗中的，相反，他必须在生活本身之中挖掘和提炼。波德莱尔在日记中写道："在某些近乎超自然的精神状态中，生命的深层在人们所见的极平常的场景中完全显露出来。此时这场景便成为象征。"② 这就意味着，某种思想，某种哲理，可以从日常生活的平凡中汲取形象，通过象征的渠道披露人生的底蕴。从《恶之花》中我们可以看出，波德莱尔很少直接书写自己的感情，他总是围绕着一个思想组织形象，即使在某些偏重描写的诗中，也往往由于提出了某种观念而改变了整首诗的含义，例如最为人诟病的《腐尸》，从纤毫毕露、催人作呕的描绘一变而为红粉骷髅论，再变而化腐朽为神奇，指出精神的创造物永存。对此，让－彼埃尔·里夏尔有过极好的概括："在《腐尸》这首诗中，对于精神能力的肯定最终否定了腐朽，这种精神能力始终在自身中保留着腐朽肉体的'形式和神圣本质'：肉体尽可以发霉、散落和毁灭，但其观念继续存在，这是一种牢不可破的、永恒的结构。"③

瓦莱里在《波德莱尔的地位》一文中指出，波德莱尔是最早对音乐感到强烈兴趣的法国作家之一。他还引用自己写过的文字，对象征主义做了著名的界定："被称作象征主义的那种东西可以简单地概括为好几代诗人想从音乐那里收回他们的财富这种共同的意愿。"④ 这里的"收回"一词大有深意。诗与音乐本来就有不解之缘，富有旋律美和节奏美的诗人代不

----

① 《波德莱尔全集》第一卷，第 696 页。
② 同上书，第 659 页。
③ 让－彼埃尔·里夏尔：《诗与深度》，巴黎，瑟伊出版社 1955 年版，第 136 页。
④ 保尔·瓦莱里：《杂谈》第二卷，巴黎，伽利玛出版社 1930 年版，第 153 页。

乏人，浪漫派诗人中就有拉马丁、雨果、戈蒂耶等。象征主义要从音乐那里收回的财富的清单还要长得多。波德莱尔曾经为《恶之花》草拟过好几份序言，其中有一份提纲表明，他试图说明诗如何通过某种古典理论未曾说明的诗律来使自己和音乐联系在一起，而这种诗律的"根更深地扎入人的灵魂"。他在其中写道："诗的语句可以模仿（这里它与音乐艺术和数学科学相通）水平线、上升的直线和下降的直线；它可以一气笔直地升上天空，或者垂直地迅速下到地狱；它可以随着螺旋动，画出抛物线或者表现重叠的角的锯齿形的线。"① 这种"诗律"也许就是象征主义要从音乐那里索回的主要财富。波德莱尔的诗固然不乏"音色的饱满和出色的清晰"、"极为纯净的旋律线和延续得十分完美的音响"，然而使之走出浪漫主义的低谷的却是"一种灵与肉的化合，一种庄严、热烈与苦涩、永恒和亲切的混合，一种意志与和谐的罕见的联合"②。可以推想，当瓦莱里写下"化合"（une combinaison）、"混合"（un mélange）以及"联合"（une al-liance）这几个词的时候，他一定想到了音乐，想到了音乐不靠文字仅凭音响就能够发出暗示、激起联想、创造幻境的特殊功能。这恰恰是波德莱尔的诗的音乐性的精义所在。波德莱尔试图摈弃描写，脱离合乎逻辑的观念演绎，某种特殊的感觉并且据此和谐地组织意象，最终获得一种内在的音乐性。他的许多富于音乐性的诗，如《邀游》、《秋歌》、《阳台》、《恋人之死》、《颂歌》、《沉思》等，都不止于音调悦耳，韵律和畅。特别是题为《黄昏的和谐》的那一首，更被誉为"满足了象征派的苛求"："通过诗重获被音乐夺去的财富。"③

总之，自波德莱尔之后，特别是 1886 年象征主义成为一次文学运动之后，站在象征主义这面大旗下面的诗人虽然面目各异，却也表现出某些共同的倾向。例如，在基本理论方面，他们都认为世界的本质隐藏在万事万物的后面，诗人处于宇宙的中心，具有超人的视力，能够穿透表面的现象，洞察人生的底蕴，诗人的使命在于把他看到的东西破译给世人；诗人

---

① 《波德莱尔全集》第一卷，第 183 页。
② 保尔·瓦莱里：《杂谈》第二卷，第 152、150 页。
③ 《波德莱尔全集》第一卷，第 920 页编者注。

不应该跟在存在着的事物后面亦步亦趋，恰正相反，是精神创造世界，世界的意义是诗人赋予的，因此，物质世界和精神世界之间存在着一种深刻的统一性，一切都是互相应和的，可以转换的。在诗歌的表现对象上，他们大多是抒写感觉上的震颤而从不或极少描写，也不刻画人物形象，甚至也不涉及心理活动的过程。他们要表现的永远是一种感觉，抽象的、纯粹的感觉，一种脱离了（并不是没有）本源的情绪。诗人力图捕捉的是他在一件事一个物面前所产生的感觉上的反应，而将事和物隐去。有人说，象征主义的作品其大半是写在作者头脑中的，写在纸上的只是其一小半，只是其结果。象征主义诗人对事物的观察、体验、分析、思考都是在他拿起笔之前就完成了的，所写下的往往只是一记心弦的颤动、一缕感觉的波纹、一次思想的闪光，其源其脉，都要读者根据诗人的暗示自己去猜想，而诗人也认为他们是能够猜得到的。因此，个人受到的压抑，心灵的孤独，爱情的苦恼，对美的追求，对光明的向往，对神秘的困惑，这些浪漫派诗歌中经常出现的主题，虽然也常出现在象征派诗人的笔下，却因诗歌观念和表现手法的不同而呈现出别一种面貌。在表现手法上，他们普遍采用的是象征和暗示，以及能激发联想的音乐感。象征在他们那里具有本体的意义，近乎神话的启示。象征派诗人很少做抽象玄奥的沉思冥想，总是借助于丰富的形象来暗示幽微难明的内心世界。形象也往往模糊朦胧，只有诗人的思想是高度清晰的。与此同时，他们都非常重视词语的选择，甚至认为词语创造世界。很明显，上述的一切，我们都可以在《恶之花》中找到最初的那一滴水。

三　当代生活：美的现代性

伊夫·瓦岱教授在 1998 年于北京大学做的讲座中指出："波德莱尔是第一个使现代性成为一个具有普遍意义的概念的人。他借助一种帕斯卡尔式的逆反程式，将浪漫主义者们眼中的失望现时——在历史条件没有发生根本变化的条件下——转变成了一种英雄现时。没有人比波德莱尔对他那个时代的人所面对的脱胎换骨的生存状况，对这个身穿黑色礼服经常给别人'送葬'的人，对这'数千条穿梭在一个大都市地下隧道里的漂流不定的生命'，对他从 1846 年起称之为'现代生活的英雄主义'感触更深。对《1846 年的沙龙》的作者来说，正是现代人所面对的悲惨现时变成了现代人的伟大的标志。这种逆反关系使得波德莱尔的现代性区别于浪漫主义的现代性，并获得了它的独立地位。"[①]

什么是浪漫主义者眼中的"悲惨现时"？什么是波德莱尔的"英雄现时"？根据法国当代批评家维克多·布隆维尔的说法[②]，法国的浪漫主义有四个基本的主题：孤独，或被看作痛苦，或被看作赎罪的途径；知识，或被当成快乐和骄傲的根源，或被当成一种祸患；时间，或被看作未来的动力，或被看作解体和毁灭的原因；自然，或被当成和谐与交流的许诺，或被当成敌对的力量。波德莱尔保留了这些基本主题，但是几乎都是在反题中加以发掘和展开的，例如孤独感、流亡感、深渊感、绝望感、流逝的时光、被压抑的个性及其反抗，对平等、自由、博爱的渴望，社会和群众对诗人的误解，等等。1862 年 1 月 12 日，波德莱尔发表了一首十四行诗，题为《浪漫派的夕阳》：

> 初升的太阳多么新鲜多么美，
> 仿佛爆炸一样射出它的问候！
> 怀着爱情礼赞它的人真幸福，
> 因为它的西沉比梦幻还光辉！
>
> 我记得！……我见过鲜花、犁沟、清泉，
> 都在它眼下痴迷，像心儿在跳……
> 快朝天边跑呀，天色已晚，快跑，
> 至少能抓住一缕斜斜的光线！
>
> 但我徒然追赶已离去的上帝；
> 不可阻挡的黑夜建立了统治，

---

① 伊夫·瓦岱：《文学与现代性》，北京大学出版社 2001 年版，第 41 页。
② 维克多·布隆维尔：《福楼拜论福楼拜》，巴黎，瑟伊出版社 1971 年版，第 123—124 页。

黑暗，潮湿，阴郁，到处都在颤抖，

一股坟墓味儿在黑暗中飘荡，
我两脚战战兢兢，在沼泽边上，
不料碰到蛤蟆和冰凉的蜗牛。

这首诗清楚地表明了波德莱尔对浪漫主义运动的怀念，对文坛现状的鄙夷和他那种无可奈何却又极力想推陈出新的心情。果然，他在失望之余，对浪漫主义提出了崭新的理解。斯丹达尔曾经给浪漫主义下过一个著名的定义："浪漫主义是为人民提供文学作品的艺术。这种文学作品符合当前人民的习惯和信仰，所以它可能给人民以最大的愉快。"① 波德莱尔继续并深化了斯丹达尔的这种观念，认为："对我来说，浪漫主义是美的最新近、最现时的表现。"所谓"最新近、最现时"，就是当前人们的生活、社会的脉搏、时代的精神。因此，他认为，需要给浪漫主义灌注新的生命，关键并不在于主题的选择、地方的色彩、怀古的幽情、准确的真实，而在于"感受的方式"，即新鲜的感受，独特的痛苦，对现代生活的敏感，即勇于挖掘和表现现代生活的"英雄气概"。他指出："谁说浪漫主义，谁就是说现代艺术，——也就是说：各艺术包含的种种方法所表现的亲切、灵性、颜色、对无限的渴望。"因此，不能在外部找到浪漫主义，只能在内部找到它②。

　　现代艺术要表现"现代的美和英雄气概"。波德莱尔认为："如同任何可能的现象一样，任何美都包含某种永恒的东西和某种过渡的东西，即绝对的东西和特殊的东西。绝对的、永恒的美不存在，或者说它是各种美的普遍的、外表上经过抽象的精华。每一种美的特殊的成分来自激情，而由于我们有我们特殊的激情，所以我们有我们的美。"他指出，现代生活具有一种特殊的美，这种美是一种"英雄气概"："上流社会的生活，成千上万飘忽不定的人——罪犯和妓女——在一座大城市的地下往来穿梭，蔚

---

① 斯丹达尔：《拉辛与莎士比亚》，王道乾译，上海译文出版社 1979 年版，第 15 页。
② 《波德莱尔全集》第二卷，第 420 页。

为壮观，《判决公报》和《箴言报》向我们证明，我们只要睁开眼睛，就能看到我们的英雄气概。"① 在他看来，上流社会和底层社会在美的问题上是可以等量齐观的，它们都表现出一种"撒旦的美"，一种古怪的美，一种奇异的美，一句话，"恶中之美"。波德莱尔的这种观点是一贯的，七年之后的 1853 年，他又写道："构成美的一种成分是永恒的，不变的，其多少极难加以确定，另一种成分是相对的，暂时的，可以说它是时代、风尚、道德、情欲，或是其中一种，或是兼容并蓄。它像是神糕有趣的、引人的、开胃的表皮，没有它，第一种成分将是不能消化和不能品评的，将不能为人性所接受和吸收。"② 波德莱尔真正的兴趣在于特殊美，即随着时代风尚而变化的美，既包括着形式，也包括着内容，他说："黑衣和燕尾服不仅具有政治美，这是平等的表现，而且还具有诗美，这是公众的灵魂的表现；这是一长列殡尸人，政治殡尸人，爱情殡尸人，资产阶级殡尸人。我们都在举行某种葬礼。"所以，他问道："这种多少次被当做牺牲的衣服难道不具有一种土生土长的美和魅力吗？难道不是我们这个痛苦的、在黑而瘦的肩上扛着永恒的丧事的时代所必需的一种服装吗？"③ 这样，他就断然抛弃了那种认为只有古代古人的生活才是美的观念，而为现代生活充当艺术作品的内容进行了有力的鼓吹。"有多少种追求幸福的习惯方式，就有多少种美"，"每个民族都拥有自己的美和道德的表现"④，这就是波德莱尔的结论。因此，巴黎的生活，现时的生活，对波德莱尔来说，洋溢着英雄气概，充满着美，而巴黎的生活主要的不是表面的、五光十色的豪华场面，而是底层的、充斥着罪犯和妓女的阴暗的迷宫，那里面盛开着恶之花。他认为，巴尔扎克笔下的人物：伏脱冷，拉斯蒂涅，皮罗托，是比《伊利亚特》中的英雄还要高大得多的人物；那个因发明被窃而破产的丰塔那莱斯，则"不敢向公众讲述""那些隐藏在我们大家都穿着的阴郁、紧紧箍在身上的燕尾服下面的痛苦"；而"奥诺雷·德·巴尔扎克啊，您是您从胸中掏出来的人物中最具英雄气概、最奇特、最浪漫、最有诗意的

---

① 《波德莱尔全集》第二卷，第 420 页。
② 同上书，第 685 页。
③ 同上书，第 427 页。
④ 同上书，第 419 页。

人物！"① 波德莱尔有力地证明了，描写社会中丑恶的事物的作品不仅可以是激动人心的，而且在艺术上可以是美的，也就是说，"恶中之美"是值得挖掘的。所谓"发掘"，指的是"经过艺术的表现……带有韵律和节奏的痛苦使精神充满了一种平静的快乐"②。有些人指责波德莱尔"以丑为美"，这是没有根据的。他的美不表现为欢乐和愉快，而表现为忧郁、不幸和反抗，这正说明他的诗植根于现实生活之中，具有强烈的时代感。这种忧郁、不幸和反抗，正是他从现实的丑恶中发掘出来的美。我们可以说，波德莱尔强调的"特殊美"和"发掘恶中之美"这一思想与巴尔扎克的批判现实主义在精神上是一致的。

在法国，波德莱尔是第一个给"现代性"定义的人，他的定义完全是从美学的角度做出的，并不考虑它的时间性，也就是说，现代性并非只属于现代社会，历史上每个时代都有其现代性，它与人的主观性有关。他在1863 年发表的《现代生活的画家》一文中这样描述画家贡斯当丹·居伊："他就这样走啊，跑啊，寻找啊。他寻找什么？肯定，如我所描写的这个人，这个富有活跃的想象力的孤独者，有一个比纯粹的漫游者的目的更高些的目的，有一个与一时的短暂的愉快不同的更普遍的目的。他寻找我们可以称为**现代性**的那种东西，因为再没有更好的词来表达我们现在谈的这种观念了。对他来说，问题在于从流行的东西中提取出它可能包含着的在历史中富有诗意的东西，从过渡中抽出永恒。如果我们看一看现代画的展览，我们印象最深的是艺术家普遍具有把一切主题披上一件古代的外衣这样一种倾向。几乎人人都使用文艺复兴时期的式样和家具，正如大卫使用罗马时代的式样和家具一样。不过，这里有一个分别，大卫特别选用了希腊和罗马的题材，他不能不将它们披上古代的外衣；而现在的画家们选的题材一般说可适用于各种时代，但他们却执意要令其穿上中世纪、文艺复兴时期或东方的衣服。这显然是一种巨大的懒惰的标志，因为宣称一个时代的服饰中一切都是绝对的丑要比用心提炼它可能包含着的神秘的美（无论多么少、多么微不足道）方便得多。现代性就是过渡、短暂、偶然，就

---

① 《波德莱尔全集》第二卷，第 429 页。
② 同上书，第 123 页。

是艺术的一半，另一半是永恒和不变。每个古代画家都有一种现代性，古代留下来的大部分美丽的肖像都穿着当时的衣服。他们是完全协调的，因为服装、发型、举止、目光和微笑（每个时代都有自己的仪态、眼神和微笑）构成了全部生命力的整体。这种过渡的、短暂的、其变化如此频繁的成分，你们没有权利蔑视和忽略。如果取消它，你们势必要跌进一种抽象的、不可确定的美的虚无之中，这种美就像原罪之前的女人的那种美一样。如果你们用另一种服装取代当时必定要流行的服装，你们就会违背常理，这只能在流行的服饰所允许的假面舞会才可以得到原谅。"① 由此可见，所谓现代性，在波德莱尔看来，就是"从流行的东西中提取出它可能包含着的在历史中富有诗意的东西，从过渡中抽出永恒"；"现代性就是过渡、短暂、偶然，就是艺术的一半，另一半是永恒和不变"。美的两个部分并非平分秋色，现代性控制着古代性。

贡斯当丹·居伊是一位画家，一位风俗画家，经常使用的武器是速写。他提供的有关战争编年史、隆重典礼和盛大节日、军人、车马、浪荡子、女人和姑娘等的画作，成为"文明生活的珍贵档案"，为收藏家搜求寻觅。波德莱尔指出："他到处寻找现实生活的短暂的、瞬间的美，寻找读者允许我们称之为**现代性**的特点。他常常是古怪的、狂暴的、过分的，但他总是充满诗意的，他知道如何把生命之酒的苦涩或醉人的滋味凝聚在他的画中。"② 贡斯当丹·居伊"对全社会感兴趣，他想知道理解评价发生在我们这个地球表面上的一切"。他融入人群，带着康复的病人或儿童的"直勾勾的、野兽般的目光"看着哪怕是最平淡无奇的事物，非但如此，当别人都睡下的时候，他"却俯身在桌子上，用他刚才盯着各种事物的那种目光盯着一张纸，舞弄着铅笔、羽笔和画笔，把杯子里的水弄洒在地上，用衬衣擦拭羽笔。他匆忙、狂暴、活跃，好像害怕形象会溜走。尽管是一个人，他却吵嚷不休，自己推搡着自己。各种事物重新诞生在纸上，自然又超越了自然，美又不止于美，奇特又具有一种像作者的灵魂一样热情洋溢的生命。幻景是从自然中提炼出来的，记忆中拥塞着的一切材

---

① 《波德莱尔全集》第二卷，第694—695页。
② 同上书，第724页。

料进行分类、排队，变得协调，经受了强制的理想化，这种理想化出自一种**幼稚的**感觉，即一种敏锐的、因质朴而变得神奇的感觉！"① 波德莱尔笔下的贡斯当丹·居伊不仅喜欢融入人群，而且善于观察，并且勇于实践。所谓"现代性"并不是简单的现实生活中的东西，而是把"记忆中拥塞着的一切材料进行分类、排队，变得协调，经受了强制的理想化"，这样才能超越自然，超越美，成为一种"奇特的美"、"古怪的美"，也就是"恶中之美"。

　　现代社会中关于进步的观念是一种在当时争论十分激烈的观念，但是，波德莱尔"躲避它犹如躲避地狱"，因为他觉得那是"一种很时髦的错误"。正统的法国人认为，进步就是"蒸汽，电，煤气照明"等一切"罗马人不知道的奇迹"，可是，波德莱尔认为，这些人"被那些动物至上和工业至上的哲学家们美国化了，以至于失去了区分物质世界和精神世界、自然界和超自然界的概念"。这表明，波德莱尔所承认的进步是发生在精神世界的事，是超自然界的事，与物质世界、自然界无关，他说："如果一个民族今天在一种比上个世纪更微妙的意义上理解精神问题，这就是进步，这是很清楚的；如果一位艺术家今年产生出一件作品，证明他比去年有更高的技巧和想象力，他肯定是进步了；……"进步的观念在想象的范围内就更是一种荒谬、骇人听闻的东西，波德莱尔就此提出了一种大胆而富有创见的观点："在诗和艺术的领域内，启示者是很少有先行者的。任何繁荣都是自发的，个人的。西涅莱利果真是米开朗琪罗的创造者吗？比鲁吉诺蕴涵着拉斐尔吗？艺术家只属于他自己，他答应给后世的只是他自己的作品。他只为自己作保。他无后而终。**他是他自己的君主、他自己的教士和他自己的上帝。**"② 他的这种观点自然不是否定文学艺术的发展过程有一种传承的关系，而是强调并鼓励一种创新的个性，鼓励那些"前无古人、后无来者"的艺术家，如他所说："没有个性，就没有美。"③

---

① 《波德莱尔全集》第二卷，第 693—694 页。

② 同上书，第 581 页。

③ 同上书，第 579 页。

四　想象力是"各种能力的王后"

波德莱尔基于对世界的统一性和相似性的认识，特别重视想象力的作用，把它看作应和现象的引路人和催化剂："是想象力告诉颜色、轮廓、声音、香味所具有的精神上的含义。"[①] 他所以对雨果颇有微词而对德拉克洛瓦赞扬有加，是因为他认为雨果"作为一个创造者来说，其灵巧远胜于创造，他在很大程度上是个循规蹈矩的匠人，而非创造者"；德拉克洛瓦则不然，他"有时是笨拙的，但他本质上是个创造者"[②]；这其中的差别，就是想象力的有无和多寡。

在古希腊的文艺理论中，想象力是一个不受重视的概念，亚里士多德的《诗学》中竟没有一个字谈到它，而在《修辞学》中只有一句简单的话："想象就是萎褪了的感觉。"[③] 可是这句话居然成了 17 世纪经验派哲学家的重要论据。公元 1 世纪中期的希腊人阿波罗尼阿斯独树一帜，高度评价想象力："（想象）造作了那些艺术品，它的巧妙和智慧远远超过摹拟。摹仿只会仿制它所见到的事物，而想象连它没有见过的事物也能创造，因为它能从现实里推演出理想。"[④] 后世古典主义基本上在"忽视"与"重视"之间依违摇摆，一方面承认想象是文艺创作的主要特征，另一方面又贬斥想象是理智的仇敌，是正确认识事物的障碍，将其归于错觉和疯狂一类，例如帕斯卡尔就说："想象——这是人性里欺骗的部分，是错误和虚诞的女主人；正因为它偶尔老实，所以它尤其刁滑。"[⑤] 17 世纪到 18 世纪，想象的地位已经渐渐提高，英国散文家爱迪生说："一个伟大的作家必须天生有健全和壮盛的想象力，才能从外界的事物取得生动的观念，把这些观念长期保留，及时把它们组合成最能打动读者想象的辞藻和描写。诗人应该费尽苦心培养自己的想象力，正好比哲学家应当费尽苦心去培养

① 《波德莱尔全集》第二卷，第 621 页。
② 同上书，第 431 页。
③ 《外国理论家作家论形象思维》，中国社会科学出版社 1979 年版，第 8 页。
④ 同上书，第 9 页。
⑤ 同上书，第 16 页。

自己的理解力。"① 尤其是 18 世纪的意大利人维柯，认为诗歌完全出于
"想象"，而哲学完全出于理智，两者不但分庭抗礼，而且彼此视为仇敌，
他说："诗只能用狂放淋漓的兴会来解释，它只遵守感觉的判决，主动地
模拟和描绘事物、习俗和情感，强烈地用形象把它们表现出来而活泼地感
受它们。""推理力愈薄弱，想象力就愈雄厚。……诗的性质决定了任何人
不能既是大诗人，又是大哲学家，因为哲学把心灵从感觉里抽拔出来，而
诗才应该使整个心灵沉浸在感觉里。哲学要超越普遍概念，而诗才应该深
入个别事物。"② 到了 19 世纪，随着浪漫主义运动的进展，"想象力"的
地位越来越高，没有人或很少人再否认或贬低它的作用了。他们企图使想
象渗透或吞并理智，颂赞它是最主要、最必须的心理功能。因此，"错误
和虚诳的女主人"屡经提拔，一变而为人类"各种功能的王后"。波德莱
尔就是一个浪漫主义文艺理论的集大成者，而且有所突破，有所创造，蕴
涵了浪漫主义之后的理论萌芽，尤其是有关想象力的理论。

　　波德莱尔在《1859 年的沙龙》中说，想象力"这个各种能力的王后
真是一种神秘的能力！"它是人的各种能力的主宰，它让它们各司其职。
它与各种能力有关，却永远是自己，受到它的鼓动的人往往不自知，但是
不承认它的人却一望便知，因为"他们的作品像《圣经》中的无花果树
一样枯萎凋零"③。他把想象力奉为人的"最珍贵的禀赋，最重要的能
力"，"一切能力中的王后"，"理应统治这个世界"。他指出，想象力是
"分析"，也是"综合"，更是"感受力"，但是，有些人在分析上得心应
手，具有足够的能力进行归纳，他们的感受很灵敏，也许过于灵敏，而他
们却缺乏想象力，这正是想象力的"神秘"所在。想象力"在世界之初
创造了比喻和隐喻，它分解了这种创造，然后用积累和整理的材料，按照
人只有在自己灵魂深处才能找到的规律，创造一个新世界，产生出对于新
事物的感觉"④。不仅艺术家不能没有想象力，就是一个军事统帅，一个外
交家，一个学者，也不能没有想象力，甚至音乐的欣赏者也不能没有想象

---

① 《外国理论家作家论形象思维》，第 24 页。
② 同上书，第 24—25 页。
③ 《波德莱尔全集》第二卷，第 620 页。
④ 同上书，第 621 页。

力，因为一首乐曲"总是有一种需要由听者的想象力加以补充的空白"①。想象力深藏在人的灵魂的底层，具有"神圣的来源"。这种观点与应和论是一脉相承的，所谓"规律"，正是应和论所揭示的规律："如同悠长的回声遥遥地汇合／在一个混沌深邃的统一体中，／广大浩漫好像黑夜连着光明——／芳香、颜色和声音在互相应和。"所以，他在两年前论爱伦·坡的一篇文章中以更明确的语言写道："在他看来，想象力是各种才能的王后；但是，他在这个词中看到了比一般读者所看到的更为高深的东西。想象不是幻想，想象力也不是感受力，尽管难以设想一个富有想象力的人不是一个富有感受力的人。想象力是一种近乎神的能力，它不用思辨的方法而首先觉察出事物之间的内在的、隐秘的关系，应和的关系，相似的关系。他赋予这种才能的荣誉和功能使其具有这样一种价值（至少在人们正确地理解作者的思想时是如此），乃至于一位学者若没有想象力就显得像是一位假学者，或至少像是一位不完全的学者。"② 波德莱尔显然已经打破分析和综合之间的壁垒，使之你中有我我中有你，成为一种自足的艺术。他比英国诗人雪莱更进了一步，后者还把想象与推理分别看待："想象是创造力，亦即综合的原理，它的对象是宇宙万物与存在本身所共有的形象；推理是推断力，亦即分析的原理，它的作用是把事物的关系只当作关系来看，它不是从思想的整体来考察思想，而是把思想看作导向某些一般结论的代数演算。推理列举已知的量，想象则个别地并且从全体来领悟这些量的价值。推理注重事物的相异，想象则注重事物的相同。推理之于想象，犹如工具之于工作者，肉体之于精神，影之于物。"③

波德莱尔说："想象力是真实的王后，**可能的事**也属于真实的领域。想象力确实和无限有关。没有它，一切能力无论多么坚实，多么敏锐，也等于乌有。如果某些次要的能力受到强有力的想象力的激励，其缺陷也就成了次要的不幸。任何能力都少不了想象力，而想象力却可以代替某些能力。往往这些能力要经过好几种不适应事物的本质的方法的连续试验才能

①　《波德莱尔全集》第二卷，第782页。

②　同上书，第328—329页。

③　雪莱：《为诗辩护》，缪灵珠译，载《古典文艺理论译丛》第一册，1960年。

发现的东西，想象力却可以自豪地直接地猜度出来。"① 这说明，想象力是一种近乎直觉的能力，不必经过推理而可以直达事物的本质，因为想象力既是分析，又是综合。同时，想象力不是天马行空、不着边际的幻想，它统帅着真实，可能的事也属于真实，所以，想象的事是高于真实的一种真实。想象力带给读者的是一种"缪斯的巫术所创造的第二现实"②。更值得注意的是，波德莱尔虽然高度评价想象力的作用，但是他并未因此而割断想象力与现实生活的联系，所以，他特别强调，"想象力越是有了帮手，才越有力量，好的想象力拥有大量的观察成果，才能在与理想的斗争中更为强大"③。想象力"包含着批评精神"，因此它从根本上说是一种理性的活动。波德莱尔看到了创作活动既是自觉又是不自觉的，所以他不推崇"心的敏感"而强调"想象力的敏感"，他指出："心里有激情，有忠诚，有罪恶，但唯有想象里才有诗。……心的敏感不是绝对地有利于诗歌创作，一种极端的心的敏感甚至是有害的。想象力的敏感是另外一种性质，它知道如何选择，判断，比较，避此，求彼，既迅速，又是自发的。"④"自然不过是一部词典"，艺术家从中挑选词汇，然后达到一种"组成"，没有想象力的艺术家只能"抄袭词典"，所以他们的作品只能是"平庸"的。一幅好的风景画不是照抄自然的结果，而是由想象力成就的。这样，波德莱尔不仅深刻地批判了"艺术只是摹写自然"的理论，树立了想象在文艺创作中的崇高地位，扩大了"真实"的领域，而且把想象建立在对客观世界的分析与观察之上，冲淡了它的神秘色彩，加强了它与现实生活的联系。

想象力最根本的功能是创造，波德莱尔说："一幅好的画，一幅忠于并等于产生它的梦幻的画，应该像世界一样产生出来。如同创造，我们所看到的创造，它是好几次创造的结果，前面的创造总是被下一个创造补充着。画也是一样，它被和谐地画出来，实际上是一系列相叠的画，每铺上

---

① 《波德莱尔全集》第二卷，第 621 页。
② 同上书，第 121 页。
③ 同上书，第 621 页。
④ 同上书，第 115—116 页。

一层都给予梦幻更多的真实，使之渐次趋于完善。"① 一幅画的创作过程实际上等于一首诗的创作过程，每一次修改都是一种创造，最后的成品乃是数次创造相叠的结果。于是，波德莱尔这样总结他的基本的美学观念："整个可见的宇宙不过是个形象和符号的仓库，想象力给予它们位置和相应的价值；想象力应该消化和改变的是某种精神食粮。人类灵魂的全部能力必须从属于同时征用这些能力的想象力。如同熟知词典并不意味着知道作文的艺术一样，作文的艺术本身也不意味着普遍的想象力。因此，一个好的画家可以不是一个伟大的画家，但是，一个伟大的画家必定是一个好的画家，因为普遍的想象力包容着对一切手段的理解和获得这些手段的愿望。"② 所谓"好的画家"，就是一个拥有"普遍的想象力"的画家，而"普遍的想象力"不仅意味着能从自然这座仓库里选择与梦幻相应的"形象和符号"的能力，而且制作艺术品——所谓"组成"——要做到"准确"、"很快"并且保持"工具的物质上的干净"。

　　波德莱尔是一个"伟大的传统业已消失，而新的传统尚未形成"的转折时代的一位诗人，但是，他留给后人的却是一身而兼有诗人和批评家双重身份的美学家的肖像。他本身已经成为一种传统，即"将诗人的自发能力与批评家的洞察力、怀疑主义、注意力和说理能力集于一身"③。背靠诗人的批评家，或者背靠批评家的诗人，这种现象在 20 世纪已经司空见惯。像许多大作家一样，波德莱尔的头上曾经被戴上许多流派的帽子，例如颓废派、唯美派、象征派、古典派、浪漫派、巴纳斯派、写实派，等等；他也被许多后起的流派认作祖先。这似乎是个很奇特的现象，其实不然。在任何伟大的作品中，文学观念、创作方法和表现手法都不是以纯粹的形式出现的，而常常是为了内容的需要而相互结合、相互渗透的。就格律的严谨、结构的明晰来说，波德莱尔是个古典主义的追随者；就题材的选择、想象力的强调来说，他是个浪漫主义的继承者；就意境的创造、表现手法的综合来说，他又是现代主义的开创者。波德莱尔是一个不能用一个派别

---

① 《波德莱尔全集》第二卷，第 626 页。

② 同上书，第 627 页。

③ 保尔·瓦莱里：《文艺杂谈》，段映虹译，第 174 页。

加以范围的作家，他是法国诗歌中的贾努斯，他是最后一位古典派，又是第一个现代派。这种独特的地位造成了波德莱尔的矛盾和丰富，以至于几乎所有的流派都能从他那里找到他们认为有用的武器，所以，波德莱尔是连接新旧传统的一座桥梁。

2002 年 2 月，北京

（原载《波德莱尔讨论及其他》，同济大学出版社 2006 年版）

钱锺书与白瑞蒙

一

　　1925 年 10 月 24 日，白瑞蒙神甫在法兰西学士院的年会上做了一场题为《纯诗》的公开演讲。他在演讲中接续并阐发了瓦莱里提出的"纯诗"的概念，认为诗"不必言之有物"（第 22 页）[1]，诗的本性是"晦涩"的，纯诗"趋近祈祷"（第 27 页）。一首诗具有理性和灵性两个部分，即理性的意义和诗性的意义，与之相对应，也有两种阅读态度，即理性阅读和诗性阅读，他说："要正确地读一首诗，我是说以诗的方式读一首诗，只理解意义是不够的，况且不一定总有必要理解意义。"（第 18 页）一个不识字的农妇可以在一首圣诗面前心花怒放，一个天真的儿童可以不懂一首牧歌而欣赏它的意蕴，所以，真正的诗歌阅读，不是理解，而是体验。他说："曲解向我们展示了维吉尔的诗意，胜过正统的文本解释。"（第 18 页）诗的认识乃是在神秘的狂喜中接近上帝之在场，"趋近祈祷"，而上帝之在场不是理性所能认识的，纯粹由直觉来把握。

　　此论一出，犹如一记春雷，立即在奉布瓦洛的"理性"为诗学圭臬、标榜"清晰"为法语至宝的法兰西学士院、在巴黎乃至全国引起了一场轩然大波，不仅评论界议论蜂起，而且成了公众媒体的热门话题，参与其中的除了诗人、批评家、神学家之外，还有军官、医生、哲学家、语言学家，乡村神甫、科学家、心理学家、病理学家、语文学家，等等，不仅法

---

　　[1]　Henri Bremond, *La poésie pure, avec un débat sur la poésie*, par Robert de Souza, Paris, Bernard Grasset, 1926. 以下凡出自该书的引文，只在括号中以阿拉伯数字标明，不另注。

国本土，甚至波及海峡对面的英国。赞同者不少，但是反对的更多。白瑞蒙并未自诩标新立异，反而认为他像他的前辈如爱伦·坡、波德莱尔、马拉美和保尔·瓦莱里一样延续了一种"相当古老的传统"（第15页），但是他仍被说成"咒骂理性"（第34页）和宣扬"晦涩的理论"[①]。这不奇怪，夏尔·波德莱尔就说过："法国，我说的是法国公众（除了几位艺术家和几位作家之外），是没有美感的，没有天生的美感；他们是哲学家、道德家、工程师，喜欢故事和趣闻轶事，或随便什么东西，但从来不是自发的艺术家。他们陆续地、分析地感觉，更确切地说，是判断。其他有些民族更为幸运，他们的感觉是立刻的、同时的、综合的。"[②] 这里说的是法国公众缺乏诗的美感，对诗进行理性的分析而非直接的、立刻的、综合的感觉，就是说，以散文的态度对待诗，要求诗表达思想或讲故事，而"其他有些民族更为幸运"，不是以理性而是以诗的态度对待诗，要求诗表现心灵的颤动和升华。我认为，波德莱尔所说的"有些民族"中包括了中华民族，包括了中国学者钱锺书先生。

白瑞蒙神甫的纯诗理论使当时的一些诗人如梦方醒，加快了由外向内的转向，但毕竟不敌强大的、根深蒂固的理性主义传统，其在法国诗史乃至文学史上不过是一段引人注目的插曲，雷声大而雨点小，没有得到应有的、持续的重视，例如在1933年面世的、具有划时代意义的《从波德莱尔到超现实主义》中，瑞士批评家马塞尔·莱蒙给予白瑞蒙神甫的篇幅只是一句话，说他"在基督教的神秘面前轻侮诗"[③]，法国诗人、评论家雅克·茹埃在为《通用大百科全书》撰写的条目中问道："在弗洛伊德的时代，诗歌怎么可能是没有意义的呢？这是'纯诗'概念极端、过时的另一个明显原因。"[④] 时至今日，白瑞蒙神甫只不过是文学史提到的人物而已，说到纯诗，也只是描述，鲜有评论，但是，他的纯诗理论却得到了远在千万里之外的钱锺书先生有力而多方面的回应。这场持续数年的"纯诗之

---

① 转引自 Clement Moisan, *Henri Bremond et la poésie pure*, p. 96, Paris, Minard, 1926。

② 《波德莱尔美学论文选》，郭宏安译，人民文学出版社1987年版，第79页。

③ Marcel Raymond, *De Baudelaire au surréalisme*, Corti, 1982, p. 119.

④ 转引自北京大学秦海鹰教授的打字稿《诗与神秘——评布雷蒙的纯诗理论》，第17页。秦海鹰教授惠赠《纯诗及关于诗的论战》和《亨利·白瑞蒙和纯诗》两本书的复印本，在此深表感谢。

争"的结果是 1926 年出版了《纯诗及关于诗的论战》和《祈祷与诗》两本书，而钱锺书先生的回应则是 1948 年出版的《谈艺录》（此书修订版于 1984 年面世），中间相距仅二十年。《谈艺录》乃是一部笔记体的谈论古典诗艺的著作，每以东、西方诗人及诗论家之作品或言论为参照，在旁征博引中披沙拣金，或补隙，或拾遗，或赞同，或驳难，力图取映雪之光、攻玉之石，筑起金字塔。钱锺书先生在考镜源流、推演爬梳中往往流露出作者本人的诗学观念，而论白瑞蒙之纯诗理论的文字竟有两、三千字，这在《谈艺录》的文字中是不多见的！

二

钱锺书先生在《谈艺录》中论白瑞蒙，说《诗醇》（即《纯诗及关于诗的论战》——笔者按）"其书发挥瓦勒利（Valéry，通译瓦莱里——引者注）之绪言，贵文外有独绝之旨，诗中蕴难传之妙（l'expression de l'inéffable），由声音以求空际之韵，甘回之味。举凡情景意理，昔人所藉以谋篇托兴者，概付唐捐，而一言以蔽曰：'诗成文，当如乐和声，言之不必有物（cette expression vide de sens … Poésie, musique, c'est même chose）。'陈义甚高，持论甚辩。五十年来，法国诗流若魏尔伦、马拉美以及瓦勒里辈谈艺主张，得此为一总结"[1]。此乃高屋建瓴之语。

如钱锺书先生所言，白瑞蒙对五十年来他的前辈之"谈艺主张"做了如下"总结"，这总结可以用一个词来概括，曰："纯诗"。白瑞蒙引用一位 17 世纪的诗人（le Père Rapin）："在诗中有某种无法表达、我们不能解释的东西。这些东西是神秘的。没有任何概念可以解释诗所具有的这些隐秘的恩惠、这些不易察觉的魔力和所有这些隐藏的乐趣，这些东西直达心灵。"（第 16 页）"纯诗"接近于直觉所把握的上帝之在场，这是白瑞蒙神甫一切论述的出发点，是他的纯诗理论的枢纽。

纯诗不可定义。白瑞蒙说："今天，我们不再说：在一首诗中，有生动的画面，高贵的思想或感情，有这，有那，然后才有无法表达的东西；

---

① 钱锺书：《谈艺录》，中华书局 1984 年版，第 268 页。

我们说：首先和尤其是有紧密地联系于这或那的无法表达的东西。任何一首诗所特有的诗性都来自某种神秘真实的在场、照耀、改造和统一作用，我们把这种神秘真实叫做'纯诗'。"（第 16 页）这当然不是纯诗的定义，只不过是说，纯诗并不是诗本身，而是诗中蕴藏的"无法表达"的意蕴或境界，即"神秘真实"。纯诗可能只是一首诗中的一句或几句诗句。诗中是存在着真实的，但是这种真实并非理性所感知的、每日之表面的生活，而是神秘的，隐晦的，无法表达的东西。但是，诗终究要表达点什么，它所表达的正是这种具有改造和统一作用的神秘，所以，"把诗简化为理性认识，是违反自然的，是画圆为方"（第 22 页）。

神秘真实是晦涩的，诗不必言之有物。莎士比亚、彭斯、奈瓦尔等人的诗，晦涩到不可解的程度，但却仍然具有一种无可比拟的魔力，"某些诗句脱离了它们的上下文，对我们所起的作用是立刻的、突然的、支配的"（第 18 页）。白瑞蒙说过，"诗人首先是一个人，一个理性动物"，"是聪明的"，"他的独有的诗的经验使他能够超越概念和推理的抽象秩序，达到具体、真实本身"[①]。一首诗有两个意义，一个是理性的意义，一个是诗性的意义，欣赏诗，理解其理性的意义并不重要，重要的是要体验它所蕴藏的"神秘真实"。例如马莱伯的名句"Et les fruits passeront la promesse des fleurs"，白瑞蒙称之为"法国诗中的四、五个奇迹之一"，意思是"明年将有好收成"，字面的翻译是："那些果实将实现花朵的许诺。"比起这句诗所流露出的"诗意"，那点表面的意义"微不足道"[②]。这就是为什么"所有民族的民歌，包括我们的民歌，都喜欢无意义"（第 19—20 页）。

神秘真实是"无法表达"的。它是人的精神接近神的精神、进而与之契合无间的一种体验，与散文无关："在一首诗中，凡是立即占据或可能占据我们表面活动的东西——理性，想象，感觉——**都是不纯的**：我不是指实实在在的不纯，而是指形而上的不纯！凡是诗人似乎想表达或已经表达的一切都是不纯的；凡是我们说诗人向我们暗示的都是不纯的；凡是语

---

①　转引自 Clément Moisan，*Henri Bremond et la poésie pure*，p. 100，Paris，Minard，1926。

②　*La poésie pure*，p. 21。

法学家或哲学家能从诗中分析出来的，凡是一篇翻译所能保留下来的，都是不纯的。诗的主题或概要，显然是不纯的；还有，每个句子的意义，思想的逻辑序列，叙事的进展，描写的细节，直到那些直接激发起来的情绪，都是不纯的。教诲，叙述，描绘，使人颤抖或流泪，这一切散文都能充分地应付，这也是自然的目标。一句话，不纯就是雄辩，它不是言之无物的艺术，而是言之有物的艺术。"（第22页）总之，一切与散文有关的东西都是不纯的，只有摈除和抛弃这些东西，才能得到纯诗，才能表达"无法表达"的东西。纯诗是"言之无物"的艺术，也就是说，纯诗是一种表达："这种表达，或者是没有意义，或者是其意义只有很少的价值，或者是有最高的意义，但留给我们的是与理性无涉的愉悦；这些每日的、每个人的词语是通过什么样的闻所未闻的变化而突然闪光、突然具有一种新的力量而与纯散文分离、与诗结合的呢？"（第23页）

　　诗律，诗法，诗的技巧，与纯诗无涉。节奏，韵律，等等，在白瑞蒙的眼中都是束缚诗人的"泥土"，但是诗人和泥土的"荒谬的结合"却产生了奇妙的结果："我们面临着这种倏忽即逝的震颤，无论其抚摩多么美妙，我们却不是为了享受快乐，而是为了接受其所传达的神秘的流动：只是导体，珍贵或响亮，都不重要；或者说，这些导体由于穿越它们的电流而获得了它们的声音和短暂的辉煌。……这是法宝，或魔法。姿态，或神奇的形式，是原初意义上的魅力。简单的、散文意义上的和谐，这种语言的音乐只要降临在一个诗人身上，就变成了一种真正的咒语。"（第22页）变化，使诗从语言的组合变成了咒语，这种咒语在我们身上揭示了一个比外在世界更广大、更深刻的世界，沉静平和的世界。

　　白瑞蒙认为，这种"变化"乃是音乐，音乐使表达变成诗的表达，使句子变成诗的句子，"借助于一些幸运的偶然抓住语言中的音乐资源"，所以，"诗人也是音乐家。诗，音乐，乃是一码事"（第23页）。诗是音乐，音乐是诗，虽然传达的媒介不同，然而传达的最终目标都是人类内心深处的情感。音乐之波带动了最隐秘的灵魂之流，即读者心中诗的感兴："只要音乐打动了善听的耳朵，就出现了诗。"（第25页）但是，他也反对把诗与音乐视为同一的观点，音乐并不能解释诗："没有语言音乐，就没有诗……但我们要立刻补充一点：这样一种如此纤弱的东西——几下声音震荡，一点空气颤动——不可能构成我们最隐秘的心灵体验的根本因素，更不是唯一的因素。"（第 25 页）他甚至把音乐也列为"不纯者"：思想、意象、情感，甚至在某种程度上语言音乐，都是不纯的（第 63 页）。

情感是一种理性的行为，但是这里所说的理性并不是通常人们认为的理性，白瑞蒙说："（情感）既不是感动，也不是内心的甜美，既不是眼泪，也不是感情的任何表现。它是某种更深刻，甚至更冷静、更精神的东西。"① 现代的理性主义者拒绝接受的正是诗和音乐本质上的同一性，这种同一性就是祈祷："如同神秘主义者所说，冥想的魔力使我们平静，我们只能顺其自然，但是主动地听命于一种比我们自己伟大、优秀的东西。按照瓦尔特·佩特的说法，'所有艺术都渴望趋近音乐'。不，所有艺术，而每一种艺术则凭借自己特有的魔力——词语，音符，色彩，线条——都渴望趋近祈祷。"（第 27 页）这是《纯诗》的最后一句话，它等待着解释，等待着深化。

<h1 style="text-align:center">三</h1>

钱锺书先生说："《诗醇》、撷华之书也……""撷华"，《汉语大词典》说是"采摘其文章辞藻"的意思，所谓"匪惟撷华，乃寻其根"、"视彼撷华摘艳，取合于一时者，不翅天渊之悬隔矣"。钱锺书先生此处不仅说的是诗的辞藻，而且主要说的是诗的精华。"《诗醇》、撷华之书也"，乃是对"撷华"一词的新解，扩大了这个词的含义，实为一大创见。诗的精华是什么？其精华乃是其意蕴，其境界，是如白瑞蒙所说之"神秘真实"。这种神秘真实不是"教诲，叙述，描绘，使人颤抖或流泪"者，用钱锺书先生的话说，不是"情景意理，昔人所藉以谋篇托兴者"。

众所周知，瓦莱里 1920 年在为一本诗集写的序言中写道："在远处，永远是纯诗……那里是危险，那里正是我们的失落：那里也便是目标。"②

① Henri Bremond, *Le Charme d'Athène*, pp. 44 – 45, cité par Clément Moisan dans *Henri Bremond et la poésie pure*, p. 14.

② Paul Valéry, "Avant-propos à la *Connaissance de la déesse* de Lucien Fabre" (1920), in *Oeuvres* t. l., Pléiade, 1968, p. 1270.

白瑞蒙的纯诗概念原本于此，他在法兰西学士院的演讲中称瓦莱里为"纯诗的现代理论家"。瓦莱里是在诗的范围内讨论诗的纯粹性，而白瑞蒙则是在宗教的范围内讨论诗的神秘体验，所以，钱锺书先生说二人是"始合终离"[①]。但是，他同时指出，瓦莱里"言艺术家创作，锲而不舍，惨淡经营中，重重我障，剥除无余，而后我之妙静本体始见"[②]，与"白瑞蒙谓作诗神来之候，破遣我相"[③] 相较，则又"不求合而自合"，可谓慧眼独具。

　　钱锺书先生将前面所引白瑞蒙的一段话"教诲、叙述、描绘"云云翻译为："教诲、叙记、刻划，使人动魄伤心，皆太著言说，言之太有物。是辩才，不是真诗。"其旨为严羽《沧浪诗话》所云："不涉理路，不落言诠。羚羊挂角，无迹可求。妙处莹彻玲珑，不可凑泊，如空中之音，相中之色，水中之月，镜中之象。言有尽而意无穷，一唱三叹之音。"可说是抓住了两者的实质，并由此得出结论："仪卿之书，洵足以放诸四海，俟诸百世者矣。"[④] 比照他对严羽的论断："沧浪别开生面，如骊珠之先探，等犀角之独觉，在学诗时工夫之外，另拈出成诗后之境界，妙悟而外，尚有神韵。不仅以学诗之事，比诸学禅之事，并以诗成有神，言尽而味无穷之妙，比于禅理之超绝语言文字。他人不过较诗于禅，沧浪遂欲通禅于诗。"[⑤] 如他所言："诗愈'醇'则正说、确说愈寡，愈能不落言诠。"[⑥] 钱锺书先生以《沧浪诗话》印证白瑞蒙，可以见出他对白瑞蒙评价之高。然而，钱锺书先生并未到此止步，他援柏拉图、亚里士多德、黑格尔之言论以为支持，进而指出："理之在诗，如水中盐、蜜中花，体匿性存，无痕有味，现相无相，立说无说。所谓冥合圆显者也。"[⑦] 诗不可无理，然而其理不同于理性之理，此之谓也。

　　《谈艺录》有云："郑君朝宗谓余：'渔洋提倡神韵，未可厚非。神韵

---

① 《谈艺录》，第 279 页。
② 同上。
③ 同上书，第 276 页。
④ 同上书，第 275—276 页。
⑤ 同上书，第 258 页。
⑥ 同上书，第 618 页。
⑦ 同上书，第 230—231 页。

乃诗中最高境界。'余亦谓然。"① 这正是严羽《沧浪诗辩》所谓："诗之极致有一：曰入神。诗而入神，至矣尽矣，蔑以加矣。""神韵非诗品中之一品，而为各品之恰到好处，至善尽美"②，此之谓也。"神秘现实"几等于"神韵"。钱锺书先生说："诗者，艺之取资于文字者也。文字有声，诗得之为调为律；文字有义，诗得之以侔色揣称者，为象为藻，以写心宣志者，为意为情。及夫调有弦外之遗音，语有言表之余味，则神韵盎然出焉。"③ 此与白瑞蒙论诗乃是同一机杼，但是，钱锺书先生对诗律、诗法的看法更为圆通、全面，不像白瑞蒙那样偏于一隅。他说："性情可以为诗，而非诗也。诗者、艺也。艺有规则禁忌，故曰'持'也。'持其情志'，可以为诗，而未必成诗也。艺之成败，系乎才也。……虽然，有学而不能者矣，未有能而不学者也。大匠之巧，焉能不出于规矩哉。""故无神韵，非好诗；而只讲有神韵，恐并不能成诗。"④ 所以，不能"将意在言外，认为言中不必有意；将弦外余音，认为弦上无音；将有话不说，认作无话可说"⑤，正所谓"诗之神境，'不尽于言'而亦'不外于言'"⑥。"以为真艺不必有迹，心中构此想象，无须托外物自见，故凡形诸楮墨者，皆非艺之神，而徒为艺之相耳"，此乃皮相之谈。钱锺书先生说："夫艺也者，执心物两端而用厥中。兴象意境，心之事也；所资以驱遣而抒写兴象意境者，物之事也。物各有性：顺其性而恰有当于吾心；违其性而强以就吾心；其性有必不可逆，乃折吾心以应物。一艺之成，而三者具焉。"⑦ 又说："诗藉文字语言，安身立命；成文须如是，为言须如彼，方有文外远神、言表悠韵，斯神斯韵，端赖其文其言。品诗而忘言，欲遗弃迹象以求神，遏密声音以得韵，则犹飞翔而先剪翮、踊跃而不践地，视揠苗助长、凿趾益高，更谬悠矣。"⑧ 诗意文字，互为表里，所以，"玩味一诗言外之

---

① 《谈艺录》，第40页。
② 同上书，第40—41页。
③ 同上书，第42页。
④ 同上书，第40页。
⑤ 同上书，第97页。
⑥ 同上书，第596页。
⑦ 同上书，第210页。
⑧ 同上书，第412页。

致，非流连吟赏诗之言不可；苟非其言，即无斯致"①。白瑞蒙所谓诗之"纯"与"不纯"，未可偏于一端。

钱锺书先生说："艺之极致，必归道原，上诉真宰，而与造物者游。"② 又说："调息静坐，为者败之；忘不待坐，心不劳安。心者以动为性，以实为用。非静也，凝而不纷，锲而不舍。心专则止于所注之物，非安心不动，乃用心不移。如大力者转巨石，及其未转，人石相持，视若不动，而此中息息作用、息息消长也。亦非虚也，聚精会神，心与心所注者融会无间，印合不剩；有所寄寓，有所主宰，充盈饱实，自无余地可容杂念也。"③ 说的正是诗人用心凝思，专注主宰，会突然"舍意成文，因声立义"，"弃智而以神遇，抱一而与天游"④。白瑞蒙乃一天主教神甫，他的神秘境界"比于暗室忽明"，而钱锺书先生则超越宗教，比神秘境界于"悟"，恰似"云开电射"，两者之心境"无乎不同"，故曰："此东方人说也，此西方人说也，此阳儒阴释也，此援墨归儒也，是不解各宗各派同用此心，而反以此心为待某宗某派而后可用也，若而人者，亦苦不自知其有心矣。心之作用，或待某宗而明，必不待某宗而后起也。"⑤ 钱锺书先生肯定"白瑞蒙知以诗歌通之神秘境界"，却同时指出他"于神秘境界，未能如桴亭之看作平常"："凡体验有得处，皆是悟。只是古人不唤作悟，唤作物格知至。古人把此个境界看作平常。"⑥ 此乃"通人卓识"，只可惜白瑞蒙剑走偏锋，"不知神秘经验初不限于宗教"。钱锺书先生批评白瑞蒙"主张偏宕，踵事而加厉"，是有道理的。

一般认为，西方诗歌自浪漫主义以降，抒情诗大盛，"真蕴始宣"。钱锺书先生指出，白瑞蒙"所引英国浪漫派诸家语，皆只谓诗尚音节，声文可以相生，未尝云舍意成文，因声立义"，而白瑞蒙则"主张偏宕，踵事而加厉"，肯定之中有置疑存焉。"与白瑞蒙相视莫逆者，乃德国之浪漫

① 《谈艺录》，第413页。
② 同上书，第269页。
③ 同上书，第282—283页。
④ 同上书，第273页。
⑤ 同上书，第286页。
⑥ 同上书，第99页。

派"①，如蒂克、诺瓦利斯辈。"白瑞蒙谓诗如乐无意，诺瓦利斯谓诗如乐含意，二说似相反而实相成；惟其本无意，故可含一切意，所谓'诗无达诂'，以免于固哉高叟者也。"诺瓦利斯《碎金集》曰："人常谱诗入乐矣，何为不以乐入诗耶。"钱锺书先生说："《诗醇》宗旨，一语道尽。"②可谓单刀直入，一锤定音。"白瑞蒙谓诗之音节可以释躁平矜，尤与吾国诗教'持情志'而使'无邪'之说相通。其讲诗乐相合，或有意过于通，第去厥偏激，则又俨然严仪卿以来神韵派之议论也。"③由此钱锺书先生由小见大，敏锐地指出："盖弘纲细节，不约而同，亦中西文学之奇缘佳遇也哉。"④

四

白瑞蒙之《纯诗》的最后一句话是，"所有艺术""都趋近祈祷"，为了进一步说明诗与祈祷之间的关系，他在1926年发表了《祈祷与诗》。钱锺书先生说："《祈祷与诗》、探本之书也"；与《诗醇》"相辅足为经纬"⑤。本者，根也，源也，物所由生也；"探本"说的是探求诗的根本或根源，探求诗所由产生的基本因素。白瑞蒙认为，诗的特性来源于具有"在场、照耀、改造和统一作用"的"神秘真实"，这种神秘真实就是"上帝之光临"，唯有通过祈祷才能接近。钱锺书先生引诺瓦利斯之言："真诗人必不失僧侣心，真僧侣亦必有诗人心。"瓦根洛特"亦以艺术为宗教梯航"，说明"此非《祈祷与诗》之一言以蔽乎"⑥，真是一针见血之语，《祈祷与诗》之真谛囊括无遗矣。

在白瑞蒙看来，神修者乃是全身心地接受上帝在其身上的存在的人，这种存在极大地提升了他的精神生活，使之接近一种至高无上的灵性。在

---

① 《谈艺录》，第271页。
② 同上书，第272页。
③ 同上书，第274页。
④ 同上书，第276页。
⑤ 同上书，第270页。
⑥ 同上书，第272页。

神秘状态中，人完全沉浸在上帝的在场之中，上帝在一种直接的、立刻的交流中与灵魂相融合，而灵魂则通过一种直觉的道路与上帝相沟通。通往神秘状态的道路，就是祈祷，"对我来说，任何祈祷的行动都已经是神秘的……"① 对白瑞蒙来说，祈祷或静观并非一种少数人的特有的恩典，而是任何基督徒都具有一种超自然的生活之根本，因此，他往往把祈祷和神秘看作一件事。它们之间唯一的区别是："在最卑微的祈祷中，神秘开始显露。"也就是说，祈祷的始终都是神秘状态的展现，它充当了"灵魂的表面和中心的联络"②。一切祈祷的源泉都是活在我们身上的基督，他是我们祈祷的对象，他是我们精神生活的本原和目的。我们的灵魂通过与至高的上天的交流，达到与上帝的融合，所谓"（灵魂的）端点附着在神的意志上"③。祈祷通过心理的净化使沉思转化为静观，这种心理的净化是将表面的、理性的、想象的、感性的活动转化为在灵魂的端点上实现的深层活动。如果说祈祷有目的的话，那么其目的乃是开始、保持和延续灵魂对于惯常的恩惠的惯常的参与，由此产生了"纯爱"，产生了基督徒的真正的祈祷，"纯祈祷"。他说："除了纯祈祷，没有思想和没有言辞的圣歌、快乐之外，您还剩下什么……为了使弥撒的诵词变成祈祷，应该从美好的思想过渡到无法表达的东西，在诵圣诗的调子上嫁接快乐：'转移那种不能表达它之所感的快乐'……开始于有声的祷告，然后过渡到另一种祷告，不再用言辞，只是表现为狂喜。"④ 他所说的无声的祷告乃是不经言辞的祈祷，是直达心灵的祈祷，在一道闪电般的光亮中突然明白精神努力开辟的理性的道路。

白瑞蒙神甫早在 1901 年 4 月 20 日发表的一篇文章中就指出，"任何诗都转向祈祷，任何祈祷都转向诗"⑤。"在人类的心理活动的基本方式和神秘的不同成果之间，有着相似的形式和机制的共同性"，这是他关于神

---

① Henri Bremond, *Histoire littéraire du sentiment religieux*, p. 336, Paris, Bloud et Gay, 1933, 转引自 *Prière et poésie*（《祈祷与诗》），p. 75, Paris, Grasset, 1926。

② 转引自 *Henri Bremond et la poésie pure*，第 58 页，转引自《祈祷与诗》，第 75 页。

③ 同上书，第 68 页，转引自《祈祷与诗》，第 78 页。

④ 同上书，第 393—394 页，转引自《祈祷与诗》，第 83 页。

⑤ 同上书，转引自《祈祷与诗》，第 85 页。

秘认识和诗性认识的同一性的理论基础："他们（神修者）的认识与我们的认识毫无共同之处，我们的认识是抽象的，概念的，间接的；他们的则是直接的经验，印象，接触，现实的感觉，直觉；需要很多词汇来描述他们的自然的感觉，神秘的感觉。"① 诗人的认识与神修者的认识并没有什么不同，而他们与普通人的区别也仅在于内心生活的强度。白瑞蒙反对为了谋求恩惠而进行祈祷，在他看来，祈祷是为了提升精神境界，参与神的生活和意志，所以，祈祷的方式并不能解释祈祷的状态，诗的规则也不能解释诗人的状态，即纯诗。祈祷和诗有一个共同的来源，那就是"神秘真实"。神秘真实是无法表达的，批评家和心理学家的任务在于解释诗的经验，解释其神秘。只有重新体验，也就是说阅读，才能做到："诗人的神秘，就是我自己的神秘……其中有一种呼唤，仿佛电流的交换；我们在灵魂深处瞥见的很少的东西向我们打开了通向诗人的灵魂深处的道路，这种灵魂深处越是与我们交流，就越是照亮我们的灵魂。"② 读者只有站在诗人的立场上，也就是说，认同于诗人，才能获得诗人的体验。这等于说，诗的神秘真实得以表达，端赖诗人和读者的共同努力。"共同努力"还不够，诗其实是把祈祷的特权交给了读者："在真正的诗人那里，诗的体验趋近于祈祷，但未达到祈祷，而在我们这里，多亏了诗人，诗的体验毫不费力地达到了祈祷。这就是诗奇特的悖论性：一种本身不是祈祷、却能引人祈祷。"然白氏之言似有间未达也。

如果不能深入祈祷，就不能明白其神秘，同样，如果不能深入诗人的灵魂深处，就不能理解诗的意蕴。从本意上来说，诗人作为诗人不能不说话，他必须把他内心深处的活动表达出来，传达到读者的灵魂之中。神修者则不然，他越是感到有表达的需要，他越是远离祈祷的目标。从表达和交流方面看，诗人要高于神修者，但从真实的认识方面看，神修者又高于诗人。交流和表达，同时成为诗人的荣耀与弱点。所以，"纯诗人是永远也不存在的，纯的诗的经验是一种神话"③。在潜意识上，白瑞蒙是把祈祷

---

① 转引自 *Henri Bremond et la poésie pure*，第 85 页。

② *Prière et poésie*，p. 115.

③ Ibid. ，p. 210.

与诗视为同一的，但是，两者是有区别的："诗的活动是一种神秘活动的自然的、世俗的开始；……但是一种模糊的、笨拙的充满着漏洞和空白的开始，所以诗人也只是一个渐趋消逝的或平庸的神修者。"① 一句话，诗人趋向言辞，神修者趋向静默。

五

白瑞蒙说："一切诗的经验都是情欲宣泄。任何一首诗的诗的部分同样是情欲宣泄。"② 钱锺书先生对此不持异议，并以宗教家的语言说，情欲宣泄是"斋心洁己，以对越上帝也"。诗人要表达，要与读者沟通，将自己的神秘体验传达到读者的心灵深处，如他所说："故诗中之音韵腔调，发而中节，足使诵者心气平和，思虑屏息，亦深合心斋之旨。"③ "斋心"、"心斋"之语义，本于《庄子》，乃是中国人谈诗之惯常语，与白瑞蒙之"情欲宣泄"尤凑泊无间。

钱锺书先生注意到诗与读者的关系以及读者的地位，指出"读者奇文欣赏，心境亦遂与祈祷相通"，这与白瑞蒙所说诗人的神秘通于读者的神秘，有异曲同工之妙。所以，钱锺书先生说："大抵古人好诗，在人如何看，在人把做什么用。"④ "玩味一诗言外之致，非流连吟赏此诗之言不可……读诗时神往心驰于文外言表，则必恬吟密咏乎诗之文字语言。"⑤ 英国评家李特于白瑞蒙"繁征广引"之后举三家言论称白瑞蒙纯诗理论"英美文人已先发之"，钱锺书先生笑道："李特穷气尽力，无补毫末。"又说："李特之仅举三家，真为浅测矣。"可见钱锺书先生对白瑞蒙之维护，他除了肯定白瑞蒙之"繁征广引，自佐厥说"，又表示未餍其心，稍存遗憾，于是踵事增华，补隙拾遗，"窃不自揆，聊为申说"。非但如此，因为白瑞蒙"论因诗见道，未采柏德穆"而深表惋惜，可谓惺惺惜惺惺

---

①　*Prière et poésie*，p. 208.
②　Ibid. ，pp. 180 – 181.
③　《谈艺录》，第 270 页。
④　同上书，第 229 页。
⑤　同上书，第 413 页。

矣，因为其"书中第一第三第十二第十三各篇，多可与白瑞蒙说相发明"①。

钱锺书先生沿波讨源，寻白瑞蒙之源泉在于西方神秘主义之大宗师普罗提诺，谓其"世间万相，皆出神工而见天心，正可赖以为天人间之接引"论，"乌可抹杀"："好声色者藉感官之美，求道理者以思辩之术，莫不可为天人合一之津梁。普罗提诺之所以自异于柏拉图者，在乎绝圣弃智。柏拉图之'理'，乃以智度；普罗提诺之'一'，只以神合。必须疏瀹而心，澡雪而精神，捃击而智，庶几神明往来，出人入天。"其结论曰："白瑞蒙之论旨无不于焉包举矣。"② 钱锺书先生同时指出："然则穷其根柢，白瑞蒙与德国浪漫派先进同出一本，冥契巧合，不亦宜乎。"宜则宜矣，然而白瑞蒙"似未尝一究近代德国文学"，钱锺书先生露出一丝憾意。

钱锺书先生指出："白瑞蒙以诗秘与神秘并举，谓诗不涉理，本于神而非本于心。"其旨在于"妙悟"，如《沧浪诗话》云："禅道惟在妙悟，诗道亦在妙悟。诗有别趣，非关理也。……以文字为诗，以议论为诗，以才学为诗，终非古诗。"③ 钱锺书先生所以"不惮烦而为推演"，是因为白瑞蒙"于神秘境界，未能如桴亭之看作平常"。他说："平常非即惯常。譬如人莫不饮食，而知味者则鲜。凝神忘我而自觉，则未忘我也；及事过境迁，亡逋莫追，勉强揣摹，十不得一。微茫渺忽，言语道穷，故每行而不能知，知而不能言，不知其然而然。""是以事虽平常，而不易证也。惟出家修行者，专务静坐默照，故证会较多且易耳。"④

白瑞蒙说，真正的祈祷是不经言辞的"默祷"，或称"纯祈祷"，钱锺书先生指出："人生大本，言语其一，苟无语言道说，则并无所谓'不尽言'、'不可说'、'非常道'……然必有'道'、有'言'，方可扫除而'不道'，超绝而'不言'。'不道'待'道'始起，'不言'本'言'乃得。缄默正复言语中事，亦即言语之一端，犹图画上之空白、音乐中之静

① 《谈艺录》，第 270 页。
② 同上书，第 273—274 页。
③ 同上书，第 274 页。
④ 同上书，第 289—290 页。

止也。"① "不著一字，尽得风流"与"不留一字，全白真无"，其区别皎然可辨。所以，司空图《诗品》所说的"不著一字，尽得风流"乃是"'不著'者，不多著，不更著也。已著诸字，而后'不著一字'，以默佐言，相反相成，岂'不语哑禅'哉。"② 钱锺书先生的见解实为辩证法之楷模。

六

1925 年冬，法国天主教诗人克洛代尔讲了一则寓言，目的是为了理解兰波的几首诗，名为《阿尼姆斯与阿尼玛》，其辞曰："在阿尼姆斯与阿尼玛、精神与灵魂这对夫妻之间，诸事不顺。岁月不驻，蜜月很快就过去了，期间阿尼玛有权随便说话，而阿尼姆斯听得津津有味。无论如何，不是阿尼玛带来了嫁妆，她使生活能够继续吗？但是，阿尼姆斯不会久于从属的地位，很快他就显露出真正之天性：虚荣，卖弄和专横。阿尼玛是一个无知、愚蠢的女人，从未上过学，而阿尼姆斯知道很多事情，他从书里读到很多事情……他的朋友都说没有人比他更能说……阿尼玛没有权利再说一个字了：他比她更清楚地知道她要说什么。阿尼姆斯不忠，但这并不妨碍他嫉妒，因为实际上他知道（不，他后来忘了）阿尼玛拥有财产，他是一个乞丐，靠她之所赐为生。所以他不断地剥削她，折磨她，榨取她的钱……她在家里不说话，做饭，洗衣，能做什么做什么……实际上，阿尼姆斯是一个资产者，他有固定的习惯，他喜欢人家给他吃固定的食物。但是，有时候会发生一些奇怪的事情……有一天，阿尼姆斯突然回家……他听见阿尼玛一个人关着门在唱一支奇怪的歌，某种他不知道的东西；没有办法听出曲调，歌词或者关键的字，总之是一支奇怪的、美妙的歌。从此，他处心积虑地想让她重复，但是他始终不懂阿尼玛唱了些什么。他看着她的时候，她就闭嘴。精神一看它，灵魂就闭嘴。于是，阿尼姆斯耍了一个花招，他设法让她相信他不在场……渐渐地，阿尼玛放下心来，看了

---

① 《谈艺录》，第 413 页。
② 同上书，第 414 页。

看，听了听，喘了口气，以为是独自一人了，她悄无声息地开了门，迎接她的神圣的情人。"① 白瑞蒙指出，克洛代尔的这则寓言"诗性地揭示了人人心中的秘密"，是"诗性活动的最明确的描述"，克洛代尔的这一观念"不是从诗人而是从神修者那里得到的"，它确立了"神秘心理的基本信条：两个我的区别：阿尼姆斯，表层的我，阿尼玛，深层的我；阿尼姆斯，理性的认识，阿尼玛，神秘的或诗的认识"②。二我之间的对立，是白瑞蒙的诗学观念的根本出发点，是他的神秘观即宗教神秘观和诗学神秘观的源头。宗教神秘和诗学神秘，二者相较，还是宗教神秘更为根本，因为"诗人之于神秘，特有间未达"，诗人是一个"未具足"的神修者。不过，神秘乃是宗教神秘和诗学神秘之共同的源头。

且看白瑞蒙如何描述表层的我和深层的我：表层的我"在灵魂的周围骚动、表现、生怕表现得不够；一心一意于静观，于更新其皮影戏：形象，感觉，情绪，观念，逻辑，在这场戏剧的狭窄的过道里如此忙乱，竟至于听不见舞台后面演出的音乐，静默的音乐；同样骚动的是中央的深层的我，但是带着一种强度，一种平静，表层的我以为这种强度和平静是无生命的，睡着了的，被动的；表层的我心花怒放，沉浸在概念和词语之中，深层的我则结合于真实；深层的我接受上帝的访问，表层的我常常推迟、妨碍这种访问，使之化为乌有，因此失去其恩惠"③。他还有更为细腻、具体的描述："有两个我：首先是表层的我，常常是泡沫的我，逸事趣闻的我：骄傲、奢侈、各种恶习的我；那种人们可以说某日说了什么话、做了什么事的我，有什么艳遇、犯了什么大罪的我。思想，行为，好的或坏的激情，渐趋消失的、前后不一的我，一旦死去就让位给他人，这个人即是他，又不是他。在这个我的周围，嫉妒、仇恨、爱他人、表层的我，生生死死。他表现得或好于或坏于他本人，总是虚假的，常常是哗众取宠的。但是，这又是异常有趣的、悲剧的、滑稽的我，道德家将其作为主要的精神食粮；这是拉布吕耶尔的我，当然不是古典诗的我，而是古典

① 转引自 *Prière et poésie*，第112—113页。
② 同上书，第113—114页。
③ 同上书，第114页。

主义的我。正是这个我，这个几近虚无的我，他们称之为：人。"① 帕斯卡尔说："我最可恨。"正是这个我，而非那个深层的我。这个我，大略相当于普鲁斯特所谓"我们表现在日常习惯、社会、我们种种恶癖中的那个自我"②。

白瑞蒙以同样的笔法描述了另一个我，它是"上帝的形象和庙宇，所有的灵感的我，一切真正的诗、一切英雄主义的源泉。任何它所能表现的姿态之外的姿态都不能定义它；任何它成为其源泉的活动都不能穷尽它；任何它准备做出的让步都不能使它成为一个奴隶。它当然思想，但是它的任何思想都不能真正地表达它，更不用说它的言辞了；它行动，但是它在它的每一个和全部的行动之后仍然存在；它在爱，但是它的每一次爱情都不能满足它，也不能奉献它。它比另一个我更能坚持，几乎同样虚无。但是，这是一种有生命的虚无：一种需要，一种不安，一种坚实的祈祷。隐约看见的、已经开始的拥有，或者'上帝的能力'。由于它首先是一种爱的能力，由于它的感动只能是为了与使它满意的东西联合，《圣经》，圣奥古斯丁，帕斯卡尔才称它为'心灵'。神修者称之为灵魂的端点，或中心，或高峰；保尔·克洛代尔称它为阿尼玛。这就是本质的、永恒的浪漫主义试图解放的我，不是理性的我，不是道德规范的我，或教条的我，因为对于这种解放来说，它所盼望的并不是这个我：在地上天堂，是夏娃给出了信号，另一个我的独裁的信号"③。这样的我，只能是普鲁斯特所谓"有深度的内在自我"，这种自我"只有在排除他人和熟知他人的自我的情况下才能发现，自我与他人相处，只有在这样的时刻，他渴望真正感受到那种孤独的真实，孤独的真实也只有艺术家才能真正体验到，真实就象一尊天神，艺术家逐渐与之接近，并奉献出自己的生命，艺术家的生命原本就是礼敬神明的"④。

---

① 转引自 *Prière et poésie*，第 131 页。
② 马赛尔·普鲁斯特：《驳圣伯夫》，王道乾译，百花洲文艺出版社 1992 年版，第 65 页。
③ *Prière et poésie*，第 131—132 页。
④ 《驳圣伯夫》，第 69 页。

七

钱锺书先生对克洛代尔的寓言撮其要而言之，谓"'心'为夫而'神'为妇，同室而不相得；夫智辩自雄，薄妇之未尝学问，实不如妇之默识灵悟也"，是为白瑞蒙之区别 animus 与 anima 也①。他选用汉语的"心"与"神"分别代表克氏寓言中的丈夫与妻子，即"表层的我"与"深层的我"，指出白瑞蒙的"二我之说"实为"我在"与"我执"，即"偏执之假我"与"正遍之真我"②，其实质是阿尼姆斯或心（l'esprit）与阿尼玛或神（l'âme）。钱锺书先生说，白瑞蒙把 Anima（阿尼玛）等同于l'âme，"其词其意，即中土所谓神也。体会极精"。并指出："西洋文评所谓 Spirit，非吾国谈艺所谓神。……Spirit 一字，即'意在言外'、'得意忘言'、'不以词害意'之'意'字，故严幾道译 Esprit des lois 为《法意》。"③ 法文 l'esprit，即英文 spirit，本是一个语义复杂的词，兼具精神、思想、意义，聪明等含义，一般遇到此词的时候，首先浮上脑际的即是"精神"或"神"，而钱锺书先生辨析甚精，一语道破，曰"非吾国谈艺所谓神"，而取"心"之一意：思想、意念、感情等一切理性的东西。今后我等以西方文学为业者可不慎乎！

钱锺书先生指出："克洛岱尔谓吾人天性中，有妙明之神，有智巧之心；诗者，神之事，非心之事，故落笔神来之际，有我在而无我执，皮毛落尽，洞见真实，与学道者寂而有感、感而遂通之境界无以异。"④ 其"神"与"心"分别指代表层的我（我执，le Je）和深层的我（我在，le Moi）。"白瑞蒙谓作诗神来之候，破遣我相，与神秘经验相同"，钱锺书先生评价为："立说甚精。"⑤ 他进而指出："白瑞蒙二我之说，略当斯义。

---

① 《谈艺录》，第 365 页。

② 同上书，第 278 页。

③ 同上书，第 43 页。

④ 同上书，第 269 页。

⑤ 同上书，第 276 页。

消除偏执之假我，而见正遍之真我，不独宗教家言然。"① 遂举叔本华、孔子、康德、柏格森、白伦许维克诸家言论，逼出结论曰："此数家者，派别迥异，平时持论，或相矛盾攻错；又其立说，不为宗教。蚌镜内照，犀角独喻，乃出而与宗教中神秘经验吻合，岂神秘经验初非神秘，而亦不限于宗教欤。……除妄得真，寂而忽照，此即神来之候。艺术家之会心，科学家之格物，哲学家之悟道，道家之因虚生白，佛家之因定发慧，莫不由此。"②

"破我之说，东西神秘宗之常言。"③ "其求学之先，不著成见，则破我矣；治学之际，摄心专揖，则忘我矣"④，此为入世学问之修行过程，故曰："世间学问所证，至有我无我、在我非我一境而止。心宗神秘家言，更增无我乃是有我、非我而是真我一境……"相反，"出世宗教注重虚静，面壁绝缘，以见不断灭之清净自性；如净眼人，远离眩翳，以见净眼本性。守定此心，故所得亦不外此心；先伏一法身真我，故虽破我而仍归于我耳。夫洗心藏密，息思止欲，乃有意求无意，决心欲息心，如避影而走日中"⑤。钱锺书先生的这番描述可为世间一切学问之规律：入世学问可以为诗，出世学问可以为宗教，"盖一则学思悟三者相辅而行，相依为用；一则不思不虑，无见无闻，以求大悟。由思学所得之悟，与人生融贯一气，不弃言说，可见施行。而息思断见之悟，则隔离现世人生，其所印证，亦只如道书所谓'视之不见，听之不闻，搏之不得'，佛书所谓'不可说，不可说'而已"⑥。"出世宗教之悟比于暗室忽明，世间学问之悟亦似云开电射"，其揆一也，"盖人共此心，心均此理，用心之处万殊，而用心之涂则一。名法道德，致知造艺，以至于天人感会，无不须施此心，即无不能同此理，无不得证此境"⑦。世间学问，无论出世，还是入世，心，理，境，三者同一，乃是人类之大追求。

---

① 《谈艺录》，第 278 页。
② 同上书，第 279—280 页。
③ 同上书，第 277 页。
④ 同上书，第 280 页。
⑤ 同上书，第 281—282 页。
⑥ 同上书，第 284 页。
⑦ 同上书，第 286 页。

　　钱锺书先生说："一首好诗永远是一桩奇迹。"①　白瑞蒙神甫说："马莱伯的诗句……是法国诗中的四五个奇迹之一。"套用钱锺书先生的话，我们可以说："马莱伯的纯诗永远是一桩奇迹。"换句话说，钱锺书先生和白瑞蒙神甫，惺惺相惜，所见略同。白瑞蒙提出纯诗理论的时候，正当法国 20 世纪 20 年代的"美好时代"，人们追逐新潮，思想空前解放，各种观念纷然杂陈，尤其在艺术上追求纯粹蔚然成风，只是白瑞蒙生虽逢时，但其理论之过于新颖却遭到崇尚理性的人的惊诧和抛弃，连最应该理解他的人如瓦莱里也委婉地批评他对"纯诗"概念做了"过度阐释"②，法国流行甚广的文学史教材也不肯在瓦莱里身边给他留一个位置，只有加拿大学者克雷芒·莫瓦桑在 1967 年出版的著作中说："亨利·白瑞蒙神甫是一位被遗忘而应该走出文学炼狱的作者之一。"③　还有法国作家罗贝尔·萨巴吉埃在《20 世纪诗歌》中说，关于纯诗的争论"不是一桩历史之有限的波折，而是一次诗歌创作的觉醒，是其全面的、持续的接力，并将不断地深化"④。除此之外，白瑞蒙的名字绝难找到。可喜的是，白瑞蒙在东方找到了知音。《谈艺录》初版问世于 20 世纪 40 年代，写作大约在 40 年代初，80 年代修订版发行。钱锺书先生 80 年代回忆 40 年代的情况时说："余四十年前，仅窥象征派冥契沧浪之说诗，孰意彼土比来竟进而冥契沧浪之以禅通诗哉。撰《谈艺录》时，上庠师宿，囿于冯钝吟等知解，视沧浪蔑如也。《谈艺录》问世后，物论稍移，《沧浪诗话》频遭拂拭，学人于自诩'单刀直入'之严仪卿，不复如李光照之自诩'一拳打蹶'矣。"⑤　以《沧浪诗话》之"入神"说解白瑞蒙之纯诗论，切中肯綮，开神韵派与象征派比较之先河，复以我之禅与彼之基督教之对比解诗，新意迭出，见出与时俱进之意。钱锺书先生"酷爱诗"⑥，

　　① 钱锺书：《写在人生边上　人生边上的边上　石语》，生活·读书·新知三联书店 2003 年版，第 317 页。

　　② Paul Valéry, "Discours sur Henri Bremond", in *Oeuvres*, t. l, p. 776, 1968, Pléiade.

　　③ Clément Moisan, *Henri Bremond et la poésie pure*, p. 195.

　　④ Robert Sabatier, *La péesie du vingtième siècle*, p. 235, 1982, Albin Michel.

　　⑤ 《谈艺录》，第 596 页。

　　⑥ 杨绛：《钱锺书对〈钱锺书集〉的态度》（代序），载《钱锺书集·七缀集》，生活·读书·新知三联书店 2002 年版。

"雅喜谈艺"①，以论中国古诗的态度谈论西方白瑞蒙的诗论，正是他展露身手的地方。严仪卿与白瑞蒙，一个是 13 世纪初的中国人，一个是 20 世纪初的法国人，七百年与三万里的时空距离，却不影响他们互为"邻壁之明"和"他山之石"，实为千古奇观，而正是钱锺书先生率先挑开了帷幕。钱锺书先生指出："神韵派在旧诗传统里公认的地位不同于南宗在旧画传统里公认的地位，传统文评否认神韵派是标准的诗风，而传统画评承认南宗是标准的画风……中国传统文艺批评对待诗和画有不同的标准：论画时重视王世贞所谓'虚'以及相联系的风格，而论诗时却重视所谓'实'以及相联系的风格。因此，旧诗的'正宗'、'正统'以杜甫为代表。神韵派当然有异议，但不敢公开抗议，而且还口不应心地附议。"②钱锺书先生于白瑞蒙诗论之遭遇可谓心有戚戚焉。

2010 年 8 月 5 日，草于北京

（原载《钱锺书先生百年诞辰纪念文集》，生活·读书·新知三联书店 2010 年版）

---

① 《谈艺录》，第 1 页。
② 《七缀集》，第 17、23 页。

加缪:阳光与阴影的交织

加缪[1]曾经指出,现代作家"不再讲故事了,(他们)创造自己的宇宙",而"思想,首先就是想要创造一个世界"。于是我们知道了,他作为作家,是想用思想创造自己的世界。这世界,巴尔扎克的是繁复,雨果的是博大,波德莱尔的是阴冷,普鲁斯特的是缜密……加缪的则是"单调"。人们可以用若干不同的一句话概括加缪的宇宙,例如他自己说的"反与正",别人说的"大海与牢狱"、"阳光与阴影"、"荒诞与反抗",等等。这如许多的一些话,说的其实只是一个东西:人与世界在其不可分割的联系中的对立和统一。加缪说:"谁都知道伟大的艺术家是可以多么的单调……"对此,我深信不疑,然而我也知道,伟大的艺术家又是可以多么地复杂。加缪就是一个既单调又复杂的作家。

加缪的名字是与几位神话人物和文学人物的名字联系在一起的,他们是西绪福斯、普罗米修斯、涅墨西斯和堂·吉诃德。

他们有过的,加缪都有,例如西绪福斯的清醒的勇气,普罗米修斯的高傲和坚忍,涅墨西斯的节制和均衡以及堂·吉诃德的知其不可为而为的固执;然而,加缪有过的,他们却不曾有,例如贫穷。

加缪是贫穷的。萨特在那封著名的绝交书中对加缪说:"您可能贫穷过,但已不穷了,您是个资产者……"[2] 这显然是个没有操心过衣食的人的口吻,实际上,直到四十四岁上获得诺贝尔文学奖之前,加缪一直是贫穷的,否则,他不会不无骄傲地说:"我不是在马克思的著作中学到自由

---

① 加缪(Albert Camus,1913—1960 年):法国作家。1957 年获诺贝尔文学奖。1960 年因车祸丧生。

② 萨特:《境况种种》第四集,巴黎,伽利玛出版社 1964 年版,第 93 页。

的，我是在贫困中学到的。"① 他的妻子也不会在获知他获奖这个消息后不无担心地说："但愿他不会拒绝……"② 她实在是过怕了拮据的日子。

　　贫穷，在许多人看来，是耻辱，是痛苦，甚至是罪孽。它可能使一些人自怨自艾，面对世界的不公忍气吞声；它可能使一些人深藏起内心的自卑而发狠去追求财富，转以新富的心态望着别的穷人而沾沾自喜；它也可能使一些人因拒绝而"思变"，于是有造反，有逃遁，有弃世，或寄望于渺渺中的未来，或求援于冥冥中的主宰，或自放于昏昏中的现在。然而，在阿尔及尔贫民区长大的这位法国移民的儿子加缪却对贫穷有另一种体验和认识。他贫穷，穷到没有一张写作业的桌子，然而他骄傲，因为他能在阿尔及尔的阳光下畅游于地中海的怀抱中。当病魔企图从他年轻的手中夺走这不费分文的幸福时，他愤怒了，也清醒了。他看到了一个阳光与阴影交织着的世界。他站在这个世界上，他一生艰难的足迹都深深地印在这个世界上。他虽然不相信"太阳之下、历史之中，一切都是美好的"，但是他确信"历史并不就是一切"③。这种独特的体验和认识，后来造就了文学家和思想家阿尔贝·加缪。当他于 1957 年被授予诺贝尔文学奖的时候，人们说："就个人来说，加缪已经远远地超越了虚无主义，他严肃又严厉的沉思重建起已被摧毁的东西，力图使正义在这个没有正义的世界上有其实现的可能，这些都使他成为人道主义者，而这个人道主义者没有忘记地中海岸蒂巴萨耀眼的阳光向他指明的希腊美与均衡。"④

　　西蒙娜·德·波伏瓦曾经这样指责加缪："他很少从大原则下到具体的个案上来。"⑤ 这样的指责实在是落不到加缪的头上，因为加缪恰恰是从个案上升而至于大原则，正如他自己所说："实际上我并非哲学家，我只能谈谈我经历过的事情。"⑥

　　20 世纪是价值重建、文化重建的时代，在这种摧毁与建设的同样巨大

---

①　加缪：《时文集Ⅰ》，《全集·随笔卷》，巴黎，伽利玛出版社 1965 年版，第 357 页。

②　罗杰·格勒尼埃：《加缪：太阳与阴影》，巴黎，伽利玛出版社 1987 年版，第 287 页。

③　加缪：《反与正》"序言"，《全集》第二卷，第 6 页。

④　安德斯·奥斯特林：《授奖辞》。

⑤　西蒙娜·德·波伏瓦：《时势的力量》，巴黎，伽利玛出版社 1963 年版。

⑥　加缪：《时文集Ⅱ》，《全集·随笔卷》，第 753 页。

的努力中，像加缪这样从个人的切身体验和感受出发者并不多见，而像他那样有更多的理由破坏，但他却致力于保存者更属罕有。我起手便拈出他的贫穷，当然不是想印证"诗穷而后工"的古训。在他那里，贫穷既是他的亲历，也是人类的基本而永恒的状况，一切将从这里开始。

一 "应该设想，西绪福斯是幸福的"①

青年加缪一日与朋友们经过阿尔及尔附近一小村庄，适逢一阿拉伯儿童被汽车撞至昏迷，他们久久地望着那奄奄一息的孩子，听着周围人们的哭泣和哀告，当他们终于承受不了而离去时，加缪手指着大海和蓝天，说："你看，他不说话！"② 十五年之后，加缪在《鼠疫》中写到一个孩子的死，里厄医生说："我至死也不会去爱使孩子惨遭折磨的上帝的创造。"他既不能像"阿比西尼亚的教友们把鼠疫看作是一种上天所赐的获得永生的有效方法"，也不能像帕纳卢神甫那样用"对天主的爱"从"精神上抹掉孩子的痛苦和死亡"，因为他"不相信天主"，他相信的是"贫困"教给他的东西："同客观事物作斗争"，哪怕那是"一连串没完没了的失败"③。在加缪看来，人在世界上受苦受难，上帝要么不在场，要么在场而眼睁睁地看着，甚至他竟是苦难的制造者。

近世西方的思想家和文学家痛感于人类的苦难，纷纷把目光转向上帝，或提出疑问，或发出谴责，笃信上帝的人力图展示新的希望，不信上帝的人也不能摆脱有关上帝的观念。陀思妥耶夫斯基问："假使上帝不存在该怎么办？"尼采则大声宣告："上帝死了！"一个是提出问题，一个是直截了当地确认事实。"上帝之死"成了20世纪的一个永远敞开的问题，其冲击波的范围似不止于西方世界。对于这个密切关系到"我们这时代人类良心的种种问题"④ 的问题，加缪的回答是真诚而勇敢的，是独特而朴

---

① 加缪：《西绪福斯神话》，载《文艺理论译丛》第三辑，中国社会科学出版社1985年版，第407页。

② 赫伯特·R.洛特曼：《加缪传》，巴黎，瑟伊出版社1978年版，第64页。

③ 加缪：《鼠疫》，上海译文出版社1980年版，第123页。

④ 见加缪获诺贝尔文学奖的"得奖评语"。

实的。

加缪认为,"上帝不在场"是一个直观的、经验的事实,其证明就是古往今来的眼泪和鲜血、压迫和不公、暧昧和焦虑,等等,一句话,就是卡利古拉所看到的"真理":"人终有一死,却并不幸福。"① 身陷深渊的人并非没有向上帝发出呼唤,《误会》中的玛丽亚喊道:"啊!我的上帝!我不能生活在这荒野之中!我是在和您说话,我将会找到我要说的话。是的,我相信的是您。可怜我吧,朝我转过身来吧,听见我说的话吧,把您的手伸给我吧!上帝,可怜可怜那些相爱又相离的人们吧!"然而,没有谁听见,没有谁来安慰她,没有谁来缓解"误会"给她带来的痛苦,只有一位神秘的老者对她吼道:"不!"不相信上帝的默而索则对上帝无话可说,甚至对他是否真地不相信上帝这类问题不感兴趣;而另一位不相信上帝的人,例如里厄医生,则有更为肯定更为明确的说法,他说:"既然自然规律规定最终是死亡,天主也许宁愿人们不去相信他,宁可让人们尽力与死亡作斗争而不必双眼望着他不说话的青天。"② 看来,人的获救是不能依赖一位不关心其痛痒的上帝的。至于上帝是否存在,加缪似乎总是避免正面作答。他说:"(上帝的)存在将意味着他是冷漠的、凶恶的、残暴的",因此,上帝要么"全能而作恶",要么"慈善而无为"。这大约不会使基督徒们感到高兴,因为他们将面临艰难而痛苦的选择。于是,加缪引用斯丹达尔的话打了这么个圆场:"上帝的唯一的借口,就是他并不存在。"③ 这种调侃的口吻说明,上帝的存在或不存在,在加缪那里并不是个至关重要的问题,也就是说,并不是一个需要从经验或逻辑上加以证明的问题,它的根据在于情感或理智的需要之中,正如他谈到《群魔》中的基里洛夫时所说:"他感觉到上帝是必要的,它的确应该存在。但是他知道它不存在,也不能存在。"④ "上帝的存在"这个使陀思妥耶夫斯基"毕生有意识或无意识地感到痛苦的问题",就这样被加缪轻描淡写地打发掉了,几类于孔夫子的"祭如在"和"不语怪力乱神"。然而,上帝可以不存

---

① 加缪:《卡利古拉》,《全集·戏剧、小说卷》,巴黎,伽利玛出版社 1962 年版,第 16 页。
② 加缪:《鼠疫》,顾方济、徐志仁译,上海译文出版社 1980 年版,第 123 页。
③ 加缪:《反抗的人》,《全集·随笔卷》,第 436 页。
④ 加缪:《西绪福斯神话》,《全集·随笔卷》,第 393 页。

在，关于上帝的观念却作为一种心理的和社会的真实深藏于人的内心之中，"没有什么东西能够消除人们内心中对于神明的渴望"。于是，卡利古拉为了超越眼下的"不可忍受的"世界，就"需要月亮，或幸福，或不死"，总之是"不属于这个世界的某种东西"①。帕纳卢神甫要坚持他对天主的信仰，哪怕眼看着无辜的孩子死去。《局外人》中的那位预审推事之所以不理解默而索，是因为默而索不信上帝，而他却"说这是不可能的"，因为"所有的人都信仰上帝，甚至那些背弃上帝的人都信仰上帝"②。正是因为有关上帝的观念已经深深地埋在人的最隐秘的心理结构之中，"上帝死了"或"上帝不在场"或竟"不存在"，才成为问题，成为一场冲击人们心灵世界的风暴和地震，才使得加缪产生了这样令人惊讶的幽默："我认识一位不信神的小说家，他每天晚上都祈祷。"③

　　因此，上帝不存在，并不等于形而上的意义不存在；不相信上帝，并不等于不相信超验的价值。诚然，加缪不相信世界有一种"至上的意义"④，他也"不能理解一种由某个更高一级的存在给予的自由能是什么东西"，他认为在人的面前没有中间道路，"有的是上帝或时间，十字架或剑"，而人应该"和时间结盟"，不应该"生活在时代中而相信永恒"⑤。然而，这只是意味着，世界没有一种上帝给予的意义，即使从这个角度提出"世界的无意义"，人也"不能够停留在这种立场上"。因此，加缪在《给一位德国友人的信》中说："我继续认为这世界没有至上的意义。但是我知道这世界上的某种东西是有意义的，这就是人，因为他是唯一要求其存在具有一种意义的存在物。"人及其周围的世界，成为"上帝之后"的唯一的残留。人的生命在时间和空间中展开，他只能和脚下这片土地建立一种依恋的关系，他自然地依恋着这些"短暂然而基本的财富：大海、阳光、光明中的女人"⑥。因此，生活先于意义。加缪引用陀思妥耶夫斯基

---

① 加缪：《卡利古拉》，《全集·戏剧、小说卷》，第 107 页。
② 加缪：《局外人》，载《加缪中短篇小说集》，外国文学出版社 1985 年版，第 49 页。
③ 加缪：《堕落》，载《加缪中短篇小说集》，第 172 页。
④ 加缪：《给一位德国友人的信》，《全集·随笔卷》，第 241 页。
⑤ 加缪：《答加布里埃尔·多巴莱德》，《新文学》1951 年 5 月 10 日，巴黎。
⑥ 见加缪为《海岸》杂志所写的发刊辞。

的话:"在热爱生活的意义之前,应该首先热爱生活。"然后,他说:"是的,当对生活的爱消失的时候,没有任何一种意义能给我们以安慰。"① 正是人要求或给予生存一种意义这一事实,使作为世界的一部分的人脱离了世界,站到了世界的对面。从此,一切充满了爱与恨、渴望与拒绝的永恒的斗争开始了。

这场斗争的最基本的产物,加缪称之为荒诞。作为近代西方哲学和文学中极为流行的概念,荒诞其实也是歧义迭出因人而异的,例如加缪的荒诞就不同于存在主义的荒诞。在萨特那里,荒诞是对人及世界的一种总体把握,而在加缪看来,荒诞只不过是人与世界的一种关系。因此,荒诞的反面不是理性,也就是说,荒诞不在理性的对面,而只是在理性之外,甚至是理性的某种特殊的存在方式。加缪说:"(荒诞)是非理性的反面。"② 这话听起来让人感到意外,其实正表明了加缪的所谓荒诞哲学的独特性。

人生和世界的荒诞,很早就成为欧洲哲学和文学的主题,帕斯卡尔有过一段充满了宗教情绪的描述:"我们是航行在辽阔无垠的区域里,永远飘移不定,从一头被推到另一头。……没有任何东西可以为我们停留。这种状态对我们既是自然的,又是最违背我们的意志的;我们心中燃烧着想要寻求一块坚固的基地与一个持久的最后据点的愿望,以期在这上面建立起一座能上升到无穷的高塔,但是我们整个的基础破裂了,大地裂为深渊。"③ 这段话不知让多少善男信女堕入恐惧,向上帝伸出求援的双手,然而世事沧桑,"深渊"没有被填平或跨越,荒诞的观念却在 20 世纪 20 年代末被世俗化了。它首先在马尔罗的《东方的诱惑》中成为欧洲历史的总归宿,继而成为萨特笔下的洛丁根的"恶心",随后又成为加缪的人生哲学的"唯一的已知数"和"出发点"④。

加缪的哲学往往被称为"荒诞哲学",这个从不以哲学家自命、声称"和卡比里的小学教员比和巴黎的教授更谈得来"⑤ 的人居然有了一种堂

---

① 加缪:《反抗的人》,《全集》第二卷,第 467 页。
② 加缪:《手记 2》,巴黎,伽利玛出版社 1964 年版,第 109 页。
③ 帕斯卡尔:《思想录》,何兆武译,商务印书馆 1986 年版。
④ 加缪:《西绪福斯神话》,《全集·随笔卷》,第 334 页。
⑤ 儒·罗阿:《阿尔及利亚悲剧》,载《阿尔贝·加缪》,巴黎,阿晒特出版社 1964 年版。

而皇之的哲学，幸耶？不幸耶？至少哲学家本人是颇多保留的。如同存在主义经萨特之手而成为一个有口皆碑的名词一样，荒诞也经加缪之手通过默而索和西绪福斯而成为社会各阶层人们的口头禅。然而，荒诞作为一个日常语汇的广泛流行实际上冲淡了荒诞感的悲剧性，阻断了荒诞继续深入发展的道路。加缪曾经无可奈何地说："荒诞这个词的命运很不幸，我承认有时它简直让我感到恼火……当初我在《西绪福斯神话》中分析荒诞时，我是在寻求一种方法，而不是一种教条。……我试图进行清理，并在此基础上进行建设。"① 看来，加缪的初衷多少是被人误解了，有些人在战争的废墟中把他当作引路人，然而一进入荒诞便裹足不前，而他则继续艰难地行进，最终成为一个在旷野中呼喊的孤独者。

这种误解有历史的原因，也有作家本人的原因。就历史来说，《局外人》和《西绪福斯神话》出版于第二次世界大战之中，饱尝离乱之苦的人们在历史的非理性面前眼看着传统的价值观念土崩瓦解而不知所从，默而索对社会的反抗，西绪福斯对苦难的轻蔑，仿佛在他们的心中注入一股新鲜而有活力的血液，使他们清醒，又使他们重新鼓起生活的勇气。于是，在他们眼中，加缪就是默而索，就是西绪福斯。《婚礼集》中狄奥尼索斯式的加缪远远地退居幕后，在前台的是一位坚忍、冷漠、孤傲的哲人。加缪由一位大嚼"地粮"② 的青年一变而为荒诞的化身，饥餐"冷漠之粮"，渴饮"荒诞之酒"③。然而，这两部作品的构思却是在第二次世界大战之前，它们在历史中被接受，实际上与具体的历史并没有多大的关系。这也许是使加缪"恼火"的外在原因。就作家本人来说，默而索只是在临刑的前夜方才觉醒，消除了对死亡的恐惧，意识到生活和世界的无意义，最终把那世界的"温情脉脉的冷漠"当作他与世界的联系从而生出某种依恋之情；西绪福斯也只是怀着轻蔑接受了神的惩罚，他的反抗不是拒绝，而是以主动的承受使神的惩罚落空。的确，加缪在《西绪福斯神话》中并没有排除传统的人道主义，并没有绝对地否定终极的价值关系，例如

---

① 加缪：《答加布里埃尔·多巴莱德》，《新文学》1951 年 5 月 10 日。

② 纪德写有一小说，名为《地粮》。

③ 加缪：《西绪福斯神话》，《全集·随笔卷》，第 351 页。

他说："我刚才说世界是荒诞的，我是操之过急了。世界本身是不可理喻的，这是人们所能说的。然而荒诞的东西却是这种非理性和这种明确的强烈愿望之间的对立，这种强烈愿望的呼唤则响彻人的内心深处。"不过，这种对人的追求的肯定，相对于荒诞的确认和描述，显得太微弱了，但它毕竟像一粒种子深埋在这两部早期著作中，等待着发芽和长大成熟。

加缪有过他的虚无主义阶段。对于一个否定和批判传统价值观念的思想家来说，虚无主义几乎总是一门入门课，区别往往在于能否和如何超越。对于加缪来说，就是在他的虚无主义阶段，确认和证实荒诞，也只是"出发点"或"唯一的已知数"，如同他在《西绪福斯神话》中所说："到目前为止，一直被当作结论的荒诞，在本文中却被看作是出发点。"加缪从这一点出发，以这个"唯一的已知数"为根据，开始了艰难的探索，既是同时又是依次地建立起他的关于荒诞、关于反抗、关于幸福的哲学。然而，就是对于所谓荒诞哲学来说，也有一个出发点，那就是人的命运和他的生存环境之间的不协调。加缪从来也不曾简单地说"人是荒诞的"或者"世界是荒诞的"。当他说到"荒诞"时，他总是指人与世界的关系。这种关系是"分裂"，是"对立"是"矛盾"，是"不可理喻"。也就是说，人就其本性来说，是追求明晰和统一的，他在内心深处渴望着幸福和理性，而世界给予他的却是沉默和神秘，如一堵模糊而不可穿透的墙，这样，两者之间的关系就呈现出不可解的荒诞。人、世界和荒诞构成的三角，就这样成为加缪的人生观和世界观的基本模式。对加缪来说，人生观和世界观是一个东西，因为在这个三角中，人是主要的，是中心，他和世界、和荒诞构成了"一出悲剧的三个人物"。在这一出悲剧中，人与世界始终是矛盾冲突的双方，而荒诞既是两者会面中的产物，也是两者相互联系的唯一的纽带，因此，加缪强调："在人类精神之外，不能有荒诞。"同时，"这个世界之外，也不能有荒诞"。就荒诞的本质是分裂这一点来说，"它不存在于对立的两种因素的任何一方。它产生于它们之间的对立"。也就是说，"荒诞不在人，也不在世界，而在两者的共存"①。这"三个人物"的不可分割性，使加缪认定，不能通过取消其中的任何一个来取消其

---

① 加缪：《西绪福斯神话》，《全集·随笔卷》，第333页。

余两个的存在，即不能通过取消人（例如自杀）来取消荒诞，不能通过取消世界（如否定世界）来取消荒诞，而取消了荒诞，则意味着取消了人与世界的联系。因此，加缪说："活着，就是使荒诞活着。"①

然而，人不能生活在荒诞之中。当人发现荒诞的时候，正是他最强烈地感到需要幸福的时候，因为"幸福和荒诞是同一块土地上的两个儿子"②。加缪提出："只有一个真正严肃的哲学问题，那就是自杀。判断人值得生存与否，就是回答哲学的基本问题。"③ 加缪的回答是肯定的。他反对肉体上的自杀，也反对哲学上（形而上）的自杀，他主张人应该怀着清醒的荒诞感去"义无反顾地生活"、"尽其可能地生活"，也就是说，"重要的不是生活得最好，而是生活得最多"④。当然，这种所谓"量的哲学"并非教人苟且偷生或逆来顺受，它只是告诫人们要清醒地面对人的命运，不要为盲目的希望和渺茫的未来而放弃现实的生活，或者逃避，或者弃世，或者跃入神的世界，因为"地上的火焰抵得上天上的芬芳"⑤，或者用默而索的话说，神甫的"任何确信无疑，都抵不上一根女人的头发"。因此，加缪指出："在荒诞的人眼中，没有任何深刻性、任何感情、任何激情、任何牺牲可以使四十年的有意识的生活和六十年的清醒相等。"⑥ 所谓"荒诞的人"，并不是非理性的人，而是"试图穷尽自身的人"，"不脱离时间的人"，"想达到和体验一切的人"，"思想清晰并且不再怀有希望的人"，总之是"伟大的享受人生的人"⑦。所谓"荒诞的人"，也不是浑浑噩噩的人，而是既能"行动"又能"静观"的人，因为"在坚持世界的荒诞之中是有一种形而上的幸福的。征服或游戏，无数的爱情，荒诞的反抗，这些都是人在一次他事先已经失败的战役中对他的尊严所表示的敬意"。默而索曾经以无所谓的态度对待生活，然而他终于在临刑的前夜觉醒了，"面对着充满信息和星斗的夜"，他"第一次向这个世界的动人的

---

① 加缪：《西绪福斯神话》，《全集·随笔卷》，第 352 页。
② 同上书，第 406 页。
③ 同上书，第 311 页。
④ 同上书，第 358 页。
⑤ 同上书，第 382 页。
⑥ 同上书，第 360 页。
⑦ 同上书，第 387 页。

冷漠敞开了心扉"。他希望处决的那一天"有很多人来观看"，希望他们对他"报以仇恨的喊叫声"①。他感到了幸福，因为他面对的将是人生存的世界，即使是"仇恨"，也仍然是一种联系。他最终成为一个"荒诞的人"，以个人的反抗显示出人的尊严。生活，在觉醒的、有意识的人的面前，显现出荒诞的面貌。

然而，加缪并不满足于确认荒诞这一"明显的事实"和"唯一的已知数"，他要以此为"出发点"去寻求"协调一致的哲学立场"。

加缪认为，荒诞的人所拥有的不仅仅是荒诞感，更为重要的是，他能够从荒诞出发并超越荒诞，接受荒诞的一切后果，因为他"感兴趣的不是发现（荒诞），而是从中引出的结论和行动的准则"②。加缪首先从对自杀的否定中为荒诞的人肯定了"挑战"和"反抗"。人既然不能用自杀来摆脱荒诞，就势必要面对荒诞，正视荒诞。"活着，就是使荒诞活着。使荒诞活着，首先就是正视它。"人生并不是因为有某种先验的意义才值得过，而是人自己对其生存环境的挑战和反抗才使人生具有了某种意义。人生的伟大，首先在于"反抗贯穿着人生的始终"。荒诞的人拒绝自杀，是因为他不回避荒诞，而把荒诞看成生存的永恒状态，同时也看成"对死亡的意识和拒绝"。这种意识和拒绝，"就是反抗，就是人和自己的阴暗面之间的永恒对立"③。因此，站在肯定生活、热爱生活的原点上，反抗就是从荒诞引出的一种"协调一致的哲学立场"。从这一立场出发，"荒诞的人只能穷尽一切，并且穷尽自己"，同时在这种日复一日的意识和反抗之中，他显示出他的唯一的真理，即"挑战"④。然而，荒诞的人进行挑战和反抗，并不抱有胜利的希望，因为他知道最大的荒诞是死亡，"死亡之后，一切都完了"，恰如中国古人所说："纵有千年铁门限，终须一个土馒头。"荒诞的人明白："来日是没有的。"加缪说："死亡也有一双贵族的手，既镇

---

① 加缪：《局外人》，《全集·戏剧、小说卷》，第90页。
② 加缪：《评让－保尔·萨特的〈恶心〉》，载《文艺理论译丛》第三辑，中国社会科学出版社1985年版，第305页。
③ 加缪：《西绪福斯神话》，《全集·随笔卷》，第352页。
④ 同上书，第354页。

压，也解放。"正是"这种对希望和未来的剥夺意味着增加人的不受约束性"①，即"精神和行动的自由"。因此，自由的深刻的原因存在于对未来不抱有希望的反抗之中。荒诞的人不必沉湎于对神的幻想之中，因为他不需要某种至上的存在给予他的生活以一种意义；他也不必迷失在"自在的自由"之中，因为他不需要某种先验的东西来"为自己设立栅栏"。他发现了自己的自由，唯其如此，他才能有穷尽现实的自由，他才能有"一颗人心可以体验和经历的"自由。"荒诞的人就这样隐约看见一个灼热而冰冷的、透明而有限的宇宙，在那里，没有什么东西是可能的，但是一切又应有尽有，过了这个宇宙，就是崩溃和虚无。这时他可以决定同意生活在这样的宇宙中，并从中汲取他的力量、他对希望的拒绝以及对一种没有慰藉的生活的固执的见证。"②他不但必须自由地生活在这个只有现时没有未来的世界中，他还要怀有一种百折不回勇往直前的顽强意志面对人生的种种匮乏和缺陷。这种顽强的意志，加缪叫做激情。这是一种肯定并享有现实人生的情怀，即"对未来的冷漠和穷尽现存的一切"。对未来冷漠，这使他能够义无反顾地生活；穷尽现存的一切，这使他"为了事实的判断"而排除"价值的判断"。在他看来，"二十年的生活和经验是绝对不可替代的"。在这个意义上，他提出："重要的不是生活得最好，而是生活得最多。"加缪的"量的哲学"的基础是对人生的清醒的意识，所以它并不等同于"活命哲学"。他说："我们的世界不需要温吞吞的灵魂。它需要滚烫的心，它们知道节制的正确位置。"③因此，他痛感当今的世界是一个没有力、没有性格的世界，他呼唤着人们（无论是个人还是集体）都要"满怀激情地生活"。在他看来，激情总是积极的肯定的因素，只有当它失去界限和控制的时候，才会变成一种消极否定的因素。总之，反抗、自由和激情，这是荒诞的三个后果，加缪正是凭借着这三个后果寻找到三种"协调一致的哲学立场"，从而确认并且超越了荒诞。

　　当西绪福斯面对那块无休止地升而复降的巨石时，他是清醒和高傲

---

① 加缪：《西绪福斯神话》，《全集·随笔卷》，第 355 页。
② 同上书，第 357 页。
③ 加缪：《反抗的人》，《全集·随笔卷》，第 708 页。

的。他清醒，因为知道无论多少次地将巨石推上山，那巨石仍将滚落到平原上；他高傲，因为那巨石无论多少次地坠落，他仍将竭尽全力地把它推上山顶；他并不乞求神祇取消惩罚，他以接受来使神的愿望落空：惩罚将不成其为惩罚。他在精神上已经战胜了神。西绪福斯是幸福的，他之幸福，不在于使巨石停留在山顶，而在于他始终高昂着头接受命运的挑战，在于他勇敢地承担了荒诞的三个后果：反抗、自由和激情。

二　普罗米修斯"仍在我们中间"

巨人之子普罗米修斯窃天上的火种给人类，触怒宙斯，被锁在高加索山顶的一块巨石上，每天有神鹰来啄食他的肝脏，其肝脏复又长成，如此随啄随长，直到有人出来替他受罪为止。然而普罗米修斯宁愿受折磨，也绝不向宙斯屈服。赫尔墨斯嘲笑他："怪哉，你乃预言者，居然不曾料及此难。"他坦然作答："我早已知道。"普罗米修斯是为了人类而反抗神祇的英雄。他爱人类，他不仅给人类带来了火和技艺，同时还给人类带来了自由和艺术。他在肉体和精神两方面创造了人类。那么，对于今天的人来说，普罗米修斯意味着什么？加缪的回答是："人们当然可以说这位神的反抗者是现代人的楷模，这种数千年前在斯基泰沙漠中发出的抗议声，今天已结束在前所未有的历史动乱之中。然而同时，它也告诉我们，这位受迫害者仍在我们中间，我们仍对人类反抗的巨大呼喊充耳不闻，而正是他为这反抗发出了孤零零的信号。"[1] 在加缪看来，普罗米修斯的神话是"反抗精神的最伟大的神话"。普罗米修斯面对酷刑的高傲比西绪福斯面对苦役的坚忍更为深刻地展示了人的本质。加缪在确定了人与世界的荒诞关系之后，断然否定了自杀作为解决的途径，从而把反抗作为人的本性之一："若不自杀，人的反应乃是本能的反抗。"[2] 因此，荒诞和反抗，互为因果，相生相长。在西绪福斯对荒诞的意识中，已然萌发了反抗的精神，在普罗米修斯对神的反抗中，更深刻地体现了荒诞的蕴涵：不公正给人类

---

① 加缪：《夏天·普罗米修斯在地狱》，《全集·随笔卷》，第 841 页。
② 加缪 1945 年 6 月 13 日在"文学之家"的演说。

造成的痛苦。在埃斯库罗斯的《被缚的普罗米修斯》中，普罗米修斯不停地呼喊："啊正义之神，啊我的母亲，你看见了他们使我遭受的痛苦！"加缪的反抗，是从人的基本状况开始的：人类在其存在中，最根本的苦难是感受不到正义，或者说，他的遭遇是不公正的。

加缪把反抗定义为"转身"，即被压迫者转身面对压迫他的人或事。然而，"转身"还只是开始，重要的是"转身"之后干什么。加缪说："何为反抗者？一个说'不'的人。但是，如果说他拒绝的话，他却并不放弃，因此，从他的第一个动作起，他也是一个说'是'的人。"① 这就是说，反抗不仅仅是否定，它还有肯定的因素。否定和肯定的平衡决定了反抗的价值，一种超越了虚无主义的价值。因此，人类的反抗实际上是拒绝将人视为物或历史的工具，是重申人对正义的强烈要求。简言之，反抗是人对自身的本性的肯定，而这种本性，在加缪看来，并不是某种永恒不变的先验的或神授的东西，而是一种永远处于解决的过程中的矛盾。正是这种人类存在中的永恒矛盾决定了反抗中的否定与肯定两方面的内涵。就其否定的方面来说，反抗意味着事情超过了某种界限："对于压迫他的秩序，（反抗者）对之以一种权利，这种权利要求他的被压迫不超过他能接受的限度。"② 假如我们不把这里的"限度"理解为奴隶将接受奴隶主有限的压迫，而是理解为奴隶要求与奴隶主平等，那么，我们将会看到加缪的合乎逻辑的结论，即人不是一种"可以消费的资本"，不是一种可以被用来为历史服务的东西或工具。加缪指出："在萨德的围着铁丝网的共和国中，有的只是机械和机械师。"③ 而希特勒则提供了另一个违反人权地使用人的例证："加入政党的人仅仅是元首的工具，机器上的一个齿轮；如果他反对元首，那他就是机器的消费品。"④ 就历史的层面来说，反抗就这样把矛头指向人的非人化。就形而上的层面来说，反抗中的否定也同样指向人类生存条件的不公正，即人对于世界的统一性和明晰性的渴望一直没有得到尊重和满足，也就是说，形而上的反抗是指向上帝的。然而，如果

---

① 加缪：《反抗的人》，《全集·随笔卷》，第 423 页。
② 同上。
③ 同上。
④ 同上书，第 467 页。

反抗的否定内涵趋向绝对，就将导致虚无主义的出现，导致人和世界的毁灭。加缪指出："虚无主义不仅仅是绝望和否定，它尤其是一种使人绝望和否定一切的意志。"① 因此，反抗若不堕入虚无主义，还必须有其肯定的内涵。反抗肯定的是人性及其权利。加缪并没有给人性下过明确的定义，但是他不同意存在主义者用人的处境代替人的本性，我们由此可以知道，他继承古希腊哲学，相信有一种自然的本性存在，正是这种自然本性为反抗提供了基础。他所说的"人身上最可骄傲的东西"、"人的不肯屈服的那一部分"、"人的不可制服的那一部分"、"人的最独特的东西"，等等，正是所谓人性的表现，倘若归结为一句话，那就是："人不能被当作狗那样来对待。"② 人是精神和肉体的存在，归根结底，这就是加缪的反抗所要肯定的东西。如同否定一样，肯定若趋于绝对，同样会走向虚无主义。加缪指出："肯定一切就意味着肯定杀戮。有两种方式赞同杀戮。假如奴隶肯定一切，他就肯定了奴隶主的存在，也肯定了他自己的痛苦……假如奴隶主肯定一切，他就肯定了奴隶制，也肯定了他人的痛苦；这就是暴君以及对杀戮的赞颂。"③ 因此，反抗要在否定和肯定的平衡中进行，否则，反抗就要违背它的初衷，走向蜕变和堕落。加缪认为反抗堕落的形式之一是革命。他说："革命不是反抗。四年中支持着抵抗运动的是反抗，这就是说，开始时是对一种企图使人屈服的秩序的整个的、顽强的、几乎是盲目的拒绝。反抗首先是心灵。但是，这样的时刻到来了，反抗进入精神，感情变成思想，自发的冲动结束为共同的行动。这乃是革命的时刻。"④ 反抗变成革命，从纯心灵领域进入实际行动，这意味着历史的开始。加缪认为，反抗的历史化必然倾向于否定价值从而走向虚无。这就是说，反抗永远只能停留在心灵或感情之中，一旦进入具体的政治经济环境，就将成为改变社会秩序和结构的暴力，从而引起新的反抗，如此循环不已。"原来属于上帝的，现在给了恺撒"，在加缪的笔下，一百五十年的反抗的历史证明，革命就是用新的不义取代神的不义。因此，加缪所说的反抗并不是

① 加缪：《反抗的人》，《全集·随笔卷》，第 467 页。
② 加缪：《时文集 II》，《全集·随笔卷》，第 792 页。
③ 加缪：《反抗的人》，《全集·随笔卷》，第 537 页。
④ 加缪：《战斗报》1944 年 9 月 19 日文。

一种可以付诸实施的行动。

加缪把反抗分为形而上的反抗和历史的反抗。所谓形而上的反抗，指的是一种对于人作为人所面临的生存条件的反抗。加缪指出："形而上的反抗是人起而反抗他的状况和整个创造的一种运动。这种反抗所以是形而上的，是因为它对人及创造的目的提出异议。"① 奴隶对其地位本身提出异议，人对其作为人的状况提出异议，这都超越了具体的时空，已超越了个人的遭遇，所以是形而上的。形而上的反抗所以发生，是因为在人的状况中，人根据人性应该享有的东西并没有得到满足，例如秩序、正义、统一、理解等。加缪说："反抗生于无理性在一种不公正的、不可理解的状况面前所展示的景象。"② 因此，形而上的反抗首先要求的是正义或公正，而最大的不公就是人终有一死并且难逃各种形式的恶的折磨。当人绝望于神的正义时，就转而追求人间的正义，无论这种正义多么不完善。为了这种正义，人可以揭露世界的不公并且自己去建立正义。形而上的反抗最根本的要求是统一。人所面对的世界是一个破碎的、分裂的、混乱的、矛盾的世界。加缪在分析中发现，"在我们所遇到的所有情况中，抗议总是针对着创造之中的不协调、不透明和连续的中断。因为，从本质上说，反抗不断地要求的是统一"③。政治追求秩序，经济追求发展，艺术追求完美，这些人类的活动无一不是试图给世界以统一性。

形而上的反抗针对的是人的受制于苦难和死亡的生存状况，在西方的思想传统中，这实际上针对的是规定这种状况或者失信于人的基督教的上帝。反抗者和荒诞的人一样，面临着同一个上帝的问题。加缪指出："反抗者藐视更甚于否定。"④ 反抗者不一定是不信神的，但他肯定是渎神的：他不是一定要取消上帝，但他要与上帝平起平坐，他要依靠自己的力量在世间建立正义。然而，从形而上的反抗本身来看，上帝的存在是不可思议的，任何有关上帝的经验都是矛盾的。在加缪那里，这个上帝不是希腊人的神，也不是泛神论者的"世界灵魂"，而是基督教的上帝，确切地说，

---

① 加缪：《反抗的人》，《全集·随笔卷》，第 435 页。

② 同上书，第 419 页。

③ 同上书，第 509、436 页。

④ 同上。

是《旧约》中的上帝。加缪在《鼠疫》、《戒严》等作品中都描绘过这个严厉的、复仇的、妒忌的上帝的形象。加缪并不是一位无神论者,但是,他对统治欧洲精神世界两千年的基督教无疑是持批判态度的,至少他认为基督教在其制度化和政治化的过程中已远远地背离了初衷。于是,当唯一的、人格化的上帝出现时,他就成为人世间普遍的不公正的原因或制造者。也就是说,上帝要对人的痛苦负责。因此,无论上帝存在或不存在,人的精神反抗的根本指向都是对着上帝的。加缪把这种形而上的反抗分为三个阶段:绝对否定、拒绝拯救和绝对肯定。他挑选了三个人物作为三个阶段的代表,他们是萨德、卡拉马佐夫和尼采。萨德用性本能的张扬和发泄来否定上帝,在他的城堡中,"自由要么是犯罪,要么不再是自由"。陀思妥耶夫斯基笔下的卡拉马佐夫要求所有的人同时获得拯救,否则他就拒绝,然而人是在地狱之中,他于是高喊:"一切都是被允许的!"尼采则为了统治世界而接受一切,试图以肯定现世来跻身神的行列。加缪认为,他们无一不以发疯为结局,表明他们以不同的方式开始了反抗的蜕变。

形而上的反抗更多地属于精神和感情领域,当个人或集体进行反抗时,这反抗总是在一定的政治、经济和文化环境中进行的,也就是说,反抗一定要由思想过渡到行动,由哲学进入历史。因此,当人在精神上推倒上帝的时候,他必然要在人世间并且通过自己的力量来寻求他在天国并且依靠神的恩惠未曾得到的东西:正义、明晰、统一和幸福。于是,人进入历史,成为历史的人。人们以历史的名义,将杀戮合法化和制度化;人们以国家利益为理由,编织起一面面由谎言缀成的神秘之网;人们以意识形态为借口,使暴力成为进步的杠杆。总之,历史成为绝对价值,人成为历史的工具,形而上的荒诞具体化为历史的荒诞。当人意识到历史的荒诞时,也就开始了历史的反抗。加缪看到的历史是一部血腥的历史,其历史的反抗就是拒绝杀戮,拒绝谎言,拒绝暴力,拒绝战争,等等,一句话,就是拒绝历史的绝对化。加缪并不否认历史,他只是对历史绝对化的产物,诸如意识形态至上、国家理由至上、历史规律至上等持批判态度。他指出:"有历史,但也有别的东西,例如普通的幸福、人的激情、自然的美等。"[1]

---

　① 加缪:《反抗的人》,《全集·随笔卷》,第 693 页。

他要求历史服从于一种更高的价值，这价值不是别的，就是人。加缪没有乌托邦到那种程度，要求人不再杀人，但是他希望杀戮和暴力不再被意识形态合法化和制度化，也就是说，他认为目的不能保证手段的正当合理。一旦人必须杀人，则应以命抵命，以保持原则的纯洁，例如 1905 年俄国的恐怖主义者。他在《正义者》之中，以肯定和赞赏的态度描写加利亚耶夫刺杀大公后束手就擒，并且英勇就义。他的情人多拉这样对战友们说："不，你们不要哭！你们清楚地看到，这是昭雪的日子。我们这些反抗者可以证明：亚尼克不再是一个谋杀者了。"这意味着，只要亚尼克（加利亚耶夫）在刺杀塞尔日大公之后还活着，他就永远是一个谋杀者。若要昭雪，他必须在刺杀后死去。一条革命者的生命换了一条作为革命对象的大公的生命，这只能在抽象的意义上做到收支相抵，而在政治和道德的意义上，则要做另一种算术了。加缪其实并非不懂，一有价值的判断进入，事情就会呈现出另一种面貌。他说："加利亚耶夫式的恐怖主义的伟大纯洁性在于，对他来说，谋杀和自杀是同时的……一命抵一命。这种道德是错误的，然而是可敬的（一条被夺走的生命抵不上一条主动献出的生命）。"① 可以看出，加缪为了保证反抗的纯粹性，宁肯牺牲反抗的有效性。然而，加缪在考察欧洲一百五十年来的反抗的历史时，发现的恰恰是：反抗无一不在对有效性的追求中蜕化和堕落，变成他所说的革命。

加缪认为，反抗转化为革命，并且走向堕落，这个过程是从 1789 年法国资产阶级大革命开始的，具体地说，是从 1789 年 1 月 21 日开始的。这一天法王路易十六被送上断头台，人杀死了上帝在人间的代表，开始了一场以人代替上帝为目的的革命。从此，雅各宾派的恐怖造成了绝对理性的统治，历史将以成功和效率为价值标准而排斥了自由和正义，为个人恐怖和国家恐怖准备了温床。加缪说："为什么革命运动与唯物主义认同而不与唯心主义认同？因为奴役上帝、使上帝效劳，就等于取消维系着原有旧主人的超验性，并且随着新主人的上升而准备了人成为上帝的时代。当苦难过去、历史及物质的矛盾获得解决的时候，国家就成为真正的上帝、人的上帝……犬儒主义、历史及物质的神化、个人恐怖或国家罪行，这些

---

① 加缪：《时文集Ⅱ》，《全集·随笔卷》，第 799 页。

无节制的后果将全副武装地从一种暧昧的历史观中产生出来，这种历史观把产生价值和真理的责任交付给唯一的历史。"① 就个人的恐怖主义来说，加利亚耶夫的以命抵命的反抗蜕变为巴枯宁的无政府主义，无限制的自由导致了无限制的专制，并由小团体扩展为国家的专制，而负罪感也同时由个人而及于小团体，最后遍及全社会和全人类。就国家的恐怖主义来说，加缪指出了两种表现形式：非理性的恐怖和合理性的恐怖。前者以法西斯主义为代表，他们以"穿皮靴的耶和华"为先导，以牺牲千百万人的生命为代价来实现他们的种族崇拜。后者则以斯大林的俄国共产主义为代表。加缪对于马克思主义怀有一种极为复杂的感情。他在法西斯主义的利己和共产主义的利他之间做了区别，但是他不能接受存在于对劳动的赞颂和对西伯利亚集中营的辩护之间的矛盾。他认为俄国共产主义革命中有一种普列汉诺夫所说的"积极的宿命论"：美好的未来使革命者的每一个行动都标志着朝向解放的进步。这在加缪来说是不能接受的，因为目的的合理性不能保证手段的合理性。倘若以牺牲百万人的生命来换取未来千万人的幸福，手段将使目的化为乌有，因此，不是目的证明手段，而是相反，是手段证明目的。加缪说："一百年的痛苦，对那些宣称第一百零一年建立新城邦的人来说，是微不足道的。"② 对加缪来说，情况正相反，一百年后的幸福是可以不计的，重要的是如何减轻当下一百年的痛苦。如果说所有那些不把希望寄托在未来的人都将成为革命的敌人的话，那么，在加缪看来，那种为了将来而牺牲现在、为了目的而不择手段的革命将是对于反抗的背叛。加缪就是这样把斯大林的俄国共产主义看作是一种使人从属于历史的极权革命的，所以他说："从一个侧面看，马克思主义是一种认为人有罪而历史无罪的理论。"③ 可以看出，加缪的出发点是一种脱离了具体时空的抽象人性论，他对历史的分析是一种排除了政治和经济因素的抽象演绎。他所看到的马克思主义，要么是某些人的错误应用，要么是某些人的歪曲理解，甚至只是马克思主义的敌人的陈词滥调，总之，并不是真正的

---

① 加缪:《反抗的人》,《全集·随笔卷》, 第 519 页。
② 同上书, 第 696 页。
③ 同上书, 第 648 页。

马克思主义。加缪花了那么大力气把人和历史割裂甚至对立起来，似乎是在怀念人的史前状态，而把历史看作是罪恶的渊薮。但是，人类数千年的历史已经表明，人既是历史的创造者，也在历史的创造中不断地创造着自己。人与历史是不可分离的。人在历史过程中所遭受的苦难和所见到的不义，最终还要在历史发展的进程中获得解决。当然，这种解决，在加缪看来是过于遥远虚妄了，不值得为此做出如许的牺牲。可是，人们究竟不能幻想，历史在当下立即结束，或者人能够生活在历史之外。因此，加缪的这种历史观具有浓重的乌托邦和无政府主义色彩。不过，加缪的迂阔甚至具有开倒车性质的怀旧情绪并不妨碍他的读者感到他是怀着怎样一种眷顾关心着人及其命运，怀着怎样一种智慧搜寻着腐蚀当代社会的病毒，怀着怎样一种勇气抨击着历史进程中的种种偏差的。他给予普通人的是慰藉和勇气，给予历史理性的崇拜者的却是一种警告。历史与伦理的矛盾，是人类不能不吞下的一枚苦果，被这一悲剧激怒的当然不止加缪一个人，只是他不肯驯顺地、心甘情愿地吞下，也不肯说"味道好极了"。加缪的理论虽然不能令人信服，却足以令人肃然起敬。

从反抗到革命，从形而上到历史，从对正义的呼喊到对暴力的颂扬，从普罗米修斯到恺撒，加缪用阴郁而沉痛的笔调为人类的反抗做了一份总结。种族灭绝、集中营、审判、劳改营、原子弹、意识形态、冷战，这些20世纪的产物，在加缪看来，统统来自对历史的神化。可悲的强权，恐怖的20世纪，这是加缪在本世纪上半叶结束时对本世纪所下的结论。普罗米修斯的反抗将在这空前的历史动乱中完成其蜕变。"他呼喊着对神的仇恨和对人的热爱，怀着轻蔑转身离开宙斯，向凡人走去，率领他们向天发起攻击。然而，人是软弱的，或怯懦的，应该把他们组织起来。他们喜欢享乐和眼前的幸福，应该教会他们为了长大而拒绝日常的蜜糖。于是，普罗米修斯也变成了导师，先是教诲，然后是指挥。斗争仍在延续，而且使人疲惫不堪。人怀疑能否到达太阳城，这太阳城是否存在。应该拯救他们。于是英雄向他们说，他知道那太阳城，而且只有他知道。那些心存怀疑的人将被扔到荒野上去，钉在石头上，让猛禽来啄食。从此，其他人将在黑夜中奔走，跟着沉思而孤独的导师。普罗米修斯又变成了神，统治着孤独的人。然而，他从宙斯那里争得的只是孤独和残暴；他不再是普罗米修斯了，他是恺撒。现在，真正的、永恒的普罗米修斯的脸上是他的某个牺牲品的面目。同样的呼喊从遥远的岁月传来，它一直在斯基泰沙漠深处回响。"①加缪的悲愤在于：20世纪的人仍对普罗米修斯发出信号的"人类反抗的巨大呼喊充耳不闻"，听任革命渐渐远离反抗的源泉，并进而把矛头指向反抗者。

人们还可以在另一个领域内对反抗进行考察，而且是在一种"纯粹状态"中进行考察。加缪指出，这领域是艺术，因为艺术同反抗一样，"也是一种既激励又否定的运动"。他认为，从柏拉图到马克思，所有的革命者都"敌视艺术"，他们或者指责语言的欺骗性，把诗人逐出理想国，或者肯定道德而贬斥艺术，或者指控艺术"伤风败俗"，或者要求艺术"有用于社会"、"有助于进步"，或者宣称合理的存在即可满足人的一切渴望，或者如俄国的虚无主义者所说："宁当鞋匠，不当拉斐尔"，"一双靴子比莎士比亚更有用"，"一块奶酪胜过全部普希金"，或者认为艺术表现的是"统治阶级的价值观"，等等。上述种种，反映出反抗和革命之间的斗争。艺术拒绝现实的世界，同时创造想象的世界，在其中寄寓了人对统一和正义的追求。"艺术就这样把我们引向反抗的源泉，因为它试图赋予逃向永久未来的价值以形式，而这种价值，艺术家是预感到并且想从历史中夺回来的。"②例如小说，作为对现实世界的否定，就是"和反抗精神同时产生的，并且在美学上表达了同样的抱负"③。但是，在革命的批评中，小说却成了一种"有闲者的想象"，一种"逃避"。加缪指出，在艺术中（如小说），完全脱离现实的想象，或者完全肯定现实的复制，都将走向虚无主义。前者是形式主义，后者则是所谓现实主义。"现实主义艺术家和形式主义艺术家都在没有统一的地方寻找统一，即原始状态的现实和排除任何现实的想象创造之中"，但实际上正相反，"艺术上的统一产生于艺术家强加于现实的改变之后"④。这就是说，完全脱离现实的"纯粹想象是不存在的"，即使存在，这小说也不再具有艺术的意义，例如粉色

---

① 加缪：《反抗的人》，《全集·随笔卷》，第647页。
② 同上书，第662页。
③ 同上书，第672页。
④ 同上。

小说、黑色小说和教诲小说，它们所展示的统一是一种虚假的统一。而通常所谓的现实主义也是不可能的，因为那将是无休止的"描写"和"列举"，而"写作就已经是选择了"，因此，艺术上的现实主义是一种矛盾。所谓现实主义小说，是将小说世界的统一性归结为现实的整体，这只能借助于一种先在的判断，如此则须排除现实中一切不符合理论的东西。这样，所谓社会主义的现实主义就根据其虚无主义的逻辑本身必然地集教诲小说和宣传文学的有利之处于一身。因此，现实主义的真正抱负是征服而非统一。加缪认为，这正是现实主义成为极权革命的官方美学的原因，而"伟大的艺术、风格、反抗的真相"只能处于"两个极端之间"，也就是说，"艺术和社会、创造和革命必须重获反抗的源泉，在这种反抗的源泉里，拒绝和赞同、特殊性和普遍性、个人和历史达到最高程度的平衡"。这样，艺术就不会"被非理性的否定所破坏"而被湮没在狂乱的文字游戏中，也不会"受决定论的意识形态支配"而"成为口号"。因此，我们这个世界"只有抛弃形式原则的虚无主义和无原则的虚无主义，重新找到创造性综合的道路，文明才可能鼎盛"。然而我们时代的悲剧恰恰在于："劳动完全受生产制约，失去了创造性。"[1]　现代工业社会只有利于报告文学的产生，而不利于艺术作品的创造，艺术将"又一次同失败的反抗处于同一地位"，然而它也将同时证明："人并不仅仅是根据历史来塑造自己的，人还在自然规律中找到自己存在的理由。""人们可以不要任何历史，却可以同星辰和海洋的世界和合无间。"加缪确信："今后必然到来的文明将不可能把劳动者和创造者分裂开来；艺术创造也不会把形式与内容分离，智慧与历史分离。这样，文明将向所有的人承认由反抗所确立的尊严。"[2]　那将是一个鞋匠需要莎士比亚、莎士比亚需要鞋匠、劳动者获得创造者的尊严的社会。那么，人们如何能建立这样一个社会呢？加缪不是一个提供济世良方的人，他只想试探着指出人的反抗在哪里失足，于是他只能说："人们能够永远谴责非正义而又对人的天性和世界的美赞不绝口吗？我们的回

---

①　加缪：《反抗的人》，《全集·随笔卷》，第 676 页。
②　同上书，第 677 页。

答是肯定的。"他要人们"保持着美","准备迎接复兴之日"①,因为现代社会由于反抗的失度而"放逐了美","海伦的流放"意味着将有新的反抗去推倒"现代城邦的可怕的墙","黑夜哲学必将在辉煌的大海上消散"②。

总之,作为人的本质之一的反抗,在最近一百五十年间,经历了绝对否定和绝对肯定的过程,屡次跌入虚无主义。"反抗一旦忘记其慷慨的源泉,就会受到怨恨的污染,从而否定生活,走向毁灭,唤起一群群乌合的、冷笑的小造反派,他们今天终于出现在欧洲所有的市场上,甘愿受各种各样的奴役。反抗不是反抗了,也不是革命了,它成了怨恨和暴政。而当革命以强权和历史的名义变成杀人的、过度的机械时,一场新的反抗就将以适度和生命的名义变得神圣不可犯。"因此,普罗米修斯"仍在我们中间",他仍竭力"从杀戮中拯救能够拯救的东西",他那反抗的呼声终究会有人听到,因为反抗业已"证明它就是生命的运动本身,否认它就是放弃生活"。"我反抗,故我们在。"加缪试图使反抗重新回到它的源头,这源头就在否定与肯定的平衡之中,就在人的现世的生活之中,就在人的个体生存之中。一切反抗都是从个人开始的,然而一切个人的反抗又总是集体的反抗的一部分,又总是为了现在。

加缪关于反抗的思想是沉重的,具有浓重的悲剧色彩,然而他并不是悲观的,他在其最严重的虚无主义之中仍在奋力寻找超越虚无主义的理由。他也并不否定历史,他只是反对神化历史,他说:"无论如何,有文化有信念的人的任务不是逃避历史的斗争,也不是为其内含的残忍不人道的东西服务。他的任务是在历史的斗争中坚持,帮助人抵抗压迫,使他获得自由反对包围着他的命运。只有在这种条件下,历史才能真正地前进,革新,一句话,历史才能创造。"③因此,"从革命的堕落中汲取必要的教训",对加缪来说,"并不是一件愉快的事,而是痛苦"。

---

① 加缪:《反抗的人》,《全集·随笔卷》,第680页。
② 加缪:《夏天·海伦的流放》,载《全集·随笔卷》,第857页。
③ 加缪1956年1月在阿尔及尔的演说。

三　涅墨西斯的启示

加缪说，当人们思考反抗在当代社会中所经历的种种矛盾时，应该从涅墨西斯那里得到启示。涅墨西斯是希腊神话中的女神，象征着神对"过度"的愤怒和报复。有一种说法，宙斯化作天鹅与涅墨西斯生有一蛋，此蛋托付给勒达，遂生下海伦。加缪也许乐于采用这一说法，因为他把涅墨西斯称作"'适度'的女神"，假使再与海伦所象征的美联系起来，就能更圆满地表达他的思想了：适度与美，正是古希腊留给现代人的宝贵遗产。

加缪认为，反抗在现代历史中迷失方向，其原因就在于失度，超越了界限。自 19 世纪始，人开始挣脱宗教的束缚，却又重新套上了更难容忍的枷锁，终于有一天，反抗"变成了警察，为了拯救人类而架起了可憎的柴堆"。这正是极端的虚无主义："盲目的、发疯的谋杀变成了绿洲，在我们的极聪明的屠夫身边，那些愚蠢的罪犯让人觉得耳目一新。"[1] 欧洲人原以为可以和上帝对抗，现在他们意识到，他们若不想死，还得和人对抗；反抗者原以为可以对抗死亡，现在却要制造别人的死亡。他们进入一种进退维谷的境地：后退，就得接受死亡；前进，就得去杀人。但是，在逻辑上，反抗与谋杀是不相容的。该隐杀了弟弟亚伯，就得逃到荒野中去，同样，一群人杀了另一群人，也应该逃到荒野中去。这就是说，任何人都无权把任何人从人类这集体中除掉。因此，反抗的第一个价值就是给压迫规定一条界限，所有的人共同遵守的一条界限，而"谋杀就是一条不可逾越的界限，谁越过谁就得死"。反抗者只有一种方式可以调和他的谋杀行为，那就是他也得接受死亡和牺牲。所以，"反抗者并不要求一种普遍的独立性，他想要的是，人们承认在任何有人的地方，自由都有其界限，这界限正是那人的反抗的权利"[2]。奴隶的反抗，并不仅仅是反抗主人，同时也是人反抗主人和奴隶的世界。这意味着，奴隶的反抗也必须是有限的，这限

---

① 加缪：《反抗的人》，《全集·随笔卷》，第 692 页。
② 同上书，第 687 页。

度就是平等,即取消世界对奴隶和主人的划分。倘若超越界限,奴隶成为主人,主人成为奴隶,这世界仍旧是一个主人和奴隶的世界,反抗的根据依然存在,如此则永无休止。加缪认为,反抗者如果不能避免直接或间接的杀戮,至少应该竭力减少杀戮的机会,"他的唯一的美德将是,身处黑夜之中而不屈服于黑暗的诱惑,束缚于恶而顽强地走向善"。因此,反抗绝非没有界限的否定,而恰恰是对这一界限的肯定,所谓反抗忠于其源泉,就是忠于否定和肯定之间的平衡,否则,反抗就要跌入虚无主义。无论非理性的杀戮,还是合理性的杀戮,还是历史的杀戮,所以背离了反抗的初衷,都是因为"失度"。这种失度表现为追求绝对的正义、绝对的自由和历史的神化以及随之而来的暴力。自由和正义本是不可分割的,但是,20世纪的革命由于神化了历史,过分地追求征服,反而使自由和正义成了两个东西。"绝对的自由嘲笑正义,绝对的正义则否认自由",自由和正义这两个内涵丰富的概念完全失去了意义。同样,无论是制度化的暴力,还是绝对的非暴力,都应该找到它们的界限。对于前者,界限在于不激起另一种暴力;对于后者,界限在于不使人遭受奴役。总之,反抗应该成为历史的界限,革命则应以反抗为界限,也就是说,反抗和革命互为界限。加缪说:"我们在详细考察了反抗和虚无主义之后知道,倘若革命只以历史有效性为界限而没有其他的界限,那就意味着无限的奴役。革命精神想要摆脱这一命运,始终生气勃勃,就必须重新浸入反抗的源泉之中,从唯一忠于这源头的思想中得到启示,这思想就是关于界限的思想。"① 所谓界限,就是适度。无论在物质世界中还是在精神世界中,凡事若适度,就有平衡,若失度,就走向绝对,导致虚无。例如,"雅各宾的和资产阶级的文明认为价值在历史之上,于是它的形式美德就建立了一种可憎的神秘化。20世纪的革命宣布价值融入历史的运动,于是它的历史理性又证实了一种新的神秘化"②。其实这都是一种错乱,而适度则告诉我们:"任何道德中都要有现实主义的成分,因为纯粹的美德会造成大量死亡;而任何

---

① 加缪:《反抗的人》,《全集·随笔卷》,第 697 页。
② 同上。

现实主义都要有道德的成分，因为犬儒主义会造成大量死亡。"① 因此，人既不能脱离历史，又不能屈从历史。"我需要他人，他人也需要我及每个人"，这就是界限，就是适度。加缪将其概括为"新个人主义"，并且指出："这种新个人主义不是欢乐，而是处于自豪的共感之顶峰上的斗争，永恒的斗争，只是偶尔才有一种无与伦比的欢乐。"②

这种对于相对、平衡、自然和人性的崇尚，构成了加缪所说的地中海思想或者太阳思想。这是与北欧的阴霾相对立的南欧的明丽，是与德意志思想的历史崇拜相对立的希腊思想的自然崇拜，是与未来希望相对立的现·世享受，是与各种形式的神相对立的血肉之躯的人。加缪说："历史绝对主义尽管节节胜利，却总是不断地碰上人性的顽强的要求，而人性的奥秘是由地中海掌握的，在那里，智力是明亮的阳光的姐妹。"③ 这里的"地中海"当然不仅仅是一种地理概念，它代表着一种思想，即古希腊哲学。加缪的全部痛苦、忧虑和希望都倾注在恢复希腊精神的努力之中。他揭露基督教的强权政治，批判德意志意识形态的历史理性，反对现代社会的盲目乐观，其用意都在警告人们，崇尚均衡适度的希腊精神已被忽略得太久了。他似乎并不悲观，他欣慰地看到，"在欧洲之夜的深处，太阳思想，这种具有两副面孔的文明正等待它的黎明，不过它已然照亮了真正的控制的道路"④。这种"真正的控制"实际上就是适度，就是适度的反抗，因为适度并非反抗的反面，它生于反抗，也以反抗为生，并在历史及其动乱之中规范着、捍卫着、创造着反抗。但是，如同塔鲁所说："每个人身上都有鼠疫……没有任何人是不受鼠疫的侵袭的。"⑤ 加缪在这里又重申："我们每个人都在自己身上带着监狱、罪恶和毁灭。"他曾经描述过里厄医生等人同鼠疫的坚忍不拔的搏斗。他在这里又告诫人们："我们的任务不是让它们在世界上肆虐，而是在我们自己和其他人身上与它们进行斗

---

① 加缪：《反抗的人》，《全集·随笔卷》，第 700 页。
② 同上。
③ 同上书，第 702 页。
④ 同上书，第 704 页。
⑤ 加缪：《鼠疫》，第 245 页。

争。"① 由此可知，加缪殷切地期望于人的，不是去追求遥远的不可知的但是被许诺的"王国"或"新城邦"，而是尽心做好当下的脚踏实地的工作和斗争以及可以触及的生命的享受，因为这些东西，阳光、大海、土地和人，一直不曾摆脱虚无主义的吞噬。然而，加缪并不是一位现代文明的不分青红皂白的诅咒者，他感到悲哀的是历史与道德、力与美的分离。他认为，19 世纪的意识形态中对本世纪欧洲思想影响最大的那一部分背离了歌德的梦想：歌德曾经让浮士德与海伦结合，产下一子哀弗利昂。但是，对这个世界来说，哀弗利昂太美了，他不能不夭折。加缪希望人们能记住歌德的梦想并付诸实现，让现代的力与古代的美结合，而"哀弗利昂能否成活，全在我们自己"。这意味着，人要能够进行自由的创造才能超越虚无主义，加缪说："当工人的劳动同艺术家的劳动一样有所孕育的时候，也仅仅在这个时候，虚无主义将最后被超越，复兴也将具有一种意义。"②

　　那么，人究竟依靠什么才能具有这种有所孕育的创造力？靠上帝的赐予？上帝已经死了。靠历史的无情的铁腕？撒旦也已经和上帝一起死了。人只能依靠他自己，依靠他对适度的坚持。人不是完全有罪的，也不是完全无邪的，他只能为了成功而努力，却不能对成功抱有必得的希望。他必须在自己的反抗中时刻警惕，不使其失度。他得满足于相对的正义、自由和幸福，他不能存有成为上帝的野心，更不能为了未来而牺牲现在。他应该知道，"即使在完美的社会中，孩子的死也是不公正的"，因此，他只能"算术级地减少世界的痛苦"。这样，他的创造才能有所孕育，虚无主义才能被超越，人们才可以"在废墟上准备复兴"。反抗者就这样在地中海思想的指引下，拒绝了神，投身于人所共有的斗争和命运，如同加缪所说："我们将选择伊塔刻，忠实的土地，大胆而淳朴的思想，清醒的行动以及聪明人的慷慨。"③ 反抗将不断地返回到它的源泉中去。

　　从西绪福斯到普罗米修斯，再到涅墨西斯，我们顺序展开了加缪的思想的三个侧面。这三个侧面同时存在，相互依存，相互渗透，构成一个整

---

① 加缪：《反抗的人》，《全集·随笔卷》，第 704 页。
② 加缪：《为〈反抗的人〉辩护》，载《全集·随笔卷》，第 1715 页。
③ 加缪：《反抗的人》，《全集·随笔卷》，第 708 页。

体。当加缪从荒诞出发时，他已意识到反抗；当他发现反抗屡屡失败时，他已感觉到适度的重要。他在 1951 年的一次答记者问中说："我在写《西绪福斯神话》时，就已经考虑到我后来写的关于反抗的论文了……"他在斯德哥尔摩的演说中再次申明："我写作伊始就有一个具体的计划：我想先表现否定。有三种形式。小说：《局外人》。戏剧：《卡利古拉》、《误会》。意识形态：《西绪福斯神话》。我还预想了肯定的三种形式。小说：《鼠疫》。戏剧：《戒严》、《正义者》。意识形态：《反抗的人》。我已经设想了以团结友爱为主题的第三阶段。"我们从这里可以看出加缪的思想的一贯性与完整性，其间自然有许多曲折和发展，但那一条以人为本的主线却是贯穿始终的。加缪的思想处在欧洲人道主义传统之中当无疑义。有人称之为新人道主义，也许是考虑到了时代的发展和演进。

加缪不是政治家，他的思想在现实政治中自然是行不通的，但他像 20 世纪的作家一样不能不谈政治。倘若作为某种类型的制衡器来看，他的言论未必不时时显露出真知灼见的光彩。他给予政治家的往往是一种警告。20 世纪是个革命的世纪，各种各样的革命无一不试图进行到底，各种各样的敌对的势力无一不想对敌人斩草除根，然而其结果并不总是令人欣慰的。加缪屡屡申明他不是哲学家，他也的确不曾提供出纯哲学的思辨，更休提博大精深的体系了。20 世纪是个思潮迭出的世纪，各种流派无一不存有解释世界或改造世界的壮志，也无一不想发现放之四海而皆准的真理，然而其结果并不总是令人信服。加缪不曾有过这样的抱负，他也并不认为他的结论具有"普遍的价值"，如他所说："《反抗的人》既未提出一整套道德，也未提出一种教条，它只是肯定一种道德是可能的，而且要付出昂贵的代价。"① 然而在今天这样一个崇拜金钱、崇拜强力、崇拜成功的时代里，这一点倘若是真的，也就弥足珍贵了。

加缪少年得志，很年轻即获诺贝尔文学奖，在战后一段时间内也曾被视为一代青年的精神导师，然而他的思想从未走红，不断地受到来自左的和右的两个方面的攻击。这其中自然与他的思想中的谬误有关，但不可否认，他的清醒和坦率也为他招来两方面的敌人。《反抗的人》发表之后，

---

① 加缪：《为〈反抗的人〉辩护》，《全集·随笔卷》，第 1713 页。

有过一场激烈的争论,其结果不唯使他与萨特等存在主义者反目,而且几乎闹到使他声名狼藉的地步。然而他并不因此而媚俗,而盲从,他只是在孤独中默默地咀嚼着苦涩和失望。那一段公案当然可以从历史的角度给予评价,但以今天的眼光看,以那些此后经历过多少风风雨雨的人的眼光看,评价的天平也许会大大地向加缪倾斜。今天,人们会乐于认可加缪的辩白:"至于地中海思想,我只是反对 19 世纪和 20 世纪欧洲意识形态对它的排斥而已。我远非将它置于一切之上,正相反,我指出德意志意识形态(一般地说,是历史主义思想)对它过分地无知,欧洲思想因为失去其根本而变得极为可怕,我并未声称地中海思想拥有解决的办法。我明明写的是欧洲从来只是处于'正午和子夜'的斗争之中。这就是说,我觉得北方文明与南方文明一样必要。"据说,今天有众多的男人和女人在经过一场幻灭之后,纷纷到加缪的著作中寻求新的信念,甚至把他当成了他们的上帝。这虽有些过分,但不是不可理解的。

　　加缪,这位 20 世纪的堂·吉诃德,正以其单调又复杂的思想引起人们越来越普遍的关注。

2007 年 9 月,北京

(原载《从颠覆到经典》,商务印书馆 2007 年版)

加缪与小说艺术

本世纪的著名小说家中，有些人的名字是与某种"新技巧"、"新手法"或"新观念"联系在一起的，例如，普鲁斯特与意识流，卡夫卡与荒诞，赫胥黎与对位，福克纳与时空倒错，萨洛特与潜对话，西蒙与新小说，马尔克斯与魔幻，海勒与黑色幽默，等等。还有一些人的名字并无此类显赫的联系，但是这丝毫也不曾妨碍人们将其视为杰出的小说家，例如加缪。

当然，加缪也有"荒诞"，然而创始者的光荣不属于他；他也有"怀疑"，但其渊源更为久远；他也曾被归入海明威一派，但似乎并没有什么东西证明他们之间的联系；他也曾被人拉入新小说家一伙，但是他并没有感到特别的荣耀。其实，他从未想过发明什么，他也的确不曾发明什么，他只是不趋时，不媚俗，不以艰深文浅陋。在某些批评家看来，与 20 世纪所崇尚的"晦涩"、"繁复"相比，"简洁、明晰、纯净"的加缪简直就是"没有什么艺术性"。

然而加缪毕竟是有艺术性的，假使所谓"艺术性"不等于雕琢、华丽、标新立异或追逐时髦之类。加缪的艺术性在于"适度"。

一　"风格乃是人本身"

加缪是 20 世纪少有的自觉追求风格的作家。

说到风格，布封的名言尽人皆知，然其恒遭曲解却是知者寥寥。钱锺书先生曾指出："吾国论者言及'文如其人'，辄引 Buffon 语（Le style, c'est l'homme）为比附，亦不免耳食途说。Buffon 初无是意，其 Discours 仅谓学问乃身外物（hors de l'homme），遣词成章，炉锤各具，则本诸其人

（［de］l'hommo même）。'文如其人'，乃读者由文以知人；'文本诸人'，乃作者本诸己以成文。"① 考布封初衷，确谓知识、事实、发现等皆身外物，唯风格乃是人本身（Ces choses sont hors de l'homme, le style est l'homme même）。因此，风格乃是作者在其思想的表达上打上自己的印记，故"风格不会消失，不会转移，也不会变质"②。简言之，文以风格传世，而风格则以人为本。

加缪所追求的风格正是布封所论述的风格，然而又不止于此，他对"文本诸人"（即"风格乃是人本身"）之"人"作了深入的探索和全新的解释。他指出："艺术家对取之于现实的因素重新进行分配，并且通过言语手段，作出了修正，这种修正就叫作风格，它使再创造的世界具有统一性和一定限度。"③ 所谓"修正"，就是艺术家根据人的内在的愿望对现实世界的一种"纠正"，其表现之一就是艺术家所运用的小说这种文学样式。而人的内在愿望则是反抗世界的荒诞和寻求现时的幸福。因此，"这种修正是一切反抗的人都具有的"④。这样，加缪就把风格和反抗联系了起来，使之摆脱了纯形式的品格，浸透了人的天然的深刻要求。布封的名言在加缪的笔下，获得了更深厚的现实基础，同时也获得了更超绝的哲学层次。

加缪追求一种"高贵的风格"，一种蕴涵着人的尊严和骄傲的风格。他指出："最高贵的艺术风格就在于表现最大程度的反抗。"⑤ 这种高贵的风格并不是纯粹形式的，倘若因一味讲究风格而损害了真实，则高贵的风格将不复存在。同时，"高贵的风格就是不露痕迹，血肉丰满的风格化"⑥，而风格化是既要求真实又要求适当的形式的。据此，加缪所谓"高贵的风格"可以归结为互为依存的三种要素：1. 给予最大程度的反抗以适当的形式；2. 通过纠正现实而获得真实；3. 适度而含蓄的风格化。

---

① 钱锺书：《谈艺录》，中华书局 1984 年版，第 165 页。
② 布封：《论风格》，载拉卡法与米沙尔编《18 世纪法国文学》，波达斯出版社 1970 年版，第 257 页。
③ 加缪：《反抗的人》，《全集·随笔卷》，巴黎，伽利玛出版社 1965 年版，第 672 页。
④ 同上书，第 675 页。
⑤ 同上书，第 679 页。
⑥ 同上书，第 674 页。

加缪不是那种盲目追求形式的作家，也不是那种单纯注重思想的作家，他始终要求内容与形式"保持经常不断的紧密联系"。无论是内容溢出形式，还是形式淹没内容，在他看来都会破坏艺术所创造的世界的统一性。而艺术，恰恰是"一种要把一切纳入某种形式的难以实现的苛求"①。因此，加缪说："工作和创作了二十年之后，我仍然认为我的作品尚未开始。"②他一直把"真理和反映真理的艺术价值"看得高于一切。当然，加缪对于"真理"（或"真实"）有他自己的看法。他曾经不止一次地申明，"现实主义是不可能的"③，他反对资产阶级现实主义，也反对社会主义现实主义，因为前者是一种"黑暗的"文学，后者是一种"教诲的"文学，这两种文学实际上都背离了真实。然而同时，他也不止一次地申明，"现实主义的抱负是合理的"④，艺术不能"服从现实"，也不能"脱离现实"，因为"在某种意义上说，艺术是对世界中流逝和未完成的东西的一种反抗：它只是想要给予一种现实以另一种形式，而它又必须保持这种现实，因为这种现实是它的激动的源泉"⑤。这种矛盾其实是一种表面的矛盾，其根源在于对现实主义这一概念理解上的分歧。例如，他认为现实主义就是"准确复制现实"，就是"无止境地描写事物"、"无穷尽地列举事物"，等等。而我们知道，现实主义完全可以有另一种定义。因此，以这种对现实主义的歧义或误解来探讨加缪对现实的态度，是没有多大意义的。我们只需指出，加缪的小说绝不缺少现实的内容，恰恰相反，真实是他的小说的生命，只不过如他所说，他的小说同时"给现实加上某种东西，使现实稍有变化"，也就是："小说的本质就在于永远纠正现实世界。"⑥ 无论是《局外人》对现实的承受，《鼠疫》对现实的解释，还是《堕落》对现实的逃避，都不曾离开人的现实，都是在人的世界中展示人对荒诞的觉醒和反抗。现实经过艺术家的"纠正"成为真实，而"纠正"就是风格化，

---

① 加缪：《反抗的人》，《全集·随笔卷》，第 674 页。
② 转引自莫旺·勒拜斯克《加缪》。
③ 加缪：《艺术家及其时代》，《全集·随笔卷》，第 802 页。
④ 同上。
⑤ 同上。
⑥ 加缪：《反抗的人》，《全集·随笔卷》，第 666 页。

它"包含了人的干预和艺术家在复制现实时进行纠正的意志"①。加缪认为，"风格化最好是含而不露"，其本质在于"适度"。加缪的写作艺术的根本在于"恰到好处"，甚至是宁不及而勿过。他在谈及自己的写作时，经常见诸笔端的是"限制"、"堤坝"、"秩序"、"适度"、"栅栏"等表示"不过分"的词。例如，他说："我知道我本性中的无政府主义，所以我需要在艺术上为自己树起一道栅栏。"② 或者："为了写作，在表达上宁不及而勿过。总之是勿饶舌。"③ 这种对于"度"的自觉，使加缪为文有一种挺拔瘦硬的风采。

　　总之，加缪是一位有风格的作家，其风格可以称为"高贵的风格"。

二　《局外人》与"含混"

　　《局外人》1942 年出版后，很快就得到萨特的好评。根据他的解释，《局外人》是对"荒诞"的证明和对资产阶级司法的讽刺。然而，后来的批评家纷纷越过了萨特的解释，他们发现了《局外人》的"含混"。

　　现代批评家普遍认为，"含混"是文学作品的本质特征之一。作家有意识地运用"含混"，读者不固执地追求唯一的理解，则作品将变成一个含义深远的多面体。加缪曾经写道："至少要为使沉默和创造都臻于极致而努力。"④ 沉默不是虚无，而是富于蕴涵的情状，仿佛"此处无声胜有声"；创造当然也不是基于虚无的创造，而是打开沉默的硬壳。沉默与创造之间的桥梁将由"含混"来架设。《局外人》呈现出一种多层次多侧面的"含混"，其中沉默和创造都已臻于极致。

　　加缪自己谈到《局外人》时说："局外人描写的是人裸露在荒诞面前。"⑤ 他也曾这样概括《局外人》："在我们的社会里凡在母亲下葬时不

①　加缪：《反抗的人》，《全集·随笔卷》，第 666 页。
②　加缪答加布里埃尔·多巴莱德问。
③　加缪：《手记1》，巴黎，伽利玛出版社 1962 年版，第 118 页。
④　同上。
⑤　《手记2》，巴黎，伽利玛出版社 1964 年版，第 36 页。

哭者皆有被判处死刑之危险。"① 看来，萨特的评论与作家的自述相去不远。但是，此后四十年间，局外人探索《局外人》的含义的努力一直没有间断。有的批评家从政治角度考察作者对阿拉伯人和法国殖民政策的态度，认为这部小说更应叫作《一个法国人在阿尔及利亚》，而阿拉伯人被杀则表明法国人"对一种历史负罪感的令人惶惑的供认"；有的批评家从精神分析的理论出发，把默而索看作是现代的俄狄浦斯；还有的批评家把默而索的经历看作是一种想象的心理历程，等等。这种主题的多义性来源于作者置于情节中的许多空白和人物行为的机械性。

人物行为的机械性很容易使浅尝的读者得出这样的印象：默而索是一个满足于基本生理需要的人，他对外界的反应是直接的、感性的、机械的，他的推理能力低于常人，他是一个不好不坏的化外之人，是一个希望远离社会而处于自然状态的人。然而事情似乎不这么简单。假使读者仔细阅读并且不放过作者似乎不经意的若干提示的话，他会发现默而索并不是一个生活在世外桃源中的人。他受过高等教育，推理的能力显然优于周围的人，而且当他"在苦难之门上短促地叩了四下"之后，立刻就明白了自己的处境。他的寡言，他的冷漠，直到他的愤怒，原来都是他对环境的自觉的反应。他不想装假，不想撒谎，不想言过其实，不想用社会的惯例来约束自己的言行，他是个"局外人"。然而何谓"局内"？何谓"局外"？这内与外以何为参照？批评家们曾经把他看作自然人、野蛮人、荒诞的人、精神低能的人，或者是理性的人、清醒的人、现代的人，等等。就每一种人来说，默而索作为小说人物都是清晰的，然而就总体来说，这位小说主人公却又是含混的。不同的批评家都有充分的证据勾画出一个活生生的默而索来。因此，默而索的面目既是清晰的，又是模糊的，这中间的矛盾正说明这一文学形象的丰富性。

这种蕴涵丰富的矛盾不难表现在人物性格上，小说的叙述角度更使批评家感到既惶惑又兴奋。他们提出了这样的问题：究竟谁在说话？是默而索还是作者？如果是默而索，那么他在何时何地说话？如果是作者，那么他是同情还是谴责默而索？或者，作者与默而索合一还是与叙述者合一？

① 加缪:《局外人》美国版序,《全集·戏剧、小说卷》,巴黎,伽利玛出版社 1965 年版,第 1928 页。

这些问题使《局外人》这部小说表面上极为清晰的语言变得模糊而含混。

小说的开始是这样一段话："今天，妈妈死了。"小说的结尾，则是默而索在狱中等待着处决的"那一天"，也许是第二天，也许是数日以后。小说从开始到结束，粗粗算起来，至少有一年多的时间。矛盾就出现在这里。如果确认是"今天"说的话，此后的事情皆属想象；如果确认默而索是在临刑的前夜回忆往事，那就不能说"今天，妈妈死了"一类的话。于是有的批评家根据小说第一部和第二部的文体的区别，认为第一部乃是日记，第二部才是完整的逻辑的叙述。也就是说，捕前的经历是逐日记载的，事件既无动机，彼此间也没有联系，直到"我"杀了人，才突然意识到叩开了"苦难之门"。捕后的经历则不同，"我"已完全明白了自己的处境，所述之事井然有序，推理过程也十分清晰。然而，这仅仅是对小说的时序颠倒的一种解释，批评家们还有其他多种解释，例如有论者以为默而索的独白乃是一种"伪独白"，不可以正常的逻辑绳之；有的论者认为说话的并不是默而索，而是某个自称"我"的人在讲述一个叫默而索的人的故事；还有的论者认为，作者要使读者有亲睹亲历之感，于是扭曲时序而在所不惜，等等。无论如何，这种时序的扭曲使这部小说呈现出一种言简意深的风貌，仿佛冰山，所露甚小，所藏却极大。

《局外人》中具有象征意义的形象也是含混的，具有两重性，例如太阳。太阳这一形象如同大海、土地、鲜花等，在加缪的作品中象征着生命和幸福，是人人都可以享用的财富，取之不费分文。总之，太阳是一种善的象征。然而在《局外人》中，太阳的象征意义却非此一端。的确，太阳依然是美的、善的，当"天空是蓝色的、泛着金色"的时候，它可以让人感到舒适；它也可以把女友的脸"晒成棕色，好像朵花"，让默而索看着喜欢；它也可以适度地炎热，让游泳的人"一心只去享受太阳晒在身上的舒服劲儿"。然而太阳有它的反面，不是阴影，而是超过了某种限度。它可以使"天空亮得晃眼"，把默而索"弄得昏昏沉沉的"；它可以是"火辣辣的"，晒得土地"直打颤"，既冷酷无情，又令人疲惫不堪；由于阳光过分地强烈，人"走得慢，会中暑；走得太快，又要出汗，到了教堂就会着凉"，真是进退两难，没有"出路"；它也可以"像一把把利剑劈过来"，让人觉得刹那间"天门洞开，向下倾泻着大火"；正是在这个时候，

"大海呼出一口沉闷而炽热的气息",默而索抵抗不了这气息的力量,他失去了平衡,他也用枪声"打破了这一天的平衡,打破了海滩上不寻常的寂静"。于是,"一切都开始了",开始的首先是"苦难",其根源正是默而索酷爱的太阳,那使他感到幸福的太阳。

此外,默而索被捕前后呈现出两个世界,这两个世界的特点恰恰是含混和表里不一。捕前,默而索作为一名小职员生活在流水般的日常世界,他周围的人都有名有姓,有各自的工作。他们的忙碌和烦恼,他们的很少变化的单调生活,他们的许多毫无意义的言谈,无论如何总是构成了一个活跃的、真实的人的世界。人们有小小的痛苦,也有小小的幸福,至少有感官的愉悦。捕后,默而索却进入一个完全陌生的世界,那里的人只有职务而没有名姓,例如预审推事、检察官、律师、记者、神甫,等等,这些人似乎并不是作为人而存在,他们是某种职务的代表,他们不是在生活,而是在扮演某种角色。这个表面上有条理,合乎逻辑的世界实际上是虚假的、做作的,是一个非人的世界。这时的默而索是个有逻辑的人,却又同时是个置身局外的人。

总之,上述种种含混,即主题、人物、象征、叙述方式和小说世界诸方面的含混,使《局外人》成为一个扑朔迷离、难以把握的整体,似乎有不可穷尽的意义,给各种历史条件下的读者都带来了探索的乐趣。

《局外人》曾经被认为是清晰的、简洁的、透明的,是现代古典主义的典范,然而它的有意的单调、枯燥和冷静却打破了这种直接的印象,随着阅读的深入而逐渐剥露出深刻而复杂的内涵,出人意料地展示出含混作为艺术手段所具有的功能。

可以说,《局外人》的艺术集中地体现为含混。

三 《鼠疫》与"神话"

《鼠疫》不称"小说",而曰"记事",从构思到成书,历时八年,1947年出版后一周,即获批评奖,两年内就再版八次,印行十六万册,迄今已有四百多万册书落入各阶层各年龄的读者手中。一部没有女主角的小说会有这样广大而持久的读者群,在文学史上是极为罕见的,非有震撼人们灵魂的力量才行。这种力量的产生，不能只靠触及时代的热点，还需要有某种更深刻、更久远的原因，这也许只有在神话中才能找到。

加缪在构思写作《鼠疫》时所悬的目标，正是神话。他要创造一个神话，他也要通过神话来表达他的思想。在这里，形式和内容是密不可分的整体。他在谈及自己的作品时说："……一些不说谎的人，也就是非现实的人。他们并不在这世界上。这大概就是为什么我迄今仍非人们所理解的那种小说家，而是依据其激情和焦虑创造神话的艺术家。"① 创造神话不是讲述故事，神话追求的是普遍性和超越性，不怕单调和重复，而故事追求的是曲折性和生动性，最忌枯燥和抽象，然而对于人的灵魂具有震撼力的却是神话而不是故事。加缪所赞赏的美国作家赫尔曼·梅尔维尔就是一位神话的创造者，埃哈追捕白鲸莫比·迪克的故事就是一个关于"人与恶搏斗"，关于"促使人先是反抗造物及造物主，继而反抗同类和自己的那个不可抗拒的逻辑"的神话②。《鼠疫》亦可作如是观。加缪在写作伊始就做了如下的表述："我想通过鼠疫来表现我们所感到的窒息和我们所经历时的那种充满了威胁和流放的气氛。我也想就此将这种解释扩展至一般存在这一概念。"③ 一语破的，创造神话的意图昭然若揭。鼠疫已不仅仅是一种具体的传染病了，它成为象征，而且是多层面的象征，举凡纳粹、战争、人生的苦难（疾患、孤独、离别等）、死亡、恶都可以在这巨大的象征中占一层面。正如作者为这本书选择的题辞所言："用另一种囚禁生活来描绘某一种囚禁生活，用虚构的故事来陈述真事，两者都可取。"（丹尼尔·笛福）加缪取了两种，冶于一炉，创造出一个人抵抗恶的神话。

既然是人抵抗恶，那就离不开人及其生存的世界。加缪十分注意耕耘神话的土壤，让象征在现实中扎根。他指出："像最伟大的艺术家们一样，梅尔维尔把他的象征建立在具体之上，而不是在梦的质料之中。神话的创造者具有天才的特性，仅仅是因为他将神话置于厚实的现实之中，而不是置于想象的流云之中。"④ 于是，加缪也如同《白鲸》的作者一样，让他

① 加缪：《手记2》，第52页。
② 加缪：《赫尔曼·梅尔维尔》，《全集·戏剧、小说卷》，第1907页。
③ 加缪：《手记2》，第72页。
④ 加缪：《赫尔曼·梅尔维尔》，《全集·戏剧、小说卷》，第1907页。

的《鼠疫》充满现实世界的无数准确逼真的细节，让日常生活的平淡的风在其间吹拂，从而更见出与恶相搏之惊心动魄：这是寻常百姓的英勇和尊严，有顶天立地之慨，而无叱咤风云之态。在加缪的笔下，病鼠的垂死挣扎，患者的痛苦煎熬，医生们的努力，卫生防疫组织的工作，以及封城之后市民的种种反应，咖啡馆、电影院、商店等场所的反常的热闹，黑市的猖獗，等等，这一切都被以一种无可挑剔的现实主义手法，生动准确地呈现出来。有些场面，例如里厄医生与妻子在车站告别、格朗望着橱窗中的木刻玩具泪流满面等，都具有一种催人泪下的力量，的确是平淡之中涌动其激情，是日常生活中时时可以见到的。正是在这种厚重的现实的基础上，加缪构筑了一个"没有女人的世界"。这是某种抽象，某种升华。没有女人的世界是无法呼吸的世界，是恶肆虐的世界，是必须激励人们奋起抗争的世界。加缪就这样进入了神话世界，把对于鼠疫的解释"扩展至一般存在"，即人生本相。在《鼠疫》中，现实与神话相互依存，缺一不可，现实是神话笼罩下的现实，神话是现实支撑着的神话，其结合是艺术生命力的源泉。加缪说："艺术拒绝日常的真实，就失去生命。然而这生命虽属必要，却并不充分。艺术家不能拒绝现实，是因为他必须给予现实以一种更高的证明。"[1] 神话的创造不就是对于现实人生的一种更高的证明吗？

　　《鼠疫》被称为"记事"，其人物塑造也很少求助于想象，然而这也许正是神话人物的特点：真实但不求细腻，鲜明但不求独特，生动但不求丰满。批评家也许可以指责作者多少把人物当成了某种观念的载体，但他绝没有理由说这些人物是些苍白的概念和没有生气的木偶。加缪原本无意于塑造单个的典型，把人物搞得血肉丰富栩栩如生，因此也极少施笔墨于人物形体的刻画和音容笑貌的复制，然而他决不放过人物精神活动曲线的每一个起伏或转折。这使他笔下的人物虽面目不清却跃然纸上，虽线条粗略却真实可信，并没有传声筒的毛病。一种深刻的历史感和强烈的现实感使这些人物很自然地进入读者的生活，只要人还需要与恶抗争，而这种抗争看来是永远需要的。这正是神话人物的特殊的魅力：人们只是相信其存

---

① 加缪：《艺术家在狱中》，《全集·随笔卷》，第1127页。

在，而不必知其头发为棕色还是金黄，其眼睛是灰色抑或蓝色。例如医生里厄，他既能思想，又能行动，他以清醒的头脑和果决的毅力参加一场必须的战斗。他并不抱有任何幻想，也不自诩"为了人类的得救而工作"，他只是履行医生的职责："对人的健康感兴趣"，做好"本分工作"。他的勇气是一个普通人的勇气，但我们知道，普通人的勇气在为了生命和正义而斗争的时候可以产生出多么惊人的力量。塔鲁则不同，他为了躲避精神上的鼠疫和追求"内心安宁"来到这座丑陋的城市，他的目标高得吓人，他要做一个"不信上帝的圣人"，他需要某种非常的事件来显示和保持他精神上的卓越，因此他感到"做一个真正的人"更为困难。作者对他有着很深的敬意，然而并不把他推荐为可以仿效的榜样。格朗这位事业上和爱情上都未获成功的小职员，却以其正直甚至平凡赢得作者的同情甚至敬重，他那近乎可笑的对于完美的追求终于因意识到限度而未演化为愚蠢的虚妄，使他能够"一本正经地再不去想他的女骑士，专心致志地做他应该做的事情"。作者把"这位无足轻重和甘居人后的人物"推荐为"英雄的榜样或模范"，这绝不是无谓的调侃，而是"使真理恢复其本来面目，使二加二等于四"。还有那位新闻记者朗贝尔，他因采访而滞留病城，一心想着的是出城与情人相会，并不认为鼠疫与他有什么相干。他追求的是幸福，然而他终于认识到："要是只顾一个人自己的幸福，那就会感到羞耻。"他加入了抵抗鼠疫的战斗。帕纳卢神甫开始时将鼠疫看作上帝对人类的"集体惩罚"，号召信徒们谦卑地接受，因为他不相信"徒劳无功的人类科学"，但是无辜的儿童的死使他受到震动，不得不重新审视自己的信仰。他因拒绝治疗而死于鼠疫，这无谓的死告诉人们，以顺从代替斗争会导致什么。然而，在这场人与鼠疫的殊死搏斗中，真正应该受到蔑视的只有那个形迹可疑的科塔尔，因为只有他是与鼠疫"合作"的。总之，《鼠疫》中的这些有名有姓有言语行为的人物代表了人在恶的面前所可能有的种种表现，他们使人抵抗恶这一古老的神话焕发出新的活力，在其中注入了人们经历过的或可以想象的生活真实。

《鼠疫》的语言朴素明快，从容不迫地记述了这一场灾难的兴衰起伏。口吻的平淡与事件的巨大之间形成强烈的反差，这是加缪向斯丹达尔等古典作家学习的结果，同时也是一切神话都具有的明显特征。没有故意制造的效果，没有耸人听闻的夸张，也没有精心编织的悬念，有的只是老老实实的见证和平平常常的思考，然而深刻的哲理恰恰蕴藏在这里。真理不在人迹罕至的高山上，也不在玄奥难解的说教里，真理就在人们生活的大地上，就在人们每日的烦恼和欢乐中。这也是那些伟大的神话早已告诉人们的东西。

四　《堕落》与象征

加缪似乎对文类有着特殊的敏感，《局外人》被称为"小说"，《鼠疫》不称小说而称"记事"，《堕落》也不称小说，它被称为"叙述"。法国批评家让－约瑟·马尔尚参照纪德的说法，对"叙述"和"小说"的区别做了如下的界定："叙述依照陈述的规则再现事件，小说则依事件本身的顺序向我们展示这些事件。"我们可以借助于这种说法大致将纯小说和纯叙述区分开来；小说正在发生，叙述已然发生；小说逐渐地向我们提供一种性格，叙述则解释之；小说眼看着事件发生，叙述则使人认识之；小说是由活跃的下文组成的，叙述则由原因组成；小说展开于现时，叙述则阐明过去。这些看法的第一个后果是，如果主人公是人，叙述更注重研究一种危机（它并加以解释），小说则没有非此不可的主题，其主人公总是人。萨特认为纪德完全有理由指出："小说是'一种不断的涌现，每一章都应提出新问题，都应是出口，是方向，是激励，是读者的精神的一段向前延伸的堤'。"简言之，小说偏于呈现，叙述偏于解释。但是文学的事实证明，小说与叙述之间的区别并不是绝对的，有时甚至并不是清晰的。《堕落》名为叙述，说明加缪有解释的意图，他要让读者理解什么事情；但是《堕落》也有不少小说的因素，如人物的心理分析、环境描写，等等。不过，我们可以看到，《堕落》的小说因素通过象征的运用而融进了叙述，并使叙述本身也成为一种复杂的象征。

与《局外人》和《鼠疫》相比，《堕落》呈现出一种令熟悉加缪的读者感到惊讶的新面目：一种加缪从未有过的尖刻与痛苦交织的嘲讽的口吻，一种心灵受过创伤的、遏制不住报复心理的人的怨毒的口吻。然而，加缪对语言的苛求和对人性的挖掘却一仍其旧，并且由于广泛地运用象征而在《堕落》中强化了《局外人》所具有的含混和《鼠疫》所具有的神话意识，并且因此而使《堕落》摆脱了因纠缠个人恩怨而可能产生的偏颇。象征使《堕落》避免了狭隘性，获得了普遍性。

地域作为象征，在《堕落》中有着特殊的意义。加缪是一位出生在阿尔及利亚的法国作家，其创作基本上以北非为背景，阳光和大海是他最喜欢的地域景观，几乎成为他的作品主题的永久的伴随物。但是，《堕落》的背景却是荷兰，这个"黄金和烟雾的梦"一样的地方，"被雾、冰冷的土地以及洗衣盆一样冒着气的大海包围着"的国度；是玛尔肯岛，这个"了无生气的地狱"；是阿姆斯特丹，它那"同心的运河好像地狱之圈"，而且是"最后一圈"，但丁留给叛徒的那一圈。这正是北非的明媚的阳光和清凉的大海的反面，是"否定之景"。在加缪的笔下，这种令人感到压抑和窒息的景观正是现代世界的象征。与之相对，加缪没有忘记还有完全不同的地方，那是爪哇，"遥远的岛屿"，"在那些岛屿上，人们死的时候疯狂而幸福"；那是希腊，"那儿的空气是贞洁的，大海和娱乐是明朗的"；那是"太阳、海滩、信风吹拂的岛屿，回忆为之绝望的青春"。这种种美好的所在象征着人们的追求和向往。两种地域的对立为《堕落》提供了总体的框架，展示出人类的生存环境：苦难是他每日的伴侣，幸福只存在于怀念和向往之中。

《堕落》中的象征又以具体的形象为载体，有时取自《圣经》或传说，如"鸽子"之类，有时则取自与人物的命运休戚相关的日常景物，如桥、水，等等。前者意境幽邃，发人深省，后者则自然生动，并且饶有讽刺意味。例如桥。克拉芒斯第一次失去心理平衡是因为在塞纳河上的艺术大桥上听见身后升起一阵"笑声"，后来又回忆起两年前曾在塞纳河上的王家大桥上见死不救。两件事都发生在桥上，他因此而发誓夜里永不过桥。桥在这里成为某种自觉意识的触媒剂。有趣的是，克拉芒斯逃离巴黎，选择了阿姆斯特丹作为隐居地，然而阿姆斯特丹却是个运河之城，拥有一千一百座大大小小的桥。一个人除非不动，动则必须过桥。克拉芒斯躲开了两座桥，却陷入更多的桥的包围之中。他纵使可以永世不再过桥，却断然不能不谈到桥，不想到桥，桥于是而成为一种顽念，时时压迫着他，折磨着他，使他谈桥色变而不能不处于永恒的自责之中。桥之为象征，明矣。有桥则有水，神秘的笑声与溺水的女人成为不可分割的整体。克拉芒斯既已陷入桥的重重包围之中，就必然要受到流水的无休止的追逐。果然，我们听到了他的惴惴不安的告白："几年前，在我背后，在塞纳河上回响着的喊声，被河水带着奔向海峡，不断地在世界上前进，越过大洋无边的水面，正在这儿等着我，直到这一天我碰到它。我也明白了，它将继续在所有的海上、河上等着我，总之在我苦涩的洗礼水所在的任何一处等着我。"天网恢恢，疏而不漏，负罪之人逃脱不了惩罚，而惩罚总能等到负罪之人自投罗网。水之为象征，亦明矣。

　　精神的错觉或幻觉如果成为象征，可以具有多米诺骨牌的第一张牌的作用，一倒俱倒，连锁反应。例如克拉芒斯某夜在艺术大桥上听到的那一阵"背后的笑声"。这笑声先是从水里发出，继而又在他身体的某处响起，这当然不是某个具体的人实际存在的笑声，只不过是克拉芒斯的双重人格得以暴露的某种契机而已。加缪论荒诞时说："一切伟大的行动和一切伟大的思想都有一个可笑的开端。伟大的作品常常诞生在一条街的拐角或一家饭馆的小门厅里。荒诞也如此。"① 我们说：觉醒也如此。那种笑声可能随时随地都存在，只是人们往往不注意、听不见罢了，正如克拉芒斯所说："这声音没有任何神秘之处，这是一种善意的、自然的、几乎是友好的笑声……"

　　然而，正当一个人感到满足、精神放松戒备的时候，这笑声就能乘虚而入，或从外面某个地方冒出，或在自己身上某个地方响起，实际上，这是精神感到的笑声，并不是耳朵听到的笑声。

　　波德莱尔指出，"在人来说，笑是意识到他自己的优越的产物"，"是包含在象征苹果中的许多籽仁之一"②。克拉芒斯听见了笑声，这意味着他已失去了优越，成为别人讪笑的对象。

　　这笑声是微不足道的，但其威力足以摧毁一个人的自信，或者撕去一个人的假面。

---

① 加缪：《西绪福斯神话》，《全集·随笔卷》，第 106 页。
② 波德莱尔：《论笑的本质并泛论造型艺术中的滑稽》，《波德莱尔美学论文选》，郭宏安译，人民文学出版社 1987 年版，第 311 页。

人物行为的象征性是《堕落》的最引人注目的特色之一，举凡克拉芒斯的乐善好施、攀登高峰、喜欢岛屿、试图中止审判、当法官—忏悔者、隐匿《神秘的羔羊》等等，都具有可以向多方面延伸的象征意义。尤其是克拉芒斯的对话，更具独特的风采。这是一篇对话，但对话者并无缘置喙，只剩下克拉芒斯一个人喋喋不休，然而又并非一篇独白，克拉芒斯想尽一切手段诱使那不出声的对话者落入圈套，读者因此感到分明有一对话者在。主人公与一个无言的对话者对话，这种手法早已见于陀思妥耶夫斯基的《地下室手记》，但加缪别出心裁，令对话者于篇末暴露身份，原来也是一位巴黎的律师，与克拉芒斯同操"这一美妙的职业"。有论者认为，所谓对话其实并不存在，是克拉芒斯在顾影自言。准此，则克拉芒斯的"虚假对话"立刻显出其象征性：克拉芒斯在努力解脱自身的梦魇，并在其失败中显露出他所代表的那一部分人——"当代英雄"——的堕落。他原本希望对方是警察，或可将他逮捕乃至斩首，以便结束"在荒原中呼喊而拒绝走出去的伪预言家的生涯"。他失败了，他还将继续充当那什么也不能预言的伪预言家的角色。克拉芒斯的"虚假对话"象征着某种结束堕落状态的徒劳无功的努力。

《堕落》的象征，可以被看作是当代人类世界的某种总体象征。

五　《流放与王国》与技巧作为工具

加缪在为短篇小说集《流放与王国》（1957 年）写的一则出版说明中指出："这个集子包括六个短篇：《不贞的妻子》、《叛教者》、《沉默的人们》、《来客》、《约拿》和《生长的石头》。不过主题只有一个，即流放。然而处理的方式却有六种，从内心独白到现实主义的叙述。"这里，他实际上是说，他运用了六种小说技巧处理了六种流放的方式。

"不贞的妻子"雅妮娜在一次不情愿的旅行中，偶然地发现游牧民族的生活具有一种粗犷自由的美，与自己的平庸猥琐的市民生活相比，一个是"王国"，一个是"流放"，形同霄壤。她于是有所悟，深夜中只身遁入旷野，让"整个天宇在她的身上展开"，与大自然达成神秘而短暂的默契。这是一种奇特的"不贞"。加缪运用了严格遵守时序的叙述，以众多而真实的细节——景物以及过去极少见的有关人的形貌的描写——为支撑，从容不迫地渐次透露出种种信息，使读者有"山雨欲来风满楼"的预感。他又不失时机地推出富有象征意味的形象或动作，使高潮出现之前布满"富于包孕的时刻"，例如："雅妮娜觉得，整个天空响彻一个洪亮、短促的乐音，其回声渐渐充满她头上的空间，然后戛然而止，留下她和这无边的原野默然相对。"我们可以想象，在这"默然"之中，雅妮娜已打定了主意。她此时已铸成了自己的"不贞"，那星夜旷野中的一幕实际上成为弦上之箭，只是待时而发罢了。雅妮娜的故事是个极平凡的故事，加缪写来却极有感情，却又出之以极冷静的笔触，反差中呈现出一种"令人不能自持"的神秘美，有寓言的风致。

《叛教者》中，读者所见唯有一片光怪陆离的意识的流动，通篇是一个"精神错乱的人"的无声的独白，只最后一句是客观的描述，如天外飞来，除了点明这奴隶杀了传教士之后仍旧是个奴隶之外，又留下一个难解的疑团。这是一个改宗者的故事，他不愿徘徊在善与恶之间，他怀着扬善的目的来到崇拜恶的地方。他的善不敌异邦的恶，他于是叛教而投入新主人的怀抱。然而，他又面临着再次改宗的屈辱。他没有被杀死，没有成为殉教者的幸运，他始终是个奴隶，他被割去舌头，失去了语言的能力，但他头脑中又生出另一个"舌头"，他还有意识能够流动。外部的事件，内心的活动，在一系列热得烫人的形象中交织成闪烁的一片，暴露出一个倾向于极端思想的人的可怕的精神世界。这篇小说结构严谨，于混乱中见出秩序，颇能表现出"一个精神错乱的人"的情状。其实他的精神并没有错乱，只是趋向极端，进入了绝境。他的无声的独白无异于忏悔，这忏悔因借用了大量极富象征意味的形象而具有多向的启发性。"叛教者"处于流放之中，他的王国看来极为渺茫。

《沉默的人们》，正是加缪最熟悉也最感亲切的那些人，具体地说那些制桶工人。他们因罢工失败而心怀怨恨，他们在大工业的挤压下面临改变职业（然而他们是多么珍爱他们的手艺啊！）的威胁，他们与老板的关系因利害的冲突而遭受扭曲，然而他们最终在老板的女儿的病痛面前打破了沉默，这一切都被以一种现实主义的手法准确鲜明生动地表现了出来。这篇小说写的是复工的第一天，从伊瓦尔上班到下班，整整一天，按照时间的顺序依次呈现出途中的景色、工厂里的气氛、劳动的场面以及工人们对老板的女儿生病这一事件所作的反应，其间很自然地插入伊瓦尔的心理活动，使经过精心选择的大量细节具有活跃而浓郁的生活气息，并且折射出更为广阔的生活场景。加缪对人物着墨不多，但有名有姓的人有七八个之多，都各有性情，颇为鲜明，从主人公伊瓦尔的眼中看去，都显得有血有肉，颇为生动。通篇小说用语朴实无华，对话直截了当，与劳动世界十分相合。小说的结尾透露出某种愿望："到大海的那一边去。"似乎是对王国的朦胧的追求。《沉默的人们》是一篇现实主义的小说，尽管它的作者反对现实主义。

　　《来客》的特点是具体、丰富、细腻的环境描写，并在此基础上呈现和深化主人公的孤独感。这环境包括自然环境和社会环境。小学教师达吕对于这环境始终处于不断的选择之中。就自然环境而言，他选择了这片荒凉贫瘠的高原，并且曾经"觉得自己像个大老爷"，因为他"生于斯、长于斯，到了别的地方，他就有流放之感"。加缪在其他作品中从未对景物用过如此多的笔墨，荒原、石头、雪、酷烈的太阳，众多的形象组成这个与人极不友善的世界，从而也更衬托出主人公的选择的严肃性：这里就是他的"王国"。然而，社会环境却使他的选择成为一个泡影：他被迫要在把犯人交往当局和放犯人逃走之间做出选择。他选择了，然而他遭到误解，因此，他又失去了他的"王国"："在这片他如此热爱的广阔的土地上，他是孤零零的。"社会环境描写之细腻，在加缪来说，也不曾出现在别的作品中，例如小学教师达吕和阿拉伯犯人共居一室时的表现，被描写得极有曲折感。环境是具体的，人物也是具体的，其心理活动也有具体的历史背景，然而，加缪通过具有象征性的细节和情境而淡化了政治的色彩，突出了普遍的人与环境、人与人之间的沟通困难。"沙漠的门户"、"通往监狱的道路"、"穿过高原的路"、"曲曲弯弯的法国河流之间"、主客共居一室、犯人自投罗网等等，都有深广的象征意义。《来客》这篇小说节奏虽然徐缓，但内涵却相当丰富，有一种致密感，这使它有别于《沉默的人们》那样的现实主义小说，尽管它们细节描绘显然是现实主义的。

　　初读，《约拿》讲的是一个"身为名累"的故事，一个画家的艺术生命如何断送于盛名之下。但是，作者在调侃中流露出的愤懑提醒我们：这绝不是一个轻松的笑话，它所寄托的思考是极为严肃的。"孤独还是团结？"这个困扰着约拿的问题也同样地困扰着所有的人。小说的口吻是调侃的，渐渐地转向严肃，仿佛一束可调的灯光，于不知不觉中突然照亮了主人公心中的疑团。读者的疑问生于阅读的结束，不由他不于讽刺和幽默中寻求更深刻的含义。于是，他很自然地看出："不应该再说某人坏或丑，而应该说他想坏或想丑。"这样一句随口说出的话原来是暗指存在主义的"自由选择"，作者的态度也就不言自明了。约拿的结婚，找房子，电话，朋友的来访或邀请，在各种宣言上签名，最后被逼上自搭的阁楼，等等，这些生活中的具体问题，无一不间接或直接地与那个问题相联系，作者的忧虑实际上也在逐步深重。叙述口吻与所述事件之间的不协调，这是加缪从斯丹达尔那里学到的技巧，在这里又一次得到充分的运用。《约拿》这篇小说中没有多少细节，也没有多少对话，一切都在大跨度的时空变化中被叙述出来，很明显，作者在这里更注重的是形象或事件的象征性。这是一篇现代寓言。形象的血肉和鲜明，情节的曲折和完整，细节的丰富和真实，都不是作者所追求的，而调侃的笔调，幽默的口吻，真真假假的格言警句，虚虚实实的环境氛围，却明显透出作者的苦心。

　　《生长的石头》也许是小说集中最精彩的一篇，开头即以有限的环境描写，使读者自然地站在主人公的位置上，用他的眼睛看世界；结尾又出人意料，顿时使主题凝聚升华，读者甚至可以暗自惊讶：怎么不知不觉地跟着主人公走到那茅屋里去，并且和他一样感到"心头充满了纷乱的幸福之感"。作者在叙述中虽取第三人称，但并非置身于读者和主人公之上，而是以主人公的视角与视界为准，使读者有身临其境之感，能够尽可能地贴近主人公，并因此而尽可能地贴近作者。实际上，在这篇小说中，作者、主人公和读者是渐渐地趋向融合的，他们的近乎一致的视角使小说的主题具有强烈的感染力，同时也使那些富有质感的形象具有浓厚的主观色彩和感情色彩，例如，"蒙上了水汽的星星在黑色的天空中颤动"，"几只毛色发黄的黑秃鹫热得一动不动"，"沉重的河水"，等等。这种带有抒情性的形象描绘真实而生动地传达出主人公内心中的骚动：他似乎在躲避和追寻着什么。在加缪的全部小说中，唯有《生长的石头》和《不贞的妻子》这两篇对于景物给予了如此丰富而饱满的笔墨，此种对于大自然的追求意味着对另一个世界的追求，即对"王国"的追求，因此这两篇小说中那些经过精心选择的形象都具有强烈的象征意义。然而，就主人公的态度而言，却有主动与被动，进取与退却的区别。在《生长的石头》中，形象更丰富，更具体，象征性更深远，更复杂，因此，所呈现出的"王国"的氛围也更浓重，更实在。《生长的石头》更具有神话色彩。

总之，《流放与王国》并不是人们通常习见的那种汇集若干不相连属的作品的小说集，而是一个有联系、有不同侧面的整体。加缪所采用的不同的小说技巧都是为这个整体服务的，并在其不同的表现形式上各有侧重，有时又有交替重合。《流放与王国》因篇幅短小，不大为论者所重视，但平心而论，就艺术技巧而言，的确称得上"纯熟"。

就小说艺术，曾有人向加缪提过这样的问题："《堕落》与'新小说'的探索有什么关系？"加缪的回答可以被视为他的小说观，也可以作为"加缪与小说艺术"这一论题的结论。他是这样说的："对故事的兴趣与人本身共存亡，然而这并不妨碍人们总是寻求新的方式来讲述，您提到的那些小说家① 有理由开辟新的道路。就我个人来说，所有的技巧都使我感兴趣，但我感兴趣的不是技巧本身。比方说，如果我想写的作品需要的话，我会毫不犹豫地采用您所说的这种或那种技巧，或者兼而用之。现代艺术的错误几乎总是使手段先于目的、形式先于内容、技巧先于主题。如果说我酷爱艺术技巧，如果说我试图掌握所有的艺术技巧，那是因为我想自由地加以运用，使之成为工具。无论如何，我不认为《堕落》与您所说的那些探索有联系。事情简单得多。我运用了一种戏剧技巧（戏剧化的独白和潜在的对话）来描绘一个悲剧性的喜剧演员。一句话，我使形式适应主题。"

一语破的，"加缪与小说艺术"可以变成"加缪的小说艺术"了。

1988 年 7 月，北京

（原载《局外人·鼠疫》，漓江出版社 1990 年版）

---

① 指萨洛特、西蒙、罗伯－葛利叶等所谓"新小说家"。

让·斯塔罗宾斯基与居斯塔夫·朗松

让·斯塔罗宾斯基生于 1920 年 11 月，如今刚刚过了九十岁。他在 2008 年 1 月 20 日的一封私人信件中说："2012 年是卢梭诞辰三百周年，2013 年是狄德罗诞辰三百周年。即时我将汇集关于狄德罗的研究，同时将关于卢梭的文章集成一本新书。当然我不会忘记关于上个世纪的作家的文章编成一个集子。许多任务在等着我。……我已经太久地忘了时光不会倒流。"我读了这封信，心头不觉一颤，在最后一行文字上沉思良久……

一

三十年前，我写过一篇文章，题目是《拉辛与法国当代文学批评》，讲的是发生在 20 世纪 50 年代或 60 年代前后法国文学批评的一场欧纳尼之战，新批评大战或挑战传统批评。新批评来势汹汹，传统批评穷于应付，论战几达十年，刀光剑影，火药味十足。结果出人意料，新批评没有战胜传统批评，传统批评也没有压倒新批评，而是由势不两立变成双峰并峙，时至今日，我们不禁要问，是共荣，还是俱损？

传统批评由于吸纳新鲜的血液而巩固了原有的地位，新批评则是登堂入室，一派新贵的模样。我在这篇文章中说："新旧两军交战，选的是一个古战场，即三百年前的拉辛悲剧。……资料的缺乏限制了我们的视野，我们很难十分清楚地看见那个古战场上发生的事情，其中有些人，如新批评的两员主将，乔治·布莱和让·斯塔罗宾斯基，我们根本看不清他们的面目，不知道他们在干些什么。"若干年之后，我终于明白，不是资料的缺乏限制了我们的视野，而是视野的狭窄造成了资料的缺乏，就是说，视野的限制可能使我们对资料或者视而不见，或者不去主动搜集。例如对乔治·布莱和让·斯塔罗宾斯基，直到我关心日内瓦学派的时候，才渐渐入了我的眼界，对他们有了基本的了解。不是由于资料多了，而是由于我开始关心他们了，就在手边的资料方才引起了我的注意。

法国新批评是批评史上一个约定俗成的称呼，并没有一致的主张和共同的师承，只是形式主义、马克思主义、现象学、结构主义、精神分析、语言学等不同倾向的混合。现象学色彩甚浓的所谓日内瓦学派是新批评的一支，而乔治·布莱和让·斯塔罗宾斯基是该学派的两员大将。1958 年，让·斯塔罗宾斯基以《卢梭：透明与障碍》为题完成了博士论文，几乎同时，他又完成了医学博士论文，题目是《1900 年之前的忧郁症治疗史》。一般认为，他的批评是一种深层精神分析的主题批评。令人感兴趣的是，他们虽然同属一个学派，然而对学派的宗旨却有着不同的认识，尤其是让·斯塔罗宾斯基并没有从正面谈论，而是婉转地表达了相反的意见。他从不参与争论，此为一例。

《微观与宏观》是一本在罗马出版的杂志，它在 1975 年第一期上刊登了所谓日内瓦学派五大成员的访问记，采访者是日内瓦大学的意大利文学讲师弗朗克·贾克纳。贾克纳问到日内瓦学派的特点，乔治·布莱的回答是："我认为，日内瓦学派的特点是反对'朗松派'，反对一个在生活的事件和一个作者的文学作品之间建立因果关系的学派；这样的方法必然用传记来解释文学。相反，日内瓦学派是一个主题学派，它的基本方向是主题，我称之为作者的范畴，例如在我是时间，空间，自我意识，数，关系，还有其他的。"如果乔治·布莱在朗松和朗松派（朗松主义）之间作出分别，他的这番回答还可以说是对的，可是我认为，他本人似乎并不认为这两者之间有什么区别。对于让·斯塔罗宾斯基来说，恰恰相反，他说："习惯上将其归入的人（贝甘，莱蒙，鲁塞，布莱，我本人）并不把自己看作是由一种共同的理论联系在一起的一个学派。他们从事文学批评，既不把它看成实证的科学，也不把它看成是一种信条的应用。如果要在他们中发现一个共同点的话，那就是：技巧（语义学的，语法的，描述的）从属于个人的意图，这种意图或是宗教的（贝甘，莱蒙），或是美学的，或是人类学的，等等，缺乏一种方法论的共同点也许正是一种共同忠于自由阐释文化的文本和材料的迹象。"把两个人对同一问题的回答对照一下，自然不难明白：朗松或"朗松派"是新批评派反对和攻击的主要对象，它所主张的以作家的生平解释文学作品的方法是必须加以抛弃的，但是，这不是让·斯塔罗宾斯基所理解的日内瓦学派的主张，当然，日内瓦学派也不同意以传记为基础来解释文学，不过，这个学派的大部分成员认为，朗松的实证主义并不能简单地等同于传记批评法。朗松的研究方法可以称作"历史的方法"，即：文学研究是在脱离历史学、社会学和文学批评的前提下自成一种运用历史社会文化的方法认识文学及文学现象的独立的学科，其要在于从"真实"出发，将对文学作品的鉴赏、认识和评价置于可以证实的事实之上。所以，我们不能说日内瓦学派的特点是反对朗松派，而应该如让·斯塔罗宾斯基在 1977 年 9 月在一次研讨会上所说："如果如昨天所说，马塞尔·莱蒙的教学和研究穿越然后远离历史的实证主义，那好，让我们把这一点作为日内瓦人的共同的目标吧。采取这样的超实证主义的态度，关心精神的旅程，足以形成某种亲和关系，尽管风格不同。"或者如他在本文的开头提到的私人信件中所说："实际上，我们所关心的是注意倾听文本，拉近文学知识和实际经验之间的距离。"的确，日内瓦学派的特点是从作品出发，如感同身受一般地倾听、挖掘作品所传达的信息，包括美的信息，然后加以自由的阐释，文学批评经过了由作品到读者、由读者再回到作品的旅行，如此往复，至于无穷，以达到物我两忘、阅读和批评浑然一体的境地。

二

对于朗松和朗松主义，新批评派一向是弃之若敝屣的，例如，新批评的代表人物罗兰·巴特就说，在法国同时存在着两种批评，一种是"大学的批评"，一种是"意识形态的批评"，前者就是传统批评，后者就是新批评，两者是不能共存的。1963 年，罗兰·巴特说："五十多年以来，朗松的著作、方法和思想通过其无数的追随者支配着大学的批评。"这种批评一心只"把作品跟作品以外的东西，也就是跟文学以外的东西拉上关系"，他及他的追随者们认为这种状况不能再继续下去了。于是，他们猛烈地攻击朗松在批评中所坚持的"真实"、"渊源"、"博学"、"历史"、

"趣味"、"美"等概念，指责传统批评"专断"、"僵化"、"以为弄清了作家的鼻子的形状就弄懂了作品"，试图把他们认为已经死了的学院派批评彻底埋葬。但是，事情似乎并不像他们想象的那么简单，朗松并没有被埋葬，反而由于与朗松主义划清了界限又回到了大学的课堂。20 世纪 70 年代开始出现的"作者的回归"、"历史的回归"、"新朗松主义"等现象，显然不是和朗松没有关系的，当然，这并不是说他又摆出了一副一统天下、唯我独尊的面目。1965 年，美国耶鲁大学教授昂利·拜尔编辑并出版了《朗松：方法、批评及文学史》，指出"对于那种在与作品接触时不受感动，却把作品拿来当作建立极精巧又沉重的理论骨架的文学批评进行批判，朗松从来也没有鼓励过"，并给予他以极高的评价："这些人都忘了，在 1870 年到 1930 年间的批评家没有哪一个能跟朗松相提并论。"他批评那些新批评家"不无自负地宣称在这个领域里，没有谁比他们的朋友们和他们自己更有才气，他们其实从不曾劳神去读一读朗松的著作，就指责他是实证方法的代言人（实证方法这个词莫非是个骂人用语？）"我相信昂利·拜尔教授的话，新批评家的大多数的确未曾读过朗松的书，实证方法远非一个"骂人用语"。遗憾的是，在一个以"新"为标榜的激烈论战的年代里，这种声音如同沙漠里的呼喊，不可能引起强烈的回应。

　　但是，在当时那样一片几近狂热的气氛里，以马塞尔·莱蒙及两个年轻的教师，让·鲁塞和让·斯塔罗宾斯基，为核心的小团体却在远离巴黎的日内瓦大学里"自由地解释"文学作品，他们明白，正如让·斯塔罗宾斯基所说："任何好的批评都有其激情，本能和即兴的方面，有其侥幸，有其宽宥。然而它不能相信这些东西。它应该有些更坚实的调节原则，它们应该引导它，而不是限制它，它们将提醒它不偏离目标。"这些原则是："从对一种包容性理解的天真的阅读，从一种受到作品内在的规律的、没有预防的阅读，到面对作品及其所处的自主的思考。"（《批评的关系》，1964 年）写到这里，不能不提到朗松关于印象主义的看法。他认为，"文学不是认识的对象，而是实践，趣味，愉悦。人们不是认识、学习文学，而是实践、培育、喜爱文学"，所以，文学研究者不能不带有心灵的颤动、想象和趣味，然而，保留这种个人的反应是危险的，但是又不能完全加以排除，如何解决这一方法上的困难？朗松说："要把认识和感觉区别开来，采取必要的措施让感觉成为认识的合法的手段。"所谓"必要的措施",乃是在历史学、社会学甚至自然科学的启发下对个人阅读印象所进行的"区别"、"估量"、"监督"和"限制"。所以,朗松一方面要保证文学批评的科学性,一方面又要使文学批评保持新鲜和灵活。比照一下,让·斯塔罗宾斯基和居斯塔夫·朗松之间,不是具有某种精神上和方法上的一致性吗?

三

让·斯塔罗宾斯基对居斯塔夫·朗松抱有好感是一贯的。纵观他的著作,未见有对朗松不敬的言论,身为新批评派的主将,在那样一个情绪化的时代里,保持一个冷静、客观、平和的心态和思维,是非常不容易的。当然,最根本的还是对传统和创新的关系之认识,这种认识在让·斯塔罗宾斯基以及他所代表的日内瓦学派与新批评其他诸流派之间,有着很大的不同。

1977年9月,在日内瓦附近的卡尔蒂尼举行了一次关于阿尔贝·贝甘和马塞尔·莱蒙的学术研讨会,罗马尼亚文学批评家马塞亚·马丁在会上指出,马塞尔·莱蒙的《龙萨对法国诗歌的影响》从准备到出版,正处在朗松的实证主义在法国大获全胜的时期,"他对法国大学的官方的理论的接受是环境使然",但是,"他在服从方法的严格要求的同时,又根据其使用加以验证",实际上,"他有意识地抵制任何'印象主义'或者思辨的诱惑,屈服于考证研究的严格,正是为了日后无拘无束的权利",所以,"马塞尔·莱蒙并不拒绝实证主义,而是超越了它;他不是用一种纲领之超越时代的暴力来超越它,而使用一种严格的服从,首先是竭尽传统的各种可能性"来超越它。马塞亚·马丁的结论是:"马塞尔莱蒙的第一本书(《龙萨对法国诗歌的影响》——引者注),从某种意义上说,他的第二本书(《从波德莱尔到超现实主义》——引者注),是一个双重的共同经验的连续的结果:没有它们相互投射的光亮就不能完全地理解它们。"马塞尔·莱蒙并不是心甘情愿地接受流行的理论和方法,但是,他不能不承认,实证主义注重事实和渊源的文学教育给他打下了日后从事文学研究的坚实的基础，使他终生受用不尽。他主编的卢梭作品的批评版，大量的注解和异文，考证文句，详尽的介绍和评论，力图给读者一个最好、最全的版本，这一切就是基于实证主义的要求对文本所进行的基本工作。正如让·斯塔罗宾斯基所说："每当一部作品远离我们，就要针对遗忘、抄写错误和词汇的意义之损耗恢复其完整性。恢复的工作乃是一件巨大的实证或实证主义的工作，它把前辈作为享受或教育的对象当做研究的对象。最后才有阐释。"从这里，我们不是看到他与朗松之间的某种精神上的联系吗？朗松曾经对文本的"真实"、"完整"、"时间"、"变化"、"形成"、"意思"、"含义"、"材料"、"际遇"九个方面提出问题，进行研究，这样的工作最终可以形成三种不同的历史：研究形式可以获得体裁史，研究思想和感情获得精神史，研究技巧获得趣味史……可以说，让·斯塔罗宾斯基关于恢复文本的思想是与朗松的思想一脉相承的。

日内瓦学派的另一位代表人物让·鲁塞与让·斯塔罗宾斯基同为日内瓦大学的教授，同为马塞尔·莱蒙的学生，完全同意斯塔罗宾斯基的看法，即在马塞尔·莱蒙的教学中，朗松的实证主义的方法"并没有被抛弃"，而是"包含在他的教学之中"。他说："每年他都为一年级的学生举办一个文学研究入门的研讨课……课上有一两节是讲关于阅读的最基本的工具，例如，什么是批评版？他试图让我们明白什么是批评版以及批评版是怎样做的，如何运用，不是为了做批评版，而是为了阅读，为了使用。为此，他让我们研究关于龙萨的一首诗的两种相续的不同的版本；从不同点出发，恢复批评的工具，还有关于修辞的辞格。他经常建议我们使用杜马尔塞的《论转格》。总之，这里面有全部的批评工具，即朗松的批评工具，他并不排斥朗松，他认为对于初学的大学生来说朗松是有用的。"让·斯塔罗宾斯基在新批评的热潮刚刚过去的时候，就明确地、不露声色地表明了他对朗松及其实证主义的观点，让我们见识了他的治学态度：平和而不张扬，坚定而不固执，渊博而不卖弄。

四

2000 年 11 月，在一次让·斯塔罗宾斯基 80 寿辰的采访中，诗人弗里德里克·旺德莱尔对他说:"我在您的著作中没有看到那您对朗松的批评,我很想知道您作为思想史家对朗松的态度,您作为文献学的运用者对朗松的方法及这一类的批评的态度。"的确,除了在研讨会上的片言只语外,让·斯塔罗宾斯基没有写过专门的文章表明他对朗松的态度,现在,他终于有机会一吐为快了,于是他答道:"您提到了居斯塔夫·朗松。他提出了一个完全协调的历史规划,把文学的历史纳入社会的历史。这个规划与当时的社会科学是一致的,尤其与杜尔凯姆的社会学一致。他希望文学作品的研究不脱离其社会文化氛围,不脱离其环境,不脱离其读者,等等。我丝毫也不反对他在资料、系统的调查、把文学是与更广阔的思想史联系起来、制度以及风俗等方面的苛刻要求。……危险在于错过了以坚实的资料印证巨大的概括之精微的领会,这方面直觉也可以做得很好。历史的方法,求助于资料,本身是无可指责的。先决的条件是,调查的开始应该仔细想过,应该始终坚持。目的达到了,渊博与某种美不是不能并存的。同时也有设计好的清单,这将是一些工作的用具。但是有时候对于提得不好的问题有过多的装备,篇幅浩繁的博士论文成了卡片的堆积。这不单单是朗松的错。他对方法并无任何的狂热。我想我记得他曾经说过对象应该决定方法。"仔细领会他的话,可以看出,他对朗松的方法原则上是同意的,但有所补充,特别是他强调了直觉在文学批评中的作用,强调了博学和美是可以共存的,从这里我们可以看出日内瓦学派的特点,也可以看出让·斯塔罗宾斯基本人的批评风格。曾经有人讽刺朗松崇拜"卡片",让·斯塔罗宾斯基公正地指出:"这不单单是朗松的错。"我们应该还朗松一个清白,崇拜卡片的是朗松主义,而一旦一个人的名字与一种主义连在一起,我们就应该警惕是不是主义败坏了人。朗松主义是一种排除了朗松的灵活性和开放性的实证主义理论,是不能由朗松负责的,让·斯塔罗宾斯基在1984年的一次采访中说:"真正的方法是没有作者的。"此之谓也。

　　也许,让·斯塔罗宾斯基不满于朗松的实证主义之沉重,转而欣赏一种活泼的实证主义。他说:"在他的影响范围之外,在西方世界几乎到处都在形成一种在社会中研究文学和在文学中研究社会的计划。尼采本人鼓励这种做法。一种没有哲学色彩的活泼的实证主义直到今天还能激活许多精彩的研究,例如关于书籍的生产和流通的调查,地下文学,学术圈子,思想的传播，等等。"活泼的实证主义也好，沉重的实证主义也好，都是实证主义，所以，他认为："在这些研究和计划之中，我看不出有朗松的直接的影响，但是，至少他在治学之初的一些精彩的论文中试图提出哲学的判断。"于是，弗里德里克·旺德莱尔紧接着问他："您认为他们都部分地实现了朗松的抱负和思想吗？"让·斯塔罗宾斯基斩钉截铁地答道："是的。事情的发展是要科学化。这正是继泰纳之后朗松的文学史研究所要做的。朗松忽视了科学地研究文本的内容吗？奇谈怪论！人们对文本进行严格的考察，引入语言学、叙述的结构分析（叙述学）、符号的学问（语义学，符号学）、改良的修辞学；哲学家也加入了论战……这不是否定文学社会学的抱负，而是用一种新方法来补充。"他甚至认为，德国的"接受美学"，美国的"文化研究"，都多少拖着朗松的影子。说到这里，让·斯塔罗宾斯基没有忘记他的幽默："人们创造了许多补充的工具。显然是太多了！结果是评论膨胀，分析术语超载。船有沉没的危险，或只在有保护的小池子里游弋。"他接着说："危险在于为分析而分析，忘记了为什么分析。对我来说，我以为历史的工作和分析的工作是有用的，但只把它们看作手段，而不是目的。我求助于它们的渊源，它们的语言，但有节制，为的是更好地领会、更好地确定文本向我的透露的东西，组织我的个人的话语。可以说我是利用历史的、结构的调查的结果。不客气地说，我试图完成一个作家的任务。我认为诗的品质与批评的思考，甚至与博学并不是不能共存的。"他在 1967 年出版的《批评的关系》中写道："这些新的方法不是取代，而是补充了传统的历史方法，它们产生于把已经在人文科学中获得居住权的诸学科应用于文学的可能性和必要性。……我远不是想使批评成为一种西绪福斯的劳作，一切都要不断地从头开始。……人们并非从虚无出发。"四十多年前的言论，虽有些不同，但精神上的一致还是有目共睹的。想想看，1967 年正是新批评攻击传统批评火力最猛的时候，让·斯塔罗宾斯基还能保持清醒和理智的头脑，确实显露出一位批评大家的风范。

让·斯塔罗宾斯基极为欣赏马塞尔·莱蒙关于日内瓦学派的一句话："用法文而不是用术语写作"，他一贯地对新术语保持警惕，竭力追踪溯源，揭示其由来。例如，"文本间性"（互文性）是一个新术语，它表示一部作品的各种联系，让·斯塔罗宾斯基指出，"揭示相似性和草草写作的方式"如今被称作"文本间性"，虽然这个概念有其优势，但它的历史沿革却是有案可稽的。弗里德里克·旺德莱尔说："文本间性，说的鲁莽些，不过是朗松关于渊源的问题的一个延伸概念而已。"让·斯塔罗宾斯基的回答含义深远："我从来也不用这个词。这是一个万能的词，可以产生许多误会。它是针对主体间性提出的，具有论战的性质。（哲学的）主体和主体性名声不大好。一个女语言学家想做唯物主义者，摆脱一切唯心主义的嫌疑，同时又避免跌进艺术是社会关系之反映的理论陷阱，就用文本代替了主体。什么都是文本：先前的文学，失去了轮廓和独立性的作品，变成共鸣箱的作家，外部的环境，读者，等等。当然，这些文本是不一样的。这是不同题目的'文本'。多少有些扩大的巴赫金的对话理论被拉来作为支持，还在这种马赛克中引入运动。有一个文本间性的最高纲领，但显然并没有被执行。我找不出任何应用的例子。我不大倾向于同意这种泛文本主义，它有一切意识形态的特征，但是我本人很久以来就主张一种文学作品回应其他的文学作品，通过不同的方式表现其联系。"让·斯塔罗宾斯基极简略地勾勒出"文本间性"产生的历史，明眼人很容易就能猜出"女语言学家"指的是谁，他显然是对这个概念存有异议。让·斯塔罗宾斯基曾在1983年说过："我喜欢清澈的东西，我追求简单。批评应该做到既严谨又不枯燥，既能满足科学的渴求又无害于清晰。""文本间性"显然既不"清晰"，又不"简单"，它是一个歧义丛生的概念，而且并不新鲜，它与朗松的渊源问题有千丝万缕的关系。让·斯塔罗宾斯基的话切中肯綮，可谓快刀斩乱麻。

五

　　法国文学批评界从20世纪70年代开始，就对十年前的"理论的黄金时代"进行了反思，最引人注目的是新批评的内部发出了批评的声音。1980年，晚年的罗兰·巴特承认："先锋派可能错了。"1984年，当年的结构主义者、罗兰·巴特的坚定追随者茨维坦·托多罗夫出版了《批评之批评》，有人称之为"转向"，但是"转向"一词派性浓了些，不如称之为反思。他指出，文学之外有文学，文学之内有非文学，文学不仅仅是主题、情节、形象，还是思想、历史、意识形态。2007 年，他又发表了《文学在危难中》，称现今的法国文学穿上了"令人窒息的紧身褡"，"玩弄着形式的游戏、虚无的悲叹和唯我的自我中心主义"。学校的文学教学只是教授分析作品的工具，而不是教学生如何热爱文学作品，如何通过文学传递给读者的信息来真正地热爱文学本身。"在学校里，人们不知道作品，只知道批评家说了什么"，"文学研究只把它们使用的工具作为首要的目的"。他的结论是，从 20 世纪到 21 世纪初，形式主义、虚无主义和唯我主义在法国成了占统治地位的意识形态，从而导致了一场文学危机。他终于说了心里话："我自己在进化，现在对知性体验与生活的隔绝产生质疑。因为透过形式结构，文学让我感兴趣的，依旧是人类的境遇。"有人把托多罗夫的警告说成是"起义"，比二十多年前的"转向"更进了一步，未免言重了。传统派的批评家就不像托多罗夫那样客气了，例如法兰西学士院院士马克·福马罗利对法国文坛，尤其是以"新"命名的现象的看法更为悲观，此处不详述了。当然，像任何事物一样，对法国文坛的现状同样有两种不同的看法，对托多罗夫的攻击也是不遗余力的。让·斯塔罗宾斯基坚持文学与经验的联系，这与托多罗夫今日的反思有什么区别？在前者，这是一生的坚持，而在后者，却是经过了五十年的变化。《批评之批评》出版的时候，《世界报》的文学批评家贝特朗·布瓦罗 – 德尔佩什发表评论说，新批评和传统批评"相信和怀疑都过了头"，如今《文学在危难中》的出版是否可用上同一句话呢？时过二十多年，仍在反思同样的问题，到底是事情过于复杂，还是人的思维过于简单？换句话说，传统批评和新批评，经过了一场欧纳尼大战，是共荣，还是俱损？

法国著名诗人伊夫·博纳富瓦超越传统批评与新批评的争执，说让·斯塔罗宾斯基是圣伯夫和蒂博代这些大师的"继承者"，我钦佩他的胸怀之开阔，我要在大师的名单中增加一个名字：居斯塔夫·朗松。

2011 年 2 月，北京

（原载《中华读书报》2011 年 2 月 23 日）

脆弱的平衡

——读茨维坦·托多罗夫的《文学在危难中》

2007 年，茨维坦·托多罗夫在弗拉马里庸出版社出版了一本小书，书不大，不足百页，起了个耸人听闻的名字，叫做《文学在危难中》（*La littérature en péril*，Flammarion）。这是他自 1984 年发表《批评之批评》（*La critique de la critique*，Seuil）之后的又一部反思之作。《批评之批评》曾经在 20 世纪 80 年代末出过中译本，似乎反响不大。这本《文学在危难中》尚无中译本，是否能有所反响还不清楚。但是，从它发表以来，我只见过沈大力先生当年写过一篇文章，文章的题目是《敲响西方文论的警钟》，此后就如泥牛过海，再无消息了。我的阅读范围有限，但是我们国内一般对反思现代派（其中包括反思当代的一些新思潮）的作品不大能表现出应有的兴趣，却是不争的事实，其中的道理也许是不言自明的。

《批评之批评》发表之后，在法国文学界引起争论，有人说这是托多罗夫的"转向"之作，我写过一篇文章，称之为"小涟漪"。《文学在危难中》的发表，在法国文学界引起了轩然大波，有人说是托多罗夫的"起义"，是"冷锅里爆出一颗热栗子"。说"转向"，说"起义"，都有些过甚其辞，说"反思"，倒是庶几近之。须知此类争论，或曰敲响了"警钟"，在西方文学界是常有的事，法国尤甚，不足为奇。不过此番托多罗夫的一些言论，我觉得倒是击中了法国文学及其批评的软肋。

与《批评之批评》相比，《文学在危难中》思考的范围更深广，诘问的语气更直白，判断的态度更斩截，思考的气氛更浓重，因此，赞成和反驳的意见也更激烈，甚至火爆。《批评之批评》的范围仅限于文学观念和文学批评；而《文学在危难中》则涉及整个文学，即文学作品、文学理论及文学批评。

大体说来，《批评之批评》的宗旨是："考察 20 世纪人们如何看待文学和文学批评，试图弄清楚关于文学和文学批评的正确思想像什么"，其次，"分析本世纪对文学的思考所表现出来的主要潮流，同时试图弄清楚何种意识形态立场更有道理"[①]，应该注意的是，托多罗夫没有说"是什么"，而说"像什么"，没有说"有道理"，而说"更有道理"，"像"和"更"这种词语的使用表明了某种困惑和游移；而《文学在危难中》则问得直截了当，例如："文学能做什么？""我们教授一种知识是关于学科本身还是关于它的对象？""人们研究的是某种借助于不同的作品加以阐明的分析方法吗？或者人们研究被认为是基本的作品而使用最不同的方法？什么是目的，什么是手段？什么是必须遵行的，什么是随意选择的？"（第19 页），等等。纲举目张，一语中的。《文学在危难中》虽然篇幅不长，却并未影响托多罗夫引经据典，援史实以证论述，夹叙夹议，颇有循循善诱的风范。

《批评之批评》的结论是：1. 文学不单由结构造成，还由思想和历史造成；2. 把历史的设想和结构的设想分割开来，并不像想象的那么容易，先前以为分析工具是中性的，概念是仅供描述的，其实工具和概念都是具体的选择，即意识形态的选择的结果；3. 文学与价值的关系是固有的，抽象的文学不存在，文学是一种意识形态。文学观念的变化自然也带来了批评观念的变化，这种变化是：1. 批评不应该，甚至不能够仅仅谈论个别的书，它总要对生活表态；2. 批评和作品一样，也应该"探求真理和价值"，文学和文学批评所达到的真理在性质上是一样的；3. 为了更好地理解作品，必须将作品置于逐渐扩大的语境之中，作品本身、作者、时代、文学传统等构成了不同层次的语境，这些递进的语境并不互相排斥，而是相互容纳、相互交叉、相互补充的；而《文学在危难中》的结论则更为具体、更为明确："如果今天我自问为什么喜欢文学，答案自动地浮上脑际：因为它帮助我更好地生活。……比日常生活更坚实、更雄辩，然而从根本上说又是一致的，文学扩大了我们的世界，促使我们想象另一种设计它、

[①] 《批评之批评》，巴黎，瑟伊出版社 1984 年版，第 7—8 页。

组织它的方式。……它向我们提供不可替代的感觉，使真实的世界变得更有意义和更美。它远非一种简单的消遣，为有教养的人准备的娱乐，而是使我们每一个人更好地回答做人的志向。"（第15—16页）"帮助我更好地生活"，可以说是单刀直入，开门见山，以平实的文字说到了问题的根本，胜过了脱离文学的具体事实、抽干了文学的汗水血脉的"理论"之千言万语。

《批评之批评》的思考是：法国人读书越来越少，批评作为关于书的书，更是涉及这越来越少的一群人中的少数，然而，"批评不是文学的表面的附属部分，而是它的必要的副本"（第7页）。批评不是谈论作品，而是和作品及其作者的对话，也就是说，批评家和作家一同追求真理。当然，当批评家发表了他的文字，他也就成了一位作者，别人也可以和他一同探讨真理，就是说，批评的对话是一条"不可断裂的链条"（第191页）的一个环节；而《文学在危难中》则对下列现象表示忧虑：数十年中，中学毕业会考中报考文学方向的竟从33%降至10%，大学毕业生如果不当文学教师，就会成为失业大军中的一员。这种萎缩的文学观念不仅出现在课堂上，而且出现在媒体上，更有甚者，相当一部分作家本人也甘愿屈服于批评的笔下，因为他们都经过学校的培养，都试图获得批评家的青睐。文学观念的演化导致法国文学在世界范围内越来越引不起人们的兴趣。托多罗夫呼吁，把今日的法国文学及其批评从形式主义、虚无主义和唯我主义的这三件"令人窒息的紧身褡"之中解放出来。语多讥刺，然而非如此则不足以引起人们的警惕。

自然，在法国没有"舆论一律"的东西，因为"智者恐惧只读一本书的人"[1]。托多罗夫的观察肯定会引起热烈的讨论，甚至不乏情绪的宣泄。赞成的说是"打中要害"，反对的说是"全盘否定"，唇枪舌剑，众声喧哗，巴黎有十多家报纸、电视、电台参与了论战。无论如何，法兰西学士院院士马克·福马罗利说的话："新派批评善于炮制莫名其妙的新术语，使文学欣赏变成沉闷乏味的概念游戏。"是难以否认的，也是切中时弊之论。

总而言之，如果说《批评之批评》是对法国文学批评中以结构主义为

---

① 蒂博代：《六说文学批评》，生活·读书·新知三联书店2002年版，第68页。

其代表的形式主义君临一切的局面的一种反思的话,《文学在危难中》则更像是对法国当代文学理论、文学作品及其批评的一种挑战,一种抨击,或者说,一种悔恨中的反思。

茨维坦·托多罗夫对文学的热爱是不容置疑的,那么,他爱的是文学的内容还是形式,即文学作品的含义还是其结构?从他鼓吹结构主义的立场看,他应该是对作品的形式情有独钟,但从他对"为什么喜欢文学"这个问题的回答来看,他的热爱针对的是文学的内涵和意义,因为"它帮助我更好地生活",当然他也喜欢文学的形式,在其研究上花了大量的精力,但是,这毕竟是第二位的。二十三岁之前,他生活在共产党执政的保加利亚,他在书籍的包围中长大,他的书是格林童话及安徒生童话、《一千零一夜》、《悲惨世界》、《奥利弗·退斯特》、《汤姆·索耶历险记》等。在公开的社会生活中,他对主流的意识形态虽说不上反叛,但绝对不能说是认同,而在私下里的社会交往中,他依靠从文学作品(西方的和保加利亚的)的人物、情境和氛围中获得的想象力来提高生活的勇气。他大学毕业的时候,要写一篇硕士论文,为了躲开意识形态的管控,主题自然不能针对文学的含义,而只能从形式上下手,以回避政治上的干预。为了不和主流意识形态冲突,他玩起了猫鼠游戏,不管内容而专注形式,例如及物动词和不及物动词、动词的完成体和未完成体,等等。他的论文的主题是比较一位保加利亚作家写于 20 世纪初的一部中篇小说的两个版本的动词用法,从而逃避了书报检查,绕开了"党的意识形态的禁忌"。到了法国之后,学术的自由使他不再恐惧内容的探索,研究文学的意义已不成问题,但是当时统治法国文学研究的是实证主义,即以朗松为代表的文学史研究,对文学作品的含义的探求其实变成了追寻"作者的生平、作品人物的可能的原型、作品的不同形式及其在现代人中引起的反响",等等,却没有人关心文学理论问题,或者说,"文学理论"成了一门闻所未闻的学科。他说:"我觉得必须在这种方法和其他的方法之间求得一种平衡,我通过外语的阅读,例如俄国的形式主义和德国的风格及形式的理论家(斯皮策、奥尔巴赫,凯瑟),美国的新批评而熟悉了这些方法。"[1] 于是,他结

---

① 《文学在危难中》,第 28 页。

识了杰拉尔·热奈特，并结为好友；他上了罗兰·巴特的研讨班，并成为
其坚定的追随者；他通过介绍俄国的形式主义而提倡对文学的理论研究。
20 世纪六、七十年代，法国的文学研究界结构主义蔚为时尚，大有一统天
下之势，托多罗夫是其急先锋。但是，到了 1984 年，仅仅二十年之后，
当他检点结构主义的成绩及其与传统批评论战的结果时，却发现文学作品
不仅由结构构成，还由思想和历史构成，"内在的方法（研究作品的各种
成分之间的关系）应该补充外在的方法（研究历史的、意识形态的、美学
的语境）"①。其实，早在 1976 年，当他谈到诗学研究的时候，就已经意识
到这个问题，在凡事必称结构的氛围中，表现出一种难得的冷静，他说：
"这种工作的缺点，可以谦虚地说，是它不能走得很远，它永远只是一种
预备性的研究，在认同文学文本的各种范畴的时候准确地确认其作用，而
不是向我们谈论其意义。"② 遗憾的是，结构主义就此止步了，它舍弃了文
学的意义而专注于文学的形式之研究，也就是说，它放弃了文学的目的，
而将自己的方法手段视为目的。可以说，以形式的研究为目的的结构主义
成了无源之水，无本之木，对于文学的研究来说，结构主义只能说是走了
文学研究的路程的一半，甚至不及一半，远远不能实现它一统天下的野
心。所以，结构主义以及以它为代表的形式主义只是一种方法论，而不是
完整的文学观念。

　　法国的多元的民主制度使托多罗夫不再惧怕文学作品所包含的意义、
思想和价值，"我对于文本的语言材料的唯一的兴趣丧失了理由"，"从这
时起，也就是上世纪 70 年代中期，我对文学分析的方法失去了兴趣，转
向了对文学作品本身的分析，也就是与作者对话"③。托多罗夫的立场转变
了。他明确地意识到结构主义的局限是在他成为法国公民和他当了父亲之
后。他的故事很有代表性：他成为法国公民，尤其是他做了父亲之后，开
始关心法国文学在法国以外的地方的地位，特别是关心学校里是如何教授
文学的，例如中学。他的孩子在考试前或交作业前，常常向他求助，他也

----

① 《文学在危难中》，第 28—29 页。
② 同上书，第 29 页。
③ 同上书，第 13—14 页。

乐意做出贡献，然而，他却发现，他的参与和介入往往得不到好的分数，这使他感到很郁闷，自尊心受了伤。他意识到，他的文学观念并不是所有人都能接受的，尤其是他1994—2004年间做了教学大纲全国委员会的委员，了解到法国中学的文学教学情况，深感问题的严重：原来，"在学校里，人们不学作品说了什么，而只学批评家说了什么"①。教师们害怕沉浸在作家生平、环境背景、作品含义等浩如烟海的资料中，乐于讲授"雅各布森的六大功能"、"格雷马斯的六大施动因素"等概念，从而能够更容易地检验学生的学习成果。然而，正如在物理学上不知万有引力为何物者被视为无知，在文学上没有读过《恶之花》者同样被视为无知，阅读作品才是真正地喜爱文学，所以，"我们，专家，文学批评家，教授等，我们大部分时间里乃是巨人肩上的矮子。我不怀疑，把文学教育的重点重新放在文本之上是大部分教师的内心的愿望，他们因为热爱文学、作品的意义和美打动了他们而选择了这个职业，他们没有任何理由压抑这种冲动"②。作品的意义是目的，而分析的方法只是达到目的的手段，如果说结构主义受到欢迎，只是因为它充当了分析作品的手段之一，而不是因为它成了分析的目的本身。"一般地说，今天和昨天一样，非职业的读者读作品不是为了更好地掌握一种阅读的方法，也不是为了干扰能更多的获知作品所有产生的社会的情况，而是为了发现一种意义使他更好地理解人和世界，为了发现一种美来丰富他的生活，这样，他就更好地理解了自己。文学的知识不是一种目的，而是为了实现每个人的一条光明大道。"③ 但是，托多罗夫指出："今天的文学教育走上的道路却与这个方向（即个人人格的实现——引者注）背道而驰（例如说：'这个星期我们研究了换喻，下个星期我们研究拟人'），有把我们引向死胡同的危险，更不用说引向热爱文学的困难了。"对于热爱文学的托多罗夫，也就是对于文学保持着一种传统的爱的托多罗夫来说，在中学的文学教育中引入形式主义（其中包括结构主义）是一个重大的失误，这条道路无疑是一条需要极大的勇气加以扭转

---

① 《文学在危难中》，第19页。
② 同上书，第23页。
③ 同上书，第24—25页。

的道路。

文学研究从外部到内部的变化肇始于 20 世纪的 30 年代的日内瓦学派，但是日内瓦学派从来也不曾反对文学与历史、与现实的联系。到了 60 年代，文学研究从外到内已经完成了转化，其中托多罗夫起了关键的作用，是他把俄国形式主义引进了法国。但是，托多罗夫试图在外部研究和内部研究之间建立一种平衡的初衷落空了，他说："分析工具的日益精确可以使研究更细腻，更准确，但是最终的目标却是对作品的含义的理解。"1969 年，他就已经指出形式主义研究的局限，但是，天平倾斜了，而且是朝着形式的方向倾斜，以至于到今天唯一值得重视的是"内部的方法和文学理论的范畴"①。他认为，促成这种转化的因素之一是与文学研究毫无关系的"68 年五月风暴"，它深刻地改变了大学的结构和功能，其因素之二是长期以来文学研究追求科学化的结果，它把文学作品的产生植入一个因果关系之中，而把文学作品的意思留给作家和新闻记者的阐述和评论。文学研究的这种倾向"把文学作品看作一种封闭的、自足的和绝对的语言对象"②，在 2006 年的大学中，这种不适当的概括居然成了文学研究的"不容置疑的前提"！一个中学生学到的是文学与它所在的世界毫无关系，文学研究就是研究作品各种成分之间的关系，难怪选择文学方向的学生逐年递减。大学不受教学大纲的限制，但是，文学不与它所表现的世界发生关系这种看法仍然占有统治的地位，可以想见，如此培养出来的学生如果当了教授，未来的文学教育会是什么样子。托多罗夫说："'解构主义'最新的潮流就是朝着这个方向。的确，其代表人物是在考察作品与真实、与价值的关系，但是这仅仅是为了证实——或者为了决定，因为他们事先就已经知道了结果，这是他们的信条——作品必然是不一致的，它什么也不能说明，它颠覆了自身的价值：这就是他们所说的解构一个文本。"后结构主义也研究文本的真实性，但是其结论是一成不变的："文本只能说出唯一的真实，即这种真实是不存在的，或者这种真实永远是不能达到

---

① 《文学在危难中》，第 29 页。
② 同上书，第 31 页。

的。"① 托多罗夫认为，趋于绝对化的形式主义是法国文学理论和文学批评最大的危害，它至今仍然处在一种统治的地位上。

与这种形式主义倾向相应的另一种影响极大的倾向，是 21 世纪初左右法国文学和文学批评（特别是媒体的文学批评）的虚无主义。这种倾向认为，人是愚蠢的，卑劣的，毁灭和暴力是人类状况的真实展现，生活乃是一种灾难的降临。文学不再是对于世界的描写，而是对于"表现"的否定，它变成了一种关于"否定"的描写。这种文学同时也是一种形式主义批评的对象，因为这种对象不再是外在世界的准确真实的描写，作品所描写的外部世界乃是一个自足的、不与现实发生关系的世界，批评家不必问作品的描述是否深刻，是否准确，他只需关心作品的各种成分之间的关系，因此，"人们可以毫不费力地从形式主义转为虚无主义，或者从虚无主义转为形式主义，甚至可以同时产生形式主义和虚无主义"②。托多罗夫这里指出了形式主义和虚无主义之间的天然的联系，见解不可谓不深刻。20 世纪虚无主义大行其道，形式主义在其中起了很大的作用，已为西方文学史所证明。

由于虚无主义的潮流，文学不再处理现实世界和生活的真实性，而是致力于描写微不足道的琐事，"作者不厌其烦地描写他的最微末的激动，他的最无聊的性经验，他的最无关紧要的回忆：世界有多么恶心，他的自我就有多么迷人。说自己多么坏，丝毫不影响这种乐趣，最根本的是谈论自己，至于怎么谈是次要的"③。这就是法国当代文学中的唯我主义，这种倾向的最典型的代表就是"自我虚构"派的小说。什么是自我虚构派的小说？托多罗夫说："作者总是全部身心地讲述他自己的小脾气，它不受任何外在环境的制约，既享受了虚构所具有的独立性，又享受了自我价值所产生的快乐。"④ 这就意味着，此类小说不考虑与世界和他人的联系，完全沉浸在自娱自乐的氛围中，这是托多罗夫反对的一类作品。

形式主义，虚无主义，唯我主义，是束缚法国当代文学和文学批评的

① 《文学在危难中》，第 32 页。
② 同上书，第 35 页。
③ 同上。
④ 同上书，第 35—36 页。

三件"紧身褡"。在相当大的程度上，法国当代文学就建立在这样的思潮的基础之上，无论是教学，还是批评，都弥漫着这样的"有限和贫困"的氛围。托多罗夫指出，20世纪末和21世纪初，"在宣称质疑和颠覆的同时，形式主义、虚无主义和唯我主义之三驾马车的代表占据了意识形态的统治地位。他们在报刊编辑部、在受到资助的剧院和博物馆的领导中是大多数。对于他们来说，作品与世界的明显的联系乃是一种骗局"①。这并不是说，当今法国的全部文学和文学批评都已经被紧紧地裹在这三件紧身褡之中，而是说，如今各种文化部门中占据领导地位的都是一些经由新派批评获得某种地位的人或者由新派批评教育出来的人，而这是托多罗夫更为忧虑的事情。

　　为了改变这种状况，托多罗夫建议一种文学的内部研究和文学的外部研究之间的平衡，即他所说的"任何一种方法都是好的，只要它是一种手段而不是一种目的"②。也就是说："作品产生思想，而作家在思想；批评家的作用在于把这种意思和思想转化为时代的共同语言，至于他用什么方法则是我们不关心的。'人'和'作品'（传统的研究方法——引者注），'历史'和'结构'都同样地受到欢迎。"③ 文学的观念经历着一种历史的变化，文学教育也不再以培养专家为唯一的目的，它的更为深远的意图在于养成一种对于人的存在的认识。他说："应该把作品置于一种开始于历史深处、我们每个人（无论多么渺小）都还在参与的人与人之间的大对话。保尔·贝尼舒写道：'在这种战胜了空间和时间的无穷尽的交流中，文学的普遍意义显示出来。'我们成年人应该承担起把这一脆弱的遗产、把这些帮助我们活得更好的话传给年轻的一代。"④ 保尔·贝尼舒是托多罗夫推崇的一位当代历史学家和文学批评家，他所以引用贝尼舒的话，说明他已经意识到他的责任，但是面对文学这一"脆弱的遗产"，他能做的又是什么呢？他说得对："一种关于文学的狭隘的观念切断了它与人们生活的世界的联系，这种观念在教育界、批评界、甚至部分作家中建立起来。

---

① 《文学在危难中》，第67页。
② 同上书，第86页。
③ 同上书，第87页。
④ 同上书，第90页。

而读者在作品中寻找的是给予他的生活一种意义的东西。读者有道理。"普通的读者有理由反对"教授、批评家和作家",因为他们喋喋不休地宣称文学只"谈论自己",他们给予读者的只是"绝望","如果读者没有道理,那阅读就会在很短的时间内消失"①。事实是,我们今天仍在阅读经典作家的书,他们的思想、他们讲的故事帮助我们理解生活的意义,提高我们的人格,实现我们作为人的本质。

有人把《文学在危难中》称作"抨击性小册子",其实,这本书是在讲道理,间有事实的叙述,极少情绪化的语言,是一本实实在在的文学随笔,不过名字起得有些耸人听闻,警世而已。实在说,这三件紧身褡(形式主义、虚无主义、唯我主义)并非天外来客,而是其来有自,且相当久远,只不过是于今为甚罢了。

托多罗夫用了三章、将近三分之一的篇幅胪述历史,这三章的题目分别是:《现代美学的诞生》、《启蒙时代的美学》和《从浪漫主义到先锋派》,把三件紧身褡的端倪放在欧洲人文学观念的诞生之日,以下徐徐道来,直至执笔写作的今天。说文学与世界不存在联系,因此对它的评价不必考虑它对我们说了什么,"这种观点既不是今日文学教授的发明,也不是结构主义者的独特贡献。这种观点有个长而复杂的历史,与现代性的产生平行"②。

处在源头的是诗的古典理论,这种理论强有力地宣布了"诗与外部世界的联系",其代表人物是亚里士多德和贺拉斯,前者的"模仿说",后者的"寓教于乐说",是人们耳熟能详的。自文艺复兴时代开始,人们要求文学是"美"的,但是"它的美要有真实和善来决定",这真实和善来自文学与世界和他人的关系。由于宗教经验的世俗化和艺术活动的神圣化,作品被视为与上帝所创造的宏观世界相对立的微观世界,从事艺术的人被视为与上帝并立的创造者,"诗人创造了一个与物质世界平行的世界,一个独立的,但同样是协调的世界"③,人们不再要求两个世界之间的

---

① 《文学在危难中》,第 72 页。
② 同上书,第 37 页。
③ 同上书,第 40 页。

"相似性"。诗人的目的不在模仿现实，也不在教育和娱乐大众，唯以创造美为务，美学的静观，趣味的评判，美的感觉，等等，上升为独立自足的整体。启蒙时代的全部美学在于维持一种现实和艺术之间的不稳定的平衡，一方面是不与现实联系的自足的美，另一方面是深入对现实的认识，甚至影响现实。人类的文学和艺术活动渐渐脱离了现实世界的束缚，但它们之间仍保持着一种剪不断理还乱的联系，只不过这种联系"不稳定"罢了。

18 世纪的思想家并没有切断文学与世界的联系，艺术，也就是美，与真与善有着天然的关系。他们把静观的、自足的宗教语言用于描述艺术，将其看作理解世界的和谐与智慧的达成之独特的道路。"抽象以感觉世界之贫困抓住了具体；诗呈现出它的丰富，尽管它所得出的结论缺乏明晰：它失之于敏锐，却得之于强烈。"① 1804 年初，本雅明·贡斯当说："为艺术而艺术，没有目的；任何目的都歪曲艺术。然而，艺术达到它所没有的目的。"托多罗夫指出，这是法语第一次出现"为艺术而艺术"的表达。然而，贡斯当又说："文学与所有的事情有关。它不能脱离政治，脱离宗教，脱离道德。它是人们关于一切事物的意见之表达。像大自然中的所有事物一样，它既是结果又是原因。把它作为一种孤立的现象加以描绘，就等于不描绘。"一方面是艺术，一方面是现实，艺术要创造高于现实的美，同时现实在不同的程度上制约着艺术的创造，总之，"纯粹"的文学不存在。忠实地描写现实并不是文学艺术的目的，但是现实世界是文学艺术的根据，这就是说，文学艺术不能凭空创造。

从 19 世纪开始，"为艺术而艺术"的理论在欧洲迅速扩展，艺术的美与现实的丑之冲突对立成为文学创作的一条主线。波德莱尔、福楼拜、王尔德及巴尔扎克等人的言论透示出"为艺术而艺术"的理论隐藏着言外之意，文学与现实之间并不存在直接的关系。波德莱尔说："诗不以真实为目的，只以自身为目的。"但他同时又说艺术家是现实世界的"翻译者、阐释者"，要求他们追求"现代性"，发掘"领带和皮靴"的诗意。福楼拜坚决地维护文学的自足性，但是他同时又表现出一种对于现实世界的认

---

① 《文学在危难中》，第 50 页。

识的激情。王尔德的名言："生活模仿艺术远胜于艺术模仿生活。"可谓振聋发聩，一语道破了生活与艺术之间的隐秘的关系：模仿意味着联系。巴尔扎克痛感于生活缺乏形式，而求助于创造："文学的功能在于从现实存在的原材料出发创造一个新世界，它比一般人眼睛所看见的世界更美妙、更长久、更真实。"这说明，无论文学多么固执地追求自足和独立，但它始终脱离不了现实世界的联系与制约。可以说，19 世纪的文学艺术与现实世界的这种若即若离的关系，使它焕发出迄今为止难以超越的辉煌。

　　文学与世界之间的真正的断裂发生在 20 世纪初的先锋派运动爆发之时，与此同时，大众文学和精英文学也出现了一条鸿沟：所谓大众文学是指为广大读者所创作的文学，与读者的日常生活直接相联系；所谓精英文学专门表现创作者的技巧，读者是一些批评家、教授、作家。一方面是商业价值，一方面是艺术价值，仿佛两者泾渭分明，读者读的作品必然地说明艺术上的欠缺，只能得到批评界的冷遇，"文学善于表现共有的世界和小说结构的完善之间保持微妙的平衡，这样的时代已经过去"①。在专制政体的国家里，人们要求文学为政治服务，社会主义现实主义，人民的艺术，宣传的文学，等等，都是这种观念的产物。在人们可以自由表达的地方，就出现了反抗这种对文学的禁锢的思潮，宣称文学艺术的独立，否认文学和世界的联系。俄国的形式主义，德国的风格学和形态学研究，法国的马拉美及其同道，英美的新批评是这种倾向的代表，"仿佛拒绝使文学臣服于意识形态必然地导致文学与思想的最后断裂，仿佛抛弃马克思主义的反映论，要求取消作品与世界之间的联系"②。托多罗夫反对这种说法。前者的乌托邦主义，后者的形式主义，都把对方视为敌人，而自己则是唯一的正确选择。这种形式主义已经露出了虚无主义的苗头，欧洲历史的灾难给它提供了生长的温床。可以说，法国文学和文学批评今天受到三件紧身褡的束缚，而且越来越紧，只不过是上个世纪资本主义意识形态的进一步深化而已。

　　文学能做什么？这是《文学在危难中》这本书提出的一个严肃的问

---

① 《文学在危难中》，第 64 页。
② 同上书，第 66 页。

题。文学的功能并非一个新问题，自从 19 世纪科学迅猛发展以来，文学就逐渐边缘化，失去了往日的光环。在法国，人们的感觉尤其痛切，因为法国是一个有着悠久的文学传统、作家享有崇高的社会地位的国家，而如今沦落到每年只有一个月的时间谈论文学的地步：法国每年的 11 月份是集中颁发文学奖项的时候，当问到文学奖的作用的时候，人们就会回答说：只有在这个时候人们才会谈论文学，因为发奖了。但是，仍有一些热爱文学的人不停地呼吁：热爱阅读！托多罗夫就是其中之一，这个来自东欧的、曾经是形式主义急先锋的文学理论家，他对文学脱离现实具有正反两方面的体会。他顽强地守护着人道主义的精神家园，摆脱形式主义的精神枷锁，奋力挖掘古典主义的精神资源，他说，诗人的词语，小说家的叙述，"可以赋予我所体会到的感情一种形式，理顺构成我的生活的细小的事件之流。它们使我有梦想，使我因不安或绝望而颤抖"（第 71 页）。"文学可以做的事很多。当我们陷入深深的抑郁的时候，它可以向我们伸出手，把我们引向周围的另一些人，使我们更好地理解世界，帮助我们更好地生活。它首先不是一种精神治疗的技术，而是在揭示世界的同时改造我们每一个人的内心。"（第 72 页）"小说给予我们的并不是一种新的知识，而是一种新的和我们不同的人的交流能力；在这个意义上，它具有比科学更大的道德的意义。这种经验的最后的视野不是真理，而是爱，这种人类关系的最高形式。"（第 77 页）因此，"接受他人的观点来思想和感觉，乃是走向普世的唯一道路，可以帮助我们实现理想"（第 78 页）。文学之为用可谓大矣！托多罗夫怀着极其崇敬的心情，以极其温柔的笔触谈到但丁、塞万提斯、卢梭、华兹华斯、陀思妥耶夫斯基、茨维塔耶娃等伟大的作家，说他们"在人类命运方面给予我们的东西至少和最伟大的社会学家与心理学家一样多"（第 73 页）。上下求索，今是昨非，不惧"翻云覆雨"、"朝三暮四"、"秋后算账"等大帽子，托多罗夫毅然而起，以过来人和局中人的姿态观察法国今日之文学及其批评，其殷切的期望是可以想见的。在物欲横流的时代，保持一种对文学深刻的体认和纯真的热爱是一件很难的事情，在法国还有托多罗夫一类的人存在，让我们想起来就感到心中涌起一股融融的暖意。

　　法国的文学及其批评从 20 世纪 80 年代开始，出现了一种"回归"的倾向，例如回归历史，回归故事，回归社会，曾经受到新批评激烈攻击的圣伯夫、朗松等人也开始得到重新评价，总之，开始回归传统。所谓回归传统，并非复旧，而是以一种新的眼光看待传统，例如罗兰·巴特在1984年就曾经说："先锋派可能错了。"从托多罗夫的观察看，这种回归的趋势还不太稳定，还可能或已经朝着形式主义、虚无主义和唯我主义倾斜。问题不在于彻底铲除这三种主义，三种主义的存在是必要的，也是必然的，否则文学及其批评的发展不会是健康的。法国20世纪初的文学批评家蒂博代持"三种批评"之说，我曾经在一篇文章中说："这三种批评（自发的批评、职业的批评和大师的批评）都有各自的'地域'、'气候'、'物产'和'居民'。它们一直为居住权争吵不休，甚至还明里暗里怀有吞并对方的野心。不过，蒂博代先生认为，这种争吵是生命和健康的标志，一旦它们停止了争吵，三分天下归于一统，批评就要遭到灭顶之灾，整个文学共和国就要崩塌了。"托多罗夫的观察或警告，当以此种精神视之。当然，托多罗夫针对今天法国文学及其批评痛下针砭，我认为不仅冷静，而且深刻，足以令我们从外面观察的人深长思之。他认为必须加大恢复平衡的力度，让文学及其批评的生态从传统中获得成长的动力。

2011年11月，北京

（原载《外国文学评论》2011年第4期）

已读与未读之间

——谈彼埃尔·贝亚尔的《怎样谈论没有读过的书》

　　假如你是一位在大学里教授文学的人，你可能有机会或义务谈论或评价别人写的书，或口头上的，或文字上的，或在朋友的聚会上，或在报纸杂志上，或在社交的场合中，或在电视的节目中。然而，你不可能读过所有的书，也不可能记住你读过的所有的书，可能的倒是你只浏览一过，或只读过个别的章节，或读过之后忘了，甚至根本没有读过。在这种情况下，你谈还是不谈、写还是不写？当然，最简单的，是你承认没有读过或只读过部分或读过之后忘了，因此拒绝谈或写。但是，一位搞文学理论研究的教授能承认他没有读过刘勰的《文心雕龙》或陆机的《文赋》吗？一位搞外国文学研究的教授能够承认他没有读过亚里士多德的《诗学》或荷马的《伊利亚特》吗？一位搞现代文学研究的教授能够承认他没有读过鲁迅的《野草》或老舍的《骆驼祥子》吗？这样的教授是有的，但是能够公开承认没有读过某一部公认的必读书的教授却不多，他缺乏承认的勇气。况且，无论在公开的场合还是私下的场合，能够在人面前神采飞扬，指点江山，吸引欣羡的目光，对某些人来说，还是有吸引力的。于是有人对你说，你不必为此感到"羞愧"，也不必有某种"罪孽感"，一本书你可能没有读过，但是你总翻过吧，你总浏览过吧，你总看过目录吧，或者你总听说过吧，那你就放胆去谈或写吧，不过你得切记不要进入细节，免得穿帮。你要力陈自己的观点，你要创造一本新的书，你尤其要大胆地谈自我，因为与你对谈的人也许和你一样，没有读过这本书，或者只读了个别的章节，或者只是草草翻了翻，或者只是听别人谈过。据说，越是和没有读过的人谈论，才越是谈得热闹。如此，你不仅可以获得社交的成功，还可能拥有同行的敬重。不读而论，世间还能有这等便宜的事吗？或者说，不读而论，世间还能有这等无聊的事吗？

2007 年，法国巴黎第八大学文学教授和精神分析学家彼埃尔·贝亚尔在子夜出版社出了一本书，叫做《怎样谈论没有读过的书》，就是说的这种不读而论的现象，并给出了他的建议，就是说，他不仅描述了这种现象，还指出了应对的办法，并从中发展出一种理论。如果单看书名，我不会买，因为我虽然坚持有所不读的态度，但是我没有不读而论的习惯，也没有这样的打算。再说，不读而论并不是一种今天才有的现象，也许它于今为烈，也许它今天已成为常态，但是它的存在确实相当久远了，蒂博代在 1930 年出版的《批评生理学》（中译本作《六说文学批评》）中说到圣伯夫所谈的 19 世纪初的一种现象时就写道："我们应该知道，眼下的大多数人都忙于社交或经商，他们不读书，换句话说，他们只读他们认为必不可少的非读不可的东西，仅此而已。至于这些人的所谓幽默感，欣赏趣味和爱好文学，等等，他们有一个非常简便的来源：他们装出好象读过的样子。他们谈这谈那，评论书籍，仿佛行家一般。他们进行猜测，听别人议论，做出选择，然后通过从他人的交谈中听来的意见确定自己的看法。他们于是提出自己的看法，因此也终于有了自己的看法。"[1] 彼埃尔·贝亚尔教授也说，在他出生的那个环境中，人们很少读书，也很少有人读书，不大能品尝读书的乐趣，因此也体会不到读书的魅力。在他的周围，他暗示情况也大率如此。听说此书在法、德诸国卖得很火，国内也有一些零星的报道，说是什么"指南"、"书皮学"之类，这引动了我的好奇心。于是一个偶然的机会，我碰到了这本书，就买了一本。今天我来谈谈这本书，不过我违背了本书作者的教导，把他的书从头至尾仔细地看了一遍，没有读过的书成了已经读过的书，因为我不知道怎样谈论一本没有读过的书，当然，读过这本书之后，我仍然不知道怎样谈论，也没有勇气谈论一本没有读过的书，不过，我有了一些想法：这到底是一本什么样的书？它给什么样的人写的？它教给我们一种可以应用的方法了吗？

开宗明义，彼埃尔·贝亚尔教授对一个传统的观点即"习见"提出了

---

[1] 《六说文学批评》，生活·读书·新知三联书店 2002 年版，第 13—14 页。

挑战："我们的文化有一个不言自明的前提，如果要多少确切地谈论一本书的话，首先必须读这本书。而据我的经验，完全可能就一本未曾读过的书进行充满激情的谈话，其中包括，也许特别是包括和一个也没有读过这本书的人谈。"① 这真是惊世骇俗之论！蒂博代说："就批评而言，即使是口头批评，说还是次要的。首先必须读，然后才能谈论你读过的东西。"② 就是说，读而后才能评论，说或写。这大概就是传统的观点吧，所谓"习见"。贝亚尔教授的书别树新帜："承认未曾读过某些书引起的下意识的罪孽感，倘若对此不加以分析，就不可能指望全身而退，所以，本书的目的乃是减轻这种罪孽感，至少是部分地减轻。"（第 15 页）看来，能否颠覆传统，贝亚尔教授并没有十分的把握。

这本书有序言，有尾声，分为三章，每章四节，结构相当平稳、均衡。第一章说的是"不读书的方式"，第一节："不知道的书"，第二节："浏览的书"，第三节："听说的书"，第四节："忘记的书"。第二章说的是"谈论没有读过的书的场合"，第一节："社交生活的场合"，第二节："面对一位教授"，第三节："在一位作家面前"，第四节："与相爱的人在一起"。第三章说的是"应取的态度"，第一节："不必羞愧"，第二节："迫使对方接受你的观点"，第三节："创造新的书"，第四节："谈论自己"。《序言》说的是"在用心读过的书和从来不在手上的书，甚至从未听说过的书之间，有许多阶段存在，应该加以仔细的分析"（第 15 页），而《尾声》则说的是："使一个学生关心创造的艺术，就是说创造自我，还有什么更美好的礼物送给他呢？全部的教育应该帮助那些接受教育的人获得足够的面对作品的自由，以便使自己成为作家和艺术家。"（第 162 页）其中第三章最为重要，它是本书写作的初始动因，集中了一个"不读书的人"的一生的经验，而这些经验将帮助那些碰到此类问题（即不读而论）并要最好地解决甚至从中获得好处的人，使他可以深入地思考阅读的活动。话说得不错，只是不知道能否有那么多的"作家和艺术家"，假使人人都是游谈无根之士，想象力倒是有了，但是"创造的艺术"则未必发

---

① 《怎样谈论没有读过的书》，子夜出版社 2007 年版，第 14 页。
② 《六说文学批评》，第 13 页。

达。也许现今的社会写书的人太多，根本不值得花那么多的工夫去读别人写的东西，还是发挥自己的想象力要紧。

作为修饰，我们可以在"读"前面加上许多表示不同程度的字，如精读，泛读，细读，粗读，详读，略读，默读，朗读，还有浏览，翻翻，等等，最近还出现了"碎读"的说法。但是，在"读"和"不读"或"未读"之前，似乎就不能加什么字了，因为它表示一种确定的状态，没有什么程度的差别。不过，《怎样谈论没有读过的书》说"不读"或"未读"一词是个"不明确的概念"，因此，当我们说已读过某本书的时候，无法确定我们是否在说谎。我们与书的接触方式往往存在于已读和未读之间，很难截然分得清楚，例如读过，翻过，浏览过，听说过，读了又忘了，直至未读过，这种种中间的状态值得深入分析，本书的作者说："我的研究不局限于说明摆脱困难的交流困局的种种技巧，它同时还意在提出一个真正的阅读理论的种种元素，这种理论从属于它自身存在的断裂、缺口和近似，处于常常给予阅读的理想形象的反面，具有一种不连续的形式。"（第16页）这种"不连续的形式"属于已读的状态，还是未读的状态，看来不是个问题，因为《怎样谈论没有读过的书》认为，这种"不连续的形式"把已读和未读混为一谈了。

首先，对于一本书，重要的不是知道书的内容，而是知道书的位置，即它在整个文化中所处的地位，也就是说，我们应该具有一种"总体的观念"。彼埃尔·贝亚尔教授举了一个例子：德国作家穆齐尔的《没有个性的人》中的图书管理员。这个管理员不读书，只读书的封面、目录和简介，还有就是书目。这或许可以说是一种"书皮学"，然而，它的目的并不在于炫耀学问。这个图书馆管理员是图书馆学的博士，而且是大学里图书馆学的兼职教授。他知道的不是具体的每一本书的内容，而是这本书在千百万本书之中的位置，就是说，他对书有一种"总体的观念"。这是一些"有特权的人"，他们知道书的位置。贝亚尔教授认为，"文化首先是一个方向问题。有文化，并不在于读了这本或那本书，而是知道自己在总体中位置，知道它们形成一个总体，知道总体中每个元素彼此的关系。在这里，内在的东西要比外在的东西重要，或者说，书的内在性就是它的外在性，重要的是每一本书周围的书"（第26—27页）。这种"总体"，贝亚尔教授称之为"集体图书馆"。他认为，"不读"并不是"阅读的缺席"，因此，他承认从未读过乔伊斯的《尤利西斯》，并且不打算阅读，但是他并不感到缺了什么，他照样可以在课堂上侃侃而谈，可以多次谈及乔伊斯而"眉头都不皱一皱"，因为他虽然不知道内容，却知道它来源于《奥德赛》，知道它与意识流有关，知道它的故事一天之内发生在都柏林，也就是说，他知道《尤利西斯》在文学史上的位置。穆齐尔的图书馆管理员关注的不是书本身，而是书与其他书之间的关系，因此，他的态度不是消极的，而是积极的。他不了解或不知道某本书，可是他了解或知道这本书在集体图书馆中的位置。不知道书的内容，这恐怕是图书馆学博士的一种特权吧。

其次，贝亚尔教授认为，一本书浏览一过，完全可以就此写一篇文章，相反，若是仔细读过，倒难以下笔了。这是为什么？因为据他说，浏览是一种掌握书的深刻性和充实性同时又不致淹没于细节的最有效的方式。他举的例子是大名鼎鼎的保尔·瓦莱里。瓦莱里没有读过普鲁斯特的《追寻失去的时光》，或只是浏览这本书的一小部分，但是这并不影响他在1923 年 1 月号的《新法兰西评论》上发表文章向他表示敬意。他坦率地承认很少读书，但是他的犬儒主义并未妨碍他指出普鲁斯特的特点："他的著作的好处存在于片段之中。"他还指责阿纳托尔·法朗士，说他读书太多，是一个淹没于书籍之中的"无休止的读书人"，从而丧失了个人的独特性。对柏格森亦复如此，空洞的赞扬说明他根本没有好好读过柏格森的著作。瓦莱里反对把作家的生平与作品联系在一起，甚至反对把作品与文学联系在一起，认为文学的构成不过是一些思想和观念，因此，作家也好，作品也好，都不过是他对文学提出"总体的观念"的一些借口而已。"过于仔细的阅读，且不说一切阅读，是对于目标的深入掌握的一种障碍。"（第41 页）这导致了瓦莱里关于阅读的基本态度：我们很少能从第一行到最后一行地阅读一本书，更为经常的是浏览。浏览有两种方式，一种是直线的，从第一行到最后一行，中间跳过几行或几个章节；一种是循环的，可以从书的任何地方开始，甚至可以从后往前读。精读还是浏览，很难判断高下：精读有深陷其中之虞，浏览则有综观全局之利。像瓦莱里这样的批评家，我们可以对他的评价表示怀疑，但我们不能对他的观点不予重视，而对于重要性来说，评价显然不能望观点之项背。浏览是不读书的一种形式，但是它不也是读书的一种形式吗？所谓"一目十行"，非浏览而何？读与不读之间，果然有种种过渡的阶段需要分析。"浏览"可以支撑一场饭桌上的谈话，可是一篇学术文章呢？瓦莱里的随笔可以因浏览而作，可是一位学者探幽抉微的研究呢？

再次，还有另外一种情况，即不读书而对书有某种多少准确的看法，那就是听或看别人讲或写的意见从而形成自己的观点："别人在文章中或在谈话中对我们讲或在他们之间讲的方式使我们对这些书包含的内容有一个概念，甚至有一种有根有据的判断。"（第44页）恩贝托·埃柯的小说《玫瑰的名字》写的是一个年轻的僧侣德·巴斯克维尔调查一桩离奇的命案，最后找出凶手。修道院的中心有一座巨大的图书馆，有无数的藏书，接二连三死去的僧侣都是因为想读到一本神秘的书。德·巴斯克维尔查明，书页上被人下了毒，想要读书的人因吮手指翻动书页中毒而死。这是一本什么书？原来这是一本未曾著录的亚里士多德的《诗学》之第二部，论述的是笑，即喜剧。笑是信仰的敌人，所以禁止僧侣阅读。那么，德·巴斯克维尔怎样知道书的内容？一是根据亚里士多德的已知的著作《诗学》推断，既然第一部说的是悲剧，那么第二部可能说的就是喜剧；二是僧侣们的谈话或猜测；三是根据这本书在图书馆的藏书中的地位，即它和其他的书之间的关系。《玫瑰的名字》证实，"我们所谈的书与'实际存在'的书关系不大，常常是一些屏幕书。或者，如果愿意的话，我们所谈论的书是一些随时而定的替代品"（第52页）。"屏幕书"是贝亚尔教授自创的一个词汇，模仿弗洛伊德的"屏幕回忆"，说的是一些想象的书像屏幕一样横在我们和实际存在的书之间。贝亚尔教授说："这种屏幕书的性质在读者关于书知道或以为知道的东西中占有重要的地位，因此在相互交流的话语中也占有重要的地位。在很大程度上，我们对于书所持的话语实际上是关于其他的书的，如此至于无限。"（第53页）看来，恩贝托·埃柯也是一个喜欢耳食之言的人。

最后，阅读活动离不开时间的因素，就是说，遗忘乃是阅读的组成部分："对于一本书来说，读到的只是其或大或小的一部分，而这一部分迟早要归于消失。"（第55页）蒙田就是一个善忘的人，他想不起来他究竟读过还是没有读过某一本书，甚至对他自己写过的东西也忘得一干二净。为了解决遗忘给他造成的不便，他有一个聪明的办法，即在书的后面写上注解或摘录内容。长此以往，他在评论别人的著作时还是忘了是否真的读过，今日的印象往往与当时的感觉迥异其趣，也就是说，他分不清谈的是别人的书还是他自己的书。贝亚尔教授正确地指出："无论做注与否，甚至他真诚地相信记得很牢，他（蒙田——引者注）只不过保留了一些散乱的成分，像小岛一样浮现在遗忘的大海中。"（第60页）在蒙田那里，阅读不仅与记忆的丧失有关，也与人格的分裂有关，它不断地产生分裂的人格，也因不能固定一个文本而刺激一个不能与自己一致的主体。因此，蒙田消弭了已读和未读之间的界限，一本已经读过的书立刻消失在一些没有读过的书当中。总之，"阅读不仅仅是了解，也是——也许尤其是——遗忘，因此，阅读乃是遭遇到对我们自己的遗忘"（第62页）。遗忘之书可以是已经读过的书，也可以是没有读过的书，也就是说，已经读过的书和没有读过的书消失于遗忘之书当中，彼此沆瀣一气，浑然一体了。但是，对于已经读过的书的遗忘恐怕还不能等同于没有读过的书的遗忘，前者之中的某些成分可能已化为血肉存在于躯体之中了。所谓梦中得句，有的是自己的，有的恐怕就是遗忘在梦中的复活吧。

对于一本书，未读，浏览，听说，遗忘，这是四种我们不得不面对的情况，坦然面对，有勇气承认，当然很好，但是有人做不到，他要全身而退，或者更有甚者，他还要从中获益——也许这种人更多吧——那么，这就是我们必须关心的问题了。贝亚尔教授指出了"几种典型的场面，其中读者，或更确切地说，非读者，不得不谈论他没有读过的书，我希望，我的出于个人经验的思考可能对他们有某些用处"（第65页）。我们且来看看他描绘了什么样的场面。

在社交生活中，有时候，为了颜面，我们被迫谈论没有读过的书，例如面对一群欣赏者。格林汉姆·格林的小说《第三个人》的主人公罗洛·马尔丹的遭遇，可称典型。马尔丹是一个作家，可是他并不把自己看成作家，因为他只不过为了生计写一些通俗小说而已。他的笔名是布克·戴克斯特，不幸与另一个笔名为邦雅曼的作家同姓，更加不幸的是这位戴克斯特是乔伊斯一流的精英作家，误会由此而起。他被邀请参加读者见面会，来的都是邦雅曼的粉丝，他势必要评论邦雅曼的渊源及乔伊斯等人的作品，而这些人的作品，他不用说读，连听都没有听说过。果然，第一个问题就让他满头雾水，好在主持人替他圆了场。第二个问题更使他无所措手足，幸亏主持人提醒他谈谈意识流，可怜他连意识流是什么都不知道。第三个问题是哪个作家对他有最大的影响，他不假思索地回答说："格瑞。"他想的自然是写通俗小说的格瑞，可是公众却说："格瑞？哪个格瑞？闻所未闻。"他以为摆脱了危险境地，就回答说："扎纳·格瑞，我不知道还有别的格瑞。"公众中一阵窃笑。谈话就这样顺流而下，这是一场"聋子间的对话"，双方谈论的不是同一本书，直到马尔丹真的生气了，因为主持人否定了扎纳·格瑞的作家身份，刺痛了马尔丹的自尊心。一个没有读过扎纳·格瑞的作品的人，居然敢谈论扎纳·格瑞！于是，马尔丹走出了困境，他以王顾左右而言他的方式回答了粉丝们的问题，例如，"您怎样定位詹姆斯·乔伊斯？"回答是："您这话是什么意思？我从来不在任何位置上定位一位作家。"即使对他所说的扎纳·格瑞，他也说对其拼法"拿不准"。回答是巧妙的，妙在等于什么也没有说。他可以说任何荒唐的话，他的任何话都被看作是玩笑，对话朝着有利于他的方向进行。他说的话或被当作别出心裁，或被当作幽默，因为他已经被人放在权威的位置上了。贝亚尔教授说："指出和研究权力的赌注，或更确切地说，分析人在谈论作品时所处的准确情况是一种事关我们对没有读过的书的思考的基本成分，因为只有这种分析才能使处于下风的马尔丹采取恰当的策略。"（第73页）这种恰当的策略在于确定我们的"内在图书馆"，所谓内在图书馆，就是我们个人的、足以影响我们一生的一些书籍，它"肯定包含某些确切的题目，但它尤其由一些被遗忘的书和想象的书的片段组成，通过它我们理解世界，像蒙田的内在图书馆一样"（第74页）。正如贝亚尔教授所说："私下里，我们从来也不谈论单独的一本书，我们通过某一确切的题目谈论一系列的书，每一本书都返回一种文化概念的总体，这一本书不过是这种文化的象征而已。在我们交流的每一时刻，我们随着时间的流逝建立起来的、放着我们的秘密的书的内在图书馆，与其他人的图书发生了关系，可能产生摩擦或冲突。"（第74页）一切威胁到我们内在图书馆的书都深深地刺激着我们，我们会下意识地保卫我们内心深处的安宁。马尔丹可能走出了困境，但未必获益。

作为一名教师，贝亚尔教授更为经常的是面对一些没有读过他讲的书的大学生，他们照样可以和他交流，甚至提出确切的或明智的观点，这是为什么？为了不使任何人难堪，他举出了非洲东部的蒂弗人为例。美国的人类学家劳拉·博哈南认为人类到处都是一样的，可以超越彼此文化的差异，于是她给他们带去了莎士比亚的《哈姆莱特》。剧本开始的时候，三个卫兵看见了老王的鬼魂，蒂弗人立刻表示反对："那不是老王，那是巫师的征象。"贺拉修问老王怎样使国内平安，老王回答这是他儿子的事，蒂弗人说，不，国内的和平不是年轻人的事，而是首领和老年人的事，再说老王还有一个弟弟。使劳拉倍感狼狈的是，蒂弗人关心的是老王和他的弟弟是否有同一个母亲。哈姆莱特的母亲在老王死后不久就结婚了，没有等丧期结束，哈姆莱特对此颇感悲哀，蒂弗人说，不必，两年的丧期太长，否则没有人耕地。劳拉尤感困惑的是，她无论怎样也解释不清楚什么是一个"幽灵"。当老王的幽灵和哈姆莱特说话的时候，蒂弗人大叫："征象不能说话！"幽灵可以走，可以说话，人们可以看见，但不能触碰，蒂夫人则说："死人不能走。"劳拉让了一步："幽灵是死人的影子。"但是蒂弗人还是反对："死人没有影子。"最后，蒂弗人出于礼貌，说："大概在你的国家里，死人是可以走的，虽然没有魂。"显然，蒂弗人谈论的是一部想象的《哈姆莱特》，尽管劳拉·博哈南的《哈姆莱特》更加真实。贝亚尔教授称"这种集体的或个人的神话表述的总体"为"内在书"，"它横在读者与新的作品之间，它在不知不觉间造就着阅读。在很大程度上，这本想象的书起到了过滤的作用，决定那些成分要记住和怎样诠释，从而决定着新书的接受"（第81页）。因此，蒂弗人听的不是《哈姆莱特》的故事，而是故事中符合他们关于家庭和死人的观念的部分。贝亚尔教授说："正如他们解释他们的内在书一样，他们对莎士比亚的解释和我的学生在类似的情况下的解释一样，完全可以在了解作品之前开始，作品在内在书所形成的思考的范围内消失了。"（第82—83页）因此，内在书，无论是集体的，还是个人的，使人类的交流沟通变得困难。但是，他们的介入——无论距离原文多么远（但是距离近意味着什么？）——对于接触原文提供了一种独特性，如果他们读了原文，大概就不会有这种独特性了吧。

彼埃尔·贝亚尔先生是一位文学教授，他的同事很少有不写作的，他有很多机会评论他们写的东西，不幸的是，他们都是很有经验的批评家，他说的是不是由衷之言，他们看得一清二楚，因此，他使用的一件最有利的武器就是"暧昧"。彼埃尔·西尼亚克的侦探小说《费迪南·塞利纳》成了他的例证，书中的两个人物，小说《棕色的爪哇》的作者道山和伽斯蒂奈应邀在电视上出镜，道山是小说的作者，伽斯蒂奈是小说的出版人，后者设了一个陷阱，控制了道山，他因此成为小说的作者之一，并分得一半版税。伽斯蒂奈与电视节目主持人有一个约定，谈话绝不涉及小说的细节，只谈作者。贝亚尔教授说："实际上，西尼亚克的小说构成了一种似是而非的场景，伽斯蒂奈谈他没有写的书，而道山谈他写过却没有读过的书。"（第89页）问题不是道山的小说怎样，而是道山并不知道他的小说已被另一部小说代替。原来道山的手稿不堪卒读，他住的旅馆的女主人主动提出要为他打字，暗中用另一个手稿覆盖了他的手稿。书出版以后，受到批评界一致好评，道山还被蒙在鼓里。他实际上成了一本他从未读过的小说的作者，他要被迫谈论他从未读过的一本书。伽斯蒂奈也不得不尽可能地使用模棱两可的语言，以免道山发现事实的真相。贝亚尔教授指出，这种情况是所有作家经常遇到的一种情况：他们意识到关于他们的作品的一些言论并不符合他们写过的东西。读者越是接近作品，作者就越是容易感到他与读者之间的距离。贝亚尔教授不客气地指出："可以说，越是爱一位作家，谈论他的书而伤害他的机会就越大。"（第93页）对一位作家，如果你没有读过他的书，最好是只说书写得好而不进入细节，因为他只想听恭维的话，而不在乎书的概述或有根有据的评论。贝亚尔教授是圈子里的人，他说的大概是事实。

两个人彼此相爱，是因为"屏幕书"的消失和"内在书"的发现，这种感情的深入取决于时间的凝固，而时间的凝固正在于男女双方两个"内在图书馆"的融合，贝亚尔教授说："如果不是同样的阅读，至少也是共同的阅读——就是说，共同的未读——是感情融洽的条件之一。这就是为什么从爱情的一开始就要满足所爱的人的期待，使她（他）感觉到两个内在图书馆是相近的。"（第96页）美国电影《没有头的一天》提供了这种经验的见证：每年的 2 月 2 日，著名的气象节目的主持人费尔·麦康纳，节目的制作人丽达，还有摄像师，一行三人来到宾西法尼亚州的小城潘克斯修陶韦，目的在捉到一只也叫费尔的旱獭，根据它的反应预报冬天是否延长六个星期，然后向全国预报。第二天，他们返回底特律，但是他们在出城的时候为暴风雪所阻，不得不在当地再住一夜。奇怪的事情发生了，第二天早晨 6 点钟，费尔发现这一天居然和前一天一模一样，甚至播出的电视节目也是一样，更使他惊讶和恐慌的是，他打开窗户看到的是前一天的景色，他出门遇见的是前一天遇见的人，跟他说前一天的话。时间停止了，凝固了。费尔白天的违法行为，夜间就会消失，他可以超速行驶，他可以遭到警察逮捕而不必担心后果，因为他在事情发生之前已经醒来，以前的一切都灰飞烟灭了。于是，他可以利用这种方法，即时间的反复，也就是说，任何事情都没有结果，诱惑他所爱的人，例如节目制作人丽达。丽达说她大学时研究 19 世纪意大利诗歌，费尔说她浪费时间，但是，他从她的冰冷的目光中看出他犯了一个错误，但是不要紧，这个错误不会继续到第二天。他到图书馆里翻阅意大利诗歌，终于能够向丽达背诵了，符合了她的内在图书馆，讨得了她的欢心。贝亚尔教授说："努力了解丽达喜欢的阅读，尽可能深入她的内心世界，费尔努力制造一种幻象：他们的内在书是一样的。也许理想地共同分享的爱情抵达了对方建造的最隐秘的文本。……幻影的融合必须借助幻想才能实现。大部分时间里，我们与他人关于书的讨论只是说及我们的个人的幻想重新改造的书的片段，因此是作家所写的书的以外的东西，反正是在读者所说的东西之中才能辨认的东西。"（第 101—102 页）总之，费尔通过阅读对丽达的征服只是白天发生的事，第二天一觉醒来，费尔又回到了原来的状态。时间的凝固造就了费尔的爱情。

面对这四种谈论没有读过的书的典型场面，怎么办？怎样摆脱？或者说，怎样从中获益？且听贝亚尔教授怎样说，这是本书最重要的部分。

一、"不要有羞愧之心"。谈论与阅读没有很大的关系，它们是两种可以分开的行为，而阅读的缺席可以给人一种足够的距离感，即穆齐尔所说的"总体的观念"。"区别在于关于一本书的说与写意味着一个在场的或不在场的第三者。这个第三者的存在明显地改变了阅读的行为，因为它引入了一个组织其进行的主要因素。"（第107页）因此，我们与这个第三者的关系要大于与一本书的关系。谈论没有读过的书，是教师这一行业面临的最突出的问题：他们不得不谈论一些他们没有时间或不愿意读的东西，例如戴维·洛奇的小说《小世界》中，罗宾·邓普西发泄对菲利普·斯沃洛的不满，是因为他代表了生活的"不公正"，靠了他那本关于黑兹利特的"讨厌的"、"差劲的"书当上了联合国教科文组织文学批评委员会主席的候选人，可是邓普西根本没有看这本书，而且他还认为"根本没有必要看"。贝亚尔教授认为，戴维·洛奇描写了一个他非常熟悉的世界，他说："对于一本书有一个准确的概念，不仅泛泛地，而且深入地谈论它，是完全没有必要阅读的。因为没有一本书是孤立的。一本书是我称之为集体图书馆的巨大的整体的一个成分，对于这个整体的完整的认识对于了解某个成分是没有必要的。"（第110页）这种谈论没有读过的书的现象是广泛存在的，它之所以未得到公开承认，是因为在我们的文化中对不读而论具有一种"不可救药的犯罪感"。这种羞愧感保护着我们，使我们具有一种有文化的形象，但是，这种形象是由书的片段造成的，它使我们的深层自我事实受到威胁。就英国文学来说，声称读过《哈姆莱特》对于谈论这个剧本完全是没有必要的，因为它太有名了，况且完全可以从集体图书馆中获得资料，这种交流的空间，贝亚尔教授称之为"虚拟图书馆"，既因为它是由我们自己的形象构成，又因为它本身是不存在的，"它服从一定数量的规则，这些规则使它成为共识的场所。其中书由虚拟的书所代替"（第116页）。当然，如果像洛奇的另一本小说《背景的改变》中的英国文学教授林格伯姆那样，承认自己未读过《哈姆莱特》，那就要失去教职了。其实，人们根本不关心是否真的读或未读某本书，这有两个理由，1.如果关于读与未读的"暧昧"得不到维持的话，那么在这个圈子里的生活将变得不能忍受；2."读过一本书"意味着问题，所以在这个圈子里"真诚"是一个值得怀疑的概念。因此，贝亚尔教授说："为了毫无羞愧地谈论没有读过的书，应该摆脱家庭和学校教给我们并强迫我们接受的一种没有漏洞的文化造成的压迫性的形象，这种形象是我们一生都无法与之融合的。"（第119页）

　　二、"迫使对方接受你的观点"。书并不是固定之物，它随着人们的谈论而变化，尤其是当人们有能力强迫别人接受其观点的时候。巴尔扎克的小说《幻灭》对巴黎文学批评界的描绘具有典型的意义：吕西安·德·吕班泼莱是一个外省来巴黎打天下的青年，指望着出版一本诗集《长生菊》，新闻记者埃蒂安纳·罗斯多指点他巴黎文学界的门径，彻底摧毁了"神圣的批评"在他心中的位置。要写一篇书评，根本无须知道书的内容，只要看看书脊、封面、封底和目录，找几个语言上的错误，至多让情人读一读，给他讲一讲，一篇书评即可大功告成。出版商道利阿连吕西安的稿子都没有看，就拒绝了他，他为了报复，听从了罗斯多的建议，拿道利阿旗下的拿当开刀。于是，罗斯多告诉他批评这一行的诀窍：把一部作品的优点说成缺点，把一部杰作当作"愚蠢的傻话"，其功毕矣。他先写了一篇否定性的书评，把"观念的文学"与"形象的文学"对立起来，矛头直指拿当，将其说成是"模仿者"，只是具有"表面上的才能"，然后允诺下一篇文章再细谈，但是下一篇文章根本不见踪影。文章慢慢地转向，不再针对书的内容，而是针对书的作者，作者在文学中的地位决定了书的价值。果然，拿当中箭倒地，道利阿看也不看，就买下了吕西安的诗集《长生菊》。然而作者并不是吕西安的敌人，出版商才应该是他攻击的对象，于是罗斯多又怂恿他写一篇自我否定的文章，大大地赞扬了拿当一番，把矛头指向了出版商。正如罗斯多所说："每一种观念都有它的反面和正面，任何人都不能肯定哪一面是它的反面。在思想的领域内，一切都是双向的。贾努斯是批评的神话，天才的象征。"吕西安对此佩服得五体投地。巴尔扎克的小说《幻灭》把"虚拟图书馆"的特征写到了极致，在小说家的笔下，狭小的知识界只认作者的社会地位，也就是说，作者的地位或权力决定了作品的文学价值。这种对于传统观念的违反鼓励了不读而论的倾向，而且也支持了任意评价作品的可能性，一句话，作品不再存在。因此，贝亚尔教授说："注意语境，就是记住一部作品不是一劳永逸的，而是一件活动的东西，其活动性来源于周围织就的权力关系。"（第 130 页）读者的意见也不见得可靠，吕西安对拿当的作品的看法就是一例。"同时承认文本的活动性和读者本人的活动性是一张主要的王牌，它可以给人以很大的自由来迫使他人接受其对于作品的观点。巴尔扎克的主人公证明了虚拟图书馆的极大的灵活性和它屈从于决心显露价值的已经读过的书或没

有读过的书之要求的可能性，而不被所谓的读者的意见左右其认识的准确性。"（第 132 页）

　　三、"创造新的书"。书的价值随着作者的政治和文学地位在变，书的内容在交流中也在变，这种变化对于知道怎样从中获益的人来说变成了一种可能性，即他成为书的创造者。日本作家夏目漱石的小说《我是猫》以猫为叙述者，书中的一个人物被叙述者称为"戴金丝眼镜的审美者"，他的乐趣之一是讲一些匪夷所思的事情。猫的主人想成为画家，于是审美者给他讲了意大利画家安德列·德·萨尔托的理论，猫的主人照章行事，结果没有成为画家，审美者说："我有时候讲一些笑话，而人有时候竟信以为真，这极大地提高了喜剧的美感。真有趣！"他还跟一个大学生说，尼古拉·尼考比建议吉朋不要用法文而要用英文出版他的《法国革命史》，而这位大学生确信不疑，广为传播。实际上，尼考比是一个虚构人物，他最早出现在小说中是在 1838 年，距离英国历史学家吉朋的逝世已近五十年。还有一个故事更妙：在哈里逊的小说《斯泰法诺》中，女主人公的死使人"脊背发凉"，坐在我面前的先生从来不承认有他所不知的事情，对我说："精彩至极！"我由此断定，他和我一样，根本没有读过这本书。猫的主人问，如果那人读了书怎么办？审美者神色淡定，回答说："很简单，我就说我搞混了。"说罢大笑。不读的重要性在于我们很少有承认大量的记忆失常的风险，那只不过是屏幕书后面隐藏着内在书而已。贝亚尔教授指出，读过书的人和未读书的人的交流产生了一个"虚拟图书馆"，如果它的材料得到尊重的话，它是可以提供一种独特的创造的形式的。"这种创造可以由书在未读之人的反应中完成。它可以是个人的，也可以是集体的。它可以根据未读之人的情况构筑一本最合适的书。这本书与原来的书（老实说，谁知道是哪一本呢？）保持着脆弱的联系，但是它也尽可能地接近不同的内在书的会合点。"（第 141 页）谈论一本未曾读过的书，并非撒谎，而是在尽可能准确地描述个人所体验到的东西而陈述一种主观的真理，既忠实于个人，又考虑到他人的处境。

　　四、"谈论自我"。文学批评究竟是谈论客观的书，还是谈论主观的自我？这是个问题，多少批评家（包括艺术家）对此发表并坚持截然相反的意见。贝亚尔教授举出英国作家王尔德，作为社交界、批评界乃至学术界谈论没有读过的书的理所当然的行为，因为它由于消除了某种犯罪感、打开了一座虚拟图书馆而提供了一个"真正的创造空间"。王尔德是一个腹笥极厚的饱学之士，但是他不相信开卷有益，坚决地主张有所不读："谁若能从现代混沌的名单中筛选出'百本坏书'，这对青年一代将有真正和持久的好处。"（第146页）贝亚尔教授不失时机地指出，坏书不限于百本，从阅读包含着真正的危险的角度看，应该警惕全部的书籍。"没有批评精神，就没有名副其实的艺术创造……这种选择的精神，这种舍弃的微妙的技巧，老实说，是批评才能的最有特色的形式之一，如果不具备这种才能就不能有任何艺术的创造。"（第148页）有人说批评"毫无价值"，王尔德批驳说："人们有时指责他们没有读完要评的作品。显然，他们不读，至少他们不应该读。……要辨别酒的质量和产地，根本不需要喝光一桶酒。一本书有无价值，只需半个小时就可很容易地确定。六分钟就够了，如果一个人对形式有直觉。为什么读一本枯燥无味的书呢？我想，只要尝一尝就够了，何止于够。"（第148页）王尔德指出的批评和艺术之间的复杂关系预示着对于阅读的真正的怀疑，他说："批评本身就是一门艺术。……实际上，批评既是创造的，又是独立的。"贝亚尔教授立刻指出，"独立"一词在这里至关重要，因为它使批评不再依附于创造，也就是说，批评摆脱了作品，"给予一本书的六分钟坚持了决定性的分离，使批评回归了自身，就是说，回归了它的孤独，但也很幸运，回归了它的创造的能力。……批评的唯一的、真正的对象不是作品，而是自我"（第151页）。许多现代的作品不值得关注，过于专注的阅读（包括阅读经典的作品）忽略自我而丧失创造的能力。他说："为了批评而深入作品，有失去最自我的东西的风险，可能对作品有好处，但对自我有害处。"为了表现自我，必须通过书的阅读，但是无论怎样，阅读只是路径而已，这是阅读的悖论。批评是灵魂的声音，该听的是自我，而不是"真实存在"的书——尽管它可以充当一时的动机——应该投入的是描写自我，无论何时何地都不要偏离这个目的。贝亚尔教授说："除了发现自我之外，关于没有读过的书的言说将我们置于创造过程的中心，因为它将我们引向这个过程的源头。它使我们看见正在诞生的创造主体，使实践这个自我与书分离的开始的时刻的主体活跃起来，读者终于摆脱了他人话语的重负，在自我身上发现了创造他自己的文本的力量，成为作家"（第155页）。说到底，什么时候批评彻底摆脱了作品，什么时候批评就达到了它的理想的形式。

　　总之，各种不同的场合逼迫我们不得不谈论未曾读过的书，也逼迫我们接受由此而产生的心理的变化，这种变化不仅在于保持镇静的态度，而且也使我们对于书的关系发生"深刻的转化"：摆脱教育带给我们的种种禁忌，例如必须先读而后议论。不读而论是一种创造性的活动，它能调动起来作品的可能性，分析作品所处的新的环境，注意他人及其反应，引起一种动人的叙述。不读而论的前提是摆脱作品的束缚，然后展开个人的想象力，贝亚尔教授说："……在阅读和创造之间存在着一种二律背反，所有迷失在他人的作品之中的读者都有远离个人的世界的危险。如果不读而论是一种创造的形式的话，那么相反，创造意味着不要在书本上滞留。"（第160页）所以，自己成为作品的创造者乃是学习不读而论的合乎逻辑的、合乎愿望的后果，这种创造在自我的征服中、在文化重负的摆脱中向前迈了一步。贝亚尔教授指出了一种广泛存在的现象：被尊重文本捆住了手脚，禁止改变文本，被迫牢记或知道它们所包含的内容，太多的大学生因此失去了消遣的内在动力，不知道怎样运用他们的想象力。他自己则决心走不读而论的道路："根据这本书所提到的所有的理由，我将坚定地、从容地继续谈论我没有读过的书，而不被批评家们牵着鼻子走。"（第162页）

　　《怎样谈论没有读过的书》的卷首有题词，选的是王尔德的一句话："我从不读我该批评的书；人们会受到太大的影响。"这句话的意思是：作品排斥主体，而主体才是批评行为的存在理由。王尔德说的是否是真话，且不去管它，可是我们总知道，他不是一个胸无点墨的人。本书提到的主张不读而论（或写到不读而论）的人，例如穆齐尔、瓦莱里、巴尔扎克、福楼拜、夏目漱石、格林、埃柯、洛奇诸公，皆属饱学之流，就说贝亚尔教授本人，想必也绝非等闲之辈，看看他引证的或提到的书和作者就知道了，那绝非只读书皮就能做到的。他提及的书将近五十本，上下两千年，纵横东西方，有不知道的，有浏览过的，有听说过的，有读过忘了的，其中少有我知道、浏览、听说过的，加上大段引证的，可知他绝非一个不读书的人。自己读书，却又主张不读而论，以子之矛，攻子之盾，这中间有什么蹊跷？原来贝亚尔教授说的是"谈论"，而不是"没有读过的书"，在彼不在此也。可是他为什么给这本书起了一个畅销书的名字？为什么法、德诸国的读者对这本书趋之若鹜？

不过，我想问的是：《怎样谈论没有读过的书》为何人而写？为普通读者（约翰逊博士心目中的普通读者）吗？他们读书是为了益智、博识或怡情，现在不行了，这本书告诉你应该与你读的书保持距离。为批评家吗？他们读书是为了写文章指导读书，现在不必了，这本书告诉你只靠浏览或道听途说即可。为专家和同行吗？他们读书是为了寻求真理或教育后代，也不需要了，这本书告诉你怎样在书斋里冥思苦想、在课堂上夸夸其谈……那么，书的地位在哪里？书的作用是什么？书的神圣性没有了，书只是一个张扬自我的途径或借口而已。在圣伯夫和蒂博代的时代，不读而论是一个被讽刺的对象，在今天，贝亚尔教授对这种现象进行了描述和分析。显然，时代进步了，书多了，但其地位下降了，混同于一般的商品，淹没在物的汪洋大海之中。人若想要张显其灵魂，必须摆脱物的束缚。这是一个人人写书的时代，却不是一个人人读书的时代。然而，贝亚尔教授本人是一个读书之人，他的著作，如《主题飘移：普鲁斯特与离题》，证明他是仔细认真地读过《追寻失去的时光》的，那他缘何为不读而论张目呢？原因可能只有一个：法国的教育使学生迷信书本而扼杀其个性、主动性和想象力，故必须反其道而行之。普通读者、批评家、专家和教授，要细心体会作者可能的用意：你要了解一本书的内容，要用心阅读；你要体会一本书的真谛，要离开书本反观自己的内心；无论怎样，要入乎其中而出乎其外，发挥想象力。当然，这样的书是要经过选择的，不是落在手上的任意一本书。当你读一篇批评的文章时，你要看它是否深入细节。假如你碰到一个不肯进入细节的人，你要警惕，你可能碰到了一个喜欢炫耀的人；你若是也是一个喜欢不读而论的人，你们可能越谈越热闹，直至忘乎所以。总之，不读而能论，需要一定的书的积累。

我们不好揣测贝亚尔教授的动机，但是，我们可以说这是一本严肃地分析不读而论的书，那些以为"指南"之类而买了这本书的人可能上了书皮的当了。我百思只得一解：这本书是针对那些读过王尔德所说的"百本好书"的读者的，为的是使他们避免沉浸于"百本坏书"之中而丧失了个性和想象力。必须读书才可以不读书，必须读好书才可以分辨坏书。贝亚尔教授的潜台词是：现代的书籍浩如烟海，读不胜读，不给思考留下地盘，王尔德说："我们这一时代有太多的东西要读，几乎是一种生吞活剥式的阅读，根本来不及去仔细揣摩，而作家也在大量地创作，无暇作进一步的思考。"① 一百多年后的今天，情况尤有过之，所以他要"坚定地、从容地继续谈论"没有读过的书。与其听批评家们不着边际地夸夸其谈，莫若发挥自己的想象力，创造自己的书，须知批评家们也在不读而论呀。一百多年前，圣伯夫和蒂博代就谈到不读而论，王尔德更是声称自己论而不读，一百年之后，原来为人诟病的行为变成了有人提倡的东西，其可怪也欤！

　　在圣伯夫和蒂博代的时代，人们还需要"装出"读过某本书的样子，今天，贝亚尔教授则劝你不必因为未读某本书而感到"羞愧"，你径直谈或写好了，完全略过了已读和未读的问题。这不是说不必读书，而是说不必死读书或读死书。那些不读而能论的人是这样的一些人，他们清醒地认识到：我们这个时代的作品有相当的部分是一些不值得从头读到尾的作品，他们服膺王尔德的说法："当代那么多作家的愚蠢的虚荣心，我觉得很好玩，他们似乎确信批评家的主要作用就是闲聊他们的平庸的作品。"② 现代的人，包括那些号称写书和读书的人，很多是不读书的，或者不认真读书的，尤其是他们不思考。但是，他们的错误却不在不读书上，而在他们读书时眼中或脑中只有书在，完全失去了自我。于是，我明白了，贝亚尔教授主张批评的对象不是书而是自我，是他想在书籍的泛滥中拯救人的灵魂，而批评就是这个灵魂的声音。

　　1984 年年底，我访问了著名电视文学节目主持人贝尔纳·比沃，他对我谈到文学批评家的素质，列举了"文笔"、"学识"、"好奇心"、"个性"和"勇气"，对于勇气，他说："一个批评家要敢于坚持自己的意见，不受潮流的裹胁，不怕与权威人士的看法相左，尤其是不向各种关系让步。"他的话中有话，我知道他曾经拒绝了一位总统上他的节目。转过年

① 转引自《怎样谈论没有读过的书》，第 142 页。
② 同上书，第 152 页。

来的 1 月，我见了当时还健在的于连·格拉克，他对我说："法国人读书不多，但很喜欢谈书。"他对如今作家们见了面不谈读了什么书而问昨晚的电视节目看了没有，感触很深。同年的 2 月，《世界报》的文学批评家贝特朗·波瓦洛－德尔佩什对我说："法国文学批评的现状不妙，原因是法国的文字新闻业正处在危机之中，视听新闻对文字新闻的冲击和压力很大，不仅夺走了大量读者，而且降低了读者的文化水准。"后来他进入了法兰西学士院，也算是一个最高的学术机构对文学批评的支持吧。如今，贝亚尔教授又对我们说：在专家的圈子里，人们读书也不多，但是，"由于书的重要性，人们说谎是普遍的"，即很少有人敢承认他没有读过某本公认的必读书。改变说谎的习惯，最好的办法就是公开承认事实的真相；没有读过某本书并不是一件需要感到羞愧的事情，未读而装出读过的样子高谈阔论，沾沾自喜，才为人所不齿。

　　未读有不知道、浏览、听说、读了又忘了等等过渡的状态，《怎样谈论没有读过的书》的分析表明："知道怎样细腻地谈论未知之事远胜过书的世界。文化的整体向那些证明有能力切断言语和对象之间的联系、有能力谈论自我的人开放，这一点已为众多的作家所说明。"（第 161 页）这句话点出了这本书的主旨：勿"死于句下"。

2008 年 10 月，北京

（原载《中国图书评论》2008 年第 10 期）

"池塘生春草":康复者眼中的世界

——《波德莱尔美学论文选》译后随想二

"池塘生春草,园柳变鸣禽",千古不废,与时并进,尤其是"池塘"句,宋人吴可《学诗诗》赞曰"惊天动地至今传"。自六朝以来一千五百六十多年间,论者代不乏人,多以为然,几少持异议者,而持异议者又鲜能力排众议,独树一帜,以真知灼见为人折服。例如宋人李元膺,他说他"反复求之,终不见此句之佳"。又如元人王若虚,他说李的见解"正与鄙意暗同"。然而,前者是只讲判断,未讲道理;后者总算讲了一点理由,说是由于"谢氏之夸诞"①。可惜这里王若虚犯了因人废言的错误,因为谢灵运固然以"好雕镂"为人诟病,但这毛病恰恰不见于"池塘"句。所以,谢灵运的这两句诗,前人或称佳句,或称"好句",或称"妙句",或称"奇句",都还能赢得今日读者的赞同。

然而,古人谈艺,往往是登岸舍筏,得意忘言,后人徒恨其语焉不详。就以"池塘"句而论,曰佳曰好曰妙曰奇,俱无不可;若问何以为佳为好为妙为奇,却是各有灵犀,所通不在一点。

例如唐释皎然《诗式》说:"'池塘生春草',情在言外。……诗有二义,一曰情,二曰事。……情者如康乐公'池塘生春草'是也。……谢在永嘉西堂梦见惠连,因得'池塘生春草'之句,此句得非神助之乎?"同是唐人,贾岛《二南密旨》说:"诗有三格:一曰情,二曰意,三曰事。情格一;耿介曰情;外感于中而形于言,动天地,感鬼神,无出于情,三格中情最切也,如谢灵运诗:池塘生春草,园柳变鸣禽。"唐去六朝不远,

---

① 王若虚:《滹南诗话》。

一说"情在言外",一说情"形于言",所重在一个"情"字。征之钟嵘《诗品》:"《谢氏家录》云:康乐每对惠连,辄得佳句。后在永嘉西堂思诗,竟日不就,寤寐间忽见惠连,即成'池塘生春草'。故常云此语有神助,非吾语也。"又可知这山水之情中渗透了一种兄弟情谊。日人遍照金刚《文镜秘府论》则说:"凡高手,言物及意,皆不相依傍。"他举的例子中就有"池塘生春草,园柳变鸣禽"一联。这是说此联妙在含蓄,不着一字而情溢于外矣。

宋叶梦得《石林诗话》云:"'池塘生春草,园柳变鸣禽',世多不解此语为工,盖欲以奇求之耳。此语之工,正在无所用意,猝然与景相遇,借以成章。不假绳削,故非常情所能到。诗家妙处,当须以此为根本,而思苦言难者往往不悟。"这是说诗人在没有任何心理准备的情况下对外在景物发生了一种惊奇感,不期而遇,不寻而得,直书所见即有天然之工。王楙《野客丛书》则云:"仆谓灵运制《登池上楼》诗,而于西堂致思,竟日不就。忽梦惠连得此句,遂足成诗。是非登楼时仓促对景而就者。谓'猝然与景相遇,备以成章',殆恐未然。盖古人之诗,非如今人牵强凑合,要得之自然,如思不到,则不肯成章。故此语因梦得之自然,所以为贵。"王楙批评了"猝然与景相遇"之说,仍主梦中得句之说,但是他强调了"致思"而后"得之自然",非偶然之功也。不过,我们今天却难以看出"梦见惠连"与"池塘生春草"之间有什么联系,这一自然景物分明是谢灵运眼中所见之物,倘若不是猝然相遇所引起的惊奇触发了他的诗兴,则必有别的缘由使他感到了春意的盎然。如同元人刘将孙所言:"古今诗人自得语,非其自道未必人能得之,如谢灵运'池塘生春草',自谓梦惠连至,如有神助。非其郑重自爱,兼家庭昆弟之乐,托之里许,此五字本无工致,或者人亦皆能及也。"这里所说的"家庭昆弟之乐"已隐含于钟嵘《诗品》谢惠连项下,更已在宋释惠洪《冷斋夜话》中被明确点出:"舒公云:'池塘生春草,园柳变鸣禽'之句,谓有神助,其妙意不可以言传。'而古今文士,多从而称之,谓之确论。独李元膺曰:'予反复观此句未见有过人处,不知舒公何从见其妙。'盖古今佳句,在此一联之上者尚多。古之人,意有所至则见于情,诗句盖其寓也。谢公平时喜见惠连,梦中得之,盖当论其情意,不当泥其句也。"这里的重点不在梦中得句，而在梦中得遇平时喜见的惠连，其喜悦之情与句中所含的欢欣之意相合，故"当论其情意，不当泥其句"。其实，叶梦得的"猝然与景相遇"是以句论，"无所用意"而意在其中，惠洪的"梦中得之"是以情论，不泥其句而"意有所致"，猝然、自然、神助等等，皆无害。

俞文豹《吹剑录》曰："池塘生春草，园柳变鸣禽，本非杰句，而灵运得意焉者。有谓康节云：禽鸟飞类，得气之先者，故尧定四时，必以鸟兽。……盖历家出于人事，禽鸟得于天机，最可占验，灵运意亦然，谓池塘方生春草，园柳已变鸣禽。曰变者，言其感化之速，往往人未及知。灵运意到而语未到，梦中忽得之，故谓有神助。"此说的好处，是撇开惠连而指出诗人之心对四时变化的感应，梦中所得已先由意得，有神助而无神赐。同是宋人，曹彦约也因"新春盛寒中闻禽鸟声有春意"而记下一说："谢灵运'池塘生春草'之句，说诗者多不见其妙，此殆未尝作诗之苦耳。盖是时春律将尽，夏景已来，草犹旧态，禽已新声。所以先得变夏禽一句（此句有作'园树变夏禽'者），语意未见，则向上一句，尤更难著。及乎惠连入梦，诗意感怀，因植物之未变，知动物之先时。意到语到，安得不谓之妙。诸家诗话所载，未参此理。"①

金人元好问重在新鲜脱俗，其《论诗绝句》赞曰："池塘春草谢家春，万古千秋五字新。"他更拈出"超然"二字，用以扣住"池塘"句的神髓："坎井蛙鸣自一天，江山放眼更超然，情知春草池塘句，不到柴烟粪火边。"明张溥《汉魏六朝百三家集题辞》称谢灵运"吐言天拔"、"素心独绝"，"池塘"句足以当之。

明谢榛《四溟诗话》指出："谢灵运'池塘生春草'，造语天然，清景可画，有声有色，乃是六朝家数，与夫'青青河畔草'不同。叶少蕴但论天然，非也。又曰：'若作池边、庭前，俱不佳。'非关声色而何？""天然"早已经人道出，例如葛立方《韵语阳秋》就说"池塘"句是"混然天成，天球不琢"。这里谢榛又加上了"有声有色"，的确体味到一种充满动感的郁郁勃勃的生机，然而这生机不独出自"清景可画"的外部世界，还应出自诗人自身的感受，即诗人的内心世界中必须也是充满了一片盎然的生机。

---

① 《宋金元文论选》，人民文学出版社 1984 年版。

从诗人的主体感受出发论"池塘"句，有清人方东树，他在《昭昧詹言》中说到《登池上楼》时写道："此写病起登楼，满怀郁抑。'衾开'以下，乃写久病初起，风景一变如画。……'池塘'句，公自谓有神助，非人力。窃谓学者必真能知此句之妙不易得，乃有诗分。"前人只是在"梦"、"神助"、"自然"等等之上打圈子，终不肯于诗中下功夫，把个"病起登楼"这基本背景抛在脑后，说来说去终是隔了一层，搔不到痒处。《登池上楼》的中间几句是这样的："徇禄反穷海，卧疴对空林。衾枕昧节候，衾开暂窥临。倾耳聆波澜，举目眺岖嵚。初景革绪风，新阳改故阴。池塘生春草，园柳变鸣禽。"病起登楼的情景，宛然在目。方东树在"病起"上做文章，可谓"真能知此句之妙"。然而在他之前，宋人田承君说得更为显豁明白："池塘生春草，盖是病起忽见此为可喜，而能道之，所以为贵。"① 田承君"乃有诗分"者，看他笔下"忽见"、"可喜"、"能道之"，三者环环紧扣，间不容发，真好似逼着谢灵运承认这五个字蕴藏着无限的生机和无限的喜悦，而这一切都是因为"病起"，因为"衾枕昧节候"。试想，如果不是在一个卧床日久不知季节变换的人的眼中，像"池塘生春草"这样平常的景物如何能引起这样的惊奇、喜悦和珍爱？读者若不是想到谢灵运病起登楼，如何能体会到这平淡的诗句中蕴涵着的不平淡的感情？田承君此说片言居要，一针见血，可谓胜解。

多少年来，论者一说到"池塘生春草"，大多离不开"自然"、"天然"、"率然"、"猝然"之类，这些当然都不错，但似乎都偏于一得之见，没有触着根本。此句之工，根本在于透露出一个艺术家对待外部世界应抱的心态，即如同一个久病初起渴望着重新拥抱生活享受生活的人一样，胸中涌动着一股不可遏止的热情：他已经缠绵病榻许久，他已经失去许多生活的机会，他不想再失去，他唯恐再失去，他要追回失去的时间，一草一木，一鸟一虫，任何微不足道的东西都值得他喜爱和珍视。这是一种康复者的热情，这热情是一个艺术家最可宝贵的东西，他应该永远保持这种唯恐失去什么的心态，这能使他在人生面前不消极、不迟钝、不麻木，使他总是带着新鲜的感觉向着世界睁大惊奇的眼睛、康复者充满了渴望的眼睛。

---

① 阮阅编：《诗话总龟》。

"池塘生春草"，乃是这康复者眼中的世界。

对于康复者，波德莱尔曾经有过极好的说明。他在评论画家贡斯当丹·居伊的时候，这样写道："G 先生一觉醒来，睁开双眼，看见刺眼的阳光正向窗玻璃展开猛攻，不禁懊悔遗憾地自语道：'多么急切的命令！多么耀眼的光明！几小时之前就是一片光明啦！这光明我都在睡眠中丢掉啦！我本来可以看到多少被照亮的东西呀！可我竟没有看到！'于是，他出发了！他凝视着生命力之河，那样的壮阔，那样的明亮。"假如我们单单读到这一段生动的描述，我们会想，可怜的 G 先生，几个小时的睡眠就让他如此遗憾懊悔，倘若他卧床数日数月甚至数年又当如何呢？果然，波德莱尔这样回答我们："请设想一位精神上始终处于康复期的艺术家，你们就有了理解 G 先生的特点的钥匙。"那么，且让我们来看波德莱尔笔下的处于康复期的人："在一家咖啡馆的窗户后面，一个正在康复的病人愉快地观望着人群，他在思想上混入在他周围骚动不已的各种思想之中。他刚刚从死亡的阴影中回来，狂热地渴望着生命的一切萌芽和气息。因为他曾濒临遗忘一切的边缘，所以他回忆起来了，而且热烈地希望回忆起一切。终于，他投入人群，去寻找一个陌生人，那陌生人的模样一瞥之下便迷住了他。好奇心变成了一种命中注定的、不可抗拒的激情。"这里说的是爱伦·坡的小说《投入人群的人》，波德莱尔正是利用了一个康复期的病人的心态来说明一个艺术家的心态：同样的敏感，同样的渴望，同样的好奇心。他们都按捺不住地要投入生活、投入人群，他们都被什么东西强烈地吸引着，他们都时刻准备着上路去追寻，去探索，去体验。

于是，波德莱尔又说："康复期仿佛是回到童年。正在康复的病人像儿童一样，在最高的程度上享有那种对一切事物——哪怕是看起来最平淡无奇的事物——都怀有浓厚兴趣的能力。……儿童看什么都是新鲜的，他总是醉醺醺的。……儿童面对新奇之物，不论什么，面孔或风景，光亮，金箔，色彩，闪色的布，衣着之美的魅力，所具有的那种直勾勾的、野兽般出神的目光应该是出于这种深刻愉快的好奇心。"我们应该承认，波德莱尔的这番话乃是万古不移之论，因为它来自人类的共同经验。在他之前三百年，明人袁宏道就在《叙陈正甫会心集》一文中写道："夫趣得之自然者深，得之学问者浅，当其为童子也，不知有趣，然无往而非趣也。面无端容，目无定睛，口喃喃而欲语，足跳跃而不定，人生之至乐，真无逾于此时者。孟子所谓不失赤子，老子所谓能婴儿，盖指此也。"古今中外，文心相通若此，真令人又惊又喜，惊喜之余，我们毫不怀疑，波德莱尔在解释了被他称为"现代生活的画家"的贡斯当丹·居伊的特点的同时，也解释了天下所有艺术家的特点，虽然他们可能会以相互矛盾的方式证明："生活的任何一面都不曾失去锋芒。"当然，我们不会忽略波德莱尔的这一句话："天才不过是有意的重获的童年，这童年为了表达自己，现在已获得了刚强有力的器官以及使它得以整理无意间收集的材料的分析精神。"①然而，在某种意义上说，艺术家与儿童的区别并不重要，重要的是他能够"不失赤子"，"能婴儿"。因此，波德莱尔希望人们把 G 先生"当作一个老小孩"，"当作一个时时刻刻都拥有童年的天才的人"。这就是说，假使一位艺术家用一副老于世故的眼光看世界，那他就什么也看不到，因为他是过来人，什么都见过了，什么都看透了，什么都不新鲜了，什么都"失去锋芒"了。试想，像"池塘生春草"这样的景物如何能使他"忽然见此为可喜而能道之"呢？

　　近年来，"诗无达诂"这一古训似乎是中兴了，论者们追求的解胜解的努力有可能被视为迂阔或可笑。然而这"达"字并不意味着各种"诂"都可以平分秋色，不论优劣。就以"池塘生春草"而论，明人胡应麟《诗薮》说"不必苦谓佳，亦不必谓不佳"，似乎又宽容又通达，但实际上不过是表明了面对这句诗的魅力所感到的一种困惑罢了。假如我们参照波德莱尔关于康复者的论述，我们不仅可以理解"池塘"句的深刻内涵，还可以摸索出这句诗产生魅力的机制，甚至可以推知一切艺术家面对外部世界所应具有的心态。这样的诂，我想是可以更接近达的。

　　用康复者的眼光看世界，诗人当如此，读者亦当如此，如此则"池塘生春草"将具有永久的魅力。

1989 年 5 月，北京

（原载《文艺研究》1989 年第 2 期）

---

　　①　文中引用的波德莱尔的文字均见《波德莱尔美学论文选》，郭宏安译，人民文学出版社 1987 年版。

巴尔扎克:观察者?洞观者?

——《波德莱尔美学论文选》译后随想六

　　研究巴尔扎克的人都不会忘记他的一段名言:"法国社会将成为历史家,我不过是这位历史家的书记而已。开列恶癖与德行的清单,搜集激情的主要事实,描绘各种性格,选择社会上主要的事件,结合若干相同的性格上的特点而组成典型,在这样做的时候,我也许能够写出一部史学家们忘记写的历史,即风俗史。"他们也不会忘记恩格斯的著名论断:他认为巴尔扎克"是比过去、现在和未来的一切左拉都要伟大得多的现实主义大师",他把巴尔扎克"不得不违反自己的阶级同情和政治偏见"等看作"现实主义的伟大胜利之一"。前有巴尔扎克的表白,后有恩格斯的评价,于是许多研究者就径直把《人间喜剧》看作是 19 世纪上半叶法国社会的"百科全书"或"现实生活的准确再现",巴尔扎克的解释也就"精辟地阐明了《人间喜剧》的现实主义创作方法"或者说"包括了一个完整的现实主义文学的创作纲领",巴尔扎克因此而成为"19 世纪法国现实主义的最伟大的代表"。这一切自然是不错的,可惜不那么完整,只是"老巴尔扎克最重大的特点之一"(恩格斯的这句话常常被人们忽略,尤其是这个"之一"可能是含义深远的)。既然有"之一",那就一定有之二、之三……我们有理由提出疑问:一个"现实主义"是否能打发《人间喜剧》?一个"书记"是否能满足巴尔扎克?如若不能,那些无论如何也断然纳入现实主义的"最重大的特点"是否就该被视作"瑕疵"而弃之若敝屣?

　　巴尔扎克也许是最让那种善贴标签的研究者头疼的一位作家了。在他的祖国,浪漫主义、现实主义、自然主义、混有现实主义的浪漫主义或混有浪漫主义的现实主义、神秘主义、革命浪漫主义、革命现实主义和批判现实主义，等等，都曾被当作标签使用过，然而，这除了让巴尔扎克变成周游列国的旅行家的被贴得花花绿绿的手提箱之外，并不能使我们全面、深刻地把握住他笔下的那个世界。面对莎士比亚，研究者有"说不尽"之叹，难道巴尔扎克就是说得尽的吗？当你说"现实主义者巴尔扎克"的时候，立刻就会有人出来说"浪漫主义者巴尔扎克"；当你说"巴尔扎克是位观察者"的时候，立刻就会有人出来说"巴尔扎克是位洞观者"。

观察者乎，洞观者乎，巴尔扎克？这样的争论，自巴尔扎克的小说问世以来，已经进行了一个半世纪了，迄今不曾获得令人满意的解决。就争论者来说，观察者和洞观者并非不能兼容，分歧的焦点是何者为重，何者为轻：是写实为重创造为轻，还是创造为重写实为轻？巴尔扎克通过《人间喜剧》告诉我们的首先是社会的现实还是人生的奥秘？首先是镜中的映像还是神秘的象征？换句话说，我们对《人间喜剧》首先应做历史的理解还是哲学的领悟？

波德莱尔在《论泰奥菲尔·戈蒂耶》一文中是这样论及巴尔扎克的："我多次感到惊讶，伟大光荣的巴尔扎克竟被看作是一位观察者；我一直觉得他最主要的优点是：他是一位洞观者，一位充满激情的洞观者。他的所有人物都秉有那种激励着他本人的生命活力。他的所有故事都深深地染上了梦幻的色彩。与真实世界的喜剧向我们显示的相比，他的《人间喜剧》中的所有演员，从处在高峰的贵族到居于底层的平民，在生活中都更顽强，在斗争中都更积极和更狡猾，在苦难中都更耐心，在享乐中都更贪婪，在牺牲精神方面都更彻底。总之，在巴尔扎克的作品中，每一个人，甚至看门人，都是一个天才。所有的灵魂都是充满了意志的武器。这正是巴尔扎克本人。由于外部世界的万物都带着强烈的凸起和惊人的怪相呈现在他精神的眼睛前面，他使他的形象们抽搐起来，使他们的阴影变得更黑，使他们的光明变得更亮。他对细节的异乎寻常的兴趣与一种无节制的野心有关，这野心就是什么东西都看见，也把什么东西都让别人猜出，这种兴趣迫使他更有力地勾画出主要的线条，以便得到总体的远景。他有时让我想到那蚀刻师，他们绝不满足于腐蚀，而是把雕版的刻痕变成一道道沟壑。奇迹就是从这种自然的、令人吃惊的才能中产生。"波德莱尔谈及巴尔扎克的都是片言只语，这一段话是最为集中的了，语虽简短，其钦佩仰慕之情已经跃然纸上了。加埃唐·毕孔在《巴尔扎克和小说创作》一文中指出："最先欢迎巴尔扎克的不是小说家，而是诗人。"其中波德莱尔的议论尤其值得我们注意。

　　波德莱尔首先表明，他的兴趣在于巴尔扎克笔下的人物。他们可以是贵族，也可以是平民；他们可以在鲍赛昂子爵夫人的舞会上周旋，也可以在伏盖公寓的餐桌上调笑；但是，他们个个都具有超乎常人的品质，这种品质并不是现实中人的多种品质的集合或堆积，而是各种品质都臻于极致的浓缩、提炼和升华，也就是说，"所有的灵魂都是充满了一致的武器"。波德莱尔把巴尔扎克的人物比作枪膛里压满了意志的武器，极生动地刻画出他们的震慑人心的性格力量。他们已经不是现实生活中的人了，他们都超越了平凡的现实生活，个个变成了"天才"；然而他们并非不食人间烟火的神灵或鬼魅，他们都在具体的情欲中煎熬，人人都变成了"怪物"；正因为如此，他们一方面能使读者感到惊奇甚至害怕，一方面又能让读者信以为真，承认其强大的"生命活力"。波德莱尔所列举的五个方面：生活，斗争，苦难，享乐和牺牲，看似不经意，实际上绝非信手拈来，而是对巴尔扎克的人物的命运的高度概括，那五个"更"字显示出对现实生活的超越，又透露出其中所交织着的千丝万缕的联系。这些人物的活动是建立在细节真实的环境中的，而细节之真实甚至准确当然是观察的结果，但是他们之成为生气贯注的人则并非仅仅得力于观察，他们更主要地是一种近乎神秘的直觉的产物，即是说他们的洞观者巴尔扎克的创造物。对巴尔扎克来说，由观察到创造，并不是经过理性的分析，而是经由一种不能自已的神秘经验。这正是重观察与重洞观的两派意见的根本分歧。

　　波德莱尔虽然肯定了细节对于巴尔扎克的重要，但是他更欣赏巴尔扎克的"无节制的野心"，这种野心使他通过细节的勾画获得"总体的远景"，这就是说，巴尔扎克从来不停留在细节的真实准确上，而是力求对世界有一种整体的把握。在他的小说中，任何细节都不是孤立存在的，它总与其他的细节有联系，总是透露出人物的某一种情欲的消息，总是开辟了通向"统一世界"的道路。他的人物也都不是只为自身存在的，他们总是具有某一种象征的意义。波德莱尔曾经发出了这样的惊叹："啊，伏脱冷，拉斯蒂涅，皮罗多，《伊利亚特》中的英雄们只到你们的脚脖子……"在他看来，巴尔扎克的人物甚至具有了神话的意义，他们已经摆脱了个人的、孤立的存在，成了比古代世界的英雄更为高大的现代世界的英雄。

在波德莱尔的眼中，巴尔扎克即是《人间喜剧》的创造者，又是《人间喜剧》中的最伟大的演员。他早在《1846 年的沙龙》一文中就曾经指出过："奥诺雷·德·巴尔扎克啊，您是您从胸中掏出来的人物中最具英雄气概、最奇特、最浪漫、最有诗意的人物！"巴尔扎克的人物就是他本人，因为他全部身心都深入到人物的灵魂中去，它把激励着自己的那股顽强而巨大的"生命活力"无保留地给了他的人物。这正是他的秘密。他进入自己的人物群众，如同进入超我无我的境界之中，思维言语、举手投足都若有神助，实际上，他不再指挥他的人物了，他们都有了自己的生命，有了自由，他们和他们的创造者完全融合在一起了。正是在这个意义上，波德莱尔说，巴尔扎克"是《人间喜剧》中最好奇、最滑稽、最虚荣的人物"。

面对着"梦幻的伟大追求者，不断地探求绝对"的巴尔扎克，波德莱尔指出：他的"所有故事都深深地染上了梦幻的色彩"。巴尔扎克洞悉每一个人物，透视每一件事情，在他的"精神的眼睛"前面，世界的每一个凸起变得更加强烈，社会的每一种怪相变得更加惊人，也就是说，在他的"精神的眼睛"的观照之下，世界既是一个被放大了千百倍的世界，又是一个被剥去了种种表象的全然裸露的世界。本来是一个肉眼所能观察到的实在世界，现在变成了一个只有精神之眼才能看见的梦幻的世界。巴尔扎克不但在梦幻中创造了一个世界，而且把自己的梦幻披露在世人的面前，并且要求他们也具有一双能够看见这梦幻的精神之眼。唯其如此，他才能"给十足的平凡铺满光明和绯红"。然而这梦幻却并非荒唐无稽之物，而是"一种文明所产生的怪物及其全部斗争，野心和疯狂"的象征，是"他把全部身心都投入其中"的那种创造：人我两忘，浑然不辨，超越了现实，却具有更高的真实，既蕴涵着历史的透视，又闪烁着哲理的光辉。

综上所述，波德莱尔说巴尔扎克是一位洞观者，其含义是：1. 他用想象的世界代替了存在的世界，他借用了后者的物质材料，根据他个人的神话重新加以组织，创造了一个新的世界。巴尔扎克的创造是一种诗的创造，神话的创造，也就是说，他用象征取代了现实。2. 在巴尔扎克的作品的内在世界和超自然的世界之间，存在着一种神秘的、超验的联系。届时这种联系主要依靠直觉的洞观，精细的观察只能提供具体的材料，并不能达到事物的内在本质。3. 我们不能通过《人间喜剧》来认识法国社会，法国社会也不能印证《人间喜剧》。我们应该对《人间喜剧》进行诗的、哲学的把握：即它表现了一种超时空的人和世界的关系。

假如我们证之以巴尔扎克本人的言论，我们可以说波德莱尔的见解不同凡响，又如空谷足音，开辟了把握《人间喜剧》的第二战场。巴尔扎克在《驴皮记》初版序言中写道："在诗人或的确是哲学家的作家那里，常常发生一种不可解释的、非常的、科学亦难以阐明的精神现象。这是一种第二视力，它使他们在各种可能出现的境况中猜出真相，或者说，这是一种我说不清楚的力量，它把他们带到他们应该去、愿意去的地方。他们通过联想创造真实，看见需要描写的对象，或者是对象走向他们，或者是他们走向对象。"这里的"第二视力"正是洞观者所独具的那种洞察力，那种透过想象直达本质的能力。这种能力绝不是那种标榜真实准确的写实作家所能具有的，只能作为一种精神现象发生在诗人身上，或者发生在确实具有哲人气质的作家身上。这种精神现象除了能使作家通过联想来"看见"和"猜出"从而"创造真实"之外，还具有一种强制性的力量，迫使作家顺从它的指引。布吕纳吉埃是一位并不欣赏巴尔扎克的批评家，但是他注意到巴尔扎克的这一特点，他指出："不是巴尔扎克选择他的主题，而是他的主题抓住了他，强加于他。"

巴尔扎克在他的中篇小说《法西诺·卡纳》中，对此种精神现象还有更具体、更显豁的说明："在我身上，观察已变成直觉的了，它深入灵魂却不忽视形体，或更可以说，它一下子抓住外部细节，随即超越之；它赋予我一种能力，使我亲历它所及的生活，使我代替了他，就像《一千零一夜》中的苦行僧，他向那些人说几句话，就得到了他们的灵魂和肉体。"在这里，巴尔扎克实际上已经把观察和洞观直接联系起来了，中间无须经过分析，即可单刀直入，破除一切迷障，在浑然忘我的境界中直达本质。他接着写道："听着这些人说话，我可以亲历他们的生活，仿佛自己就穿着他们褴褛的衣衫，脚上就是他们那满是窟窿的鞋子，他们的欲望，他们的需求，都深入了我的心灵，我的心灵与他们的心灵融为一体。这是一个人的白日梦。"有些研究者把这段话当作巴尔扎克同情工人的证据，实在是有些过于皮相了。倘若他遇见的是一位绅士，他也会穿上他的燕尾服、漆皮鞋，戴上他的手套，拿起他的包金的手杖的，他的心灵也会和那绅士的心灵"融为一体"的。巴尔扎克说得明白，这是一个"白日梦"，是他的"第二视力"使他看见的表象后面的世界。同时，他本人也并非一位旁观者，他就直接地生活在自己所创造的白日梦中。他可以因高老头死了而号啕大哭，他可以在信中问他的妹妹可曾知道他小说中的一个人物跟谁结了婚。他的朋友于勒·桑多从家乡回来，告诉他说他的妹妹病了，而巴尔扎克可以打断他，说"原来是这样，我的朋友，那我们再回到现实中来吧：咱们说说欧也妮·葛朗台吧！"他是把他的想象当成了现实！也许从未有一个作家像巴尔扎克那样，全神贯注地、毫无保留地投入到艺术的想象中去。他可以仅凭着几个细节就立刻调动起无论多么遥远的，甚至并非亲历的种种经验，经由狂放不羁的联想创造出一个世界。他甚至不必经过思索或分析，直接地从现象到达本质。据说，不朽的杰作《高老头》是三天三夜之间写出来的，如果说他有个提纲的话，那提纲是这样写的："一个老实人——兼包客饭的公寓——六百法郎年金——被两个女儿榨光，而她们各有五万法郎年金，死得像条狗。"从寥寥数行到一部二十万言的小说，仅用了三天三夜工夫，我们可以想象巴尔扎克是处于怎样一种亢奋的、不能自已的状态之中，拉斯蒂涅、伏脱冷、鲍赛昂夫人等是怎样不招自来地奔赴于他的笔下。他在给韩斯卡夫人的信中说："工作的迅速使我失去了结构感，我看不清楚了，我不知道我干了些什么。"巴尔扎克不愧为一位真正的艺术家，他在创作中常常处于这种直接的、非自觉的状态之中，而自己只满足于享用这种"第二视力"的特权，并不想去问个为什么，他说得很坦白："我从未试图寻求产生这种能力的原因，我拥有它，使用它，如此而已。"这正是《文心雕龙》中所说的："伊挚不能言鼎，轮扁不能语斤，其微矣乎！"

无论是波德莱尔所说的"洞观者"，还是巴尔扎克所说的"第二视力"，所涉及的其实是文艺创作中的一种很常见的现象，即创作的直接性和非自觉性,而其结果则是创造出一种不能等同于自然真实的艺术真实。任何一位严肃的巴尔扎克研究者都不曾否认过观察和经验的重要。也不曾否认过《人间喜剧》所包含的认识价值。他们中间有些人看重"洞观者"或"第二视力",其用意多半在强调艺术的想象和创造。他们和波德莱尔、巴尔扎克一样,在论说中带进了不少神秘主义的成分,但我们不能因此就将其视为谬说,更不能因此而堵塞更全面、更深刻地把握《人间喜剧》的道路。当我们去掉"主义"而只保留"神秘"的时刻,我们会更深刻地领会"洞观者"或"第二视力"的含义,甚至会感到某种亲切。《文心雕龙》说:"寂然凝虑,思接千载,悄然动容,视通万里。"《文赋》说:"观古今于须臾,抚四海于一瞬。"不就是说的"洞观者"的"第二视力"吗?对于我们这些惯于把《人间喜剧》看作法国社会的现实主义再现的论者来说,借助于这种第二视力是很有必要的,这可以帮助我们突破已有的研究格局,把《人间喜剧》从"百科全书"的狭窄的视野中解放出来,在不同的层次上对它进行审美的观照和哲学的领悟。

法国的巴尔扎克研究者彼埃尔·巴贝利斯在其巨著《巴尔扎克与世纪病》(1967年)的前言中说:"小说家(指巴尔扎克——引者注)很少想象,他大量地从自己的家史中,从他往来的圈子中,从时事中,从看过的戏中,从无数读过的书中汲取素材。一个苦于寻求主题的稿件提供者在现实中所进行的这种不断的汲取丝毫也没有损害那种著名的'洞观者'的能力,然而,知道他从事实出发,人们就能更好地估量他那种直奔问题的奇才。现实主义者巴尔扎克还是洞观者巴尔扎克这个著名的难题由此而正在被解决。"巴贝利斯的乐观是很值得同情的,然而事情似乎没有这么简单,而他也并没有提供解决这个难题的有效途径,因为主张洞观者巴尔扎克的人并不一定否认巴尔扎克从事实出发。另一位巴尔扎克研究者达尼埃尔·弗加则试图取消二者之间的区别,将其指为"无谓的、纯粹修辞学的争辩"。他在《不情愿的巴尔扎克》(1957年)中说:"这里并没有被称为想象和观察的两种不同的、对立的'能力',一个在现实中进行,一个在梦幻中自由活动,一个附着在可证实的现实之上,一个则逃遁在可能的领域之中,于是一个排斥另一个。实际上,这是一种平行的、更可以说互补的双重精神活动:想象利用一种预先的观察使之成为可信的成分来进行组合，不管它实际上看见没有，事情无论其有无或是否编造，都通过与一种可能的真实相类比而是真实的。"弗加试图沟通观察和想象的努力是很可钦佩的。尤其是他指出二者之间的互补性，更是很有启发性的，但是，想象的创造物绝不是观察结果的机械相加，它完全可以是一种具有新质的东西，因此，取消二者之间的区别也并非结束这种争论的好办法。也许说到底，得出一种谁胜谁负的结论并不是最重要的，很可能根本就不会有这样的结论，要紧的倒是不抛弃任何一方，在并存或不断争论的过程中加深对《人间喜剧》的把握，保持某种不可解的神秘所具有的永恒魅力。

1986 年 8 月，北京

（原载《读书》1986 年 12 月号）

卢梭:三百岁的孤独漫步者

　　罗讷河自北向南，流经洛桑一带，突然膨胀，形成了一个大湖，名莱蒙湖。湖的南端是日内瓦，到罗讷河流出莱蒙湖的时候，河中出现了一个小岛，称贝尔格岛。瑞士将军杜福尔于 1831 年在岛的南面建悬索桥，1881 年因施工不良重建。因为他崇拜卢梭，遂建议将此岛改称为卢梭岛。

　　今年 6 月 28 日是卢梭诞辰三百周年纪念日。日月忽其不淹兮，今天的贝尔格桥是一步行桥，中间斜出一小桥，向北通往卢梭岛。岛上浓荫匝地，遍植意大利杨和垂柳。还有一小茶室，岛的东西两端有笼养的天鹅之类的水鸟。垂柳的枝叶轻抚水面，在此品茗，远眺，只见烟波浩渺中，有一强劲的水柱直冲霄汉，此为著名的日内瓦大喷泉也。该岛既名为卢梭岛，该有与卢梭相关的纪念物吧。果然，一座卢梭塑像赫然立于其上，该塑像是著名的雕塑家让－雅克·普拉迪埃 1834 年的作品。基座为白色大理石，约有两人高，上面卢梭端坐在一把扶手椅上，基座正面刻有"让－雅克·卢梭，日内瓦公民，MDCCXII – MDCCLXXVIII（1712—1778 年——引者注）"，左面刻有"让·普拉迪埃，1834 年 2 月"，背面是"塑像立于 1838 年"，右面是"克罗萨利埃铸于 1834 年"。塑像为青铜质，近乎黑色，卢梭坐于椅上，宽袍大袖，赤足，无帽，头微微下垂，做沉思状，右手执笔，略举，左手持书，摊开置于膝上，仿佛正要把优美的文字落在纸上。当年的塑像面对莱蒙湖，据说今年为纪念卢梭诞辰三百周年，卢梭岛重修改建，塑像重又面对日内瓦老城，恢复了最初的方向，这是为了强调卢梭的日内瓦公民的身份吗？不得而知。

　　卢梭在瑞士的纪念地还有一处，远比卢梭岛重要和有名，那是处于比埃纳湖中的圣皮埃尔岛。比埃纳湖畔有一小城叫做比埃纳，湖以城名，还是城以湖名，不知有没有记载。圣皮埃尔岛本是一个不知名的小岛，几乎未见于游人的笔下，但是，自从卢梭为躲避莫蒂埃村的"投石事件"而在岛上住了不到两个月的时间以后，这个小岛居然成了学界巨擘、达官贵人及一般浪漫派青年顶礼膜拜的圣地。所谓"投石事件"是这样的：1762年，卢梭相继发表了《社会契约论》和《爱弥尔》，他的名言"人生来是自由的，却无往不在枷锁之中"就出自《社会契约论》中，他鼓吹的"民主"、"自由"、"平等"、"顺乎天性"等观念，引起了当局和教会的注意和嫉恨。不久，《爱弥尔》被没收，遭国会查禁。卢梭风闻当局要逮捕他，就匆匆逃亡瑞士依弗东，躲进沃德山村。这时日内瓦也在查禁《社会契约论》和《爱弥尔》，并下令逮捕作者，卢梭只好再度逃亡，藏身于纳沙泰尔邦的莫蒂埃村。他住进去不久，就有流言蜚语如暗潮涌动一般，落在他的头上，他被看作一个"反基督者"，他那一身亚美尼亚长袍更是令人侧目，终于有人在暗处朝他扔石块了。9月初，卢梭的住宅遭到了袭击，满地石块，暗中鼓动的是当地的行政长官和宗教界的领袖。这就是莫蒂埃村的"投石事件"。显然，莫蒂埃村是住不下去了，然而下一个栖身之所是哪里呢？到法国是不可能了，那么到英国去？到德国去？可是他"对瑞士感情甚深，下不了决心离开它"，他决心"住到圣皮埃尔岛上去"，因为"头年夏天……参观过该岛，简直被它迷住了。自那以后，便总是想有什么办法能在那岛上住下"（《忏悔录》）。该岛属伯尔尼邦所有，经多方或明或暗地打听，确信伯尔尼方面不会难为他，于是，他登上了圣皮埃尔岛。他在岛上生活的怎么样？他能够实现自己的愿望吗："我真想将自己紧紧地禁锢在这个岛上，和世人不再来往"？

　　呜呼，卢梭只在岛上住了一个半月，又被伯尔尼邦小议会逐出，经柏林、斯特拉斯堡、巴黎，辗转至英国休谟处，又与休谟闹翻，一年后回到法国，在巴黎居住。这期间，即1767年5月至1770年年底，他写了《忏悔录》，可以说开了法国浪漫主义推崇自我、讴歌自然、宣泄感情的风气之先。在巴黎居住期间，他仍以誊抄乐谱为生。1778年初，他接受了德·吉拉丹侯爵的邀请，住进埃默农维尔庄园，两个月后猝然辞世，葬在白杨岛。逝世的前两年，1776年至1778年，他写了《孤独漫步者的遐想》（本文所有引文均出自徐继曾译本，唯名称由《漫步遐想录》改作《孤独漫步者的遐想》）。

　　《忏悔录》是对卢梭离开圣皮埃尔岛之前五十余年的思想及行为的辩护，而《孤独漫步者的遐想》则是自《新爱洛伊丝》发表以来十五年的心路历程的探索。辩护的口吻不妨雄辩，激烈，甚至声泪俱下，有时言过其实，有时蜻蜓点水，有时故意隐瞒，有时刻意美化，或出于记忆的失真，或源于病态的作祟，名为忏悔，其实不一定句句是实。探索则必须笔笔深入，如一把解剖刀，深入内里，层层剥离，切中肯綮，条分缕析，务使真相大白于天下。我们必须把《忏悔录》看作一件文学作品，允许虚构，允许想象，不斤斤于事实的真伪。瑞士文学批评家让·斯塔罗宾斯基说得好："卢梭写的书将不仅是一个被迫害的人申明他的无辜之辩护词，同时也是一个第三等级的人表明其良心和个人生活的事件具有绝对的重要性，表明他虽不是王侯、主教或包税人，但并不因此而没有唤起普遍注意的权利。《忏悔录》的社会意义不应被忽视。让－雅克希望被承认，不仅仅被承认为一个杰出的人，不仅仅被承认为一个心灵纯洁反而成了牺牲品的人，而是被承认为一个一般的人，没有贵族家世的外国人，能够为人提供普遍适用的形象。他要求旅行者、他曾经是的冒险者对人心有更好的认识，拥有更广博、更丰富、更有效的知识。这个曾经的仆人公开宣布一个奴仆可以比主人更优秀。他的外国人的身份和没有社会地位使他可以自由地流动，观察法国社会的所有状态，而不停留在其中任何一种之上。因为他无所不在，所以他可以了解一切……他的经验具有普适性，他的平民和自学者的身份给了他更多的被倾听的权利，因为他对一个像他那样的人具有真实的概念。他一个无知的人，却获得了通晓一切的能力。人的普遍形象一向属于贵族、绅士和出色的人，现在却落入一个获得文化的、资产者的手中，他从贵族社会的解体中获益，能够观察一切，裁断一切。"这是对《忏悔录》最深刻的评价。

　　《孤独漫步者的遐想》则不同，它已由渗透着血和泪的辩白与控诉变为平和冷静的分析与叙述，仿佛天风海雨转眼间成了光风霁月，差不多滤尽了火气。所谓"遐想"，并非脱离生活的空想，而是飘忽不定的想象或思索，是卢梭在孤独的漫步中的沉思和默想，是落在纸上的闪过脑际的吉光片羽，正如他自己所说："最简单最可靠的办法莫过于在我让我的头脑无拘无束、让我的思想纵横驰骋时，把我独自进行的漫步以及漫步中涌上心头的遐想忠实地一一记载下来。在一天当中，只有在这孤独和沉思的时刻，我才充分地体现我自己，自由自在地属于我自己，能毫不含糊地这样说自己正是大自然所希望造就的人。"这本书没有预定的次序，十篇《漫步》写了十次漫步中涌上心头的沉思，倒是符合遐想的特征。

《漫步之一》回顾了作者的生活和事业，一言以蔽之："我在世间就这样孑然一身了，既无兄弟，又无邻人，既无朋友，也无可去的社交圈子。最愿跟人交往，也最有爱人之心的人竟在人们一致同意下遭到排挤。"卢梭采取了"唯一可取的办法，那就是一切听天由命，不再跟着必然对抗。通过这种顺从，我得到了内心的平静，而这是长期既痛苦又无效的抗拒无法提供的，这样，我的一切苦难也就得到了补偿"。他决心进行"严格而坦率的自我审查"，"投身于和我的心灵亲切交谈"。他不再有写《忏悔录》时的焦虑，因为他已不对"得到大家更好的理解"抱有幻想了，他已跟"上帝一样泰然自若"了。他为自己而研究自己，这本书是否为世人理解和接受已经和他不相干了。

《漫步之二》谈及作者命运的悲惨："我自己也正处在清白无辜而命途多舛的一生的晚年，胸中充满了强烈的感情，心上虽还有几朵花儿做点缀，然而已被悲哀摧残得凋零、被苦难折磨得枯萎了。"但是，他已"亲身体会到幸福的源泉就在我们自己身上"。他被一条丹麦巨犬撞到，跌伤，晕了过去，他事后得知，他还有敌人，一个"阴谋"正威胁着他，他的命运和名声"已经被这一代人一致确定"。但是，"上帝是公正的，他要我受苦受难，他知道我是清白的"。然而，他毕竟品尝到了宁静的沉思给他带来的"欣喜"。

《漫步之三》，作者在沉思默想中徘徊在人生的暮年，他终于明白："耐心、温馨、认命、正直、公正，这些都是我们不愁被别人夺走的财富，它可以永远充实自己而不怕死亡来使其丧失价值。这就是我在晚年残存的日子里从事的唯一有益的学习。"他懂得了他与哲学家们的分歧的根本原因：一个追求的是"为己之学"，一个追求的是"为人之学"，也就是说，"他们力求显得比别人博学，他们研究宇宙是为了掌握宇宙的体系，就好像是纯粹出于好奇才研究一部机器似的。他们研究人性是为了能夸夸其谈一番，而不是为了认识自己；他们学习是为了教育别人，而不是为了启发自己的内心"。总之，"这一套伦理道德纯粹是攻击型的，并不用来防身，只有侵犯人的效用"。他终于在四十岁以后告别了上流社会，断绝了与哲学家朋友的往来，靠抄写乐谱来自食其力，在漫步中沉思默想，用采集植物标本来打发余年。

《漫步之四》是一篇短论，论的是"说谎"，起因于一句格言："终生献于真理。"卢梭年轻时曾偷了一条丝带，他却谎称是女仆玛丽永干的，结果他们双双被解雇，这件事使他懊悔一辈子。他把这种损害别人的谎言称为"罪恶的谎言"，他为说谎定了四条标准："为自己的好处而说谎是欺诈，为别人的好处而说谎是蒙骗，怀有害人之意而说谎是中伤：这是最坏的谎言。既无利己之心、无害人害己之意而说谎，那就不是说谎，而是虚构。"他认为，上流社会所谓"诚实的人"和他所谓"诚实的人"不可同日而语："我心目中的诚实人跟他人之所以不同，就在于上流社会中的诚实人对不需要他们付出代价的一切真相是严格忠实的，但绝不能超出这一范围，而我心目中的诚实人是在只有在他必须为这一真相做出牺牲时才如此忠实地侍奉它。"

《漫步之五》是本书中最优美的篇章，读来令人心旷神怡，回肠荡气，说的是卢梭在圣皮埃尔岛上体验到了在大自然中浑然忘我、心满意足的极乐状态。圣皮埃尔岛本是一个弹丸之地，可出现在卢梭笔下，却成了一个孤寂的、适于沉思的广阔天地："这里的田地和葡萄园没有那么多，城市和房屋也少些，更多的是大自然中青翠的树木、草地和浓荫覆盖的幽静的所在，相互衬托的景色比比皆是，起伏不平的地势也颇为常见。湖滨没有可通车辆的大道，游人自然也就不常光临，对喜欢悠然自得地陶醉于大自然的美景之中，喜欢在除了莺啼鸟啭、顺山而下的激流轰鸣之外别无声息的环境中进行沉思默想的孤独者来说，这是个很有吸引力的地方。"他或是躺在随波漂流的船上，或是坐在波涛汹涌的湖畔，或是站在流水潺潺的溪边，或是手持放大镜采集植物标本，甚至偶尔和岛上的居民合唱一支古老的歌曲，过着无所欲求的日子，沉入与天地化为一体的境地。卢梭写这篇文章的时候已经是十二年之后了，但是他对当时的情景仍是念念不忘："这样的生活为何还不重现？我为什么不能到这亲爱的岛上度过我的余年，永远不再离开，永远不再看到任何大陆居民？"

《漫步之六》说的是，作者与一个瘸腿小男孩的接触，引发了一段对慈善行为的思索："我自己所做的好事结果招来一系列的义务，变成了一种负担；乐趣消失了，同样的好意在开始时使我非常高兴，继续下去却成了叫人受不了的伤脑筋的事情。……十分甘美的乐趣就变成了难以忍受的束缚。"施恩者与受惠者之间本来不存在功利的动机，一旦发生了变化，慈善的性质也就发生了扭曲。卢梭说："人性中的一切倾向，包括行善的倾向在内，一旦有欠谨慎，不加选择地在社会上应用开了，就会改变性质，开始有用的也时常会变成有害的。"所谓"有欠谨慎"，就是指施恩与受惠中间掺进了功利的因素。他的思考得出了这样的结论："我个人从来就不适合生活在这个社会中，这里到处都是束缚、义务、职责，而我的天性使我不能容忍为了与别人生活在一起而必须忍受的束缚。"

《漫步之七》通篇洋溢着采集植物标本的乐趣，这种乐趣产生于卢梭以命该如此的忍让摆脱了世人（主要是哲学家们）设下的陷阱，变得弥足珍贵。采集植物标本，编写植物志，在卢梭看来，"适合一个无所事事而又疏懒成性的人去研究：要观察植物，一根针和一个放大镜就是他所需的全部工具"。相反，"一旦我们为了要担任某一职务或写什么著作而掺进了利害或虚荣的动机，一旦我们只为了教别人而学习，为了要当著作家或教员而采集标本，那么这种温馨的魅力马上就化为乌有，我们就只把植物看成是我们激情的工具，在研究中就得不到任何真正的乐趣，就不再是求知而是卖弄自己的知识，就会把树林看成上流社会的舞台，一心只想博得人们的青睐；要不然就是一种局限在研究室或小院子里的植物学，却不去观察大自然中的树木花草，一心只搞什么体系和方法，而这些都是永远争吵不清的问题，既不会使我们多发现一种植物，也不会使我们对博物学和植物学增长什么知识"。

《漫步之八》追索作者悲惨命运的源头。他发现了"罗网"、"阴谋"、"陷阱"、"无耻行径和叛卖行为"，但是，"我现在的处境虽然可悲，然而也不愿意跟他们中最幸福的人换一换生活，换一换命运；我依然是宁处困厄之境而保持我的本色，也不愿意像他们中的任何一个那样飞黄腾达"。他不靠外力，只是反求诸己，"如今我孑然一身，确实只靠摄取我自身的养分生活，但我自身的养分是不会枯竭的；虽然我可说是反复咀嚼乌有之物，虽然我的想象力在日渐衰退，思想的火花也已熄灭而不能再为我的心提供什么食物，然而我还是能自给自足"。他的办法是，世人笑骂由他，我自泰然处之："我过着幸福而宁静的生活；我对迫害我的人无休无止地给他们自己增添烦恼不免付之一笑，而我自己则保持内心的平静，一心扑在我的花、我的花蕊、我那些孩子气的玩意儿上，连想都不想他们一下。"卢梭指出了"自负心"和"理性"是不相容的："不管我们处在怎样的处境中，我们之所以经常感到不幸，完全是自负心在那里作祟。当自负心不再流露而理性恢复发言权时，理性就会使我们不再为我们无力避免的一切不幸而感到痛苦。……对于不去想不幸的人来说，不幸就算不了什么。"

《漫步之九》是一篇小小的辩护词，为作者把亲生的五个孩子送进育婴堂申辩，申辩的理由却不那么令人信服："我之所以采取这一步骤，主要是怕他们不如此就会有一种不可避免的坏上千百倍的命运。我无法亲自教养他们，而如果我对他们的前途不那么关心的话，在我当时的处境，就只好让他们的母亲去教养他们，那她就会把他们宠坏，或是把他们交给他们的舅家人，那他们就会把孩子培养成为十恶不赦的大坏蛋。"他的理由显然站不住脚，比如他可以找一个收入高一点的工作，挣钱养家。他不会不知道，当时的巴黎，每年有40%的婴儿被送进育婴堂，其中70%不到一岁就会死去。他曾经试图寻找过他的大儿子，结果不了了之。说他是个"不近人情的父亲"，还可以接受；说他"仇视孩子"，则过于苛刻了。他自己说："要说《新爱洛伊丝》和《爱弥尔》出于一个不爱孩子的人之手，那未免是世上最荒唐的事了。"

《漫步之十》，这篇文章写作的五十年前，卢梭与华伦夫人初次见面，他充满感情地回忆那段幸福的日子："在这短短的几年中，我得到一个无比温柔体贴的女人的爱，做我愿做的事，做我愿做的那样一个人，同时充分利用我的余暇，在她的教导和榜样的帮助下，终于使我这纯朴得如同一张白纸的心灵最好地体现它的本质，而且从此就永远保持下去。对孤寂和沉思的爱好，它跟作为我心灵的养料的易于外露的温柔感情一起，在我的心中滋生了。嘈杂、喧嚣、束缚扼杀我的感情，而宁静平和则使之振奋激扬。"可惜，原稿只写了三页，他就在当年的5月2日离开巴黎，7月2日猝然去世。他在《忏悔录》中说："现在不是详谈她的信仰的时候，我会有机会谈谈这事的。"他的遐想中断以后，当他重新拿起笔之后，会接下去谈谈这个问题吗？

1998年5月的一天，我和妻子登上了圣皮埃尔岛，由于岁月的流逝，过去的岛已变为今日的地岬。岛上有一尊卢梭的半身铜像，是著名雕塑家让－安东尼·乌东的作品，完成于1779年，即卢梭逝世后的第二年。《孤独漫步者的遐思》是卢梭最后的作品，虽然夹杂着抱怨、愤怒甚至幻觉，但终究是胸中的恶气一吐之后的安详平静之作。题目中的"孤独"、"漫步者"、"遐想"，皆有深意存焉。孤独，说的是"一切身外之物从此就与我毫不相干。在这人间，我也就不复有邻人、同类和朋友。在这块大地上，我就像是从另外一个星球掉下来一样"。漫步者，说的是徒步旅行的人，在卢梭的时代，徒步是从一地到另一地的交通手段之一，可以走走，看看，不像今天几乎完全是一种休闲或健身的方式。遐想，不是梦想，不是幻想，不是胡思乱想，而是沉思，是默想，是与自己的内心进行的对话。孤独漫步者的遐想，就是一个喜欢孤寂生活的人在徒步漫游中思索人生的目的。

《孤独漫步者的遐想》有多个主题，例如命运、乐趣、谎言、慈善等，然而贯穿全书的主题，乃是幸福，即什么是幸福？怎样获得幸福？有无幸福？且看卢梭的回答："假如有这样一种境界，心灵无需瞻前顾后，就能找到它可以寄托，可以凝固它全部力量的牢固的基础；时间对它来说已不起作用，现在这一时刻可以永远持续下去，既不显示出它的绵延，又不留下任何更替的痕迹；心中既无匮乏之感也无享受之感，既不觉苦也不觉乐，既无所求亦无所惧，而只感到自己的存在，同时单凭这个感觉就足以充实我们的心灵：只要这种境界持续下去，处于这种境界的人就可以自称为幸福，这不是一种人们从生活乐趣中取得的不完全的、可怜的、相对的幸福，而是一种在心灵中不会留下空虚之感的充分的、完全的、圆满的幸福。"这种"充分的、完全的、圆满的幸福"不是转瞬即逝的快乐，也不是感官暂时的满足，而是心灵的无知、无欲、无私、无为、柔弱不争而能永久持续的状态。卢梭在这里提出了幸福的最根本的特性：持续。"在这饱经风霜的漫长的一生中，我曾注意到，享受到最甘美、最强烈的乐趣的时期并不是回忆起来最能吸引我、最能感动我的时期，这种狂热和激情的短暂时刻，不管它是多么强烈，也正因为是如此强烈，只能是生命长河中稀疏散布的几个点。这样的时刻是如此罕见、如此短促，以致无法构成一种境界；而我的心所怀念的幸福并不是一些转瞬即逝的片刻，而是一种单纯而恒久的境界，它本身并没有什么强烈刺激的东西，但它持续越久，魅力越增，终于导人于至高无上的幸福。"那么，如何获得这种至高无上的幸福呢？卢梭的回答是：置敌人或仇人的污蔑、诽谤和攻击于不顾，让他们的罗网和陷阱落空，反求诸己，获得平和宁静的心情，也就是他所说的"我们自己身上"、"我们自己的内心"、"依靠我们自己"，等等。但是，这种幸福是否真的存在？卢梭没有把握，他说："人间只有易逝的乐趣，至于持久的幸福，我怀疑这世上是否存在过。"他还说："幸福是一种上天似乎并没为世人安排的永久的状态。……我很少见过幸福的人，这样的人甚至根本就没有；不过我时常看到心满意足的人，而在所有曾使我产生强烈印象的东西中，这满足的心情是最使我满意的东西了。"他把在圣皮埃尔岛的两个月"看成一生中最幸福的时刻，要是能终生如此"，他就"心满意足，片刻也不作他想了"。至于个人的幸福，也只有在"大家都感到幸福"的时候才是可能的。他念念不忘的只有一件事，"那就是看到普天下的人都心满意足"。

卢梭喜欢水。他生于临水的日内瓦，死后葬在白杨岛，他在圣皮埃尔岛上生活了两个月："湖水动荡不定，涛声不已，有时訇的一声，不断震撼我的双耳和两眼，跟我的遐想在努力平息的澎湃心潮相互应答，使我无比欢欣地感到自我的存在，而无需费神去多加思索。"《漫步之五》被视为《孤独漫步者的遐想》中最美的篇章，被视为一首散文诗，被视为卢梭心中最隐秘的部分，其来有自乎？

2012 年 6 月 20 日，为卢梭延辰三百周年作

（原载《光明日报》2012 年 6 月 29 日）

《沉默的人们》与现实主义问题

阿尔贝·加缪作品的七星版（1962 年），即批评版的编者罗杰·吉约写道："有一天，加缪赌气地对我说：'我也想搞一搞社会主义现实主义。'"果然，他写出了短篇小说《沉默的人们》，时在 1955 年。说"赌气"，是因为加缪从不认为真正的文学创作有现实主义一说，更不用说社会主义现实主义了。

早在 1952 年，加缪就有了《沉默的人们》的构思，他在《手记 1》中写道："罢工失败后，工人回到工厂（桶业）。他们不说话。车间里的一日。下午，老板半身不遂。工头告诉了一个工人。工人没有说话。下工后不久，他哭了，双臂支着桌子。'尽管是这样，尽管是这样。'"劳资双方本来是对立的，但是对立的双方由于面对死亡的相互一致性而化解了他们的矛盾。尽管老板拒绝了工人的要求，罢工失败了，但是老板瘫痪了，死亡威胁着每一个人，工人还是应该说点儿什么，这是加缪的构思之最初的用意。从构思到作品，从区区几十字到洋洋数千言，变化的是细节，不变的是精神，变与不变，其含义都有所丰富和深化，丰富的是故事，深化的是思想。

加缪在 1955 年写成了这篇小说，成为《流放与王国》这部小说集的第三篇，小说集于 1957 年出版。值得注意的是，小说集共包括有六篇小说，其中并没有哪一篇名为《流放与王国》，这说明小说集的构成并不是某种随意的组合，而是有深意存焉，即每一篇小说都是一种流放的形式，至于通向王国的道路或意图则各个不同。小说是构思的发展与深化，与构思相异的只在一点，即老板半身不遂变成了老板的小女儿突然发病，被送进了医院。工人则一言不发，并非他们无动于衷，而是不知道如何表达他们的感情。小说发表之后，长时间不得重视，评论寥寥，不但加缪本人表示过困惑，因为当时的工人读者不曾有过积极的反响，甚至罗杰·吉约也在有关这篇小说的介绍文字中表示："几乎没有任何象征的意图。"不过，近年来情况有所变化，加缪与劳工世界的关系引起了评论者的注意。在美国，有人编了一本《20世纪短篇小说精选》，《沉默的人们》赫然名列其中。于是，《沉默的人们》成为评论界关注的对象，它是否是现实主义小说，也成了一个争论的问题。

小说借助一个工人的眼睛，叙述了罢工失败后复工的第一天所发生的事情：伊瓦尔是一个熟练的制桶工人，"优秀的制桶工人很少，他得会装配弯曲的桶板，在火上用铁箍箍紧，不用棕毛或麻就箍得差不多滴水不漏。伊瓦尔会，并且颇为自豪"。在"一大早就活跃起来的城市里"，他一边蹬车，一边想：他已经四十岁了，感到体力大不如前，大海也不如他二十岁时那么有吸引力了，尤其是罢工的失败增加了生活的艰难，"两大片面包中间只夹着奶酪，而不是他爱吃的西班牙式煎蛋或炸牛排"。他不由得想到黄昏那"甜蜜"的时刻，"海湾里水色稍许深了一些"："他下了班，坐在自家的平台上，怀着满意的心情穿着费南德熨得平展展的干净衬衣，喝着茴香酒，那杯子上还蒙着水汽呢。"如今罢工失败了，那是一次"出气的罢工"，失败在所难免，可是老板却说："工厂不开工，我还省两个钱呢。"还说什么"爱干不干"，然而"一个人是不能这么说话的"，工人的尊严受到了严重的伤害。费南德问他："你们要对他说什么？"他骑上车，摇摇头说："什么也不说。""他骑着车，始终咬着牙，心里憋着一股阴郁的冰冷的怒气，仿佛天也阴了下来。"果然，他对老板"什么也不说"，他的工友们也是"什么也不说"，他们成了"沉默"的一群：对于像战败者一样进厂感到耻辱，于是，"他们不说话"；当工头说："动手吧？""他们不说话"；当工头提醒工人，"没有人吭声"；当老板向工人问好，"没有人搭理"；当老板看着一个最小的工人干活，"他一声也不吭"；当老板向马尔库打招呼，"马尔库不理"；当老板大声地说："你们怎么啦？""马尔库站了起来，举起桶底，用手掌试了试薄薄的圆边，带着非常满意的神情眯起了无精打采的眼睛，然后朝一个正在装配木桶的工人走去"；老板把马尔库和伊瓦尔叫去，解释他为什么不能同意工人的要求，"马尔库望着外面。伊瓦尔紧咬着牙，想说话，但说不出来"；老板的小女儿突然发病，可能是一种致命的病，他们还是没有说话，"伊瓦尔只是感到疲倦，他的心一直很难过。他真该说点什么，可是他无话可说，其他人也一样"；最后老板进来了，"头发有些散乱"，可是他们依旧没有说话，只是老板声音有些嘶哑地说了声："晚安"，"伊瓦尔心想应该叫住他，但门已经关上了"。可以说，复工的第一天是在沉默中度过的。然而这沉默，是有意味的沉默，胜过了千言万语的沉默。老板和工人的关系是一种雇主和雇员的关系，一切由合同管着，而合同的签订是自由的，双方都不可滥用各自的权利。然而，在现实生活中，这种自由要大打折扣，而受到损害的往往是雇员的权益，因为老板可以予取予求，而工人不能"正经地讨价还价"，所以才要有工会这样的组织为工人说话，当然也有"黄色工会"一说。这种不平等的关系，无论在资本主义国家，还是在社会主义国家，都是一种事实，不在于它们的标榜。这里，我们不能不佩服加缪的简洁、清晰、以小言大的风格，他在"沉默"中融进了愤怒、怨恨、痛苦、犹豫、向往等进退维谷的情绪。

如果没有一个契机打破这种沉默的话，沉默将一直持续下去，"沉默的时间越长，就越是不能打破"。然而，没有不能打破的沉默，生活之流总要继续向前，果然，小姑娘的发病使这种沉默发生了变化。一天的工夫，从上班到下班，工人们一直不说话，但是随着时间的推移，这沉默却在慢慢地，甚至微妙地化解着。开始的沉默，是一种愤怒的沉默，老板的强硬"封了他们的嘴"，而"他们是男子汉，不会去装笑脸，作媚态"；接着，他们想说话，但是无话可说，这时的沉默是一种无可奈何的沉默；最后，沉默变成了无言的同情，无论是老板，还是工人，同样面临着死亡。死亡威胁着每一个人，当老板的小女儿被送进医院的时候，工人们自然地生出一种怜悯之情，但是他们不知道如何表达，"粗糙的、使不上劲儿的双手垂在沾满锯末的旧长裤两侧"。有论者说，工人的沉默，此时已由捍卫尊严变成了"残忍"（莫旺·勒拜斯克《加缪》，瑟伊版，1976年），这恐怕有些言过其实了。小说中有言："在他们无言的脸上，只有悲哀和某种固执的表情。"悲哀，是指他们对于小女孩（包括她的父亲）的同情，而"固执"，则是指他们对于老板的情绪还处在调整的阶段，完全是合乎情理的。工人和老板之间，是一种对立的关系，老板"爱给多少"

就是多少，工人"只好忍气吞声"，而"那点儿钱是越来越不够用了"。老板可能"人并不坏"，他可以请工人"在厂里进快餐"，可以在工人有事时，如生病、结婚、受洗等，"送一件银器"，可以过年时送给每个工人五瓶好酒，等等，"但是，他从不到工人家里去，他想不到"。"想不到"一语，看似不经意，却深刻地反映出老板与工人之间可能礼貌而实质冷淡的关系。这正是人与人之间的关系尚处在流放状态的一种表现啊。唯有打破沉默，方能走出流放，进入王国，可是，谁又能这样做呢，老板？工人？总之，老板和工人之间可能相互尊重，但不存在平等的关系，他甚至认为，"他是出于仁慈才让他们干活的"。尤其是一碰到利益攸关的时候，彼此的尊重可能会荡然无存。"人生而平等"，只不过是一种人们为之奋斗的理想罢了。罢工的失败并不是导致工人沉默的原因，而是老板说"爱干不干"时所表现出来的傲慢，这种傲慢冲破了工人人格尊严的底线。伊瓦尔说："啊，全怪他！"他怪的是老板。难道他们是两种不相干的人吗？看来不是，把他们连在一起的是死亡。人终有一死，人为的隔阂取消不了自然的联系。其实，活着，他们也是连在一起的，只不过活着乃是一种常态，人们习焉不察而已。

这种沉默反映了老板和工人之间交流的障碍：老板不理解工人的困难，只想到自己的"生意受到损害"，他的所谓"爱他的工人"在"利润"面前成了一句空话；而工人虽然要维持他们的生活，然而最重要的是保有尊严，最让他们受不了的是"为老板效劳"这句话。加缪在1958年为再版《反与正》写了一篇序，希望返回滋养着他的创作的最初的"泉水"，即贫穷和光明的普通人的世界。1952年至1954年，在阿尔及利亚发生了一场手工业的危机，制桶业首当其冲，而加缪的一个舅舅正是制桶工人。有一张1920年拍摄的照片，照片上有加缪的舅舅及其工友，还有一些孩子，加缪正在其中，令人感兴趣的是，照片上还有一个阿拉伯人。加缪写下《沉默的人们》，说明他没有忘记那个贫穷和光明的世界。在小说中，一群法裔或西班牙裔的阿尔及利亚人中间，恰恰有一个阿拉伯人，他的名字叫做赛义德。赛义德虽然贫穷，但不缺少尊严，不肯接受伊瓦尔给他的面包。伊瓦尔对他说："你再请我好了。"他才笑了，"咬着伊瓦尔给他的面包，轻轻地，仿佛他不饿似的"。年纪最小的工人叫瓦勒里，也在照片上。此外，加缪对制桶业的工艺流程及技术术语，都相当地熟悉，"铁箍"、"木板"、"刨花"、"木楔"、"刨子"、"电锯"等词汇，运用起来都非常自然。尤其是"大家都闷头干活，渐渐地，一种热乎劲儿，一种生命力，又在厂里复苏了"，我们仿佛感到加缪的心也"热乎"起来，他的笔禁不住唱起了劳动的颂歌："明亮的阳光透过大玻璃窗，照亮了厂房。在金光闪闪的空气中，烟雾发出淡蓝的颜色，伊瓦尔甚至听见附近有只小虫在鸣叫。"加缪的笔下，阿尔及尔的工人虽然贫困，但他们还有大海和阳光，只有巴黎、里昂等大城市的郊区才是真正的人间地狱。这一切都说明，加缪能够写出《沉默的人们》，并不是偶然的，他有鲜活的回忆作为故事的支撑，他有自己的经历（即制桶工人和他们的劳动环境）作为想象的基础，他还有日后的经验作为对比的参照。

我们还记得，罗杰·吉约说过，《沉默的人们》"几乎没有任何象征的意图"，其实，这篇小说不乏暗示及象征的意味，一件小事或一个简单的形象，往往于轻描淡写中指向一个巨大的事件或一种普遍的现象，如小说写道："他四十岁了。……人到四十，还没有趴下，是还没有，但他早就在准备着了，只不过是稍稍有些提前罢了。"加缪写这篇小说时，已经四十二岁了，他感到创造力有所下降，与萨特等巴黎知识分子有关《反抗的人》的争论，从根本上摧毁了他的自信，再加上旧病，他的确觉得老之将至了。其次，"对于在这里干活的寥寥几个人来说，厂房早就显得过于宽敞了"。了解阿尔及利亚的历史的人都知道，加缪写这篇小说的时候，一场深刻的手工业危机刚刚过去，制桶业至此一蹶不振，"破旧"、"凋敝"等词汇恰恰是适当的形容词。再次，"靠肌肉起作用的工作最终要受到惩罚，那时它也就成了死亡的先行；出过大力气的晚上，睡眠就恰恰和死亡一样。孩子想当小学教员，是有道理的，那些对体力劳动发表长篇大论的人并不知道他们谈论的是什么"。这最后一句，实际上是顺手牵羊，随手刺了一下巴黎的左派知识分子，说的是他们高谈什么"劳工神圣"，实则根本不了解什么是工人，什么是体力劳动。最后，"他真想变得年轻，费南德也变得年轻，那他们就要走了，到大海的那一边去"。大海是地中海，那一边是法国，他们真要离开生于斯长于斯的阿尔及利亚吗？他们真要离开"大海和阳光不费分文"的非洲吗？伊瓦尔只是想想而已，那里大城市的郊区没有"天空"，也没有"希望"，"阿拉伯人的极端的苦难也不能与之相比"，那才是"苦难和丑恶的双重屈辱"（《〈反与正〉序》）。他由青年时代进入成年，有了妻子和儿子，背上了生活的重负，"渐渐地，他抛却了老习惯，不再有那种运动激烈但却使人心满意足的日子了"。加缪写道："天黑了，天空中一时充满了一种温馨的气息，同他闲谈的邻居也骤然降低了声音。这时他不知道自己是不是幸福，或者是不是想哭一场。至少，他此时此刻的心境是和谐的，他没有什么要做的，唯有等待，静静地等待，而他不知道在等待什么。"此情此景，人物心理微妙精细的刻画，让我们今天读来，仍不免有所动于中。

《沉默的人们》充满了生动的细节，细节中洋溢着浓郁的生活气息，显示出作者和他笔下的世界有着非常熟悉的关系，这与加缪以往的小说给人的印象有很大的不同。"海堤的尽头，水天一色，明晃晃一片"，伊瓦尔有"一条瘸腿"，他想"三十岁的运动员就被称为老将"；"平展展的衬衣"，盛酒的瓶子"蒙着水汽"，"奶酪取代了肉"；老板的房子"墙上长满了爬山虎，台阶上掩映着瘦弱的忍冬花"；工头"已经光着脚了"（只有他和赛义德是光着脚干活），他的眼睛的"浅得仿佛没有颜色似的"；工人们"都穿着旧毛衣和褪色的、打着补丁的长裤"；"刨子碰到木节上，发出吱吱声"；老板的"脸上瘦骨嶙峋，仿佛用刀削过"；"埃斯波西托就着滚烫的锅喝了剩下的咖啡，一面咂着嘴，一面骂骂咧咧"；大锯噬咬着新鲜的木板，"从咬开的地方冒出一股新鲜的锯末"；洗澡时，埃斯波西托"这头大熊总是固执地要遮住下体"；伊瓦尔"推出自行车，上车时又感到了腰酸背痛"，等等；这一切或道出了老之将至的悲哀，或透出了平静生活的惬意，或反映出制桶业的凋敝，或暗示出工人的贫困，或表现出一个人或一件事的特征，总之，这些细节的描写使这篇小说显得很丰满，很滋润，展现出一副现实主义小说的模样。

加缪写有一篇《请予刊登》的文字，随《流放与王国》一同发行，这篇文字是这样说的："《堕落》在成为一则长篇故事之前，曾是《流放与王国》的一部分。这部小说集包括六个短篇：《不贞的妻子》、《叛教者》、《沉默的人们》、《来客》、《约拿》和《生长的石头》。流放是唯一的主题，用六种不同的方式来处理，从内心独白到现实主义故事。……至于题目中说的王国，它与某种自由、不加修饰的生活相吻合，我们正在寻找这种生活，以图再生。流放以它自己的方式向我们指出了不同的道路，除非我们知道如何同时拒绝奴役和占有。"其中所谓"现实主义故事"，指的就是《沉默的人们》。既然作者本人都承认《沉默的人们》是一篇现实主义故事，评论家们为什么还在一旁说是说非，甚至还可能争得面红耳赤呢？当然，评论者有权不理会作者的自白，尽可以有自己的理解和阐释，往往还能言之成理，这是批评史上常见的现象，但是，加缪一方面反对现实主义，一方面又说什么"现实主义故事"，这岂不是自相矛盾吗？

　　对于现实主义，加缪有他一贯的看法。1950 年 3 月，加缪在《手记2》中写道："在艺术上，现实主义是一种绝对的神。"这里，我们想到了斯宾诺莎的名言："神，我理解为绝对无限的存在，亦即具有无限多属性的实体，其中每一属性都表现永恒无限的本质。"1951 年 10 月，他出版了《反抗的人》，集中地阐述了他对现实主义的观点："人们通常所谓的现实主义小说，就是最为直接的现实的再现。如果不加取舍地再现现实这种办法可行的话，那么它无非是毫无效果地复制天地万物。……现实主义就是猴子的艺术，因为猴子对于现存的事物都表现出心满意足，总要加以模仿。其实艺术永远不可能是现实主义的，虽说它有时企图成为现实主义的。如果要达到真正现实主义的要求，那么就必须无止境地描写事物。"（这里用的是已故冯汉津教授的译文。冯汉津教授英年早逝，本文作者在此对他表示敬意。）这里的关键是"心满意足"一语，于是他把"复制"、"模仿"等看作现实主义的要义，从而提出文学创作的根本在于"修正现实"。1955 年 1 月，加缪在给罗兰·巴特的信中说："我不相信艺术上有现实主义。"同年，加缪在一篇为马丁·杜伽尔的作品写的序中说："那里有一条不能越过的界限，这条界限不支持任何绝对现实主义的意图，但是在现实和风格化相交的地方，艺术却可以渐渐地获得圆满的成功。"他所说的"界限"就存在于对现实的修正之处。1957 年 12 月 14 日，他在斯德哥尔摩的演说中说："现实主义是不可能的。专制在这里和在别处一样，是一针见血的：在它看来，现实主义首先是必要的，其次是可能的，条件是它愿意是社会主义的。……换句话说，社会主义现实主义的真正对象，恰恰是还不是现实的那种东西。"加缪反对资产阶级的现实主义，认为那是一种黑暗的文学，也反对社会主义现实主义，认为那是一种"教诲"的文学，这两种文学都背离了"真实"。然而同时，他又不止一次地申明，"现实主义的抱负是合理的"，艺术不能"服从现实"，也不能"脱离现实"，因为"在某种意义上说，艺术是对世界中流逝和未完成的东西的一种反抗：它只是想要给予一种现实以另一种形式，而它又必须保持这种现实，因为这种现实是它的激动的源泉"（《艺术家及其时代》）。其实，这种矛盾是一种表面的矛盾，其根源在于对现实主义这一概念理解上的分歧，我们完全可以有另外一种定义。

一种思想，一种观念，一旦与主义挂上了钩，必成为一把双刃剑，有其利，亦有其弊。利，在于它从此获得了一种说服、控制和动员的力量；弊，在于它必然产生一种捍卫直到僵化的教条主义。思想界不能没有主义，但是，一个主义泛滥的思想界，必然是一个日渐枯萎的思想界。一个标榜某种主义的作家，可能是一个好作家，但绝不可能是一个伟大的作家。即以现实主义论，可以略知一二。从起源处说，例如法国，不过是几个作家和画家在 19 世纪 30 年代针对浪漫主义而提出的一种创作思想或方法，1855 年画家库尔贝用"现实主义"一语统领他的作品。从此，现实主义大行其道，原来它是指只从事物的物质方面获得表现的意义，于是，现实主义文学出现了底层社会灰暗、委琐，甚至丑恶的场面，所谓"乡村的，粗俗的，甚至粗野的，无礼的"（波德莱尔语）。《恶之花》出版后，被官方指责为"现实主义"，受到严厉的惩罚，就是一个著名的例子。现实主义成了一顶指责、批评、谩骂，甚至惩罚的帽子。此处不能细说现实主义的历史，只可以说，到今天为止，将近二百年的历史中，继现实主义之后，又出现了批判现实主义、革命现实主义、积极的现实主义、社会主义现实主义、无边的现实主义、开放的现实主义等不同的名目，人们根据不同的需要和认识，赋予它以不同的含义和内容。随着外延的无限制的扩大，现实主义也变得越来越模糊了。批评家或具有理论野心的作家可以使用现实主义这个概念，或阐释，或批评，甚至攻击；但是，若一个作家在创作过程中使用或标榜现实主义，那情况可能不妙。请以社会主义现实主义为例。《苏联作家协会章程》（1934 年 1 月）明文规定："社会主义的现实主义，作为苏联文学与苏联批评的基本方法，要求艺术家从现实的革命发展中真实地、历史地和具体地去描写现实。同时艺术描写的真实性和历史具体性必须与用社会主义精神从思想上改造和教育劳动人民的任务结合起来。"这是关于社会主义现实主义的经典论述，其具体内容包括真实性、典型性、人民性、理想主义等。别的不说，就真实性一条，《沉默的人们》就不符合，因为按照社会主义现实主义的观点，老板和工人的矛盾是你死我活的矛盾，根本不存在"好心"的老板，也不存在"同情"的工人，因此，就整个的倾向来说，《沉默的人们》根本算不上社会主义现实主义小说，加缪的确是在"赌气"。然而，从物质层面、从细节描写、从人物关系、从生活本质上说，《沉默的人们》又确确实实是一篇现实主义小说，他有理由说它是一个"现实主义故事"。这篇小说描绘了真实的生活场景，再现了生活的本来面目，颠覆了"老板欺压工人"这样的教条，暗示了放诸四海而皆准的现象是不存在的。如果一定要使用现实主义的概念的话，《沉默的人们》是一篇真正的现实主义小说。

批评家可以视现实主义为一件分析和评价的利器，作家如将其作为创作的指导，那就可能是一个紧箍咒了。其实，一部作品是否现实主义的，并不重要，问题的关键在于它是否表现了生活的真实，在这一点上，批评家和作家的意见往往不一致，例如，被认为现实主义大师的斯丹达尔、巴尔扎克、福楼拜等人，其作品就不是现实主义所能概括的，他们都有着浓厚的浪漫主义色彩，而福楼拜就根本不承认是现实主义者，他说："我憎恨被众口一词地称作现实主义的东西，虽然人家把我派做它的大祭司之一。"可以毫不夸张地说，凡是能用一种主义范围的作家，或者自我标榜某种主义的作家，绝不是一位伟大的作家。

2010 年 4 月，北京

（原载《书城》2010 年第 4 期）

从《墙》看存在主义与小说

　　几乎任何一种哲学和文学的运动、思潮或流派，都免不了要寻根问祖，自己不问，也会有别人替他问，问的结果，自然有承认的，有不承认的，于是，哲学史或文学史上就有了没完没了的争论。以存在主义为例，为其寻根问祖的，无论哲学方面，还是文学方面，历来不乏其人。据我有限的阅读，美国人 W. 考夫曼和威廉·巴雷特追溯得最远，最详，最远可到法国人布莱兹·帕斯卡尔，以下是俄国人费多尔·米哈伊洛维奇·陀思妥耶夫斯基、丹麦人索伦·克尔凯郭尔和德国人弗里德里希·尼采，再以下是俄国人弗拉基米尔·索洛维也夫、列昂·舍斯托夫和尼古拉·别尔嘉耶夫，再以下是德国人爱德蒙·胡塞尔、马丁·海德格尔和卡尔·雅斯贝尔斯，接着他们的是法国人加布里埃尔·马塞尔和让－保尔·萨特。马塞尔是有神论者，萨特是无神论者，正是由于萨特的多样的文学创作、丰沛的想象力和他对当代政治的介入，把哲学从狭小的学院中解放出来，重新投入文学活动的领域，建立与现实生活的联系，使无神论的存在主义成为为广大民众所知的一场小小的哲学运动和文学运动。萨特具有化繁为简的本领，法国人的清晰使他能够用一两个简短的句子表达深奥的哲理，用给人印象深刻的形象表达复杂晦涩的哲学术语的内涵。特别是在第二次世界大战后的价值重建、一片迷茫的社会氛围中，他的"那些年轻的热心支持者把夜总会的闲逛、美国爵士乐、特殊的女人发型和奇装异服变成一种受人崇拜的时尚"（威廉·巴雷特《非理性的人》，商务印书馆 1965 年版）的时候，萨特的一些斩钉截铁的语句自然具有一种轰动效应，例如"存在先于本质"、"自由选择"、"他人是地狱"、"人注定是自由的"、"存在主义是一种人道主义"等等。以存在主义为内涵的文学蔚为时尚，受到一些作家的追捧，形成一股潮流。这种潮流延续了十年之久，出现了一些标榜存在主义的作品。

请以发表于 1937 年的短篇小说《墙》为例。

安德列·莫洛亚说："短篇小说《墙》是萨特存在主义学说的发挥。"这篇小说以西班牙内战为背景，法西斯分子逮捕了一批"和他们想法不同的人"，其中有共和党人巴勃罗和汤姆以及一个无党派的年轻人儒昂，他们都被判处了死刑。小说以巴勃罗的口和眼为根据，叙述了人面临死亡的心理和生理变化：面对死亡，一切差别都消失了，"任何生命在这种时候都是没有价值的"。小说具体地、可以说是纤毫毕露地描绘了三个人在死刑前夜种种卑微、懦弱、恐惧、焦虑、孤独，甚至卑鄙的表现："提裤子"，"打哆嗦"，"肥胖的臀部在颤动"，"两颊发烫，头疼得厉害"，"汗珠在脸上流淌"，"投来了仇恨的目光"，"屁股大量出汗，湿透的裤子都贴在长凳上了"，"不停地说话"，"一股怪味"，"散发出尿味"，"扣着裤裆的扣子"，"两只白眼珠子"，"他这两只手一点也不招人喜欢，就像两个灰色的钳子夹住一只红润肥胖的手"，等等。西蒙娜·德·波伏瓦说得对：萨特的想象力"倾向于丑恶"。整个小说的氛围是低沉的、压抑的、灰暗的，人在其中的活动是隔膜的、孤独的、猥琐的，或者因孤独而不停地说话，或者因恐惧而尿裤子，或者因焦虑而感到"黑夜像巨大无形的阴影"，总之，无论是国际纵队的汤姆，还是共和分子巴勃罗，还是从来没有参与过政治活动的儒昂，在死亡面前，把身外的一切，包括回忆，都卸掉了，种种事物和人"都没有任何区别"。意识形态也好，生活经历也好，信仰习惯也好，一切的差别都在土馒头面前荡然无存。

在萨特看来，任何人面临死亡都会表现得孤独、焦虑和卑鄙，这种存在暴露其虚弱的本质，然而，有没有别一种表现呢，就是说，别一种存在呢，这种存在暴露人的坚强的本质？看来，萨特否认这种存在，人只有一种本质，就是怕死。怕死的人的选择并不是自由的，这种看法在小说的结尾得到了证实：巴勃罗自以为知道格里斯躲藏的地方，但是，他为了嘲弄那些长枪党徒，便信口说他藏在墓地里。他看到那些人急匆匆到墓地里去，不免心中暗自得意。哪知格里斯为了不连累他人，竟跑到墓地躲了起来，让长枪党徒逮了个正着。他不禁大笑，"连眼泪都笑出来了"。这种含泪的笑说明生活乃是一连串的偶然，个人的意图算不了什么，个人的选择也算不了什么，照样在偶然性面前碰了个粉碎。有评论认为，这篇小说是萨特的自由选择论的一种发挥，不过，如果我们仔细阅读的话，就会发现，巴勃罗选择了受刑，得到的结果却是成了出卖朋友的叛徒。如果选择是自由的话，选择的结果却是不由自主的，它听命于偶然性。我所以没有用"英勇就义"之类的话，是因为在萨特的词典里根本就没有这样的词，他认为死亡无所谓义与不义，根本就没有泰山与鸿毛的区别。巴勃罗说："我也知道，除非他们对我用刑（但是看来他们还没想这样做），否则我绝不会透露格里斯的藏身之处。"实际上，巴勃罗思想深处是存在叛变的可能性的，法西斯分子如果刑讯逼供，他是会招的，果然，他的嘲弄使他实现了这种可能性。他虽然"宁愿去死也不会出卖格里斯"，所以不会，仅仅是出于一种"顽固"。何谓"顽固"？一种习惯罢了。只有在死亡面前表现出恐惧、焦虑、仇恨，甚至卑鄙，才是人的本质，人的真实，这是萨特的看法，是萨特的存在主义的看法，不过，我们知道，"视死如归"，"朝闻道，夕死可矣"，也是人的本质，人的真实。其间的差别，实不可以道里计。

这篇小说为什么取《墙》为名字？在一万多字的篇幅中，只有三处提到了"墙"，第一次是"背靠墙坐下"，第三次是"紧贴墙站着"，唯第二次"墙"这个字出现了三次："我想我简直要钻进墙里去。我将使尽全身气力用背去顶墙，但是墙却岿然不动。"如此低的频率似乎不大可能使"墙"引起读者的注意，但是，一堵光秃秃的墙确实因其作为小说的名字而引人注目。我们不能不问：墙究竟在小说中占有何等重要的地位，以至于它第一个印在我们的脑子里？墙之为用，大矣，多矣。墙者，垣也，屏也，壁也，障也，所以御外也，所以隐蔽也，所以界域也，所以间隔也。"靠"、"贴"、"钻"、"顶"，而墙"岿然不动"，这墙划定了空间，保护着个人，既隐蔽着他，又间隔着他，但是，这墙同时使他与外界、与他人断了联系，彼此不能沟通，任他在墙内恐惧、焦虑、孤独，甚至发泄仇恨。然而这墙是打不破的，人与人之间的交流是不可能的，这大概是这篇小说以"墙"作为名字的寓意所在。墙把人与人、与世界隔绝开来，意味着人的本质是由他的选择造成的，而这种选择是自由的，所谓"人是自由的，懦夫使自己懦弱，英雄把自己变成英雄"。不过，巴勃罗不想使自己成为懦夫，也不想使自己成为英雄，只是因由习惯而"清清白白"地去死，然而竟不可得，他无意中成了"叛徒"。萨特的自由选择在生活的偶然性面前碰了壁，暴露了很大的漏洞。萨特的小说，实在是不能完整地表现他的哲学，也许他的哲学本身就具有内在的矛盾。

阿尔贝·加缪说："小说从来都是形象的哲学。在一部好的小说里，其全部哲学都融汇在形象之中。但是，只要哲学漫出了人物和动作，只要哲学成了作品的一个标签，情节便丧失了真实性，小说的生命也就终结了。"这番话是加缪评论萨特的小说《恶心》时说的，它对 20 世纪的欧洲小说是一个很好的概括，尤其是它说出了存在主义与小说之间的关系。萨特等人的小说的确是"形象的哲学"，但是"好的小说"不多，原因就在于"哲学漫出了人物和动作"，小说成了存在主义哲学的说明书。《墙》是一篇好的小说，因为它重在描述，而不是阐释，具有一种古典的现实主义小说的美。萨特的另一部篇幅较长的小说《恶心》（1938 年），仅就它是否一部小说，评价就不那么一致了，虽然他因此而一举成名。《恶心》没有情节，实际上是一部日记体的、哲学的内心独白，写的是主人公罗康丹觉得在一座资产阶级小城中，他自己、他人以及一切外在的物都在一种黏糊糊的环境里变得令人厌恶，他在庸俗、卑微、百无聊赖中发现了生活的偶然性，由此感到心理和生理的不适，整天沉浸在焦虑之中，这种对自我、他人以及周围的物的不满和反应，他称之为"恶心"，最终意识到唯有创造和行动才可能战胜这种恶心，因此，他必须是"自由"的，唯有自由，才能超越他的存在。加缪在评论《恶心》时说："理论损害着生活。"我认为他说得对。生活的"悲苦"，精神活动的"真实"，"都达到了某种完美的境地"，但是，"它们二者间过渡转接得过于急遽，过于轻率，不能使读者相信，而正是这种相信构成了小说的艺术"。加缪写这篇文章的时候，只有二十五岁，还没有发表过一篇小说，但是他的目光却显示出一位艺术家的敏锐和洞察力。虽然《恶心》中的罗康丹只是迈出了超越存在的第一步，即拒绝，但是他获得了清醒的意识和真实的感受，这也正是这部小说打动和激励读者的地方。1945 年发表的《懂事的年龄》和《延缓》、1949 年发表的《心灵之死》，是总名为《自由之路》的三卷小说，几乎完全是他的存在主义理论特别是自由选择论的再现，不能说是"好的小说"，这也难怪《自由之路》的第四卷《最后的机会》难乎为继，只写了一部分而不得不放弃。看来萨特写小说不能算是成功，他的成功在于戏剧，不过这已经越出本文的范围了。总之，存在主义与文学只不过是关系密切罢了，并没有形成一个流派，这是本文作者不使用存在主义小说之类的用语的原因。

说到存在主义与小说，人们往往把阿尔贝·加缪算作存在主义者，这大概是一个误解或曲解。加缪在 1945 年存在主义风头正盛的时候说："不，我不是存在主义者。……当我们认识的时候，我们是确认分歧。萨特是存在主义者，而我出版的唯一的论文，《西绪福斯神话》，却是反对所谓存在主义哲学的。"他与萨特唯一共同的是出发点，即"荒诞"，然而，萨特认为人生是荒诞的，世界是荒诞的，而加缪则认为，人与世界的关系是荒诞的，正如他所说："令人感兴趣的不是发现（荒诞），而是人从中引出的结论和行动准则。"我想，当我们说到存在主义的时候，不应该把加缪也捎带上，他自有他该去的地方。

2010 年 2 月，北京

（原载《小说选刊》2010 年第 3 期）

《小王子》:风雨兼程七十年

《小王子》是法国作家安托瓦纳·德·圣－埃克絮佩里在纽约写的一部童话,1943 年和 1946 年分别在美国与法国出版。自出版伊始,这部童话就广获好评,有说法称:17 世纪有贝洛童话,18 世纪有格林童话,19 世纪有安徒生童话,20 世纪则有《小王子》。近七十年来,《小王子》被译成各种语言和方言一百六十种,如今已成为全世界范围内实实在在的家喻户晓的著作,据说其读者的数量仅次于《圣经》。在法国,圣－埃克絮佩里和加缪是拥有读者最多的两个作家,不过圣－埃克絮佩里较加缪还胜过一筹,因为他的小读者甚多,《小王子》号称适合八岁至八十岁的读者阅读。他和加缪一样,也在 20 世纪 60 年代经历过炼狱的惩罚,80 年以后,才升入天堂,这其中薄薄的《小王子》贡献不小,起到了关键的作用。然而,炼狱者何?基督教说,好人升天堂,恶人下地狱,常人进炼狱,炼尽罪愆,即可升天,得享永福。那么,圣－埃克絮佩里和加缪等人,有何罪愆要到炼狱中炼尽才能进入法国人的心,如果法国人的心是天堂的话?

一

1941 年 1 月到 1943 年 4 月,圣－埃克絮佩里流亡美国,应雷纳尔－希区柯克出版社之约,"为孩子们写一本书",于是《小王子》诞生了,并于 1943 年 4 月 6 日出版。有一种说法,圣－埃克絮佩里还在法国的时候已经动笔写作《小王子》了,伽利玛出版社也准备出版,但是 1940 年的图尔大轰炸摧毁了一切。这是一种还未得到完全证实的说法。《小王子》出版的时候,圣－埃克絮佩里已经离开美国,到阿尔及利亚准备驾机迎战德国法西斯。小说出版后不久，出版人居尔蒂斯·希区柯克写信给圣－埃克絮佩里，说："孩子和成人最热情地欢迎《小王子》。……我们即将突破英文本三万册、法文本七千册之大关，尽管天气炎热，销售仍以每周五百至一千本的速度正常进行。"

出版当天，《纽约时报》登载了约翰·张伯伦的一篇文章，称《小王子》是"为了大人而写的一部充满激情的寓言"。尽管《小王子》是一部"为孩子们写"的书，尽管作者请孩子们原谅，他"把这本书献给了一个大人"，尽管他声称献给"懂得给孩子们写的书"的大人，或者曾经是孩子的大人，然而，这本书究竟是为了大人还是为了孩子的问题还是提了出来，并且一直争论不休，迄于今日。

1943 年 4 月 11 日的《纽约先驱论坛报》刊登了 P. L. 特雷沃斯的评论，他说："这是一本为小孩子写的书吗？问题本身并不重要，因为小孩子是海绵，他们吸收所读的书的内容，不管是否懂。……《小王子》以一种间接的方式使孩子们懂得一种道理。它击中了他们，深入到他们心中最隐秘的地方，当他们可以明白的时候，它就像一束小小的光亮闪现出来。……书不厚，但足以关涉到我们每一个人。"特雷沃斯关注的不是这本书为何人而写，小孩子还是大人，他关注的是无论小孩子还是大人，人人可得而读之，读之有益。

同一天，在《纽约时报书评》上，B. 谢尔曼也说："《小王子》是乔装成讲给小孩子听的寻常故事的为大人而写的一则寓言。……故事本身很美，包含着一种充满温情的诗意的哲学；它不是那种含有清楚明确的道德教训的寓言，而是对于的确富有成果的事物之思考的一种总和。"谢尔曼注意到《小王子》的核心在于陈述一种"诗意的哲学"，陈述的对象是大人。当然也有人于半年之后的 1943 年 11 月 19 日在一家天主教报纸《公益报》上撰文，说《小王子》并没有取得"辉煌的成功"，只不过是"赚人眼泪"而已。

不过，从总体上说，《小王子》的出版获得了巨大的成功，很快就在法国本土有了反响，例如，战时在伦敦出版的、莱蒙·阿隆主编的《自由法国》上，泰莱兹·雷纳尔就在 1944 年 8 月 15 日发表了关于《小王子》的书评，指出"故事的口吻强调语言的温和所竭力掩盖的东西：习惯和性格的批判"。她问道："这本吸引住一个大人，使他微笑，感动，难道是一本为孩子而写的书吗？孩子不是嘲讽的，他们是严肃的。他们不会以一种事不关己的神情看着大人们如此艰难地生活。他们要么接受，要么拒绝。……当作者把这本书不是献给孩子而是献给他最好的朋友曾经是的那个孩子的时候，不正是体验到这种感情吗？"在她眼里，这本书是人和他的回忆之间的"对话"，也是两个主人公——小王子和飞行员——之间的"对话"。

阿德里安娜·莫尼埃的阅读经验最为动人，她在 1945 年 5 月的《喷泉》上写道："开始，《小王子》的幼稚有点让我失望，更确切地说，让我感到困惑，因为这种幼稚非同寻常。我读到花的故事，它有四根刺，它说谎，我开始感动了。他访问小行星，上面只住着一个人，我很喜欢这故事：那是一种非常迷人的反讽。狐狸来了，它想被驯化，我被感动了；我的感情越来越强烈，直到最后，小王子告诉飞行员，他要回到他的星球，他'好像是死了'。是的，最后，我热泪盈眶。"她看出来了，小王子后面隐藏着圣-埃克絮佩里："小王子是圣-埃克絮佩里——他曾经是的那个孩子，尽管存在着大人，他仍然是那个孩子；这是他本应该有的那个儿子，他显然也希望有的那个儿子；这是那个希望被驯化而终于消失的年轻伙伴。这是他的童年，世界的童年，温情的储备，在心爱的沙漠里不断被发现的温情的储备。"莫尼埃以富于质感的笔触描述了她的阅读经验，从"失望"到"困惑"到"感动"，到"热泪盈眶"，我相信这样的过程许多人不会感到陌生。

在法国，《小王子》是 1946 年 4 月面世的，批评家 R. 康泰尔于 1946 年 4 月 27 日在《文学杂志》上发表评论，说："这本《小王子》是写给孩子们的，天然地是缪斯的亲戚。……这本书的高超的艺术乃是创造了小王子，其用意和温情，对于年轻的读者、对于还有幸未与那群大人为伍的人来说，使他成为亲近和熟悉的人之一，其既深刻又脆弱的智慧同时呼唤我们的倾听与保护。"康泰尔认为，《小王子》既有诗意，又有智慧，对于一本刚刚出版的书来说，有如此的第一印象，已属难能可贵。

但是，法兰西学士院院士 Th. 穆尼埃就批评界对圣-埃克絮佩里的态度表示不满，他在 1946 年 5 月 2 日的一篇文章中说："我认为，从圣-埃克絮佩里神奇的消失（圣-埃克絮佩里 1944 年 7 月 31 日驾机执行高空侦察任务,返回途中,飞机坠落于地中海,六十年之后打捞上飞机残骸,最后确定圣－埃克絮佩里的确是牺牲了——引者注)之后,围绕着他及其作品的奇怪的沉默是不可原谅的,但是这并不能使我们忘记这种沉默的牺牲品是最伟大的作家之一,是最全面、最无可指责的英雄之一,受伤的法国今天足以为之感到自豪。……在这篇简单、清澈然而含义丰富、有着奇妙共鸣的文章中,安托瓦纳·德·圣－埃克絮佩里成功地放进了出自他的高超而平和的道德教训的所有基本告诫,这个时代一个人可能向其他人提供的最高贵的告诫之一:对无用的骚动和炫耀的鄙视,献身的高尚……但愿许多大人看看这本圣－埃克絮佩里写给小孩子的书。"作为作家,作为飞行员,圣－埃克絮佩里都是法国引为骄傲的一个人,尤其是"受伤的法国",穆尼埃的告诫足以引起每一个活着的人警觉。

哲学家、诗人 P. 布坦在突尼斯南部的一个偏僻的角落读到了《小王子》,称赞这部小说为"有关温情和友谊的最后一本浪漫主义的书",法国人不大善于讲述童年,但是童年的魅力对于他们并不陌生。他说:"只有一种办法,那就是试图体验我们的成人世界的真实性,也许以儿童为中介来去除来自虚假的严肃和最荒诞的成见的东西是一种办法:作为成人的成见。……真正的生活不再是缺席的了,在每日的行动中都有奇遇,诗人不再因表现温情和友谊而感到羞愧。"去除成见,还原本真,"儿童"是不可缺少的"中介",布坦的看法可称深刻。

L. P. 法尔格是一个著名的诗人,他在《汇流》上发表的文章对圣－埃克絮佩里的人格作了全面的描述,他说:"圣－埃克絮佩里是一个完人。很少有这样的人,但他是一个,自然地,不追求,出于自然的才能。他的面目是完整的:它具有一个学者的孩子般的、严肃的微笑;不事张扬的英雄主义和出于本能的想象力;眼睛的美和身体的灵活;在技术、运动、诗歌、政治、道德、友谊和灵魂的高尚方面游刃有余。跟他握手总是一件大事。人们远远地看见他,人们和他说话,总是有新的思想,坚实的感情,人们因此而感到幸福。这个独特的人就是这样呈现的。……对于那些在家庭中、在大学生的宿舍里、在战场上,在孤独中阅读他的作品的人来说,他总像一个天使走过白色的纸,走过我们脆弱的,还有可能的生命的第一页,这生命颤抖着,渴望着一种比他的死亡少些纯粹的死亡。"在法尔格的笔下，果然一个完人出现在我们面前！

　　1950 年，P. H. 西蒙在《争论中的人：马尔罗－萨特，加缪－圣－埃克絮佩里》中称《小王子》是一本"非常隐秘、含义深远"的书，他说圣－埃克絮佩里的哲学可以被归结为三个词：参与、关系和在场："深刻的认识和圆满的道路是参与生命，潜入波浪。进行战争才能认识战争。"他指出："他写《小王子》是为了孩子，或更确切地说，是为了他自己，为了在一个成熟的、变得沉重、多少有些疲倦的人身上恢复清新的早晨、小小的早晨、快乐的小动物和开放的花的天堂。狐狸说：'这就是我的秘密，很简单：只有用心才能看得清楚。眼睛，是看不见本质的。'"的确，《小王子》是圣－埃克絮佩里的一份自白，一份忧郁的自白，他分身为小王子，试图找回失去的童年。

　　《汇流》是勒内·塔维尔尼埃主编的一本杂志，该杂志 1947 年出版了纪念圣－埃克絮佩里的专号，参与者有作家、将军、飞行员、医生、亲属、欣赏者等，塔维尔尼埃撰文说："圣－埃克絮佩里是一位第一流的重要作家，他的作品不多，但光芒四射，影响深远，享有不同观点的人们的支持。他的书风格卓越，具有完全自然的和谐，仿佛从人和世界的罕见的接触中迸射出来：绝不做作，绝不人为，句子自然地流动。这是他的生活的风格，可以说，是生活本身的风格。圣－埃克絮佩里向知道如何阅读的人表明，他在当代文学中的地位是自然的，重要的：它来自人的敏感性，人们喜欢他的一系列品质，喜欢生活和作品、思想和行动、诗意和评价、天和地之间的一种和谐。"总之，"他的命运、智慧、内心的旋律在这个混乱的世界上构成了我们所希望的人的形象"。这可以说是《小王子》的命运的第一阶段的总结。圣－埃克絮佩里是飞行员，是作家，一身而二任，这在当时的法国是不多见的，而他正是以这种行动家和思想家相结合的形象在法国人的心中获得了极高的声誉，他被视为伟大的飞行员，伟大的作家，而他由于在对德作战中神秘消失而给他的辉煌生涯画上了一个完美的句号。二十年后的 1967 年，塔维尔尼埃问道：这样的话如今还说得吗？他已经感觉到，老一代的人欣赏圣－埃克絮佩里如故，年轻的一代不再或很少阅读他的作品，对他还有从前的评价吗？

　　其实，早在 1954 年 5、6 月份的《新法兰西评论》上，M. 阿尔朗的一篇文章已经流露出质疑的口气,他说:"我得承认,我抵抗着《小王子》的魅力。我并不是不承认作者的想象力;它既不缺乏优美,也不缺乏创造性。但是他重复,突出其特点;他过分地利用。他说得太多,教训得太多,而最危险的乃是在这样的故事中过于明显地表现出意图,或者过于明显地执著于象征。除了过于自得的'诗意'之外,此外就什么也没有了。"在一片赞扬声中,以这样的口吻说话,可以看作是一种很严厉的批评了。

二

1967 年,勒内·塔维尔尼埃编了一本书,叫作《争论中的圣 - 埃克絮佩里》,书分两部分,一部分是 1947 年《汇流》上的部分文章,一部分是当时的文章:《争论中的圣 - 埃克絮佩里》。他在引言中介绍了著名作家 J. F. 勒维尔、J. 科和 G. 弗拉迪埃的观点。

一个说:"三十年来,(法国)取得的最大成功之一是创造了圣 - 埃克絮佩里,一个老式的人,他用飞机发动机取代了人的大脑。他赞美'大师傅'(这个词如果不加修饰语的话,专指厨师)和指挥与掌握得很好的'团队',废话连篇,如螺旋桨般地转动不已。圣 - 埃克絮佩里蔓及中学毕业班的学生、车站的售报亭、袖珍版的书、豪华版的书、期刊和周刊(对一个如此贫乏的题材不疲倦地炒作,出专号,得有天才才行),他超出了一个作者,他是圣人,预言家。为了理解法国,必须看到有影响的作家不是纪德,不是布勒东,而是圣 - 埃克絮佩里,他告诉法国人,如果使啰嗦的废话从地面上升到七千米的高空,它就可以成为深刻的哲学真理。驾驶舱里的愚蠢做出了智慧的样子。"塔维尔尼埃把勒维尔一类的人称为"我们国家的愤怒专家"。

另一个变本加厉,怒气冲冲地说:"一种让人烦得要死的散文;一种自学者的精雕细刻的、无可挑剔的风格:战前的现代风格;纪德式散文与瓦莱里式和谐的矫揉造作的变体;'写得好'和写得'有诗意'的完全人为的方式。我还发现了什么?一种出奇的软弱的思想,一种水只到脚脖子的深刻思想。这个嘛,我向您保证,您跟着圣 - 埃克絮佩里是绝不会失足的。您涉过这条河时，不会有淹死的危险的！我不能忍受的是他的'人'、'人性'、'友谊'、'热情'、'团队'和所有人都能接受的玄学。……我还要补充：我建议把圣－埃克絮佩里的作品放在十四岁少年的手中。他是'中介'作家的典型——丁丁和陀思妥耶夫斯基之间——，如果他们做不了好事的话，也绝不会做坏事，他们培养了听话的年轻人。"J. 科质疑圣－埃克絮佩里的，正是他的人道主义以及从人道主义衍生出的一切：人性、爱、友谊、团队精神等。

第三个出言相对的委婉，他说："他（指圣－埃克絮佩里——引者注）已经死了二十年了。对他的回忆应该不设防地交给节日委员会、学士院、文学团体和其他地方，他们都以周年纪念为生。它们生活得很好。一种回忆从来也不是单纯的，简单的。《夜航》的老读者们，人们理解你们的警告；你们说：'当局，现存的秩序，官方的雄辩将纳入圣－埃克絮佩里，像可怜的社会主义者、德莱福斯分子贝玑一样，反动派无耻地利用他。'啊，是的，应该向这种死后的利用提出抗议。……对一位作家来说，道德的考虑是最高尚的，也是最危险的。如果他企图教训人，向他们揭示心灵的秘密，改变我们和世界及上帝的关系，那就是廉价的慷慨。只要他有一个故事、一个真正的传说和一桩冒险要讲述，那就一切顺利：他写就行，他的激情支持着事实。但是，如果他把自以为的思想当作格言、俏皮话或道德说教的寓言说出来，那他就危险了。……您将遇到最坏的事情。思想结合声音，观念存在于风格之中。作家摆架子，尼采化，原始的真理落在您手上，哪怕他自己没有请您抛掉书本。……我认为今天他对于无害的感情有影响。他的包含诗意的作品给予法国式的虔诚一种健壮的、航线的、天真的口吻：大学生朝圣的健康的卖弄，背包和军鞋的宗教般的运动。"弗拉迪埃指责的，似乎是主流社会对圣－埃克絮佩里的利用，然而，已经不在的圣－埃克絮佩里能说什么呢？

在文学界一片反圣－埃克絮佩里的声浪中，著名作家弗朗索瓦·努里西埃于 1967 年发出了一种理性的声音，他说："不必在圣－埃克絮佩里的书中寻找文学的教训。他不是一位杰出的作家。……只有批评家和作家才相信大众需要文学教训；其实他们不需要，至多他们需要一种道德教训。今天，在阅读领域里，圣－埃克絮佩里占据的位置是一种小小的社会学和心理学现象，毫无令人气愤之处。正相反。我们有出了名的胃，精致的口味，喜欢毒药，我们觉得饮料有点儿甜。喝我们喜欢的吧。不必把它强加于全世界。"努里西埃说得有道理，不必把自己喜欢的口味硬说成大家喜欢的口味，但是，大众喜欢的作家未必不是"杰出的作家"，而如果这个大众同时包括大人和孩子，那么它喜欢的作家必定是一位"杰出的作家"。

　　进入 20 世纪 60 年代，法国社会上，开始于 50 年代的一股反人道主义、告别崇高、藐视权威、不满现状、主张我行我素的后现代思潮渐成风气，愈演愈烈，文学界中有一些人掀起了一阵"反说教"的浪潮，对法国文学的伦理传统提出质疑，把一些作家轻蔑地称作"灵魂高尚的人"，加缪和圣－埃克絮佩里首当其冲。当一位著名的文学评论家要为圣－埃克絮佩里的人和作品作总结的时候，他单单挑出了《小王子》，说："我很愿意抛弃《小王子》，这本书的天真是假的，诗意是假的，哲理是假的，简单是假的，他使小学教师们兴奋，使孩子们厌烦。'只有用心才能看得清楚'是假的，星星会笑是假的，至于说寓意，也是缺乏厚重、可靠和真实。"这位批评家是彼埃尔·德·布瓦代福尔，我很尊重他，但是我不能同意他对《小王子》的评价。众所周知，《小王子》虽然是一本小书，是一本写给儿童和保持着童心的大人看的书，同时也是为失去童心却愿意找回童心的大人看的书，总之，是一本言辞浅显却内容深刻、富于哲理的书，是圣－埃克絮佩里的代表作。"抛弃《小王子》"，就等于抛弃圣－埃克絮佩里，他的其他作品，如《夜航》、《人的大地》、《城堡》等，其命运可想而知。在有些年轻一代的作家眼中，圣－埃克絮佩里不再是一位技艺高超的飞行员，不再是一位风格独特的大作家，他只是一位略显莽撞的普通飞行员，一位适合童子军、文字甜熟的过时作家。圣－埃克絮佩里理应走下圣坛，走下神坛，但是，我要问的是，他从此失去了往日的光芒吗？

三

　　乔治·杜比主编的《法国史》说，20 世纪的最后一个二十五年"是一个恐慌和信心丧失的时代。……在这个时代，人民已经不再沉湎于过去的'乌托邦',他们不再相信现在的社会精英,也不相信本该代表他们利益的人,他们备受各种内部威胁和外来危害的煎熬……由于社会生活充斥着不确定因素,很多法国人转而重新强调那些传统的价值观……"圣-埃克絮佩里和《小王子》的命运之沉浮证明了《法国史》所言不虚。

《小王子》创造了出版、翻译和销售的记录。1981年,《小王子》还只有六十五种语言的翻译,到了1990年之后,翻译的语种就成倍地增加,据2006年的统计,翻译的语种已经达到一百五十九种。80年代初,伽利玛出版社已经售出两千万本,到2006年,六十年间,《小王子》已经售出一亿一千万本。1993年,五十法郎面值的货币印上了圣-埃克絮佩里的肖像和小王子的画像,1996年,日本建立了圣-埃克絮佩里纪念馆,2006年,法国举行了纪念《小王子》出版六十周年的盛大纪念活动。

1955年,一项问卷调查法国年轻人认为最好的书,其中《小王子》榜上有名,但是,在同一年,问到最理想的图书馆的时候,作家们的图书馆中《小王子》却只出现了一次,是名单的第二百七十二位!1999年,法国人选出五十本世纪之书,《小王子》位列第四;在1999年图书沙龙上,《小王子》排名第三,居《老人与海》和《大个儿莫纳》之后。2004年,一项"影响您一生的书"的调查表明,在一百本书中,《小王子》位居《圣经》和《悲惨世界》之后。

80年代之后,《小王子》不但在统计方面名列前茅,而且对它的研究也呈现出前所未有的深度和广度。1984年,德国人欧根·德莱沃曼出版了《眼睛是看不见本质的》,从宗教和精神分析的角度分析《小王子》。德莱沃曼是一个神学家和心理治疗师,他力排众议,认为《小王子》中的玫瑰花原型是圣-埃克絮佩里的"母亲",小王子与玫瑰花的关系象征着他对母亲的一种愧疚心理,他的希望是找回失去的童年。德莱沃曼向所有的精神分析学家一样,非常重视童年的回忆,认为童年的回忆乃是"蔓延许多年的童年被集中于一个生活状况的唯一场景"。欧根·德莱沃曼通过童话的加密的语言分析道:作为小王子的孩子不能理解玫瑰花,但是又非常爱这朵玫瑰花,以致他不能不把它作为母亲的象征来继续他的救赎之路。他说:"所有其他的假设都不能绝对地符合小王子的情况,即他的童年。"德莱沃曼的分析显然与大多数评论家不同,也与作家本人和亲友提供的材料不符，似乎不足以说服我们普通的读者，而且他自己的分析也显得牵强，论据也不充分，但是它提供了一种可能性，即玫瑰花的象征除了圣－埃克絮佩里的妻子之外，还可能是他的母亲。他的分析，对于《小王子》的研究来说，无疑扩大了探索的范围。

2006 年 5 月，为纪念《小王子》在法国出版六十周年，伽利玛出版社出版了阿尔班·瑟里西埃编辑的《从前，有一本书叫〈小王子〉……》，展示了这本小书六十年走过的坎坷之路。其中第一篇文章《这是一本为了小孩子的书吗?》，作者是巴黎七大的安妮·乐农霞，她从《小王子》的阅读对象、《小王子》的象征与哲学含义、战后法国儿童文学的演变、《小王子》引起的出版变化、图文之间的关系等方面阐明了一种观点：不存在什么为孩子写的书，也不存在什么儿童文学，为孩子写的杰作首先要使大人喜欢。哲学的思考、精神的至上性、从儿童到成人的过渡的悲剧性、死亡和永恒等等，是圣－埃克絮佩里毕生都在思考的问题，可惜他只活了四十四岁。

2008 年，让－菲利普·拉乌出版了《给存在一个意义或为什么说〈小王子〉是 20 世纪最伟大的哲学著作》，这是自海德格尔以来第一部从哲学的角度来论述《小王子》的专著。德国哲学家马丁·海德格尔认为，《小王子》是他那个时代的法国最重要的一本书，在他保存的 1949 年瑞士出版的德文第一版《小王子》之封面上，有人写着这样一句话："这不是一本写给孩子的书，这是一个伟大的诗人为缓解孤独而发出的信息，这个信息引导我们理解这个世界的巨大的秘密。这是马丁·海德格尔教授喜欢的一本书。"但是，《小王子》这本薄薄的小书所包含的哲学意义一直未受到文学家和哲学家足够的注意，直到《小王子》出版六十五年之后，让－菲利普·拉乌发表了《给存在一个意义或者为什么说〈小王子〉是 20 世纪最伟大的哲学著作》，才出现了以《小王子》为论述对象的第一本哲学专著。让－菲利普·拉乌是保尔·塞尚中学的哲学教师，同时在埃克斯－马赛大学授课，他在这本书的前言中说，当初他选择《小王子》作为论文题目时，导师劝他选一个严肃的主题，言下之意是《小王子》是一本童话，不适于作为论文的内容，可是他最终以其对《小王子》这本书的哲学探索征服了评审团的诸位教授，他的论文获得了通过。他在一次采访中说："和一切伟大的哲学家一样，圣－埃克絮佩里也由于对一个唯一的问题的意识而进行着哲学思考，这个问题就是孤独和良心的交流：小王子不理解玫瑰花，飞行员不能和孩子进行交流，国王，酒鬼，虚荣的人，商人，点灯人，和小王子本人都是孤独的，每个人都生活在自己的星球上。小王子和飞行员之间的对话不过是一种内心的辩论而已，飞行员曾经是的那个孩子试图让他重新发现本质的东西，使他从他自我封闭其中那个人物中走出来。在二十一章中，在对话中已经感觉到的回答形成了：为了在一种相互的爱中契合，应该相互驯化，花费时间与他人相遇，理解藏在表象后面的东西，或者在成年人的解释面前不发一言。"在"一个恐慌和信心丧失的时代"，拉乌把《小王子》称为"20世纪最伟大的哲学著作"，与海德格尔称"小王子是他那个时代法国最重要的书"，不是有异曲同工之妙吗？

　　《小王子》的道路是不平坦的，普通的法国人一直很喜欢它，只是知识界对它时有微词，而声称"喜欢毒药"的文学界对它的诗意、隐喻和人性则通常表现出不敬，例如，一些作家轻蔑地称圣－埃克絮佩里为"圣人埃克"，所谓"在知识界，觉得《小王子》陈旧可笑是很高雅的"。在一个反人道、反崇高、反英雄的口号叫得山响的时代，圣－埃克絮佩里必定还要在炼狱中接受惩罚，然而，如果天堂是普通法国人的心的话，他还需要在炼狱中炼尽其罪愆吗？无论作家们说什么，想什么，在普通法国人的心中，身为飞行员和作家的圣－埃克絮佩里始终是一个伟大的人，原本无须进什么炼狱的。

2012年2月，北京

（原载《中华读书报》2012年2月22日）

《沙漠》:悲剧·诗·寓言

　　"仿佛在梦中，他们出现在沙丘上，脚下扬起的沙子像一重薄雾，将他们隐约地遮起来。他们沿着一条几乎看不出的小道慢慢地往山谷走去。"（中译本《沙漠的女儿》，第 1 页，译文有改动，下同）这是小说《沙漠》开头的一句话，这样的开头语让人隐隐地感觉到，一股悲壮的、不安的气氛跃跃欲出，会很快蔓延开来。果然，两段以后，出现了这样的句子："他们在沙漠中诞生，任何别的道路都不能将他们引走。他们什么也不说。他们什么也不想。风吹在他们的身上，穿透他们，仿佛沙丘上一个人也没有。"（第 2 页）一片肃杀之气，从此笼罩了整部小说。

　　他们就这样来到一个山谷，他们是一支蓝面人的队伍，因躲避基督教士兵的屠戮而被迫从沙漠的南部向北部迁移，由此展开了一个"双方实力不相等"（见作者为中译本写的《寄语中国读者》）的惨烈的反抗的故事。说是故事，未免夸大，因为这所谓的故事并没有曲折的情节和惊险的场面，作者不过是叙述和见证了一个事实，一个充满了丰盈的细节的饱满的事实。读这样的小说，要有一个平和、安静的心态，跟着字句慢慢地进入一种浅斟低唱的叙述状态，取忘我、吸纳、参与、认同的态度，最后与作品达到浑然一体、不分彼此、屏弃语言和概念、与事物直接接触的境地。这样你不会觉得它的描写"冗长枯燥，令人读得不耐烦"，反而你会觉得浮躁暴戾之气得到了平复和净化，任由想象力带着你驰骋翱翔。

　　小说《沙漠》的作者是法国的让 - 玛丽·居斯塔夫·勒克莱齐奥，1980 年出版，这一年他正好四十岁。

　　勒克莱齐奥是法国人，也是毛里求斯人，他有着双重的国籍。

　　2008 年 10 月 9 日，瑞典皇家科学院把本年度的诺贝尔文学奖授予勒克莱齐奥，表彰这位"长于表现断裂、诗意的遭遇和感觉的迷醉之作家，处于主流文明之外或之下的人性之探索者"。《沙漠》突出地表现了作家之所长，即排除理障、直击当下、用细密画一般精巧的语言描写眼前的事物，弥漫着作家对一种即将消失的文明的怀念、怅惘或向往之情。

一

小说的作者明确地标明了故事的历史框架：时间和地点，例如开始，大迁徙途经的地方，是"萨吉埃特·埃尔·哈姆拉，1909—1910 年冬"，萨吉埃特·埃尔·哈姆拉是西属撒哈拉北部的一条山谷；而结尾，失败的大迁徙即大返回的新的起点，则是"阿加迪尔，1912 年 3 月 30 日"，阿加迪尔是摩洛哥濒临大西洋的一座城市。1912 年 3 月 30 日，正是《非斯条约》使摩洛哥沦为法兰西共和国的保护国的日子。20 世纪初，蓝面人的一支人马，在他们的老酋长名莫莱·艾哈迈德·本·穆罕默德·埃尔·法德尔者的率领下，由里欧·德·奥罗出发，向着摩洛哥北部前进，希望找到水和土地。但是他知道，等待他们的只有死亡，结果他们遭到了法国殖民军的屠杀。这个老酋长又被称做马·埃尔·阿依尼纳，或"眼中水"。这是一段真实的历史，以历史的真实为开始，以历史的真实为结束，以历史的真实穿插于整个故事，这部小说笼罩在浓重的历史真实的氛围中。

蓝面人，因以蓝色的面巾蒙面而得名，即图阿雷格人，他们来自撒哈拉大沙漠的南部，那里"可能是地球上唯一幸存的自由的土地，一个使人类法律变得无足轻重的国度，一个沙石、大风、蝎子、跳鼠的王国。一个在暴热的白天和寒冷的黑夜善于藏匿和逃亡的人们的国家"（第 5 页）。然而，"基督教士兵侵入了南部绿洲，给游牧部落带来了战争，并在大沙漠里筑起了城堡，封闭了直到沿海地区的所有泉井的入口"（第 22 页），他们变成了"善于藏匿和逃亡的人"，变成了一支支衣衫褴褛、饥寒交迫、"神情充满着痛苦、狂怒、疲乏和焦虑"的迁徙的队伍。在酋长马·埃尔·阿依尼纳领导的一支队伍中，小男孩努尔见证了面对装备精良的数千法国殖民军由平静转为愤怒、由愤怒转为狂热、由狂热转为疯狂、由疯狂转为悲伤的只有土枪和长矛的队伍之情绪的变化，从中学到了一种对即将逝去的文明的忠诚，建立了誓死保卫自由的决心。小说以这样的句子结束：

"他们是最后一批自由的人们……自由没有终极,它像大海一样广阔,像阳光一样美妙而残酷,像泉水般清凉甜蜜。每天,当黎明到来的时候,自由的人们便动身,走向自己的家园,走向南部故国,走向任何别人不能生存的地方。每天,他们抹去篝火的痕迹,埋起粪便。他们面朝大沙漠,默默地祈祷。他们仿佛在梦中一样,离去了,消失了。"(第353页)结尾与开头呼应,对照,使整部小说从头到尾笼罩在一片悲凉、悲壮然而孕育着希望的氛围之中。同样的梦,同样的追求,同样的斗争,是否同样的失望?是否有同样的希望再生?这是一个发人深省的悲剧。

作为探索者,勒克莱齐奥对蓝面人即图阿雷格人的文明表示出深刻的理解和由衷的同情,甚至向往,如他在获奖后对诺贝尔奖官方网站主编亚当·史密斯所说:"我觉得欧洲——我认为美国社会同样如此——因为殖民时代的所作所为,对当地人民亏欠甚多。……他们得还债。"(见2008年10月15日《中华读书报》)图阿雷格人的文明之核心价值是自由,他们在白天炽热的阳光和夜晚繁密的星空下放牧、耕种和驰骋,过着简单、贫穷然而自由的生活。子曰:"一箪食,一瓢饮,在陋巷,人不堪其忧,回也不改其乐。"这两千多年前的话,不正是对他们的生存状态的描绘和肯定吗?他们"不为金钱而战,而是为了幸福而战,他们守卫的这块土地不属于他们,也不属于任何人,这只是他们的自由的空间,是上帝的恩赐"(第310页)。他们没有所有权的概念,没有领土边界线的意识,他们只要求别人不干涉他们的生活。他们的教育方式是口传心授,例如努尔的父亲"手指着小熊星座末端,告诉他那颗孤星叫'山羊'",接着又告诉他哪颗是"帝星",是"瑶光星",是"开阳星",是"玉衡星",是"天权星",等等(第3页)。这种与具体事物的亲密直接的接触,使他们的文明一代一代地延续下来,避免了文字的销蚀与灭亡:"沙粒、荆棘、毒蛇、恶鼠,还有飓风,组成了他们的家园。满头青发的姑娘慢慢长大,学会了传宗接代的本领。在广漠平静的蓝天下,一望无际的迷人的石膏矿脉,成了天然的镜子。小伙子们学会了打猎、格斗,学会了如何在这大沙漠中度过他们的一生。"(第12—13页)他们崇拜祖先,在重大的行动前,一定要向死去的祖先祈祷,求得他们的保佑,这是"一股直接的,没有思维的,来自地底,传向宇宙深处的力量,它像一条无形的纽带,将躺在地上的躯体和世界上其他东西联结在一起"（第 16 页）。他们更直接的崇拜对象是酋长阿依尼纳，努尔觉得，"黑夜中老酋长在远处无形的沙丘上方游离的目光"，"这曾落在自己身上的目光，短暂的一瞬，像一束反光一样，照亮了他的心"（第 26 页）。当酋长得知努尔乃是蓝面人西迪·穆罕默德·阿尔·阿兹拉克的后代时，就对他说，阿兹拉克是一位圣人，当阿依尼纳向他求教的时候，他不愿接待他，让他整整一个月睡在门外，只分给他一半椰枣和一杯炼乳，还有清凉的水。阿依尼纳只好毫无希望地踏上返回故乡的旅途，这时他发现一个人在等着他，于是他又在他身边度过了几个月。"有一天，蓝面人对他说，他再没有什么可教他的了。'可你还什么也没有教我呢？'马·埃尔·阿依尼纳说。于是，阿尔·阿兹拉克对他指了指椰枣、炼乳和清水反问道：'自从你来以后，我每天不是和你一起分享着这些食物吗？'"（第 32 页）这饶多禅味的回答，暗含着图阿雷格人的哲学的精髓乃是与人"分享"。马·埃尔·阿依尼纳作为酋长，他的行为完全体现了这种宽容、分享的哲学：1887 年，法国探险家加米尔·杜勒斯在斯马拉宫前见到了阿依尼纳，"阿依尼纳身穿天蓝色罩袍，头裹白头巾，一直走到杜勒斯身边，久久地看着他。杜勒斯成了摩尔人的俘虏，他衣衫褴褛，有一张被太阳曝晒和被疲倦折磨得憔悴的脸，但马·埃尔·阿依尼纳却毫无仇恨，毫无蔑视地，静静地凝视着他"（第 306 页）。相反，法国殖民主义者称阿依尼纳为"顽敌"、"疯子"、"叛民头子"、"凶手"等，对迁徙的图阿雷格人的队伍毫不手软，然而蓝面人并没有屈服，"他们一无所有，只有双眼看到的小道，光脚踩到的沙砾"，幸存的蓝面人"又踏上了南下的小道"（第 353 页）。自由可以被剥夺，然而自由的意志是不可战胜的。

"断裂"是《沙漠》这部小说的第一个主题，西方殖民主义者的残暴和图阿雷格人的反抗之间的对立、也就是现代文明与即将消失的文明之间的对立，人为与自然之间的对立，掠夺与自由之间的对立，成为贯穿和笼罩整部小说的线索和氛围，最后以蓝面人的悲壮而惨烈的失败告终，但是，反抗和追求并未结束，"最后幸存的蓝面人又踏上了南下的小道"。蓝面人追求自由的意志得以延续，虽然微弱，然而，"野火烧不尽，春风吹又生"，其后代的血液中已种下了自由生活的种子。从 1909 年冬天到 1912

年 3 月 30 日，不到三年的时间中的颠沛流离的生活，仅占小说全部篇幅的三分之一，但是它穿插于小说的主体部分，使得小说时时刻刻地笼罩在历史的光影之下。小说文字的排版是经过有意处理的，历史部分的版心只占一个版面的三分之二，与主体部分判然有别，读起来令人有恍若隔世之感，可是很遗憾，中译本忽略了这一点，竟使历史部分与主体部分一样，占满了整个版面。

<h1 style="text-align:center">二</h1>

　　小说的主体部分有两个标题：《幸福》和《生活在奴隶之中》，描写了女孩拉拉先在贫民区、后在马赛、最终返回贫民区的经历和遭遇。幸福生活的地方没有名字，叫做"居民区"，我们有理由相信是在非洲的某个濒临大西洋的地方。奴隶生活的地方叫做马赛，在大海的另一面。这也许是作者有意为之吧，总之是"幸福"的居民区与奴役的大都市马赛相互对立，碰撞之下，充满诗意的遭遇在平庸而悲惨的琐碎的生活中被凸显出来。

　　拉拉在居民区的生活是平凡的，甚至是平淡的，难得勒克莱齐奥的笔下处处流露出盎然的诗意：拉拉在"灰蒙蒙的沙丘小道"上慢慢行走，仔细地看着地面，她看到了什么？她看到了"苍白的瓢虫"、"细细的腰身、看去像被切成了两截的胡蜂"、"衰老的蜈蚣"、"肚子扁平的苍蝇"、"灰青色的蜥蜴"、"黑色红头大蚂蚁"，还有金龟子、食粪虫、屎壳郎、鹿角锹甲虫、马铃薯甲虫、蝗虫、雀鹰、小蟹、海豚、马蜂、螳螂、野兔、野狗、海鸥、海螺、水母、鳐鱼、角蝰蛇、蝎子、狐狸，等等，她在完全自由的状态下才能这样无忧无虑地观察到这些昆虫和野兽，并给一些昆虫加上显示其特点的修饰语。她喜欢火："居民区里是火的天地，各式各样，千姿百态"；她喜欢赤裸的脚踩在沙子上，喜欢"和苍蝇久久地嬉玩"；她喜欢风，给各种各样的风起了名字，对她来说，"风是美的，像火一样透明，像雷电一样迅猛"；她"十分喜欢呆在海边"，"经常在海面上寻找"，想看看那只"黑黑的大海豚"；她喜欢看云彩，看像"小十字架"一般的飞机；她喜欢"仰望蓝天"，她"可以思念所钟爱的一切"；她特别喜欢到"白石山前",她在那里可以见到神秘的埃斯·赛尔,他可以让她想到浩瀚的大沙漠,还有她心爱的色勒斯牧羊人阿尔塔尼;她喜欢听老渔民纳曼讲故事,讲海豚和鲸鱼肚子里的金戒指的故事,等等。平凡中,甚至平庸中,有许许多多她喜欢干的事情。对这些昆虫和动物,拉拉或者亲近,或者躲避,都怀着一种温馨的同情,与它们共同分享沙漠上的食物、清水和阳光。总之,对于沙漠,大海,阳光,云彩,晨曦,晚霞,月亮,星辰,风,火,光,影,以及各种各样的动植物都有精妙细微的描写,极富诗意,具有一种"润物细无声"、使人出神入化的力量。"睁大双眼"、"窥视万物"、"没有梦想"、"无所思"、"无所想","无所言",这是勒克莱齐奥想象中的人的生活,排除概念直接与事物接触的自由的人的生活。

"在居民区令人奇怪的是,人人都很穷,可是没有人抱怨。"(第58页)拉拉也很穷,经常没有吃的,于是她经常整天呆在外面,这时她心爱的阿尔塔尼就会出现在她的身旁。"他和拉拉分吃黑面包和椰枣,有时甚至分给附近的牧羊人一点。他这样做的时候,丝毫没有傲慢的神气,好像他的施舍无足挂齿。"(第146页)阿尔塔尼"不说话,不思维,一切只用目光","他能看清一切,不只用他的目光,而且用他整个的身体"(第95页)。他是个哑巴,但是他教给她如何看千姿百态的阳光,如何闻各式各样的气味,如何像雀鹰一样"飞向蓝天"。"芳香就像石块、动物一样,各有自己的洞穴。但必须善于寻找才能知道它们的所在,必须像狗一样善于在风中嗅出微弱的气味而毫不犹豫地跃向洞穴",而在这之前,拉拉从草丛边、蜂巢旁走过,而毫无发现。他只向拉拉透露这些秘密,因为别人"没有耐心去追寻气味,观望大沙漠的鸟儿的飞翔"(第96页)。从此拉拉知道了,"重要的是人心底的语言,是像秘诀,像祷告那样的语言","世间有多少事是在寂静中发生的啊"。其他人等待的是语言、行动,或证据,"而阿尔塔尼只用那金属般美丽的目光,默默地望着拉拉"(第97页)。沉默中,万事万物都披上了诗的美丽,贫穷不再是需要忍受的痛苦。正如勒克莱齐奥在《大地上的未知者》中所说,贫穷的民族知道"等待","不造反",他在一次采访中对"等待"和"造反"做出了如下的解释:"我觉得造反的运动本质上对贫穷民族的观念来说是不自然的。我不认为贫穷民族带来了有组织的革命的观念，这种观念是通向富裕民族的文明的。贫穷民族在每日的实际生活中带来了更多的细节……"细节，生活的细节，事物的细节，正是善于等待的人的自然而然的关注。

拉拉经常陷入梦幻之中，美妙、神秘、奇异、遥远却又显得熟悉的景象出现了："她看见了辽阔的沙漠闪着金色、硫黄色，无边无际，浩如大海，如同那静止的波涛。在这坦荡的沙漠上，没有一个人影，没有一棵树，一根草，只有沙丘那斜长的影子，连绵不断，在暮色中好似一个个湖泊。在这儿，一切都是相似的，拉拉仿佛随着他的目光一会儿出现在这儿，一会儿停留在远方，又慢慢移动，落在天地相接的地方。沙丘在她眼底慢慢蠕动，裂开。在炎热的山谷里，金色的小溪在原地潺潺流动。坚硬的沙丘波浪起伏，已经被那可怕的阳光烤焦。在茫茫红色沙海前，是一片辽阔的白色沙滩，一动不动，曲线优美。这儿处处闪耀着耀眼的光亮，天上、地上、太阳一起放射出光芒。在一望无际的太空中，只有那干燥的迷雾在远方飘忽，截断空中的反光，像闪着光芒的野草在跳跃——而赭石色、玫瑰色的尘埃在寒风中游离，升向天空。"（第64—65页）拉拉的祖先是蓝面人阿尔·阿兹拉克，在她的内心深处潜藏着对大沙漠的向往，无论是神秘人埃斯·赛尔，还是牧羊人阿尔塔尼，都使她不由自主地想起先人居住的南方的大沙漠。有时候，"拉拉躺在沙丘的洼地里，目光一眨不眨地盯着天空和云彩"。她在风啸声、海涛声、海鸥黑夜中寻找栖息的海滩时的尖叫声中，听到了"如久渴后滋润心田的泉水似的清澈的声音"，这声音使她流出了热泪，久藏在心底的画面又一一呈现出来：记忆已经沉浸在她的无意识之中。在她离去的前夕，如梦如幻的景象又出现在她的面前："风把拉拉吹上了茫无尽头的道路，吹到了阳光闪耀的辽阔的大石漠上。大沙漠展开它那空荡荡的原野，一片苍茫的沙色，龟裂的表面犹如死者皱起的皮肤。蓝面人的目光布满了整个大沙漠，一直射向远方，正是借助他的目光，拉拉才看到了光亮。她感到了这灼烫的目光，狂风不停地吹，干旱袭人，双唇充满着盐味。她看清了沙丘的轮廓，犹如一只只沉睡的巨兽，她看清了阿马达石山黑色的屏障和辽阔的干涸的红色河谷。这儿，没有人群，没有城市，没有任何障碍挡住视线。这儿，只有石头，大风，沙砾。可是，拉拉感到了幸福，因为她熟识这儿的一切，熟识大峡谷每一棵烧焦的灌木，熟识周围的每一个细节，仿佛在过去她曾双目凝望着天边，用她那双被地面灼得火燎燎的光脚，在欢跳的气流中来到了这儿。她的心脏跳得更快更激烈了，她看清了眼前的一切标志，看清了消失的足迹，折断的树枝和在风中摇曳的灌木。她等待着，知道马上就要到达目的地了。蓝面人的目光带着她沿着干涸的河流，越过一道道沟壑，穿过一堆堆崩塌的岩石。突然，她耳边传来了捉摸不定的带着鼻音的奇异歌声，这歌声在遥远的地方颤动，仿佛从沙砾中传来，与风击石块的瑟瑟声和阳光照射的声音融合在一起。歌声在拉拉心中震动……"（第162—163页）这逡巡不去的景象预示着，拉拉无论走到哪里，终究要回到她的故乡。

拉拉不愿意嫁给"身穿绿西装"的城里的富人，偷偷与牧羊人阿尔塔尼见了一面，被国际红十字协会的轮船送到了马赛。马赛是一座大城市，但是，油污的码头，羽毛肮脏的海鸥，拥挤的房屋，喧腾的大街，游荡的猫，瘦骨嶙峋的狗，"身着灰色西装，内套红领羊毛衫的警察"，尤其是车站："车站里什么人都有，有坏人，有猪肝脸色的歹徒和拼命叫喊的人；也有可怜的穷人，有慌慌张张寻找站台的迷路的老头，有拖儿带女沿着高高的车厢摇摇晃晃行走的妇女。还有那被贫穷驱赶到这儿来的人们：刚刚下船的黑人，他们身着五颜六色的衬衣，只带着一个简单行李包裹，准备动身去寒冷的国家；北非人脸色暗淡，身穿破旧的衣裳，头戴风帽或有护耳的帽子；有土耳其人、西班牙人、希腊人，他们全都一副疲倦和不安的样子，在站台上迎风游荡……"（第215页）还有，时时有觊觎她的男人，这一切都使她"想快快地离去，穿过城市的街道，一直走到没有房子，没有园子，甚至没有公路和河流，只有一条渐渐消失在远方的大沙漠的小道上"（第216页）。"夜半寒风起，拉拉便想起那遥远的故乡。她多么想推开门，马上走到门外，像以前一样，沉没在天空群星闪烁的夜色中。她赤裸的双脚触到坚硬冰冷的土地，耳边将响起寒风的呼叫，夜鹰的鸣叫，猫头鹰的叫声和野狗的狂吠。她想象着她就这样独自在黑夜行走，一直走到石山，置身于一片蟋蟀的叫声中，或沿着石丘的小道，向呼啸的大海走去。"（第229页）她在白圣人饭店当了一名清洁工，工余饥肠辘辘的她喜欢到码头上去，仿佛"来到了大沙漠"："拉拉感到阳光透进了她的身体，慢慢地充满了她的全身，驱走了心底所有的阴暗和忧伤……她仿佛变成了一块岩石，上面长满了青苔，一动不动，没有思维，在阳光的照耀下慢慢膨胀。"（第236—237页）沙漠仿佛梦魇一般，时时纠缠着她。拉拉认识了一个小乞丐，当他们一起散步的时候，她总是"想起大海彼岸的国土，想起了红色、黄色的土地，想起了犬牙般矗立在沙中的黑色岩石。她想起了向蓝天眨着眼睛的一潭碧水和掀开地壳、让沙丘向前移动的飓风。她想起了阿尔塔尼居住的崖洞，上面，只见一线洞开"（第272页）。只是在这个时候，她才在马赛令人窒息的空气中感到了一丝畅快。一个偶然的机会，她当上了封面女郎，她的照片风靡法国："海娃穿一件雪白的衣服，腰扎一条乌黑的皮带，置身于一片岩石中，没有任何侧影；海娃，身披黑绸，头上围一条头巾；海娃站立在旧城迷宫似的街巷里，一身赭石色、红色、金色；海娃伫立在地中海上，出现在贝尔津斯大街的人群中，出现在站台的台阶上；海娃穿一身靛蓝的衣服，光着脚走在像大沙漠一样宽广的广场上，身后是油罐的黑影和冒烟的烟囱；还有行走的海娃，跳舞的海娃，睡觉的海娃，有长着美丽的古铜色脸庞的海娃。她身躯柔滑纤细，在阳光下闪亮，她的目光犀利，沉甸甸的黑发披在双肩上，被海水将得像塑料面具一样光滑。"（第284—285页）眼看着她就可以名利双收了，可是"她不要金钱，金钱不能引起她的兴趣"（第289页）。她把这些照片看成"玩笑"，照片上是海娃，不是她，海娃只不过是她给自己起的名字。马赛的贫穷是灾难，是耻辱，然而拉拉的故乡"居民区"的贫穷是一种生活状态，是"没有人抱怨"的生活状态。

　　一天夜里，摄影师领拉拉来到巴黎大饭店舞场，勒克莱齐奥描写她跳舞的一段文字生动细腻，含义深远，令人难忘。在惟妙惟肖地描绘了她的忘情的舞蹈之后，勒克莱齐奥写道："为了离去，为了变得无影无踪，为了像一只鸟儿一样飞向云彩，她跳着，不停地跳着。在她那赤裸的双脚下，塑料地面变得灼热而轻盈，一片沙土色，空气围着她的躯体像风一样飞速旋转。在这令人眩晕的舞步中，出现了一片亮光，这不再是聚光灯严酷寒冷的灯光，而是美丽的阳光，照耀着大地、岩石甚至天空。那缓慢而沉重的电子音乐声、吉他声、管风琴声、鼓声进入了她的躯体，然而她可能已经听不到了。音乐声如此缓慢，深沉，渗进了她的古铜色皮肤、黑发和双眸。舞曲的狂热像热浪一样向她周围散发开去，一时中止了跳舞的男男女女又扭起了舞步，但他们只随着海娃身躯舞动的节奏，用脚趾、脚跟踏着地面。谁也不出声，谁也不出气。人们狂热地随着舞步自然转动。海娃沉甸甸的黑发有节奏地掀动，拍打着双肩，那手指张开的手抖动着。电子音乐加快了节奏，人们赤裸的双脚在透明的地面上踏得越来越快，越来越响了。大厅里，墙壁、镜子和光亮都不见了。它们消失了，被这令人昏眩的舞步击败，倾覆了。毫无希望的城市，犹如深渊的城市，到处是乞丐、妓女的城市，连同那陷阱四设的街道、坟墓般的房屋，统统不在了。跳舞者的狂热的目光消除了一切障碍和往日的一切谎言。此时，拉拉－海娃的四周是无穷无尽的尘土、白石，流动的沙砾、盐粒，是波浪起伏的沙丘。这就像过去一样，人们走到了羊肠小道的尽头，一切都仿佛终止了；人们仿佛来到了天涯海角，走到了大地的边缘。这就像她第一次遇到了秘密人埃斯·赛尔的目光一样。"（第 293 页）这已经不是描绘舞蹈了，而是写出了舞者的灵魂，人们从拉拉的舞蹈中看到了她对故乡的怀念，不仅仅是她生活过的地方，还有她日思夜想的蓝面人居住的大沙漠。这一段描写证明了勒克莱齐奥在《大地上的未知者》中所说："当词中出现舞蹈、节奏、运动和身体的脉搏，出现目光、气味、触迹、呼喊，当词不仅从嘴而且从肚皮、四肢、手……尤其当眼睛说话时……我们才在语言中……"

拉拉终于"不辞而别"，临走在一块小肥皂上"画下了她的古老部落的著名标记"。她一路颠簸，终于在晨光熹微的时候回到了故乡。她腹中的胎儿也诞生了，那是拉拉－海娃的女儿，那是牧羊人阿尔塔尼的孩子。是一棵无花果树和大海帮助她分娩："她把栗色大衣铺在满是石头的沙地上，把裙带卷紧，卷结实，挂在无花果树的白色主干上。接着，她双手拉着带，树微微摇动着，撒落了一地露珠。这纯净的水珠在拉拉脸上滚动，拉拉用舌头舔着双唇，快乐地吮吸着。……无花果树随着每一次抖动而弯下身子，扇动着宽大的叶子。拉拉一小口一小口地品吸着树香，吮吸着这甜蜜的汁液；这仿佛熟悉的幽香使她心静，减轻了她的痛苦。她紧拉着白色的树干，腰部撞到了树根，露珠继续像雨点似地落在她的手上、脸上、身上"（第 341 页）。终于，"她听见了婴儿坠地的第一声尖利的哭声"。拉拉女儿的诞生与她的出生，情景几乎一模一样："她简简单单地用一件衬衣缩紧腹部，支撑着往外边走，一直走到一个有树、有泉水的地方。她知道孩子出生时，需要阴凉和清水，孩子必须在泉边降生，这是那边人的风俗"（第57页）。水和树木，这至纯至简的事物，是大自然的馈赠，是庆祝一个生命的诞生的礼物。"拉拉像掀动一块巨石一样，慢慢地抬起自己的身子，靠在无花果树的树干上。她知道唯独它才能帮助她，就像在她出生的那天，那棵帮助她母亲的树那样帮助她。从来没有人教过她，而拉拉本能地学会了前辈的动作，其意义远远超过它本身。"（第341页）由拉拉的母亲，到拉拉，再到拉拉的女儿，传统就这样承继下来，延续下去。这是"远远超过"出生本身的意义所在。

"诗意的遭遇"是这部小说的第二主题，也是它的最重要的主题，它被包容在两个世界、两种文明的"断裂"与冲突之中。

三

《沙漠》是一首诗，它有诗的朴实、纯净，细腻中洋溢着温馨的向往；它也是一出悲剧，它有悲剧的沉重、冷酷，凄凉中透露出悲壮的拒绝。它明显的两极结构探索并发现了一个断裂然而连续的故事，这个故事发生在两个世界的对立之中：《幸福》的世界和《生活在奴隶之中》的世界。两个地方：非洲（贫穷然而幸福的生活）和马赛（钢筋和水泥的大都市）；两个时代：20世纪初年（1909—1912年，蓝面人的迁徙和遭到基督教士兵的屠戮）和现时（移民的悲惨生活）；两个少年主人公：男孩努尔（悲剧的象征）和女孩拉拉（诗意的体现）；对立的两极统一在充满寓意和感觉之迷醉的叙述之中。这种明晰的两极结构甚至表现在文字落在纸面上的形式之中，充分而有力地表明了作者的意图，即一步步展示一个寓言：无关贫富，一个与自然一致的生活才是幸福的生活。

拉拉是蓝面人阿尔·阿兹拉克的后代，在居民区，在马赛，使她不能释怀的是祖先居住的大沙漠。传说、想象、生活的经历一步步强化了并净化了她原本清澈明亮的灵魂，对她来说，沙漠不仅仅是一种风景，更为重要的是，它是人类自由的象征，浩瀚而简单，先于一切言语而孤独纯粹地存在着。它喻示着人类的自由和先民的心灵的颤动。勒克莱齐奥追寻的是人类最原始的情感，至简至纯的情感，面对最简单、最直接的事物的情感。他不是以一个哲学家的身份说教，而是通过充满诗意的描写直接诉诸读者的感觉。他在 2008 年 10 月 9 日获奖的当天的一次采访中说："小说家不是哲学家，不是口头语言的专家，而是一个首先写作的人，他通过小说来提出问题。"（见法国《阅读》杂志，2008 年 11 月号）至纯至简的东西中隐藏着一种哲学，1978 年，当有记者说他的小说可以引申出哲学的时候，他回答道："当哲学是说爱树木、大海和光明的时候，是的，这是哲学。如果哲学是建立一种体系，说'应该以这种或那种方式观看大海'或者'因为这种或那种理由而爱树木'，那么不，这不是哲学。"（见法国《阅读》杂志）这就是说，如果说勒克莱齐奥的小说有哲学的话，那是小说家的哲学，不是哲学家的哲学，它们之间的区别是一个是描写，一个是论说，一个是形象，一个是理论，一个是活生生的感觉，一个是干巴巴的教条。勒克莱齐奥没有说教，他只是呈现，他的呈现富有诗意，如此而已。

当有人问这位诺贝尔奖获得者对人们有什么建议时，他回答说，要"继续阅读小说"，因为"小说是向现时世界提出问题并获得不那么公式化的回答的一个很好的方式"（见法国《阅读》杂志）。他认为小说的目的在于向世界提出问题，尤其是向眼下的世界提出问题，这就意味着写或读小说并不是为了解决问题。小说不能解决问题。提出问题并等待着解决，说明阅读小说是一个有待继续的过程，而并不是一个一次性完成的动作，如同解决了问题一样。在《沙漠》这部小说中，我们可以提出什么样的问题呢？我们至少可以提出：为什么钢筋水泥的世界不是幸福的世界？为什么贫穷的沙漠是人类自由的象征？为什么蓝面人的文明是一个即将消失的文明？基督教士兵（法国及其他国家）对这一文明的消失负有什么责任？等等。对这些问题，当然可以给出反殖民主义、抨击物质文明、揭露资本主义罪恶等现成的回答，但是这样的回答不会使我们满意，因为它不能打动我们。假如我们提出小说本身具有的问题，例如努尔通过什么途径继承了图阿雷格人的传统？为什么失败的蓝面人要向南返回他们的出发地？为什么拉拉在马赛的生活是不幸的？为什么拉拉在居民区里的生活是幸福的？为什么拉拉不能够忘怀诡异壮丽的大沙漠？为什么拉拉及其亲人不抱怨生活的贫穷？我们得到的回答将是"不那么公式化的"，例如不忘传统、与人分享、直接接触、酷爱自由，等等，一系列直击我们心灵的回答。

　　《沙漠》是史诗，是关于自我和血统的追寻。就他的写作目的，勒克莱齐奥这样回答："我觉得作家如同正在发生之事的某种见证人。作家不是商人，也不是哲学家，他只是要对身边所发生的事情做个见证。写作是成为证人的一种途径……作证的最佳途径。"（见 2008 年 10 月 15 日《中华读书报》）我们从他的见证中看出了一种哲学，一种小说家的哲学，这也许是他被一些批评家称作"新寓言派"的代表的原因吧。可以想象，勒克雷齐奥本人对这种称呼大不以为然。

2008 年 11 月，北京

（原载《书城》2009 年第 1 期）

火星人?现代人?

——《一对年轻夫妇》译本序

这是一对年轻夫妇。男的叫吉尔，女的叫维罗妮克。蜜月旅行，海滨度假，造房子，生孩子，工作，社交，争吵，离婚，这就是他们的故事。一点也不复杂，一点也不曲折，就像生活本身一样平淡，然而，这故事曾经使许多人感到震惊，他们突然发现，在一个物欲横流的消费社会中，当他们不顾一切地追逐物质享乐，自以为跟上了时代潮流的时候，或者当他们的虚荣心得到满足，他们在社会等级的台阶上登上一级的时候，他们可能已经或者正在失去某种更为宝贵的东西。

一位年轻的女性不甘过平乏而没有光彩的生活，或者就是耐不得清贫，向往另一种生活，也许是富有，也许是奢华，也许是冒险，也许是时髦，也许是强烈的情感经验，甚至可能是性质各异的叛逆，总之是她不愿意在原来的轨道上继续下去了，她要摆脱，要反抗，要重新开始。这样的故事我们听过许多次了。仅在法国，一百三十年前有福楼拜的《包法利夫人》，六十年前有莫里亚克的《黛莱丝·戴克茹》，现在（也已经是二十年前了）我们又有了让－路易·居尔蒂斯的《一对年轻夫妇》。

但是，福楼拜同情爱玛，不是同情她的那些无根的幻想，而是因为她是资本主义社会丑恶现实的牺牲品，她总算是比安分守己但是庸俗猥琐的资产者多了一点追求的热情；莫里亚克爱黛莱丝，不是爱她投毒害夫，而是因为她有一颗需要拯救的灵魂，她没有那种自以为是的骄傲和满足，她在上帝面前因有罪而谦卑，因此也更容易投入上帝的怀抱；从这里我们看出了不信上帝的福楼拜和"写小说的天主教徒"莫里亚克之间的区别；而让－路易·居尔蒂斯和他的这两位前辈又不同。

　　我们看到的仍然是一位不甘寂寞、渴望着改变环境和地位的女性，然而她的故事的时间、地点和她在故事中的位置都明显地不同了。时间是20世纪60年代，正是人们用"占有和感觉"评价人生的时代，地点则是巴黎，这地方本身就已经是爱玛和黛莱丝梦想的一部分了。而她的名字，维罗妮克，在她的丈夫看来，也是"过于讲究，有故意追求高雅的意味"。她竭力扮演着现代女性的角色，拼命追赶着最新潮流，"决心不放过任何新的物质消费和新的文化娱乐"。唯有如此，她才感到没有"虚度光阴"，她才觉得"与同龄人和世界紧密相连"。然而这一切非有钱不办，于是她就失望，就痛苦，就恐惧，就千方百计地试图"改造"她的丈夫，使其能够满足她的种种欲求。她年轻、漂亮，却已经逝去了新鲜的血肉，她的真实的自我消失在"汽车"、"家用物品"之类"美的东西"之中了，其结果是她始终在不自觉地"演戏"演给自己看，也演给别人看，让虚荣心在假象中得到满足。这是一个在无休止的欲望中煎熬的女性，她后来准备嫁给一位富翁，她可能会有一段心满意足的生活，然而她最多也不过像一颗假钻石，发出的光纵然耀眼，却是单薄的、飘忽的、虚假的。因此，维罗妮克的向往、追求和虚荣虽然会合在一股难以抗拒的潮流之中，却由于受到吉尔的顽强抵制而显得虚妄和可悲。小说的题目是《一对年轻夫妇》，这似乎暗示出，维罗妮克已然失去爱玛和黛莱丝那样的地位。她不再是中心，不再是主角了。她失去了作者的同情，他得到的只是微含嘲讽的惋惜和怜悯。作者把同情甚至给了吉尔，这个被妻子成为"火星人"的，力图维护爱情的自足和纯洁的"小工程师"。

　　有人可能会说，吉尔是个时代的落伍者。然而他的"落伍"有着多么深刻而复杂的内涵啊！他在席卷整个西方社会的消费和享乐的浪潮中竟然不肯为了金钱抛弃人格的独立和感情的真实。在这样的社会里，吉尔的失败时不必讳言的。他本来是一个"形体很好"的青年，然而不也不愿像时髦青年那样去修饰，这在妻子的眼中就成了"缺少风度"。他是一个"认真""自觉"的工程师，然而他竟不能在高等住宅区为妻子提供一套豪华的住房，甚至在"找房子"和"找一套房子"之间不加区别。他不肯为了较高的报酬而把灵魂出卖给通用汽车公司，妻子不但不支持反而说他"疯了"。他喜欢艺术，甚至想系统地学习哲学，妻子却让他"尽量写写轻松的东西，能卖得出去的东西"，给小家庭添"一笔额外收入"。他在威尼斯兴致勃勃地参观博物馆，欣赏大师杰作，妻子却想放弃委罗内塞，在高级宾馆住上一夜，哪怕"当一次一个晚上的富翁"也好。他本想保护心爱的妹妹，使之免遭不适宜的娱乐和交往的腐蚀，却被却被妻子讥为"太保守"，"充满了偏见"。他把人们疯狂地追求物质享受视为庸俗，并且竭力与之保持距离，谁知妻子并不欣赏，反而兜头一盆冷水，说他这样的人"在拉丁区的小酒店里俯拾即是"，到了半夜服务员把他们"和锯末烟头一块儿扫出去"。他蔑视人人欣羡的"成功"、"金钱、排场和社会荣誉"，然而这却被妻子说成是"缺乏适应能力"，"跟不上潮流，总显得呆头呆脑"。他痛恨所谓"汽车文明"，那种汽车阶级关于停车困难之类的抱怨，在他听来是"令人讨厌的废话"，而在熟悉汽车牌号的妻子听来，却成了"一首优美绝伦的咏叹调"。当他没有足够的手段来满足妻子的日益增长欲望时，他希望妻子能和他一样，把青春视为最大的财富，然而妻子却等不得，她要立刻"获得一切"。他终于按捺不住，为妻子的朋友，"现代社会的女强人"阿丽亚娜勾勒了一幅惟妙惟肖、充满讽刺意味的肖像，却被妻子认为是影射自己，从而导致了一场激烈的争吵，并且决定了两个人的离异。所有这一切造成了吉尔的失败，使他希望的那种"只需要所爱的对象在场而不需要其余的一切的感情"、他的那种"把所爱的对象当成目的、唯一的目的、唯一的追求"的爱情观，经受不起物欲的冰水的浸泡，挽留不住把幸福看作"只是一个银行存款问题"的妻子。

吉尔的失败并不仅仅在于他失去了妻子的"爱情"，更在于他与这个社会通行的价值观格格不入，我们甚至可以说，他是心甘情愿地选择了失败。他并非不知道法国已经摆脱了战后的贫困，进入了相对富裕的消费的社会，他也不是禁欲主义者，更不是苦行僧。他只是希望为了妻子本身而爱妻子，为了艺术本身而爱艺术，就像一个普通人那样，从爱情中得到爱情本身所能给予的快乐，从艺术中获得艺术品本身所能提供的愉悦。然而，做一个普通人，这在维罗妮克的眼中，就已经是失败了。那么这个社会中人人渴望的成功究竟是什么呢？对于一个中小资产阶级的法国人来说，无非就是在高等住宅区拥有舒适的住房，拥有名牌的汽车，到地中海俱乐部推荐的地方去度假，住高级宾馆，到豪华饭店去吃饭，有机会涉足某种社交圈子，结交几位名人，甚至只需时常知道他们的行止，以便在谈话中用作炫耀自己的资本，等等。说到底，就是用钱可以买到的那些东西。在适应这个社会的那些人看来，所谓"成功"就是钱，而有钱，就能够幸福。金钱把幸福变成一种神话，甚至一种梦魇，令其日夜折磨着人们的头脑，使他们唯恐枉此一生而未曾幸福。这种无名的恐惧驱使着人们拼命追求一切有关幸福的外在标志，并将其浓缩为两个词：占有和感觉。这个社会被称为消费社会，吉尔和维罗妮克之间的爱情的毁灭，充分地暴露出所谓消费社会的虚伪和矫饰，及其对人性的扭曲和戕害。那么谁是这个社会的成功者呢？当然是维罗妮克羡慕的那些人，例如她的朋友阿丽亚娜。

阿丽亚娜并不是小说中的主要人物，但是她的地位实在是比维罗妮克的更为重要。她是后者的领路人。说到两种价值观的对立，实际上是吉尔和阿丽亚娜之间的对立。吉尔的态度，对维罗妮克，是怜悯，最多是怨而不怒，而对阿丽亚娜，则是鄙视，甚至是痛恨。然而他鄙视、甚至痛恨的，并非阿丽亚娜其人，而是这位"现代女强人"所代表的那种价值观念。这位阿丽亚娜满口"妇女责任"而且要"完全肩负"，她作为女人，要"完全获得自由"，要"享受全部公民权益"。可惜这都是时髦的套话，实际上她的"责任"、"自由"、"公民权益"是什么呢？她欺骗丈夫，却偏要和他装扮成一对"模范夫妇"，只因为丈夫"是供养者，是支持者，为她提供保障、舒适的生活和某种地位"。她想"同时占有一切，即使是不能并存的东西：丈夫和情人，家庭和独身生活，平静和放荡；她想同时成为一个结了婚的女人和一个自由的女人，一个母亲和一个女强人；她想体面做人，却又幻想行为荒唐，她想恪守职责却又不愿意做出牺牲，她想获得平静的幸福，却又追求疯狂的幸福"。这是一个表里不一、装腔作势、时刻都在演戏、失去了真实自我的人物，是一个消费社会成批生产的模式化的、一成不变的产品。其成分是自私、虚荣、附庸风雅和强烈的占有欲；其特点是矫饰、赶时髦、用无目的的忙乱掩饰心灵的空虚和孤独，从而获得一种紧张生活假象；其功能则是充当"治国专家和政权掌握之中的最为驯服的社会成员"。阿丽亚娜的重要不仅仅在于她是维罗妮克的启蒙老师，更在于她是一种典型，代表着"法国年轻的资产阶者"：他们"衣着得体，办事迅速，胜任工作，思想模仿左翼"。这种典型是"受到巨大威胁的西方人的、即白人的尊严"的藏身之处。他们是这个社会制度的产物，却又喜欢批评这个制度，摆出一副左的可爱的面目；他们可以大谈反对战争、第三世界的贫困、种族主义者的暴行、富有者的良心不安，等等。话题很时髦，然而谁也不能指望他们会为此牺牲一分钟的享乐。他们朝思暮想的成功之一，是在社会等级的阶梯上爬上一级，例如打入某个限制很严的社交圈子，或者降格以求，以认识某位名流或富翁为荣，再不行就装出热爱文学与艺术的样子。然而他们对文化完全采取占有的态度，而不是出于天性的流露，也不是为了"陶冶性情"，甚至也不是为了"单纯娱乐"。在他们看来，文化及其衍生物乃是"一种自己超越普通人的手段"，使他们得到一种"属于社会精华"的假象。这些人也许并非没有独特的感受，但他们"宁愿服从报纸的指令，而不相信根据自己的判断做出的自然的反应"。于是，他们就有了一系列"必读"的书籍，"必看"的电影或展览，"必听"的音乐，"必须"欣赏或指责的作家。不知从什么时候开始，"他们认为一切晓畅明白的东西肯定都是肤浅的，反之，文笔晦涩则表明思想深刻"。他们大概从未认真读完过一本书，却可以仿佛深有体会地说："他的书很难，甚至相当乏味，必须坚持读下去，但是值得一读。"其实他们是一些最为浅薄的人，他们所以时时都装出一副莫测高深的样子，无非是从某个时候起，以艰深文饰浅陋已经成为一种时髦。而在他们看来，"最宝贵的原则是要赶上时髦的最近一阵浪潮或者最近一班船"。这是一些附庸风雅的人，然而所谓"附庸风雅"，吉尔突然意识到，在 60 年代的法国已经由一个贬义词变成一个褒义词了，它意味着："风度翩翩，举止文雅，在寻欢和交友中挑挑拣拣。"真是天晓得！他们无非是戴上一种假面，表示自己若不是上等人，至少也是普通人。贬义也罢，褒义也罢，他表示的仍旧是"一种与时髦相近的素质"。可是谁知道呢，也许时髦也已经变成了一个褒义词了。不过吉尔毕竟是不讲情面的，他直截了当地认为，这种附庸风雅"实际上成了一种时代病，一个巨大的精神毒瘤，长在所有的人特别是中产阶级身上"。这精神毒瘤所包藏的毒素自然不止"附庸风雅"一端，其他如有关幸福和成功的神话、对"占有感觉"的崇拜、日益增强的物质的诱惑，等等，也都尽在其中。它已经而且还在继续腐蚀着人们的灵魂，毁灭着人与人之间真实的感情，传播着种种虚假的价值标准。而使这种精神毒瘤得以生长繁衍的土壤正是所谓消费社会的非人道本质，"它本身就充满了虚伪、谎言和无耻，它污染了一切"。再加上领导阶级的腐朽（吉尔说："它能够把火箭送上月球，但它毕竟是腐朽的。"）这种精神毒瘤就蔓延得更快，更广，成为一种时代病。

　　福楼拜曾就他的爱玛说过："我的可怜的包法利夫人，不用说，就在如今，同时在法兰西二十个村落受罪、哭泣！"莫里亚克也曾就他的黛莱丝说过："没有暴露的、不为人知的悲剧为数更多。上帝知道被裹藏在家庭秘密之中的东西有多少！我的黛莱丝·戴克茹有众多的姐妹。"这都是唯恐人们不信，而力辨其有。我想居尔蒂斯用不着说这样的话了，因为维罗妮克那样的女人之多乃是有目共睹的，而如吉尔们却又可能日渐其少，也许有人竟会认为这种"火星人"本属子虚乌有，是作家杜撰出来为那些"失败者"解嘲的。在以"占有和感觉"为评价人生的唯一标准的社会中，吉尔这种人是只嫌其少而不嫌其多的。我能够感觉到，作者写到他时是颇有些激动的，并且赋予他一种准确的、尖锐的，有时近乎残酷的讽刺能力，使他能够清醒地、冷静地审视这个社会，并对其虚妄的、反人性的本质提出严正的指控。而他终于没有被妻子改造成一个有"适应能力"的人，又使我感到某种快意，因为在一股席卷全社会的消费和享受浪潮中，他保留并且珍爱着成功者们失去的东西：真实的感情和真实的幸福。

1988 年 2 月，北京

（《一对年轻夫妇》于 1988 年 3 月出版）

《波德莱尔美学论文选》译本序

　　越来越多的法国文学研究者认为，诗人波德莱尔是一位比批评家圣伯夫还要伟大的批评家。亨利·勒麦特说他是法国"19 世纪最大的艺术批评家"①，安托瓦纳·亚当则断言："从他（指波德莱尔——引者注）的批评文字看，他远比圣伯夫更有把握成为 19 世纪最大的批评家。"②

　　许多伟大的作家同时也是伟大的批评家，这是文学史上的事实。然而，当波德莱尔说"一切伟大的诗人本来注定了就是批评家"③、保尔·瓦莱里说"任何真正的诗人都必然是一位头等的批评家"④ 的时候，就不仅仅是确认了一桩事实，而是表明文学观念发生了一种变化。波德莱尔不再用柏拉图的"灵感说"和"迷狂说"来解释诗歌的创作了，"从心里出来的诗"在他那里得到的是嘲笑和鄙薄；相反，用瓦莱里的话说，他是"把批评家的洞察力、怀疑主义、注意力和推理能力与诗人的自发的能力结合在一个人身上"⑤，即诗人和批评家一身而二任。这是对盛极而衰的浪漫主义的修正与反拨。

　　波德莱尔生于 1821 年，于 40 年代初步入文坛，是时浪漫主义的"庙堂出现了裂缝"⑥，古典主义有回潮之势，唯美主义已打出了旗帜，现实主义尚在混乱之中。"伟大的传统业已消失，而新的传统尚未形成"⑦，这是一个流派蜂起、方生方死的时代，既是新与旧更替的交接点，又是进与退

---

① 亨利·勒麦特：《波德莱尔以来的诗歌》，巴黎，Armand Colin1968 年版，第 22 页。
② 安托瓦纳·亚当：《法国文学史》第二卷，巴黎，Larousse1968 年版，第 156 页。
③ 见中译本第 565 页。
④ 见《保尔·瓦莱里全集》第一卷，巴黎，七星文库版，第 1335 页。
⑤ 同上书，第 604 页。
⑥ 转引自安德列·费朗著《波德莱尔的美学》，第 77 页，巴黎，A. G. Nizet 版。
⑦ 《波德莱尔美学论文选》，郭宏安译，人民文学出版社 1987 年版，第 299 页。

汇合的漩涡。波德莱尔正是站在这样一个十字路口上，瞻前顾后，继往开来，他不仅是诗歌创作上的伊阿诺斯[①]，也是文艺批评上的伊阿诺斯。他的文艺思想在时代思潮的冲突中形成，又反映了时代思潮的变化，有卓见，也有谬误，丰富复杂，充满矛盾，其中既有传统的观念，又蕴藏着创新的因素，既表现出继承性，又显露出独创性，成为后来许多新流派的一个虽遥远却有迹可寻的源泉。

　　波德莱尔是一位创作伊始就具备了一套明确完整的理论的作家。他发表《给青年文人的忠告》一文时年仅二十五岁，那种过来人的口吻使人以为他早已著作等身，其实，此时波德莱尔的著作目录上只有四、五篇短小的书评、一本薄薄的画评和为数不多的几首十四行诗。波德莱尔同时表现出了创作的才能和批评的才能，他的批评活动的范围之广令人惊讶，举凡诗歌、小说、戏剧、绘画、雕塑、音乐、舞蹈，他都发表过富有独创性的见解。他并未写出系统的理论著作，他的思想和观点散见于大量的画评、书评、函札和诗篇之中。他的文学批评方面的文章汇编成集，题为《浪漫派的艺术》，艺术批评方面的文字则以《美学珍玩》为题行世。他认为：“现代诗歌同时兼有绘画、音乐、雕塑、装饰艺术、嘲世哲学和分析精神的特点；不管修饰得多么得体、多么巧妙，它总是明显地带有取之于各种不同的艺术的微妙之处。”[②]“对于一幅画的评述不妨是一首十四行诗或一首哀歌。”[③] 所以，在他看来，诗可以论画，画也可以说诗，诗画虽殊途而同归，他的文论和画评也因此而水乳交融，浑然一体。

　　“什么叫诗？什么是诗的目的？就是把善同美区别开来，发掘恶中之美，让节奏和韵脚符合人对单调、匀称、惊奇等永恒的需要；让风格适应主题，灵感的虚荣和危险，等等。”这是波德莱尔为《恶之花》草拟的序言[④]中的话，如果再加上应和论和想象论，就可以被视为他的完整的美学原则了。

　　一切文艺创作活动的根本出发点是文艺对现实世界（人的主观世界也

[①]　罗马神话中的两面神。
[②]　《波德莱尔美学论文选》，第 135 页。
[③]　同上书，第 215—216 页。
[④]　见《波德莱尔全集》第一卷，第 182 页，七星文库版，1975 年。

是一种现实世界）和非现实世界（例如想象世界，中国文论中所谓的
"意境"、王国维所说的"造境"之境）的关系，以及作家对这种关系的
感受和认识。波德莱尔认为"世界是一个复杂而不可分割的整体"[1]，"我
们的世界只是一本象形文字的字典"[2]。表现周围世界的真实是小说的目
的，而不是诗的目的，"诗最伟大、最高贵的目的"，是美[3]，诗要表现的
是"纯粹的愿望、动人的忧郁和高贵的绝望"[4]。诗人要"深入渊底，地
狱天堂又有何妨，到未知世界的底层发现新奇"[5]，要"翱翔在人世之上，
轻易地了解那花儿和无语的万物的语言"[6]。与小说所表现的真实相比，
"诗表现的是更为真实的东西，即只在另一个世界是真实的东西"[7]。波德
莱尔并不否认"我们的世界"的真实性，但是他认为在"我们的世界"
的后面存在着"另一个世界"，那是更为真实的东西，是上帝根据自己和
天堂的形象创造和规定的，而诗人之所以为诗人，乃是因为他独具只眼，
能够读懂这部"象形文字的字典"。所谓"读懂"，就是勘破世界的整体
性和世界的相似性，其表现是自然中的万物之间、自然与人之间、人的各
种感官之间、各种艺术形式之间，相互有着隐秘的、内在的、应和的关
系，而这种关系是发生在一个统一体之中的。波德莱尔在著名的十四行诗
《应和》中，集中地、形象地表达了这种理论：

应　　和

自然是座庙宇，那里活的柱子，

有时说出了模模糊糊的话音，

人从那儿走过，穿越象征的森林，

森林用熟识的目光将他注视。

① 《波德莱尔美学论文选》，第 556 页。
② 见《波德莱尔全集》第二卷，七星文库 1975 年版，第 59 页。
③ 《波德莱尔美学论文选》，第 201 页。
④ 同上书，第 206 页。
⑤ 引自《恶之花》第 21 首《献给美的颂歌》，《全集》第一卷。
⑥ 引自《恶之花》第 3 首《高翔远举》，《全集》第一卷。
⑦ 见《波德莱尔全集》第二卷，第 59 页。

　　如同悠长的回声遥遥地汇合
　　在一个混沌深邃的统一体中，
　　广大浩瀚好像黑夜连着光明——
　　芳香、颜色和声音在互相应和。

　　有的芳香新鲜若儿童的肌肤，
　　柔和如双簧管，青翠如绿草场，
　　——别的则腐败、浓郁，涵盖了万物，

　　像无极无限的东西四散飞扬，
　　如同龙涎香、麝香、安息香、乳香
　　那样歌唱精神与感觉的激昂。

这首诗被称为"象征派的宪章"①，内容非常丰富，影响极为深远。它首先以一种近乎神秘的笔调描绘了人同自然的关系。自然界中的万事万物都是彼此联系的，以种种方式显示着各自的存在，它们互为象征，组成了一座"象征的森林"，并向人发出信息，然而，这种信息是模模糊糊的，不可解的，唯有诗人才能心领神会；而且，人与自然的这种交流，纵然有"熟识的目光"作为媒介，却并不是随时随地可以发生的，只是"有时"而已，只有诗人才可能有机会洞察这种神秘的感应和契合，深入到"混沌而深邃的统一体中"，从而达到"物我一致"的境界。其次，这首诗揭示了人的各种感官之间的相互应和的关系，声音可以使人看到颜色，颜色可以使人闻到芳香，芳香可以使人听到声音，声音，颜色、芳香都可以互相沟通，也就是说，声音可以诉诸视觉，颜色可以诉诸嗅觉，芳香可以诉诸听觉，而这一切又都是在世界这个统一体中进行的。各种感官的作用彼此沟通，是一种心理和生理的现象，在我国古典诗文中也并不鲜见，但那往往是作为一种修辞的手段来使用的，波德莱尔则不然，他将其作为全部诗

_____

　　① 见罗贝尔－博努瓦·舍里克斯《恶之花诠释》，日内瓦，彼埃尔·卡耶出版社1949年版，第31页。

歌创作的理论基础，并由此而认为人与自然、精神与物质、形式与内容、各种艺术之间都存在着这种应和的关系。所以，他写道："斯威登堡早就教导我们说天是一个很伟大的人，一切，形式，运动，数，颜色，芳香，在精神上如同在自然上，都是有意味的，相互的，交流的，应和的。"[①] 他讽刺那些"宣过誓的现代的美学教授""关在（他那）体系的令人眼花缭乱的堡垒里，咒骂生活和自然"，并且明确指出："他忘记了天空的颜色，植物的形状，动物的动作和气味，他的手指痉挛，被笔弄成瘫痪，再也不能灵活地奔跑在应和的广阔键盘上了！"[②] 因此，应和论虽然带有神秘主义的色彩，却使波德莱尔一刻也不脱离现实的客观世界，使他致力于解读自然这部"词典"，并使他能够抓住"那种奇妙的时刻"。"那是大脑的真正的欢乐，感官的注意力更为集中，感觉更为强烈；蔚蓝的天空更加透明，仿佛深渊一样更加深远；其音响像音乐，色彩在说话，香气诉说着观念的世界。"[③] 在波德莱尔看来，艺术是"自然和艺术家之间的一种搏斗，艺术家越是理解自然的意图，就越是容易取得胜利"[④]。所谓"理解自然的意图"，就是"到未知世界的底层发现新奇"，"翱翔在人世之上，轻易地了解那花儿和无语的万物的语言"。

应和的理论并非波德莱尔首创，瑞士学者罗贝尔－博努瓦·舍里克斯认为，这种理论古已有之，上溯可至古希腊的柏拉图和普洛丁，中世纪的神学家，近世则在浪漫派作家拉马丁、雨果、巴尔扎克诸人的创作中留下踪迹[⑤]。我们从波德莱尔的言论中可以看出，他是融会了18世纪瑞典哲学家斯威登堡的神秘主义、18世纪德国作家霍夫曼的"应和论"、19世纪法国空想社会主义者傅立叶的"相似论"，将其写入一首精美的十四行诗中，用创作和批评的实践具体地、形象地发展了这一理论，从而开始了一种新的创作方法，直接为后来的象征派提供了理论和创作的依据。正如法国著名的波德莱尔研究者让·波米埃指出的那样："分散在小说家的作品中的

---

① 《波德莱尔美学论文选》，第 97 页。
② 同上书，第 360 页。
③ 同上书，第 381—382 页。
④ 同上书，第 258 页。
⑤ 见《恶之花诠释》，第 32—36 页。

这些思辨在诗人的手上被浓缩了。充满激情的创作使巴尔扎克无暇进行反复的、深入的思考，要由波德莱尔更专门地将这种神秘主义的理论应用于诗和美术，同时也使之处于一种既擅长抽象又擅长造型的天才的控制之下。"① 根据波德莱尔的应和论，诗人的地位和使命也就大大地改变了。在浪漫派那里，诗人担负着引导人类走向进步和光明的精神导师的使命，而在波德莱尔看来，诗人虽然仍具有崇高的地位，却不再是以引导人类为己任了，他虽然仍是先知先觉者，却不屑为人类社会的进步鼓吹了，他最高贵的事业是化腐朽为神奇，"你给我污泥，我把它变成黄金"②，"发掘恶中之美"，把这隐藏在感官世界后面的、事物内部的应和关系揭示给世人，因为这种关系，非诗的眼睛是看不见的。他说："一切都是象形的，而我们知道，象征的隐晦只是相对的，即对于我们心灵的纯洁、善良的愿望和天生的辨别力来说是隐晦的。那么，诗人如果不是一个翻译者、辨认者，又是什么呢？"③ 面对自然这部象形文字的字典，诗人再也不能满足于"摹写自然"，不能使作品只成为"一面不思想、只满足于反映行人的镜子"④，而应该求助于暗示，"某种富有启发性的巫术"⑤，对艺术家来说，"问题不在于模仿，而在于用一种更单纯更明晰的语言来说明"⑥。总之，诗不能满足于状物写景，复制自然，而应该深入到事物的内部，透过五光十色的表面现象，表现其各方面的联系，简言之，诗不应描绘，而应表现，表现的当然也不再是一片风景，一件事物，一种感情，而是诗人在某一形象面前所进行的以直觉为出发点的思索和联想。

　　波德莱尔的应和论的哲学基础是唯心主义的神秘主义，导致了诗的超脱和晦涩，然而，由于这种理论具有一定的现实的根据，特别是它强调了诗人的想象力和洞察力，又使诗摆脱了单纯的、表面的现象描绘和肤浅的、暂时的感情抒发，从而开拓了诗的领域，加强了诗的表现力。我们读

---

① 见让·波米埃《波德莱尔的神秘主义》，日内瓦，斯拉特金出版社1967年版，第155页。
② 见《波德莱尔全集》第一卷，第192页。
③ 见《波德莱尔美学论文选》，第97页。
④ 同上书，第339页。
⑤ 同上书，第79页。
⑥ 同上书，第258页。

波德莱尔的《恶之花》，只觉得它深刻，而并不感到它晦涩，这是因为他的幻象"是从自然中提炼出来的"，是对"记忆中拥塞着的一切材料进行分类、排队"，用"强制的理想化"使之"变得协调"①，也就是说，诗人的眼睛所看到的幻景"不是黑夜中的杂物堆积场，而是产生于紧张的沉思"②。应和论的发展和实践，是波德莱尔对法国诗的巨大贡献，其结果不是某种新的表现手法，也不是某种新的修辞手段，而是一种新的创作方法。波德莱尔不是象征主义运动的创始人，但他的确是名副其实的始作俑者。

　　诗是否具有某种实用的目的？是否具有某种社会的功用？这个自古以来就纠缠着诗人和理论家的头脑的问题，在浪漫主义运动的后期变得更为尖锐。在这个问题上发生的疑问，表明了浪漫派诗人随着政治上的失望而在创作上逃避现实的倾向。波德莱尔在这个问题上的态度，典型地说明了这种变化。1851 年之前，他对政治的变迁寄予了某种希望，在 1848 年革命中，曾以相当积极的态度在街垒上战斗，或办革命的报纸。这时，他对上述问题给予了相当肯定的回答。他认为，写诗不是为了诗人自己的乐趣，而是为了公众的乐趣。他在《1846 年的沙龙》卷首的《告资产者》中公开申明：这本书"自然是献给你们"资产者的，"因为任何一本书，如果不对拥有数量和智力的大多数人说话，都是一本愚蠢的书"③。他表示赞同斯丹达尔的话："绘画不过是组织起来的道德而已。"他盛赞工人诗人彼埃尔·杜邦，说他的成功主要是"由于公众的感情，诗成了这种感情的征兆，诗人则传播了这种感情"。他喜欢那种"与同时代的人们进行经常的交流"的诗人，他们"站在人类圈的某一点上，把（他）接到的人的思想在振动得更富有旋律的同一条线上传达出去"。他嘲笑"为艺术而艺术"是"幼稚的空想"，"由于排斥了道德，甚至常常排斥了激情，必然是毫无结果的"，并且断言：艺术与道德和功利是不可分割的④。这时，波德莱尔所说的道德，主要是对人类前途的"乐观主义"，"对人性善的无

---

① 见《波德莱尔美学论文选》，第 484 页。
② 同上书，第 422 页。
③ 同上书，第 214 页。
④ 同上书，第 25、26 页。

限信任"，"对自然的狂热的爱"，"对人类的爱"以及对穷苦民众的深切同情。但是，1848 年革命失败特别是 1851 年路易·波拿巴政变之后，波德莱尔放弃了本来就十分模糊的政治信念，脱离了那些具有共和思想的朋友们，受到了美国作家爱伦·坡的启发和影响，对上述问题就给予了不同的回答，更偏重于形式的方面。他说："诗除了自身外并无其他目的，它不可能有其他目的，除了纯粹为写诗的快乐而写的诗之外，没有任何诗是伟大、高贵、真正无愧于诗这个名称的。"① "诗是自足的，诗是永恒的，从不需要求助于外界。"② 他在 1857 年 7 月 9 日给母亲的信中说："我一贯认为文学和艺术追求一种与道德无涉的目的，构思和风格的美于我足矣。"③ 他对"许多人认为诗的目的是某种教诲，或是应当增强道德心，或是应当改良风俗，或是应当证明某种有用的东西"④ 很不以为然，因为美与真与善不是一回事，所谓"真善美不可分离""不过是现代哲学胡说的臆造罢了"⑤。因此，表现了美的艺术品本身就是道德的，它不必将道德、真、善等作为自己追求的目的。这前后两种观点的不同，说明了政治态度的演变导致了文学观念的演变。

　　但是，我们不应该以一种绝对化的态度看待政治态度和文学观念之间的关系，也不应该夸大前者对后者的影响。即以波德莱尔而论，他的前后两种观点的对立仅仅是表面的，实际上，他在脱离政治之后，并未从根本上否定先前的观点。他否定的是资产阶级的以善为内容的说教，而肯定了以恶为内容的揭露和批判，这是在另一个意义上肯定了诗歌的社会功用。因此，当有人指责福楼拜的《包法利夫人》没有对恶进行指控时，他可以断然拒绝这种指责，说："真正的艺术品不需要指控。作品的逻辑足以表达道德的要求，得出结论是读者的事。"⑥ 他还这样提醒读者。"应该按本来面目描绘罪恶，要么就视而不见。如果读者自己没有一种哲学和宗教指

---

①　见《波德莱尔美学论文选》，第 205 页。

②　同上书，第 205 页。

③　见《波德莱尔通信集》第一卷，七星文库版。

④　《波德莱尔美学论文选》，第 205 页。

⑤　同上书，第 73 页。

⑥　同上书，第 57 页。

导阅读，那他活该倒霉。"①　事实上，他也的确特别强调了发表于 1857 年的《恶之花》的道德上的意义，同时，他把更多的注意力放在诗的形式方面。他坚决认为，如果以思想比形式更重要为借口而忽略形式，"结果是诗的毁灭"②。

波德莱尔在发表于 1857 年的一篇文章中这样写道："请听明白，我不是说诗不淳化风俗，也不是说它最终的结果不是将人提高到庸俗的利害之上；如果是这样的话，那显然是荒谬的。我是说如果诗人追求一种道德目的，他就减弱了诗的力量；说他的作品拙劣，亦不冒昧。诗不能等同于科学和道德，否则诗就会衰退和死亡；它不以真实为对象，它只以自身为目的。"③　这段话表明，他不是反对诗所产生或具有的道德的作用和功利的效果，他反对的是为了说教的目的而写诗，因此，他可以对自己的作品发表两种不同的看法，既是矛盾的，又是一致的。例如对《恶之花》，他一方面可以说人们会从中引出"高度的道德"④，另一方面又可以说"这本书本质上是无用的，绝对的无邪，写作它除了娱乐和锻炼我对于克服障碍的兴趣外别无其他目的"⑤。说到底，波德莱尔要求的是"寓教于诗，不露痕迹"。他主张道德要"无形地潜入诗的材料中，就像不可称量的大气潜入世界的一切机关之中。道德并不作为目的进入这种艺术，它介入其中，并与之混合，如同溶进生活本身之中。诗人因其丰富而饱满的天性而成为不自愿的道德家"⑥。波德莱尔所以反对说教，是因为他认为说教会破坏"诗的情绪"。他把"诗的情绪"的对立面叫作"显示的情绪"，如科学和道德等，"显示的情绪是冷静的，平和的，无动于衷的，会弄掉诗人的宝石和花朵，因此，它是与诗的情绪对立的"⑦。由此可见，波德莱尔所强调的是诗所以为诗的特点，他的许多近似唯美主义的观点多半是出于这种考虑。因此，我们可以说波德莱尔有形式主义的倾向，却不能说他是个形式

---

①　《波德莱尔美学论文选》，第 41 页。

②　同上书，第 107 页。

③　同上书，第 205 页。

④　见《波德莱尔全集》第一卷，第 193 页，七星文库版。

⑤　同上书，第 181 页。

⑥　见《波德莱尔美学论文选》，第 101 页。

⑦　同上书，第 205 页。

主义者，不能把他的观点等同于泰奥菲尔·戈蒂耶的"为艺术而艺术"的唯美派观点。他的许多强调艺术、强调形式、强调诗与其他表现方式的区别的言论，多半是出于匡正时弊的目的，因为他对许多人把诗拿来当成说教的工具不满。他的《论泰奥菲尔·戈蒂耶》发表之后，引起许多人的责难，为此，他给维克多·雨果写了一封信解释了自己的意图："我熟谙您的作品，您的那些序言表明，我越过了您关于道德与诗的联系所陈述的一般理论。但是，在这种人们被一种厌恶的感情弄得远离艺术、被纯粹功利的观点弄得昏头昏脑的时候，我认为强调其对立面并无多大坏处。我可能说得过了一点，但我是为了获得足够的效果。"① 波德莱尔是不大相信雨果的诗歌理论的，但是这封信所表达的矫枉过正的意思却是真诚的，既符合当时诗坛的实际，又有他的《恶之花》为证。

　　总之，在诗的目的这个问题上，波德莱尔的态度是相当矛盾的，总的倾向是越来越强调形式，但他也从来没有否定诗的思想内容，因此，针对当时浪漫派诗人喜欢说空话、唱高调的流弊，他的观点是有积极意义的。他打破当时流行的真善美不可分割的观念，虽然过分地强调了区别，而忽视甚至否定了它们之间的联系，但对于冲击资产阶级的虚伪文学来说，仍然不失为一种积极的贡献。

　　波德莱尔反对诗人主观上为了道德的目的而写诗，这并不意味着诗人可以不负责任地任意挥写；而他本人也确是一贯鄙视那种专事刺激官能的淫秽文字的。他认为："诗在本质上是哲理，但是由于诗首先是宿命的，所以它之为哲理并非有意为之。"② 因此，"艺术愈是想在哲学上清晰，就愈是倒退，倒退到幼稚的象形阶段；相反，艺术愈是远离教诲就愈是朝着纯粹的、无所为的美上升"③。应该说，这个结论是很深刻的，它划清了艺术与人类的其他表达方式的界限，规定了艺术自身发展的道路和方向；但是，这个结论也有严重的错误，它只强调了区别而否定了联系，因而暴露出单纯追求形式的倾向，后来的象征派诗歌的迷惘晦涩似乎可以从这里找

---

① 见《波德莱尔通信集》第一卷，七星文库版。
② 见《波德莱尔美学论文选》，第8页。
③ 同上书，第384页。

到根源，而追求"纯粹的、无所为的美"又必然会导致诗歌的脱离社会，脱离人的现实生活，走上所谓"纯诗"的道路。不过，就波德莱尔本人而言，这种"纯粹的、无所为的美"是否唯一的存在，应否成为诗人的唯一追求，都是很成问题的。他的"发掘恶中之美"，实际上是深深地扎根在现实的土壤之中的，他发掘出来的美当然更不是"无所为的"。

　　美的问题，是一个纠缠了波德莱尔一生的大问题。在他看来，"诗最伟大、最高贵的目的"是"美的观念的发展"[1]，诗人的最高使命是追求美。他说："诗的本质只不过是，也仅仅是人类对一种最高的美的向往。"[2] 那么，美究竟是什么呢？波德莱尔在许多地方谈到美，值得注意的是，他对美有着独特的看法。他说："我发现了美的定义，我的美的定义。那是某种热烈的、忧郁的东西，其中有些茫然、可供猜测的东西。……神秘、悔恨也是美的特点。"[3] "不规则，就是说出乎意料，令人惊讶，令人奇怪，是美的特点和基本部分。"[4] 他列举了十一种造成美的精神，其中大部分都与忧郁、厌倦有关系，然后他说："我不认为愉快不能与美相联系，但是我说愉快是美的最庸俗的饰物，而忧郁才可以说是它的最光辉的伴侣，以至于我几乎设想不出（难道我的头脑是一面魔镜吗？）一种美是不包含不幸的。根据——有些人则会说：执著于——这种思想，可以设想我难以不得出这样的结论：最完美的雄伟美是撒旦——弥尔顿的撒旦。"[5] 众所周知，英国 17 世纪诗人弥尔顿笔下的撒旦是一个反抗的英雄形象。由此可见，波德莱尔的美是一种不满和反抗的表现，打上了鲜明的时代的烙印。所谓"美是古怪的"[6]，"美总是令人惊奇的"[7] 正是要让平庸的资产者惊讶，要惊世骇俗，要刺痛资产者的眼睛，波德莱尔的美，实际上是 1830 年革命和 1848 年革命之后，面对大资产阶级的秩序日益巩固加强，中小资产阶级知识分子普遍感到幻灭而产生的苦闷、彷徨、悲观、愤怒和

---

① 见《波德莱尔美学论文选》，第 205 页。
② 同上书，第 206 页。
③ 见《波德莱尔全集》第一卷，第 657 页。
④ 同上书，第 656 页。
⑤ 同上书，第 657—658 页。
⑥ 见《波德莱尔美学论文选》，第 362 页。
⑦ 同上书，第 400 页。

反抗等情绪的反映，因此，以难以排遣的忧郁为特征的浪漫主义就被他称为"美的最新近、最现时的表现"①了。

　　具体地说，波德莱尔认为美本身包含两个部分：绝对美和特殊美。他说："如同任何可能的现象一样，任何美都包含某种永恒的东西和某种过渡的东西，即绝对的东西和特殊的东西。绝对的、永恒的美不存在，或者说它是各种美的普遍的、外表上经过抽象的精华。每一种美的特殊成分来自激情，而由于我们有我们特殊的激情，所以我们有我们的美。"②波德莱尔的这种观点是一贯的，七年之后，他又写道："构成美的一种成分是永恒的，不变的，其多少极难加以确定，另一种成分是相对的，暂时的，可以说它是时代、风尚、道德、情欲，或是其中一种，或是兼容并蓄。它象是神糕有趣的、引人开胃的表皮，没有它，第一种成分将是不能消化和不能品评的，将不能为人性所接受和吸收。"③波德莱尔真正的兴趣在于特殊美，即随着时代风尚而变化的美，既包括着形式也包括着内容。这样，他就断然抛弃了那种认为只有古代古人的生活才是美的观念，而为现实生活充当艺术作品的内容进行了有力的鼓吹。"有多少种追求幸福的习惯方式，就有多少种美"④，"每个民族都拥有自己的美和道德的表现"⑤，这就是他的结论。因此，现实的生活，巴黎的生活，对波德莱尔来说，洋溢着英雄气概，充满着美，而巴黎的生活主要的不是表面的、五光十色的豪华场面，而是底层的、充斥着罪犯和妓女的阴暗的迷宫，那里面盛开着恶之花。他认为，巴尔扎克笔下的人物：伏脱冷，拉斯蒂涅，皮罗托，是比《伊利亚特》中的英雄还要高大得多的人物⑥。波德莱尔有力地证明了，描写社会中丑恶事物的作品不仅可以是激动人心的，而且在艺术上可以是美的，也就是说恶中之美是值得发掘的。所谓"发掘"，指的是"经过艺术的表现……带有韵律和节奏的痛苦使精神充满了一种平静的快乐"⑦。因

---

　　①　见《波德莱尔美学论文选》，第218页。
　　②　同上书，第300页。
　　③　同上书，第475页。
　　④　同上书，第218页。
　　⑤　同上书，第217页
　　⑥　同上书，第303页。
　　⑦　同上书，第85页。

此，单纯地展览丑恶的现象是得不到美的，丑恶现象本身也不就是美。波
德莱尔对"一面不思想、只满足于反映行人的镜子"是不以为然的。有些
人指责波德莱尔以丑为美，是没有根据的。他的美不表现为欢乐和愉快，
而表现为忧郁、不幸和反抗，这正说明他的诗植根于现实生活之中，打上
了鲜明的时代烙印。这种忧郁、不幸和反抗，正是他从现实的丑恶中发掘
出来的美。我们可以说，波德莱尔强调"特殊美"和"发掘恶中之美"
这一思想与巴尔扎克的批判现实主义在精神上是一致的。

　　一种深刻的悲观主义使波德莱尔认为通往美的道路是一条崎岖坎坷、
难以到达目的地的道路。他说："研究美是一场决斗，诗人恐怖地大叫一
声，随后即被战胜。"① 对波德莱尔来说，写诗从来也不是一种快乐，而永
远是"一件最累人的营生"②。美在波德莱尔的面前有如一座大理石雕像，
严厉，冰冷，神秘。

> 仿佛是从最高傲的雕像那里，
> 我借来了庄严的姿态，诗人们
> 将在刻苦的钻研中消磨时日。
> 　　　　　（《恶之花·美》）

然而，诗人喜欢"克服障碍"，他不灰心气馁，他仍然在追求。他靠什么
呢？不是从天而降的灵感，而是"刻苦的钻研"，不是靠"心"，而是靠
"想象力"。

　　灵感，是浪漫派诗人特别钟爱的东西，在波德莱尔的眼里，却有着截
然不同的面貌。他认为，艰苦的精神劳动，日夜不息的锻炼，是灵感产生
的基础。灵感不是神秘莫测的天外之物，而是"毅力、精神上的热情，一
种使能力始终保持警觉、呼之即来的能力"③。他在当时人们普遍推崇天
才，强调灵感的风气中，毫不含糊地指出：新一代的文学家由于绝对地相

---

① 见散文诗集《巴黎的忧郁》第三首：《艺术家的"悔罪经"》。
② 见《波德莱尔通信集》第一卷，七星文库版。
③ 见《波德莱尔美学论文选》，第 209 页。

信天才和灵感，而"不知道天才应该如同学艺的杂技演员一样，在向观众表演之前曾冒了一千次伤筋断骨的危险，不知道灵感说到底不过是每日练习的报酬而已"[①]。他告诫年轻的作家："要写得快，就要多想，散步时，洗澡时，吃饭时，甚至会情妇时，都要想着自己的主题。"[②] 他自己写诗是字斟句酌，反复推敲，甚至不放过一个标点符号，他在《太阳》一诗中写道：

> 我要独自锻炼那奇异的剑术，
> 在各个角落寻觅偶然的韵律，
> 在字眼上踉跄，像在路上一样，
> 有时会碰到梦想已久的诗行。

这正是他关于灵感的观点的形象写照。因此，他嘲笑那些绝对相信灵感的作家"装作如醉如痴的模样，闭上眼睛想着杰作，对混乱状态怀着充分信心，等待着抛到天花板上的字落在地上成为诗"[③]。但是，波德莱尔并不否认灵感，恰恰相反，他还相当精确地描绘过灵感袭来的情景，特别是他还有过这样奇特的感受："灵感总是招之即来，却不总是挥之即去。"[④] 这正道出了诗人在灵感的裹挟下欲罢不能的情形。总之，在灵感和艰苦的劳动之间，波德莱尔显然更推崇后者，这既是他个人的经验之谈，也是他关于美的观念的必然结果。

艰苦的精神劳动不仅有助于灵感的产生，还有助于想象力的发挥。波德莱尔基于对世界的统一性和相似性的认识，特别重视想象力的作用，因为想象力是应和现象的引路人和催化剂。"是想象力告诉颜色、轮廓、声音、香味所具有的精神上的含义。"他把想象力奉为人的"最珍贵的秉赋，最重要的能力"，"一切能力中的王后"，"它理应统治这个世界"[⑤]。不仅艺术家不能没有想象力，就是一个军事统帅，一个外交家，一个学者，也

---

① 见《波德莱尔美学论文选》，第151页。
② 同上书，第17页。
③ 同上书，第207页。
④ 见《波德莱尔全集》第一卷，第657—658页。
⑤ 见《波德莱尔美学论文选》，第404、405页。

不能没有想象力，甚至音乐的欣赏者也不能没有想象力，因为一首乐曲"总是有一种需要由听者的想象力加以补充的空白"①，这可推广及于其他艺术领域，如文学、绘画等。那么，想象力究竟是什么呢？波德莱尔说："它是分析，它是综合，但是有些人在分析上得心应手，具有足够的能力进行归纳，却缺乏想象力。……它是感受力，但是有些人感受很灵敏，或许过于灵敏，却没有想象力。……它在世界之初创造了比喻和隐喻。它分解了这种创造，然后用积累和整理的材料，按照人只有在自己灵魂深处才能找到的规律，创造一个新世界，产生出对于新鲜事物的感觉。"② 在他看来，想象力是一种"神秘的"能力，深藏在人的灵魂之中，具有"神圣的来源"③，其关键在于"创造一个新世界，产生出对于新鲜事物的感觉"。这种观点与应和的理论是一脉相承的，所谓"规律"，正是应和论所揭示的规律，所以，波德莱尔又以更明确的语言写道："想象不是幻想，想象力也不是感受力，尽管难以设想一个富有想象力的人不是一个富有感受力的人。想象力是一种近乎神的能力，它不用思辨的方法而首先觉察出事物之间内在的、隐秘的关系，应和的关系，相似的关系。"④ 由此可以看出，波德莱尔认为，想象力是一种近乎直觉的能力，并有着浓厚的神秘色彩。这当然不是对想象力的科学说明，但是，值得注意的是，波德莱尔并未割断想象与现实生活的联系，因此，他认为必须说明的是，"想象力越是有了帮手，才越有力量，好的想象力拥有大量的观察成果，才能在与理想的斗争中更为强大"⑤。同时，他还肯定："想象是真实的王后，可能的事也属于真实的领域。"⑥ 想象力带给读者的是"缪斯的巫术所创造的第二现实"⑦。他还特别指出：想象力"包含批评精神"⑧。这就是说，想象归根结底是一种理性的活动。波德莱尔看到了创作行为既是自觉的又是不自觉

---

① 见《波德莱尔美学论文选》，第 554 页。
② 同上书，第 404—405 页。
③ 同上书，第 406 页。
④ 同上书，第 200 页。
⑤ 同上书，第 405 页。
⑥ 同上书，第 405 页。
⑦ 同上书，第 80 页。
⑧ 同上书，第 407 页。

的，所以他不推崇所谓"心的敏感"而强调"想象力的敏感"。他指出："心的敏感不是绝对地有利于诗歌创作，一种极端的心的敏感甚至是有害的。想象力的敏感是另外一种性质，它知道如何选择，判断，比较，避此，求彼，既迅速，又是自发地。"① 这样，波德莱尔就不仅深刻地批判了"艺术只是摹写自然"的理论，树立了想象在文艺创作中的崇高地位，扩大了"真实"的领域，而且还把想象建立在对客观世界的观察与分析之上，冲淡了它的神秘色彩，加强了它与现实生活的联系。

波德莱尔在创作中，谨守古典的规则，追求纯熟的技巧，因为他虽然十分重视想象力的作用，却丝毫也不抱怨形式的束缚。他推崇"巨大的热情"和"非凡的意志"相结合的人。所谓"意志"，就是驾驭热情的能力。他正确地阐述了想象力和技巧之间的关系："一个人越是富有想象力，越是应该拥有技巧，以便在创作中伴随着这种想象力，并克服后者所热烈寻求的种种困难。而一个人越是拥有技巧，越是要少夸耀，少表现，以便使想象力放射出全部光辉。"② 想象力和技巧，轻重，主从，判然有别，各居其位，这样的见解既通达又深刻，可谓精辟。技巧是在一定的束缚中所获得的自由。波德莱尔认为，诗歌的格律不是凭空捏造杜撰出来的，而是精神活动本身所要求的基本规则的集合体，格律从不限制独创性的表现，相反，它还有助于它的表现③，"因为形式的束缚，思想才更有力地迸射出来……"他举例对此做了精彩的说明："您见过从天窗，或两个烟囱，或两面绝壁之间，或通过一个老虎窗望过去的一角蓝天吗？这比从山顶望去，使人对天空的广袤有一个更深刻的印象。"④ 规则和形式都是某种限制，思想却由于技巧得到更好的表现。小中见大，通过有限来表现无限，这是波德莱尔的实践与理论的核心之一，既是一种技巧，也是一种创作原则。

技巧和规则所以重要，还因为它们反映了人为的努力。波德莱尔的美学观念中的一个重要原则是重艺术（即人工）而轻自然。他认为艺术是美

---

① 见《波德莱尔美学论文选》，第78页。
② 同上书，第396页。
③ 同上书，第411页。
④ 见《波德莱尔通信集》第一卷，七星文库版。

的，是高于自然的，而自然是丑的，因为它是没有经人为的努力而存在的，所以与人类的原始罪恶有关系。自然使人由于本能的驱使而犯罪，相反，"一切美的、高贵的东西都是理性和算计的产物"，"美德"是"人为的，超自然的"，因此，他的结论是："恶不劳而成，是自然的，前定的；而善则总是一种艺术的产物"①写诗也是如此，呕心沥血做出来的诗，才可能是好诗，而自然流露的诗，他是不以为然的。因此，"心里有激情，有忠诚，有罪恶，但唯有想象里才有诗"②。绘画也不例外，"一处自然胜地只因艺术家善于置于其中的现时的感情才有价值"③，所以，"想象力造就了风景画"④。波德莱尔的这种重艺术轻自然的观点显然是打上了基督教原罪说的印记，但是从美学上看，却是有错误也有真理的。其错误在于割断了艺术与自然的关系，把两者绝对地对立起来。其真理则在于指出和肯定了艺术的作用，即人对自然的加工和改造的作用。自然本身有美，也有丑，认为顺应自然就是美，这种观点也是片面的。波德莱尔反对艺术单纯地模仿自然，也是直接与这种观点相关联的。同时，波德莱尔所说的自然含义很广，既包含大自然，也包含人们周围的社会存在，甚至还有所谓人性，等等，因此，他的厌恶自然也具有反抗社会现实的意思。当然，说波德莱尔与人异趣，厌恶大自然的一切，那也有失公正，他的许多诗篇和画评就是证明，而且他的早期文学评论恰恰是强调"真诚"和"自然"的。因此，对于波德莱尔的许多厌恶"单纯的自然"的言论，应该从他强调艺术的角度去看，而不应该加以绝对化，夸大他的某些不正常的心理和过激的言辞。

1984 年 12 月，北京

（《波德莱尔美学论文选》于 1987 年 9 月出版）

---

① 见《波德莱尔美学论文选》，第 505 页。

② 同上书，第 76 页。

③ 同上书，第 448 页。

④ 同上书，第 453 页。

谁是少数幸福的人

——《红与黑》代译序

　　子曰："五十而知天命。"现今五十岁上下的中国知识分子，很少不知道有一本法国小说叫做《红与黑》的，因为他们当中的许多人都在年轻的时候读过这本书，都怀着激烈昂奋甚至矛盾的情绪对待过书中的主人公，无论他们是喜欢他还是讨厌他，是同情他还是鄙视他。他们后来也都被教导过怎样读这本书，怎样看这个人。于是，喜欢这本书、同情这个人的许多人改变了态度，有的是心悦诚服，有的是阳奉阴违，有的则是缄口不言了，当然也有人为这本书这个人付出过代价。一本书让一些人激动，让一些人愤怒，让一些人恐惧，也让一些人不惜兴师动众口诛笔伐强迫另一些人改变看法和态度，这就是《红与黑》在中国的命运。俱往矣，那个距离我们还不太遥远的史无前例的年代！还有那个虽非史无前例却已然开始有些离奇的年代！

　　不过，平心而论，对一本书提出"怎样读"的问题，本身并非别出心裁，更不是发明创造，当然也无可非议，这是所有可以被称作伟大的小说的共有的品格。例如《红楼梦》，有人读出了革命，有人读出了政治，有人读出了爱情，有人读出了人生，等等。或者就如鲁迅先生所说的那样，"经学家看见《易》，道学家看见淫，才子看见缠绵，革命家看见排满，流言家看见宫闱秘事"，似乎亦无不可。只是请这些种种的家勿强迫别人见他们之所见，以"怎样读"为由在别人的灵魂里动刀动枪的。《红与黑》也是一样。自 1830 年以来，近两个世纪中，人们从中看出的东西绝不比从《红楼梦》中看出的少。有学者说，关于《红与黑》的研究已经成为了西方的"红学"，这不是夸大其词。在中国，关于曹雪芹的《红楼梦》，有所谓"红学"和"曹学"；在西方，关于斯丹达尔（他的名字曾经被译做司汤达）的《红与黑》，则有"红学"和"贝学"，因为斯丹达尔本名叫亨利·贝尔。这里把两本书扯在一起，并没有打算作一篇比较文学论文的意思，这两本书的因缘不单单在它们都有一个不寻常的命运，而实在是因为它们都有一个不寻常的"怎样读"的问题。曹雪芹写道："满纸荒唐言，一把辛酸泪。都云作者痴，谁解其中味。"斯丹达尔则坚信五十年后《红与黑》才会有读者，他说："我将在1880年为人理解。""我看重的仅仅是在1900年被重新印刷。"或者做一个"在1935年为人阅读的作家"。看来，怎样读才能解"其中味"，乃是这两本书面临的共同的问题。

　　研究者已经用丰富的事实证明了，《红与黑》真实地再现了法国波旁王朝复辟以后的历史氛围。斯丹达尔是个旅行家，足迹遍及巴黎和外省的许多地方，他利用细腻的观察和切身的体验，准确生动地描绘了外省生活的封闭狭隘和被铜臭气毒化的心灵。在小城维里埃，耶稣会横行霸道，资产阶级自由派虎视眈眈，封建贵族则感到危机四伏。不过，从上到下，从贵族到平民，最高的行为原则只有一个："带来收益。"巴黎的上流社会则以烦闷无聊为特征，花天酒地，寻欢作乐，夸夸其谈，但都掩盖不住他们对拿破仑的仇恨和恐惧。在巴黎，在外省，复辟的贵族和反动的教会都一样地害怕再来一次革命，这是一个停滞、萎缩、丧失了活力的社会。自由资产阶级也不见有更多的光彩，他们与封建贵族既相互对立又相互勾结。

　　斯丹达尔在小说中设置了许多准确的时间参照，例如选举的时间，话剧《欧纳尼》和歌剧《曼侬·莱斯戈》的演出，秘密宗教组织"圣会"影射"信仰骑士联合会"，等等，诸如此类的史实，都令当时的读者一眼便可看出那是查理十世的治下。研究者还为书中的许多人物找出了可能的原型，例如德·莱纳市长的原型是卡里克斯特·德·皮纳侯爵，斯丹达尔早年的一个同学；年轻的阿格德主教的原型是红衣主教德·罗安公爵，不到四十岁就当了贝藏松的大主教；总理德·奈瓦尔先生的原型是德·波利涅克亲王，1830年的外交部长，当年又担任了总理；德·拉莫尔侯爵的原型则是爱德华·德·菲茨-雅姆公爵，贵族院议员，国王的亲信，等等。这一切都使《红与黑》具有一种历史的真实感。

　　研究者利用斯丹达尔本人的文字和当时报刊的材料，揭示出《红与黑》的副题《1830年纪事》并非虚言，确为"七月革命"前夕山雨欲来风满楼的政治形势的真实写照。他们早就把目光投向了书中有关"秘密记录"的四章，认为是作者以真实的政治事件为蓝本写出的，即1817年保皇党人密谋请求外国的军事保护，以对付日益迫近的革命危机。晚近的研究则抛弃了这个"蓝本"，径直指出斯丹达尔于1829年和1830年写给朋友的信中就站在共和党人的立场上谈论1830年的内战危机，几乎用的就是小说中的语言。在当时报刊中的文章中已经出现了"密使"、"秘密记录"的字样，有的文章甚至列出了参加秘密会议的人的名单，其中就有刚刚上任的总理德·波利涅克亲王。有案可稽，查理十世的政府确有企图废宪的活动，而且把希望寄托在莱茵河的彼岸。著名的极端保王党人维特罗尔在回忆录中透露，保王党人在1830年企图发动政变，用君主专制取代当时的君主立宪制。有的研究者甚至认为这几章是"全书的关键"，这当然是一种以阶级斗争为纲的观点，似乎是模仿第四回《红楼梦》的"总纲"的说法。

　　研究者无一例外地怀着极大的兴趣关注于连·索莱尔的悲剧命运，因为他是小说的主人公，全部《红与黑》就是他浮沉升降兴衰荣辱的过程。一个孱弱腼腆的平民青年只靠着自己的聪明才智和坚忍不拔的毅力在一个等级森严的社会里奋斗，为了实现他那巨大的野心，他不仅要处处显示知识和能力上的优势，还要采取种种不大光彩的手段，例如虚伪、作假和违心之举。然而正当他爬上一定的位置，自以为踏上了飞黄腾达的坦途时，一封信就打断了他上升的势头，让他明白他仍然是一个"汝拉山区的穷乡下人"。他曾经试图摆脱自己受欺凌、遭蔑视的地位，以为在贵族社会里爬上高位就是实现了自己的抱负，然而他终于不曾放弃他最后的防线，即他的尊严。在这个人物形象的身上，作者打上了或深或浅的个人印记，读者也倾注了最复杂、最矛盾也最激烈的感情。有的研究者在于连的身上看到的是心灵的诗意和社会的平庸之间的对立和冲突，是社会对个人的戕害以及个人对社会的反抗。有的研究者认为，于连的全部心灵都体现着一种与封建观念相对立的思想体系，一种以个人为核心的思想体系，这种思想体系决定了他和那个行将灭亡的社会之间的不可调和的冲突，也决定了他无可挽回的悲剧命运。有的研究者则认为，于连的悲剧是小私有者盲目追求个人利益的悲剧。于是，于连究竟是一个个人主义野心家，还是一个反抗封建制度的资产阶级英雄，他是值得同情，还是应该受到批判，等等，就成了人们争论不休的问题。

研究者怀着同样强烈的兴趣关注于连的爱情，因为于连的成功以同两个女人的恋情为标志，他也是在这两个女人的爱情中走向死亡的。于连和德·莱纳夫人的爱情始于于连的诱惑，止于德·莱纳夫人的征服；于连和德·拉莫尔小姐的爱情则始于德·拉莫尔小姐的主动争取，止于于连的消极排拒。一个是"心灵的爱情"，一个是"头脑的爱情"，结果是心灵战胜了头脑。对于连来说，爱情是手段，飞黄腾达、社会成功才是目的。然而于连毕竟是善良的，他不能在爱情中始终藏着心计，反而极易动真情。在试探中，在缠绵中，在痛苦中，在激情澎湃中，在感情的种种波折中，他都有真情的流露。他真诚地爱过德·莱纳夫人，也真诚地爱过德·拉莫尔小姐。当他一旦明白社会成功并不就是幸福的时候，他离开了德·拉莫尔小姐，投入了德·莱纳夫人的怀抱。于连的两次爱情经历，对于连来说，是破除迷障走向清醒；对斯丹达尔来说，则是一种爱情观的呈现，爱情不仅仅是肉体的接触，更是两颗心灵的融合。

德·拉莫尔小姐的感情固然也从造作走向真实，但其支柱始终是一种思想，为斯丹达尔所不取；德·莱纳夫人的感情则始终是一种心灵的呼唤，是自然的，为斯丹达尔所赞许。如果说把《红与黑》称作爱情小说会给人一种褊狭之感的话，毕竟还是比将其称作政治小说更为自然，不使人感到窒息。

喜欢考证的研究者提供了大量的材料，证明了《红与黑》和两宗刑事案件的联系：一宗是于 1828 年 2 月宣判的贝尔德杀人案，一宗是于 1829 年 3 月宣判的拉法格杀人案。贝尔德的生活经历和于连的大体相似，斯丹达尔大概是拿来做了小说的框架，但是他显然不满意贝尔德在法庭上的表现，因为他试图获得法官的同情以求免于一死。斯丹达尔把拉法格在法庭上的表现移植到了于连的身上。拉法格是一个细木匠，他残忍地杀死了他的情人，被判处五年监禁。然而他在法庭上极为镇静，坦然叙述犯罪的详细经过，斯丹达尔读过报道极表钦佩，多次在他的《罗马散步》中提及，并比之于奥赛罗，甚至将其与罗兰夫人、拿破仑等并列，称他"有高贵的灵魂"。然而，这种联系毕竟是在写作的过程中发生的，而不是斯丹达尔看了案情的报道才有了《红与黑》的创意。早在 1827 年出版的小说《阿尔芒斯》中他就表达了描绘当代风俗的愿望，继而在 1829 年 10 月 25 日夜里萌生了以一个年轻人的命运为中心写一本小说的念头，当时他给这本未来的小说起的名字是《于连》。那两宗刑事案件只给他提供了故事的骨骼，而生气灌注的血肉，诸如历史氛围、社会现实、风土人情、人物心理，等等，则完全出自他的艺术创造。应该补充的是，斯丹达尔本人从未提及《红与黑》和这两宗案子的关系，而在思想的高度和哲理的深度上，两者显然不可同日而语。

　　上述种种，就是研究者在《红与黑》中看出的主要东西，区别大约只在程度和色彩上，如有的人看出了复辟和反复辟的阶级斗争规律之类。只看到其中一点，显然难逃以偏概全之讥，然而面面俱到，来个大汇合，是否就解了《红与黑》的"其中味"呢？我以为未必。因为读者看到上述一个或几个方面，甚至全部，并不是一件十分困难的事情，然而斯丹达尔却反复申明：他五十年后才能得到理解。当然，斯丹达尔五十年后甚至一百五十年后是否"为人理解"，看来仍旧是个问题，但这究竟意味着，《红与黑》必然有一个超越上述一切的东西存在，它超越了复辟贵族的倒行逆施，超越了反动教会的严密控制，超越了小城维里埃的"三头政治"，超越了巴黎十二人的秘密会议，超越了于连的爱情，超越了于连的死，总之，超越了"1830 年纪事"。

　　在《红与黑·卷上》的卷首，斯丹达尔引用了假托丹东的一句话"真实，严酷的真实"作为题词；在《红与黑·卷下》的卷首，他引用了圣伯夫的一句话"她不漂亮，她不搽胭脂"作为题词，其意也在真实。《红与黑》的真实，如果单说历史的真实的话，那是有目共睹的，当代人也是承认的。然而斯丹达尔还有一句题词，置于全书总目录下，即用英文写的"献给少数幸福的人"，这可以理解为：《红与黑》这本书是为少数幸福的人写的，这就是说，幸福的人总是少数，只有这少数才能理解《红与黑》这本书。按照法国图书的习惯，目录是置于正文之后的，这样，三句题词在空间上就有了距离，这种距离会对读者提出一个具有冲击力和挑战性的问题："您是少数幸福的人之一吗？您能看出这本书的真实吗？您看出了本书历史和现状、行为和动机的真实，您就是少数幸福的人吗？"这是三句题词之间隐含的矛盾，这种矛盾能够激励读者深思，倘若他是或者想成为"少数幸福的人"。这就是说，要理解《红与黑》，必须通过两道大门：一是"真实"，一是"少数幸福的人"。斯丹达尔所说的"真实"，不仅仅是《红与黑》的历史氛围、政治形势、人物行为，等等，而且是一种不能为所有人一眼即能看出的真理和智慧。斯丹达尔所说的"少数幸福的人"，不是那种有钱有势的人，如市长、主教、侯爵者流，当然也不是关在收容所里的乞丐，不是受到父亲欺凌、市长轻视、侯爵指使的于连，而是入狱以后大彻大悟的于连，此刻的于连具有了"少数幸福的人"的基本品格。因此，要通过那两道大门，必须从于连开始，还必须再回到于连。这一圆圈的中心将是《红与黑》这个书名的神秘含义。

自《红与黑》问世以来，直到今天，这个书名究竟象征着什么，研究者一直没有一致的看法，聚讼纷纭，莫衷一是。或者认为"红"是指红色的军装，代表军队，"黑"指教士的黑袍，代表教会；或者认为"红"是指法国大革命和拿破仑战争的英雄时代，"黑"是指复辟王朝的反动统治；或者认为"红"指以特殊方式反抗复辟制度的小资产阶级叛逆者于连，"黑"指包括反动教会、贵族阶级和资产阶级在内的黑暗势力，等等。其他种种看法大体上可以分别归入以上三类。三种看法之中，第一种符合斯丹达尔本人的意见。有朋友问他，小说的题目是什么意思。他解释说："红"意味着于连若出生得早，他会是个士兵；然而他生不逢时，只好披上道袍，这就是"黑"。不过，这里斯丹达尔也只是给了一个看问题的起点，并不能穷尽"红"与"黑"的全部含义。实际上，上述三种看法无论有多大的分歧，它们总有一个共同的基点，即把"红"和"黑"看作是对立的、矛盾的、水火不相容的，尤其是后两种看法。因此，第一种看法只是表面上符合斯丹达尔本人的意见，实际上仍是未解"其中味"。在斯丹达尔的解释中，"红"（士兵）和"黑"（道袍）不是对立的，而是平行的。其所以不同，乃是因为时过境迁，历史环境变化了。这不仅更符合于连的实际行为和他所处的真实环境，也可以从根本上解释于连的悲剧命运，从而呈现出那个超越一切的智慧和哲理。

　　《红与黑》的全部故事是按照时间的顺序展开的，然而斯丹达尔给出的时间参照，例如季节、物候、节日、着装等，却相当模糊，粗算一下，从于连的出场到被处决，大约有四年的时间，也就是说，于连快到十九岁时到德·莱纳先生家当家庭教师，二十一岁左右进德·拉莫尔府当秘书，二十三岁前后入狱，两个月后死。这四年中，于连唯一的念头是"发迹"，是"飞黄腾达"，进军队还是进教会，只是机缘问题。于连的方针已定："在有利的条件下，按照那时法国实行的风尚，当兵或当教士。"在当时，两者都不失为一种好出路，例如，德·莱纳先生就打算让他的三个儿子，"老大进军队，老二进法院，老三进教会"。因此，"红"与"黑"，对于连来说，不过是熊掌和鱼罢了，得到哪个都行。实际上，于连自打"很小的时候"看见几个从意大利归来的威风凛凛的龙骑兵，从而"发疯般地爱上了军人的职业"，后来在"十四岁时"又眼看着一个儿女成行的治安法官败于一个三十岁的副本堂神甫，就绝口不谈拿破仑了，立志要"当教士"。此后八、九年当中，他实际上一直在士兵和教士之间游移徘徊。用他的话说，就是："在拿破仑治下，我可能当个副官；而在这些未来的本堂神甫中，我则要当代理主教。"总之，于连是要"宁可死上一千次也要飞黄腾达"。

　　不过，细心阅读的读者可以注意到，于连口口声声"成功"、"发迹"、"飞黄腾达"之类，时时处处羡慕有钱人的"幸福"，却从来没有说清楚他究竟要什么。金钱他当然是要的，他动辄想当今一个主教比当年一位将军多挣多少法郎，然而他关心和谁一起吃饭胜过拿多少薪水，他拒绝过和爱丽莎的有利的婚事，他不肯走富凯那样的稳妥的发财之路，他也从不接受没有名分的馈赠……总之，于连不是一个爱钱的人，这是他和当时一般渴望成功的人之间的很大的区别，包括贵族和资产者。再说社会地位，他当然常想三十岁当上将军，看见阿格德主教比他大不了几岁就"为他的马刺感到羞愧"，得到"第一次提升"就"欣喜若狂"，当了轻骑兵中尉、有了骑士的封号就"喜出望外"……然而这一切给他带来的首先是荣誉，是平等，是自由，其次才是金钱、财富和享受。于连不是一个有政治经验的人，他"不属于任何沙龙，不属于任何小集团"。这一点德·拉莫尔侯爵看得最清楚："他没有一个不失去一分钟、一个机会的律师所具有的那种机灵、狡猾的才能。"可以说，于连想到或感到的幸福很少有物质的成分，多为贵妇的青睐、自尊心的满足、能力的实现甚至读书的自由，有时候哪怕远离男人的目光，也能让他有一种幸福之感。总之，说于连是一个个人主义野心家固然不错，但不如说他是一个追求个人幸福而不幸走上歧途的年轻人更来得准确。这里的"歧途"不是说他采用了为社会道德所不容的手段之类，而是说，于连在社会通行的规范中无论成功与否都不能获得幸福。于连的所作所为甚至他的所思所想和他的心灵呼唤在本质上是矛盾的。

于连是一个成长中的形象，死的时候才二十三岁。如果说"在到达（虚伪）这个可怕的词之前，这年轻农民的心灵曾走过很长的一段路"，那么他的死意味着他只不过在一条更长的路上刚刚迈出了第一步，这一步他是在监狱里走完的。内容丰富、分量沉重、寓意深远的《红与黑》实际上写的是一个年轻人在追求幸福的道路上如何从迷误走向清醒，说到底是写了一个"悟"字。陶渊明《归去来兮辞》有句云："既自以心为形役，奚惆怅而独悲！悟已往之不谏，知来者之可追；实迷途其未远，觉今是而昨非。"这是人类永恒难题的唯一的解，也正是《红与黑》中于连处境的真实写照。斯丹达尔的高明在于，他只在"迷"字上用力，似乎曲径通幽，柳暗花明，谁都说是从胜利走向胜利，而在仿佛登上了高峰时却突然两记枪响，让主人公重重地跌在地上，犹如一声断喝："此路不通！"于是主人公恍然"觉"，而后在回想中大彻大悟，从此走上了新的道路……于连在押两个月后赴刑，这条新的道路实际上是留给读者走的，这读者就是斯丹达尔心目中的"少数幸福的人"；换句话说，唯有看出并走上这条新的道路的读者，才是斯丹达尔心目中的"少数幸福的人"。因此，《红与黑》的主题乃是人怎样才能够幸福。

人来到世界上，没有不追求幸福的，贵为帝王，贱为囚徒，概莫能外，整日忙于政治的德·拉莫尔侯爵也把"享乐"看做"高于一切的事情"。然而，金银财宝、醇酒妇人、高官厚禄，千钟粟、黄金屋、颜如玉，或者，与世无争、清心寡欲、难得糊涂、外离相内不乱、平常心地说了几千年，什么是幸福，如何得到幸福，仍然是一个使人类至今感到困惑的问题，于连的"迷"与"觉"正在对于这个问题的反思和回答之中。

　　于连首先是把社会的或他人的标准作为自己获得幸福的标准，追求所谓社会成功和他人承认。他的虚伪，他的心计，他的警觉，他的"作战计划"，他的种种防范措施，无一不是为了在社会上"发迹"、"出人头地"和"飞黄腾达"。然而这一切并非与他内心的呼唤没有冲突矛盾，因此他总是处于草木皆兵、风声鹤唳的紧张状态，虽然他实际上确是马到成功、步步高升，却不曾品尝到片刻的快乐。即便他在巴黎节节胜利，每每感到快乐"到了极点"，也常常是"骄傲多于爱情"，"是一种野心实现后感到的狂喜"。他的社会成功从未给他带来过幸福，反而淹没了他的真实自我，为表象而牺牲了本质。但是，于连毕竟是"一棵好苗子"，本性善良，这使他的伪装总是露马脚，他的计划总是漏洞百出，他的做作总是泄露真情，他的趋奉总是引起怀疑，最终使他永远被视为异类，因"与众不同"而陷入无穷无尽的痛苦之中。于连的这种悲剧乃是一切出类拔萃之辈的永恒悲剧，无论是在专制社会，还是在共和社会，还是在民主社会，都是如此。所以，于连不仅和复辟贵族是矛盾的，和反动教会是矛盾的，和资产阶级也是矛盾的，甚至和资产阶级共和派也是矛盾的。于连的悲剧体现了个人和社会的矛盾，这就意味着，社会乃是个人幸福的障碍，或者说，追求社会成功使渴望幸福的人踏上歧途。

　　然而哪一个人能够脱离社会与世隔绝呢？就是荒野中的柱头隐士也还要有弟子送饭送水。所以，人还是要在社会中、在人际关系中求得幸福，那就只有两条路可走，一是反求诸己，追求精神价值，一是承认并享受平常的幸福，于是就有古希腊的犬儒学派，就有颜回的"箪食瓢饮"，就有贺拉斯的"平凡的幸福"，就有斯丹达尔的"生活在巴黎，年金一百路易，读书写字"。于连固然四面树敌，"把虚伪和泯除一切同情心作为获得安全的通常的手段"，但是他究竟还有快乐的时候。于连的第一个快乐就是读书，读他自己的《可兰经》：卢梭的《忏悔录》、拿破仑的《圣赫勒拿岛回忆录》及大军公报，拿破仑的榜样"给自以为极不幸的他带来安慰，又使他在快乐的时候感到加倍的快乐"。于连的第二个快乐是摆脱了父兄的欺侮和虐待，虽然还不是离开维里埃，但已差不多是"飞黄腾达"的第一步了。于连在德·莱纳市长家里的快乐有两类：一是履行了某种"责任"之后而感到的报复的快乐；一是"远离男人的目光"，毫无恐惧之心地和德·莱纳夫人相处，"尽情享受生活的快乐"。他也有满足虚荣心的快乐，但是他也因不能真诚而败坏了更多的快乐。当于连在德·莱纳夫人面前"把野心抛诸脑后"的时候，斯丹达尔指出，"从未爱过也从未被爱过的于连觉得做个真诚的人是那么甜蜜愉快"，然而，斯丹达尔又立刻指出，于连恰恰"缺的是敢于真诚"。这种种的快乐，大多是贺拉斯所说的"平凡的幸福"。于连在野心勃勃的时候往往感受不到，而这正是斯丹达尔在描写上升中的于连时常常流露出嘲讽的原因。斯丹达尔对人生的三大信条是："自我、幸福、精力弥满"。然而他所追求的幸福却并非"发迹"、"出人头地"、"飞黄腾达"，等等。他固然崇拜拿破仑，有建功立业的抱负，但是他坚持不懈地追求的乃是贺拉斯的"平凡的幸福"，所以他说："人们能够获得的幸福乃是一种免除一切后顾之忧的状态。"这是一种什么样的状态呢？他不止一次地说："六千法郎的年金"，"一百路易的年金"，或者"两千法郎以上两万法郎以下的年金"，其含义是独立、自由、不受制于人，能随心所欲地从事自己喜欢的事情，例如写作、恋爱、欣赏歌剧等。例如书中的一个人物所说："我喜欢音乐、绘画，一本好书对我来说是一件大事。"此所谓"少数幸福的人"也。做一个"少数幸福的人"并不容易，在法国只能到住在五层楼以上的人当中去找。所以入狱之前的于连虽然步步高升不断胜利，却不是一个"幸福的"人，那么入狱之后的于连呢？

斯丹达尔说过："一个人的幸福不取决于智者眼中的事物的表象，而取决于他自己眼中的事物的表象。"入狱之前的于连是在社会这根"竹竿"上攀登，以他人（智者就是他人）的眼睛看待事物，所以他要"三十岁当上司令官"，或者当上年薪十万的大主教；他要受到巴黎美妇人的青睐，以诱惑和征服贵族女人为"责任"；他要挤进上流社会，要按照给他十字勋章的政府的意旨行事并且准备干出更多的不公正的事情；他为自己的种种社会的成功和虚荣心的满足而沾沾自喜，甚至真的以为自己本是个大贵人的私生子。凡此种种，都是"智者眼中的事物的表象"，即他人的承认，社会的承认，也即所谓"抱负"和"野心"之类。于连并非不能成功，他其实已经成功了，即便他犯罪入狱之后，他仍有可能逃跑，他的上诉仍有可能被接受，他若抛弃尊严表示屈服仍有可能做德·拉莫尔侯爵的女婿……这就是说，福利莱神甫言之有理，于连在法庭上的辩护的确是一种"自杀"的行为。然而，看看于连在狱中的表现，读者不能不认为，于连的"成功"并没有给他带来幸福，反而是他的失败促使他走上幸福之路。

于连若果真满脑子"发迹"、"往上爬"、"飞黄腾达"的念头，或者，于连若果真具有清醒的阶级意识，代表着"一个阶级的年轻人"，即"虽然出身于卑贱的阶级，可以说受到贫穷的压迫，却有幸受到良好的教育，敢于厕身在骄傲的有钱人所谓的上流社会之中"的农民反抗封建贵族，那么，他一定懊悔一时的冲动使自己进了监狱，既坏了个人的前程，也误了阶级的大事。然而不，他的内心是平静的，他睡得着觉，他还有心欣赏监狱里建筑的"优雅和动人的轻盈"，并注意到两道高墙之间有一片"极美的风景"。他坦然地等着死。他也悔恨，但是他的悔恨不再是为了自己，而是为了德·莱纳夫人。他自己都感到奇怪，原以为她的那封信永远地毁了他未来的幸福，而他竟在十五天里认识到"安静地生活在韦尔吉那样的山区里"是"幸福的"。他拒绝上诉，他开始反思。他希望让蜉蝣延长五个钟头的生命，让它"看见和理解什么是夜"，他也希望再给他五年的时间，让他"和德·莱纳夫人一起生活"。往日的野心、幻想、奋斗以及为此而设计的种种伪装统统失去了迷人的光彩，于连终于在死亡的面前知道了"什么是幸福"。他对德·莱纳夫人说的那番话是真诚的："你要知道，我一直爱着你，我只爱你一个人。"他果然如"久在海上颠簸的水手登上陆地散步一样"，从容赴死，"没有任何的矫情"，他恢复了真正的自我。

狱中的于连终于从社会角色的束缚中解脱出来，获得了自由。他在短短的一生中为自己规定了许多角色，例如"拿破仑的副官"、"代理主教"、"司令官"、"指导教师"，甚至"风月老手"……为了演好这些角色，他不能不虚伪、装假，直至做出违心之举。这一切都戴上了"为了幸福"这一堂皇的冠冕，实际上却使他否定了自己的原则，即个人才智的优越。死亡的临近给了他一次机会，让他卸去一切伪装和面具，露出一个真实的、美好的自己。死亡会给每一个人这样的机会。但并非每一个人都能抓住，因为向命运和暴力屈服，陷入消极和虚无，或者为了某种原因而死不瞑目，等等，都不能说是抓住了"这样的机会"。于连抓住了，因为他毕竟是"一棵好苗子","他不曾像大多数人那样从温和走向狡猾，年龄反而给了他易受感动的仁爱之心，那种过分的狐疑也会得到疗治"。所以，于连在狱中才能够真诚地对待情人、对待朋友，甚至对待敌人。

于连和玛蒂尔德的爱情是他的一次巨大的社会成功，玛蒂尔德的出身、社会地位、在侯爵心目中的位置以及她自身的聪明才智还将保证他有更大的成功。然而，这两个出类拔萃的人之间的爱情却是一种最复杂、最曲折、充满了征服反征服的爱情，是发生在两个都不那么自然的人之间的理想化的爱情。玛蒂尔德多少有些做作，但是，追求理想，不甘平庸，好学多思，目光敏锐，却使她成为一个颇有吸引力的不寻常的女性。于连不能不受到她的吸引，但是也不由自主地怀着某种恐惧，因为他在个性上不如她强悍，在追求上不如她坚韧，在反抗上不如她彻底。于连对玛蒂尔德的爱情虽然出于征服却仍然演变为一种精神上的强烈而真诚的吸引和钦佩，其中并不缺乏真情实意，尤其是玛蒂尔德有了身孕以后。然而他们之间少了那种时而热情如火时而柔情似水但是永远不设防的感情上的融合，这是他们的爱情的阿喀琉斯之踵。那位英国旅行家说他和一只老虎亲密相处，手边却永远有一把上了膛的手枪。这正是于连的状况。直到于连进了监狱，他才能冷静地反省他和她的关系，也才能公正地对待她的感情。这时的于连"已对英雄主义感到疲倦。要是面对一种单纯的、天真的、近乎羞怯的爱情，他会动心的"，不幸的是她仍然"需要时时刻刻想到公众，想到别人"，试图"用她那爱情的过度和行动的崇高让公众大吃一惊"。等到玛蒂尔德有一天"像住在六层楼上的穷姑娘，温情脉脉，毫不做作"，为时已晚，因为于连已经和他那充满了英雄主义气概的过去连同那个他想在其中一试身手的社会最后地告别了。然而，卸下了所有包袱的于连却终于能够理智地对待玛蒂尔德了，并且合乎情理地为她设计了将来的道路。我们不能妄断玛蒂尔德的前途，但我们可以相信她将在内心深处为他保留一个至高无上的祭坛，而不仅仅是把那个"蛮荒的山洞用花巨款在意大利雕刻的大理石装饰起来"。在这一点上，于连也许并没有完全地理解她。然而，无论如何，狱中的于连是生平第一次真诚地把她当作了一个朋友，没有怨恨，没有谴责，有的只是内心深处的歉疚。这对玛蒂尔德来说也够了，她究竟体验过一次崇高。她"独自坐在她那辆蒙着黑纱的车子里，膝上放着她曾经如此爱恋过的人的头"，这不是做作，不是疯狂，这是她对眼前这个平庸乏味丧失活力的贵族阶级的挑战。

在感情的天平上，于连舍弃了有思想、有才智、不安于室的德·拉莫尔小姐，投入了平凡、无知、温柔善良的德·莱纳夫人的怀抱，这常使一些读者感到愤慨，为德·拉莫尔小姐鸣不平。其实，于连的弃取，正是斯丹达尔的弃取。斯丹达尔曾就《红与黑》的构思给友人写过一封信，将德·拉莫尔小姐构想的"头脑的爱情"和德·莱纳夫人经历的"心灵的爱情"作了对比，认为后者才是"真正的、单纯的、不自己看着自己的爱情"。他在1822年出版的《论爱情》一书中盛赞"自然"，指出："如果有了完全的自然，两个人的幸福才能融为一体。由于有了我们的本性所具有的感应及其他一些规律，我们才会有唯一能够存在的最大的幸福……"不难看出，于连入狱以后，抛弃了幻想，走出了假象的陷阱，恢复了真实的自我，能够以"自然"的态度对待过去和所爱的女人。德·莱纳夫人的淳朴、天真、善良和"本性天成"的风度，在金钱世界中的洁身自好，还有那一颗尚未被小说等读物污染过的心灵，于连过去只是偶尔有所感觉，他的心几乎完全被野心占了去，斯丹达尔不禁叹道："唉！这就是一种过度的文明造成的不幸！一个二十岁的年轻人，只要受过教育，其心灵便与顺乎自然相距千里，而没有顺乎自然，爱情就常常是一种最令人厌烦的责任罢了。"然而于连入狱以后，这种种顺乎自然的品质就纷纷涌上心头，并被赋予真实的价值。于连和德·莱纳夫人在一起，感到的是平等、自由和独立。他知道她想些什么，甚至先于她、比她更清楚地知道她想些什么。而德·莱纳夫人则是从不在小说中寻求榜样，她一旦爱上了，就一心只想如何给情人带来幸福，在危难的时刻比情人具有更大的勇气。她不但是个可爱的女人，也是可敬的女人，是斯丹达尔心目中理想的女人。于连只有在不带丝毫伪装的时候，才能彻底地认识德·莱纳夫人究竟给他带来了什么，他终于向她说出了真话："从前我们在韦尔吉的树林里散步的时候，我本来可以多么的幸福啊，可是一种强烈的野心却把我带到虚幻之国去了。不是把这近在唇边的可爱的胳膊紧抱在胸前，却让未来的幻想给夺去了。我为了建立巨大的财富，不得不进行数不清的战斗……不，如果您不来监狱看我，我死了还不知道什么是幸福呢。"德·莱纳夫人给于连带来了幸福，于连也给德·莱纳夫人带来了幸福。

　　于连对德·莱纳夫人，始于诱惑，终于热恋，其间种种迷误和梦幻最后被两记枪声惊破。两个月的"甜蜜"勾销了十年的"奋斗"，这是"生活和爱情"战胜了"野心和财富"，也可说是曲终奏雅了。于连的最后两个月清算了左冲右突的二十三年；《红与黑》的最后十章含纳了惊心动魄的六十五章。研究者大多在前六十五章上费心思用笔墨，而较少注意最后十章，或竟视而不见，故一部《红与黑》往往变成了一部法国复辟时期的阶级斗争史。其实，斯丹达尔的小说也是可以不这样读的。斯丹达尔固然是一个关心政治、关心时局的人，但他首先是一个关心个人自由、关心个人幸福的人。他的主人公无一不是在各种社会集团中寻觅一方乐土的人，无一不是在前往幸福的圣地朝拜的旅途上颠沛流离的人。瓦莱里说："在我的眼里，亨利·贝尔不是个文人，而是个聪明人。他太个人了，不能局限于当一个作家。他因此而讨人喜欢或者让人生厌，我是喜欢的。"此话说得好极了，《红与黑》当做如是观。斯丹达尔动了写作《于连》的念头时，已经四十七岁，是一个曾经沧海饱尝风霜的人了。他不想告诉人们怎样做，他只想说说他认为什么才是幸福。其实他在二十二岁时就已经说过："几乎所有的人生不幸都源于我们对所发生的事情有错误的认识。深入地了解人，健康地判断事物。我们就朝幸福迈进了一大步。"他把《红与黑》献给"少数幸福的人"，那么谁是"幸福的少数人"呢？他在《意大利绘画史》一书中写道："少数幸福的人。在 1817 年，在三十五岁以下的一部分人中，年金超过一百路易（两千法郎），但是要少于两万法郎。"1817 年是《意大利绘画史》出版的那一年，那一年斯丹达尔三十四岁。他所求于金钱的乃是独立生活的保证，故不能过少，过少可能被迫仰人鼻息；亦不可过多，过多则会逼得人成为因金钱而来的种种束缚的牺牲品，乃至"有漂亮的公馆，却没有一间斗室安静地读高乃依"。于连的迷误正在于他那"宁可死上一千次也要飞黄腾达"的决心。斯丹达尔让于连从顶峰跌落下来，不是说他已经失败了，而是说他开始走出误区。加缪讲过屡败屡战的西绪福斯的故事，说他是幸福的。我们不妨袭其意而反用之，不说追求中的于连是幸福的，而说醒悟了的于连是幸福的。

　　波德莱尔赞赏斯丹达尔的这句话："有才智的人，应该获得他绝对必要的东西，才能不依赖任何人（斯丹达尔的时代，是一年六千法郎的收入）。然而，如果这种保证已经获得，他还把时间用在增加财富上，那他就是一个可怜虫。"于连曾经是这样"一个可怜虫"，但是他毕竟当了两个月"有才智的人"，不再把时间用在推"飞黄腾达"那块必定要从顶峰上滚落下来的巨石了。于连没有失败，他胜利了，他获得了幸福。

都云作者痴，谁解其中味？现今五十岁上下而又在于连那个年龄读过《红与黑》的那些人，如今重读这本书，该解得了"其中味"了。现今正值于连那个年龄的那些人，第一次读这本书，该如何解"其中味"呢？好在眼下不大会有人自认有资格或有责任告诉他们该怎样读这本书、怎样看这个人了。不过，我们仍然可以向自己或向别人问一回："谁是少数幸福的人？"

1993 年 6 月 8 日，北京

（《红与黑》于 1993 年 7 月出版）

伊甸园中的一枚禁果

——谈谈波德莱尔的《恶之花》

　　法国诗人波德莱尔的《恶之花》出版（1857 年）后，立即受到第二帝国法庭的制裁，罪名之一是"亵渎宗教"。想想看，恶之花，恶而为花，这还不足以让一班卫道之士愤愤然吗？于是，有人出来写《善之花》了。可惜的是，在那样一个社会里，人们并不需要什么歌功颂德的善之花，留下来的终于只是波德莱尔的《恶之花》，除了专门的文学史家，大概不会有什么人知道《善之花》了。

　　多少年来，《恶之花》被包裹在一片神秘、甚至邪恶的气氛中，诱惑着各个时代、各个国家的读者。法国作家马克斯－波尔·福歇曾经这样描述过他最初阅读《恶之花》的情景："《恶之花》被我的父母藏在柜顶……那口普通的柜子，在我看来，就是一株分别善恶的树。……波德莱尔比其他人更使我体验到反抗和美妙的苦恼。他使多少人走出了童年时代啊！"童年，既是指生理上的童年，更是指精神上的童年。那些敢于正视社会和人生的读者，通过《恶之花》，看到了一个满目疮痍的社会，看到了一个备受摧残的人生，他们获得了一副更冷静、更勇敢的目光，从而不再为虚伪的纱幕所蒙蔽。

　　波德莱尔在题辞中称集中的诗为"病态的花"，一语揭出了《恶之花》的本意。这些话可能是悦目的，可能是诱人的，然而它们是有病的，它借以生存的土地有病，滋养它的水和空气有病，它开放的环境有病，质言之，社会有病，人有病。他曾在一篇文章中指出"丑恶经过艺术的表现化而为美，带有韵律和节奏的痛苦使精神充满了一种平静的快乐，这是艺术的奇妙的特权之一"。社会以及人的精神上和物质上的罪恶、丑恶和病态，经过波德莱尔的点化，都成了艺术上具有美感的花朵，在不同的读者群中，引起的或是"新的震颤"，或是善的感情，或是愤怒，或是厌恶，或是羞惭，或是恐惧。恶之花！病态的花！诗人喜欢这种令人惊讶的形象组合，他要刺激他所深恶痛绝的资产者的脆弱的神经，从而倾吐胸中的郁闷和不平，感到一种报复的快乐。

《恶之花》共分为六个部分：《忧郁和理想》、《巴黎风貌》、《酒》、《恶之花》、《反抗》和《死亡》。

《忧郁和理想》的第一首诗《祝福》就像一座通向地狱的洞开的大门，诗人"出现在这厌倦的世界上"，一开始就受到母亲、妻子和众人的诅咒和折磨，接着又饱尝精神上不被理解的苦难，好似巨大的信天翁，从天空跌落到船上，成为船员嬉笑玩弄的对象（《信天翁》）。堕落到尘世的诗人，多么想摆脱肉体和精神的苦难，重新飞上云端，他对着自己的心灵说：

> 远远地飞离那些致病的腐恶，
> 飞到高空中去把你净化涤荡，
> 就好像饮着纯洁神圣的酒浆，
> 饮着那弥漫玉宇的光明的火。
> 　　　　　　　　（《高翔远举》）

但是，忧郁在"心灵和感官的热狂"中只得到片刻的缓解。诗人的高翔远举更不能持久。疾病使他的诗神眼中"夜影憧憧"（《诗神病了》），贫穷使他的诗神"歌唱并不相信的神明"（《稻粱诗神》），懒惰窒息了他的灵感（《懒惰的僧人》），"时间蚕食着生命，这阴险的敌人咬我们的心"（《敌人》）。厄运又使诗人喟然长叹："艺术悠长，光阴短促"。诗人追求美，然而美却像一个"石头的梦"，冰冷、奇幻、神秘、不哭、不笑、不动如一尊古代的雕像，多少诗人丧生在她的胸脯上，耗尽毕生的精力而终不能接近（《献给美的颂歌》）。求美不获，痛苦依然，诗人失望之余，转向爱情。疯狂的肉体之爱使他心醉神迷，他不禁问道："你可是让我做梦的一块绿洲，让我大口吮吸回忆之酒的瓶？"（《头发》）然而不是。诗人感到肉体之爱充满着"污秽的伟大，崇高的卑鄙"（《你把全世界都放进……》）。他祈求上帝的怜悯，让他走出"这个比极地还要荒芜的国度"（《来自深远的呼唤》）。他诅咒他的情妇"像一把刀子插进我呻吟的心中"（《吸血鬼》）。他感到悔恨，看到了年华逝尽的坟墓，"虫子将像悔恨般噬咬你的皮"（《后悔》）。总之，诗人遍尝肉体之爱的热狂、残酷、骚乱和悔恨，并未得到他追求的宁静，于是，他转而追求精神之爱。诗人把他追求的对象看作"远方的公主"，犹如一缕晨曦，把他从沉睡中唤醒（《精神的黎明》），醒来的诗人挣脱了肉欲的枷锁，意中人的神圣的目光使他突然变得年轻，她成了引导诗人追求美的指路明灯（《今晚你说什么……》），那是一支有生命的火炬，以比太阳还明亮的光芒歌唱着灵魂的觉醒（《有生命的火炬》），觉醒的灵魂感到了往日的生活所造残的焦虑、仇恨、狂热和衰老，诗人向他的天使祈求快乐、健康、青春和幸福（《转换》）。超脱的精神之爱要求物质的内容，变成了温柔的家庭式的爱。在他看来，酒可以使人安静，"像灰蒙蒙的天空中一轮落日"，鸦片可以使灵魂超越自己的能力而获得阴沉忧郁的快乐，然而这一切都比不上那"一双绿眼睛"，像一泓清水解除他灵魂的干渴（《毒药》）。但是，金风送爽，却预告着冬日的来临。她神秘的眼睛时而温柔，时而迷惘，时而冷酷，使诗人看到天空布满乌云，心中顿生忧虑：

> 啊危险的女人，啊诱人的地方，
> 我可会也爱你的白雪和浓霜？
> 我能够从严寒的冬天里获得
> 比冰和铁更刺人心肠的快乐？
> （《乌云密布的天空》）

诗人想象他的伴侣是"一条美丽的船"（《美丽的船》），她是他的孩子，他的姐妹，他们要一同到"那边"去生活，去爱，去死：

> 那里，一切只是整齐和美，
> 是豪华，宁静和沉醉。
> （《邀游》）

然而，那只是诗人的向往，冬日将回，他的"心灵好似那堡垒终于倾颓，受了沉重不倦的撞角的击撞"（《秋歌之一》），重又沉入他试图摆脱的堕落之中，他悔恨，悔恨不该试图改变自己的处境（《猫头鹰》），他想用烟草消除精神上的疲劳（《烟斗》），用音乐平复他绝望的心（《音乐》）。一切都是枉然，他的头脑中出现了种种阴森丑恶的幻象，他想"在一片爬满了蜗牛的沃土中"给自己掘个深坑，"睡在遗忘里"（《快乐的死者》），他想象自己"灵魂开裂"，"竭尽全力，却一动不动地死去"（《裂钟》）。诗人对爱情的追求彻底失败，忧郁又袭上心头。在阴冷的雨月里，他只有一只又瘦又癞的猫为伴，潮湿的木头冒着烟，生不出火来（《忧郁之一》），阴郁的情怀只能向落日的余晖倾吐（《忧郁之二》），他的白天比夜还要黑暗，头脑里结满蛛网，像一个漂泊的灵魂不断呻吟：希望被战败了（《忧郁之四》）。于是，"令人喜爱的春天失去了芬芳"（《虚无的滋味》），天空被撕破、云彩像孝衣，变成他梦的柩车，光亮成为他的心优游其中的地狱的反射（《厌恶感》），诗人又像一个堕落尘世的天使在噩梦中挣扎，在黑暗中旋转，徒劳地摸索，企图找到光明和钥匙，走出这片满是爬虫的地方（《不可救药》）。然而，时间又出现了，时钟这险恶的、可怖的、无情的神，手指着诗人说：

> 那时辰就要响了，神圣的偶然，
> 严峻的道德，你尚童贞的妻子，
> 甚至悔恨（啊！最后的栖身之所）
> 都要说：死吧，老懦夫，为时已晚！
> 　　　　　　　　（《时钟》）

时钟一记长鸣，诗人的心灵的旅程和精神的搏斗以失败告终。

如果说波德莱尔已经展现出一条精神活动的曲线的话，那么第二部分《巴黎风貌》就是他向外部的物质世界投去的一瞥。诗人像太阳"进入城市，使最微贱的东西具有高贵的命运"（《太阳》），他试图静观都市的景色，"在黑暗中构筑我仙境的宫室"（《风景》）。然而，诗人一离开房门，就看见一个女乞丐，她的美丽和她的苦难形成鲜明的对比，她任人欺凌的命运引起诗人深切的同情（《给一个红发女丐》）。诗人在街上徜徉，一条小河使他想起流落异乡的安德洛玛刻，一只逃离樊笼的天鹅更使他想起一切离乡背井的人（《天鹅》）。他分担他们的苦难，他不仅想象天鹅向天空扭曲着脖子是"向上帝吐出它的诅咒"，而且看到被生活压弯了腰的老人眼中射出仇恨的光（《七老人》）。在这"古老首都曲曲弯弯的褶皱里"，那些瘦小的老妇人踽踽独行，在寒风和公共马车的隆隆声中瑟瑟发抖，引起了诗人心中的呼声："爱她们吧，她们还是人。"（《小老太婆》）而那些盲人，"不知向何处瞪着无光的眼球"（《盲人》）。夜幕降临，城市出现一片奇异的景色，对于不同的人来说，同一个夜又是多么的不同（《薄暮》）。诗人沉入梦境，眼前是一片"金属、大理石和水"的光明世界，然而他睁开双眼，却又看见"愁苦麻木的世界上，天空射下一片黑云"（《巴黎的梦》）。当巴黎从噩梦中醒来的时候，卖笑的女人，穷家妇，劳动妇女，冶游的人，种种色色的人都以不同的方式开始了新的一天，但那毕竟是一个劳动的巴黎：

> 黎明瑟瑟地披上红绿的衣衫，
> 在寂寞的塞纳河上徐徐向前，
> 暗淡的巴黎，揉搓着睡眼惺忪，
> 抓起了工具，像个辛勤的老翁。
>
> （《晨光熹微》）

但是，劳动的巴黎，在诗人的笔下，却是一座人间的地狱，罪恶的渊薮。

至此，波德莱尔展示和剖析了两个世界的内部：诗人的精神世界和诗人足迹所及的物质世界，也就是说，一个在痛苦中挣扎的诗人和敌视他压迫他的资本主义世界。他们之间的对立和冲突将如何解决？诗人所走的道路，既不是摧毁这个世界，建立一个新世界，也不是投入这个世界，成为它的和谐的一分子，而是试图通过自我麻醉，放浪形骸，诅咒上帝，追求死亡的方式，来与这个世界相对抗。

诗人首先求助于酒，由此开始诗集的第三部分：《酒》。那由苦难、汗水和灼人的阳光做成的酒，诗人希望从中产生出诗（《酒魂》）。拾破烂的人喝了酒，敢于藐视第二帝国的密探，滔滔不绝地倾吐胸中的郁闷，表达自己高尚美好的社会理想（《醉酒的拾破烂者》）。酒可以给孤独者以希望、青春、生活，以及可以与神祇比肩的骄傲（《醉酒的孤独者》）。而情人们则在醉意中飞向梦的天堂（《醉酒的情人》）。然而，醉意中的幻境毕竟是一座"人造的天堂"，

诗人只作了短暂的停留，便感到了它的虚妄。诗集的第四部分《恶之花》就从这里开始。

诗人深入到人类的罪恶中去，到那盛开着"恶之花"的地方去探险。那地方不是别处，正是人的灵魂深处。他揭示了魔鬼如何在人的身旁蠢动，化作美女，引诱人们远离上帝的目光，而对罪恶发生兴趣（《毁灭》）；他以有力而冷静的笔触描绘了一具身首异处的女尸，创造出一种充满着变态心理的怵目惊心的氛围（《殉道者》）；变态的性爱（同性恋）在诗人的笔下，成了一曲交织着快乐和痛苦的哀歌（《该下地狱的女人》）；放荡的后果是死亡，那是"两个可爱的姑娘"，给人以"可怕的快乐和可憎的温柔"（《两个好姐妹》）；身处罪恶深渊的诗人感到血流如注，却摸遍全身也找不到伤口（《血泉》）；他在追索爱情的航行中目睹猛禽啄食悬尸——诗人自己的形象——的惨景而悔恨交加（《西岱岛之行》）。诗人在罪恶之国漫游，得到的是变态的爱，绝望，死亡，对自己沉沦的厌恶。美，艺术，爱情，沉醉，逃逸，一切消弭忧郁的企图都告失败，"每次放荡之后，总是更觉得自己孤独，被抛弃"。于是，诗人反抗了。以下是第五部分：《反抗》。

波德莱尔曾经希望人世的苦难都是为了赎罪，都是为了重回上帝的怀抱而付出的代价，然而上帝无动于衷。上帝是不存在，还是死了？他指责上帝是一个暴君，酒足饭饱之余，竟在人们的骂声中酣然入睡。上帝许下的诺言一宗也未实现，并且不觉得悔恨。诗人责问上帝，逼迫他自己答道："彼埃尔背弃了耶稣……他做得对"（《圣彼埃尔的背弃》）诗人让饱尝苦难，备受虐待的穷人该隐的子孙"升到天宙，把那上帝扔到地上来"（《亚伯和该隐》）。他祈求博学、最美的天使撒旦可怜他长久的苦难，他愿自己的灵魂与战斗不止的反叛的天使在一起，向往着有朝一日重回天庭

（《献给撒旦的祷文》）。

诗人历尽千辛万苦，最后在死亡中寻求安慰和解脱，这是诗集的第六部分：《死亡》。恋人们在死亡中得到纯洁的爱，两个灵魂像两把火炬发出一个光芒（《恋人之死》）。穷人把死亡看作苦难的终结，他们终于可以吃，可以睡，可以坐下了，因为死亡，

> 这是神祇的荣耀，神秘的谷仓，
> 这是穷人的钱袋，古老的家乡，
> 这是向着陌生天国洞开的门。
>
> （《穷人之死》）

艺术家面对理想的美无力达到，希望死亡"让他们的头脑开放出鲜花"（《艺术家之死》）。但是，诗人又深恐一生的追求终成泡影（《好奇者的梦》）。死亡仍然解除不了诗人的忧郁。最后，诗人以《远行》这首长达一百四十四行的诗回顾和总结了他的人生探险。无论是追求艺术上的成功，还是渴望爱情的纯洁，还是厌倦生活的单一，还是医治苦难的创伤，人们为摆脱忧郁而四处奔波，到头来都以失败告终，人的灵魂仍然故我，恶总是附着不去，在人类社会的旅途上，到处都是"永恒罪孽的令人厌倦的景色"，人们只有一线希望：到那遥远的深渊里去，

> 哦死亡，老船长，时辰已到，起锚！
> 这地方令人厌倦，哦死亡！开航！
> 如果说天空和海洋墨一般黑，
> 你知道我们的心却充满阳光！
>
> 倒出你的毒药，鼓励我们远航，
> 只要这火还灼着头脑，我们就深入渊底，
> 地狱天堂又有何妨？
> 到未知世界之底去发现新奇！

"新奇"是什么？诗人没有说，恐怕也是茫茫然，总之是与这个世界不同的地方，正像他在一首散文诗中喊出的那样："随便什么地方！随便什么地方！只要是在这个世界之外！"波德莱尔受尽痛苦的熬煎，挣扎了一生，最后仍旧身处泥淖，只留下这么一线微弱的希望，寄托在"未知世界之底"。

波德莱尔的世界是一个阴暗的世界，一个充满着灵魂搏斗的世界，他的恶之花园是一个惨淡的花园，一个豺狼虎豹出没其间的花园；然而，在凄风苦雨之中，也时有灿烂的阳光漏下；在狼奔豕突之际，也偶见云雀高唱入云。那是因为诗人身在地狱，心向天堂，忧郁之中，有理想在呼唤。

> 我的青春是一场阴暗的风暴，
> 星星点点，漏下明晃晃的阳光；
> 雷击雨打造成了如此的残凋，
> 园子里，红色的果实稀稀朗朗。
>
> 　　　　　　（《仇敌》）

纵使"稀稀朗朗"，那果实毕竟是红色的，毕竟是成熟的，含着希望。正是在这希望与失望的争夺中，我们看到了一个有血有肉的诗人在挣扎，在追求。

波德莱尔曾经希望人们把《恶之花》看成"一本有头有尾的书"。事实表明，《恶之花》不单纯是若干首诗的集合，它是一座精心构筑的殿堂。《恶之花》中的诗人不仅仅是一声叹息，一曲哀歌，一阵呻吟，一腔愤懑，一缕飘忽的情绪，而是一个形象，一个首尾贯通的形象，一个血肉丰满的活生生的人的形象。不可排解的忧郁，执著却软弱的追求，深刻复杂的悲观情绪，深厚的人道主义精神，就是诗人形象的基本特征。他没有姓名，但我们有理由把他称作波德莱尔。然而，这不是现实中的波德莱尔的翻版，而是一个经过集中、概括、升华、典型化的波德莱尔。

《恶之花》是一篇坦诚的自白，是一次冷静的自我解剖。他也是一面镜子，照出了七月王朝和第二帝国时期的资产阶级青年的面貌和心灵，照出了世纪病进一步恶化的种种征候。然而，它不是一面普通的镜子，它是一面魔镜，它没有点明任何的年代，它没有写出任何有代表性的姓名，它只是偶尔提到了巴黎、塞纳河、卢浮宫，但它通过影射、暗示、启发、象征、以小见大等诗的方法，间接曲折地反映出时代的风貌，同时，为了内容的需要，它并未放弃写实地反映出时代的风貌，同时，为了内容的需要，它并未放弃写实的白描手法，勾勒了几幅十分精彩的风俗画。《恶之花》所展示的是一幅法国 1848 年前后二十余年的历史画卷，我们可以说它不全面，但我们不能说它不深刻，我们倒似乎可以说，唯其不全面，才愈见出它的深刻，因为它抓住了时代的灵魂的一个重要侧面，即胜利了的资产阶级和它的一部分知识分子——"比较正直，比较敏感的人，渴望真理和正义的人，对生活抱着很大希望的人"——之间的矛盾。这种矛盾产生了一种精神状态，就是法国文学史上所称的"世纪病"的进一步恶化，其最基本的症状，是由浪漫派的忧郁（la mélancolie）演化为波德莱尔的忧郁（le spleen）。这是在资产阶级胜利并巩固了自己的统治之后，它的一部分"神经比较敏锐，心地比较纯良"的子弟对丑恶的现实感到幻灭的产物。"他们在黑暗的生活里迷失了方向，想给自己寻一个干净的角落"，而这恰恰是不可能的，所以不可能，是因为他们不能彻底切断他们与资产阶级的联系，他们不能脱离资产阶级而归附无产阶级。这是波德莱尔的忧郁的最深刻的根源。

波德莱尔曾经被看作是，在一些人的心目中仍然是一个颓废派诗人，他的《恶之花》被看作是对丑恶的美化，迷恋，欣赏和崇拜。然而我们读过《恶之花》之后，我们明白了，这并不是事实。我们不能说他是一个颓废的诗人，我们只能说他是一个颓废时代的诗人，一个对这个时代充满了愤怒、鄙夷、抵抗和讽刺的诗人，他以雄浑有力而非纤弱柔媚的笔触揭露了他那个时代的丑恶和黑暗，而字里行间却洋溢着对光明和美好的向往和追求，并且描绘了一个虽然是虚无缥缈、却毕竟是针锋相对的世界。

波德莱尔曾经是个神话，而《恶之花》则是这个神话的主要来源。这个神话早已被打破了，波德莱尔成为无可争议的大诗人，《恶之花》成为法国文学史上具有划时代意义的优秀作品，并得到了世界文坛的承认。波德莱尔一夜之间得到的恶名，终于在历史的长河中被洗刷干净了。然而，在有些地方，波德莱尔的神话仍然不同程度地存在着。不过这终归要被打破的，因为这种神话多半是"曾参杀人"式的传说。

（原载《读书》1982 年第 3 期）

《恶之花》译跋

　　这本书的结构颇有些奇特,一篇十四万字的"代译序"占了全书篇幅的小一半。漓江出版社肯接受这样的安排,一见其对著译者的尊重,二见其富有创新精神。当然,此种超长序并非史无前例,萨特的《圣徒热奈,戏子与殉道者》洋洋三十万言,其肇始乃是为让·热奈的戏剧写序,后来果然作了《让·热奈全集》(第一卷)的序言。我这里原是先有了这部专论,在等待出版的过程中才陆续译了这一百首诗,故以代序称。

　　《论〈恶之花〉》完稿于四年前。1991 年 9 月某日,刘硕良先生告诉我漓江出版社准备印行我的书稿,但希望能附一些译诗,既可供阅读欣赏,又可对所论提供佐证,以验其深浅。其实我早萌此意,且一直在胸中郁结不散。只是怕给《论〈恶之花〉》的出版造成新的困难,一直未敢启口。因此,刘硕良先生一提,我立刻应之曰:"善哉,此言深获我心。"于是,我便从译稿中选出一百首,细加整理,并索回书稿,对其中的引诗逐一核对,悉以译诗为准。同时,又遵嘱找来图片五十余幅,意在增色也。窃以为,这一百首诗足以代表《恶之花》的精华,倘有遗漏也多半是乐山乐水的事了。这一百朵恶之花中,取自最具权威性的 1861 年版《恶之花》者九十有二,其余八朵则采自《残诗集》和 1868 年版《恶之花》的增补诗。

　　波德莱尔的《恶之花》乃是骇世惊俗之杰作,理当挂头牌;《论〈恶之花〉》乃是译者殚精竭虑之产物,虽为敝帚亦当自珍。故挂头牌者虽得名书却置于文后,敝帚自珍者则以序称而忝列诗前。再者,《恶之花》是旷世佳构,《恶之花》的翻译则非是,《论〈恶之花〉》虽非名山之作,究竟不失为本地风光;故此种非主非宾、亦主亦宾的安排,谅无掠美之嫌。奇特固然奇特,却不是以奇求特,哗众取宠,愿知我者察。

　　我对于文学翻译，只是业余爱好，但比之作为本行的"研究"，似乎更多一些敬重。从存活的可能性上说，一部好的译品更有机会活得长久，而一部或一篇洋洋洒洒的论文，倘能为读者指出些许阅读的门径，已属难能，若想传之久远，庶几无望，此非我辈所敢求者。

　　虽说是业余爱好，这文学翻译究竟是一项严肃的事业，须满怀热情地认真从事，并多少该有些自尊自重自豪感。因此，一个动笔翻译的人可以没有系统周密的理论，却不可以没有切实可行的原则。他必须对什么是好的翻译有自信而且坚定的看法，但是他不一定要固执地认为只有一种翻译是好的，其余的都是坏的。我对翻译提出的标准，多半是一个读者的标准。

　　在中国的翻译界，自严复首标"译事三难：信，达，雅"之后，又有"忠实、通顺和美"、"不增不减"、"神似"、"化"等说法提出。主张虽多，又各据其理，然就其可操作性来看，鲜有如"信达雅"之可触可摸、可施可行者。我甚至有一种近乎愚钝的想法，这种种的说法似乎都还或近或远地在"信达雅"的树荫下乘凉。当然也有不少人欲破此"三难"之说，但看来是攻之者众，破之者寡，譬如攻城，打开一两个缺口，整座城池却依然固若金汤。何以故？怕是"信达雅"三难确是搔着了文学翻译的痒处。只要我们与世推移，对"信达雅"之说给予新的解释，就会给它灌注新的生命力。并非所有的新说法都显示了认识的深入和观念的进步。

　　"信、达、雅"中，唯"雅"字难解，易起争论，许多想推倒三难说的人亦多在"雅"字上发难。倘若一提"雅"，就以为是"汉以前字法句法"，就是"文采斐然"，是"流利漂亮"，那自然是没有道理的，其说可攻，攻之可破。然而，可否换一种理解呢？试以"文学性"解"雅"。有人问："原文如不雅，译文何雅之有？"提出这样的疑问，是因为他只在"文野"、"雅俗"的对立中对"雅"字作孤立的语言层次上的理解。如果把事情放在文学层次上看，情况就会不同。倘若原作果然是一部文学作品，则其字词语汇的运用必然是雅亦有文学性，俗亦有文学性，雅俗之对立消失在文学性之中。离开了文学性，雅自雅，俗自俗，始终停留在语言层次的分别上，其实只是一堆未经运用的语言材料。我们翻译的是文学作品，不能用孤立的语言材料去对付。如此则译文自可以雅对雅，以俗应俗，或雅或俗，皆具文学性。如同在原作中一样，译文语言层次上的雅俗对立亦消失于语境层次上的统一之中。如此解"雅"，则"雅"在文学翻译中断乎不可少。

与"雅"直接有联系的一个问题是所谓"文采"。何谓"文采"？答案也许有许多种，但肯定不是堆砌词藻，不是硬造四六骈句，不是任意使用修饰词（如遇雪必称"皑皑"，遇雨不是"霏霏"便是"滂沱"之类），不是滥用成语，也不是文白相杂或其他什么古怪文体。华丽很容易被认为有文采，然而只有适度的华丽才是一种文采。素朴很容易被认为没有文采，然而适度的素朴未尝不是一种文采。中国画论中有"墨分五彩"的说法，我看可以移来说文。还有，"流利漂亮"也往往被认为有文采，殊不知茅盾早在半个多世纪以前就说过："就一般情形而言，欢迎流利漂亮想也不用想一想的文字的，多半是低级趣味的读者。换一句话说，即是鉴赏力比较薄弱的读者。"他说得对。

总而言之，译事三难：信、达、雅。信者，真也，真者，不伪也；达者，至也，至者，无过无不及也；雅者，文学性也，文学性者，当雅则雅当俗则俗也。信、达、雅齐备，则入"化境"；然而"彻底和全部的化，是不可实现的理想"，于是而求"神似"。因此，我认为，对文学翻译来说，信、达、雅仍是可用的标准，仍是"译事三难"。

这个标准不妨用于诗的翻译。如此译诗，则不唯诗的意、言、象、境不能改变，就是形式如音韵格律、诗句的长短，诗行的数目顺序等也不能置于不顾，换句话说，不妨依样画葫芦。由于两种语言、两种文化及其他许多因素的巨大差异，完全做到形似也是有困难，首先字母换成了方块字，便已不似；即使译某一首诗时做到了形似，也终归还是"似"，不是等同。因此，我的译诗也只能是力求在形式上与原诗一致，例如，原诗是十二音节的亚历山大体，译诗便出以十二个汉字，原诗为十音节诗，译诗便出以十个汉字，余类推。韵式亦与原诗一致，如交韵（abab）、随韵（aabb），抱韵（abba）等。译者本不精于法国诗律，所谓"在形式上与原诗一致"，也只是"力求"，求其大体不差，例如，押韵，求的是顺口顺耳，不曾去查外国或中国的韵书；而精微之处，如行中大顿、跨句等等，实难做到亦步亦趋，如影随形，只好对不住波德莱尔了。例如，波德莱尔是写十四行诗的大家，所作虽多为不规则十四行诗，但用韵并不含糊，而我的译诗只能在音节、韵式上求仿佛，而不能尽照其阴阳韵的安排，甚至原诗五韵而译诗则六韵，等等。试举一例。《流浪的波希米亚人》，十四行，每行十二音节，五韵，韵式为 abba/abba/ccd/eed/，译诗欲亦步亦趋而不能，只好应以十四行，每行十二个汉字，韵式则改为 abba/cddc/eef/eef/，不是五韵而是六韵了。力求肖似其形，无非是希望读者在阅读时能想见原诗的形貌，窥个仿佛也好。

法国格律诗向来称八音节诗、十音节诗、十二音节诗等等，如我国称五言、七言等，足见音节在法诗中的地位。有人对以汉字应音节颇不以为然，理由是法语为多音节，汉语为单音节。其实不然，现代汉语中单音节的词是很少的，甚至在翻译中不敷使用，总嫌其少，而不嫌其多。用十二个汉字模仿法诗的亚历山大诗行常常可以做到惟妙惟肖，包括节奏、停顿、重读等等。

以译诗的字数对应原诗的音节，其结果是形成一种诗行相当齐整的诗，具有一种视觉的美感，当然有的眼睛以错落为美，不过错落须有致方为美，否则不美，若蓬头垢面然。此处不拟细论。总之，这种齐整的诗行难逃"豆腐块"之讥。其实，"豆腐块"为人诟病，罪不在齐整，而在其削足适履造成的佶屈聱牙之苦，倘若可读可诵，既顺耳又悦目，"豆腐块"何罪之有？实际上，法国古典格律体诗正是一方方略见毛边的豆腐块。

译诗应保持洋味洋相，又能让国人读得通听得懂（不一定要一读即通一听便懂而"想也不用想一想"），则不必成为国人喜闻乐见的熟面孔，金发碧眼的美人不必穿上旗袍才能成为君子好逑的窈窕淑女。有人主张译诗要民族化，不知如何化法？化成什么？有人说译诗可以在某种前提下进行"得意忘言"式的创造，也不知能创造出什么？再说何谓"得意"？你怎么知道你果真"得意"了？换了一种"言"，别人还会得出原来的"意"吗？与其让译者把自己得的"意"强加给读者，莫若让读者在尽可能保留下来的形象、词语、节奏中自己去"得意"。其实，诗的"意"是有限的，而"言"则是无限的，诗人的创造性往往表现为"人人心中所有，人人笔下所无"，怎么能"忘言"而让诗人的有也变成无呢？让国人以为洋人也写古风、排律或西江月浣溪沙，未见得是一件值得称颂的事。

偶一为之，博人一笑，玩一次语言的游戏，也有其趣味在，但究竟不是正途。我们有别的办法让国人知道，洋人也能写得一手好诗，律绝词曲之外也有可以被称为诗的东西。

　　与译诗有关的问题很多，这里不想作一篇译诗论，也没有个人的翻译观提出，只是站在读者的立场上说一说自己喜欢读的译成中文的法国诗应该是什么模样，或者自己喜欢读的法国诗译成中文应该是什么模样。当然，别人的译诗论倒是偶尔读过几篇，获益匪浅。但有些论点，总觉得初看不错，甚至很堂皇，可是不能细想，细想则有破绽露出。也许我的想法倒是一看便错，漏洞百出，那也只好弃取由人了。其实我原本只想说一句话：这是一个读者译的诗，愿有同好者与我共享，至于是不是成了波德莱尔的罪人了，那实在是不敢想的一件事。

　　是为跋。

作于 1991 年 11 月 15 日，北京

（《恶之花·插图本》1992 年 8 月出版）

《巴黎的忧郁》译者序

伽利马版《波德莱尔全集》的编者克洛德·毕舒阿教授说："生为笛卡儿主义者的法国人不大喜欢一切不能界定的东西。这个古典主义者喜欢分类。"[1] 例如散文诗（le poème en prose）。虽然有波德莱尔的《巴黎的忧郁》，有他的先驱者，例如阿洛修斯·贝特朗和莫里斯·德·盖兰，有他的后继者，例如斯泰芬·马拉美、弗朗西斯·雅克布、列昂－保尔·福格、彼埃尔·让·儒佛和勒内·夏尔，一百六十年的历史阻挡不了散文诗成为一个"界定不清"的概念。"界定不清"的意思是，有韵为诗歌，无韵为散文，如今把有韵和无韵结合在一起，形成一个独立的文类，说它是诗歌，却无韵，说它是散文，却是诗，于是散文其形，诗歌其义，非驴非马，果然无从界定，难怪古典主义者怀疑其存在了。1737 年，奥里维神甫说："我不知道诗意的散文是什么，也不知道散文的诗意是什么：我只是在前一个中看到平庸的诗句，在后一个中看到一种散文，其中汇集了所有与朗吉努斯所论崇高相反的东西。"[2] 他们的意思是，要么是散文，无韵，要么是诗歌，有韵，而散文诗是无韵散行的，直呼散文，顺理成章，就不必提什么散文诗了。如今散文诗确实是一个独立的文类了，反对的人不是很多，但是在很少的人中颇有一些著名的人物，看来散文诗的存在还是有辩护的必要。

波德莱尔的《巴黎的忧郁》，在中国，1930 年上海中华书局出版过邢鹏举先生译自英文的《波多莱尔散文诗》，1982 年漓江出版社出版过亚丁先生译的《巴黎的忧郁》，1991 年人民文学出版社出版过钱春绮先生译的

---

[1]　见克洛德·毕舒阿为该版本《巴黎的忧郁》所写的《出版说明》，第 1293 页，1975 年。

[2]　转引自 Susanne Bernard, *Le poème en prose, de Baudelaire jusqu'à nos jours*, p. 10, Nizet, 1978。

《恶之花　巴黎的忧郁》，1992 年百花文艺出版社出版过怀宇先生译的《巴黎的忧郁》。上述四个译本中，邢鹏举和钱春绮都称所译为散文诗，亚丁和怀宇则称之为散文。

二十年前，我在《读书》杂志上写过一篇小文，略述散文诗在法国的发展历史，意在坚持散文诗是属于诗国的一个臣民，即一种独立的文类，而不是隶属于散文的属地，受到散文这棵大树的荫护。当然，这篇小文也不是突发奇想或心血来潮的产物，它的起因是读了该刊上的一篇文章《散文诗还是诗散文》。这篇文章否认《巴黎的忧郁》为散文诗，而应称之为散文，或诗散文，简言之，《巴黎的忧郁》"大多数还是具有叙事、议论的特点的散文"。我人微言轻，一篇小文不会影响后来的译者，果然，十年之后，即 1992 年，百花文艺出版社出版了怀宇先生译的《巴黎的忧郁》，与《人造天堂》等作品一起置于《波德莱尔散文选》这个总书名下，并且在《译后记》中说："这部散文集所选篇目基本上包括了他的作品中在译者看来可以被称为散文的文字。"看来，说《巴黎的忧郁》是散文集，并非信笔由之，而是有意为之，于是，《巴黎的忧郁》是否散文诗就不可不辩了。

法国人是古典主义者，"喜欢分类"，中国人虽不称古典主义者，对分类的兴趣却未尝稍减，例如对于文章的分类，即文体。恰如钱锺书先生所言："吾国文学，体制繁多，戒律精严，分茅设蕝，各自为政。"① 明人吴讷在《文章辨体序说》中说："文辞宜以体制为先。"见出 15 世纪的中国人对于文体的重视。明人徐师曾在《文体明辨序说》中有言："夫文章之体，起于《诗》《书》。"从曹丕开始，中国人就对文体有了粗浅却准确的认识，经过陆机、挚虞，直到刘勰的"论文叙笔"，其对于文体的分类已经有了理论的模样。所以，徐师曾又说："盖自秦汉而下，文愈盛；文愈盛，故类愈增；类愈增，故体愈众；体愈众，故辩当愈严。""辩当愈严"的结果，就是清人梁光钊所谓的"文笔之分"。散文诗在中国的大地上诞生之前，大部分中国人认同刘勰的话："今之常言，有文有笔，以为无韵

---

① 见钱锺书《中国文学小史序论》，载《钱锺书集·写在人生边上》，生活·读书·新知三联书店 2002 年版，第 94 页。

者笔也，有韵者文也。"像金圣叹那样，谓"诗何可限字句，诗者人之心头忽然之一声耳，不问妇人孺子，晨早夜半，莫不有之"（《与许青屿书》），何其少也。故有韵也者，诗也；无韵也者，散文也。散文诗者，有韵乎，无韵乎，有无相克，合二而一，未之见也，无从想也，故不存也。这就是大部分中国人的看法，虽然数百年之后，他们人数已然不多了，但究竟还代表了一种看法，而且这种看法不会消失净尽。

　　显而易见，在法国，在中国，散文诗的诞生都是不平静的。

　　散文诗的历史并不长，大约19世纪中叶产生于法国，却不妨碍有人追溯到很远的古代，例如有些批评家居然在公元1世纪的《福音书》中找到了它的踪迹①，事虽不至此，却也为钱锺书先生的论断增加了一个例证："这种事后追认先驱（la préfuguration rétroactive）的事例，仿佛野孩子认父母，暴发户造家谱，或封建皇朝的大官僚诰赠三代祖宗，在文学史上数见不鲜。"② 法国中世纪有一种半是散文半是诗歌的文学样式，叫做 la chantefable，意为歌唱的寓言，诗歌的部分要唱，散文的部分要说，说说唱唱，译作弹词，倒也贴切，代表作是产生于13世纪初的《奥卡森与尼柯莱特》，其散文部分抑扬顿挫，铿锵悦耳，被称作"节律散文"（la prose cadencée），从发展的链条上看，与现代散文诗有某种联系，但是，它们中间的一个根本的区别是，节律散文是散文，而散文诗是诗，而且散文诗的特点并不表现为"抑扬顿挫，铿锵悦耳"。这种半诗半散的"弹词"进一步发展，便出现了一种介于日常语言和诗歌语言之间的散文，很快流行开来，并于1540年获得了"诗意散文"（la prose poétique）这一名称。17世纪的古典主义者是严格区分诗与散文的，作家们被告诫要"十分注意在散文中避免用韵"，只有莫里哀例外，他不仅在剧中应用这种文体，并且用过"诗的散文"一词。进入18世纪，法国诗歌呈现出一片衰败的景象，诗人的感情倾诉不再能忍受诗的节奏和格律的束缚而寻求一种自由的表达，于是散文乘虚而入，出现了一种交织着史诗的雄浑和抒情的委婉的作品，发表于1699年的《忒勒马科斯历险记》就是一个典型。费

---

① 见 Georges Blin, *Le sadisme de Baudelaire*, p. 144, Fontaine, 1946。

② 钱锺书：《七缀集》，生活·读书·新知三联书店2002年版，第3页。

奈龙的这部作品又被称作"大散文诗",这说明诗意散文有了进一步的发展,进入一种散文与诗纠结不清的状态。法国古典主义的理论家布瓦洛在1700年写给他的对手贝洛的一封信中,也不得不承认散文中同样有诗意,他甚至说出了"散文诗"这个名称:"……有不同种类的诗,这方面拉丁作家不但没有超过我们,他们甚至不知道还有散文诗,我们叫作小说……"① 他说的散文诗指的是小说中的诗意。正是从《忒勒马科斯历险记》开始,小说的创作才毫不犹豫地追求诗意,不但在"古今之争"中现代派把这部小说当作一面旗帜挥舞,向诗律发起猛烈的进攻,就是费奈龙本人也公开地宣称:他的作品是一种"像荷马和维吉尔一样的神话故事,其形式是英雄的史诗"。他在致学士院的一封信中说:"我们的文章在那些绝无诗句的痕迹的地方充满了诗意。"② 在1719年,人们终于认识到,并非只有节奏和韵律才能造成诗意,杜波斯神甫说:"有不用诗句写成的美丽的诗篇,正如没有诗意却徒有美丽的诗句。"③ 这就意味着,诗还是非诗,形式上的节奏和韵律并不是决定的因素。有节奏、有韵律的,可以为诗句,但不一定是诗,诗取决于别的东西。

在法国诗人非诗律化的斗争中,翻译起了决定性的作用,例如贺拉斯、塔西佗、弥尔顿等人的作品,都被译成了散文。普列服神甫指出,"有相当数量的翻译,把诗译成诗意散文,其成功不借助于韵律而在我们的语言中传达了外国诗歌的全部的美"④。可以说,是翻译家首先进行了散文诗的尝试。1756年,马莱翻译了芬兰史诗《埃达》,1760年,图尔格翻译了苏格兰史诗《奥西昂》,1762年,于贝尔(即图尔格)翻译了瑞士当代诗人格斯内的诗,1769年,勒·屠尔纳翻译了英国当代诗人扬格的诗,这些翻译都采取了散文的形式,但是都传达了自然、荒蛮和田园生活的诗意,在当时影响很大,甚至出现了模仿的热潮。谈到这些翻译,人们经常说它们对法国人的感受性和"真正的诗的概念"的形成,起到了至关重要的作用。同时,这些翻译及其产生的影响也给了法国散文以积极的推动,

① 转引自 *Le poème en prose, de Baudelaire jusqu'à nos jours*,p. 22。
② 同上书,第22页。
③ 同上书,第10页。
④ 同上书,第24页。

"散文诗从此也有了决定性的方向"①。简言之，以节奏圆融、韵律严格著称的法国古典诗不能传达外国诗的急迫、艰涩的节奏和原始、野蛮的诗意，就是流畅、华丽、高雅的法国古典散文对于外国诗的古朴、苍劲的风格亦不能应付裕如，所以，以散文译外国诗逼得散文要走另外一条路。

　　直到 1760 年，在法国存在着两种散文，一种是雄辩的散文，从 17 世纪继承下来，以《忒勒马科斯历险记》为代表，其继承者以华丽、婉转、和谐著称；一种是简洁的散文，以伏尔泰和孟德斯鸠为代表，其特点是平实、朴素、理智。对狄德罗来说，节奏、句子的运动和词汇的音响不应该服从复杂的修辞，也不应该产生纯粹形式上的和谐，而应该和生命的存在之最深刻的运动相一致。他说："真正的和谐其对象不单纯是耳朵，而是它所来自的灵魂。"② 卢梭则以表达方式的抒情性打开了文学的新局面，其标志是 1761 年问世的《新爱洛绮斯》。他的文体和谐，极富音乐性，不仅仅诉诸智力，而且诉诸感受性，在呈现出一片风景的同时，又唤起一种如海浪般汹涌的感情。他的文章具有强大的暗示力，展现了一种真正的诗意。他在一篇手记中问道："如何成为一个散文诗人？"③ 作家们不再容忍严格而武断的规则的束缚，他们渴望着无拘无束地表达自己的感情，只愿意服从自然和自己的天性。他们的作品走向了另一个极端，即无序的、混乱的灵感，虽有诗的充沛和灵动，却与散文诗的致密和紧张背道而驰。"于是，人们看到一个双重又相悖的现象：一方面，真正的诗意出现在自诉、日记、书信、没有文学意图、不讲结构的文字里，而它们不能被看作是诗；另一方面，一旦作家想要做一件艺术品，诗学规则的束缚、修辞的常规就凝固和枯竭了一切诗意。有诗意却没有诗，或者有诗却没有诗意……"总之，"两者都未能接近这个平衡点：在那里结晶成真正的散文诗"④。

　　进入 19 世纪，夏多布里昂以他优美抒情的文体为法国散文注入了一股新的活力，他特别善于写作简洁、充满激情的文章，其间往往有自成篇

---

① Susanne Bernard, *Le poème en prose*, *de Baudelaire jusqu'à nos jours*, p. 25.

② 转引自 *Le poème en prose*, *de Baudelaire jusqu'à nos jours*, p. 29。

③ 同上书，第 29 页。

④ Susanne Bernard, *Le poème en prose*, *de Baudelaire jusqu'à nos jours*, p. 31.

章的短小段落，几百万字的《墓中回忆录》其实就是由这样的段落构成的，难怪有人不无夸张地称这部著作为"一首散文诗"。圣伯夫责备夏多布里昂写"一页"的文章，实行的是"美丽的片段的方法"①。正是《阿达拉》中的印第安歌曲对阿洛修斯·贝特朗关于散文诗的观念有着直接的影响：印第安歌曲分段，每段的结尾互相重复，作为副歌使段落首尾呼应，成为一个整体。夏多布里昂说《阿达拉》是"一种诗"，但是又说："我根本不是将散文与诗句混为一谈的人。"这说明，在夏多布里昂的心目中，散文是可以有诗意的，虽然他并没有提出"散文诗"的概念。同一时期的斯达尔夫人也表示，法国最好的抒情诗人可能存在于法国最大的散文家之中，并说："漂亮的诗句并不等于诗。"②夏多布里昂的模仿者不少，但是没有人能够突破他的影响，形成独特的、个人的语言，也就是说，在19世纪头20年中没有产生真正的诗人，不过，散文诗形成的时机已趋成熟，到了法国浪漫主义运动的后期，它终于应运而生了。

　　法国的浪漫主义始于一本叫做《沉思集》的小书。1820年3月13日，巴黎塞纳路12号的希腊-拉丁-德意志书店开始出售一本没有署名的薄薄的小册子，名叫《沉思集》，收诗二十四首。整部诗集的语言清新流畅，对爱情、时光、孤独等的咏唱缠绵悱恻，同时，宗教虔信的主题也表现得浓厚而深沉。第二天，一个叫做阿尔弗莱德·德·拉马丁的年轻人就不断地收到王公大人们的手札、短笺和任命，甚至以"国王的名义"送来的书籍。拉马丁一夜成名，《沉思集》的成就"日益高涨，溢出了为它挖掘好的所有渠道，淹没了首都，淹没了外省，没了整个欧洲。全世界的读者都为之欣喜若狂"③。这种狂热来自法国古典诗歌的衰颓和苍白，"法国社会渴望诗歌已有一个多世纪了"。与此同时，"直到1820年，这种诗情只是在散文里才大为显现：让-雅克·卢梭和夏多布里昂已经以他们的抒情色彩使几代读者陶醉了"④。法国的诗情从此有了两个方向：一是破除古典诗

---

　　① Sainte-Beuve, *Chateaubriand et son groupement littéraire sous l'Empire*, p. 149, Garnier.

　　② 斯达尔夫人：《德国的文学与艺术》，人民文学出版社1981年版，第43页。

　　③ 见昂利·拜尔编《朗松：方法、批评及文学史》，徐继曾译，中国社会科学出版社1992年版，第472页。

　　④ 同上书，第476页。

歌的僵化及其智力活动的桎梏，代之以感情的喷发和情绪的宣泄；一是在散文中寻求出路，打破格律音韵的束缚，在灵活的散行文字中抒发情感。前者以拉马丁、维尼、雨果、缪塞等人为代表，后者则以阿洛修斯·贝特朗和夏尔·波德莱尔为代表。

阿洛修斯·贝特朗本名雅克·路易·拿破仑·贝特朗，于1807年出生在意大利的皮埃蒙省的塞瓦，后来到了法国的第戎，二十一岁时从第戎来到巴黎，出入雨果的浪漫主义文社。他体弱多病，即无名气，又乏靠山，即无钱，又少朋友，是一个典型的"波西米亚人"，又是一个苦吟派的诗人。贝特朗是一个运蹇命乖的诗人，在巴黎，他被看作是一个外省人，在他的家乡第戎，他被看作是一个巴黎人，毕生不知道自己的位置。"失败的浪漫派"，"早产的鹰"，"空有将才，死的时候却是一个中尉"，这就是人们对他的评价。关于第一次出现在浪漫主义文社的贝特朗，圣伯夫写道："他没有过多的推脱，就以一种不连贯的语气朗诵了几首以散文体写成的小叙事诗，其准确的段和节相当好地模拟了某种节奏的韵律……""段"和"节"正是贝特朗的创作的基本特点之一，圣伯夫的耳朵没有欺骗他。1841年3月11日，他死在医院中，年仅三十四岁，可谓英年早逝。他死后的第二年，即1842年，他的《黑夜的卡斯帕尔》在一个出版商手中搁了数年之后，终于出版了。这本薄薄的小书没有产生轰动，却以潜在的方式在诗人中寻求知音，发生影响，确立了贝特朗在诗国的星空中具有特殊的地位，有人甚至说，波德莱尔试图"达到贝特朗的综合的高度，却未能成功"[①]。这个特殊的地位，是说贝特朗是法国散文诗作为一个文类的创始者。

《黑夜的卡斯帕尔》的全名是《黑夜的卡斯帕尔，仿伦伯朗和卡罗的想象》，共有五十二首诗，分为六大部分：《佛拉芒学派》、《老巴黎》、《黑夜和它的魔力》、《传闻》、《西班牙与意大利》和《短诗集》。贝特朗完全舍弃了诗的韵律和节奏，用散文的段取代诗的节，文句的节奏不再依赖分行而呈现散文式的分布。每首诗大致分为五、六个很短的段落，有时

---

① Marcel Jean et Arpad Mezei, *Genèse de la poésie moderne*, Correa, 1950, p. 48, 转引自 *Le poème en prose, de Baudelaire jusqu'à nos jours*。

采取排比或回环的句式，造成反复咏叹的气势。大量地使用破折号，在节奏上产生一种断裂，避免古典诗的圆润，甚至光滑。在用词上讲究简练精确，甚至取用很古老的词汇，竭力避免冗长的描绘，以图获得言简意赅的效果。在主题方面，则包括了民间、鬼怪、宗教、习俗、中世纪等内容，显得光怪陆离。这种清醒和眩晕、写实和诗意、恐怖和嘲弄的统一，使他的诗具有一种绝对独特的想象力。贝特朗在1837年的一封信中说："我试图创造一种散文的新品种。"① 他的意图实现了，他果然创造了一种新的散文品种：散文诗。苏珊·贝尔纳说："他（阿洛修斯·贝特朗——引者注）的独特的作用是给予一种还未完全摆脱诗意散文的文类以自主性，是使一种散文诗的文类与其他相邻的'诗'的文类（散文的史诗，小说，道德或抒情的沉思）毫不含糊地区别开来。可以说，他从散文的成分中'滗析出'了散文诗，这种散文的成分他一直是驱赶的，也许他驱赶的没有他引入的多，他把散文引向一种文学的种类的存在。"② 她总结散文诗的特点为：有机的统一性、无功利性和简短性。"统一性"说的是，一首散文诗无论多么复杂，表面上多么自由，它必须形成为一个整体，一个封闭的世界，否则它可能失去诗的特性；无功利性说的是，一首散文诗以自身为目的，它可以具有某些叙述和描写的功能，但是必须知道如何超越，如何在一个整体内、只为诗的意图而起作用，换句话说，一首散文诗没有时间性，没有目的性，并不展现为一系列的事件或思想，它在读者面前呈现为一个物，一个没有时间性的整体；一首散文诗不进行脱离主题的道德等的论述或解释性的展开，总之，它摆脱了一切属于散文的特点，而追求诗的统一和致密③。散文诗诞生在一个运蹇命乖、英年早逝的诗人的手中，听来真让人扼腕叹息。

这就是散文诗在波德莱尔之前的简要的历史。1842年，我们要记住这个日子，这是《黑夜的卡斯帕尔》出版的年份，法国的文学研究者公认，这本书的出版标志着法国散文诗作为一个独立的文类诞生了。迄今为止，

---

① 转引自 *Le poème en prose, de Baudelaire jusqu'à nos jours*, p. 60。

② 见 *Le poème en prose, de Baudelaire jusqu'à nos jours*, p. 72。

③ 同上书，第15页。

在法国散文诗发展的一百六十年中，出现了不少辉煌的大师，他们的代表人物就是夏尔·波德莱尔，其代表作就是《巴黎的忧郁》。

波德莱尔第一次发表散文诗是在 1855 年，发表的诗作是《薄暮冥冥》和《孤独》，1857 年，又发表了包括《薄暮冥冥》和《孤独》在内的六首散文诗，取名为《夜景诗》。此后陆续发表了近四十首诗，总题先后分别取名为《孤独的漫步者》、《巴黎游荡者》和《巴黎的忧郁》。总题的变化，说明了主题的变化，也说明了任何一个题目，也不能涵盖整本书的形式和内容。直到 1869 年，波德莱尔逝世后两年，散文诗结集出版，冠名为《小散文诗，巴黎的忧郁》，全书的形式为"小散文诗"，内容为"巴黎的忧郁"。波德莱尔把阿洛修斯·贝特朗的《黑夜的加斯帕尔》称作"神秘辉煌的榜样"，充满了景仰之情，但又满怀信心地说，他"做出了特别不同的玩意儿"，并提出了他心目中散文诗的特征："没有节奏和韵律而有音乐性，相当灵活，相当生硬，足以适应灵魂的充满激情的运动、梦幻的起伏和意识的惊厥。"同时，他把《巴黎的忧郁》看作"整条蛇"："去掉一节椎骨吧，这支迂回曲折的幻想曲的两端会不费力地接上，把它剁成剁成的小块吧，您将看到每一块都可以独立存在。"他以贝特朗为榜样，"以他描绘古代生活的如此奇特、如此别致的方式，来描写现代生活，更确切地说，一种更抽象的现代生活"①。

波德莱尔的散文诗一经发表，就受到泰奥多尔·德·邦维尔、泰奥菲尔·戈蒂耶、约里斯－卡尔·于斯芒斯、保尔·布尔热等人的高度评价。例如，邦维尔说："一千年来，人们满怀怜悯地对我们说：'没有诗句，没有节奏，没有韵律，没有这些物质的魔力，你们会变成什么呢？这些东西首先可以保证我们的感官的共谋，在一种音乐的陶醉中安抚我们的灵魂，在它们的富有旋律的修饰的丰富中隐藏你们的思想的贫乏和简单。'好了，夏尔·波德莱尔的散文诗可以回答这一切；剥夺诗人的诗句和竖琴吧，但是留给他笔；剥夺他的笔吧，但是留给他声音；剥夺他的声音吧，但是留给他动作；剥夺他的动作吧，捆住他的胳膊吧，但是留给他用眨眼表达的能力吧；他就永远是一个诗人，创造者，如果他只能呼吸，那么他的呼吸

① 见本书《巴黎的忧郁》第 1 页《给阿尔塞纳·胡塞》。

也会创造出某种东西。"戈蒂耶说:"应该承认,我们的诗歌语言还没有准备好表达多少有些罕见的、详尽的东西,特别是有关现代的、日常的或者豪华的生活的主题,尽管新的流派为使其灵活、柔顺而做出了英勇的努力。《小散文诗》来得及时,弥补了这种无力……波德莱尔突出了他的天才的可贵的、精致的、怪异的一面。他能够抓住不可表达的东西,描绘漂浮在声音、色彩和他的思想之间的转瞬即逝的那些细腻的差别,这些差别很像阿拉伯式的装饰图案或者乐句的主旋律。——这不仅仅是面对物理的自然,也是面对灵魂最隐秘的运动,面对反复无常的悲伤,面对神经官能症的有幻觉的忧郁,这种形式适于表现这些东西。《恶之花》的作者从中得出了奇妙的效果,人们惊奇地看到,语言时而通过梦的透明的薄纱、时而通过阳光的突然的清晰(这种阳光的清晰在远方的蓝色的缺口画出了一个倾颓的塔、一片树、一座山峰)而让人们看到一些描绘不出来的东西,直到现在,这些东西并没有被语言简化。使风格能够表现未被伟大的词汇分类者亚当[1] 命名的一系列东西、感觉和效果,这将是波德莱尔的荣耀之一,如果不是他最大的荣耀的话。"[2] 至于《巴黎的忧郁》从出版到今天,一直受到诗人和批评家的推崇,这里不及细表。总之,波德莱尔虽然不是散文诗的创始人,但他是第一个把它当作一种独立的形式并使之趋于完善的人。

自《黑夜的卡斯帕尔》出版以来,人们一方面承认阿洛修斯·贝特朗的开创之功,一方面又略感不足,认为他为散文诗规定了过于严格的限制,例如为什么要有五或六段,而不是四段或八段,或者更少,或者更多,为什么每一首诗一定要有类似于序和跋的句子,等等。在贝特朗的手中,这已经成为一种束缚,在他的一些模仿者手中,这种束缚就变成了一种铁模子,成批量地生产出"散文诗"作品。于是,散文诗等于从古典诗的模子里跳出来,又进入了一种新的模子,成了一种类似于商籁体或回旋

---

① 《圣经·创世记》上说,耶和华神造了一个"有灵的活人,名叫亚当"。"耶和华神用土所造成的野地各样走兽,和空中各样飞鸟,都带到那人面前,看他叫什么。那人怎样叫各样的活物,那就是它的名字。"

② 转引自帕特里克·拉巴特《波德莱尔的小散文诗》,巴黎,伽利玛出版社 2000 年版,第196—199 页。

诗的东西。波德莱尔则不同，他不是模仿贝特朗，而是有所创造，他先是"试着写些类似的东西"——类似《黑夜的卡斯帕尔》——，然后他果然"做出了特别不同的玩意儿"，虽然他"至少是第二十次翻阅阿洛修斯·贝特朗的著名的《黑夜的卡斯帕尔》"。他的特别不同之处在于，《巴黎的忧郁》更加自由，完全舍弃了机械呆板的分段，短可数十行，长可十几段，或取对话，或加描绘，或用叙述，形式极其灵活，主题则是日常的事物、内心的活动、哲学的思考和大城市的景观，总之是一种"更抽象的现代生活"，贯穿着这种现代生活的是一种愤世嫉俗的情绪、悲观主义的思想、深厚的人道主义关怀和浓重的象征主义手法。

约里斯－卡尔·于斯芒斯于 1884 年发表了小说《逆行》，其中有对散文诗这一文体的赞美和推崇："在所有的文学形式中，散文诗是德·艾散特最喜欢的形式。由于天才的炼金术士的操作，根据他的要求，在血肉丰满的状态下，散文诗在其短小的篇幅中应该包含着小说的力量，它舍弃其分析的冗长和多余的描绘。……于是，词汇的选择如此不可更动，以至于能够代替其他的一切词汇；形容词的安放如此巧妙、如此斩截，同样是不可移易，它打开了广阔的前景，读者可以整星期地对其即准确又多样的意思展开梦想，确认现在，重建过去，猜想人物的灵魂的未来，而这些人物是通过唯一的形容词展现出来的。……一句话，对于德·艾散特来说，散文诗是具体的精华，文学的精髓，艺术的精油。这种凝结成一滴的美味已经存在于波德莱尔的身上……"[①] 德·艾散特的感受，就是于斯芒斯的感受。一百五十年后的今天，读者再读《巴黎的忧郁》，会与德·艾散特和于斯芒斯有同感吗？

在中国，散文诗的出现是 20 世纪初外国文学的翻译和介绍大潮之后的产物。自 1918 年始，刘半农即开始发表散文诗，且第一个使用了"散文诗"这个名称。从 1924 年到 1926 年，鲁迅完成了《野草》的写作，成就了中国文学史上辉煌的一页。给予鲁迅的《野草》以最深刻的影响的诗人不是别人，正是夏尔·波德莱尔，是他的《小散文诗，巴黎的忧郁》。

---

① 约里斯－卡尔·于斯芒斯：《逆行》（1984 年），巴黎，伽利玛出版社 1997 年版，第 319—320 页。

散文诗在鲁迅以后的中国的历史，不是一、两句话可以说得清的，译者可能会另写一篇文章，略叙一二。

　　是为序。

2004 年 5 月，北京

（《巴黎的忧郁》2004 年 5 月出版）

酒、印度大麻与鸦片

——《人造天堂》译者前言

　　1851 年，夏尔·波德莱尔发表了《酒与印度大麻》，当时他只不过是尝试过印度大麻一两次而已，他一生中没有成瘾；1860 年，波德莱尔出版了《人造天堂》，这时他由于病痛而不得不经常吸食鸦片了。也许出于一种负罪感，他谴责印度大麻远远地超过了鸦片。在波德莱尔去世后出版的全集本和单行本中，都是在《人造天堂》的总名下，汇集了《酒与印度大麻》和《人造天堂》这两篇文章的。

一

　　饮酒，服用印度大麻或吸食鸦片，可以程度不同地呈现陶醉、麻醉或迷醉的状态。它产生一种幻象，使人进入一种幻境。在这种幻象和幻境的作用下，人与对象的关系改变了，时间变得深不可测，空间成倍地扩大，物体异乎寻常地变大或变小，声音变得尖锐或沉闷，各种颜色都趋向极端，香气无孔不入。嗅觉、听觉、视觉彼此沟通，声音具有色彩，色彩具有曲调，音符成了数字，随着音乐在耳中展开，出现了千奇百怪的人，或兽，或物，纷纷做着匪夷所思的动作或形态。人的精神飘飘荡荡，不依不靠，一切苦难压力病痛斗争都消失了，人仿佛进入了一个不须劳动、不须付出、不须斗争而拥有一切的极乐世界。这种境界持续的时间不长，自波德莱尔始，被称作"人造天堂"。

　　"天堂"一语，用于描绘酒或印度大麻或鸦片的作用，并非波德莱尔首创，早在 1845 年，有一个医生名莫罗·德·图尔者，就出版了一本著作，题为《论印度大麻和精神错乱》，其中两次写到，印度大麻使人进入"穆罕默德的天堂"，或称"先知的天堂"，但是，天堂加上"人造"一词，波德莱尔确实是始作俑者。

然而，"人造天堂"毕竟不是自然的天堂，几分钟，至多十几分钟，幻境即告消失，人又回到了现实，渐渐地，他的感觉变得迟钝，人格崩溃，脾气暴躁，神经麻木，精神恍惚，四肢疲软，浑身难受，不能工作，缺乏行动上的毅力，陷入软弱、懒惰、疲倦的深渊而不能自拔。一句话，"人造天堂"顷刻间崩塌了。

兴奋剂，麻醉品，或称毒品，并不能造成一个极乐世界，相反，它通向的可能是万劫不复的地狱，这就是波德莱尔在他的《人造天堂》中向我们讲述的基本思想，正如他在 1864 年布鲁塞尔的演讲的开场白中所说："我要写的书不纯粹是生理学的，而是伦理学的。我要证明的是，那些追寻天堂的人所得到的是地狱，他们正在成功地准备着这个地狱，挖掘着这个地狱，这种成功，如果他们预见到的话，可能会吓坏他们的。"只有现实的痛苦才有可能通向超自然的天堂。

酒，印度大麻，鸦片，三种兴奋剂，麻醉剂或毒品，波德莱尔以一种抒情性的笔调绘声绘色地描绘了它们的作用及其后果。有人说，他唱了一曲毒品的颂歌，又有人说，他进行了一番道德的说教，还有人说，例如米谢尔·布托，《人造天堂》不是一个吸毒者向其他吸毒者说的话，而是一个诗人向所有那些认为"唯一真正的毒品、绝对的毒品是诗"的人写的一本书。这第三种看法显然是一个诗人的看法，深刻而玄奥，必须经过理性的理解才能落到实处。这理性的理解就是正确地解读文本。波德莱尔说："对于这两种毒品（印度大麻和鸦片——引者注）所能产生的神秘结果和病态快乐进行的分析，其长期使用所不可避免的惩罚，最后，追寻一种虚假的理想所必然包含的不朽性，这就是本研究的主题。"这是《人造天堂》之表面性与深刻性、物质性与精神性之间相互渗透的用意之所在。只有现实的痛苦，才能孕育诗人的沉思；只有扎根于大地的沉思，才能激发丰沛的想象力；借助于毒品的想象，只能是失去平衡的疯狂，这也是没有任何一部杰作是通过使用毒品而产生的原因，尽管不少的诗人试图用毒品来激发和丰富其创造力。

二

对于酒的赞颂，波德莱尔是不吝笔墨的。"酒之深沉的快乐啊，谁曾认识你？一个人有悔恨要缓解，有回忆要追念，有痛苦要平复，有空中楼阁要建造，他就要乞灵于你，你这隐藏在葡萄藤中的深奥莫测的神。酒的景象在内在的阳光照耀下是多么阔大！人在它身上吸取的第二青春是多么真实和炽热！然而，它那令人震骇的快感和难以承受的魔力又是多么可怕！"这种洋溢着感激之情的语言，表达的正是波德莱尔面对着酒的真实感受。在他的心目中，酒能使劳动者甚至那些"收集首都每日的废物的人"重新燃起"青春的火花"。1850 年前后，波德莱尔还相信社会的进步，对人类的前途还是乐观的，对劳动者充满了同情。他怀着"报复的乐趣"，高举着被火药熏黑了的手，喊着"枪毙欧比克将军（他的继父——引者注）！"的口号，参加了 1848 年革命的街垒战，他说："1848 年之所以有意思，仅仅是因为每个人都在其中寄托了一些有如空中楼阁一般的乌托邦。"他的乌托邦是："学者成为财富的所有者，财富的所有者成为学者"，人类回到原罪以前的状态，即回到失去的乐园中；如他的诗表明的那样，诗人摆脱现实的苦难和罪孽，重新回到上帝的怀抱，再做"青天之王"、"云中之君"。在这种乌托邦的激励下，他在赞颂酒的时候所选取的形象无一不带着温馨而体贴的拳拳之意："四十年的奔波和劳作碾碎了的"工人（劳动者），他的年老的妻子，他的"没有血色的小孩"，以及"摇晃着脑袋，在铺路石上踉跄，就像年轻的诗人整日游荡，寻章觅句"的拾破烂者，等等。总之，"地球上有无以数计的无名人群，睡眠不足以平复其苦。酒对他们来说成了歌曲和诗"。如果说无人不饮酒，波德莱尔看到的首先是劳动的人，"劳动使日子兴旺，酒使礼拜日充满希望"，酒使疲惫不堪的劳动者重新恢复了体力，舒缓了愁肠，平复了痛苦，建立起一个平等、公正、自由、没有纷争的"人造天堂"，哪怕只是虚无缥缈、纯属想象的"空中楼阁"。对酒的赞颂，是和波德莱尔的民主思想分不开的。

酒之为饮料，其来久矣，波德莱尔引用布里亚·撒瓦兰的《口味大全》说："族长挪亚被认为是酒的发明者……"挪亚就是造方舟而使人类幸存于大洪水之后的那个人。据《圣经》，挪亚赤身裸体地醉卧在葡萄园里，他的儿子们觉得不雅，就拿了件衣服给他披上，这个故事说明，即便挪亚不是酒的发明者，作为酒的饮用者是没有问题的。在中国，酒的历史也很久远，《战国策》上说："昔者，帝女令仪狄作酒而美，进之禹，禹饮而甘之，遂疏仪狄，绝旨酒，曰：'后世必有以酒亡其国者。'"另有一说，谓杜康乃酒的最早制造者，曹操曰："何以解忧，惟有杜康。"以杜康为酒的代名。杜康者，禹之玄玄孙也，其造酒乃是远在仪狄四代以后的事情了。无论如何，酒在中国的历史也有五千年了。巧的是，同挪亚一样，禹也是一个理水功成的大英雄，焉知他们所遇到的洪水不是同一次洪水呢？但是，他们对酒的态度却是不一样的：挪亚喝了酒就赤身卧于葡萄园中，禹则"饮而甘之，遂疏仪狄"，并且说"后世必有以酒亡其国者"。波德莱尔论酒，重在酒的本身：当它"跌进因劳动而干渴的喉咙里"时，它就变成了"一支充满友情的歌，一支充满快乐、光明和希望的歌"。它是"祖国的灵魂"，它是"礼拜日的希望"，它是"使老斗士的肌肉重新强健起来的油"。它用它那神秘的语言唱道："我像植物的精华落进你的胸膛。我是谷粒，将使痛苦地掘开的沟垄长满庄稼。我们密切的结合将创造出诗。我们两个将创造一个上帝，我们将朝着无限飞翔，像小鸟，像蝴蝶，像圣母的儿子，像香气，像一切有翅膀的东西。"中国人论酒，重在饮酒之人。酒在中国古典文学中占有极重要的地位，实在值得做一篇大文章。不说作《酒赋》的邹阳、扬雄、王粲，不说"高阳酒徒"郦食其，不说"造饮则尽，其在必醉"的五柳先生陶渊明，不说"常譬酒之犹水，亦可以济舟，亦可以覆舟"的陈暄，也不说"天子呼来不上船，自云臣是酒中仙"的李白，单说以嗜酒出名的刘伶吧。西晋刘伶乃"竹林七贤"之一，做《酒德颂》，其辞曰："有大人先生，以天地为一朝，万期为须臾，日月为扃牖，八荒为庭衢，行无辙迹，居无室庐，幕天席地，纵意所如。止则操卮执觚，动则挈榼提壶，唯酒是务，焉知其余！有贵介公子，缙绅处士，闻吾风声，议其所以，乃奋袂攘襟，怒目切齿，陈说礼法，是非锋起。先生于是方捧罂承槽，衔杯漱醪，奋髯箕踞，枕曲藉糟，无思无虑，其乐陶陶。兀然而醉，豁尔而醒。静听不闻雷霆之声，熟视不睹泰山之形，不觉寒暑之切肌，利欲之感情。俯视万物，扰扰焉如江汉之载浮萍；二豪侍侧焉，如蜾蠃之与螟蛉。"清人王符曾评曰："真阔大，真风流，拂落浮尘三斗许矣。不识酒中趣，不能道只字也。"一个"趣"字，可说是触及了饮酒之人隐藏在心底的秘密：友情，亲情，消愁解闷，抒情释怀，"兀然而醉，豁尔而醒"。但是，不闻雷雨，不睹泰山，不觉寒暑利欲，恐怕只有像刘伶那样的"大人先生"了。王符曾的评论可以说是代表了大部分中国人对酒的态度，虽然有的中国人并不饮酒，中国也并不是一个嗜酒的国家。波德莱尔与刘伶对酒的态度有不同，但是对酒的作用的描述却是一样的："无思无虑，其乐陶陶。"波德莱尔真正谴责的是印度大麻和鸦片，这就难怪他要在《恶之花》中专辟一章，在忧郁和理想的交战中为酒安排了一次战役；战斗的结果当然是麻醉和幻觉的失败，但是，酒在瓶子里向人说道：

> 我这植物琼浆在你体内落下，
> 永远的播种者播下的好种子，
> 好让诗从我们的爱情中发芽，
> 如一朵稀世之花向上帝显示！
> 稀世之花，乃酒也。

法国文学批评家马克斯·米尔奈教授2000年出版了一本书，叫作《毒品的想象力——从托马斯·德·昆西到亨利·米修》，论到《人造天堂》，说："首要的问题是赞颂酒，这种民众的饮料，对民众有用的饮料，其社会的甚至爱国的功能因为与印度大麻所引起的快乐之反社会后果相对立而更为突出，印度大麻是一种供少数有闲者享用的毒品。"米尔奈教授正确地指出，对酒的赞颂反映了波德莱尔的社会主义思想，而这种思想正是1851年拿破仑政变之前的波德莱尔思想的核心。

三

波德莱尔在1860年8月12日的一封信中对他的朋友阿尔芒·福莱斯说："不要相信任何兴奋剂……我痛恨任何兴奋剂，因为任何一种兴奋剂都使一切事物的时间扩大，形状扩大。"这里的兴奋剂指的是"供少数有闲者享用的毒品"印度大麻。

1850 年前后，印度大麻在法国社会中还是个新鲜事物，只有少数人知道它的存在和作用，例如少数从中、近东一带旅游归来的人，个别的医生，在报刊上谈论他们自己或别人的经验，或者它在某些疾病的治疗上的应用。但是，这种绿色的糊状物在刺激人的想象力方面具有奇效，于是引起了一些作家的好奇和兴趣，例如泰奥菲尔·戈蒂耶。他不仅亲口尝试，还写文章详细地描述服用印度大麻的感觉和体味。他的感觉是"古怪"，是"荒诞"，是"疯狂"，仅此而已，也就是说，还停留在物质层面上。波德莱尔则不然，他不仅以己之感或用他人的经验具体地描述了服用印度大麻如何从进入幻境到幻境的崩塌再到引起肉体和精神的种种不适，而且深入到精神层面，详细地分析了服用印度大麻如何摧毁了想象力的平衡，导致精神陷入混乱和疯狂，进而使人完全丧失劳动和工作的能力。法国批评家克洛德·毕舒阿教授指出："他（戈蒂耶——引者注）看到的是人造天堂的物质层面，相反，出于一种自豪的报复，他（波德莱尔——引者注）拒绝一切廉价的趣闻佚事，也许他不能不拒绝，看到的则是它们的精神层面。这种精神层面来自一种道德，而这种道德通向一种诗学。"毕舒阿教授说得对。

印度大麻是一种特别香的绿色的糊状物，其成分是"印度的麻的煎剂、奶油和少量的鸦片"。波德莱尔不无幽默地说，服用印度大麻，"应该尽可能有一套好房子，或者美丽的风景，一种自由开放的精神，还要有其精神气质与您相近的同伴；如果可能，再来点儿音乐"。他引用了大量的活生生的例证来说明印度大麻的作用和后果，这些例证是"一个女仆"，"一个新手"，"一位有名的音乐家"，"一个人"，"一个文人"，"一个有些成熟的妇人"，"一位可敬的法官"和"一个想象的人物"。他绘声绘色地描绘了他们的经验，将印度大麻的迷醉分作"三个阶段"：

第一阶段，"某种古怪的、不可抵抗的大笑抓住了您。最庸俗的词，最简单的观念，具有了一种古怪而新颖的面目"。不但您自己笑，您的服用印度大麻的伙伴也笑，这种疯狂的大笑很快就转入一种迷醉，迷醉于"光的壮丽、辉煌明亮和流动的金子的瀑布；什么光对它都是好的，像一片大水流动的光，挂在尖端和凹凸不平的表面的像金属片一样的光，客厅的枝形大烛台，圣母月的蜡烛，夕阳中像雪片一样崩落的玫瑰"。

第二阶段，"开始是极端的清凉感，是极大的虚弱无力；像人们说的那样，您有一双奶油样的手，头发沉，全身麻木。您睁大了眼睛，仿佛被难以平息的狂喜所吸引，朝四下里望着。您的脸一片苍白，变得没有血色，发绿。您的嘴唇收缩，变小，仿佛想要往里收。沙哑的、深沉的叹息从您胸中发出，好像您的旧天性不能承受您的新天性的重量。感官具有一种非凡的精细和尖锐。眼睛能看穿一切。耳朵能在最尖锐的嘈杂声中捕捉最难以捕捉的声音"。幻觉开始了："您首先在树上寄托您的激情、您的愿望或您的忧郁；它的呻吟和晃动成了您的呻吟和晃动，很快您就成了树。同样，在蓝天飞翔的鸟首先代表了在人间的之上飞翔的永恒愿望；而您已经成了那只鸟。我想象您坐着并抽烟。您的注意力稍微有些过久地落在从您的烟斗里冒出来的淡蓝色的烟上。……由于一种奇怪的暧昧，由于一种转移或智力上的误会，您想象着自己蒸发，您赋予自己的烟斗（您感到蹲在里面，并像烟叶一样蜷缩着）一种抽着您的奇异的能力"。

第三阶段，"是某种无法描述的东西，由于发作的增强而有别于第二阶段，是一种眩晕的陶醉，紧接着又是新的不舒服。这是东方人称为至福的那种东西，是绝对的幸福。所有的哲学问题都获得解决。神学家们绞尽脑汁的、理智的人们感到绝望的种种难题都变得清晰而明确。所有的矛盾都变成一致。人进而为上帝"。其结果是：第二天早晨，"您一站起来，就感到陶醉的旧残余。疲软的双腿胆怯地引导着您，您害怕像一件易碎物一样折断。一种不无魅力的极度的虚弱攫住了您的精神。您不能工作，缺乏行动上的毅力"。"这是对于大逆不道的滥用的惩罚，您滥用了您的精神流质，您随风抛洒您的人格，而现在，为了把它收回、集中起来，什么样的痛苦您没有感觉到呢？"

"一个人用一勺糊状物立刻就获得天地间所有的好处，却不能用劳动获得其千分之一。首先要生活和劳动。"这是波德莱尔判断印度大麻的根本出发点，于是他说："我所以在同一篇文章里谈论酒和印度大麻，是因为两者确有共同之处：人的非常的诗意的发展。人对于无论是健康的还是危险的一切物质的狂热兴趣，这些物质激励着他的人格，而人格是他的伟大之见证。他憧憬着再振他的希望，朝着无限飞去。但是必须看看结果。酒是一种有助于消化、强壮肌肉、丰富血液的饮料。即便大量饮用，也只能造成相当短时间的混乱。而印度大麻是一种中断消化功能、使四肢衰弱、可以引起二十四小时的陶醉的物质。酒激励意志，而印度大麻摧毁意志。酒是一种肉体的支持，而印度大麻是自杀的武器。酒使人善良易处。印度大麻使人孤独。可以说一个是勤劳的，而另一个本质上是懒惰的。事实上，如果人可以一下子就得到天堂，那工作、劳动、写作、制造什么还有什么用？最后，酒是为了劳动人民的，他有喝的资格。印度大麻属于独自的快乐的阶层：它是为了那些游手好闲的不幸者的。酒是有用的，它产生有收益的果实。印度大麻是无用的和危险的。"说得再明白不过。

印度大麻的迷醉所经过的三个阶段，在波德莱尔的细腻而神奇的笔下呈现在我们面前，历历在目，我们甚至有某种亲历的感觉；但是，他这里那里地发出某种暗示，似乎又在引导我们在表面五光十色的渲染下发现隐藏在里面的东西。"一个想象的人物"担任了我们的向导，这是一个他所"选择的人，是某种类似18世纪称之为敏感的人的人，浪漫派称之为不被理解的人的人，资产者家庭或群众通常用独特这个词所形容的人"，这个人正是诗人，一个像波德莱尔那样的诗人。"一个半是神经质半是胆汁质的性情，这是最适于一种这样的迷醉的演变的；再加上一个教育良好的精神，研究形式和色彩；一颗温柔的心，因不幸而疲倦，但是还准备着再生；如果您愿意，我们还可以接受昔日的错误，这应该在容易激动的天性中产生对虚掷的光阴的遗憾，如果不是确切的悔恨。对形而上学感兴趣，了解哲学关于人类命运的不同的假设，这显然不是无用的恭维，——还有对于德行的爱，一种抽象的、斯多葛派的或神秘主义的德行，这存在于所有的书中，现代儿童视为营养，就像一个杰出的灵魂可以登上最高的峰巅。如果人们在这一切上再增加一种巨大的感觉的精细，我是把它作为多余的条件略而不讲的，我认为我已聚集了现代敏感的人的所有最普通的一般要素，人们称之为独特性的平庸形式的所有最普通的一般要素。"只有这样的人，才可能从印度大麻所造成的迷醉中发现诗的秘密。这是文中《印度大麻之诗》的含义，也是法国批评家伊夫·福罗莱纳所说的："《人造天堂》是一首长篇散文诗。……这部道德的书本质上是一部诗学的书。"

印度大麻刺激了想象力，激发了各种感官之间的交流，所谓"通感"："如果您有一颗这样的灵魂，您对于形式和色彩的爱会在您的迷醉的最初的发展中首先发现一片广阔的牧场。色彩具有非同寻常的力量，以一种昂扬的强度进入头脑。细腻，平庸甚至恶劣，顶棚的画具有了一种可怕的生命力；贴在旅店的墙上的最粗劣的纸都变成了壮丽的透景画。肌肤鲜亮的仙女瞪着一双比天和水都要深沉和透明的眼睛望着您；古代的人物穿着司铎或军队的衣服和您交流，只一眼便沟通了郑重的秘密。线条的曲折是一种明确的语言，您从中读出灵魂的骚动和欲望。"最粗俗的事物由于想象力的作用脱去了日常的衣服，换上了鲜亮华丽的装扮，从而具有了寓意，成为了象征。如同一个疯子，服用印度大麻的人乃是一个通灵人或洞观者。

日常的语言不再是表达事物的工具，而成为举一反三、点石成金的魔术棒，所谓"启发性的巫术"："语法，枯燥的语法也变成某种类似启发性的巫术的东西；词汇有血有肉地活了，名词威风凛凛，形容词，透明的外衣裹着它，给它颜色，动词是运动的天使，使句子动起来。在不同的工作中寻求消遣的人和深刻的人所喜欢的另一种语言，即音乐，和您谈着您自己，对您讲述您的生活的诗意；它和您结合在一起，您融入它之中。它谈您的激情，不是以一种模糊和不确定的方式，如同在一个演歌剧的日子里的漫不经心的晚会上，而是以一种详尽的、确切的方式，每一种节奏都表明您的灵魂的一种运动，每一个音符都化作一个词，一整首诗像一本有生命的词典进入您的头脑。"内心的每一次颤动，语言中的每一个词，都由于这种启发性的巫术而具有了生生不已的活力，如同涟漪一样，一圈一圈地产生着水的波纹。

马克斯·米尔奈教授指出，《印度大麻之诗》作为题目"肯定是暧昧的，因为人们可以以一种反讽的态度读它"。当初，《印度大麻之诗》发表的时候不叫这个名字，而叫《人造理想——论印度大麻》，在与《鸦片吸食者》合为一本书出版时，才改成《印度大麻之诗》的。理论上，波德莱尔发现了印度大麻之麻醉与他的诗歌观念的相通之处；而在实践上，他知道依靠印度大麻做诗，十个有十个要失败。所以，米尔奈说："在对印度大麻进行道德的谴责之外，《人造天堂》的作者明确地劝作家们不要求助于任何兴奋剂，根据是他的个人经验，主要是吸食鸦片的经验。他所感到的至福以及之前各种感觉的滥用第二天就要付出意志瘫痪的代价，这种意志的瘫痪使任何创造的努力成为不可能。"如果我们仔细阅读《恶之花》和《巴黎的忧郁》，我们会发现，尽管有好几首诗提到了兴奋剂（例如鸦片），但几乎没有一首诗赋予它一种积极的作用。波德莱尔认为，"强调印度大麻的不道德的性质的确是不必要的了"，他把它"比作自杀，慢性自杀，比作一件总是血腥的、总是磨得光光的武器"。他问道："为了思想而求助于毒品的人将很快变得没有毒品就不能思想。人们可以想象一个人的可怕的命运吗，其瘫痪了的想象力没有印度大麻或鸦片的帮助就不能开动？"

在中国文学的历史上，毒品的使用和对其作用的描述可以追溯到魏晋时期，例如魏国的吏部尚书何晏，他"是吃药的祖师"，"阔人名流倡之，万民皆从"。鲁迅先生在《魏晋风度及文章与药及酒的关系》一文中说，当时有一种药名曰"五石散"，一名"寒食散"。"从书上看起来，这种药是很好的，人吃了能转弱为强。"这种药吃了之后，起效曰"发散"，发散之后要不停地走，曰"行散"，否则会中毒而死。"走了之后，全身发烧，发烧之后又发冷"。发散之后要赶快吃冷的食物，只有酒则不必冷。因此，"轻裘缓带"，"不鞋而屐"，"宽衣"，"散发"，乃至"居丧无礼"，"发疯"，"痴呆"，都是魏晋人作风的表现，人们误以为魏晋人"高逸"，其实他们的"心里都是很苦的"。这种药食之甚苦，稍不留神，即会发疯，变痴，甚至丧命。"这种服散的风气，魏，晋，直到隋，唐，还存在着，因为唐时还有'解散方'，即解五石散的药方，可以证明还有人吃，不过少点罢了。唐以后就没有人吃，其原因尚未详，大概是因其弊多利少，和鸦片一样罢？"除魏晋以外，中国的文学涉及毒品者很少，即如鸦片对中国人造成了那样大的毒害，在我们的文学作品中也很少反映，这难道不是一件值得深思的事吗？

四

众所周知，鸦片的毒性远较印度大麻为烈，但是，波德莱尔对它们的谴责却正相反，该重的轻，该轻的重，其中大有奥妙，妙中之妙在于英国人托马斯·德·昆西。

托马斯·德·昆西（1785—1859 年），英国作家，作品很多，以幽默见长，其对湖畔派诗人的研究颇受后浪漫派诗人的推崇。他的《一个英国鸦片吸食者的自白》是一部长篇自传性作品，出版于 1822 年，由于它对鸦片的赞颂而引起广泛的注意。波德莱尔说，德·昆西"不是为了寻求一种罪恶的、懒惰的快感他才开始使用鸦片，那是为了缓和由于饥饿的残酷习惯而导致的胃的折磨"，因此，他是"可以被原谅"的。说到《人造天堂》的主题，波德莱尔明确地说："如果一些生来粗鲁并被日常的、无魅力可言的工作弄得傻乎乎的人可以在鸦片中找到巨大的安慰，那么对一个敏锐的、有学问的人，对一种热烈而有教养的想象力，尤其是事先已经过肥沃的痛苦耕耘的想象力，对一个打上了命定的梦幻的印记——带有沉思的，我使用我的作者的一个惊人的用语——的大脑来说，其效果又是什么呢？这就是我在读者眼前像神奇的地毯一样展开的奇妙的书的主题。"《一个英国鸦片吸食者的自白》在波德莱尔眼中成了一部"奇妙的书"，他找到了知音，找到了导师，找到了吸食鸦片的借口。他不是也由于胃痛、肾痛和梅毒的折磨而吸食鸦片的吗？何况他的用量远较德·昆西为低。他自知吸食鸦片不是一件光彩的事，所以他在谴责印度大麻和鸦片的时候，畸轻畸重，笔墨中流露出他的心底的秘密。

波德莱尔认为，德·昆西就是"一个敏锐的、有学问的人"，他有"一种热烈而有教养的想象力，尤其是事先已经过肥沃的痛苦耕耘的想象力"，他的大脑"打上了命定的梦幻的印记"，总之，他是一个"带有沉思"的人，而在浪漫派的眼中，"带有沉思"就意味着他不是凡夫俗子，他受着上帝的眷顾，他思索着人类的命运。波德莱尔对他童年、青年时代的命运的描写温婉动人，充满了同情之心，果然，他像展开一块"神奇的地毯"一样，把导致德·昆西吸食鸦片的种种生活中的磨难一一展示在读者的面前，生动而细腻，处处饱含着诗意。这样的环境，谁人能不心向往之："一座迷人的小屋，一个漂亮的书架上耐心而细致地放着书，而冬天正在山里肆虐。一个漂亮的住所不是使冬天更有诗意吗？而冬天不是也增加了住所的诗意吗？白色的小屋坐落在高山环抱的小山谷里；它好像裹在一片灌木丛中，春天、夏天和秋天，这片灌木丛在墙上张起一块鲜花的挂毯，把窗户变成散发着香气的方框；这一切以山楂花始，以茉莉花终。但是美好的季节，幸福的季节，对于像他一样梦幻和沉思的人来说，则是冬天，是最为严厉的冬天。有些人庆幸从天上获得一个暖和的冬天，高高兴兴地看着它离去。而他，则每年都希望上天给他尽可能多的雪、雹和严寒。"终于，"肥沃的痛苦"催生出一个"沉思者"，他喊道："啊！公正的、微妙的、强大的鸦片啊！……你拥有天堂的钥匙！"波德莱尔说："人物应被了解，应使读者爱戴，并得到高度评价。"看来，他的目的达到了。在波德莱尔笔下，托马斯·德·昆西成了一个"拥有天堂的钥匙"、虽吸食鸦片却可以得到读者原谅的"天才"。

波德莱尔显然同意德·昆西对鸦片的看法："作者（指《一个英国鸦片吸食者的自白首》的作者——引者注）先要澄清对鸦片的某些诽谤：鸦片并不使人昏沉，至少对智力是如此；它不醉人；如果说服用过大剂量的阿片酊可以醉人，其原因不在鸦片，而在蕴涵其中的精神。然后，他在酒精和鸦片的效用之间做了比较，明确地确定了它们的区别：葡萄酒引起的快乐成上升的趋势，在其终点逐渐下降，而鸦片的效果一旦产生，就八个或十个小时内不变；一个是尖锐的快乐，一个是慢性的快乐；一个是火焰，一个是均衡与持续的热情。但是巨大的差别尤其在于，葡萄酒使精神能力紊乱，鸦片则在其中引入高度的秩序与和谐。葡萄酒使人失去自制，鸦片则使这种自制更加灵活，更加平静。尽人皆知，葡萄酒给人一种对于蔑视和赞赏、爱和恨的超乎寻常然而短暂的力量，而鸦片则给予各种能力以对于纪律的深刻感受和一种神圣的健康。醉酒的人发誓友谊长存，握手洒泪，但没有人能够明白是为什么；人的感官明显地达到了顶点。但是鸦片引起的好感的扩散却不是一种狂热的冲动：那是一个原本善良和公正的人又恢复了他的自然状态，摆脱了曾一时腐蚀其高贵品质的一切痛苦。最后，无论酒的好处有多么大，人们总可以说它与疯狂，或至少与怪诞相近，可以说，越过了某种界限，它就使智力的能量挥发和分散；而鸦片则总是使激动起来的东西平静下去，使分散开来的东西集中起来。一句话，正是纯粹人性的部分，甚至常常是人的粗野的部分，借助于酒的力量篡夺了最高权力，而鸦片吸食者则充分地感到，他的存在的纯粹部分和精神上的友爱具有最大的灵活性，而首先，他的智力获得了一种使人感到慰藉的、晴朗无云的明晰。"酒与印度大麻相较，印度大麻是"自杀的武器"；而酒与鸦片相较，鸦片是获得"慢性快乐"的源泉，酒则变成了"与疯狂，或至少与怪诞相近"的东西。

　　但是，他不能不承认："在我关于印度大麻的研究中，我对意志的减弱说过的话，都可用于鸦片。"他写道："惩罚就这样来临了，缓慢，然而可怕。唉！它不仅表现为一种精神的无能，而且表现为一种性质更为严峻、更为实在的恐惧。在鸦片吸食者的肉体协调中所看到的第一个迹象，值得注意。这是出发点，是一系列痛苦的萌芽。一般地说，孩子具有一种神奇的能力，他能在布满黑夜的背景上看到或创造整个一个充满古怪的幻觉的世界。这种能力，有时在一些人身上不自觉地发挥作用。但是，另一些人却有能力随意驱遣。根据一个类似的情况，我们的叙述者（指《一个英国鸦片吸食者的自白》的叙述者——引者注）发现他又变成了孩子。大约1817年年中，这种危险的能力已经在残酷地折磨他了。他躺着但很清醒，宏伟的送葬行列在眼前走过；无边的建筑拔地而起，风格古朴庄严。睡眠中的梦很快加入了清醒的梦，他的眼睛在黑暗中看到的一切又在睡眠中出现，其光辉令人不安，不堪忍受。弥达斯把他所触及的一切都变成黄金，他又感到受到这种可笑的特权的折磨。鸦片吸食者同样是把他所梦见的东西变成不可避免的现实。这种幻影看起来是那样的美丽，那样的富有诗意，却伴随着深深的焦虑和阴沉的忧郁。他觉得每天夜里他都在无光的深渊里不停地坠落，没有尽头，再无回升的希望。就是在醒来之后，仍然存在着一种忧愁，一种与毁灭相近的绝望。这种现象与印度大麻带来的迷醉中出现的一些现象相似，空间感，随后是时间感，都遭到奇特的破坏。建筑物和景物外形巨大，给人类的眼睛带来痛苦。可以说，空间无限地膨胀。但是时间的扩展变成了更为强烈的焦虑：对他来说，对于一夜的感觉和概念等于一个世纪，除了童年时代最微不足道的小事外。长期以来早已忘却的场面又在他的脑中复现，具有了一种新的生命力。醒的时候他也许还想不起来，但在睡眠中他立刻就认出来了。就像一个溺水的人，在垂死的时刻重见他生命的全部过程，像在镜子里一样；就像入地狱的人，一秒钟之内读完他在尘世时的全部思想的可怕清单；就像被白天的光掩住的星辰随着夜重新出现，就像刻在无意识记忆之中的文字，由于一种显影墨水的作用而重新显现出来。"看得出来，鸦片的害处在波德莱尔笔下已经表现得生动而具体，确切而有说服力，远远地超过了它所提供的"病态的快乐"。

那么，能不能"走出鸦片的王国"，就是说，戒除鸦片？德·昆西说他"终于成功地一环一环地解开了捆绑他的可咒的锁链"。但是，波德莱尔表示怀疑，他说："我认为结局完全是意外的，而且我坦率地承认，当我知道结局时，尽管他看起来很像，我还是本能地不相信它。"他认为，《一个英国鸦片吸食者的自白》的结局是一个"虚假的结局"，充其量是维持"现状"而已。所谓"现状"，不过是习惯罢了，即"他已经习惯于痛苦，他决心承受他那古怪的卫生习惯的可怕的后果"。德·昆西在叙述他的"符合道德的结局"和"给人慰藉的结局"之前，做了那么多的铺垫，采取了那么多的预防措施，进行了那么多的动人的描绘，其目的不过是为了获得"进行自白甚至是有利的自白的权利"。波德莱尔说："倒霉的人从他误入并迷失方向的快乐迷宫里走出来的方式尽管精细巧妙，在我看来却是有利于某种不列颠的假装正经的一种发明，是真理成为羞耻心和大众偏见的体面祭品的一种牺牲。"这话说得真是鞭辟入里，一针见血！尽管他认为《一个英国的鸦片吸食者的自白》"是美的"，而"美比真更高贵"。

《一个英国鸦片吸食者的自白》首次出版于1822年，十八年后，即1840年爆发了中英鸦片战争，这中间有什么关系？本文作者因学力不济，无法回答。但是，两者之间间接的联系，倒是值得做一番思考。一方面，德·昆西先生说，假设有十个人受了这本书的诱导，要去尝试毒品。其中的五个会本能地感到厌恶，因为这与他们自然的体质不合；其中的四个会因亲友的反对或感到获得鸦片的困难而放弃；至于第十个嘛……认识鸦片的机会很多，阅读《自白》这本书至多不过是一个偶然的原因（转引自马克斯·米尔奈《毒品的想象力》）。据说他的儿子在广州声称"吸食鸦片没有害处"，最后还死在广州，只是不知与鸦片有无关系。另一方面，走私鸦片却导致了一场战争，英国人用坚船利炮轰开了中国的门户。许多西方学者称这次战争为"贸易战争"，回避"鸦片"一词。其实，鸦片贸易是一种在政府庇护下的走私贸易，它破坏和摧毁了正常的贸易。马克思在《中国革命和欧洲革命》一文中指出："推动了这次大爆发（指太平天国运动——引者注）的毫无疑问是英国的大炮，英国用大炮迫使中国输入名叫鸦片的麻醉剂。……所以几乎不言而喻，随着鸦片日益成为中国人的统治者，皇帝及其周围墨守成规的大官们也就日益丧失了自己的统治权。"他还在《鸦片贸易史》一文中说："天朝的立法者对违禁的臣民所施行的严厉惩罚以及中国海关所颁布的严格禁令，结果都毫不起作用。中国人的道义抵制的直接后果就是，帝国当局、海关人员和所有的官吏都被英国人弄得道德堕落。侵蚀到天国官僚体系之心脏，摧毁了宗法制度之堡垒的腐败作风，就是同鸦片烟箱一起从停泊在黄埔的英国趸船上被偷偷带进这个帝国的。"我们看看波德莱尔的说法，竟然发现他与马克思的看法相去不远。他说："在埃及，政府禁止印度大麻的买卖和交易，至少在国内是如此。……埃及政府是有理由的。任何理智的政府都不会因印度大麻的使用而继续存在下去。它既不能造就战士，也不能造就公民。的确，人是禁止使用印度大麻的，否则就会造成精神的衰退和死亡，干扰其存在的首要条件，打破其与环境的能力的平衡。如果存在着想要腐蚀其被统治者的政府，它只须鼓励印度大麻的使用。"这两种看法，一个说的是统治者，一个说的是被统治者，其实两种看法的结局是一样的：国家和民族的衰落和死亡。英国政府纵容鸦片的走私并用大炮轰开了中国的大门，使中国的统治者"堕落"，使中国的被统治者"衰弱"，其目的不是"不言而喻"了吗？英国的统治者没有让自己的国民沉溺于鸦片，却大量地让鸦片输入中国，麻醉中国人的肉体和灵魂，鸦片战争的爆发也就在情理之中了。

马克斯·米尔奈在《毒品的想象力》一书中指出："在历史方面预言总是一件冒险的事，尤其是在它导致宣布一种'历史的目的'时，但是人们至少可以说，利用毒品来激活诗的创造力已经不时髦了。"在全社会还没有对毒品采取一致反对的态度的时候，如1859年，波德莱尔对印度大麻和鸦片的谴责（尽管他对鸦片有所保留）值得我们注意，他是反毒品的先驱者之一。

（原载《书城》2007年1月号）

《现代生活的画家》译序

　　1892 年的一天，贡斯当丹·居伊从朋友纳达尔家里出来，走到哈佛尔街上，被一辆疾驰的马车撞翻，伤了腿，住进了医院，不久竟去世了；八十八年之后的一天，罗兰·巴特在医学院街上被一辆货运汽车撞倒，本不至于致命，居然也因此告别了人世。时代前进了，马车变成了汽车，然而撞上它还是要危及生命的，不管是名人还是老百姓。不过，社会的反应就不一样了。罗兰·巴特是名人，舆论一片哗然，他成了"大师的时代已经过去"这种说法的例证之一。贡斯当丹·居伊虽然是颇有所成的画家，但在公众之中却还是无名藉藉，他的生与死也就不在人们的关注之中了。贡斯当丹·居伊只在不多的艺术家、批评家和记者当中拥有欣赏者，在这不多的人中，夏尔·波德莱尔算是一个，他为贡斯当丹·居伊写过一篇长文，这就是《现代生活的画家》，发表在 1863 年 11 月 26、29 日和 12 月 3 日的《费加罗报》上。

　　据考证，夏尔·波德莱尔不可能在 1857 年 4 月之前认识贡斯当丹·居伊，后者的名字第一次出现是在波德莱尔的 1857 年秋末的一封信中。1857 年 12 月 13 日，他在给他的出版人布莱－马拉西的一封信中说："尽管我很穷，尽管您也缺钱，我还是买了、订了居伊的精彩的素描，为了您也为了我，没有征求您的意见，但这不会使您惊慌的，他不知道您的名字。如果您没有钱，我来付。"他给政府的高官、他认识的艺术赞助人写信，向他们推荐贡斯当丹·居伊，试图为他求得一份两千法郎的补贴，尽管他本人也在经济上十分困难。他把《巴黎的梦》献给他，并把第二版的《恶之花》送给他，并写上："作为友谊和赞赏的见证。"他把他介绍给现实主义大将尚弗勒里和杜朗蒂，但是这两个人并不欣赏他，称之为"不可忍受的老头"，他遂反驳说："这些现实主义者不是观察者；他们不懂好玩。他们没有必要的哲学耐心。"直到他去比利时之前（1864 年 4 月），他还与贡斯当丹·居伊保持着联系，他在 1864 年 2 月 4 日给画家伽瓦尔尼的一封信中说："居伊很好。他还住在谷仓 – 船夫街 11 号。我关于他的怪才的文章吓着了他，他一个月都拒绝看。现在他同意教英文了。"贡斯当丹·居伊是一个充满了奇思妙想的人，波德莱尔与他是好了又吵、吵了又好，最后复又彼此欣赏、结伴而游，尽管居伊要长波德莱尔近二十岁。波德莱尔说他是"怪才"，此话不假，因为他实际上才华横溢，充满想象力，然而却十分腼腆，非常低调，从不保存自己的画作，生活上每每陷入一文莫名的境地。波德莱尔与他的交往常常龃龉，他写的关于他的文章也遇到了罕见的出版上的困难。他在 1859 年 12 月 16 日给布莱 – 马拉西的信中说："啊！居伊！居伊！您知道他让我多么痛苦！这个怪人真是谦虚得出奇。当他知道我要写他，他竟跟我吵架。"最后，他居然不能在《现代生活的画家》中直呼其名，而不得不代之以名字的字头：C. G. 。这实在是有些违反常情，但的确是出于他的本心，一个人如果甘于寂寞、不喜标榜而把绘画当作心灵的自然流露，为什么不能"块然独处"甚至"群居孑立"呢？

其实，《现代生活的画家》发表之不顺，也是有原因的。法国著名的研究波德莱尔的专家克洛德·毕舒阿在 1988 年出版的康士坦丁·居伊的画册的序言中说："有人居然敢把贡斯当丹·居伊看作一个很伟大的艺术家，波德莱尔可以在他的赞赏中虽说不能等同于德拉克洛瓦但至少可以互相取代，写了他而没有以同样的方式写马奈，这在法国是会引起公愤的。""引起公愤"，这正是当时《现代生活的画家》所遭遇的命运。

1859 年 11 月 15 日，波德莱尔在给布莱 – 马拉西的信中就已经提到了关于贡斯当丹·居伊的文章，同年 12 月 15 日的信中，他说将于次年 1 月 1 日之前把《居伊先生，风俗画家》交给《新闻报》，这说明 1859 年年底，《现代生活的画家》已经完成，不过那时还不是这个题目。此后这篇文章在《宪政报》、《新闻报》、《当代杂志》、《欧洲杂志》、《画报》、《林荫大道》、《国家报》、《比利时独立报》等报纸杂志中旅行游走，直到《费加罗报》。中间不乏修改、增删、往返等情事，甚至还有报刊因其发表而表示不满，例如《国家报》，波德莱尔当即（1863 年 12 月 2 日）回答说："一家报纸扣住一篇文章达两年之久不予发表，当它看见这篇文章出现在别的报纸上的时候，它是没有权利表示不满的。"在旅行游走的过程中，这篇文章叫做《居伊先生，风俗画家》，或者《贡斯当丹·居伊·德·圣海伦，风俗画家》，直到《费加罗报》发表的时候，才更名为《现代生活的画家》。这个题目改得好，"现代生活"要比"风俗"的含义更具体、更深刻、更具时空感。法国的公众不理解贡斯当丹·居伊，不理解素描这种形式，也就是说快速生成的瞬间感觉可以产生伟大的艺术品，不理解现代的生活可以提供比古代的生活更多更高更强烈的美感。波德莱尔的母亲就觉得贡斯当丹·居伊的《打阳伞的土耳其女人》"很丑"，但是著名作家巴尔贝·多尔维利却为之"疯狂"，不同的美学观导致了对一幅画的天上地下的评价。普通人如此，那些占据着报纸杂志的高层领导的人也并不具有更宽广、更深刻、更现代的眼光。尽管贡斯当丹·居伊在诸如德拉克洛瓦、戈蒂耶、巴尔贝·多尔维利、保尔·德·圣维克多、纳达尔、夏尔·巴达伊等艺术家、作家、记者那里备受推崇，但是波德莱尔还是克服不了报纸杂志主编们的普遍的短视或蔑视。《现代生活的画家》推迟了四年才得以发表，看来主要是由于它所表达的现代美学观不合法国社会的传统观念，发表它的《费加罗报》颇有勇气，居然用三期的篇幅把它发表出来。《费加罗报》所加的按语出自居斯塔夫·布尔丹之手，此人1857 年曾对《恶之花》大张挞伐，当时已做了主编先生的女婿，按语是这样写的："《费加罗报》的合作有非常杰出的作家夏尔·波德莱尔加盟，大为增色；这是一位诗人和批评家，本报曾数次对他的两种作品进行抨击；但是，我们经常说，也不疲倦地重复，我们的大门对所有有才能的人开放，而不要求他同意我们的个人的观点，也不束缚我们的老的和新的编辑的独立性。《现代生活的画家》是第一流的批评著作，观点奇特，资料丰富，很有独创性，将连续三期发表；我们的报纸的下半部分通常是给长篇小说或中短篇小说的，我们这一次打破常规，相信读者不会失望。"《费加罗报》的大门果然是"对有才能的人开放"，发表《现代生活的画家》的确给它增色不少。不过，《费加罗报》说《现代生活的画家》"观点奇特"，"奇特"二字，颇费思量。是它缩小了这篇文章的意义？还是它洞悉了这篇文章的底蕴？无论如何，"奇特"，或者说是"好奇心"，是一个关键词，是如何看待贡斯当丹·居伊的天才的"出发点"。

《现代生活的画家》是一篇美术评论，但是它用灵动俏皮而充满大气的描述笔法为我们呈现出一位艺术家的精神肖像：贡斯当丹·居伊不是一位"依附他的调色板"的"纯艺术家"，他是一位"时时刻刻都拥有童年的天才"的"老小孩"，是一位"这个世界的道德机制所具有的性格精髓和微妙智力"同时又"追求冷漠"的"浪荡子"，是一位"对全社会感兴趣，他想知道、理解、评价发生在我们这个地球表面上的一切"的"社交界人物"，是一位"刚刚从死亡的阴影中回来，狂热地渴望着生命的一切萌芽和气息"的"投入人群的人"，是一位"好奇心变成了一种命中注定的、不可抗拒的激情"的"始终处于康复期的艺术家"。看波德莱尔怎样描绘贡斯当丹·居伊一天的生活，我相信世上再没有一支更为传神的笔："G先生一觉醒来，睁开双眼，看见刺眼的阳光正向玻璃窗展开猛攻，不禁懊悔遗憾地自语道：'多么急切的命令！多么耀眼的光明！几个小时之前就已经是一片光明啦！这光明我都在睡眠中丢掉啦！我本来可以看见多少被照亮的东西呀，可我竟没有看到！'于是，他出发了。"他"凝视"生命力之河，他"欣赏"都市生活的永恒的美和惊人的和谐，他"静观"大城市的风光，他的"鹰眼"看出了人们着装的变化、"细察和分析"了林荫大道上正在行进的一个团队。夜来了，正经的或不道德的，理智的或疯狂的，人人都自语道："一天终于过去了！""智者和坏蛋都想着玩乐，每个人都奔向他喜欢的地方去喝一杯遗忘之酒。""现在，别人都睡了，这个人却俯身在桌子上，他用刚才盯着各种事物的那种目光盯着一张纸，舞弄着铅笔、羽笔和画笔，把杯子里的水弄洒在地上，用衬衣擦拭羽笔。他匆忙，狂暴，活跃，好像害怕形象会溜走。尽管是一个人，他却吵嚷不休，自己推搡着自己。"贡斯当丹·居伊在干什么？原来他的一天还没有过去，白天看见的东西还在脑海里堆积着，推搡着，互相碰撞着，他不由自主地进入了创作状态："各种事物重新诞生在纸上，自然又超越了自然，美又不止于美，奇特又具有一种像作者的灵魂一样热情洋溢的生命。幻景是从自然中提炼出来的，记忆中拥塞着的一切材料进行分类、排队，变得协调，经受了强制的理想化，这种理想化出自一种幼稚的感觉，即一种敏锐、因质朴而变得神奇的感觉！"这是一个永远在康复的病人，他愉快地观望着人群，渴望着加入人群；这是一个儿童，看什么都新鲜，总是醉醺醺的；这是一个漫游者、观察者，"人群是他的领域"，"处处得享微行之便"；这还"是一位真正的报人；……在痛苦的细节上和可怕的规模上表现克里米亚战争这一宏伟史诗，没有任何一份报纸、一篇叙述文、一本书可以和他的画相比"；总之，"这是非我的一个永不满足的我，它每时每刻都用比永远变动不居、瞬息万变的生活本身更为生动的形象反映和表达着非我"。这就是贡斯当丹·居伊，他和普天下一切真正的艺术家一样，敏感，热情，具有认识、了解一切的好奇心，按捺不住地要投入生活，投入人群，随时准备上路去追寻，去探险，去体验。"康复期仿佛是回到童年。"儿童对一切事物，哪怕是最微不足道的事物，都有浓厚的兴趣，都有一种"直勾勾的、野兽般出神的目光"，这是一种好奇心所致。我们应该承认，波德莱尔所言乃是万古不易之论，因为它出自人类的共同经验。在他三百年之前，明人袁宏道就在《叙陈正甫会心集》中说："夫趣得之自然者深，得之学问者浅，当其为童子也，不知有趣，然无往而非趣也。面无端容，目无定睛，口喃喃而欲语，足跳跃而不定，人生之至乐，真无逾于此时者。孟子所谓不失赤子，老子所谓能婴儿，盖指此也。"趣，得之自然，当下即获，故深；得之学问，终隔一层，故浅。古今中外，文心相通若此。波德莱尔在解释了贡斯当丹·居伊的特点的同时，也解释了天下所有艺术家的共同特点，虽然他们可能以相互矛盾的方式证明："生活的任何一面都不曾失去锋芒。"当然，我们不会忽略波德莱尔的这一句话："天才不过是有意的重获的童年，这童年为了表达自己，现在已获得了刚强有力的器官以及使它得以整理无意间收集的材料的分析精神。"其实，艺术家与儿童的区别并不重要，重要的是他能够"不失赤子"，"能婴儿"，这就是说，假使一位艺术家用一副老于世故、看破红尘的眼光看世界，那他就什么也看不到，因为他是过来人，什么都见过了，什么都看透了，什么都不新鲜了，什么都"失去锋芒"了，总之，他没有了激情。关于贡斯当丹·居伊，波德莱尔说："如同天空之于鸟，水之于鱼，人群是他的领域。他的激情和他的事业，就是和群众结为一体。"他一语中的，说到了贡斯当丹·居伊作为艺术家的根本，也说到了现代艺术的根本。

　　克洛德·毕舒阿在同一篇序言中说："这种友谊通过与贡斯当丹·居

伊的作品的接触使得波德莱尔建立了一种新的美学，明确了他关于现代性的观念，增加了一种新的维度，即快速和短暂的维度。""新的美学"和"现代性的观念"是波德莱尔在《现代生活的画家》中阐述的两大主题，其实，两者可以合二为一，称为"现代的美学"。

　　所谓"新的美学"，按照波德莱尔的说法，就是"与唯一的、绝对的美的理论相对立"的美学，就是"美永远是、必然是一种双重的构成"的美学。波德莱尔说："构成美的一种成分是永恒的、不变的，其多少极难加以确定；另一种成分是相对的、暂时的，可以说它是时代、风尚、道德、情欲，或是其中一种，或是兼容并蓄。它像是神糕的有趣的、引人的、开胃的表皮，没有它，第一种成分将是不能消化和不能品评的，将不能为人性所接受和吸收。"这就意味着，美是两种成分的双重构成，缺一不可，这既避免了只见古典的美，而排斥现代的美，形成一种枯涩僵硬的表面的美；又避免了只见现代的美，而排斥古典的美，形成一种浅薄华丽的虚无的美。然而，两者的构成又不是均等的，因为前者的"多少极难加以确定"，实际上，波德莱尔强调的是后者的"或是其中一种，或是兼容并蓄"，是其不可缺少。孰轻孰重，波德莱尔是颇有分寸的。他又说："美的永恒部分是隐晦的，又是明朗的，如果不是因为风尚，至少也是作者的独特性使然。艺术的两重性是人的两重性的必然后果。如果你们愿意的话，那就把永恒存在的那部分看作是艺术的灵魂吧，把可变的部分看作是它的躯体吧。"灵魂和躯体的比喻，在今天的读者看来或许不大贴切，因为灵魂和躯体是一致的，并不是可以随便调换的。古典的艺术有其灵魂和躯体，现代的艺术也有其灵魂和躯体，但是，波德莱尔的比喻有其功能，即它可以让我们更好地思考艺术的本质：它不以古典和现代为区分的标准。

　　这种"新的美学"，其来源是现代的生活，即大城市的生活。与古代的生活相比，现代生活有"一种现代的美和英雄气概"（《1846年的沙龙》），它的服装、隆重典礼和盛大节日、军人、浪荡子（《1846年的沙龙》中说："浪荡是一种现代的东西"）、女人和姑娘、车马、战争以及化妆等等，无一不表现出"过渡的时代"的一种特殊的美。贡斯当丹·居伊"保留了一种属于他自己的长处：他心甘情愿地履行了一种为其他艺术家所不齿的职能，而这种职能尤其是应由一个上等人来履行的。他到处寻找现实生活的短暂的、瞬间的美，寻找读者允许我们称之为现代性的特点。他常常是古怪的、狂暴的、过分的，但他总是充满诗意的，他知道如何把生命之酒的苦涩或醉人的滋味凝聚在他的画中"。这是一种表现事物的轮廓的美学，是一种借助于制作的准确与迅速表现瞬间的印象的美学，总之，是一种表现"过渡"的美的美学。贡斯当丹·居伊的创作就具有这样的两个特点："一个是复活的、能引起联想的回忆的集中，这回忆对每一件东西说：'拉撒路出来！'另一个是一团火，一种铅笔和画笔产生的陶醉，几乎像是一种疯狂。这是一种恐惧，唯恐走得不够快，让幽灵在综合尚未被提炼和抓住的时候就溜掉，这种巨大的恐惧攫住了所有伟大的艺术家，使他们热切地希望掌握一切表现手段，以便精神的秩序永远不因手的迟疑而受到破坏，以便最后使绘制、理想的绘制变得像健康的人吃了晚饭进行消化一样无意识和流畅。"凭记忆作画，准确，迅速，抓住瞬间的印象，是这种新的美学的基本特征。

　　在提出这种新的美学的同时，波德莱尔明确了他关于现代性的观念："现代性就是过渡、短暂、偶然，就是艺术的一半，另一半是永恒和不变。每个古代画家都有一种现代性，古代留下来的大部分美丽的肖像都穿着当时的衣服。他们是完全协调的，因为服装、发型、举止、目光和微笑（每个时代都有自己的仪态、眼神和微笑）构成了全部生命力的整体。这种过渡的、短暂的、其变化如此频繁的成分，你们没有权利蔑视和忽略。如果取消它，你们势必要跌进一种抽象的、不可确定的美的虚无之中，这种美就像原罪之前的唯一的女人的那种美一样。"波德莱尔关于现代性的观念成为 20 世纪人们研究现代性问题的重要参照，波德莱尔本人也被看作是19 世纪对现代性最为敏感的人。其实，我觉得波德莱尔不过是在艺术的领域内提出了现代性的问题，不宜于将其扩展到整个社会，仿佛他是一个哲学家或思想家似的。当然，波德莱尔有哲学，有思想，但这并不等于他就是一般意义上的一个哲学家，一般意义上的一个思想家。但是，对于"现代性"的体验和认识，无疑是在艺术的领域内最为敏感和深刻。

　　提出现代性，并不始于波德莱尔，也并不始于《现代生活的画家》。在他之前，巴尔扎克在 1823 年、戈蒂耶在 1855 年都曾使用过这个词，不过，波德莱尔的确是促使这个新词进入了法语辞典，从而使"现代性"成为法国乃至欧洲社会变化的一个事实。波德莱尔对现代状态下的生活有一种矛盾的心态，一方面，他对现代生活的辉煌、喧嚣和神奇充满了赞叹之情，要求艺术家用他们手中的笔加以表现；另一方面，他又对这种形式上崭新的生活充满了批判和抨击，不由自主地用诗和散文的形式来宣泄他胸中的愤懑。一方面，他可以说："巴黎的生活在富有诗意和令人惊奇的题材方面是很丰富的，奇妙的事物像空气一样包围着我们，滋润着我们，但是我们看不见。""啊，伏脱冷，拉斯蒂涅，皮罗托，《伊利亚特》中的英雄们只到你们的脚脖子；而您，丰塔那莱斯，您不敢向公众讲述您那些隐藏在我们大家都穿着阴郁、紧紧箍在身上的燕尾服下面的痛苦；而您哪，奥诺雷·德·巴尔扎克啊，您是您从胸中掏出来的人物中最具英雄气概、最奇特、最浪漫、最有诗意的人物！"（《1846年的沙龙》）另一方面，他又可以说："还有一种很时髦的错误，我躲避它犹如躲避地狱。我说的是关于进步的观念。这盏昏暗的信号灯是现代诡辩的发明，它获得了专利证书，却并未取得自然或神明的担保，这盏现代的灯笼在一切认识对象上投下了黑影，自由消逝了，惩罚不见了。谁想看清楚历史，谁就应该首先熄灭这盏阴险的灯笼。这种荒唐的观念在现代狂妄的腐朽土地上开花，它使每个人推卸自己的义务，使每个灵魂摆脱自己的责任，使意志挣脱对美的爱所要求于它的一切联系。如果这种悲惨的疯狂长久地继续下去，人种就要退化，就会枕在宿命的枕头上，陷在衰败的颠三倒四的睡眠之中。这种自命不凡标志着一种已经很明显的颓废。"这种矛盾的心态使波德莱尔成为一个"反现代派"，但是，所谓反现代派，"不过是现代派，真正的现代派，不上现代派的当、聪明一些的现代派"而已，总之，"反现代派，是自由状态下的现代派"，这是法国批评家安托瓦纳·贡巴尼翁在他2005年出版的一本书《反现代派》中说的话，这番话的意思是，真正的现代派不能被现代社会的变化蒙住了眼睛，要站在"自由"的立场上用批判的眼光来看待现代生活中的一切闪光的东西。

1977年8月13日，罗兰·巴特在日记中写道："突然，做不做一个现代派，对我来说无所谓了。"众所周知，在传统与现代、过去与现在、历史与今天、新与旧之间，罗兰·巴特分得很清楚，他的态度是很明确的：

一定要做一个现代派。为什么他的态度突然间出现了这样的变化？原来，他的母亲正在弥留之际，他仿佛看到了亲人的死，这种死亡的景象使他惊恐慌乱。从生到死的过渡泯除了传统与现代之间的分别，或者说，传统与现代之间的分别消除不了从生到死的恐惧。这时，他从一个潜在的反现代派变成了一个公开的反现代派，即一个真正的现代派，一个自由状态下的现代派，即安托瓦纳·贡巴尼翁所说的："罗兰·巴特一直是一个反现代派，跟所有真正的现代派一样。"1980年罗兰·巴特因车祸而死，他的死证明了，一个真正的现代派是要对现代社会的物质世界和精神世界进行分析和批判的，任何极端的态度——拥抱现代生活和拒绝现代生活——都是片面的，都可能引向一种没有结果的思考或行动。艺术领域内的现代性问题几乎总是与作为社会范畴的现代性处于对立状态，也只有在这种对立状态中才能得到理解。做不做现代派，其实并不重要，重要的是能不能自由，既不可屈服于时势的压迫，又不可困囿于传统的束缚，始终保持着批判的精神。

　　在法国，波德莱尔是第一个对现代性有着深刻的体验并加以描述的人，因此他成为后人论述现代性的一个重要的参照。他所提出的现代性就是"从流行的东西中提取出它可能包含着的在历史中富有诗意的东西，从过渡中抽出永恒"，"现代性就是过渡、短暂、偶然，就是艺术的一半，另一半是永恒和不变"，"任何一个在群众中感到厌烦的人，都是一个傻瓜"等等观点，暗含着传统与现代之间存在着延续与对立的辩证关系，洋溢着对现代性乃至现代化的一种既有肯定又有否定的清醒的批判精神，至今仍对我们有很大的启发意义。《现代生活的画家》无疑是波德莱尔论述现代的美学和现代性的一部最为深刻、最有预见性的著作，当然，它也是一部洋溢着赞赏之情的描绘和评述贡斯当丹·居伊的绘画天才的著作，也是一部把绘画当作新闻报道手段而给予高度评价的开先河的著作。

作于 2006 年 3 月 15 日，北京

（《现代生活的画家》于 2007 年 1 月出版）

《小王子》译序一

译完《小王子》，有些话要说。

这是一本童话小说，讲述的是一个居住在小行星上的小王子遍访六颗小行星和一颗大行星（即地球）的奇特经历，实际上是作者圣－埃克絮佩里的"我"与"非我"、童年之我与成年之我在撒哈拉大沙漠上的一次对话，是"非我"对"我"、成年之我对童年之我的一次回忆。对话和回忆的结果是"我"战胜了"非我"，童年之我战胜了成年之我，虽然"非我"仍旧是"非我"，成年之我仍旧继续着成年的道路。但是，整个童话弥漫着一种浓浓的怀念之情，拂之若有，即之若无，有无之间使我们怦然心动。我相信，经过了这次交流，成年之我会有改变的，读过了这本书的成年人会有改变的。当然，我们无由看到圣－埃克絮佩里的改变了，因为书出版一年之后，他就驾机消失在地中海的上空了。与其说这是一本写给孩子看的书，不如说是写给尚未失去童心的大人看的书，或者说这是一本老少咸宜、各得其所的一本书，或者说这是一本大人孩子共同阅读、相互教育的一本书。因此，我们说，这是一本写给所有人看的童话，它不以紧张的情节和花哨的辞藻取胜，却在淡淡的哀愁中以简洁纯净、几乎没有修饰的语言向人们传达浅显却因被人遗忘而变得深刻的哲理。

没有到过大沙漠的人，没有面对起伏的沙丘沉思默想的人，是很难发现甚至体会沙漠之美的。沙漠并不是一片死寂的世界，它虽然没有树，没有草，没有兽，没有鸟，甚至没有人以及人所有的一切，但是它有四季变幻莫测的风雨雷电，早晨，绚烂的晨曦使沙漠"燃起玫瑰色的大火"，傍晚，辉煌的落日"坠入一片极其豪华的紫色帷幔之中"，白天，偶尔有"翻出种种幻影"的"海市蜃楼"，夜晚，有"又大又黄的月亮"升起在

"一片紫黑"的天空中……① 沙漠尤其具有一种使人心沉似水，摆脱尘世间的烦恼，返回到童年时代、用孩子的眼光看世界的神秘的力量。说神秘，其实并不神秘。在大沙漠上，月光如水，星垂四野，天地消融在浩莽空阔、无际无涯的宇宙之中，人则消融于天地。人，天，地，三者共为一体，纳入宇宙，溯本归源，同享无始无终、无差无别之乐。沙漠是一片净土，人在这至为简朴、至为单调的环境中，远离尘世的污染，身体和灵魂都得到洗涤，飘飘然升入无牵无挂的境界。沙漠之美，至矣，尽矣。

我们不妨设想：

1942 年底的一天，在美国纽约，圣-埃克絮佩里和妻子康絮哀罗大吵之后，悔恨不已，心渐渐平静下来，陷入了沉思：他回到了度过童年时代的圣-莫里斯·德·雷芒古堡，又一次体味到神秘的花园带给他的、为成人所不理解的欢乐；他想到了九岁时对机械和飞行的兴趣以及更早的对写作的迷恋；他重温了母亲的抚爱和保护并希望终生蜷缩在她的臂弯里；他想到如何爱上一位出身不明的女子并使她成为自己的妻子，他想到他曾飞行于大西洋、撒哈拉大沙漠、安第斯山上空的云雾之间，他想到他曾在沙漠中数度濒临死亡而终于获救……他真是浮想联翩，不能自已，恍惚间仿佛看见了撒哈拉大沙漠的"风，沙子和星星"，他降落了，他的飞机抛锚了。这时，小王子出现了。小王子天真，纯洁，善良，脆弱，好学而且好奇。这是作者真实的我，作者的童年之我，他与经过异化的我、成年之我展开了对话与交流。小王子的特征在于小，在于他是个孩子，他评判事物有与大人迥然不同的独特的态度和标准。他代表着儿童世界，与大人世界完全不同的世界，那里没有泛滥于大人世界的物欲、权势、欺诈和伪善，有的只是坦白、诚实、友谊、爱情和对生活的热爱。儿童世界里有"蟒蛇、原始森林、星星"，大人世界里有"桥牌、高尔夫球、政治和领带"，这就是说，儿童世界向往本真的生活，而大人世界则崇尚人为的制造。他访问了六颗小行星，分别见识了专制、虚荣、羞耻、利益、忠于职守和脱离实际的学问。最后，他访问了地球。在地球上，他第一个碰到的就是蛇，他最终离开地球靠的也是蛇，蛇代表了恶的两面性。在这颗美丽的星

---

① 上述引文见法国彼埃尔·博努瓦著《大西岛》，郭宏安译，广西师大出版社 2002 年版。

球上，他结识了聪明的狐狸，明白了友谊就是"建立联系"。狐狸告诉他："只有用心才能看得清楚。眼睛，是看不见本质的。"扳道工也告诉他："只有孩子知道自己找什么。"因为孩子的天真让他们用心看到了事物的本质。这正是这本书告诉我们的真理。儿童有心，才能看出帽子形状的蟒蛇肚子里有一头大象，盒子里装着一只绵羊，他知道什么地方藏着一口水井，使沙漠变得美丽，而"只对数字感兴趣"的大人则不然，肚子鼓鼓的蟒蛇就是一顶帽子，盒子就是盒子，他想象不出没有标价的房子是什么样子，因为他没有心，没有想象力。有眼无心，他只能看见眼前的金钱、地位、权势，为了得到物质的利益，他只能求助于唯利是图、尔虞我诈、巧取豪夺，直至战争。蟒蛇吞了大象，是不是隐喻着德国法西斯正在威胁着人类的生存？然而，大人却看不到，他看不到生活的本质。那么，生活的本质是什么？是绵羊，是火山，是玫瑰花，是蟒蛇，是猴面包树，是星星，是落日，是蝴蝶，是狐狸，是为了布娃娃可以大哭的孩子……而不是专制的国王，不是埋头于加法运算的红脸先生，不是自吹自擂的虚荣的人，不是渴望着发财致富的生意人，不是试图忘记羞耻的酒鬼，不是足不出户的地理学家……总之，生活的本质是自然纯真的状态。

小王子来了，又走了，盘桓一年之久。没有人看见他是如何来的，也没有人看见他是如何走的，人们"只见他的脚腕旁闪出一道黄色的光"，他是中了黄色的毒蛇的"很厉害的"毒液。他死了吗？人们看见"他像一棵树一样慢慢地倒下了"，却"没有发现他的躯体"。他提前发出了警告："我好像是死了。但这不是真的……"显然，地球上一年的所见所闻使小王子失望了，他怀念他的星球了。他该回去看管他的绵羊了，他该回去照顾他的玫瑰花了，因为他对玫瑰花"负有责任"，所以，他在蛇的帮助下返回了他的小行星：他"回家"了。圣－埃克絮佩里的爱情和婚姻生活，有助于我们解读小王子和玫瑰花的关系：小王子就是圣－埃克絮佩里，玫瑰花就是他的妻子康絮哀罗，他用隐晦的语言曲折地表示了悔恨和重归于好的愿望。康絮哀罗是一个萨尔瓦多人，美丽，娇小，极有艺术天赋，但是虚荣，爱耍小把戏。圣－埃克絮佩里因她而放弃了贵族身份，但是他的婚姻生活并不幸福，他对她又爱又恨；同时，由于职业的原因，他们聚少离多，康絮哀罗感到受了冷落，他们经常吵得不可开交。小王子和玫瑰花"闹别扭",真实地反映出圣－埃克絮佩里和康絮哀罗之间的关系。他为玫瑰花"浇水"、"罩上罩子"、"挡上屏风"、"杀死毛毛虫"、"倾听她诉苦或自夸",但是,他"太小了,不知道爱她",不知道"在她可怜的小把戏后面看出她的温情",他后悔不该自己出走而把她"孤零零留在家里"。他曾经起了"疑心",认为她"真难伺候",而经过一番奇特的遭遇之后,他终于明白:"应该根据行动而不是根据言辞来评判她。""永远不要听信花儿的话","只应该看她们,闻她们",因为她使小王子"浑身充满了香气","她照亮了"他。小王子确信:"如果你喜欢某颗星星上的一朵花儿,夜里你仰望天空的时候,就会感到很温馨,满天的星星都开遍了鲜花。"圣－埃克絮佩里写到这里时,我们感到了他的笔在颤抖,他的心在颤抖。他的传记作者说,纽约的出版商要求他在 1942 年圣诞节前为孩子们写一本书,他在写作《小王子》的时候,正是他们夫妻间关系最为融洽的几个月,最为融洽并不意味着没有争吵。人们有理由相信,他的写作是在向妻子传达他的情意,委婉的指责的同时,表达出他对妻子的真实感情:他爱她。小王子和玫瑰花的故事,是圣－埃克絮佩里写给康絮哀罗的一纸情书。

《小王子》一书的出版,证明了我们的设想。

不幸,小王子的结局成为圣－埃克絮佩里日后命运的谶语:《小王子》在美国出版后一个月,他即在反复请求之后重返欧洲,一个超龄八岁的老飞行员参加了对德国法西斯的作战。从 5 月到 7 月,他完成了八次飞行而不是规定的五次飞行,7 月 31 日 8 点 30 分,他最后一次从科西嘉岛起飞,到里昂、阿纳西一带进行侦察,下午 2 点 30 分,还不见他回来的踪影,人们知道,他再也回不来了。直到 1998 年,两个地中海的渔民才在他们的网中发现圣－埃克絮佩里送给康絮哀罗的一个银手镯,人们确信他是在地中海的上空坠落了,但是人们始终未能找到他的"躯体"和飞机的残骸。人们不知道,他是遭到了德国战斗机的攻击,还是身体不适出了事故,还是他在死亡中得到了解脱……他像小王子一样,消失在空中了。

安托瓦纳－马利－罗杰·德·圣－埃克絮佩里 1900 年 6 月 19 日生于法国里昂的一个贵族家庭,四岁丧父,终生生活在母亲的温情和保护之中,哪怕他在遥远的阿根廷。1930 年,他曾经在一封由布宜诺斯艾利斯写给母亲的信中说："生病是一种美妙的运气。谁都希望这运气降临到他的头上。感冒给了他享受这无边的海洋的权利。"他在圣-莫里斯·德·雷芒的古堡里度过了童年，在瑞士弗里堡的一家私立中学完成了中学的学业。根据家族的传统，他上了海军学校，后又转学建筑。自从布雷里奥于1909年飞越英吉利海峡以来，飞行在法国引起全国的轰动，年轻人趋之若鹜，十二岁的圣-埃克絮佩里也瞒着家人，在一个飞行员的带领下，第一次飞上天空。1920年，他开始服兵役，被编入空军。作为见习军官，他被派往摩洛哥，直到1922年2月服役期满。1925年，他发表了第一部作品，即中篇小说《飞行员》，表现了某种忧郁、对死亡的蔑视和天空的诱惑。圣-埃克絮佩里自幼对写作怀有极大的兴趣，认为作家对人类的道德提升负有责任。他被巴黎文学界认为是一个最富潜力的青年写作者。1926年，他进入拉德克埃飞行协会，成为开辟巴黎—达喀尔航线的一员。1928年，他出版了小说《南方来信》。1929年，他被派往南美洲，开拓巴黎—布宜诺斯艾利斯直飞航线。1931年1月，他与康絮哀罗结婚，这是一场爱怨纠缠不清的爱情悲喜剧。这一年，他发表了小说《夜航》，并获得当年的费米纳奖。1940年之前，短短的十年间，他负责巴黎—卡萨布兰卡之间的邮路，作为法兰西航空公司的代表到西贡进行宣传工作，为《巴黎晚报》赴莫斯科、马德里、德国等地进行采访，并试图开辟巴黎—西贡、纽约—火地岛的航线，并于1939年2月出版《人的大地》，获得当年的法兰西学士院小说大奖。1940年7月31日，圣-埃克絮佩里复员了，同年的12月，他赴纽约并打算长住。期间，他发表了《空军飞行员》（1942年，次年遭到德国占领当局的查禁）。1943年4月，他在美国出版了《小王子》。1945年11月30日，法国出版了《小王子》。

《小王子》的构思其来久矣。

圣-埃克絮佩里在法国已经是一个人人景仰的英雄，又是一个地位已经确立的著名作家，但是，他的内心并不平静，战事的担忧（德国法西斯全面入侵法国），家事的骚扰（他们夫妻之间又恨又爱）和政治的牵挂（他希望戴高乐和贝当捐弃前嫌、把法国的命运完全寄托于美国的援助），使他感到完全不能融入成人世界，于是他时时回忆起天真无邪的童年时代。他失去了天主教的信仰，放弃了贵族的身份，当了飞行员，又当了作家，但是他一直以为："只有孩子知道自己找什么。"1935 年，他在一次乘火车的旅行中，看到一个农民的孩子睡在父母中间，他被孩子天使般的面容深深地感动了，他写道："在这对夫妻中间诞生了一枚金色的果子。在粗重的衣衫下诞生了这种魅力和优雅的成功之作。我朝着这平滑的前额、柔软的嘴唇伏下身去，心里说：这是一个音乐家的面孔。这是儿童时代的莫扎特。这是生活的美好的许诺。传说中的小王子同他没有什么两样：经过保护、关心、培养，什么样的人他成不了呢！花园中因突变而诞生了一株新的玫瑰，于是所有的园丁都动起来了。人们把它单独养起来，培植它，给它优惠的条件。可是对人就没有这样的园丁了。莫扎特像其他人一样被冲压机打上印记。莫扎特将怀着最大的快乐在咖啡馆的臭气中写他的腐朽的音乐。莫扎特被判了死刑。"结果，"莫扎特被毁掉了"。同年的 12 月底，圣－埃克絮佩里和他的机械师试图创造巴黎—西贡的直飞记录，在离开罗二百公里的沙漠上空迷失方向，在紧急降落的时候撞上一个斜坡，飞机掉了一翼。他们在死亡线上挣扎了三天，幸遇一个贝督因人的商队，于 1936 年 1 月 2 日被带到一个绿洲。现代社会戕害了莫扎特一样的孩子，沙漠中遇难所体验到的人与人之间的友谊，这两件事成为《小王子》故事的清晰可辨的源泉。实际上，小王子的故事从 1930 年起，就在圣－埃克絮佩里的心中慢慢成型。他在 1930 年给友人的一封信中，叙述他在安第斯山中遭遇的事故，就画了一个小王子"孤独而不知所措地"立于一座高山之巅。无论如何，我们似乎可以断言，小王子的故事在圣－埃克絮佩里的心中酝酿已久，所谓十月怀胎，一旦时机成熟，例如在他十分忧虑、彷徨、无法解脱的时候，有人从旁触动，故事就成型了，所谓一朝分娩。不过，《小王子》只是表达了圣－埃克絮佩里的愿望，它离民族团结、夫妻和好等等还很远。它对死亡的刻画描写是如此动人，使我们感觉到，只有在死亡中，圣－埃克絮佩里才能找到心灵的平静。他消失在空中，人们永远也找不到他的躯体和飞机的残骸，这大概也是他的心愿吧。

圣－埃克絮佩里是一个作家，更是一个飞行员，他拥有十三项航空科技发明，毕生都为发明一种喷气式飞机而绞尽脑汁。他把飞行看作他的生命，他把飞机看作他探讨人生的工具。其实，飞机不仅仅是一个工具，它成了圣－埃克絮佩里的一部分。作为作家，他写出了人与自然、人与社会、人与人、人与自身的关系。大自然雄奇壮丽的景色，飞行员之间的友谊和宽容，飞行员与大自然搏斗中体现出的勇敢、坚韧和乐观，这一切不仅使读者别开眼界，感到兴奋，也提高了他们的道德观念，使他们意识到对社会的义务：圣－埃克絮佩里是一个有责任感、富于哲理的作家。他的作品不止于描写，而是上升至哲学的层次，致力于提高全社会的文明水准。他得到了法国全社会的高度崇敬该不是偶然的：全国有多少街道、学校、机场、车站以他命名，当法郎还存在的时候，他的肖像出现在五十法郎的钞票上，在 2000 年的时候，法国乃至世界许多地方都举行了盛大隆重的纪念他一百周年诞辰的活动。他的《小王子》被翻译成一百多种语言，成为发行量仅次于《圣经》、《可兰经》和《资本论》的读物，不止一部作品被拍成电影，灌成唱片，制成 CD 盘，等等。小王子那略带忧郁、需要安慰、不时地发出响亮的笑声的身影也许是身躯高大的圣－埃克絮佩里的真实形象吧！

2005 年 12 月，北京

（本书译自伽利玛出版社 1999 年版《小王子》，与 1945 年以后的法国版相比，这一版严格按照 1943 年的美国版排印，标点和插图有多处不同）

（《小王子》于 2006 年 1 月出版）

圣 – 埃克絮佩里、小王子和《小王子》(译序二)

科西嘉。地中海。普罗旺斯。罗讷河谷。

盛夏。阳光灿烂。

1944 年 6 月 6 日，盟军在诺曼底登陆；1944 年 8 月 15 日，盟军在普罗旺斯登陆；在第二次世界大战决胜的两个日子之间，1944 年 7 月的最后一天，早晨 8 点 45 分，在科西嘉岛的巴斯蒂亚附近的波尔戈机场上，灰色的光闪过，一架莱特宁 P-38F5B 腾空而起，向北飞去，它要沿着罗讷河谷，经格勒诺布尔、尚贝里、里昂、阿纳西等地，执行侦察德国法西斯的任务。飞机上没有配机枪，没有装炸弹，只有进行战略侦察的照相机。对于飞行员庞大笨重的身躯来说，驾驶舱未免显得太过逼仄了。

这位飞行员名字叫做安托瓦纳·德·圣 – 埃克絮佩里。这是他最后一次飞行，这是他在法国取得最后胜利的前夕的一次飞行，这是他一去不复返的一次飞行，也是他不知所终的一次飞行，他知道吗？

圣 – 埃克絮佩里已经四十四岁了，远远地超过了三十五岁这个驾驶战斗机的年龄的上限。他太老了，而且身上有八处骨折，在危地马拉的一次坠机足足让他昏迷了一个星期，可是他曾写过："如果我不参加那我会是谁？"这里所说的"参加"，是指参加法国的抗德战争，他不想受到保护，他不想受到照顾。他要去冒险，否则哪有资格谈论受苦受难的法国？他曾经与死亡摩肩接踵，他不怕死，深信自己活着等不到战争结束，他已经做好了"离开"的打算，但必须在执行任务时"离开"。不让他飞行，无异于谋杀。他抱着不驾驶毋宁死的决心，软磨硬泡，敲遍参谋部所有的房间的门，终于使地中海地区空军总指挥官伊凯尔将军违心地在准许他执行五次飞行任务的命令上签了字，又在指挥官勒内·加乌瓦伊将军的默许下，第八次登上了莱特宁 P-38F5B。

飞机飞过了蓝色的地中海，进入罗讷河谷，一直往北，躲过了德国法西斯的战斗机，拍了照片：火车车厢，铁轨和坦克，阵地，等等，直到阿纳西湖，好熟悉的澄澈碧绿的湖水啊！返航的时候，圣－埃克絮佩里在六千米甚至一万米的高空向下瞭望，他看见了圣－莫里斯－德·雷芒古堡，他在那里度过了童年的美好时光；看见了卡布里的房屋，他的母亲住在那里，她听见了他的飞机的轰鸣声吗？看见了德·拉莫尔古堡，他的父亲死后被送到那里，那时他才四岁；看见了阿盖教堂，他在那里与萨尔瓦多雕刻家康絮哀罗举行了婚礼，十几年来，除了母亲，他的亲友都不肯接受她。再往前，就是地中海了，过了地中海，就是科西嘉的巴斯蒂亚了……

我想，此刻的圣－埃克絮佩里一定心潮澎湃，浮想联翩，万千形象蜂拥着，一个个化作生动的场景，在脑际飞快地闪过：

安托瓦纳·德·圣－埃克絮佩里 1900 年 6 月 29 日出生在里昂一个古老的天主教贵族家庭，他是伯爵爵位的继承人，其古老的历史可以追溯到 13 世纪。他姐弟五人，在德－雷芒古堡的花园里奔跑嬉戏，努力参透并嘲笑大人之间的神秘话语，或者依偎在母亲身旁，看她画画，听她讲故事。他忘不了保姆玛格丽特·沙拜，当大人们谈论金融、财产和地区政治的时候，她教孩子们认原野上的植物的名字，和他们一起采集果实做果酱。他三十二岁的时候，古堡被卖掉了，他望着"到处是童年的影子"的灰色石头墙，感到他的童年一去不复返了。"唯一能使我精神饱满的源泉，我觉得就是童年的回忆：是圣诞夜的蜡烛味。"这是他在后来给母亲的信中说的话。

德·圣－埃克絮佩里，这是一个高贵的姓氏。在芒斯的小学里，圣－埃克絮佩里的教育是在严格的宗教气氛中进行的，冬天很冷，但是没有取暖，孩子们穿着大衣喝着温吞的汤，水瓶里的水结了冰，星期一到星期六参加七点半开始的弥撒，星期日的弥撒则在八点半开始。学生五点半起床，课上到晚上七点钟，只有星期日的下午才能回家。课余时间就进行极有男子气概的运动，如足球。一片斯巴达的氛围。

他在十二岁的时候，著名的飞行员加布里埃尔·弗罗布莱斯基－萨尔维带领他，飞上了蓝天。当时，人类刚刚开始征服天空，飞行是一项危险但极富挑战意味的事业，在人们的眼中，飞行员个个是英雄。尼采是圣 - 埃克絮佩里喜欢的"家伙"，其名言："你要超脱自身，要走得更远，升得更高，直到看见群星在你的脚下。"开启了他的视野，使他能够翱翔在万物之上。在瑞士弗里堡的圣 - 让别墅中学，他阅读巴尔扎克、波德莱尔、陀思妥耶夫斯基等人的作品，并试着开始创作、写诗、写剧本。

他到路易十四中学和博须埃中学学习，准备报考海军军官学校，但没有通过口试而以失败告终，也许进入海军只是传统的贵族家庭的意愿，并不是他本人的志向。他转而去美术学院学习建筑。这时他已经开始了文学创作，涉足文人的圈子，结识了后来成为他的出版人的加斯东·伽利玛，安德烈·纪德、让·普雷沃、马克·阿莱格雷等著名的作家成为他的老师或朋友。

他二十一岁时被征入伍，编入斯特拉斯堡第二飞行大队当机修工，他当然不满意，他多么渴望着飞上蓝天啊！于是，他自费学习飞行，终于拿到驾驶证，又取得军事飞行证。飞行是以生命为代价的事业，为了让未婚妻路易丝·德·维尔莫兰家人满意，他放弃了飞机驾驶员的职业，到布瓦龙制瓦公司谋了一份差事，可是不到一年，爱慕虚荣的漂亮女子德·维尔莫兰就主动解除了婚约。

1927 年 10 月，他终于做了飞行员，在图卢兹—卡萨布兰卡—达喀尔航线上服务，后被派往非洲朱比角当机场场长，负责航线飞机在机场的中途停靠和救助失事的飞行员。朱比角的生活险象环生，始终受到摩尔人的威胁，不过他收养了一只"比猫还小"的沙狐，他第一次体验了孤独；两年以后，他来到阿根廷的布宜诺斯艾利斯，参与负责开拓南美洲大陆航线的工作。

1931 年 4 月，他不顾贵族的身份，在阿盖教堂与康絮哀罗结婚，婚礼上，康絮哀罗一袭黑色的长裙，如风中美丽的玫瑰摇曳生姿，绽放出优雅高贵的气质，可是，除了他的母亲，这桩婚姻受到了亲友的非议。1931 年 12 月，他的小说《夜航》获费米纳奖，他顿时声名鹊起，行动者动手，作家动笔，一身而二任，他以这样双重的身份迅速征服了法国，他的声誉如日中天，趋奉者、崇拜者和欣赏者如影随形，将他团团围住。

1935 年 12 月，他完成了从巴黎至西贡的飞行，在距开罗二百公里的地方，飞机迫降在利比亚的沙漠中，步行五天才获救于一个贝督因人的商队；1938 年 2 月，他试图开辟纽约—火地岛的航线，在危地马拉，飞机失速，他受了重伤。1939 年他出版了《人的大地》，在美国出版的名字是《风、沙和星星》，小说获得了法兰西学士院小说大奖。

1939 年 4 月，他在图卢兹应征入伍，以上尉军衔任技术教官，他却千方百计地挤进了飞行大队，执行空中战略侦察任务。1940 年 12 月 31 日，他乘船到达纽约，他与康絮哀罗的婚姻出现了危机，他的不忠和长期的分离折磨着她，而她的任性和虚荣也使他不胜其烦；1943 年 4 月，《小王子》在美国出版，这使他重新燃起对妻子的思念，那个给他写作《小王子》灵感的带刺的玫瑰！他想与她和解，与她白头偕老。

他想起了他在纽约的两难处境：一方面，他面对的是帮派林立的戴高乐分子，一方面，他面对的是贝当元帅的合作政策；一方面，他愿意跟随戴高乐抵抗德国法西斯，一方面，他又认为贝当是拯救法国于灭亡的救星，他不愿意将抵抗运动意识形态化，他天真地希望戴高乐与贝当和解，不愿看到法国人打法国人的情景，总之，"民族和解"是他坚持的唯一的、最高的口号。

他想到了一个月前给康絮哀罗写过的一封信，信中说："您在我身上就像植物生长在地上。我爱您，您，我的宝贝，我的世界。"他后悔了，后悔不该让她总是在等待中度日，他想：如果没有康絮哀罗，会有今天的圣－埃克絮佩里吗？她不就是《小王子》中的那朵玫瑰吗？美丽，娇弱，任性，不时地"编造如此笨拙的谎话"，但是"我"却信以为真，因此感到"痛苦不堪"，他终于明白："我真不应该听她的，永远不要听信花儿的话。只应该看她们，闻她们。我的花儿使我的星球充满了清香，但是我不知道如何享受……那是我一点儿也不知道理解！我应该根据行动而不是根据言辞来评判她。她使我浑身散发着香气，她照亮了我。我不该扔下她跑了！我应该在她可怜的小把戏后面看出她的温情。花儿是那样的矛盾，但是我太小了，不知道爱她。"

他想到了死亡，他说过："在战争中死去，对我来说无所谓。"勒内·加乌瓦伊将军曾经对他说过一句话："你总不会奢望活着走出战争吧，我的少校。"他想到了吗，这句话竟成了一句不祥的谶语！

地中海！他已经到了地中海的上空！

1944 年 7 月 31 日下午 3 点，在波尔戈机场，勒内·加乌瓦伊将军一边看表，一边来回踱步。他知道，再过半小时，圣-埃克絮佩里的飞机就没有燃料了，他的朋友就要失踪了！飞行记录本上，只有一个简短的记录："执行法国南部高空飞行拍摄任务。未归。"未归，一条不动声色的记录！圣-埃克絮佩里果然从此杳无音讯，无论如何，在他的身后，《小王子》留了下来。

1998 年的 9 月，一个突尼斯水手，一说两个地中海渔民在马赛附近的卡西斯海域打捞到一块发亮的凝固物，经过清洗，发现上面刻着："安托瓦纳·德·圣-埃克絮佩里（康絮哀罗）—C/O 雷纳尔和希区柯克公司—美国纽约第 4 大街 386 号"，原来这是圣-埃克絮佩里的手镯！此时距圣-埃克絮佩里离开这个世界已经足足五十四年了，在此之前，他的死一直是一个众说纷纭的谜，有的说他是被德国法西斯的战斗机击落的，还有德国人急忙出来发表声明，说是绝无此事，因为据记录，当天德国并未在普罗旺斯地区击落任何一架法国飞机，德国人大概是不愿意充当杀害法国民族英雄的凶手；有的说他消失在阿尔卑斯山中，有的说他落入地中海中，有的说他不知所终，总之是活不见人，死未见尸，是事故？还是自杀？还是他有"死的愿望"？总之，颇有神秘之感。六年之后的 2004 年 9 月，人们终于在同一片海域打捞上一块莱特宁-38 型飞机的残骸，可以确定圣-埃克絮佩里的确是葬身于地中海的这片地方了。关于他的死，种种的争论和猜测终于可以尘埃落定了，但是，他缘何而死，死的方式，死的时间和地点，种种细节在人们心中仍不时泛起涟漪。圣-埃克絮佩里曾经表示："我将双手合十安息在地中海。"四十四岁的年纪，在这个岁数上实现自己的愿望，未免早了些。

小王子说："我好像是死了，但这不是真的……"又说："路途太远了。我不能带着这躯壳走。太沉了。"又说："这就像扔掉一块老树皮，不必为老树皮伤心……"且看《小王子》的描写："他还犹豫了一下，站了起来。他走了一步。我，我连动也不能动。只见他脚腕旁闪出一道黄色的光。他一动不动地站了一会儿。他没有喊。他像一棵树一样慢慢地倒下了。因为是沙地，所以没有发出一点儿声音。"小王子死了吗？圣－埃克絮佩里说："他回到了他的星球，因为天亮的时候，我没有发现他的躯体。"这就是说，"小王子出现在地球上，他又消失了"，他被黄色的蛇送走了。文字简单得不能再简单了，语气平和得不能再平和了，节奏徐缓得不能再徐缓了，可是，任何人读过之后，都会有一种裹着薄薄的凉雾的忧郁涌上心头，慢慢地浸透全身，久久不肯离去。生与死，在圣－埃克絮佩里的眼中，是有着同样的价值的：没有尊严的生等于没有尊严的死，这尊严就是平等、友谊和人与人之间的沟通与理解。

人生是有意义的，生的意义就是死的意义："给予生一种意义的，也给予死一种意义"，圣－埃克絮佩里说："人死是为了一个家，不是为了物品和墙壁。人死是为了一座教堂，不是为了一堆石头。人死是为了民族，不是为了乌合之众。人死是为了热爱人，如果这人是共同体的脊梁。人为此而生，也为此而死。"一个人所以为人，是因为他是"一个地方的人，一个从事一种职业的人，一种文明的人，信奉一种宗教的人"，为了成为这样的人，他必须把这一切建立在自己身上，因此，家为大，家中的物品为小；教堂为大，修建教堂的石头为小；民族为大，个人为小；人为大者而生，也为大者而死，生与死在这里找到了他们的连接点。在圣－埃克絮佩里看来，死亡并不可怕，它是一件自然的、隐蔽的，甚至温柔的事情，是生的合乎情理的延续。"为了找点儿事情做，为了学习"，小王子访问了六颗小行星和一颗行星，即地球，他见识了国王、虚荣的人、酒鬼、生意人、点灯人，地理学家、蛇、狐狸以及在沙漠里抛锚的飞行员，除了那个"关心的是别的事情，而不是他自己"的点灯人，信奉"只有用心才能看得清楚"、教给他如何小心地培育友谊的狐狸，引诱他视死如归的黄色的蛇，以及那个给他画装在盒子里的绵羊的飞行员，其余的一切只是使他的"躯壳"变得"太沉"，变成"一块老树皮"，最后，还是那条黄色的蛇帮助他回到了他的星球。他死了吗？他在地球上死了，他在他的星球上又活了。他虽死犹生。

《小王子》中的飞行员就是安托瓦纳·德·圣－埃克絮佩里，飞行员叙述小王子在六个小行星和一个大行星（地球）上的游历影射着圣－埃克絮佩里追求生命之真谛的过程。这个过程充满着圣－埃克絮佩里的快乐、

烦恼、失望和失望中蕴涵着的希望。他所追求的是毫无功利色彩的童年，
"这片人人从中走出的广阔的土地"，四十四岁的他希望童年失而复得，然
而，他失望了，甚至绝望了。圣－埃克絮佩里就是小王子，小王子回到了
他的星球，圣－埃克絮佩里葬身在地中海，他们在"死亡"之上，一个在
地中海，一个在撒哈拉沙漠，汇合了，交融了，进入了童话世界，即永恒
之境。他们是一而二、二而一的一个整体，正如我在《序一：〈小王子〉，
一本写给所有人看的童话》中所说："实际上是作者圣－埃克絮佩里的
'我'与'非我'、童年之我与成年之我在撒哈拉大沙漠上的一次对话，
是'非我'对'我'、成年之我对童年之我的一次回忆。对话和回忆的结
果是'我'战胜了'非我'，童年之我战胜了成年之我，虽然'非我'仍
旧是'非我'，成年之我仍旧继续着成年的道路。"失望中有绝望，绝望
中有希望，四十四年的岁月是希望和绝望交战的岁月。

《小王子》是圣－埃克絮佩里内心世界的一种自然的流露：小，意味
着儿童，意味着天真、纯洁、毫无功利之心；王子，意味着光明正大的灵
魂，意味着尊严和高尚；小王子，意味着面对充满机心的成人世界，唯有
保持童心、以澄澈的目光对待人与人之间的沟通与交往，才是幸福。

童年的世界是没有功利之心的儿童和具有童心的成人组成的世界，是
摆脱了尔虞我诈、充满谎言的绝假纯真的世界。成人津津自得的闻见道理
之类，恰恰是有违于儿童的天真烂漫，而有心于参破生命之真谛的成人则
千回百转，务以寻回童心为念，虽然他们均以失败告终。成人的世界终于
不能回到童年的世界，在圣－埃克絮佩里的眼中，失去童年乃是人的最大
的罪过。

三百年前，中国明朝的思想家李卓吾说："夫童心者，真心也。若以
童心为不可，是以真心为不可也。夫童心者，绝假纯真，最初一念之本心
也。若失却童心，便失却真心；失却真心，便失却真人。人而非真，全不
复有初矣。"又说："童子者，人之初也；童心者，心之初也。夫心之初曷
可失也，然童心胡然而遽失也？盖方其始也，有闻见从耳目而入，而以为
主于其内而童心失。其长也，有道理从闻见而入，而以为主于其内而童心
失。其久也，道理闻见日以益多，则所知所觉日以益广，于是焉又知美名
之可好也，而务欲以扬之而童心失；知不美之名之可丑也，而务欲以掩之

而童心失。夫道理闻见，皆自多读书识义理而来也。……童心既障，于是发而为言语，则言语不由衷；见而为政事，则政事无根柢；著而为文辞，则文辞不能达。非内含以章美也，非笃实生辉光也，欲求一句有德之言，卒不可得。所以者何？以童心既障，而以从外入者闻见道理为之心也。"

德国哲学家马丁·海德格尔认为，《小王子》是他那个时代的法国最重要的一本书，在他保存的 1949 年瑞士出版的德文第一版《小王子》之封面上，有人写着这样一句令人吃惊的话，表明了出版者针对的读者是何许人："这不是一本写给孩子的书，这是一个伟大的诗人为缓解孤独而发出的信息，这个信息引导我们理解这个世界的巨大的秘密。这是马丁·海德格尔教授喜欢的一本书。"但是，《小王子》这本薄薄的小书所包含的哲学意义一直未受到文学家和哲学家足够的注意，直到 2008 年，《小王子》出版六十五年之后，让－菲利普·拉乌发表了《给存在一个意义或者为什么说〈小王子〉是 20 世纪最伟大的哲学著作》，才出现了以《小王子》为论述对象的第一本哲学著作。让－菲利普·拉乌是保尔·塞尚中学的哲学教师，同时在埃克斯－马赛大学授课，他在这本书的前言中说，当初他选择《小王子》作为论文题目时，导师劝他选一个严肃的主题，意思是《小王子》是一本童话，不适于作为论文的内容，可是他最终以其对《小王子》这本书的哲学探索征服了评审团的诸位教授，他的论文获得了通过。当然，对《小王子》的评论历来都涉及哲学的层面，例如，在《小王子》于美国出版的当年，就有评论说："故事本身很美，它包含着充满温情的诗意哲学；它不是那种具有明确的道德的寓言，更是关于重要的事情的各种思考的总和。"可是以哲学作为专题来论述《小王子》并给予如此高的评价的，不能不说拉乌开了先河。他在一次采访中说："和一切伟大的哲学家一样，圣－埃克絮佩里也由于对一个唯一的问题的意识而进行着哲学思考，这个问题就是孤独和良心的交流：小王子不理解玫瑰花，飞行员不能和孩子进行交流，国王，酒鬼，虚荣的人，商人，点灯人，和小王子本人都是孤独的，每个人都生活在自己的星球上。小王子和飞行员之间的对话不过是一种内心的辩论而已，飞行员曾经是的那个孩子试图让他重新发现本质的东西，使他从他自我封闭其中那个人物中走出来。在第二十一章中，在对话中已经感觉到的回答形成了：为了在一种相互的爱中契合，应该相互驯化，花费时间与他人相遇，理解藏在表象后面的东西，或者在成年人的解释面前不发一言。"

不言而喻，与发掘《小王子》的哲学意义相联系的一个问题是：《小王子》究竟为谁而写，为儿童？为成人？从《小王子》出版伊始，人们就提出了这个问题，此后一直争论不断。《小王子》是一篇童话，为儿童而写，似乎是显而易见的事实。1942 年圣诞节前夕，纽约的书商希区柯克的妻子佩姬要求圣－埃克絮佩里"为孩子写一本书"，佩姬在 1978 年回忆此事时写道："在一次聚会上，我们看到了一些图画，画的是一个头发乱蓬蓬的小孩，一条长长的围巾在风中飞舞。居尔蒂斯（她的丈夫——引者注）开始想，这是否对一个不幸的大块头来说是一种消遣。……天才是易感的，也常常是不可预料的，居尔蒂斯最后还是不无犹豫地暗示说，画上的小人儿是否可以成为一本为孩子写的书的主角。圣－埃克絮佩里的回信表明他既感到惊奇，又受到吸引。他投入了写作和插图。"瑞士著名作家德尼·德·鲁日蒙 1968 年发表回忆录，说圣－埃克絮佩里在纽约郊区租了一栋大房子，"现在，谁也不能让他走出这栋大房子。他重新开始写一本童话，他自己画水彩画插图"。但是，不同的声音从《小王子》出版的时候就存在了。1943 年 4 月 6 日，《小王子》出版的当天，就有评论家声称："《小王子》对大人来说，是一个充满激情的寓言……"还有人说："《小王子》是一个在平凡故事的外衣掩盖下的对成人讲的寓言故事……"尽管如此，故事为谁而写，还是作为一个问题引起了争论。《小王子》出版伊始，就有评论家说："《小王子》是伪装成一个小孩子的平凡故事的为大人而写的寓言。"还有评论家说："这本书变成了人和他的回忆、两个主人公之间的对话。……这本书吸引住一个大人，使他微笑，感动，难道是一本为孩子而写的书吗？"他的回答是否定的，因为"孩子不是嘲讽的，他们是严肃的。他们不会以一种事不关己的神情看着大人们如此艰难地生活"，而这本书是有一种嘲讽的口气的，它被献给一个"当他是个孩子的时候的"大人。

人们争论的另一个问题是，《小王子》既然被看作是圣－埃克絮佩里的乔装的传记，那么其中的玫瑰花的原型究竟是谁？1984 年，有一个德国人叫欧根·德莱沃曼的，从精神分析的角度写了一本书，题为《眼睛是看不见本质的》。德莱沃曼是一个神学家和心理治疗师，他力排众议，认为《小王子》中的玫瑰花原型是圣－埃克絮佩里的"母亲"，小王子与玫瑰花的关系象征着他对母亲的一种愧疚心理，他的希望是找回失去的童年。德莱沃曼像所有的精神分析学家一样，非常重视童年的回忆，认为童年的回忆乃是"蔓延许多年的童年被集中于一个生活状况的唯一场景。在儿童的眼光中，有点像这样一件事：一条巨大的蟒蛇在热得透不过气的热带气候中活生生地吞吃它的猎物。当然，人们不能从一种唯一的象征中得出既定的心理状态的某种绝对的确实性。但是从书的最初几页中遇到的噩梦形象几乎迫使我们想到，这个蟒蛇差不多除了母亲不会意味着别的什么。她活着吞下的猎物自然是她的孩子——一个巨大的'小象'根本没有权利做一个孩子，但是他一生下来就'大而强壮'，足可以以其一生来满足他母亲的爱和生的欲望"。"大人"不能用心来看，误解了这幅具有根本意义的画：它呼唤儿童回到真实的、更加严肃的生活中去。"具有两个内容的真实生活的矛盾的特点展现出来了，即实现什么东西的强烈愿望和强烈倒退的怀旧撕扯下的生活。"欧根·德莱沃曼通过童话的加密的语言继续分析：作为小王子的孩子不能理解玫瑰花，但是又非常爱这朵玫瑰花，以致他不能不把它作为母亲的象征来继续他的救赎之路。他说："所有其他的假设都不能绝对地符合小王子的情况，即他的童年。"德莱沃曼的分析显然与大多数评论家不同，也与作家本人和亲友提供的材料不符，似乎不足以说服我们普通的读者，而且他自己的分析也显得牵强，论据也不充分，但是它提供了一种可能性，即玫瑰花的象征除了圣－埃克絮佩里的妻子之外，还可能是他的母亲。

　一个安逸富足、无忧无虑的童年，例如圣－埃克絮佩里的童年，可以是"绝假纯真"的世界，而一个生活贫困连一张写字的桌子也没有的童年又将如何呢？法国作家阿尔贝·加缪的童年是在阿尔及尔的贫民区度过的，一家人靠母亲做佣工和一点点国家补偿（他的父亲在第一次世界大战中战死）生活，其窘迫可想而知，然而，他却说："贫穷对我来说从来就不是一种不幸：光明在其中播撒着它的财富，甚至我的反抗也被照亮了。"又说："这样，每一位艺术家便在他的内心深处保留着一眼唯一的泉水，在其一生中滋润着他之所是和他之所说。当这眼泉水干涸了，人们渐渐地看到他的作品萎缩，出现了裂纹，那不可见的水流不再灌溉艺术的贫瘠的土地了。艺术家的头发变得又少又干，覆盖着一重茅草，他成熟了，可以不说话了，即便在客厅里也是如此。对于我，我知道我的泉水在《反与正》之中，在这个交织着贫穷与光明的世界之中，我曾经长期地生活在这个世界之中，其回忆仍然对我保持着两种相互对立的危险，这危险威胁着每一位艺术家，那就是怨恨和满足。"这一眼泉水就是他的童年。加缪对于他的贫穷的童年没有怨恨，只有满足，因为伴随着他的童年的是"美丽的炎热"："我生活在窘迫之中，但也生活在某种快乐之中。我觉得我有使不完的力气，唯一需要的是为它找到运用的地方。并非贫穷为这些力气设置了障碍：在非洲，大海和阳光不费分文，障碍反倒在于偏见或愚蠢。"

在法国，圣 - 埃克絮佩里和加缪是两个读者最多的作家，其中的原因不言自明：在圣 - 埃克絮佩里，是作家与飞行员的结合，是思想者与行动者合二为一；在加缪，是贫穷与人的骄傲之间的搏斗，是清醒与冷静促生的战斗。在读者的广度上，恐怕加缪还略输于圣 - 埃克絮佩里，因为后者拥有数量可观的小读者，例如《小王子》。《小王子》中的"我"在六岁的时候画了一张画，画的是一条蟒蛇正在消化一头大象，非常吓人，可是看了这张画的大人却无动于衷，说那是一顶帽子，并且说："为什么一顶帽子会让人害怕呢？"成人和儿童对于同一种现象的观察竟有如此大的差别，为什么？因为成人的童心被障蔽了，他只懂得"桥牌，高尔夫球，政治和领带"，而后者只不过是"多读书识义理"而获得的"道理闻见"而已，前者却是"最初一念之本心"的"初"，所以，"大人总是自己什么也弄不明白，需要孩子们给他们解释呀解释"，总之，"只有用心才能看得清楚。眼睛，是看不见本质的"。"本质"就是"初"，有"初"，就有人，这人就是"童子"；有"初"，就有心，这心就是"童心"。

圣 - 埃克絮佩里把《小王子》献给莱昂·韦尔特，莱昂·韦尔特何许人？是大人，还是孩子？原来，莱昂·韦尔特是个大人，但是他没有失去童心，所以他把这本书献给了"当他是个孩子的时候"的莱昂·韦尔特。一本为孩子写的书不献给孩子，却献给大人，这个大人显然有不同寻常的地方。

莱昂·韦尔特是一位无政府主义作家，和平主义者，比圣 - 埃克絮佩里年长二十二岁。一个是家世可以追溯到 13 世纪的天主教贵族后裔，伯爵封号的继承者，一个是满脑子革命理想的平民子弟，犹太人，他们怎么会结成超越观念、偏见和年龄的友谊？虽然法国在 1789 年革命后打倒了贵族，但在民众的心理上贵族仍是一个值得尊敬的等级，而传统的贵族坚信共和不过是短暂的体制，所以，在 20 世纪初，贵族和平民之间仍然有着一道难以逾越的鸿沟。据韦尔特的儿子说，这是"一种建立在平等基础上的友谊，完全与父子亲情无关"。韦尔特是一位左派知识分子，毕生反对贵族的特权，而圣－埃克絮佩里是一个古老的贵族出身，其祖上不乏出入宫廷如入无人之境者，他的家庭在传统上是一个反犹主义的，他们的友谊唯一的出发点乃是平等，这是人的天然的要求，即童心。除了平等，两个人的共同之处是反习俗的精神以及对帕斯卡尔的崇拜。《小王子》原本是献给康絮哀罗的，是康絮哀罗建议献给韦尔特的，因为韦尔特夫妇是圣－埃克絮佩里夫妇倾诉衷肠的对象，是没有失去童心的大人。圣－埃克絮佩里和韦尔特的交往常常是充满激辩的语言交锋，交锋的结果是前者对后者的折服。圣－埃克絮佩里胸襟开阔，思想自由，富有包容性，常常被错误地认为是一个共产主义者，但是，他对韦尔特的革命思想，特别是反对贵族特权的思想不以为忤，反而常常甘拜下风。韦尔特回忆圣－埃克絮佩里，认为他是"最透亮也最不安的人，把非常牢固的快乐抛在途中。忠于一切，但不忠于任何幸福"。圣－埃克絮佩里忠于的是童年的世界，不忠于的是失去童心的世界，因为世上的幸福只是大人眼中的幸福，例如一座房子值"十万法郎"，而不关心房子是用"红色的砖砌成的"，"窗前开着天竺葵，屋顶上有鸽子"。

《小王子》1943 年在美国出版，1946 年在法国面世。2006 年，当《小王子》出版六十周年的时候，法国举行了很多庆祝活动，著名的杂志和报纸，如《读书》、《费加罗报》等先后出了专刊，强调《小王子》是一个"真实的故事"。据统计，六十年间，《小王子》已经售出八千万册，被译成一百五十多种语言和方言，前后有四百多个版本，仅仅法国伽利玛出版社就发行了一千一百万册，每年仍以二十五至三十五万册的速度继续发行。就翻译而言，1981 年还只有六十五种语言和方言，1990 年之后，翻译的语种就翻倍地增加，例如，据 2006 年的统计，翻译小王子的语种已经达到了一百五十九种，红得发紫的《哈利·波特》仅有六十多种语言和方言的翻译。就名次而言，《小王子》仅在《圣经》（《圣经》的翻译有两千多种语言和方言）和毛泽东、列宁的著作之后，在文学作品中它则是第一。《小王子》创造了翻译和出版的奇迹，它的翻译版本遍及世界，例如，威尔士语、加利西亚语、波斯尼亚语、立陶宛语、库尔德语、马达加斯加语、马其顿语、斯洛文尼亚语、塞尔维亚－克罗地亚语、捷克语、斯洛伐克语、斯其佩里亚语、阿富汗语，以及基于一些大语言的若干方言，如阿尔萨斯语、那不勒斯语、弗里斯语、列托－罗曼语、罗曼语、巴斯克语、巴伦西亚语、吉尔吉斯语，等等，等等。有些语言被极少的人使用，竟然也有了译本，例如图阿雷格语和托巴语。图阿雷格人中只有女人能读书，十万人中只有两万人能读图阿雷格语，但是已有一个图阿雷格语的译本于 1957 年出版。使用托巴语的是一个生活在阿根廷北部的仅有五千人的族群，《小王子》的翻译是由教授托巴语的教师和布宜诺斯艾里斯大学的教师合作完成的，于 2005 年出版。号称对欧洲文学随出随译的日本早在 1953 年就有了《小王子》的译本，自 1995 年始，《小王子》进入公共领域，迄今已有四个新译本，销售量也已达到五百多万册。1999 年 6 月 29 日，圣－埃克絮佩里纪念馆在日本开馆，舞台上也不断演出小王子的故事。

然而，这六十年，对于圣－埃克絮佩里和他的作品来说，并不是平静的六十年。进入 20 世纪 60 年代，法国社会上一股反人道主义、藐视权威、不满现状的后现代思潮渐成风气，文学界中有一些人掀起了一阵"反说教"的浪潮，对法国文学的伦理传统提出质疑，把一些作家轻蔑地称作"灵魂高尚的人"，加缪和圣－埃克絮佩里首当其冲，这本适合"八岁至八十八岁人阅读"的小书自然逃不过被讽刺和揶揄的命运。当一位著名的文学评论家要为圣－埃克絮佩里的人和作品作总结的时候，说："我很愿意抛弃《小王子》，这本书的天真是假的，诗意是假的，哲理是假的，简单是假的，他使小学教师们兴奋，使孩子们厌烦。'只有用心才能看得清楚'是假的，星星会笑是假的，至于说寓意，也是缺乏厚重、可靠和真实。"我很尊重这位评论家，但是我不能同意他对《小王子》的评价。众所周知，《小王子》虽然是一本小书，是一本写给儿童和保持着童心的大人看的书，同时也是为失去童心却愿意找回童心的大人看的书，总之，是一本言辞浅显却内容深刻、富于哲理的书，是圣－埃克絮佩里的代表作。"抛弃《小王子》"，就等于抛弃圣－埃克絮佩里，他的其他作品，如《夜航》、《人的大地》、《城堡》等，其命运可想而知。在有些年轻一代的作家眼中，圣－埃克絮佩里不再是一位技艺高超的飞行员，不再是一位风格独特的大作家，他只是一位略显莽撞的普通飞行员，一位适合童子军、文字甜熟的过时作家。圣－埃克絮佩里走下了圣坛，走下了神坛，但是，我要问的是，他从此失去了往日的光芒吗？

1947 年，第二次世界大战刚刚过去，人们还可以写道："圣－埃克絮佩里是一位第一流的重要作家，他的作品不多，但光芒四射，影响深远，享有不同观点的人们的支持。他的书风格卓越，具有完全自然的和谐，仿佛从人和世界的罕见的接触中迸射出来：绝不做作，绝不人为，句子自然地流动。这是他的生活的风格，可以说，是生活本身的风格。圣－埃克絮佩里像知道如何阅读的人表明，他在当代文学中的地位是自然的，重要的：它来自人的敏感性，人们喜欢他的一系列品质，喜欢生活和作品、思想和行动、诗意和评价、天和地之间的一种和谐。"总之，"他的命运、智慧、内心的旋律在这个混乱的世界上构成了我们所希望的人的形象"。对于战后精神迷茫、行为失据的人们来说，集思想者和行动者为一身的圣－埃克絮佩里无疑是一个值得仿效的榜样，他的小王子的形象像甘洌的清泉一样滋润着人们饥渴的心灵。

但是，此后二十年，有人就说："一种令人烦得要死的散文；一种自学者的完美的、精雕细刻的文笔：典型的战前现代风格；纪德与瓦莱里式散文的矫揉造作的变种；一种'写得好'、'写得诗意'、'写得典型'的完全人为的方式；我简直不能忍受。我还发现了什么？一种出奇软弱的思想，其深度只能到您的脚脖子。我向您保证，跟圣－埃克絮佩里一起，您绝对不会不知所措的。过河的时候不会有淹死的危险！我不能忍受的是关于人、人道、友爱、热情、团队和适于一切人的哲学的说教。我还发现了一种主要的花招：圣－埃克絮佩里自以为同时是战士、贵族、尼采主义者和一切彼此类似的人，希望一种人与人之间的神秘的、兄弟般的、具有男子气概的融洽。然而两者必居其一：或者宣扬贵族的尼采式道德——为什么不呢？——或者非常谦逊地谈谈普通人。激怒我的，我觉得虚假的，是两者混而为一。一个大老爷把他的子民视同兄弟，感到有一种最宽泛的共同点，例如他也感到自己是一个人。啊，多么美好的发现！"还有人说："圣－埃克絮佩里侵占了中学毕业会考的试题、车站的售报亭、袖珍本和豪华本以及报章杂志（将一个如此贫乏的题目连篇累牍地炒热还真需要天才），圣－埃克絮佩里已经超出了一个作者，变成了一个圣人，一个预言家。"总之，"昨天的偶像叫做吉纳梅尔或圣－埃克絮佩里，今天我们把他们称作丁丁"。丁丁就是比利时画家埃尔维笔下的那个天真、正直、勇敢但有些傻乎乎的孩子。他们认为，圣－埃克絮佩里是一位适合十四岁孩子阅读的作家，"是一位不好但绝对不坏、培养听话的年轻人的作家的典型"，这句话让我想起了有些人对加缪的评价，1979 年，有一位评论家出版了一本书，书名叫作《加缪，中学毕业班的哲学家》，声称："加缪变成了中学哲学教育的笨蛋之难题：当一位教师想有一种新观点的时候，他只需用当代的思想，即加缪的思想，来取代老笛卡儿，即用最平庸的方式模仿笛卡儿。""十四岁的孩子"和"中学毕业班"的学生，不正是年龄相仿的人吗？有人说："在法国，我们有一种特有的方法，即通过将其称为反动从而摧毁所有的即成价值。……用这种把戏反驳圣－埃克絮佩的某些言论并非胡说八道，但是，用它来做全面、盖棺论定的评价，应该说就是接近于愚蠢了，甚至接近嫉妒了。"诚哉斯言！我认为，这是持平之论。对于加缪，法国《文学杂志》2006 年 5 月加缪专号的编者前言说："他对真理的激情，与同时代人虚伪的盲目态度形成了鲜明的对比。无论是关于苏联阵营还是阿尔及利亚问题，历史都证明了加缪的正确性。当一切仇恨化作云烟，加缪如今已成为法国文学中最受人喜爱的作家之一。"对于圣－埃克絮佩里，我要说，当一座雕像的金箔在岁月风雨的敲打下已经脱落，露出了它的本来面目，但它依然是一座栩栩如生的雕像，走下神坛的圣－埃克絮佩里还原为一个普通的凡人，成为普通人的"伙伴"，这不是更显示出他的英雄本色吗？直到 2008 年，圣－埃克絮佩里还有遗作出版，2011 年，《小王子》还以连续剧的方式被搬上小荧屏。迄今为止，圣－埃克絮佩里的代表作《小王子》，仅伽利玛出版社就售出以前一千三百万册（紧随其后的是加缪的《局外人》，一千万册），全法国有二百七十六所中小学以他的名字命名，居第二位，第一位是雅克·普雷维尔，向大众倾诉真情的著名的现代诗人，第三位是维克多·雨果，法国最伟大的民族诗人。这说明什么？说明法国人并没有忘记圣－埃克絮佩里，还在心中为他保留着崇高的位置：他仍然是一位倾毕生精力表现人的尊严的伟大的作家，同时也是一位全心全意热爱飞行的伟大的飞行员。有些标榜趣味高雅思想深刻的知识分子不能容忍的恐怕是他集思想者与行动者于一身的状态吧。在崇尚分工的现代社会中，这的确是一种罕见的现象，他们不屑，或者不能，说是"嫉妒"，恐怕离事实不远。

　　《小王子》的结尾是这样的："请仔细看看这风景吧，假如有朝一日你们去非洲，去沙漠旅行的话，你们可以准确无误地认出来。如果你们从那儿经过，我求你们不要匆匆忙忙，请在那颗星星下稍等一会儿！如果那时有一个小男孩向你们走来，他笑着，他有一头金发，他不回答人们向他提出的问题，那你们就能猜出他是谁。那就请你们行行好吧！别让我这样悲伤：赶快写信告诉我吧，他回来了……"圣－埃克絮佩里（那个在沙漠里抛锚的飞行员）因为没有看见小王子的躯体而对他的去留耿耿于怀，他确信他来了，又走了，"他回到了他的星球"，他的心里感到些许安慰，啊不，他忘了画一条皮带子，小王子不能给绵羊戴上嘴套了，小王子免不了什么时候"粗心大意"，绵羊就会吃掉他的玫瑰花的！星星（那五亿只小铃铛！）会哭，圣－埃克絮佩里会哭，因为绵羊"吃掉了或没有吃掉一朵玫瑰花，就会使宇宙间的万物不一样"。那一朵玫瑰花对小王子来说是如此地重要，玫瑰花就是康絮哀罗，他深爱着的又使他痛苦万分的妻子！这样的变化是"任何一个大人永远都不会明白"的，但是一个没有失去童心的大人会明白。圣－埃克絮佩里知道，他失去了并且永远都不能追回的童年世界，但是他并没有放弃追求，失望中还蕴涵着希望，希望人们写信告诉他：小王子回来了！

（《小王子》于 2013 年 2 月出版）

《大西岛》译序一

　　传说大西洋中曾有一岛，名亚特兰蒂斯（今译作"大西岛"，亦有译作"大西洲"者）。岛上风光秀丽，物产丰富，文明昌盛。公元前9600多年，忽为海浪所吞，从此杳无踪影，后人只能在公元前7世纪戈麦尔和公元前三、四世纪柏拉图等人的著作中读到或略或详的记载。这些记载成了不少作家取得灵感的源泉，启发他们写下了一些脍炙人口的作品，如英国弗兰西斯·培根的小说《新大西岛》、西班牙雅辛托·维尔达格的史诗《大西岛》。其中，法国彼埃尔·博努瓦的《大西岛》则是独辟蹊径，别开生面，将沉没的海岛与古海中浮出的撒哈拉大沙漠联系起来，导演出一幕惊心动魄的悲剧。

　　《大西岛》并不是法国文学史上不可或缺的重要作品，它只是一部家喻户晓、人见人爱的优秀小说。

　　这本书的作者彼埃尔·博努瓦是中国读者所不熟悉的，他的作品似乎还未曾介绍过。他生于1886年，卒于1962年，年轻时曾在突尼斯、阿尔及利亚等地生活多年，受过良好的法律、文学和史学方面的教育。他于1931年被选入法兰西学士院，写有两部诗集和四十多部小说，拥有大量的读者。

　　在法国，谈到某位作家，人们常常称其为某书的作者，而不必指名道姓，所提到的作品当然是这位作家最有代表性的作品，例如，巴尔扎克被称为"《高老头》的作者"、斯丹达尔被称为"《红与黑》的作者"、福楼拜被称为"《包法利夫人》的作者"，等等。在法国人的笔下，彼埃尔·博努瓦被称为"《大西岛》的作者"。

　　翻译一部外国文学作品，总要多少给可能的读者一些东西，或者启迪其思想，或者娱悦其精神，或者广博其见闻，或者增长其知识，至少不要浪费其宝贵的时间与精力。然而，能够使读者同时在各方面都有所收获的作品，是极少的，而且，能够使各种水平的读者都说一声"好"的作品，也为数不多。古今中外，莫非如此。《大西岛》这本小说，自然不属于那"极少"之列，但把它列入"不多"之类，却有几分把握。见仁见智，不同的读者未尝不可以在不同的方面有所收获。

《大西岛》初版于 1919 年，全法国立刻为之疯魔，次年获法兰西学士院小说大奖，后来又接二连三地被搬上银幕。六十年过去了，它的平装本仍在大量印行。时间证明了它的生命力和吸引力。

值得探究的是，《大西岛》的生命线在哪里？它的魅力从何而来？

毫无疑问，圣-亚威中尉神秘莫测的命运，莫朗日上尉对使命和友谊的忠诚，昂蒂内阿女王短暂残酷的爱情，塔尼-杰尔佳对故土深沉执著的眷恋，撒哈拉大沙漠诡奇壮丽的风光，足以打动和吸引一般的读者；而历史教授勒麦日旁征博引的奇谈妙论，比埃罗斯基伯爵真伪莫辨的奇特身世，逃避丑恶现实、追寻世外桃源的顽强意志以及波澜起伏、首尾呼应的结构艺术，也不能不使比较苛求的读者感到兴味盎然，生出无穷遐想。但是，只有这些，仿佛还不能造就一本成功的小说，尤其不能造就一本有生命力的小说；还得有一个灵魂，使上述的一切有所附丽。这样的灵魂，《大西岛》有。

激情，是《大西岛》的灵魂。那是一种"明知山有虎，偏向虎山行"，欲罢不能、难以理喻的激情，在书中，它表现为一种狂热、执著、不顾一切的追求，哪怕是那位神秘的女王的吞噬一切、毁灭一切的爱情。实际上，能够裹挟一个人的激情又何止于爱情！一个人可以像飞蛾投火一样拼着一死也要飞向光明。假如他第一次接近了光明而未被烧死，他会第二次、第三次地飞向那"依然很高的烛火"，被"烧着了翅膀"跌落下来也在所不惜。那"烛火"，可能是爱情，也可能是其他。莫朗日上尉对于史实的考证（尽管是出于宗教目的）和塔尼-杰尔佳对于故土的思念，都是极好的例证。

有一个富于哲理的灵魂，这是《大西岛》在格调上高出于一般冒险小说的地方。《大西岛》的魅力应该在这里被发掘，它的生命线应该在这里被探寻。

当然，《大西岛》所蕴涵的思想既不先进，也不高深，我们甚至还可以说它流露出相当浓厚的殖民主义情绪。因此，我们不必在没有矿脉的地方拼命打钻，试图挖掘出什么来，或者硬要把发红的石头当成赤铁矿。那一点点哲理已经足以使《大西岛》在它厕身其中的那一流小说中显露出一枝独秀的风采了。

第一次世界大战之后，在战胜国的法国，社会上弥漫着一种歌舞升平、追求享乐的风气，旨在吸引读者的好奇、刺激读者的幻想、满足读者的消遣心理的作品（小说、戏剧等）应运而生，蔚然成风。《大西岛》自然应该被归在这类作品中，但是它能够脱颖而出，在格调上略胜一筹，不愧为此类小说中的上品，而且在艺术上，它的确体现了优秀的通俗小说的长处，如：结构紧凑，不枝不蔓；叙事简明，脉络清晰；人物生动，性格鲜明；语言干净，不乏幽默；巧妙地运用历史、地理、考古等方面的知识，既显得博学，又不给人以卖弄之感；同时，它又避免了此类小说常有的毛病，如程式化，矫揉造作，人物形象干瘪，空洞苍白的道德说教等。

总之，《大西岛》并不是在法国文学史上占有显赫地位的作品，甚至也不常常悬在文学史家的笔端；然而，它虽然不是堂庑阔大的宏构，却可以是一段游廊，一角园林，一丛鲜花，甚至一片山石，有特色，有光彩，有风格，足以引起游人的注意而使他们放慢脚步，看上几眼。

在平装本《大西岛》的封底上，赫然写着这样几句话："您有一整夜的时间吗？如果有，请打开这本独一无二的书吧，读上开头的几行……当您在狂热中度过几个钟头后合上书本的时候，已经是曙光初照了……"不用说，这是一种广告式的语言，不过，它并没有丝毫的夸张，它说的的确是真话。《大西岛》具有一种罕有的魅力，它能使打开它的人屏气敛息，不忍释手，一气终卷。有好奇者，不妨一试。

（《大西岛》于1982年3月出版）

《大西岛》译序二

关于这本书的译名，还有几句话要说。

二十年前，当这本书的译文第一次出版的时候，书名是被译作"大西洋岛"的。我也知道，"Atlantide"一词，通常是译作"大西岛"或"大西洲"的，但是，为了突出其与大西洋的关系，它毕竟是被大西洋的海浪淹没的一座岛，随手就写下了"大西洋岛"四个字。细细想来，我当时似乎是在一种狂热的冲动中进行翻译的，如同费里埃中尉所说："我们俩都沉浸在不寻常的幸福中，时而大笑，时而像孩子一样哭泣，一边还不断地反复说道：'赶快！赶快！'"狂热之中，未遑斟酌，书印出来后，才渐渐觉得不妥。"洋"、"岛"二字，本属对举，放在一起，颇感不类。但书已印出，只能留下遗憾了。不想这本书有了再版的机会，也就可以在"大西岛"或"大西洲"之间作一选择了。洲之为义，有二解：一为水中陆地，一为大陆及其附属的岛屿的总称。Atlantide 或"淹没"，或"浮现"，不害其为"岛"也，为避免歧义，还是以称"大西岛"为是。辗转再三，于是取了"大西岛"作为译名。勒麦日先生考证了半天，只是以"浮现"取代了"淹没"，不过，若没有"浮现"，何来昂蒂内阿的王国以及由此而起的一系列惊心动魄的故事呢？勒麦日先生功莫大焉，他的考证支撑起一部小说。"浮现"也好，"淹没"也好，皆为小说家言，我们只是把它当作小说读就是了，不必当真。

记得二十年前，我初读《大西岛》的时候，是一口气读完的，只用了一个晚上，确如袖珍本《大西岛》封底所言："当您在狂热中度过几个钟头后合上书本的时候，已经是曙光初照了……"翻译的时间毕竟要长许多，不过也仅用了一个月的时间，如今再读一遍，仍然是一口气读完，仍然是用了一个晚上，而并没有什么大的改动，除了译名。这是激情的作用吗？也许是吧。一本近百年前出版的小说，如今仍然保持着它的魅力，起码对我这样的读者还有着不可抗拒的诱惑。20 世纪五、六十年代，法国文坛上曾经发生过传统小说和新小说之间激烈的对抗，新小说借助媒体和一些大学教授的力量居然一时间内成了气候，给人们造成"传统小说已经过时"的印象，似乎从此以后就是新小说的一统天下了。新小说挑战的是"读者的阅读习惯"，而所谓"阅读习惯"，从根本上说，就是读者对"故事"的渴望。然而，虽有新小说家及其理论家的鼓噪，读者并不领情或没有被吓倒，仍然继续着他们的习惯或与时俱进地调整着他们的习惯，于是出现了传统小说"谈的人少"而"读的人多"的现象。被新小说家们视为自己人的加缪曾经说过，"故事"是小说读者的永恒的需要。因此，小说不能没有"故事"，时代的进步和文学的变化只能使作家对"故事"的讲法有所变化，而不能取消"故事"本身。果然，未出十年，法国的文坛又恢复了"读的人很多但谈的人很少"和"读的人很少但谈的人很多"这样两种文学并存的局面。彼埃尔·博努瓦的小说自然是属于"读的人多而谈的人少"的传统文学，从 80 年代开始，又有人谈论他了，在他百年诞辰的时候举行了纪念活动，而且出版了研究的专著。看来，对小说而言，有没有一个好的故事，是成败的关键，然后才是讲述的技巧之类。《大西岛》是一个著例，是可以给我们的作家以启发的。

彼埃尔·博努瓦是一个极其成功的作家，所谓"极其成功"意味着他有很多的读者，不仅有很多普通的不以写作为业的人，而且有不少在艺术上很苛刻的人，例如雷翁·都德、莫里斯·梅特林克、保尔·雷奥多、昂利·德·蒙太朗、让·高科多、弗朗索瓦·莫里亚克、让－路易·居尔蒂斯等。他不仅善于讲故事，而且更是一个诗人，他的人物有细腻的内心世界，神秘的氛围隐藏着深刻的哲理。总之，他继承了传统小说，也发展了传统小说，他是一位有着丰富的想象力和创造力的作家。

法国已故当代著名作家让－路易·居尔蒂斯在写于 1985 年的一篇文章中写道："我常常向我的同行提到彼埃尔·博努瓦的名字。我感到很惊奇，许多人居然从未读过《大西岛》的作者的作品。他们知道这是一位两次世界大战之间在民众中取得巨大成功的作家，但是他们的好奇心到此为止。冷漠或轻蔑，这就是他们的态度。相反，当我让年轻人读博努瓦的书的时候，无论他们是否是文学青年，他们总是充满了热情：他们读了我推荐的、我认为是杰作的四、五本书之后，都毫无保留地进入他的小说世界，在这个世界中，最古怪的巴罗克与结构的严格争雄，典型的故事和传说经由最敏捷的智慧再度创造出来，幽默、狡黠甚至某种滑头与这个世界并不陌生。"他说彼埃尔·博努瓦由于过于成功而不得不跌入"遗忘的炼狱"，但是，"某些迹象表明，博努瓦的炼狱要到头了"，应该为博努瓦重新回到文学的舞台上来作些准备了。居尔蒂斯的预言是否应验了可以不论，但是，普通读者的"阅读习惯"一仍其旧，即要求一个好故事则是可以肯定的；而他所描述的作家与普通读者之间的距离，更是值得我们深思。

好的小说不一定拥有大量的读者，而拥有大量的读者的小说则大部分是好的小说。小说应该而且必须创新，即便到了面目全非的程度，也是可以存在的，但是，小说的本质和面貌保持古典的（或曰经典的）形态，则是必需的。"三无（无性格、无环境、无情节）小说"可以存在，但是要求所有的小说都变成"三无小说"，那就是非分之想了。居尔蒂斯的许多同行对博努瓦的小说表示"冷漠或轻蔑"，或出于无知，或出于清高，或出于追逐时髦的虚荣，或竟屈服于新小说的压力。俱往矣，传统小说和新小说彼此激烈对抗的时代！今天，喜欢博努瓦小说的人们可以不再担心有"过时"之讥了。

2001 年 10 月，北京

（《大西岛》于 2002 年 10 月出版）

《大西岛》的魅力

　　《大西岛》，这是一本 1919 年出版的法国小说，作者是彼埃尔·博努瓦，法兰西学士院院士。小说不长，译成中文仅二百页。如果你有一整夜的空闲，我建议你翻开它，激情或狂热会攫住你，使你不忍释手，非一气终卷不可。当你合上书本、恢复平静的时候，你会问：一本近百年前出版的小说，今天读起来仍不失新鲜，它的魅力来自何处？

　　大西岛，又名大西洋岛或大西洲，或音译为亚特兰蒂斯，传说中是一个风光秀丽，物产丰富，文明昌盛的岛屿，柏拉图说，它于公元前 9600 年某日忽为海浪所吞，从此杳无踪迹。人们在希腊的克里特岛，在撒哈拉，在德国的赫尔戈兰岛，在墨西哥，在其他许多地方，寻找蛛丝马迹，试图确定它的方位。近有考古发现，说它就是希腊在爱琴海中的桑托兰岛。此聊备一说而已。不过，由此引发出一系列的名著，不可不知，例如培根的《新大西岛》。博努瓦的《大西岛》则另有说法，它不是为海浪所吞，而是由于水的簇拥，在古撒哈拉海中"浮现"出一岛，围着两圈陆地和三圈干涸的海水，中间是一块肥沃的绿洲，住着美艳而冷酷的女王。他的这种说法，不具考古实证的意义，但是出于大胆瑰丽的想象，却是一个演绎小说的绝妙舞台。出手便奇，配得上一个精彩绝伦的故事。

　　《大西岛》的魅力来自何处呢？

　　一氛围。让·斯塔罗宾斯基说："被隐藏的东西使人着迷。"大西岛就是一个"被隐藏"的地方。随着德·圣 - 亚威的叙述，人们不由自主地一步步接近大西岛，大西岛的秘密被一层层揭开，但是他如何杀死莫朗日上尉仍如一团迷雾，细节被隐去了。六年之后，背负着弑友之名的德·圣 - 亚威上尉又要和费里埃中尉一起重返大西岛，拼得一死也要品尝昂蒂内阿的爱情，甘愿被制成希腊铜的铸像，编上号放在红石厅的壁龛里。为什么他们要像飞蛾扑火一样地靠近燃烧的火苗？为什么他们要背叛"家庭、祖国、荣誉"而倾心于噬人的爱情？整个小说周围荡漾着一重神秘的氤氲，而这神秘由一种忧郁的语调叙述出来，犹如一片冰冷的薄雾弥漫在闷热的大地上，仿佛有一双凄凉而执著的眼睛在望着你。

二风景。我们是在撒哈拉，我们的眼前是一片沙漠和戈壁的景色。"大漠孤烟直，长河落日圆"，《大西岛》的风景描写给人一种单调而又阔大的感觉，风景的构成非常单纯，而元素的描绘却异常丰富。孤烟直上，落日浑圆，大漠的景致只是在天上，于是"天空"成为《大西岛》风景的主体。且看博努瓦对于天空的描绘，就看他使用的形容词吧：玫瑰色的，银色的，紫黑，白色的，苍白的，紫色帷幔，火红的，殷红的，橙色的，深蓝，淡黄色，泛白的，淡丁香色，等等。大西岛的中心霍加尔高原，景色则判若天壤，一派青山绿水花团锦簇的风光。《大西岛》的风景描写是简约的，与古典小说中大段的景物描绘不同，往往只是一、两行文字，却与人物的行动紧密相连，对气氛的烘托起到了画龙点睛的作用。

三历史。《大西岛》的情节是在一个真实的历史背景下展开的，这个背景就是法国的殖民扩张。德·圣－亚威中尉的探险活动主要是"看看南霍加尔"，"确信阿西塔朗的图阿雷格人与塞努西教团的关系是否一直像他们同意杀害弗拉斯泰尔考察团那个时候那样友好"。弗拉斯泰尔是一名军官，1881年在撒哈拉沙漠考察时被图阿雷格人杀害，而塞努西教团是反对基督教的，其时正与图阿雷格人联合，试图结束法国人的统治。书中的一位少校说得好："有朝一日，可以写一部法国殖民扩张的不寻常的绝妙历史。法国的殖民扩张，如果不是迫使政府，那就总是背着政府来进行的。"然而，德·圣－亚威中尉的冒险经历，与法国政府的殖民扩张形成了鲜明的对比，极具讽刺意味。

四人物。《大西岛》的人物主要有三个：德·圣－亚威中尉、莫朗日上尉和大西岛女王昂蒂内阿。德·圣－亚威中尉勇敢而略带忧郁，对现代文明的庸碌充满了恐惧和厌恶，宁愿在孤独的探险中寻求逃避；莫朗日上尉坚强而不乏渊博，对知识的追求充满了向往，却在死亡的威胁下守护着友谊；昂蒂内阿是一个女权主义者，对男人的始乱终弃恨之入骨，自认为背负着为天下多情女子复仇的使命。其他人物亦有可说，例如勒麦日先生，他表面滑稽而实际上非常严肃，因为他的博学给小说和昂蒂内阿的心理动机提供了存在的基础，塔尼－杰尔佳对故乡的眷恋则有一种悲剧的意味。还有一个人物我们不要忘记，那就是费里埃中尉，虽然着墨不多，却是贯穿始终的人物，因为他是德·圣－亚威上尉的倾诉对象。

五心理。对现实生活的污泥浊水的恐惧和厌恶，在孤独的探险中寻求解脱和快乐，这是德·圣－亚威上尉的一切行动的心理基础。但是，他欲得孤独而不能，不得已同莫朗日上尉一起上路，去撒哈拉沙漠的中部探险。在由铭文引导的、向着他们的命运前进的道路上，他由戒备、怀疑到信任、到产生裂痕直至因嫉妒而杀了莫朗日，他由试图杀了昂蒂内阿到逃离霍加尔、穿越干渴之国再到顶着怀疑的目光生活了六年、又一次迎着命运走上通向恐怖之国的道路，去追求"一种未经探察的、未被玷污的本质"，即"一种神秘的爱情"，这中间的曲折变化，小说都交代得清楚而细腻，要言不烦，点到而已，重要的是人物的行动，是建立在一定的心理基础上的人物的行动。

六典故。大西岛中大量使用历史、文学、地理、考古等知识和典故，除小说中的人物外，其余诸人皆有来历，且赋予真名实姓，历史则实有其事，加以时间和空间上的巧妙配合，给人以身临其境、似真若实之感。《大西岛》的故事原有所本，作者又研究了大量的历史、地理、考古方面的有关专门著作，所以，小说完全是在一个真实的环境中展开，其虚构性和创造性是可信的，也满足了一部分文化修养较高的读者的需要，除了得到小说的愉悦之外，还有知识的享受。其实，《大西岛》的典故的使用并非为了可读性，而是在细节的荒诞可笑之外，暗含着深意，比方第十三章《基托米尔的哥萨克的公选首领的故事》，看似赘笔，实则暗示：那个昂蒂内阿可能是"一个波兰醉鬼和马博夫区的一个妓女的私生女"。

七哲理。有没有一个深刻的哲理是优秀的通俗小说和普通的通俗小说的分界线，有，则使小说升华；没有，则只不过是讲一个艳情故事罢了。怀着九死一生、百折不回的激情追求"一种未被探察的、未被玷污的本质"，这就是《大西岛》的哲理。这激情，小说提供了形象化的说明："一只大飞虫从窗子飞了进来，他嗡嗡叫着，撞在涂泥的墙上，又反弹到回光灯的球形灯罩上，最后，被依然很高的烛火烧着了翅膀，跌在白纸上"。这本质，小说概括为"一种神秘的爱情"："展示他们的爱情秘密的人应该感到羞耻。撒哈拉在昂蒂内阿周围布下了不可逾越的障碍，因此，这个女人的最复杂的苛求实际上比你的婚姻更腼腆、更贞洁……"其实，爱情，故乡之情，对于知识的追求，不都需要一种激情吗？

八故事。加缪说，"故事"是一个小说读者的永恒需要。博努瓦作为一个小说家，其最主要的才能，就是善于编故事，所谓"善于编故事"，就是故事要编得好，还要讲得好。《大西岛》的故事编得好，好在两个探险的军官，一个冷静而笃于友谊，为了学问的探求拒绝了女王的爱情；一个浪漫而稍嫌鲁莽，女王的爱情使他丧失了理智而杀了同伴。出乎意料的是，冒死逃出恐怖之国的德·圣-亚威中尉却在六年之后又走上了不归路。《大西岛》的故事讲得好，好在一个爱情故事在达到高潮的时候戛然而止，却把笔墨用在达到高潮之前的过程上。塞格海尔-本-塞伊赫，勒麦日先生，卡西米尔伯爵，塔尼-杰尔佳，还有费里埃中尉，这些人的言论和行动无不投向一个方向，即昂蒂内阿的爱情，一种裹着温柔的外衣的"复仇"。氛围，风景，历史，人物，心理，典故，哲理，协力支撑着一个惊心动魄的故事，而这个故事从小说开篇一封"卷首的信"即牢牢地抓住了读者，使之不能不跟着它的线索亦步亦趋，结尾则与之遥相呼应，大有"篇终接混茫"的意思。

凡此八端，造就了《大西岛》的魅力。小说发表之初，著名评论家保尔·苏代颇不以为然，说它"只不过是一部冒险小说而已"。但是，作为冒险小说，《大西岛》与一般的冒险小说是不同的。小说的叙述弥漫着一种诗意，使它具有诡奇壮丽而疏朗劲健的美感。它于当年获得法兰西学士院小说大奖，看来是实至名归。

2003 年 5 月，北京

(原载《中华读书报》2003 年 5 月 28 日)

评乔治·布莱的《批评意识》

乔治·布莱的《批评意识》一书出版于 1971 年，有批评家认为，这是一部关于日内瓦学派的"全景及宣言"① 式的杰作。

文学批评的日内瓦学派，在当代批评史著作中，常常被称作主题批评、现象学批评、意识批评、深层精神分析批评等。其主要成员为马塞尔·莱蒙（1879—1984 年）、阿尔贝·贝甘（1901—1957 年）、乔治·布莱（1902—1991 年）、让·鲁塞（生于 1910—2002 年）年、让·斯塔罗宾斯基（生于 1920 年）和让-彼埃尔·里夏尔（生于 1922 年）。

在《批评意识》一书中，乔治·布莱全面而具体地呈现出日内瓦学派的面貌。在这个意义上，我们可以说《批评意识》是一部于日内瓦学派的"全景及宣言"式的著作。

这部著作明确地分成两部分，《卷上》顺次研究了十六位批评家，其要在于揭示他们各自追寻批评对象之"我思"的方式；《卷下》则从理论上阐明批评意识的各种概念，提出作者本人的方法论。两部分相辅相成，从具体到抽象，从个别到一般，实际上总结了日内瓦学派的批评方法和原则。

乔治·布莱提出："批评是一种思想行为的模仿性重复，它不依赖于一种心血来潮的冲动。在自我的内心深处重新开始一位作家或哲学家的'我思'，就是重新发现他的感觉和思维的方式，看一看这种方式如何产生，如何形成，碰到何种障碍；这就是重新发现一个人从自我意识开始组织起来的生命所具有的意义。"这就是说，批评主要不是对作品呈现出的世界形象的评论，不是对作品的结构、技巧、语言运用的研究，这一切只

---

① 让-伊夫·达迪埃：《20 世纪文学批评》，第 75 页，彼埃尔·贝尔封版，1987 年。

能作为一种媒介，批评借此寻求作者先于文学的原始经验模式、即他对于基本存在方式（例如空间、时间等）的感知方式。所谓"我思"，乃是作家在作品中流露出来的意识，"任何文学作品都意味着写它的人做出的一种自我意识行为。写并不单纯是让思想之流畅通无阻，而是构成这些思想的主体"。笛卡儿的"我思故我在"表明了人的自我意识的觉醒，这个"我思"乃是思辨的起点，是一种"不断重复的行为"，也是意识的"最初时刻"。作品始于此，以其作为研究对象的批评亦始于此。也就是说："作家以形成自己的'我思'为开端"，批评家则在该作家的"我思"中"找到他们出发点"，并将其作为探索作家内心生活的"参照点"、"指示标"和迷宫门口的"阿莉阿德尼线"。这样，"文学文本的一致性变成了在转移中重新抓住它的批评文本的一致性"。由于"自我感觉是世界上最具个性的东西"，故"我思"不可能千篇一律，不同的我思表明自我意识可以"因人而异"。批评的根本任务乃是，"把它们区别开来，分离出来，承认它们的特殊性，辨认每一个人说'我思考着我自己'时的特殊口吻"。

那么，批评家如何才能"发现"作家的这个"我思"呢？乔治·布莱指出，这里的"发现"不是通常意义上的发现，即寻找某物而最终找到，因为思想寻找的目标并不在"思想之外"。也就是说，"谁想重新发现他人的我思，谁就只能碰到一个思想着的主体"，而这个主体只能在其自我意识的行为中"被把握"。这就意味着，"我思乃是一种只能从内部被感知的行为"。所以，"既然批评家的任务是在所研究的作品中抓住这种自我认知力的作用，那么，他要做到就必须把呈露给他的那种行为当作自己的行为来加以完成。换句话说，批评行为要求批评者进行意识行为要求被批评的作者进行的那种活动。同一个我应该既在作者那里起作用，又在批评者那里起作用"。因此，"发现作家们的'我思'，就等于在同样的条件下，几乎使用同样的词语再造每一位作家经验过的'我思'"。这就是所谓批评的认同。批评认同的是批评对象的"最初的我"，是"对存在的最初的感知"，是"存在与其自身的最初的接触"，简言之，就是作家的纯粹意识。因此，"一切批评都首先是，从根本上也是一种对意识的批评"。

　　乔治·布莱在《批评意识》一书中评述了十六位批评家的批评实践，他试图阐明的正是这些批评家如何通过某种独特的阅读方式捕获批评对象的意识（"我思"），他们分别在何种程度上取得了成功（也许是失败），并由此展示出批评意识运行的机制。

　　在斯达尔夫人那里，乔治·布莱发现了"钦佩"。他指出，斯达尔夫人的批评始于一种对于批评对象的"钦佩行为"，然而这种钦佩并非盲目的崇拜，它是"一种被感情支撑、照亮，甚至引导的认识"，其力量和根源存在于"一种与纯粹感觉相混同的内在经验中"。在阅读中，钦佩导致参与，参与导致"同情"和"认同"。斯达尔夫人的批评表明："理解一位小说家、一位艺术家、一位哲学家，就是首先把另一个人感受并传达给我们的经验、其次把他们的传达能够在我们身上相继引起或唤起的类似经验与把这些经验牢记在心的当今我们的自我联系起来。"这种感同身受、设身处地的阅读方式，乔治·布莱称之为"新的阅读方式"，即"对于客观的作品的外在判断被一种参与所取代，即参与这部作品所披露和传达的纯主观的运动"。所谓"纯主观的运动"实为纯粹意识的运动，因此，这里仍然是批评意识对于创造意识的参与。可以说，斯达尔夫人的批评"是一种次生意识对于原生意识的所经历过的感性经验的把握"。

　　在波德莱尔那里，乔治·布莱发现的则是"弃我"。他指出，波德莱尔的批评"总是显示出它与分析对象的内在的同一。既没有虚伪，也没有保留，它成为它所意识到的那些人的兄弟、同类"，而此种"内在的同一"形成的条件乃是批评者的"弃我"，即是说，"经历他人的思想必须在弃我之后并经弃我的准备。……唯有忘我才能实现与他人的结合"，进一步说，"只有从空白，从完全的无知出发，才会有认同"。认同是一场运动的结果，这场运动的起点是创造，即"语词以及语词所创造的'第二现实'"，其终点是接受，即读者因作家的"富有启发性的巫术"而感到的"心灵的陶醉"。因此，"诗人是这样一个人，他设法通过他使用的语词强有力地把某种思想和感觉的方式暗示给读者的精神；而读者则是这样一个人，他服从阅读的暗示，在自己身上并且为了自己重新开始感觉和思考诗人想要让人感觉和思考的东西"。这就是说，在批评介入之前，作品还不成其为艺术品，创造行为的完成有赖于阅读能否按照作品提供的方向返回到作者的原初精神。因此，批评家在进行批评之前，首先要泯灭自我，"腾出空地"，让作家的"自我"进入。总之，艺术品若想"完全地呈露出来"，就应该在接受者的灵魂中"被忠实地重新创造出来"。所以，批评家是"诗人和艺术家的镜子"，他在"反映他人的思想的同时，也反映了自己的思想，因为在他看来，诗人或艺术家的思想正是他的思想的反映"。

论及《新法兰西评论》的批评家群，乔治·布莱指出："在法国第一次出现了一种批评思维……这种批评思维不再是报导的、评判的、传记的或利己享乐的，它想成为被研究对象的精神复本，一种精神世界向着另一种精神世界的内部的完全转移。"这些批评家抱着一种极其谦逊的态度，以迂回或直接的方式接近甚至深入研究对象的主观世界，以求达到一种认同。例如杜波斯，他就是"自己沉默，采取一种完全接受的态度"；他承认阅读对象的声音高于自己的声音，并且甘愿让这种声音"在他自己身上说话"。对杜波斯来说，"作一个批评家，就是放弃自我，接受他人的自我，接受一系列他人的自我"。也就是说，批评家"向一连串的人不断地让出位置，而其中的每一个人都强加于他一种新的存在。批评家不再是一个人了，而是许多人的连续存在"。

在马塞尔·莱蒙那里，乔治·布莱肯定了"参与"。他指出："批评家的接受性不是一种纯粹消极的品质。在这种精神通过自愿的忘我而置身其中的空缺中，并非一切都是寂静和空虚。或更可以说，寂静乃是一种等待的寂静，一种思想的张力……"在这里，莱蒙比斯达尔夫人进了一步，他在钦佩地观照客体的同时，于同情之中努力在自身再造创造精神的等价物，批评主体和创造主体互相转化，实现批评的完全参与。这就是说，"通过放弃自己的思想，批评家在自身建立起那种使他得以变成纯粹的他人意识的初始空白，这种内在的空白将以同样的方式使他能够在自己身上让他人的真实显现出来，并且不再以任何客观的面目显现，而是超越那些充塞着它，占据着它的形式，如同一种裸露的意识呈现于它的对象"。这样，莱蒙的批评就首先是一种意识的意识，即首先捕获到一种意识，并且重复一种自身意识行为，这种自身意识行为乃是脱离了一切对象而从内部被感知的有关人类存在的原始出发点，在此之前是一片虚无。因为，批评家的任务乃是"在乱作一团的人类经验中参照一种初始的经验,并使之在自身中再生,根据其特有的音色重新颤动起来,就像它被另一种意识经历过那样"。总之,莱蒙的批评是一种认同批评。

同莱蒙一样,阿尔贝·贝甘也"将批评构想为诗性思维的延长和深化"。他的批评的核心概念是"在场",而"一切在场都意味着对存在的一种显示"。因此,"批评家的思想为了达到物,就把诗人的思想作为中介,而诗人的思想则利用物的真实以达到精神之永恒的真实。没有物,没有物提供的支持和居所,任何精神的居所将永远漂浮在思想的地平线上"。还有让·鲁赛,在他那里,"一切都从静观开始,这就是说,像莱蒙一样,一切都始于全部个人性的暂时泯灭和目光面对对象的排他性的观照。"

乔治·布莱在论及加斯东·巴什拉尔时,对上述诸人的批评实践做了一次相当完整的概括:"实际上,批评之所为若非承受他人之想象,并在借以产生自己的形象的行为之中将其据为己有,又能是什么呢?而这种替代,一个主体替代另一个主体,一个自我替代另一个自我,一种'我思'替代另一种'我思',文学批评如若进行,只能在它所研究的想象世界引起的赞叹中,在一种与最慷慨的热情无异的一致的运动中无保留地和这想象世界及其创造者认同。一切都开始于诗思维的热情,一切都结束于(一切又都重新开始于)批评思维的热情,首先要赞叹,永远要赞叹!"这里我们又看到了斯达尔夫人的"钦佩"。意识的运动始于创造,结束于批评,又从批评重新开始,于是诗人的意识和批评家的意识相遇合,相认同,这里最要紧的是一种赞叹意识,或曰惊奇意识。诗人面对客观物要有这种意识,批评家面对诗人的创造也要有这种意识。因此,"最好的批评行为是这样的行为,批评家借以在一种慷慨的赞叹的运动中与作者会合,而且在此种运动中颤动着一种等值的乐观主义:'怀着与创造的梦幻发生同情的意愿进行阅读……'"所谓乐观主义,说的是批评家在敞开自己的心灵时确信:"诗人是通过他借以在想象世界时与世界相适应的那种同情来意识自我的,批评家则通过他对诗人怀有的同情在内心深处唤醒一个个人形象的世界,他依靠这些形象实现了他自己的'我思'……"于是,批评家与作家进行的交流就成为批评家与深藏在自己内心中的形象世界进行交流。因为,"依仗诗人的指引,在自我的深处找到深藏其中的形象,这不再是参与他人的诗，而是为了自己而诗化。于是批评家变成了诗人"。

这也正是乔治·布莱所描述的让－彼埃尔·里夏尔心目中的批评，即批评乃是关于文学的文学，关于意识的意识。里夏尔认为，"批评不能满足于思索一种思想，它还应该通过这种思想一个形象一个形象地回溯至感觉，它应该触及一种行为，精神通过这种行为在与肉体及他人的肉体结盟时使自己与对象联合，为自己创造一个主体"。因此，"批评，乃是思想，乃是思想自身，同时也是借助于所读之书，如论文、小说、诗等，与人之诸多具体的面貌发生联系。主体性和客体性，把握自我和把握物，这就是批评家交替发现和进行的事情，实与其对手诗人或小说家无大差别"。甚至还不止于此，在意识的活动中，批评家比他的批评对象处于更为优越的地位，在里夏尔看来，"如果说一切文学活动的目的是表面上不可调和的诸多倾向之间的一种调和，那么它们不是在批评者那里比在创造者那里有更多的调和的机会吗？常常是，一位作家的作品尽管经过种种努力仍是不可救药地七零八落，却仍有唯一的、最后的救援存在，那就是批评家的介入，他重建、延伸、完成这作品，从而在事后给予他一种未曾想过的统一性"。

在让·斯塔罗宾斯基那里，乔治·布莱发现了创造主体和批评主体之间以对象为中介的不间断的往返，其表现是一种相互间的"注视"，也就是说，"意识不是存在之物，乃是对存在之物的一种观看"。观看，目光，眼睛，这是斯塔罗宾斯基的批评中的重要主题。乔治·布莱这样评述他的批评活动："在起点上，在智力通过选择自己的活动来确定自身的那种行为本身之中，就同时呈现出一种巨大的苛求和一种巨大的谦卑。巨大的苛求，是因为他只对自己的智力有把握，他只相信它，只依靠它来期望谜团的解决和某种无为的、清醒的审美幸福，而这应该是认识的极致；巨大的谦卑，是因为这里智力之呈现并非作为一种内在感悟的能力，亦非作为一些天赋观念——很少有思想更为直觉——之保护神，而只是作为一种外在的认识工具，在智力上这种工具是必须使用的，正如在身体上使用眼睛一样。"斯塔罗宾斯基的批评行为始于观看的直觉性。

综上所述，斯达尔夫人的"钦佩"，波德莱尔的"弃我"、"忘我"和"腾出空地"，杜波斯的"沉默"和"完全接受"，莱蒙的"参与"、"寂静"和"初始空白"，贝甘的"在场"，鲁塞的"静观"，巴什拉尔的"代替"和"赞叹意识",里夏尔的"感觉",斯塔罗宾斯基的"凝视",等等,说的只是一件事情,即批评意识的觉醒。

什么是"批评意识"?乔治·布莱指出,读者面对一部作品,作品所呈露的那种存在虽然不是他的存在,他却把这种存在当作自己的存在一样地加以经历和体验,读者的自我变成另一个人的自我,也就是说:"阅读是这样一种行为,通过它,我称之为我的那个主体本源在并不中止其活动的情况下发生了变化,变得严格地说我无权再将其视为我的我了。我被借给另一个人,这另一个人在我心中思想、感觉、痛苦、骚动。"这样,在读者和作为"隐藏在作品深处的有意识的主体"的作者之间,就通过阅读这种行为产生一种共同的"相毗连的意识",并因此在读者一边产生一种"惊奇"。乔治·布莱说,"这个感到惊奇的意识就是批评意识"。批评意识实为读者意识。

读者意识,首先是读者意识到他手中的书不是一个如缝纫机、花瓶一般的物,不是一个客观的静止的存在,而是潜藏于他的内心深处的一连串有生命的符号,这些符号有一个有意识的主体,他可以感这主体之所感,可以想这主体之所想。由于读者意识,书摆脱了作为物的存在,变成一种内在的精神实体。语言的介入使作为读者的我变成非我,另一个我,即阅读主体。阅读主体把他人的思想当作自己的意识对象,与创作主体形成一种包容或同一的关系。因为,"阅读恰恰是一种让出位置的方式,不仅仅让位于一大堆语词、形象和陌生的观念,而是让位于它们所由产生并受其荫护的那个陌生本源本身"。然而,在这种阅读主体和创作主体的认同中,阅读主体并未完全丧失自我,仍在继续其自身的意识活动,两个主体共用一个"相毗连的意识"。这就是认同。

这种认同可以产生出两种批评。一种是以感觉为媒介的批评,通过语言的斡旋把潜藏在他人思想深处的感觉转移到批评家的思想中去。这就是说,"批评家的语言担负了一种使命,要再次体现已由作者的语言加以体现的那个感性世界"。于是,"批评的表达变成诗的表达",批评成为文学的一种类型,即所谓"次生文学",批评家变成了以流为源的创作者。但是,这种批评有一种替代批评对象的倾向,从作品方面看,"认同完成得过于全面";而从批评方面看,"认同才略具雏形"。另一种批评则是试图

"将文学所反映的实存世界的形象化为几乎无用的抽象概念"，在意识和意识对象之间"置入最大限度的距离"，于是，批评不再是模仿，它所呈现的世界不再是一个感性世界，而是变成了经过理智化结晶的批评之自身的形象。在批评和文学之间，一切差别都消失了，两者达成一种奇特的精神同一，即"一切都归结为一种脱离了任何客体的意识，一种在某个真空中独自运行的超批评的意识"。两种批评产生了两种情况，"一种是未经理智化的联合，一种是未经联合的理智化"。前者导致读者丧失对自我的意识，同时也丧失对存在于作品中的他人的意识，即读者成了"瞎子"。后者则导致阅读主体与阅读客体相距过于遥远，"不能与之建立关系"。其实这种极端的接近和极端的疏远都"部分地使阅读行为失败"，因为以阅读和语言为媒介的两个主体间的交流就此中断。不过这两种批评也同时各有其长处，前者"使模糊的思想能立刻进入作品的心脏，参与它的内在生活"；后者"使清晰的思想能赋予它所观察的东西以最高程度的可理解性"。这两种批评分别以让－彼埃尔·里夏尔和莫里斯·布朗休为代表，他们的批评还不是乔治·布莱理想中的批评。

于是，乔治·布莱提出一个问题：有没有一种办法同时采用这两种批评形式而不使之对立？他的回答是"没有"，然而他希望"至少在一种交替的运动中把两者结合起来"。这种批评将成为"一种纯粹的理解的享受"，实现"深入的理智和被深入的理智之间的同情的完美交流"。批评与批评家之间"显示出情投意合，共同的喜悦和被理解的欢乐"。这乃是让·斯塔罗宾斯基的批评。然而这种批评的缺点在于，"由于在作品中只看见居于其中的思想，因此在某种意义上是穿过了形式和物质的现实，虽不曾忽视，但未作停留，在这种批评的作用下，作品失去了客观的厚度，就像在某些童话里，宫墙神奇地变得透明了"。于是，思想变得清晰，客体却消失了，批评行为仍算不得完全成功。

乔治·布莱继续寻找，他找到了一种兼顾主体和客体、精神和结构的批评，这种批评"总是承认一种双重现实的存在，这种现实既是结构化的，又是精神的"，它"竭力要几乎同时达到一种内在的经验和一种形式的完成"。这样，批评家就"时而感知到一个主体，时而感知到一个客体"。主体是纯粹的精神；这是一种不可界定的存在，由于它不具形式，批评家的思想有可能与之混同。相反，作品却只能以一种确定的形式存在，这种确定性限制着它，同时也就迫使对它加以考察的思想处于它之外。然而这种批评也有弊病，即如果批评家的思想倾向于"消失在一个不可描述的主体性的内部"，那么，批评家的思想也有可能"碰撞在不可深入的客观性上"。不过，"对形式美的感知在这里变成一种媒介，人们借此而得到了某种仅存于任何形式之外的东西"，即是说，"批评思维通过某种运动从对客体的必然外在的观照过渡到对主体的内在的理解"。这里的问题是如何找到"联结主体和客体的那条秘密通道"。乔治·布莱认为，关键在于"以同等的注意力感知作品的结构和蕴涵其中的人类经验的深刻性"。这就是说，批评要"努力运用作品的形式的客观因素，以求达到超越作品的一种非客观的、非形式的却是铭刻在形式中并且通过形式得以表现的现实"。总之，这是一种引导研究者从客观性到主观性的批评方法，其先决条件是"批评家从一开始就在作品中承认一种主体原则，这种原则引导或协调它的对象的生命，恰当地决定作品的形式，同时也借助于作品的形式或生命决定着自身"。

　　至此，乔治·布莱考察了以不同方式表现出来的两种批评形态：一种是从客体到主体，一种是从主体到客体。然而这两种批评形态都"承认形式和客体中有一个主体存在，并且先于它们而存在"。乔治·布莱的结论是："这两种表面上不同的方法，即从客体到主体或是从主体到客体，可以归结为一种方法，实际上是从主体经由客体到主体：这是对任何阐释行为的三个阶段的准确描述。"简言之，"批评家的任务是使自己从一个与客体有关系的主体转移到在其自身上被把握、摆脱了任何客观现实的同一个主体"。那么，批评家与之认同的那个主体究竟是什么？那是作品固有的一种自我意识，这种自我意识是一个纯粹的范畴实体。它在三个层面上呈现：首先，它作为"十足的精神因素，深深地介入到客观的形式中去"；其次，在一个更高的层面上，"意识抛弃了它的形式，通过它对反映在它身上的那一切所具有的超验性而向它自己、向我们呈露出来"；最后，在最高的层面上，意识"不再反映什么，只满足于存在，总是在作品之中，却又在作品之上"。批评的极致乃是"最终忘掉作品的客观面，将自己提高，以便直接地把握一种没有对象的主体性"。

总而言之，乔治·布莱以批评意识为核心描述了一种阅读现象学。批评就是阅读，而阅读则是对作品的模仿，是一种再创作，就其本质来说，是批评家"在自我的内心深处重新开始一位作家或哲学家的我思"；就其途径来说，是批评家确认"我思乃是一种只能从内部被感知的行为"，就是批评家"使自己从一个与客体有关的主体转移到在其自身上被把握、摆脱了任何客观现实的同一个自我"，即"从主体经由客体到主体"；就其始来说，就是批评家认为"批评恰恰是一种让出位置的方式，不仅仅让位于一大堆语词、形象和陌生的观念，而是让位于它们所由产生并受其荫护的那个陌生本源本身"；就其终来说，是批评家"几乎用同样的词句再造每一位作家经验过的我思"，乃至于"忘掉作品的客观面，将自己提高，以便直接地把握一种没有对象的主体性"。

这样一种批评观，大概不会让一位中国读者感到陌生。若使它面对中国古典诗论，当会莫逆于心，相视而笑，欣欣然有知音之感，这里不能细论，姑拈出片言只语，以示津筏，供参照耳。

乔治·布莱论文学与批评，皆首标"我思"，我思即自我意识，纯粹意识，或称"原始经验模式"，其内涵或可参照中国古代思想中的"心"。"心"是一个多义的概念，涵纳了"志"、"情"、"性"、"灵"、喜怒哀乐之"未发"或"已发"，若以一言以蔽之，则可谓："心，主宰之谓也。"（朱熹《朱子语类》）中国传统诗论的"开山纲领"（朱自清说）是"诗言志"（《尧典》），其后诸说，如诗言"志意"（郑玄）、"诗缘情"（陆机）、"诗本情性"（杨维桢）、诗"专主性灵"（袁枚），等等，求同有异，追本溯源，实同出于"诗言志"。孔颖达《左传正义》有云："在己为情，情动为志，情志一也。"这是探本之论。在中国古人那里，诗的源就是这个"己"，动而为情志，出而为诗文，所谓"在心为志，发言为诗"（《诗大序》）这与乔治·布莱"作家以形成他自己的我思为开端"的说法如出一辙。读诗者（批评家）所赏于诗者不在字句，甚至不在语意，而在深藏其中的情、志，所以章学诚在《文史通义·知难》中说："人知《易》为卜筮之书矣，夫子读之，而知作者有忧患，是圣人之知圣人也；人知《离骚》为词赋之祖矣，司马迁读之而悲其志，是贤人之知贤人也。"《史记·屈原贾生列传》曰："屈平之作《离骚》，盖自怨生也。"这里的"忧患"、"怨"几可入于乔治·布莱的"我思"。依章学诚之见，批评家若探不及此，是算不得知音的。这正是张戒所言："言志乃诗人之本意，咏物特诗人之余事。"（《岁寒堂诗话》）乔治·布莱说，"谁以一种特殊的方式感知到自己，就同时感知到一个独特的宇宙"，故自我意识乃是宇宙的"一面镜子"，这与孟子的"万物皆备于我"、二程的"一人之心即天地之心"、陆象山的"宇宙便是吾心，吾心即是宇宙"等说法并无二致。然而，心虽为一，个人的感觉却每每不同，正所谓"各师其心，其异如面"。故古人常说"诗中当有人在"或"诗中当有我在"，如清人陈仅说："诗中当有我在。即一题画，必移我以入画，方有妙题。一咏物，必因物以见我，方有佳咏。"（《竹林答问》）乔治·布莱则要求批评家"辨认每一个人说'我思考着我自己'时的特殊口吻"。总之，乔治·布莱要求批评家追寻作家哲学家的我思，这在中国古人是早有会心的，杨万里《诚斋集》卷九引范无隐云："未成心，则真性混融，太虚同量；成心则已离于性。人处世间，有不免于成，即当思而求之于未成之前。"两者相较，似出于同一机杼。

如何发现作家的"我思"或这种"意识的最初时刻"，乔治·布莱明言不可如寻物一般，而只能从"内部"感知。在中国的阅读传统中，自从孟子提出说诗须"不以文害辞，不以辞害志，以意逆志"以来，一直极为重视读者在诗中的"沉潜涵泳"，以求读者和作者的心灵沟通，所谓"作者得于心，览者会以意"（欧阳修《六一诗话》）。"庶几得作者苦心于千百年之上，恍然如身历其世，面接其人"（仇兆鳌《杜诗详注·序》）。汉赵岐注《孟子》曰："人情不远，以己意逆诗人之心，是谓得其实矣。"逆者，迎也，会也，遇也。姜白石说："三百篇美刺箴怨皆无迹，当以心会心。"（《白石诗说》）谢榛说："尔心非我心，焉知我心之有得也？以我之心置于尔心，俾其得我之得，虽两而一矣。"（《四溟诗话》）汤显祖说："董以董之情而索崔、张之情于花月徘徊之间，余亦以余之情而索董之情于笔墨烟波之际。"（《董解元西厢题词》）黄子云说："当于吟咏时，先揣知作者当日所处境遇，然后以我之心，求无象于窈冥惚恍之间，或得或丧，若存若亡，始也茫焉无所遇，终焉元珠垂曜，灼然毕现我目中矣。"（《野鸿诗的》）况周颐则说："读词之法，取前人名句意境绝佳者，将此意境缔构于吾想望中。然后澄思渺虑，以吾身人乎其中而涵泳玩索之，吾性灵与相浃而俱化，乃真实为吾有而外物不能夺。"(《蕙风词话》) 总而言之，用宋人汪藻的话说，是"精神还仗精神觅"，用乔治·布莱的话来说，就是"主体经由客体到主体"。批评乃是两个主体间的事情，处于两者之间的作品只是一个中介，只可"经由"而不可止于其上，如同宋人杨时所说："学诗不在语言文字，当想其气味，则诗之意得矣。"或如明人方以智所言："必越浮言者，始得其意，超文字者，乃解其宗。"(《文章薪火》)

那么，如何进入批评过程呢？乔治·布莱特别强调批评主体的"忘我"、"弃我"、"腾出空地"、"让出位置"等等，其要在于让创作主体的自我进入阅读主体的自我。中国古人论及艺术创作，关于创作主体有大量类似甚至相同的说法，如老子的"涤除玄览"、"致虚极，守静笃"，庄子的"心斋"、"堕肢体，黜聪阴，离形去知，同于大通"，荀子的"虚一而静"，刘勰的"陶钧文思，贵在虚静，疏瀹五藏，澡雪精神"，宗炳的"澄怀味象"，《宣和画谱》的"澄心静虑，玩心其问"，刘禹锡的"方寸地虚，虚而万景入"，苏轼的"静故了群动，空故纳万境"，等等，不能备举。这里不单说的是作文，观文亦须如此。朱熹说的"心里闹，不虚静"，非但作不好诗，也说不好诗。他的另一句话恰恰说的是阅读："今人所以识古人文章不破，只是不曾仔细看。又兼是先将自家意思横在胸次。所以见从那偏处去，说出来也都是横话。"清人薛雪在《一瓢诗话》中也说："看诗须知作者所指，才是贾胡辨宝。若一味率执己见，未免有吠日之诮。"这些话比之乔治·布莱，如出一口，几可乱真。两家屡言"有我无我"、"执我破我"，固是先有我而后可以无我，先有我在而后可以破我执，其批评行为之始，乃是在同一条起跑线上。

至于批评过程的终点，乔治·布莱强调批评家感受到作家的原初经验，"再造"作家的我思，直到超越物象，皮毛尽落，直面创作主体，实现"认同"。在中国古人那里，这种结果往往被称为"兴"。孔子曰："诗可以兴。"刘勰说："兴者，起也……起情故兴体以立。"从创作的角度说，"兴者，在感之辞也"(挚虞语)，或者"感物曰兴"(贾岛语)。然而从欣赏的角度说，则是"感发志意"(朱熹语)，或曰"能感人"(黄周星语)。感而动，而发，则有诗，诗复感人，而动，而发，两者"相浃而俱化"，是为"认同"。古人读诗往往有"但觉为吾诗"、"恍然如己语"、"先得我心"、"实获我心"之类的说法，这正是一种"认同"的体验。认同的结果亦如庄子所言："荃者所以在鱼，得鱼而忘荃；蹄者所以在兔，得兔而忘蹄；言者所以在意，得意而忘言。"亦如禅家之"舍筏登岸"。这种境界，既指批评家对作品的语言外壳的超越，也指批评家进入一种但能模仿而不能言说的状态。乔治·布莱说批评的极致乃在于意识"不再反映什么，只满足于存在"，无形无象，"不可言喻"。中国古人赏诗常入此境。《王直方诗话》云："郭功父少时喜诵文忠公诗。一日过圣俞，圣俞曰：'近得永叔书云：作《庐山高诗》送刘同年，自以为得意。恨未见此诗。'功父诵之。圣俞击节叹赏曰：'使吾更学作诗三十年，不能道其中一句。'功父再诵，不觉心醉，遂置酒，又再诵，酒数行，凡诵十数遍，不交一言而罢。"这是阅读过程的终结，欣赏者进入一种悟境，言语道断，思维路绝，所以叶燮说："诗之至处，妙在含蓄无垠，思致微渺，其寄托在可言不可言之间，其指归在可解不可解之会；言在此而意在彼，泯端倪而离形象，绝议论而穷思维，引人入于冥漠恍惚之境，所以为至也。"（《原诗》）乔治·布莱所说的批评之最高层面岂非入于此境？可以说，引而不愿入或不能入者，不是一个好的读者。批评的极致乃是一种高峰体验，几近于神秘体验。钱锺书于《谈艺录》中白瑞蒙论诗与严沧浪诗话一条中说此甚详，且一言以蔽之曰："诸凡心注情属，凝神忘我，涣然彻然，愿偿志毕，皆此境也。"

　　以上的引述，并列了日内瓦学派与中国古典诗学的一些基本观点，这是为了提供参照，引导读者入门，故只见其同，不辩其异。然而作为一个批评流派，日内瓦学派的批评家与中国受道家思想影响的批评家之间，就对待文学作品的态度、接近及深入其中的方式和途径诸方面看，存在着许多根本的相似甚至相通之处，则是显而易见的。他山之石，可以攻玉。若互为他山，则可互攻其玉，故我们对日内瓦学派的文论，除了感到亲切之外，还可受到启发，拓展和加深对文学的创作与欣赏的认识。

1992 年 2 月，北京

（《批评意识》于 1993 年 9 月出版）

《镜中的忧郁》译后记

让·斯塔罗宾斯基先生今年九十二岁了，仍然兢兢业业地筹划着未来。我曾经引过他一封写于 2008 年 1 月的私人信件中的一段话，今天我忍不住还要再引一遍，这句话说："2012 年是卢梭诞生三百周年，2013 年是狄德罗诞生三百周年。即时我将汇集关于狄德罗的研究，同时将关于卢梭的文章集成一本新书。当然我不会忘记关于上个世纪的作家的文章编成一个集子。许多任务在等着我。……我已经太久地忘了时光不会倒流。"好一个"时光不会倒流"！他的著作、学位、职务、获得的奖项和国内外的学衔，列成一张表，可以让人看得眼花缭乱，然而更让人惊讶的是，他的著述涉及的领域之广且深，鲜有人可比。加在他头上的名号可以是文学批评家、历史学家、语文学家、语言学家、哲学家、精神分析学家，音乐学家，等等。他不正是恩格斯所说的，"在思维能力、热情和性格方面，在多才多艺和学识渊博方面的巨人"吗？2010 年，瑞士伯尔尼国家图书馆以他捐赠的四万册图书建立了让·斯塔罗宾斯基国际研究中心。

一

1920 年 11 月，让·斯塔罗宾斯基出生在瑞士日内瓦的一个波兰移民家庭，父母都是医生。一般来说，瑞士的医生都是很有文化修养的人，他们秉承古典医学的传统，喜欢文学、哲学和历史，特别是音乐。举行家庭音乐会度过工作的余暇时光，是他们的传统，直到今天，仍有许多家庭每个星期都举行类似的活动，让·斯塔罗宾斯基本人就弹得一手好钢琴。他的父亲是 1913 年来到日内瓦求学的，先是学哲学，后来出于谋生的考虑，转到医学，成了一名医生，但是毕生保持了对哲学和文学的热爱。1942

年，在日内瓦大学文学系学习文学的后期，职业的稳定，家庭的传统，医学通过精神分析学与文学的联系，都促使让·斯塔罗宾斯基选择了医学作为文学和哲学的继续。尤其是他当时结识了法国诗人彼埃尔·让·儒佛，他的妻子布朗什·勒维尔松是一位医生和精神分析学家，让·斯塔罗宾斯基看到了医学和文学的接触点。他认为，物理学和化学是医学的基础，学习这两门科学并不会导致放弃他所喜欢的文学。医学注重事实，其任务是治病救人，而文学注重价值胜过事实，如果两者结合起来，会给文学批评打开新的局面：恰当地提出问题，然后给予令人满意地回答。文学批评上的"辨别"和医学上的"诊断"是两个有着亲属关系的词，"符号学"是文学批评和精神分析学共有的词汇。1948—1953 年，他在日内瓦州立医院当内科医生，1953—1956 年，他应乔治·布莱的邀请，远赴美国马里兰州巴尔的摩约翰·霍普金斯大学教授法国文学，同时继续医学的深造。

20 世纪 40 年代，是让·斯塔罗宾斯基成长的关键时期，是他学术生涯开始的富有成果的阶段。第二次世界大战中，瑞士由于其中立的态度，使日内瓦成为欧洲知识分子大聚会、法德文化大交融的地方。让·斯塔罗宾斯基作为犹太人和外国人的身份（他 1948 年才获得瑞士国籍），正好站在新旧欧洲、法德文化的交接点上。他完成了文学和医学的高等教育，结识了大批欧洲著名的知识分子。1946 年，在马塞尔·莱蒙等人的鼓动下，召开了日内瓦国际大会，吸引了全世界的著名知识分子，如卡尔·雅斯贝尔斯、乔治·卢卡奇、让－保尔·萨特、保尔·艾吕雅、安德列·马尔罗、德尼·德·鲁日蒙等。日内瓦成了一个知识分子谈论国际问题的场所，此后每年一次的聚会见证了让·斯塔罗宾斯基出色的组织才能。从1967 年开始，让·斯塔罗宾斯基一直担任该大会的主席，直到 1996 年，这时他已经 76 岁了。

1953 年秋天，让·斯塔罗宾斯基到了美国的巴尔的摩，在约翰·霍普金斯大学，他除了乔治·布莱之外，又结识了德国语文学家列奥·斯皮策。他目睹了两位批评大家之间关于文学作品的形式和内容几乎每日都进行的辩论，他们并不因友谊的存在而稍减其论战的锋芒。让·斯罗宾斯基没有参与论战，但是他为对立的双方的著作分别写了热情洋溢的序言。1961 年，乔治·布莱出版了《圆的变形》，让·斯塔罗宾斯基在序言写道："列奥·斯皮策满怀激情地主张，接近文学文本必须采取美学的和形式的方法，而乔治·布莱则对他自己的方向更为坚定，就是说，反形式主义的主观性的方向，他从此没有任何改变。乔治·布莱对作家思想的注意穿过文本的语言层次就像穿过一个视觉上中性的地带：它直击精神的经验，就像它在作品达到了特别清醒的程度的时候所表现的那样。对研究对象的意识的迅速认同，通过直觉达到的紧密的同谋关系，直达目的，以至于不再需要求助于语义学的方法和风格学的分析所提供的辅助的迹象，就像奥尔巴赫与斯皮策所做的那样。"① 而他在为列奥·斯皮策的著作《风格论》（1970 年）所写的序言中，则写道："这种纯粹的语言学对他来说具有中心的、战略性的地位，是一种'源知识'……作为一种与意义有关联的科学，语言学又有一种阐释能力，其介入在任何一种有言语要阅读、有意义要辨认的地方都是适宜的。"列奥·斯皮策抵制了一种创立系统的批评理论的诱惑，他不愿意被囚禁在一个僵硬的框架之中，"他更喜欢每日进行阐释，体会鲜活的经验，接受巨大的好奇心的刺激，受到既反对精神局限又反对方法论狂热的细腻精神的影响"。让·斯塔罗宾斯基勾画出列奥·斯皮策的整个认识过程：从对一个文本的整体意思的暂时理解出发，然后研究一个个表面上处于边缘的细节，运用一切科学的和直觉的知识的资源，把阐明的细节与预感到的整体相对照，找出其间的含义，寻找正在逐渐变得明确的意义的新细节，不忽略可能出现的异议和怀疑，始终警惕不使分析活动服务于偏见："由整体到局部、由局部到整体的往返，期间确立了一种文本从一开始就包含着的明晰，这种明晰任何仔细的阅读都隐约地看到了，但是由解释的功能渐渐地明确起来。"② 让·斯塔罗宾斯基在乔治·布莱与列奥·斯皮策的论证中采取的居间的立场说明，他不是一个喜欢争论的人，他善于从对立中采撷自己认为正确的东西，以形成独特的看法和立场。

在约翰·霍普金斯大学，让·斯塔罗宾斯基讲授法国文学，但是这并

---

① 见让·斯塔罗宾斯基为乔治·布莱《圆的变形》所作的序言，巴黎，弗拉马里庸出版社 1961 年版，第 8—9 页。

② 见让·斯塔罗宾斯基为列奥·斯皮策《风格论》所作的序言，巴黎，伽利玛出版社 1970 年版，第 10、12、30、35 页。

不意味着他放弃了医学，只不过是他暂时地放弃了执业医师的职业而已。如果说他在职业上有所转向的话，那就是他由一名治病救人的医生，转向了医学史的研究。约翰·霍普金斯大学有出色的医院，让·斯塔罗宾斯基经常去那里听课，例如临床医学、病理学、精神病学、神经学等，尤其是它有一个医学史研究所和一批著名的学者，例如欧塞·唐金、鲁德维格·依德尔斯坦等，他定期地上他们的课。约翰·霍普金斯大学的思想史俱乐部可能是是他获益最多的地方，那里定期的聚会集中了不少历史学家、哲学家、科学家和语文学家，这个俱乐部为他的两种活动，文学和医学，搭建了一座桥梁，畅通了双向互动的交流。果然，他回国后不久，1958 年，他被任命为日内瓦大学教授，主讲的正是思想史。1958—1959 年，他在洛桑大学完成了医学博士论文《1900 年之前的忧郁症治疗史》，在此之前的1957 年，他已经完成了文学博士论文《让－雅克·卢梭：透明与障碍》。他拥有了两个博士学位，完全满足了他感兴趣的教学活动的执业条件，他自认"很有运气"①。1965 年，他被任命为日内瓦大学法国文学教授。他主持两个学科的教学，直到 1985 年退休。1953 年秋天，他刚到巴尔的摩，就聆听了哲学家亚历山大·科伊雷的讲演，这次讲演是后来的《从封闭的世界到无限的宇宙》这部巨著的雏形，让·斯塔罗宾斯基说："这是我在深入文学研究很深的时候试图追随的榜样。我的工作并不直接地关涉到世界形象的改变，但是，从物理领域到哲学领域，一个词的语义演变在人类的话语中是起着很大作用的。"② 科学和诗的结合，是让·斯塔罗宾斯基的追求，迄今为止，他不仅一直在自然科学和人文科学这人类思想的两大领域内工作，而且他的工作的成果往往是科学的事实和艺术的美的结晶。

　　1960 年出版的《让－雅克卢梭：透明与障碍》使西方批评界认识了让·斯塔罗宾斯基，并迅速地将其置于日内瓦学派的阵营之中。由于乔治·布莱的鼓吹，以马塞尔·莱蒙为核心的几位日内瓦学者的工作成为西方文学批评界关注的重点，成为法国新批评之重镇，并称之为"日内瓦学

---

　　① 见让·斯塔罗宾斯基《话有一半是说者的……》，日内瓦，拉多加那出版社 2009 年版，第 19 页。

　　② 同上书，第 21 页。

派"，俨然以学派的名义出现在世人面前。但是，这一称号并未获得日内瓦诸公的认可，例如，让·斯塔罗宾斯基。他说："对于从外面谈论的人来说，'日内瓦学派'的概念无疑是很方便的。习惯上将其归入的人（贝甘、莱蒙、鲁塞、布莱、我本人）并不把自己看作由一种共同的理论联系在一起的一个学派的成员。他们从事文学批评，既不把它看成实证的科学，也不把它看成一种信条的应用。如果要在他们中间发现一个共同点的话，那就是：技巧（语义学的、语法的、描述的）从属于个人的意图，这种意图或是宗教的（贝甘、莱蒙），或是美学的，或是人类学的，等等，缺乏一种方法论的共同点也许正是一种共同忠于自由阐释文化的文本和材料的迹象。"[1] 这段话的意思是，日内瓦学派的诸位批评家并没有一个共同的理论要去实践，也没有一种共同的信条要去捍卫，他们唯一的共同点是自由地阐释文化的文本和材料。自由地阐释，正是让·斯塔罗宾斯基的对批评家的使命的规定！在这种规定之下，理论的预设，方法论的束缚，在自由的阐释的前提下，统统是可以打破乃至放弃的桎梏。让·斯塔罗宾斯基被认为是所谓"日内瓦学派"中最讲究批评方法论的批评家，但实际上，他是一位最灵活、最宽容、最善于兼收并蓄的批评家。他提出的"注视美学"、"批评轨迹"、"阐释的循环"等概念，极大地拓展了批评的领域，深化了阐释的范围。

二

"注视美学"是建立在一种对注视的主题学研究的基础上的批评理论。在让·斯塔罗宾斯基关于注视的描述中，包含了他对文学批评的隐喻式的描述，这就是说，如果对象是一部文学作品，那么"注视"就是阅读，而阅读就是批评的"注视"。批评家面对文本，既是被动的，又是独立的，他一方面"接受文本强加于他的迷惑"，一方面又"要求保留注视的权力"。他的注视说明他预感到在明显的意义之外还有一种潜在的意义，他必须"从最初的'眼前的阅读'开始并继续向前，直到遇见一种第二意

---

① 见弗朗克·贾克纳发表在《宏观与微观》（罗马，1975年1月）上的文章。

义"。"注视"引导精神超越可见的王国，例如形式和节奏，进入对意义的把握。它使符号变成有意义的语句，进而推出一个形象、观念和感情的复杂世界。这个潜在的世界要求批评的注视参与并加以保护。因此，这个世界一旦被唤醒，就要求批评家全身心地投入。它要求接触和遇合，它加强自己的节奏和步伐，并强迫批评家紧紧跟随它。意义就在语言符号之中，而不在语言符号之外的某个"深层"。在这种对于意义的追寻中，批评的"注视"所提出的要求实际上指向两种极端的可能性。一种可能性要求批评家全身心地进入作品使他感觉到的那个虚构的意识之中，所谓理解，就成了逐步追求与创造主体的一种完全的默契，成了对作品所展示的感性和智力经验的一种热情的参与。然而，无论批评家走得多远，他也不能完全泯灭自身，他将始终意识到自己的个性。也就是说，无论他多么热烈地希望，他也不能与创造意识完全地融合为一。如果他真的做到了忘我，结果将是沉默，因为它只能重复他所面对的文本。一种可能性正相反，就是批评家和批评对象之间拉开距离，以一种俯瞰的目光在全景的展望中注视作品，不仅看到作品，也看到作品周围的历史的、社会的、文化的、心理的诸因素，以便"分辨出某些未被作家察觉的富有含义的对应关系，解释其无意识的动机，读出一种命运和一部作品在其历史的、社会的环境中的复杂关系"[1]。然而，这样的俯瞰的注视将产生这样的后果，即什么都想看到，最后什么也看不清楚：作品不再是一个"特殊的对象"，而是"变成了一个时代、一种文化、一种'世界观'"的无数表现之一，终至消失。阅读的经验证明，让·斯塔罗宾斯基提出的这两种对立的可能性都是不可能实现的，如果批评家固执地追求此种理想境界，必将导致批评的失败，即形成一种片面的不完整的批评。那么，完整的批评如何能够形成呢？让·斯塔罗宾斯基指出："完整的批评也许既不是那种以整体性为目标的批评（例如俯瞰的批评所为），也不是那种一内在性为目标的批评（例如认同的直觉所为），而是一种时而要求俯瞰时而要求内在的注视的批评，此种注视事先就知道，真理既不在前一种企图之中，也不在后一种企

---

① 《活的眼》，巴黎，伽利玛出版社1961年版，第26页。

图之中，而在两者之间不疲倦的运动之中。"① 这里，让·斯塔罗宾斯基提出了他的批评方法论的核心，即阅读始终是一个双向的动态过程，而其目的则是："注视，为了你被注视。"这就是说，阅读最终要在批评主体和创造主体之间建立联系，在这种联系中，两个主体都是主动的，同时又都是被动的，都是起点，又都是终点，一切都在不间断的往复运动之中。因此，批评最好是认为自己永远是未完成的，"甚至可以走回头路，重新开始其努力，使全部阅读始终是一种无成见的阅读，是一种简简单单的相遇，这种阅读不曾有一丝系统的预谋和理论前提的阴影"②。批评在这种未完成的状态中往复运动，有可能上升为一种文学理论，走向批评的自我理解和自我确定。

关于批评的过程，让·斯塔罗宾斯基最喜欢的概念是"批评的轨迹"："从对一种包容性的理解的天真的欢迎，从一种受制于作品的内在的规律的、没有预防的阅读，到面对作品及其所处的历史的自主的思考。"这是批评从开始到（暂时的）结束的全过程，就是说，批评从阅读开始，到一篇批评文字的产生结束，始终在"批评的关系"中行进，也就是说，轨迹的运行是在一定的历史和社会中进行的。阅读无数次开始，批评文字也是无数次产生，永无终结。对一部作品采取批评的姿态，预示着两者之间要产生一种新的关系，无论是"俯瞰"的姿态，还是"认同"的姿态。批评家与作品的关系不是静止的，僵硬的，一成不变的，而是运动的，灵活的，时时变化的；它们之间互动的关系朝着最终的理解和阐释行进，"逐步走向知识的整体化，走向可理解的景象的扩展"③，同时，在理解与阐释的过程中表达批评家的思想与个性。从读者走向批评家，意味着从阅读走向批评，从水乳交融的阅读走向客观冷静的批评。于是，一种新的"批评的关系"产生了。理解产生于批评和文本的认同之中，接下来的工作就是阐释，而阐释要靠"客观的研究"。所谓客观的研究，指的是对作品的"客观的特性"（例如构成、风格、形象、语义价值等）所进行的内在的

---

① 《活的眼》，第 27 页。
② 让·斯塔罗宾斯基：《批评的关系》，巴黎，伽利玛出版社 1970 年版，第 13 页。
③ 同上书，第 14 页。

研究，即进入作品"内部关系的复杂系统"，尽可能准确地辨认其"秩序和规则"，同时，没有任何东西阻止批评者转向作品的客观结构，因为这些结构决定了他的感情的觉醒，总之，"没有一个细节是无关紧要的，没有一种次要的、局部的成分不对意义的构成起作用"①。让·斯塔罗宾斯基认为，文学作品既是一个自足的、完整的世界，同时又是一个更大的世界中的世界；他不仅与其他文学作品发生关系，同时又同本质上非文学的现实发生关系。这样，"一种历史的层面就进入了文化"，文学作品成为一个更大的、它从中产生的世界的"缩微表现"，并显示出一种"时代风格"。作品与外部世界的关系是在考察其内在结构时被抽象出来的，若要考察其中"存在"的方面，必然要借助哲学、心理学、社会学、文学史等社会科学的知识，这样，"作品作为事件的价值又重新出现，这事件源于一个意识，并通过出版和阅读在其他的意识中完成"。因此，既存在由世界通向作品的道路，也存在由作品通向世界的道路，从这里见出批评对作品的诘问。这就是"自由的思考"，只有在此时，"作品的全部轨迹"才可以是被察觉的。让·斯塔罗宾斯基说，批评的轨迹是"自发的同情、客观的研究和自由的思考三个阶段的协调运动"。当然，实际的批评过程不会如此简单，三个阶段的划分也不会如此清晰，让·斯塔罗宾斯基说过："假使同情一开始就存在，那我们可就进了天堂了。"② 在具体的批评过程中，批评家和批评对象是并肩摸索前进的。理想的批评永远无法达到，但是它可以一步步接近，这接近的"一步步"就是批评的轨迹，批评的"余数"的存在决定了批评的轨迹永远是未完成的。

让·斯塔罗宾斯基说："我的批评的轨迹这一概念包括了'阐释的循环'这个概念。我将其视为批评的轨迹的一个特别的情况，特别成功的情况。"③ 批评的延伸和往复的运动，其目的在于意义的追寻和阐释，并在不断展开的远景中逐渐完成对作品的诘问。诘问乃是阐释，然而对于让·斯塔罗宾斯基来说，阐释不是批评家对于作品的单向的行为，而是一种双向

---

① 《批评的关系》，第 17 页。
② 让·斯塔罗宾斯基与让·鲁多的谈话，载《文学杂志》1990 年 9 月号，巴黎。
③ 《批评的关系》，第 13 页。

的、互为对象的往复的运动，即作品向批评家提出一个又一个问题，在问与答的不断的运动中获得和加深对作品理解，批评家也通过对作品的阐释改变着自己，这就是所谓的阐释的循环的"两重性"。"两重性"的意思是，"批评的轨迹"这一概念包含着两个阐释的循环，即在批评的运行中有两个并行的、同时的循环，一个是以阐释行为为中介的从客体（文本）到客体（批评文本）再回到客体（文本）的运动，此为德国人所言之的"阐释的循环"，这是客观的循环；一个是经由文本的从主体（批评主体）到主体（作品主体）再回到主体（批评主体）的运动，此为"让·斯塔罗宾斯基的批评理论的最著名的特点之一"，这是主观的循环。让·斯塔罗宾斯基的批评是一种兼及作品内外并在作品内外之间穿梭往返永无绝期的运动中的批评。这种批评没有终点，乃是对作品的理解和阐释没有终点。让·斯塔罗宾斯基指出，批评是"穿越无数循环的不可完结的过程，始终呼唤着批评的注视进入它自己的同时又是它的对象的故事中去。这就是理解的意愿介入其中的此种无尽头的活动的形象。理解，就是首先承认永远理解得不够。理解，就是承认只要没有完全地理解自己，所有的意义就都悬而未决。"① 这里让·斯塔罗宾斯基提出了一个阐释学上的重要问题，即蒙田作为座右铭提出的问题："我知道什么？"此种怀疑论的态度是理解和阐释及其深化的动力和基础，也是自由的阐释的先决条件。他承认理解和阐释的极限，明确地指出："阐释和理解不应该以消解对象为目标。阐释和理解考验对象的抵抗。如果有必要，阐释和理解都应该承认有残留的部分，有'余数'，阐释话语不能触及，也不能阐明。"现代阐释学的任务乃是思考这种不能被阐释的部分，态度谦逊而不用强，充分考虑阐释行为的限度。在让·斯塔罗宾斯基看来，阐释学"不是指阐释行为本身，而是指实施阐释行为并考虑其限度的思考和计划"。这中间蕴涵着"对方法进行批评的必要性"，这才是"批评精神的最纯粹的展现"②。

对作品的不同的诘问，需要不同的方法来回答。批评界一向认为让·斯塔罗宾斯基是一位非常重视批评方法论的批评家，然而，他对批评方法

---

① 《批评的关系》，第 79 页。
② 同上书，第 30 页。

的看法却是极通达、极灵活的，表现出一种罕见的清醒和智慧。他说：
"任何真正的方法——我是说，可以放在任何有知识的手中，有明显的一
致的效果——都是一种没有作者的权威。"① 这就是说，"方法越是纯粹，
就越是没有人能自称为创造者"。让·斯塔罗宾斯基认为，方法的有效
"根本不取决于是否赋予方法的陈述一种先决的权威和一种理所当然的优
先权"。方法的考虑始终伴随着批评的进行既说明着批评，又获益于批评，
方法实际上是在批评工作完成的时候才完全地显露出来，而批评家也是在
回顾走过的道路时才完全意识到他的方法。因此，"方法不能归结为一种
直觉的、根据情况变化的、被唯一的神明指引的摸索，也不能给予每一部
作品它似乎在等待的专门的答案"。自觉的方法调节着批评的轨迹。然而，
批评的方法不是自动的，不是万能的，也不是一成不变的。任何方法都有
其特殊的效用，因而都有其局限，都只能适用于某一特定的层面的问题。
因此，"任何方法都不可能从原则上被抛弃，全部的问题在于知道该方法
是否适用、专门和足够地完整，知道它囊括阐释对象的总体或者仅仅是一
部分，例如存在的方式之一种或意义层面之一种"② 。方法是手段，问题才
是目的，因此问题决定方法。但是，"不同的方法是互补的，不是互相排
斥的"。形式的，社会学的，精神分析的，结构主义的，等等，看起来是
一些不相容的方法，实际上可以是并行不悖的，因为"这种种不同的阐释
风格（让·斯塔罗宾斯基认为方法就是个人的阐释风格——引者注）不决
定探索的方向，其自身却是决定于先行提出的问题。它们是为了回答给定
的问题而需要的手段。对批评家来说，重要的是能够增加问题并使之多样
化。每一个问题都要求合适的手段"③ 。因此，当文学与人文科学诸学科的
关系发生变化的时候，就必然会有新方法的出现，然而这对传统的历史方
法来说，只能是一种补充和丰富，而不是一种排斥和取代。让·斯塔罗宾
斯基深刻地指出："在大多数情况下，方法论的恐怖主义不过是缺少文化
的一块遮羞布，蒙昧无知的一种伪装罢了：由于和历史及作品没有真正的

---

① 《时代，斯塔罗宾斯基》，巴黎，蓬皮杜文化中心1985年版，第10页。
② 《批评的关系》，第169页。
③ 《时代，斯塔罗宾斯基》，第18页。

亲近，人们就幼稚地造出一些粗陋的工具——其科学的姿态往往使人生出幻想——人或书，文化或语言，都得在它面前交出自己的秘密。"① 这当然无助于作品的理解和阐释。其实，方法不是现成的，不是由"专家"设计好交由人使用的，"有时候倒是要自己打制的"②。让·斯塔罗宾斯基主张在批评事件中实行方法的"组合"。是"组合"，不是"拼和"，也不是"综合"。所以不是拼合，是因为不同的方法之间有联系，这种联系决定于批评和批评对象之间关系的变化。所以不是综合，是因为没有一种新的方法出现。在让·斯塔罗宾斯基的批评中，实证的方法，历史的方法，语义学的方法，社会学的方法，精神分析的方法，结构主义的方法，等等，都曾为回答不同的问题而得到过灵活而有效的运用。他说："倘若需要界定一种批评的理想，我就提出严格的方法论（其操作方法及其可验证的程序有联系）和自省的随意（不受任何体系的束缚）之间的一种组合。"③ 总之，让·斯塔罗宾斯基是日内瓦学派中最注重方法论的批评家，是坚决反对为方法论而方法论的批评家，因此是一位超越了日内瓦学派的意识批评的自由的批评家。

三

1984 年 7 月，让·斯塔罗宾斯基接受雅克·博奈的采访，提出了关于"批评之美"的看法："使得潘诺夫斯基的某些研究者或者乔治·布莱的《圆的变形》——还有其他例子可以指出——如此之美的，是研究工作都是通过严肃和谦逊来完成的。（批评之）美来源于布置、勾画清楚的道路、次第展开的远景、论据的丰富与可靠，有时也来源于猜测的大胆，这一切都不排除手法的轻盈，也不排斥某种个人的口吻，这种个人的口吻越是不寻求独特就越是动人。不应该事先想到这种'文学效果'：应该仿佛产生于偶然而人们追求的仅仅是具有说服力的明晰……我主张简洁，而非乏味

---

① 《批评的关系》，第 48 页。
② 《时代，斯塔罗宾斯基》，第 18 页。
③ 《批评的关系》，第 31 页。

和中立。如果人们反对我，说我在这里确定了一种批评的美学，说文章自己无迹可寻，只通过其表面的遗忘来显示它的诗的性质，那我无话可说。只有意思的追寻使作品走得尽可能远的时候，这种批评美学才能施其技，非如此我亦无话可说。意思的追寻，服从于意思（尚需寻找）的权威，这是一项工作，说它是道德的并非自命不凡。这是一个先决的要求。在此之后，如果批评产生了一部作品，而这部作品被认为是美的，那再好也没有了。"①　二十多年前，让·斯塔罗宾斯基为乔治·布莱的《圆的变形》写了一篇序，序的开头这样说："某些思考和批评的学术性的著作在读者的理智上唤起一种精神之美的感觉，这种美使它们与诗的成功相若。它们具有一种唤起的能力，一点儿也不让于最自由的文学语言。它们源于同一种自由，因为追求真理而尤为珍贵。乔治·布莱的《圆的变形》是最好的例证之一。在这种情况下，诗的效果越是不经意追求，则越是动人。它来自所处理的问题的重要性、探索精神的活跃和经由世纪之底通向我们时代的道路的宽度。它来自写作之中某种震颤和快速的东西、连贯的完全的明晰和一种使抽象的思想活跃起来的想象力。它从所引用的材料的丰富和新颖上、从其内在的美上、从其所来自的阅读空间的宽广上所获亦多：乔治·布莱的目光为了写作这本书而问询的文化景观中，文学、神学和哲学的界限消失了；语言的分别被忽略了，每一个作者都在自己的语言中被阅读。法国（和法语瑞士）、意大利、西班牙、德意志、盎格鲁-撒克逊世界提供了互相说明的伟大例证，在思想的统一的秩序中遥相呼应。被探索的领域——不存在任何系统和彻底的奢望——几乎是西方的全部文化领域。"②　这两段话，相隔二十年，一是口头上的，措辞文雅，但不那么严谨，一是文字上的，用语明晰，并显得非常精炼。话语不同，然而表达的思想却是那么一致，丝毫没有扞格矛盾之处。把这两段话加起来，我们就有了关于批评之美的完整的论述：明晰，简洁，深刻，严谨，丰富的论据，广阔的视野，自由的想象，轻盈的手法，与不经意中达到诗的或文学的效果，这就是批评之美，或曰批评的美学。

---

① 《时代，斯塔罗宾斯基》，第17—18页。
② 让·斯塔罗宾斯基为《圆的变形》写的序，第7—8页。

四

1987 年至 1988 年冬，让·斯塔罗宾斯基在法兰西学院做了八次讲座，主题是"忧郁的历史和诗学"，其中三次讲的是波德莱尔的诗，后结集成为一本小书，于 1989 年出版，就是这本《镜中的忧郁》。伊夫·博纳富瓦在为这本书写的序中说："忧郁可能是西方文化最具特色的东西。它产生于神圣事物衰败、日益增长的意识与神奇之间的距离当中，它被各种情势和最为不同的作品折射与反映，它是那种自希腊人以后不断产生但从来也不曾摆脱怀旧、遗憾和梦想之现代性的核心内容。从它那里产生出呼喊、呻吟、笑声、怪异的歌和活动的小军旗，这长长的队伍在我们各个世纪的烽烟中经过，丰富着艺术，散布着非理性——有时候，这种非理性在乌托邦主义者或意识形态学者那里乔装成极端的理性。"他用几句话就说出了忧郁在西方文化中"可能是最具特色的东西"，其根据是忧郁的"历史和诗学"，忧郁的历史：产生于希腊人，此后从未摆脱怀旧、遗憾和梦想；忧郁的诗学：丰富着艺术，散布着非理性。

在相传为亚里士多德（公元前 384—前 322 年）所作的《三十个问题》中，他向学生问道："为什么在哲学、诗和艺术方面杰出的人都是忧郁的，某些人还染上了由黑色的胆汁引起的疾病，像赫拉克勒斯在英雄神话中那样？"言下之意，忧郁不都是病，只有其极端者才是病。公元 3 世纪末，神的世界日渐萎缩，对神的信仰日渐动摇，基督徒们抛弃了社会，遁于埃及和叙利亚的沙漠之中，一种不可控制的思想将他们投入沮丧。这种思想就是忧郁，忧郁被称为"神圣的疾病"。被社会抛弃的人，特别是艺术家，被称为"土星的孩子"，而正是但丁（1265—1321 年），在《神曲》的《天堂篇》中，把土星称为"沉思与智慧之星"。在西方语言中，土星这个词的另一种意思是忧郁、伤感，可见忧郁乃是沉思与智慧的结合。中世纪是忧郁的黄金时代，意大利神学家马西勒·费西诺（1433—1499 年）说："神圣的疯狂与精神的英雄主义是土星的影响。"一百五十年之后，英国人罗伯特·伯顿（1577—1640 年）出版了一部百科全书式的、两千多页的著作《忧郁的剖析》，将忧郁症称为"英国病"，第一次将忧郁和医学联系在了一起，他开列了谵妄、狂乱、怪癖、恐水、变狼妄想等的名单，排列了忧郁的大人物的队伍，然后指出治疗的办法。他说："在求助于医生之前，首先要向上帝祈祷。"他说的办法包括：制定饮食制度，进行体育运动，乡间散步，等等。但是，在艺术领域，忧郁产生了"孤独与沉思"，造就了一大批著名的作家、诗人、画家、哲学家和各个门类的大师级人物。泰纳在《英国文学史》中论到伯顿："伯顿是一名教士，大学里的隐遁者，在图书馆里隐遁一生。他博览群书，跟拉伯雷一样博学，记忆力超强，满脑子知识。他变化无常，是个性情中人，时不时会兴高采烈，但大多数时候是忧郁的，闷闷不乐，他甚至在他的墓志铭里直言不讳地说忧郁症成就了他的生与死。他首先是个有独特见解的人，相信自己的感觉，具有英国人奇特的性情。这种人内向，想象力丰富，谨小慎微，脾气古怪，会在不同的场合扮演不同的角色，比如诗人、自我中心主义者、幽默的人、疯子或清教徒。"[①] 启蒙时代，例如狄德罗，将忧郁说成是疯狂和非理性："没有什么比习惯性沉思或学者的状态更违背自然的了。人生来是为了行动……自然人天生不善于思考，却喜欢行动；科学家相反，想问题有余，行动不足。"[②] 夏多布里昂笔下的勒内开创了浪漫主义时代的孤独、高傲、无聊和叛逆的人物典型，在他的前后有维特、阿道尔夫、奥伯尔曼、曼弗雷德等精神上的伙伴，他们提供了不同的疗治忧郁的方法，或自杀，或浪游，或离群索居，或遁入山林，或躲进象牙之塔，或栖息温柔乡。他们的忧郁不是生理的病，而是"世纪病"，一种特殊的、具有时代特色的精神状态：他们或是要冲决封建主义的罗网，追求精神和肉体的解放；或是忍受不了个性和社会的矛盾而遁入寂静的山林；或是因心灵的空虚和性格的软弱而消耗了才智和毁灭了爱情；或是要追求一种无名的幸福而在无名的忧郁中呻吟；或是对知识和生命失去希望而傲视离群，寻求遗忘和死亡。总之，19世纪既是一个自我膨胀、自我满足的世纪，因为科学给人们带来了盲目的乐观，又是一个无聊、烦闷和怀疑的世

---

① 转引自〔德〕沃尔夫·勒佩尼斯《何谓欧洲知识分子?》，李焰明译，广西师范大学出版社2011年版，第31页。

② 同上书，第96页。

纪，忧郁成为否定社会、逃避社会的悲剧，从波德莱尔开始，忧郁成为一种形而上的绝望。自从尼采宣布上帝已死以来，建立在信仰的保证之上的世界已经失去了存在的根据，人类从此与孤独和绝望朝夕相处。逃避令人失望的现实，忧郁的态度变成了对世界的否定。文学成为典型的表现，大城市孤独的人是最著名的形象，例如，在波德莱尔那里，忧郁成了一种精神上的绝望。进入 20 世纪，美好社会的巨大的乌托邦被历史击得粉碎，文学、艺术、哲学等将人们逼入自我的反省或封闭。现代性变成了后现代性，实际上面对历史的乐观主义变成了悲观主义，完全失去了对于进步的幻想，产生于启蒙时代的基本计划纷纷破产，人们的主观世界与客观世界渐行渐远。

　　没有任何一种精神状态比忧郁更长久地，而且将继续困扰着西方世界，它成为人类的核心问题，并表现在哲学、文学、医学、心理学、宗教及神学之中。它具有神秘的两重性，一方面，它是导致疯狂和自杀的一种精神疾病，法文称为"la dépression nerveuse"，我们中国人称为"抑郁症"，忧郁和抑郁，一字之差，在某些人那里可能具有某种意义；另一方面，作为一种精神状态，它表明了人的沉思可以达到的高度，让·斯塔罗宾斯基准确地描述了这种两重性："亚里士多德，以后还有费西诺，建立了一种持久的定义：忧郁者是比任何人都能够提升到最高思想的人；但是，黑色的胆汁不管多么炽热，如果它耗尽或变冷，就会变得和冰一样，根据波德莱尔使用的词汇，转化为'黑的毒'。我们再一次注意到文学和寓意画的传统，如其从 16 和 17 世纪以来的发展，这就够了：忧郁者，其精神翱翔于连续直觉的极乐中；还是忧郁者，他再一次退居于孤独之中，他在静止中突然倒下，被绝望之麻木和迟钝所侵袭。"像让·斯塔罗宾斯基和沃尔夫·勒佩尼斯这样的学者，在忧郁这种精神状态中看到的是人的意识置身于客观世界的幻想破灭的距离中间。让·斯塔罗宾斯基说："狂热与沮丧：这种双重的潜在性属于同一种性情，仿佛两种极端状态之一伴随着有可能相反的状态：危险与机会。画家，雕刻师，雕塑家提供的形象，又是缺少确实的迹象以区别无果的忧愁和丰富的沉思、空虚的沮丧和知识的圆满。有灵感的庄严，沉思的天才，常常处在这种状态的中间，表现这些人物的艺术家希望我们了解他们徘徊在死亡的感情和不朽的思想之间。从这里产生出暧昧的意义，在视觉艺术中，俯身的人的姿态，又是一只手托住的头，可能具有这些意义。"低垂的头，是忧郁的典型的象征姿态。"他们俯身向着什么，这些人物？有时是向着虚无，或向着无限的远方。有时是向着一些符号，那里有精神遇到了另一些精神的痕迹：对开本的书或难以理解的书，几何图形，天文表，无解的方程，或者，忧愁占上风的时候，则是废墟，漏壶，头盖骨，倒塌的建筑物——古老的死人预言未来的死亡。在忧郁者的眼中，在巴洛克大师的画中，展现出象征转瞬即逝的东西：拉断的项链，燃尽的蜡烛，脆弱的蝴蝶，无声的乐器，被终止线结束的旋律。观者的思想通过 memento mori（死亡的时间）与忏悔被引向永恒。忧郁者的眼盯着非实体和易消亡的东西。"让·斯塔罗宾斯基告诉我们："观者的目光应该对着相反的方向。"什么是相反的方向？相反的方向就是象征所指的方向。观者的目光应该是一种理性的目光，观察的目光，分析的目光。转瞬即逝的东西中蕴涵着永恒，这就是为什么在陷入心无旁骛的沉思时，忧郁者往往能探求到永恒的真理。

五

《镜中的忧郁》，如书名所示，让·斯塔罗宾斯基把这本书的主题限制在"关于波德莱尔的三篇阐释"上面。他的阐释"是不完全的，是部分的。不仅忧郁的历史和诗学更为完整的面貌未曾以暗含的方式提及，甚至也未曾对波德莱尔的忧郁之表现的全局提供一个分析"。他的讲课的内容只是："忧郁者如何说话？诗人和剧作家如何让他们说话？他们给予他什么样的口吻？人们如何向忧郁者说话，就是说，人们向他提供什么样的安慰和音乐？忧郁如何变成一个独立的人物？"忧郁是让·斯塔罗宾斯基的主题，他不是完全从治疗的角度来接近忧郁，也不完全从美学的角度来阐释忧郁，他是从医学和美学相结合的角度，在大量的材料中"划出一条道路，放弃附属的小路"，对忧郁做出了全新的解说。

第一篇阐释针对的是波德莱尔的好几首诗，其中之一写于1843年前后，诗无题，只写着"献给圣伯夫"，未收入《恶之花》。这首是很长，阐释未全引，只引用了与忧郁有关的部分。这篇阐释分为两节，第一节的题目是《忧郁，在中午》。

　　1838年8月3日，关于"现代著作"，波德莱尔在给母亲的信中写道："这一切都是虚假的，过分的，荒谬的，浮夸的。……只有维克多·雨果的剧本和诗、圣伯夫的一本书（《情欲》）使我感到快乐。"第一节中，波德莱尔在这首献给圣伯夫的诗中，提到了"阿莫里的故事"（"我把阿莫里的故事放在心上"），阿莫里是圣伯夫的小说《情欲》的主人公。他出身贵族，无所事事，在上流社会的社交场合混迹数年，最后进了修道院，当了神父，随即漂泊至美洲。他苦闷彷徨，无聊孤独，患上了世纪病。所谓"世纪病"，乃是十八、十九世纪之交的、被普遍采用的、用以描述一种特殊的、具有时代特色的精神状态，那是一代青年在"去者已不存在，来者尚未到达"这样一个空白或转折的时代所感到的一种"无可名状的苦恼"，这种苦恼源出于个人的追求和世界的秩序之间的尖锐失谐和痛苦对立。简言之，就是忧郁。波德莱尔在给母亲的信中明确地说，只有圣伯夫的小说《情欲》使他感到快乐。让·斯塔罗宾斯基指出："忧郁是波德莱尔亲密的伙伴。"在这首诗中，波德莱尔第一次用了"忧郁"这个词（"当一切都在熟睡，忧郁，在中午"），以后在整本《恶之花》中，他几乎没有再用过这个词。的确，"忧郁"这个词被人们用得"太滥了"，波德莱尔非常谨慎，他必须"进行转移"，采用同义词，求助于比喻。他采用了寓意化以及人格化的寓意的方法，"用别的词、别的形象说出了忧郁"，例如 le spleen, le dandy，这些来自英语的外来词。但是，让·斯塔罗宾斯基说："困难的是确定寓意是否波德莱尔的忧郁之主体，还是影子。"我认为，从他对波德莱尔这首诗的描述来看，他确定了寓意乃是"波德莱尔的忧郁之主体"，因为他听到了"一本书的遥远的回声"，这本书是圣伯夫的《情欲》，他中学时代的"无聊"正是寓意化了的忧郁，进而将这寓意加以人格化：狄德罗的小说《修女》的主人公苏珊·西蒙南，她在无聊的引导下登场了。人格化的忧郁是"一只手托住下巴"的女人，是"拖着早熟的无聊而沉重的脚"的苏珊·西蒙南，"一口大钟"让人联想到《恶之花》中的《忧郁之四》："几口大钟一下子疯狂地跳起，朝着空中发出可怕的尖叫……"而《忧郁之四》中的"忧郁"并没有用法文的 la mélancolie，而用的是法语化的英文 le spleen。忧郁的人格化，人物形象寓意化，寓意化的对象是忧郁。寓意和忧郁，忧郁和寓意，成了一种循环。但丁、阿兰·夏尔吉埃、夏尔·德·奥尔良、狄德罗，还有莎士比亚，以及他们的作品，都成为"忧郁"的资源或参照。

　　让·斯塔罗宾斯基认为，波德莱尔的"美的理想"是忧郁的必须的构成部分，他在波德莱尔的《焰火》中的言论找到了根据："我不能想象一种美是可以没有不幸的。……男性美的最完美的典型是撒旦，——弥尔顿是这样说的。"同样的道理，女人的脸上最具有诱惑力的美是"快乐与忧愁的混合"。他拉来了法国当代诗人彼埃尔·让·儒佛以为援手，后者也主张"不幸美学"。他不必自己出面，只以波德莱尔之言来证实波德莱尔的思想，他谈到"一种情绪，这种情绪据医生说是歇斯底里的，据思想比医生来得深刻的人说是撒旦的"。撒旦正是"美的理想"。波德莱尔是矛盾的，一方面，他希望"享受和恐惧"来培养他的"歇斯底里"，另一方面，他又希望"医治一切，医治困苦、疾病和忧郁"。

　　在莎士比亚的悲剧《理查二世》中，"理查二世带了一面镜子，看到了他的悲伤的标志，然后把它砸碎了"，让·斯塔罗宾斯基由此进入镜子与忧郁的关系之中：反射与观看。满足与孤独，恰似两面镜子，反射着忧郁，一是"不育的满足"，意味着孤独；一是"产生于痛苦"的情欲，意味着"满足"。于是，忧郁和镜子之间建立了"牢固的联系"。他通过七首波德莱尔的诗：《告读者》、《一本书的题词》、《忧郁之四》、《献给圣伯夫》、《声音》、《远行》、《喷泉》，和波德莱尔的随笔：《焰火》、《现代生活的画家》、《芳法罗》、《镜子》，提到莎士比亚的喜剧《皆大欢喜》、弥尔顿的诗《幽思的人》、狄德罗的小说《修女》、圣伯夫的小说《情欲》，论及但丁、阿兰·夏尔吉埃、夏尔·德·奥尔良、彼埃尔·让·儒佛，等等，一篇五千字的阐释竟引用了如此丰富的材料，让·斯塔罗宾斯基的批评方法之一的"旁征博引"，于此可见一斑，但是如此丰富的材料并不让人感觉到拥挤，其原因在于：在大量的材料之中划出一条道路，放弃附属的小路，循序渐进。此点在其他的阐释中皆有体现，兹不赘述。

　　让·斯塔罗宾斯基在序言中说："我喜欢用一系列相互联系的问题来引导……"这个问题是"忧郁和镜子之间的联系"。第一篇阐释的第二节是《反讽与反省：〈自惩者〉与〈无可救药〉》，《自惩者》这首诗的基本内涵是：诗人是其情人的刽子手，然后又成为诗人自己的刽子手，其转换的关键是反讽，反讽是一面镜子，情人的目光犹如美杜莎的目光，使诗人岩石化。

阐释的第一节《〈忧郁，在中午〉》乃是"忧郁"乔装登场的序曲，忧郁在镜子中的活动则在第二节《反讽与反省：〈自惩者〉与〈无可救药〉》中展开。中午，是魔鬼借着"恼人的慵懒"施展淫威的时刻，而忧郁的人物迈着缓慢、沉重脚步出现在"无可救药的虚荣面前"，这虚荣正是镜子，"诗的主体"（即抒情主人公）揽镜自照，照出了自己的"痛苦"（"你的精神是同样痛苦的深渊"）："他把加之于他人的痛苦反转成自己的痛苦。""加之于他人的痛苦"与"自己的痛苦"，"打击他人的力量"与"自身的折磨"，成为可以相互转换的两种精神状态：施虐与自虐。忧郁披着反讽的外衣，登场了："难道我是不谐和音，/在这神圣交响乐中，/由于那贪婪的反讽，/摇晃又噬咬我的心？"原文中，"反讽"一词首字为大写，意味着拟人化和寓意化，使这个人物显得"崇高"。作为诗的主体的"不谐和音"，由于反讽而变得"多样化与片段化"，在"神圣交响乐"中自然地、"出乎意料"地完成了向"我"的转化。诗人（诗的主体）通过反讽成为镜子，"悍妇"（诗人的情人）在其中变得"阴森可怖"："我是镜子，阴森可怖，/悍妇从中看见自己。"反讽是忧郁在镜子中的"反映和反映的行为"。反讽是"自我嘲笑"，是"重复的思考"，是"思考的思考"，是忧郁在其"精致"、"精神化"的过程中对人的一种戕害："反讽因噬咬、贪吃而具有一副禽兽的面貌。"让·斯塔罗宾斯基根据古典医学的传统道德，准确地将忧郁界定为"黑的毒"，破坏的首先是人的脑子。波德莱尔则反其道而行，"用反讽取代忧郁"，使忧郁"精致，使其精神化"，从而忧郁戴上了反讽的假面，"噬咬我的心"。

"忧郁的人与世界音乐（文艺复兴哲学的 musica mundane）之间的不和谐乃是心里内部不和谐的结果，在这种不和谐中，拟人化的反讽具有内心敌人的形象。"这是让·斯塔罗宾斯基对波德莱尔的反讽的所下的一个结论：施虐与自虐的转化。他通过连用五次的"是"的细腻分析（"我是尖刀，我是伤口！/我是耳光，我是脸皮！/我是四肢和轮子，/受刑的人和刽子手！"），深刻地揭露了在忧郁的控制下，"我"这个抒情主体如何

"转化成镜子的意识以消极的方式感受到映像"，绝望地感到"反映的消极性"，因为我—镜子"凝固在它的静止的、光滑的固体性之中"，"象征着忧郁的一种极端的面貌：它是不自由的，它是纯粹的剥夺"。反讽成为撒旦的"表象"，而"男性美的最完美的典型是撒旦"。

《无可救药》是第一篇阐释针对的、全篇引用的第二首诗，这是一首"既无我也无你"的纯粹的哲理诗，让·斯塔罗宾斯基说，"这种无人状态产生于忧郁的反省"。《无可救药》表达的思想是：人的一生是一种不幸，是一种恶，或者说是"恶的本身"，而"恶的意识"是人的尊严，因为"自知的恶不像不自知的恶那么可恶，而且更接近于治愈"（波德莱尔语）。陷于噩梦的"天使"，投入漩涡的"疯子"，徒劳地摸索的"中邪人"，没有灯的"亡魂"，黏滑的"怪物"，困在极地的"船"，这种种鲜明的形象象征着"无可救药的命运"，迫使人们对忧郁作出反省，反省的结果是"心变成自己的明镜"，终于明白：有星辰"颤动"，有地狱"讥刺"，有火炬"魔鬼般妖娆"，我们终于有了"恶的意识"。让·斯塔罗宾斯基描述了反省的全过程："从黑色的、泥泞的水到不幸的、运动感的水晶监狱（挣扎拼搏，苦战，摸索），再到完全的静止；从'观念'和天使般的'存在'到船：各种象征的连续出现指向凝固，指向死亡，指向精神化和非人化。最后的障碍——'水晶的陷阱'——宣布了简短的第二部分所代表的'明镜'。"这正是这首诗的第二部分，它成为忧郁的"明镜"，"心变成自己的明镜"，第一部分是连续出现的种种象征，在第二部分映出这些象征的明镜，通过"跌进"、"淹没于"、"在黑暗中"、"身旁"等一系列前置词的运用把它们一一表现出来，也就是说，"通过诗的途径"表现出来。

六

第二篇阐释针对的是《天鹅》，是《巴黎风貌》中一首富有写实色彩、极具象征意义的诗，歌咏的是流亡和流亡者，全诗弥漫着浓重的忧愁和对往昔的怀念之情。这首诗是献给维克多·雨果的，而雨果当时正因反对拿破仑三世而在泽西岛流亡，所以，这首诗具有强烈而深刻的现实背景。

在这篇阐释的开头，让·斯塔罗宾斯基就提出了亚里士多德给忧郁下的定义："忧郁者是比任何人都能够提升到最高思想的人。"他以此为出发点提出："俯身的人的姿态"，"一只手托住的头"，有时说明忧郁者"徘徊在死亡的感情和不朽的思想之间"。波德莱尔想象中的安德玛刻正是这样的一个"俯身的人"、一个"低垂的头"：面对着"小小清涟"，"在一座空坟前面弯着腰出神"，"这可怜、忧愁的明镜"映出了无限庄严的"寡妇的痛苦"。"您的泪加宽了骗人的西莫伊"，安德玛刻将眼前的小河当作故乡特洛伊的西莫伊河，"永恒的忧郁在像它一样平静的池水中映照着自己的面容"，"不在场"的精神"有时是向着虚无，或向着无限远的远方"，"忧郁者的眼睛盯着非实体和已消失的东西"，总之是"徘徊在死亡的感情和不朽的思想之间"。安德玛刻的形象是忧郁者的形象，同时也是波德莱尔的忧郁的投射的产物。这首诗分成两个部分，"实现了镜子的效果"，两个前置词"曾经"接连出现（"曾经映出"和"曾经横卧"），一个是"小小清涟"，一个是天鹅逃出的动物园，"实现了镜子一样的、可以互换的结构"。也就是说，旧巴黎的毁弃和新巴黎的诞生如同一面镜子，映照出安德玛刻的痛苦和忧愁，引而申之，诗人联想起"黑女人"、"一去不归的人"、"孤儿"、"被遗忘在岛上的水手"、"囚徒"、"俘虏"和"其他许多人"。呜呼，痛哉思也！

天鹅之"又可笑又崇高"反衬出安德玛刻的痛苦之"无限庄严"，犹如镜子反映忧郁，代替了安德玛刻所忍受的"日益加深的残忍和大量的怜悯"。让·斯塔罗宾斯基通过修辞的手段，指出"安德玛刻，我想到你"和"我想起那只大天鹅"中的"想"的重复使用，"激起了思想回到它自己的足迹之上"，"增强了流亡的现时形象"。想到"其他许多人"，等等，诗人的思绪"使诗直到最后一行都像一首乐曲一样，没有结论式的节奏，没有局部的返回。仿佛这首诗提到'初具形状的柱头'之后，它自己也处在'初具形状'的状态"。《天鹅》一诗，乃是忧郁者失去了"内在时间和外在事物的运动"之间的关联，或是时间过于缓慢，或是他不能及时地作出回答，"'凡人的心'和'城市的模样'之间速度的不协调、不同步是忧郁状态的最惊人的表现之一"。巴黎城市的拆毁与重建，在波德莱尔心中引起的是一种忧郁的情绪，这是《天鹅》所具有的社会—政治的含义，这也是人们理解《天鹅》的不可忽视的途径之一。

让·斯塔罗宾斯基说，在西方的文化传统中，"忧郁的人物或者人格化的忧郁被一堆乱七八糟的东西包围"，"最糟糕的忧郁"是不能被超越的忧郁，这种忧郁"成为一对乱七八糟的破烂的俘虏"。但是，波德莱尔笔下的忧郁经过想象力的处理，新的工程和拆毁的旧物杂而有序地混在一起，"画面重新组织了在分解的面貌下提供和继续提供的东西"，正如列昂·达文的版画描绘了罗马初建时的场景。在这样的背景上，出现了逃出樊笼的天鹅，出现了在小河边沉思的安德玛刻："赫克托的遗孀，埃勒努的新妇！"往日的贵妇，如今变成了卑贱的奴隶。故乡的大河变成了"小小清涟"，"骗人的西莫伊"，这是一个河流的"堕落的形象"。在天鹅的"有蹼的足"下，只剩下"干燥的街石"和"没有水的小溪"，在堕落的词源学的意义上，"堕落不仅仅缩减为'平凡'，更有甚者，还是枯竭，是干涸"，这里我们看到了让·斯塔罗宾斯基一个手法，或者说一个习惯，他善于追根溯源，从一个词的诞生开始追索其意义，虽然他说过："我不大喜欢最后求助于词语来历的论据。"不是"最后"，而是最先，也就是说，从词源学入手而不是依靠词源学得出最后的结论，那么"词语来历"就会有不同的作用。诗歌的修辞手段，例如"声音的因素"、"背景和寓意化的形象与没有名姓的群众"的对立、矛盾形容法，等等，突出了阴郁忧愁的氛围："那黑女人，憔悴而干枯"，清楚地显现于"透过迷雾的巨大而高耸的墙"。天鹅的出逃，在"干燥的街石"上逡巡，象征着摆脱不了的窘境："忧郁是干燥和冰冷的"，波德莱尔的直觉发现了传统体液病理学说指明的这两个特点。对于天鹅来说，逃出樊笼并不等于进了天堂，"表面上获得的自由其实是一种更加严重的分离"。分离，这里说的是内心世界与外在事物之间的关系。诗的第一部分是各种形象的象征意义，如"鸟喙伸向一条没有水的小溪"，象征着"渴，匮乏"等，第二部分"加重了反讽"，"在一种苦涩的满足之中吮吸着'痛苦'，或在'泪'中痛饮"，直到最后，"一片充满敌意的大洋判决水手监禁在岛屿—监狱里"。

《天鹅》一诗有许多悖论和反转。所谓"悖论"，指的是，当诗人穿越新卡鲁塞尔广场的时候，回忆起了安德玛刻的形象，与小小清涟相反，不由得又想到天鹅，"最遥远的事物产生了一连串的联想"。所谓"反转"，指的是，天鹅"伸长抽搐的颈，抬起渴望的头，／望着那片嘲弄的、冷酷的蓝天"，其垂直的姿态指向蓝天，意味着一种"缺乏"，一种"不在"。这种"多产的回忆"说明，形象的圆满与剥夺相反相成："任何圆满都与匮乏相连，任何匮乏都是极度'出神'的源泉"。波德莱尔的天鹅成了"第一个人的滑稽模仿的形象"，它"转向一个不回答的天空，转向一个只能成为挑战和'诅咒'的目标的上帝"。天鹅"接近了寓意的地位"。它象征着丢失、分离、剥夺、徒劳的焦躁。在波德莱尔的笔下，"寓意有两种表现的方式"：一是赋予普通生活一种意义，一是给予抽象的实体一种物质化的形象。在这两种寓意化中，我们看到了一种"重叠的意义"。我们对于这种重叠的意义可以做出双重的阐释：寓意表现出极端的丰富，每个理性的实体都可以在其中得到表现；或者，在我们的感知中真实必须添加一种意义，防止任何意义的消失。这样的双重阐释可以接受过满或不足。此外，当我们面对不堪忍受的客观世界而变成盲人的时候，忧郁可以使我们热衷于一种虚构，这种虚构将是一种真实观念的投射，可以掩盖实存世界的空虚。

"安德玛刻，我想到您！""我想起那黑女人……"这"想到"或"想起"，表明忧郁的"反复思虑"的状态，它可以"激活意识，开始一段解放的时间"。"想"，是一连串思维活动，它蜷缩在伟大的女性的怀中，它指向不幸的人们，它使想的人（即诗人）"陷入沉思，遭受折磨"。所以，让·斯塔罗宾斯基强调："思想的运动不止于赋予可见的形象一种寓意的意义。它更多的是朝向人，使他们集合在'流亡者'的整体中。"诗的最后一节说明："在变化了的城市中，在'卢浮宫前面'，使人感觉到自己处于流亡的状态，他的'精神'想象在森林中流亡，自愿地逃亡在遥远的树林中。一种新的回忆与新的流亡，两种幻象遥相呼应。"当然，我们仍处在忧郁之中，但是"不祥的重力已经被有声的流动性所取代"，如"号声频频"，号声与石头所构成的"回文"（le cor 与 le roc），压在他身上的东西变轻，"喘息的圆满紧跟着'空坟'的浮现，我们就这样接触了精通音乐的忧郁区域，在那里，悲伤不再是难以忍受的，哀伤不再与沉默相连，快乐也许以反常的方式混合于痛苦，就像安德玛刻的'出神'已经宣布的那样"。寓意接着寓意，不断地涌现，在令人憎恨的新巴黎中，石头化，非人化，终于被波德莱尔头脑中涌现的"许多人"打破了。

七

让·斯塔罗宾斯基在《前言》中问道："人们如何向忧郁者说话，就是说，人们向他们提供什么样的安慰和音乐?"第三篇阐释《最后的镜子》做出了回答。他引证了波德莱尔的《沉思》，诗中说："听话，哦我的痛苦，别这样吵闹。"声音是低低的，语调是柔和的，劝慰是婉转的："寓意散漫地混入黄昏的光亮；诗人轻柔地对他的'痛苦'说话，向它展示据有空间和时间的奇妙姿态的低垂的头。""悠悠岁月俯身/在天的阳台上"正是"低垂的头，朝着镜子的观看"，忧郁的沉思诉说着痛苦。然而观看的并不是自己，而是"笑盈盈的惋惜"，这是一种新的忧郁。波德莱尔的另一首诗《被冒犯的月神》，被称为"反讽的、悲怆的"，其中月神对诗人说："没落世纪之子，我看见你母亲，/对镜俯下多年的重重的一堆，/给喂过你的乳房艺术地搽粉!"搽粉，强调了母亲没有眼泪，"艺术地"一词，强调了母亲像戈雅的版画《随心所欲·至死不渝》中"揽镜自照的老妇"，而诗人，则追求一种更加困难的艺术，"在寻章摘句中碰破额头"。

面对镜子的母亲形象在波德莱尔的另一首诗中出现了，这首诗叫作《我没有忘记……》，写的是诗人对童年的一段回忆："傍晚时分，阳光灿烂，流光溢彩，/一束束在玻璃上摔成碎块，/仿佛在好奇的天上睁开双眼，/看着我们慢慢地、默默地晚餐，/大片大片地把他美丽的烛光/洒在粗糙的桌布和布窗帘上。"这首诗中的"我没有忘记"相当于《天鹅》中的"我想到您"，只不过"忆起的时光是流亡之前的时光，忧郁之前的时光，镜子之前的时光"。痛苦不存在于这首诗中，它存在于"烛光"的热度之中。

《情人之死》是一曲爱与死的交响，"是忧郁的阴暗内容在辉煌的火焰中燃烧殆尽"："两颗心竟相燃尽最后的热量，/最后将变成两支巨大的火把，/在两个精神，在孪生的镜子上/相互映出了彼此双重的光华。"双重的镜子射出"唯一的闪电","唯一的闪电"在死亡中结合，放射出光辉。双重的镜子反射的不再是"心灵的火炬"，而是"完美的辉煌"，是"梦想"，它重新融入《巴黎的梦》的"可怖的风光"："……也是/明晃晃的巨大镜面，被所映的万象惑迷！"天空所具有的黑暗中断了梦想，只留下一面巨大的镜子，无限的闪烁构成了无限的面。"当黑夜来到我们身上时，它们清晰地返回给我们的是我们的影子。"这是最后的镜子，它反射的是我们的忧郁。

请允许我引用自己的话："明晰，简洁，深刻，严谨，丰富的论据，广阔的视野，自由的想象，轻盈的手法，与不经意中达到诗或文学的效果，这就是批评之美，或曰批评的美学。"让·斯塔罗宾斯基的《镜中的忧郁》充分地体现了这种批评之美，难怪法兰西学院教授伊夫·博纳富瓦在为本书写的序中怀着依依不舍的心情写道："这个冬天，在第八教室，这种权威性几乎是可以从注意力的寂静中具体地感觉到的。"冬天，第八教室，注意力集中，一片寂静，瑞士人的权威俘虏了巴黎人的头脑和心。

2012 年 5 月，北京

（《镜中的忧郁》于 2012 年 9 月出版）

《反现代派》译后记

　　多少年来，我们只知道现代派、现代性和现代主义，对反现代派、反现代性和反现代主义所知不多。我们只知道革命、启蒙和进步，对反革命、反启蒙和反进步的思潮所知不多。我们只知道人性善、乐观主义和复辟，对原罪、悲观主义和崇高所知不多。我们只知道"资产者喜爱的流畅风格"，对其反面，即雄辩、放肆和抨击的风格所知不多。就人来说，我们知道夏多布里昂、波德莱尔、福楼拜和罗兰·巴特，但我们不知道他们的矛盾，例如他们是现代派的代表人物，同时又反对革命、反对进步、反对民主等，我们更不知道德·迈斯特、拉克代尔、勒南、布鲁瓦、贝玑、蒂博代、邦达、格拉克等，或所知甚少。一枚钱币的正反两面，我们只知其一，而不知或少知其二，这不仅暴露了我们知识上的漏洞，也极大地影响着我们对世界的看法。现在好了，我们面前有一本安托瓦纳·贡巴尼翁的《反现代派》，它清晰地告诉我们反现代派的观念、这股思潮的代表人物及两个世纪以来它的发展轨迹和所起的作用。贡巴尼翁站在一种中性的立场上，采取一种价值中立的态度，不轻易表示臧否，但我们细细读来，却可以体会到有一种思古怀旧之幽情隐隐地潜藏在他的文字之中。

　　那么，究竟什么是反现代派？谁是反现代派？他们的主要观念是什么？这股思潮因何而起？止于何时何地或是否正在走红？其文学上甚或政治上的作用与价值何在？等等，这都是我们关注的问题。

　　我们不妨先引述书上的几段话：

　　　　真正的反现代派同时也是现代派，今日和永远是现代派，或是违心的现代派。（第2页）

　　反现代派——不是传统主义者，而是真正的现代派——只不过是现代派，真的现代派，没有受骗的、更为聪明的现代派。（第 3 页）

　　反现代派这个修饰语形容一种反动，一种对现代主义、现代世界、崇拜进步、柏格森主义的抵抗，也是一种对实证主义的抵抗。它意味着怀疑、两重性、怀旧情绪，不仅仅是一种完全的抛弃。（第 4 页）

　　从这个角度看，我们倾向于把反现代派看得比现代派、比历史的先锋派还现代派：在某种程度上他们是超现代派，他们似乎与我们是同时代的，离我们很近，因为他们已经看破了一切。（第 5 页）

　　现代性中的反现代派传统如果不是一种古老的传统，至少与现代性同样古老。……实际上，历史地看，现代主义，或者真正的、配得上这个词的现代主义一直是反现代的，也就是说，具有两重性，有自我意识，像经历着一种痛苦一样地经历着现代性。（第 8 页）

　　这一切都不应该使人忘记，没有反现代派就没有现代派，或者，现代派之中有反现代派，这是对于自由的要求。（第 12 页）

　　反现代派，就是追求自由的现代派。（第 12 页）

　　所有的反现代派不能归结为一个唯一的典型，因为他们的信条是自由，而他们的多样性没有削弱他们的现代派的两面身份、现代性的现代批判者或从背面看的现代派……（第 516 页）

　　反现代派是自由射手。（第 519 页）

　　对于反现代派来说，最坏的政治常常是意外的收获。……反现代派玩输就是赢的游戏，因为它的忧郁的经验给它提供了不可动摇的修辞的自卫手段。在世界中的失败是文学事业的无限推进的可能条件。尽管它不是永远在抨击，因为不是每个人都这样做，但是反现代的热情不可遏止：没有比贝玑的不断推敲的风格更具有象征性的了。（第520页）

反现代派往往是脱离了青年时代的热情的现代派。（第521页）

反现代派是失望的现代派，背弃了他们的初恋，抛弃了他们的时代。（第521页）

在普遍的政治歇斯底里之中，反现代派是一种罪恶。这就是为什么在一个"自由的"称谓是一种侮辱的社会中，反现代派事实上可以为新保守派充当面具。（第522页）

反现代派是蝙蝠，把政治的边缘化和意识形态的障碍转化为美学的王牌。他们拥有一种不可消除的不一致，这造成了他们的力量。（第523页）

反现代派是现代派的反面，凹陷，它的不可缺少的皱襞，它的储备和它的源泉。没有反现代派，现代派就要走向灭亡，因为反现代派是现代派的自由，或现代派加上自由。反现代派拒绝一切思想的专制，在任何选择面前接受一种真正的批判态度，他们在文学上和政治上既非右派，亦非左派……反现代派正是罗兰·巴特与德·迈斯特会合的中性。（第523页）

格拉克称夏多布里昂为"可爱的反动派"。人们再不能找到反现代派更完美的定义了：反动加上魅力，这就是说，穿过反动，反动针对反动，或者是反动之反讽和悲观主义的重新确定性质。（第523页）

清醒的或违心的现代派，可爱的反动派，反现代派是现代派的精

华。（第 523 页）

反现代派就是现代派，问题的关键在于它的是什么样的现代派？它是表象的现代派，还是实质的现代派？我们注意到安托瓦纳·贡巴尼翁写到反现代派时所用的词汇：忧郁，失望，浪荡，颓废，愤怒，分裂，怀疑，怀旧，微妙，自由，中性，魅力，清醒，违心，保守，反动，两重性，自我意识，不合时宜，等等，其中我们发现统领一切的核心词汇是"自由"。自由就是"拒绝一切思想的专制，在任何选择面前接受一种真正的批判态度"，无论他们是多么忧郁，多么失望，多么怀疑，多么怀旧，多么愤怒，多么反理性，多么不合时宜。然而，自由的选择是在现代性的条件下进行的，1789 年法国大革命已经在传统与现代之间划了一条鸿沟，它们之间虽然有剪不断理还乱的联系，究竟已是两重天了。有没有说话的自由，乃是一个社会能否健康发展的保证，舆论一律，看似平静，但水面下难免波涛汹涌；然而，要做成一件事，没有一定的权威又不行，民主自由也得讲究一定的平衡，这也许是迄今为止反现代派只能在思想和精神领域内谋得一席之地的原因吧，也许今后它会在实际的舞台上一展身手。看来，一切极端的东西或迟或早总要暴露其本质，这本质就是失衡，最后导致失败。

反现代派作为一个词并不始于贡巴尼翁，但是我想是他第一个提出了"反现代派"的概念，或者说，我觉得在论述 19 世纪和 20 世纪的思想史或文学史的时候，人们从此不能绕过占据了半壁江山的反现代派，因此，反现代派的概念自《反现代派》一书将要开始流行。不仅反现代派的概念令我们耳目一新，"反动"、"反革命"、"右派"、"浪荡"、"保守"等一系列我们耳熟能详的词汇不再具有"贬义"，也让人心里为之一动。这是一股针对现代性而起的"怀疑、两重性、怀旧"的思潮，它是不同于"反对变化的一般成见"的"现代感觉"，它本质上是现代的，而它的"产生之日是没有疑问的：法国大革命成为决定性的断裂和必然的转折"（第 4 页）。1789 年的法国大革命既有风卷残云的狂暴，又有嗜血成性的残忍，催生了一种以现代性为代表的现代感觉：崇尚民主，崇尚进步，崇尚平等，崇尚普选，同时又产生了一种现代性的对立面：反对民主，反对进步，反对平等，反对普选，但是这种同样的现代感觉并非一个简单的"反对"可以打发：它具有两重性，它不合时宜，它要自由，它要批判。总之，反现代派对现代性所崇尚的价值保持一种清醒和警惕的姿态，或者说，反现代派可能是"现代性的真正的奠基者及其卓越的代表"（第18页）。

反现代派在时光的流逝中有多种面貌，但是，在长时段中，它形成了一种"相当严密的思想体系"，造就了一种"以某些常数为特点的世界观"，它成为"不情愿的现代派，分裂的现代派，或不合时宜的现代派"（第2页），甚至"他们的多样性没有削弱他们的现代派的两面身份、现代性的现代批判者或从背面看的现代派"，这是因为"他们的信条是自由"（第516页），这保证了它成为一股延续至今的、越来越强盛的、往各个领域渗透的思想潮流。贡巴尼翁认为，使反现代派变成"相当严密的思想体系"的那些"常数"表现为一种"恒量"，准确地说是六个，虽然它们可能常常相互交叉：如果说现代性是法国大革命，是启蒙，是相信一个上帝已在进步、理性、科学中死去的世界的话，那么反现代性则是反对革命、反对启蒙、倡导悲观主义、不忘原罪、标榜崇高和语言上推崇抨击和诅咒，分别出于历史的、哲学的、伦理的、宗教的、美学的和风格的考察，它们代表了反现代派的"现代感觉"。贡巴尼翁说："反现代派首先是那些身在现代的潮流之中又厌恶这种潮流的作家……"（第15页）

《反现代派》全书分为两个部分，第一部分题名为《观念》，论述的正是这六大特点。

反对革命。反现代派对1789年法国大革命表示不敬甚至愤怒，是因为大革命的过激和血腥损害了法国的基础，即习惯、王政、宗教、神权和贵族，造成了白色恐怖和大量无辜的牺牲。他们反对大革命，不过，他们对大革命的态度却不能以一个"反对"了结，他们是在反现代派与现代派之间的辩证关系中"驳斥革命"的，安托瓦纳·贡巴尼翁把他们叫作"逆革命派"（le contr-révolutionnaire），以示与反革命派（un antirévolutionnaire）之间的区别。所谓逆革命派说的是"抵抗革命的力量之总合"，而反革命"则意味着一种革命的理论"，逆革命派的"反应建立在一种现代的思想之上"（第22页）。这就意味着，逆革命派并没有一套反革命的理论，他们反对大革命基于同样的现代性的观念。"真正的反革命分子经历过革命的陶醉"，如夏多布里昂，如波德莱尔。反现代派固然与保守派、反动派和改良派都有联系，"但唯有第二种在智力上是最有吸引力的，有创造力的和真正暧昧的，这就是说，唯有它是反革命的和反现代的，是理想共和的，历史正统的"（第26页），而这种吸引力一直延续到1848年，到第二帝国，到第三共和国，到今天。正如约瑟夫·德·迈斯特所说："……人们称恢复君主政体为反革命，其实它根本不是反面的革命，而是革命的反面。"贡巴尼翁指出："反革命不是革命的否定，因为历史是不可逆的，但是超越和接替则是可能的。"所以，"一个逆革命分子肯定革命会带来君主政体"（第29页）。德·迈斯特主张重建王权（君主制），不是为了反对大革命，而是为了"超越和接替"大革命。这种革命与反革命之间的辩证法能够解释为什么夏多布里昂、德·迈斯特、波德莱尔、福楼拜、勒南、普鲁斯特，直至莫朗，如此讥讽大革命的遗产如自由、平等、博爱、进步、民主、普选之类。夏多布里昂说："至于我，从本性上说，我是一个共和派；从理智上说，我是一个保王派；从名誉上说，我是一个波旁派。如果我不能保持一个正统的君主政体的话，我与民主远比不知道谁生下来的杂种的君主制更合得来。"口吻中的矛盾和暧昧使他成为一个典型的反现代派。

反对启蒙。"大革命同时是不现实的和乌托邦的，它依据一种平凡化和庸俗化的卢梭主义，把社会当作一个 tabula rasa，或白版，或在虔诚的抽象的名义下——像人民的主权，普遍的意志，平等，自由，据德·迈斯特说，所有空洞的说法——它不知道经验、历史和风尚。"（第50页）贡巴尼翁的这番话是典型的反现代派的论据，也是反现代派反对启蒙的精神遗产的根据。"'倒错的效果'（任何改善的企图都使希望修正的局面更加严重）、'无用'（任何改善的企图都是无用的，什么也改变不了）和'危险境地'（改善的过高的成本可能危及已获得的好处）"，加强了反现代派的现实主义："事实就是事实。"贡巴尼翁引述了英国保守派政治家伯克的话："理论家是自由的，他们充满了美好的感情，希望他们所属的社会是另外一副样子，但是善良的爱国者和真正的政治家总是从已经存在的材料提取最好的部分。如果要我确定一个国务活动家的基本品质，我要说他在一种保守的天性上结合一种改良的才能。除此而外，在观念中一切都是拙劣的，在实践中一切都是危险的。"因此，"理论是国务活动家的魔鬼"，英国的"光荣革命是反现代的，它在古老的东西中发现了最好的东西"（第53页），相反，"大革命由于乐观主义而引发了灾难"（第56页）。18世纪的启蒙主义关于进步的理论引起了反现代派的驳斥和嘲讽，波德莱尔就是一个著名的例子。波德莱尔把进步的理论称为"昏暗的信号灯"，说"这盏现代的灯笼在一切认识对象上投下了阴影"，"相信进步是一种懒人的理论，是一种比利时人的理论"，它不能创造一种实际行动的符合道德的条件，所以，"对于进步的理论应该破除其神秘化，因为它导致一种精神上的颓废"（第64页）。在波德莱尔以后，反对进步的理论成为反现代派的老生常谈，尼采、乔治·索莱尔、朱利安·邦达、普鲁斯特和格拉克都对此有精妙的论述，进步成为数代知识分子的一个恐惧和梦魇，"追赶公共马车"、"赶上最后一班地铁"等，成为唯恐落后的象征。一味地勇往直前导致了一系列收拾不了的漏洞，启蒙变成了愚民，反而败坏了"进步"所谓的成果。

　　倡导悲观主义。"反现代派精神上是悲观主义的，以一种18世纪的方式反对个人的乐观主义。"（第75页）所谓"18世纪的方式"乃是理性的方式。个人主义使人迅速地堕落为野蛮，"唯有神权政治才能组成一个有机的等级的社会"（第76页）。"强化宗教和国家的必要性使人推断出一种人性的悲观主义的观念，肯定了上帝的权利优于人权。"（第79页）反现代派的第二个特点是历史怀疑主义，他们反对革命的事业，却怀着失望的力量，并不相信他们自己的成功。复辟虽然给了反革命以权利，却巩固了革命，永远地加强了它的不可逆转性。历史只能意味着衰落，大革命只是完成了衰落的过程而已。托克维尔说得对："革命突然间就通过一种痉挛的、痛苦的努力而没有过渡、没有提防、没有尊重地完成了本该一步一步地、长时间内完成的事情。"（第85页）反现代派的第三个特点是"个人的焦虑"，他们怀念过去，被迫地接受现在，想做一个"跟上时代的人"而在痛苦中煎熬。"大革命创造了一种新的反现代的历史敏感性，由快乐和痛苦构成，民族的历史为了它而认同于个人的遭遇。"（第89页）乐观主义建立在理想的人类社会的基础之上，然而生活在这个社会中的人性本善的个人却很快转向无政府主义，这种普遍存在的现象自然会使反现代派忧心忡忡。悲观主义的泛滥是在 19 世纪的 80 年代，此后这种思潮愈演愈烈，大概是以美国为首的西方世界的所作所为实在是令反现代派失望吧。悲观主义给人一双清醒冷静的眼睛，在普遍的乐观主义的狂热中使人放慢脚步，沉下心来找寻更加稳健的步伐。他们走得更远。

　　不忘原罪。原罪的观念是反现代派的理论基础，波德莱尔说："真正的文明的理论。不在煤气之中，不在蒸气之中，也不在旋转的桌子中，它在原罪的痕迹的减少中。"据德·迈斯特，如果大革命不是启蒙哲学家的阴谋，那就是天意，上帝"因旧制度下不信教、不道德和风俗的堕落而惩罚法国"（第 95 页）。原罪并非只出现一次，而是持续不断地"以次要的方式"出现，因此惩罚也不断地再生。恶人是幸福的，义人是不幸的，或者恶人不都是幸福的，义人不都是不幸的，这种无穷的辩驳不足以服人，因此，德·迈斯特说，所有的人都是罪人，而罪孽是遗传的，所以，"现时罪和原罪像镜子一样互相映照"："原罪解释一切，没有它什么也解释不了。"（第 102 页）18 世纪的错误在于提出自然而不是罪孽作为美的基础。（第 93 页）处死路易十六是最大的罪行，所有的人民都参与了共同犯罪。大革命的模式，法国负有责任："让原罪在时间的每一时刻都重复，正是国王的被处决使之大白于天下的。"（第 109 页）每个个人都是牺牲品，同时又是刽子手，正如叔本华所说："我们是有罪的无辜者，不是被判了死刑，而是被判了生活。"恶在世界上普遍地、永恒地存在，"原罪的痕迹的减少"只能发生在精神的领域。这种历史的焦虑感从原罪的理论中发现了它的源泉，人类的行动和经验也因之而带上了原罪的色彩。人性中不止有善，也不止有恶，人是善与恶的混合体，教育和学习的功能在于抑制恶而发扬善。人类在物质领域内并非没有文明，但是倘若失去了精神的引导，文明就会变成花样百出的野蛮。

　　标榜崇高。"恐怖乃是最典型的崇高的感觉"，崇高的感觉，这是反现代派的美学。在这个意义上，1789 年法国大革命触及到崇高，甚至表现了崇高，因为它引起了"惊讶和恐怖"，是"不可理解的"，是"可赞赏的"，是"吊诡的和神秘的"（第 120 页）。牺牲是一种神秘、不可理解的意味深长的标志，而刽子手"既是害怕的对象，又是尊敬的对象"，德·迈斯特从中看出了"国家的最可尊敬的人物和最不可信的人物之间的神秘的亲合性"（第131页）。大革命的崇高促进了浪漫主义的胜利。"最初的浪漫主义的反现代的或反革命的灵感尽人皆知，一切现代的艺术在其浪漫的、救赎的灵感中以某种方式来分享这种反现代主义。"（第136—137页）"浪漫的"意味着怀旧，怀念故乡，怀念乡村对城市的反抗，怀念自然对文明的反抗。"浪漫主义在流亡者的圈子里成熟，又在复辟时代启发了极端的敏感"，大革命如果没有在政治上失败的话，那么在文学上却是反革命的浪漫派占了上风。1830年之后，浪漫主义虽然是自由的，甚至是绝对自由的，但是它始终与资产阶级的现实主义和唯物主义为敌。在波德莱尔等一系列反现代的作家中，"浪荡"始终是一个值得赞美的作风，"浪荡子始终是一个反现代派的美的形象：无动于衷的、叛逆的个人主义者"（第140页）。崇高就是转化的经验：狂喜和恐怖相互转化，刽子手和牺牲者相互转化，浪荡子就在这种忧郁和痛苦的威胁下生活。"梦想着一种崇高的生活，浪漫派显然是一个浪荡子。"（第143页）"由于打上了反革命的修辞手段、反启蒙、悲观主义和堕落的印记，反现代派一般说是否定的、怀旧的，甚至是虚无的。只有对崇高的信仰可以使它恢复能量和暴力。"（第147页）"躲避崇高"是一个典型的现代派的口号，它迎合了一股追求时尚的潮流，必然受到反现代思潮的抵制。随着时光的流逝，"躲避崇高"将变成追求崇高。

　　推崇抨击。"失望的能量，失望的活力，产生了一种触及崇高的雄辩"，所以，抨击成了反现代派的风格。约瑟夫·德·迈斯特是一个文体家，注重用词，无论《新约》的风格还是《旧约》的风格，都出现在他的笔下。越是面临着吊诡和挑衅，越是显示出他的风格的犀利和强悍。他最擅长的修辞是矛盾修辞法，例如"我们都是用一根柔软的锁链捆在上帝的宝座上的，这条锁链捆住我们却不奴役我们"，"柔软的锁链"这一生动但矛盾的、对比的形象栩栩如生地描绘了"人的自由意志"（第158页），其含义为有所约束的自由。约瑟夫·德·迈斯特的风格，照布吕纳吉埃的说法，是"机智、灵巧、手法及表达的出人意料、在吊诡和放肆之中的高雅雍容"。不过，贡巴尼翁说："德·迈斯特力图使自己凶恶，在对刽子手的颂扬中咆哮，但是吊诡胜利了，可疑的是，德·迈斯特是否说服过什么人。"（第164页）德·迈斯特的夸张和反讽之混合造就了波德莱尔，而"他的激情、他的风趣和他的语言的成功"使他今天还拥有欣赏者。当然，贡巴尼翁指出："并非所有的人都是大喊大叫的人。"（第167页）例如阿尔贝·蒂博代和罗兰·巴特，一个是葡萄农一样地具有细腻的趣味和直接的快乐，一个是温文尔雅、学识渊博的不受束缚的学者，两个人都很难说是具有抨击的风格。

　　当然，这六大特点往往相互交叉，重叠，甚至矛盾，并非具有反现代思维的个人都具备，例如，贝玑无论如何不能说是一个反革命分子，邦达是一个充满激情的启蒙精神的捍卫者，格拉克的身上没有一丝一毫原罪的影子，巴特的冷静与布鲁瓦的尖刻相互对立，等等。"太多的反现代派扼杀了反现代派"，那么，究竟谁是反现代派呢？安托瓦纳·贡巴尼翁举出了法国一部分以B开头的姓氏的作家、哲学家、思想家，数目已很可观，而且名头都很大，法国著名作家的姓氏当然不会都以B开头，由此可见，反现代的著名文人可以排成长长的一串。所以，反现代派，"并非所有现状的捍卫者、形形色色的保守派和反革命分子，也并非所有对他们的时代感到忧郁和失望者、牢骚鬼和脾气坏的人，而是和现代、现代主义或现代性关系微妙的人，不情愿的现代派，分裂的现代派，或不合时宜的现代派"（第2页）。"不情愿"、"分裂"和"不合时宜"说明了"关系微妙"的含义，我们来看看贡巴尼翁举出的现代派究竟与"现代、现代主义和现代性"有什么样的"微妙"的关系。

　　《反现代派》的第二部分题名为《人物》，以叙述的笔法和谈话的姿态描绘了几个反现代的人物：

　　《拉克代尔身后的夏多布里昂和约瑟夫·德·迈斯特》，这一章细腻地描绘了拉克代尔和两位前辈之间的关系，拉克代尔（1802—1861年）是本笃会的神甫，致力于在法国复兴基督教，夏多布里昂和德·迈斯特给他提供了精神上的支持和理论上的武装，这里，我们且只谈德·迈斯特。约瑟夫·德·迈斯特1753年生于萨瓦省的尚贝里的一个小长袍贵族的家庭里，他是一个反对法国大革命（用贡巴尼翁的话说，是逆革命）的理论家，用18世纪启蒙哲学家的方式反对其关于理性、平等、民权、进步等的思想，为文雄健浮夸，充满讽刺和辩证法。他怀念旧时代的温馨平静的生活，他带着无限向往的心情写下了这样的句子："没有人谈论的老百姓是幸福的！政治的幸福和家庭的幸福是一样的，都是不声不响的；他是和平的儿子，风俗之安静的儿子，尊重政府之古老的格言和可敬的习惯的儿子，这些格言和习惯把法律变成经验，把服从变成本能。"他的名作《圣彼得堡之夜》的风格是清澈的、灵活的、讥讽的，时时迸发出一种崇高的诗意，常常令论敌猝不及防。德·迈斯特的思想充满了悲剧性，始终处于神圣的先验性和天意的内在性、贵族的使命感和原罪的诱惑力、传统的启示和进步的时代之模糊之间的紧张状态。1821 年，德·迈斯特逝世于巴黎。拉克代尔是推动天主教复兴的代表人物，他很早就以德·迈斯特的思想为中心参照，1834 年，他向一位年轻人推荐的书目中没有夏多布里昂，却列举了德·迈斯特的几乎所有的著作。1858 年，德·迈斯特去世三十多年后，拉克代尔引用了德·迈斯特在《论法国》中关于天意的说法："如果它使用了最卑鄙的工具，那是因为它惩罚是为了再生。"（第 186 页）德·迈斯特关于牺牲的说法，把拉克代尔引向一种对"不可理解的教士的面孔"的赞颂："教士是传统为了流血而涂过圣油的人……教士是牺牲的人。"德·迈斯特对法国 19 世纪基督教的复兴厥功至伟。有评论认为，"极大的疯狂性和顽固性"是他的反革命理论的特征，他"是 19 世纪资产阶级在意识形态领域里所碰到的武装得最齐全，因而也是最可怕的敌人"。安托瓦纳·贡巴尼翁的描述给了我们另一个德·迈斯特，一个更接近于真实的德·迈斯特。

《反犹主义或反现代主义，从勒南到布鲁瓦》，这一章深刻地揭示了"富裕了的犹太人"和"贫穷的以色列人"相互对立的本质。19 世纪末，法国上下反犹主义盛行，终于出了导致法国分裂的德莱福斯案件，暴露出反犹主义和反反犹主义之间深刻的斗争。恩斯特·勒南（1823—1892年），这位被称为"19 世纪最聪明的人"的大学者认为，犹太人是"现代精神的敌人"，因此他建议"同化犹太教的敌人和现代精神的敌人"（第 212 页），鼓励了反反犹主义的兴起。但是，在反反犹主义中间，在反犹主义和反现代主义之间，通常的同化从反面证明"消除犹太人的一切现代性使得反反犹主义向着反犹主义的滑动"（第 228 页）是可能的，人们在莱昂·布鲁瓦的著作中发现了这种反证，其《犹太人的拯救》（1892 年）是一本猛烈的、晦涩的和吊诡的作品，同时是如此反现代的和反犹太的，以至于修饰语都颠倒了。莱昂·布鲁瓦1846年生于多尔多涅省的贝里格，是文学中的一个异数。他认为文学是一场战斗，激烈地反对社会、天主教教会和唯物主义是他的作品的主旨。终其一生，他写过四十多部作品，然而大部分不为人所知。他为文不守规矩，往往溢出文类的常规。他视文章为利剑，猛烈而独立，喜欢绝对和真实，固守几个不变的原则，坚决反对现实主义流派和资产阶级。无论是赞扬，还是攻击，他都无所不用其极。贝尔纳·拉扎尔认为，布鲁瓦"是一个反现代派，以至于人们不能怀疑他的反犹主义"。布鲁瓦的理论的基础是"崇拜穷人"，他区分了"富裕了的犹太人和贫穷的以色列人"，这种"对贫穷的以色列人表示好感"的哲学可以称之为"犹太哲学"。对布鲁瓦来说，"一切都在犹太人和穷人的关系之中，基督就是犹太人和穷人"。（第237页）所谓"富裕了的犹太人"，是那些"为迅速致富的唯一挂虑所控制的人，他们通过欺诈、谎言和诡计可以容易地获得"财富，而"贫穷的以色列人"则是"可悲的、因贪婪而腐败的、仇恨高贵的行动和慷慨的意志的犹太教旁边"的"完全不一样的人"。布鲁瓦看不出"犹太教和现代主义之间有亲和性"，所以，人们并不怀疑他的反犹主义和反现代主义，也不怀疑他的反反犹主义的"变种"，其实他是"再现了所有基督教的反犹老套子"（第239页）。反犹主义是法国社会的一块心病，恐怕直到今天也很难说得到了彻底的疗治。

《乔治·索莱尔和雅克·马里坦之间的贝玑》，这一章在复杂的关系中突显了夏尔·贝玑的反现代精神，在他那里，"反现代的特点更为微妙、复杂、混乱和缺乏条理，尽管是可以辨认的"（第250页）。夏尔·贝玑1873年生于奥尔良的一个木匠家庭里，由于学业优秀，他一直读到巴黎高等师范学校。他加入社会主义政党，支持德莱福斯，跟随饶勒斯。他创办了《半月手册》，宣传爱国主义和民族主义。1914年8月，他应征入伍，一个月后即战死，从此声名大振。他反对现代的历史方法，认为"掌握现实的整体"就意味着"把自己当成了上帝"："现代的时代，现代的科学，现代的国家，现代的学校，他们甚至说：现代的宗教……现代被固定化了。现代被标明了日期，被记录下来，被画了押。……现代终于成了一个骂人的词。"（第253页）他的童年"浸泡在共和主义的神秘之中"，他成为"古老的法国的幸存的人，死后的人"，而现代世界则是"自吹自擂的人的世界。确切地说，没有神秘的人的世界"（第255页）。当德莱福斯派取得政权之后，贝玑又开始攻击"精神的党派从政教分离以来取得的世俗的成功"，将其称作"现代的野蛮"。现代世界离不开金钱，贝玑认为"它毁灭了劳动"，他说："储蓄簿造就了现代派。"（第259页）贝玑从帕斯卡尔和柏格森身上"发现了捍卫心灵或者直觉反对精神和理性、方法和科学的特权的东西"："我们认识真理，不仅是由于理性，还由于心灵。"（第265页）他反对现代派关于进步的理论，认为"进步的规律运用于人和文化来源于'产生于现代人之中的一种偏离，一种出轨，产生于存在于帕斯卡尔的文章中的命题的一种偏移'"。产生于"一种错误的、虚假的判断，一种过分的扩展"（第266页）。贝玑从柏格森的绵延中借用了某种东西，拒绝了"关于历史的或持续或间断的线形发展的实证主义概念"。他把柏格森的概念"转向历史，以便阻止进步的形而上学"。但是，"贝玑的历史悲观主义使他不能同意柏格森自《创造的演化》开始的向着一种作为增长和发展的时间观的渐进的转化"（第271页）。因此，他对《创造的演化》表示不满，将其看作"我们时代的形而上学"。《创造的演化》暗示，批评家柏格森把接力棒传给了实证主义者柏格森，从而牺牲了直觉的概念。他不再承认他的老师了，怀疑他"迁就现代派"。面对邦达和马里坦对柏格森的攻击，他又反转来为柏格森辩护。这种反复证明了贝玑的风格："现场的缓慢，无休止的重复和无止境的战斗结合在一起，反对现代世界的战斗，反对现代魔鬼的战斗。"（第287页）贝玑"可能是唯一的反现代派，极端的反现代派"，他的行止"证明了真正的现代派是不情愿的现代派"（第287页）。

《蒂博代，最后一个幸福的批评家》，整整一章不经意间流露出作者本人的向往之情，阿尔贝·蒂博代1874年出生在巴黎以南的索纳和罗亚尔省的图尔努，一生漂泊于法国的中学和外国的大学，五十岁才在日内瓦大学教授文学，直到1936年去世。他是"《新法兰西评论》的教授和日内瓦大学的新闻记者"，在该是记者的地方当教授，在该是教授的地方当记者，就是说，他同时用教授的脑和记者的笔来传达他的文学观念，如同今天中国人所说的，学者化的作家或作家化的学者，一身而二任。他保持着葡萄农的粗俗和乐天的性格，喜欢聊天、美食和美酒，用同样的热情写文章，写得多而且快，难免有人说写得滥，即"饶舌、即兴、粗糙、连续的顺滑"，其风格既令人"反感"，又使人感到"惬意"（第296页）。为什么说蒂博代是法国"最后一个幸福的批评家"？因为他那个时候，"人们还相信人类的生存没有文学就得不到理解，有了文学人们会生活得更好，文学批评显得是至上的学科，使不是任何学科的专家而可以谈论一切合法化"，而今天，"我们缺乏他那样的人，不是狭隘的专业化，自由，有力，宽容，感情丰富，总是警觉而对一切都好奇———一句话，幸福"（第289页）。"他圆满地接受了生活，他爱文学，他想他可以通过他的教学和'寻美的批评'与人分享他的爱。在他的《法国文学史》的开头，他怀着谦逊和热情写道：'圣伯夫说：批评家只不过是一位喜欢阅读并教人阅读的人。但是，首先他要爱阅读，他要爱别人阅读。'这解释了他的滔滔不绝的、有声有色的、从容潇洒的风格：这是因为活着是幸福的，这在世纪之交还是可能的。"（第330页）俱往矣，最后一个幸福的批评家生活的时代！一个批评家还可以热爱文学的时代！法国第三共和国的形势造就了蒂博代"作为一个爱好者对政治分析的涉足"，虽然"他作为思想史的创立者比他作为文学批评的大腕更加受人尊敬，但是他相信文学是一条康庄大道，文学批评和政治批评实际上是不可分的，建筑在同样宽容与温和的原则之上，自然地相互转换"（第295页）。蒂博代的批评来源于三种批评：自发的批评、职业的批评和作家的批评，他认为第三种批评最为重要，因为这是创造的批评。他羞于自称第三种批评，害怕在第二种批评中立足，于是"他总是无所顾忌地触及第一种批评"。因此，蒂博代的批评显示出，这绝非一个"深刻的人"，但是还不足以证明他是缺乏真诚的人。他虽然反对布吕纳吉埃，但是他承认他是"圣伯夫之后唯一的批评家"，对他表示了由衷的感恩之情。他提倡一种创造的批评，即建立在与作家认同之上的批评，"在作品的曲折变化中把智力与直觉和对存在的统一性的追寻结合在一起"。这是一种主题批评，不可缺少的一维乃是历史。蒂博代提出了"代"的概念，"代被理解为年龄的分段，穿越一个历史的事件，以二十年为期"（第311页）。在蒂博代看来，"文学的价值既是独特的，又是多样的，两者是不可分的……一方面，是序列，系列，群体，秩序；另一方面，是天才，差异，断裂，独特性。而问题在于把它们结合为整体"
（第314页）。蒂博代心目中的批评家"应该是一个自由派，既重视独特
性，又重视分类，关心作为整体和变化的文学"。他拒绝选择，"不断地以
反讽的目光观察着世界"。他是一个多元论者，实践上他又成为一个二元
论者，在法国文学中看到了"一对"：笛卡儿和帕斯卡尔，高乃依和拉辛，
博须埃和费纳隆，伏尔泰和卢梭，拉马丁和雨果，等等。晚年，他转向了
政治批评，但是他拒绝"运用这种选举的、议会的游戏规则于一种完全不
同的游戏，即独立的批评的游戏"，总之，他"怀着某种天真看待政治生
活"（第328页）。"蒂博代保持的农民的举止和勃艮第口音，喜欢饮食，
钟爱谈话以及他的批评的生动，我们还能怀着惋惜的心情品味，仿佛怀念
一个在他身后不久就消失的世界"，随着这个世界的消失，蒂博代也"同
第三共和国的人物一起消失了"。贡巴尼翁的口气告诉我们，最近（2007
年）他是怀着怎样的心情在伽利玛出版社编辑出版了蒂博代的文论集的。
尤其令我们感到惊奇的是，在整整论述蒂博代的一章中，居然没有出现诸
如现代派、现代性、现代主义和反现代派、反现代性、反现代主义的
字样！

《朱利安·邦达，一个〈新法兰西评论〉的左翼反动派》，这一章生
动具体地写出了朱利安·邦达的精神历程。在他的全部文人生涯中，有一
个"固定的观念：以理性主义和启蒙思想的普世性的名义反对现代的哲学
和文学"（第332页），这反映了他作为一个反现代派的矛盾和尴尬："一
个月是反动的，一个月是革命的；一月份是法西斯，三月份是反法西斯"。
他的一生与《新法兰西评论》有着扯不清的风风雨雨，《新法兰西评论》
"是他的事业的典型的'跷跷板'"（第337页）。邦达1867年生于巴黎，
在中央高等工艺学校学习数学，后中途退学，以历史学学士的身份完成学
业，随即开始一个文人的生活，直到1956去世。马丁·杜·伽尔说，他
喜欢他的"反叛的、鲜明的、独立的、高傲的"精神。1927年，《士人的
背叛》的出版使邦达一举成名，成为《新法兰西评论》的"心腹"，一股
"势力"，甚至被误认为是该刊的"主编"。他故意用一个古称来称呼现代
知识分子，足以表明他是一个典型的反现代派。他说："我把那些人叫作
士人，其职能是捍卫永恒的、无功利的价值，如正义和理性，但是他们却

为了世俗的利益而背叛了这种职能。"他谴责知识分子屈服于政治激情，为战斗的共和派的理性主义辩护，他反对《新法兰西评论》的"纯文学"的"旧理想"，又反对它的法德和解的"新纲领"，他反对介入，却又满怀激情地介入。邦达"认为个人主义和对普遍主义的拒绝直接导致现代民族主义与集权主义，他是明确反对在欧洲正在诞生的新制度的人之一"（第360页）。他"在德莱福斯案件期间是一个政论家，在第一次大战期间是一个爱国者，只有论战能激励他，他自相矛盾地宣称思想的非介入性。他不断地叫嚷崇拜理性和客观性，可实际上没有比他更主观更带有偏见的了。他的古典主义——帝国时代的古典主义，而不是17世纪的古典主义——可以一时地欺骗传统主义者，但是，他的刻板的希望一旦落空，他主张哲学的退却，这时他准备做一个反法西斯的活动家，然后做一个共产主义的同路人"（第362页）。他是一个"以色列先知"，一个"绝对的悲观主义者"，一个"绝对之朝圣者"，总之，他"为教士服务，正如一个军官为祖国服务"（第371页）。"尽管某些人把他看作是一个书写狂、一个普及者、一个伪君子和一个江湖骗子，他仍从《新法兰西评论》开始进行了一场反对右翼知识界和法兰西行动的细心的战斗，号召组成一个爱国的反法西斯大团体，采取立场反对墨索里尼入侵埃塞俄比亚，后来又反对慕尼黑和约。"（第374页）他是《新法兰西评论》的反法西斯分子，他清楚地预见到维希政权，但是，"他并不因此而放弃对共产主义的批判；他坚持维护精神、艺术和文学的自由，如果不是人道主义，也是人文主义，他不断地作为一种道德错误揭露马克思主义，因为它使人相信社会变革的完成不需要人的参加而免除了人的责任"（第389页）。《新法兰西评论》的精神恰恰是邦达"加在现代派身上痛恨的一切的"："酷爱怀疑，'无拘无束'，不安，爱好矫揉造作的思想、晦涩难懂的逻辑、难以理解的语言，看不起肯定、明确、直线的东西"（第333页），而邦达长期以来却与这份杂志保持着时而亲密时而对立的关系，"一种复杂而不明确的关系"。总之，邦达毕生批评的是模糊混乱的思想，直觉主义，庸俗的美学，意识形态的激情，个人的、文化的和民族的本位主义，一句话，一切流行的，时尚的，使人、思想家和艺术家脱离世界的东西。几乎所有同时代的作家和思想家都憎恨他，他却使一切外行、不严肃、抛弃价值和混乱的思想无所遁其形。他是一个犹太人，资产者，但是他从不因这两种身份而丧失理性和清醒的逻辑。他曾经怀着迷惘的心情说："我的悲剧是一个数学家迷失在文人当中。"

《安德列·布勒东与儒勒·莫纳罗之间的朱利安·格拉克》，贡巴尼翁带着赞赏的笔触描述了格拉克的"不合时宜"。本书出版的时候，朱利安·格拉克是唯一健在的作家，可是他已于 2007 年去世了，终年九十七岁。自第二次世界大战以后，格拉克就"没有感到与世界同步"了，在 1980 年出版的《边读边写》中，他"已经只对 19 世纪的文学感兴趣了"，在 2000 年，他更自比为向外国人介绍的"民间遗存"，但是，"他为他的孤独骄傲"（第 432 页）。他曾向超现实主义的教父安德列·布勒东执弟子礼，曾以一部《流沙海岸》拒绝了 1951 年的龚古尔文学奖，其作品因想象的瑰丽而少有读者，然而，这位"世纪在过去"的作家却是一位在世的威望最高的作家。格拉克认为，"诗存在于肯定、同意、形容词之中，不存在于否定或中性之中"，赞成用"震颤、翅膀的扇动达到高峰时刻的那种**是**的感觉"来界定诗（第 435 页）。这与现代派把文学看成对生活和世界的观点针锋相对，格拉克以"**是**的名义"把后马拉美的所谓先锋与一种可与一千年的相比的迷信等同起来："在格拉克，文学是肯定的，有质量的。"（第 445 页）奥斯瓦尔德·斯宾格勒的《西方的衰落》对他有决定性的影响，"他不相信进步的教条，特别在艺术和文学之中"，在他看来，"在公共马车后面奔跑"成了文学进步主义的一幅"漫画"（第 449 页）。他认为，"现代世界败坏了文学特有的时间性；它改变了越过一个个障碍的文学运动"（第 453 页）。"在超现实主义一代之后，人们将过渡到文学的技巧阶段，而新小说（或潜在文学工场）是这一阶段的完整的体现"，这是他坚决反对的。他不承认"不入流的新"："一件确实是新的作品之所以新，不仅仅是与先前存在的作品相比，也与追寻的远景相比这种远景是先前存在的作品在批评的眼中勾画出来的，或者说，好像勾画出来的。"（第 463 页）格拉克提出，"一个新的作品在这个词的准确的意义上可能是反动的，也就是说，在革命的或前进的进步主义者的意义的反面的意义上"（第 464 页），例如斯丹达尔的《红与黑》就是一件"新的和反动的作品"。总之，格拉克是"与现代世界关系微妙的现代作家之一"

（第 459 页）。

　　《作为圣徒玻里卡普的罗兰·巴特》，贡巴尼翁终于发现罗兰·巴特是一个斤斤于传统的人！《反现代派·人物》到罗兰·巴特为止，贡巴尼翁的叙述风格也为之一变。叙述的主体第一次变成了个人，即作者本人，一股伤感的气氛弥漫于字里行间。对贡巴尼翁来说，亦师亦友的罗兰·巴特于 1980 年 2 月 25 日因车祸丧生，终年六十五岁，虽然有人"赋予这次偶然一种意义"，阅读他的手稿还是使贡巴尼翁"很痛苦"，这份手稿的题目是《小说的准备》。罗兰·巴特说，法兰西语言的"句子解体"了，文学的评价"降低"了，修辞学"技巧化"了，"在法国，不再有可以获得诺贝尔奖的人了"，法国人的口头表达"困难"了，"电台上无数的法语错误"，"写得好"被拖进了"资产阶级的美学崩溃"之中，"说或写美的语言的人变成了被开除的人"，支持文学的人只是"一小批失去社会地位的人"，而罗兰·巴特是"最后一批"（第 478—479 页），他"感觉到文学……不是处于危机之中，而可能是正在死亡"，因此，"《小说的准备》不是一种小说的准备，而是为了拯救文学而进行的诗的探索"（第 475页）。人人都说罗兰·巴特是一个典型的现代派，甚至是一个先锋派，一个新批评的领袖，而贡巴尼翁从中看出他在课程的最后一页说出了心里话："罗兰·巴特在反对创新或新癖好、反对使文学走向死亡的进步的教条的时候，逐步地接受了反现代派的各种特点"，作为一个"坚守者"，"最终成了一个真正的反现代派"（第 481 页）。1971 年，他表示他的理论立场"是先锋派的后卫"，在"加入先锋派程度最深的时候，他已经斜向古典派了，或更甚的是，斜向浪漫主义了"（第 487 页）。罗兰·巴特对先锋派的"根本的不满"，首先是它"总是被资产阶级社会回收"，因为"先锋派有助于维持现状；它是为秩序服务的"，它是资产阶级"家庭内部的事"（第 492 页）。其次，先锋派"毁灭了语言"，"导致一种人的荒谬性"，其结果是"对人的否定"，"先锋派逻辑地走向沉默、自杀和死亡"（第 494 页）。罗兰·巴特在 1971 年说过："做先锋派，就是知道什么东西正在死亡；做后卫，就是还在爱着什么。"他爱着的是什么？是法语，是语言。"50 年代，罗兰·巴特是马克思主义者"，"60 年代，他是结构主义者；70 年代初，他是文本主义者；在法兰西学院时期，他变成或重新变成语文学家"：他自称是"隐性的、守旧的和反作用的"，用自造的"守旧"一词来代替"保守"，用"反作用"来代替"反动"，但是，他"关于小说的准备的最后课程"还是"贯穿了一种对正在死亡的语言的怀旧之情"（第505页）。他指责文本派和先锋派，它们要对"文学的死亡"负责。他关于日本俳句的研究证明："只有诗还可以赎回文学，诗赋予它生命和拯救世界"，因为诗"赞同存在的东西"，"它说到底是现实的语言"（第511页）。在法兰西学院的课程使他渐渐靠近一种关于在场的反现代的诗学，即一种"简单的，血统的和希望的"作品：所谓简单的，就是"作品应该是可读的，不是反讽的，没有引号，也没有包装，一切都在原始的程度上，与困难的、扭曲的现代文本相反"；所谓血统的，就是作品"融会了传统，传递了古人，与先锋派看重的决裂的作品不同"；所谓希望的，就是"作品与'可写的'文本、给人快乐的文本相反，将使人热爱法国的语言"。贡巴尼翁从现代派的罗兰·巴特身上发掘出一个反现代的罗兰·巴特，他把罗兰·巴特比做圣徒玻里卡普，一位公元167年殉道的斯米纳主教重复圣徒的呼喊："我的上帝，您让我生在一个什么样的世纪中啊！"看来此中大有深意。

阿尔贝·蒂博代说："传统派最引人注意的一个特点是它在文学界的重要和在政治界的软弱。"安托瓦纳·贡巴尼翁指出，"文学即便不是右的，至少是抵抗左的……美学上的右平衡着19和20世纪的法国，尤其是第三共和国、人文学科、教授们的政治和议会生活的左"（第6页）文学上大体右，政治上大体左，文学和政治不一致，既互相影响，又分道扬镳，间有串场两栖之徒，这是19和20世纪的法国文化生活的一大景观。不过，贡巴尼翁的观点是否有以偏概全的嫌疑呢？像雨果、斯丹达尔、左拉、萨特这样的作家，我们总不能放在右翼吧。我们只能说，政治左，文学右，大体如此。贡巴尼翁一直以为，1945年去世的德里厄·拉罗谢尔算是"法国传统的最后一个反现代派"，直到他阅读罗兰·巴特的最后几篇文章，发现他是一个"古典的反现代派，像波德莱尔或福楼拜那样的反现代派"，他才恍然大悟，原来反现代派思潮"一直延续到我们"（第11页）！今天，当革命、进步、民主、普选、乐观、善恶等概念逐渐失去其普世的价值的时候，当先进、落后、激进、保守、左派、右派等观念逐渐淡化其原有的意义的时候，当科学、发展、市场、商品、金钱、利益等理念逐渐扩大其领域的时候，当文学、文化、崇高、理想、精英、传统逐渐丧失其权威的时候，总之，当道德滑坡、秩序崩溃、天下大乱的时候，我们不禁想起和看到始于1789年法国大革命、今天还在延续的、成为人人趋奉的现代性、现代主义及现代派的反面，即反现代性、反现代主义及反现代派。与传统决裂，视新为绝对价值，崇拜未来，迷信理论，没有反现代派的制衡与约束，现代派必定要走入死胡同，在一种没有结果的形式主义中沉没死亡。安托瓦纳·贡巴尼翁说得对："没有反现代派就没有现代派"，"没有反现代派，现代派就要走向死亡"。"反现代派是现代派的精华"是一种价值判断，可以不论，但是一些形容词，诸如"清醒的"、"违心的"、"失望的"、"可爱的"、"没有受骗的"、"更为聪明的"，等等，加在现代派的前面，用来说明反现代派，把这枚钱币的另一面展示给读者看，却庶几不差，尤其是说"反现代派是自由射手"、"在如何选择面前接受一种真正的批判态度"，更是说到了反现代派的要害。反现代派是现代派的对立面，但是它是从现代派之中走出来的，原本是一个东西，即1789年法国大革命的产物。这些反现代的作家艺术家为现代社会所不容，但是他们却衡量、评价和批判这个社会，全面地融入、从内部制衡这个社会。他们不是哭哭啼啼地回顾惋惜过去的事情，他们只不过是不合时宜而已。

"我偏爱那些不受现代性欺骗的艺术家。"这是安托瓦纳·贡巴尼翁在考察了文学艺术的现代和后现代的思潮之后的自白。总之，《反现代派》是一本令人浮想联翩、沉思良久的书，它将引起论争和研讨，导致一种含义深远的评论。安托瓦纳·贡巴尼翁的渊博的学识，生动的描绘，丰富的、有时是出人意料的引证，令读者难以忘怀。当然，反现代派是否一种结构性的思潮？蒂博代和巴特、邦达和格拉克、贝玑和波德莱尔谈的现代性是否同一个现代性？反现代派是否前后一致的思想体系？等等，这些问题都是我们应当进一步思考的问题。《反现代派》的出版给了我们一个研究和讨论的契机。

安托瓦纳·贡巴尼翁1950年出生在布鲁塞尔，随父亲辗转于伦敦、突尼斯、华盛顿等地，在美国完成了中学教育之后，在巴黎综合工科学校学习数学，做了几年的桥梁工程师后转为文学，完成了国家博士论文，先后在法国和美国的大学中任讲师和教授。目前在法国巴黎第四大学和美国哥伦比亚大学任教授，自 2006 年起，被任命为法兰西学院教授。他的主要著作有：《第二手或引证的工作》（1979 年）、《我们，米谢尔·德·蒙田》（1980 年）、《跨世纪的普鲁斯特》（1989 年）、《现代性的五个悖论》（1989 年）、《您知道布吕纳吉埃吗?》（1997 年）、《理论之魔》（1998 年）、《无数面前的波德莱尔》（2003 年）和《反现代派，从约瑟夫·德·迈斯特到罗兰·巴特》（2005 年），编辑有《斯旺家那边》（1988 年）、《所多玛和蛾摩拉》（1989 年）与《普鲁斯特的笔记》（2002 年）、《蒂博代论政治》和《蒂博代论文学》（2007 年）。他的《反现代派》一书获 2006 年法兰西学士院批评奖。

2008 年 10 月 5 日，北京

（《反现代派》2009 年 3 月出版）

文学批评断想

　　记得 1988 年作家出版社出过一本《龙应台评小说》，那一针见血、干净利落、对事不对人的文笔，确实使人有如沐春风之感。可惜，这本书生不逢时，没有引起什么反响。如今再把它翻出来读一读，居然发现海峡两岸的批评竟何其相似乃尔！同样的"温柔敦厚"，同样的"唯我独尊"，同样的"深不可测"，同样的"人身攻击"！作者提倡一种"专业的、客观的、坦诚的、举足轻重的"批评，是痛感"台湾没有文学批评"。当我们对龙应台的批评有所感触的时候，我们是否对大陆的批评也有她那样的"痛感"呢？我们对文学批评的不满已有多年了，而当下更有讨伐的意味。炒作、策划、疲软、萎缩、逃亡、缺席、隔靴搔痒、言不由衷、不知所云、自相矛盾和无原则的吹嘘，这就是多年以来我们对大陆上的文学批评的概括。这也许是夸大了，可是龙应台所谓"台湾没有文学批评"不也是夸大之辞吗？为什么她的文学批评能够在台湾刮起一阵"龙旋风"呢？对于专业的文学批评家来说，龙应台的批评似乎是过于肤浅了，然而对于大量的普通读者呢？我所以说"似乎"，是因为我不知道专业文学批评家写的适合普通读者阅读的批评是什么样的。无论人们对龙应台的批评持有怎样的看法，都不能不思索她以及她的批评提出的问题。

一　文学研究与文学批评

　　七十五年前，法国文学批评家蒂博代关于文学批评作过六次讲演，八年之后，他将其结集出版，题为《批评生理学》（中文译本名《六说文学批评》，赵坚译，三联书店 1989 年版），其中把文学批评分为三种：自发的批评、职业的批评和大师的批评。1983 年 2 月的《文学杂志》刊登了瑞士文学批评家斯塔罗宾斯基的答记者问，认为"蒂博代关于批评形态的界定还没有过时"。斯塔罗宾斯基是日内瓦学派的集大成者，享有广泛的国际声誉，他说一本四分之三个世纪以前的著作还没有过时，应该说是一个很高的评价，值得我们深思。

所谓"大师"，指的是那些已获得公认的大作家（诗人、小说家、剧作家等）。"大作家在批评上也有话要说。他们甚至说了许多，有时精彩，有时深刻。他们在美学和文学的重大问题上有力地表明了他们的看法。"这是一种热情的、甘苦自知的、富于形象的、流露着天性的批评。这种批评在批评史上自有它的地位，但是，它若认为不创作的人就没有资格批评，就太没有自知之明了。由于大师的批评是一种无拘无束、具有某种独立性的批评，与本文所论关系不大，故可以按下不表。

蒂博代所说的"职业的批评"是一种教授的批评，在法国被称为"大学的批评"。这是一片教堂耸立、宫殿巍峨、有看得见和看不见的围墙围拢来的土地，树立着一座座由卷帙浩繁的文学史、砖头一样的专论和精细得近乎烦琐的考证组成的纪念碑，上面刻着数十位大作家和数百部名著的名字。人们可以带着崇敬的心情前来瞻仰，却很少能带着愉快的笑容与之亲近。它们太高了，累得普通人脖子疼。所以，蒂博代先生不无风趣地说："平时住在教堂里和宫殿里不大方便。"由于职业的批评是一种旁征博引、论证严密、主要以死人为对象、写给圈子里的人看的批评，与本文所论关系也不大，故也可以按下不表。

自发的批评不同，它是一种读者的批评。当然，所谓读者并非任何一位读书的人，而是一些有文化修养乐于读书而又"述而不作"的人。他们大约相当于英国18世纪著名学者塞·约翰逊所说的"普通读者"吧，他认为，"普通读者"最少成见，最能公正评价作品。他们有趣味，有眼光，有鉴赏力，读书只为获得精神上的享受和快乐，并没有功利的目的，若是他们也品评他人的作品的话，不过是为了把自己的感受说与同好，一起享受阅读的快乐。他们针对的主要是时人和时人的作品，他们需要的不是学者日积月累的卡片、严谨绵密的分析和精细烦琐的注解，而是机智、敏感、生动迅速、还带着热气的反应。因此，批评者无须深奥难解的术语壮胆，无须高深玄奥的理论撑腰，简明易懂是其基本的要求，如能生动细腻，就是更上一层楼了，倘若再加上幽默，则无异于锦上添花。这种批评不需要引经据典，也不需要面面俱到，更不需要板起面孔揭出几条不饶人的规律。因此，蒂博代认为："自发的批评的功能是在书的周围保持着经由谈话而形成、积淀、消失、延续的那种现代的潮流、清新、气息和氛围。"在19世纪以前的法国，沙龙及其女主人可以在很大程度上决定一个作家或作品的荣辱兴衰，出入其中的绅士们代表了读者的口味，他们的口头批评化为文字而为世人所知，而所谓"世人"，只不过是比他们人数略多一点的绅士而已。但是19世纪以后，沙龙式微，报刊兴起，报刊的文学记者取代了沙龙的常客，这意味着笔取代了嘴，而笔的传播范围差不多达到了社会的各个层面各个角落。范围不同，载体不同，其精神实质却是一样的：同样是对时人及时人的作品的鲜活、敏锐、直接、具体的反应。不求全面深刻，只求切中肯綮，或称片面的深刻。所以，现代的自发的批评不再是口头的了，而是一种文字的、实用的批评，但是它保留了口头批评的特点，例如生动活泼浅显明快之类，又加上了文字的严谨和整饬。自发的批评又称实用的批评，是现代文学批评的主要形式之一。

我以为，当前文学批评的主要问题是混淆了三种批评的功能，而尤其是混淆了自发的批评和职业的批评的功能，其他如"言不由衷"、"胡吹乱捧"、"人身攻击"、"缺席"、"逃亡"之类，多与批评者的人品和作风有关，不在本文的论述之内。

自发的批评和职业的批评是有区别的，它们之间的区别是评论和研究的区别，是文学的今与古的区别，对于今，我们要做的是评论，评论今日之作品的优劣雅俗及其对现实生活的感应；对于古，我们要做的是研究，研究经典之作品的源流、影响、意蕴及其在今天的意义。什么是文学的古与今？按照蒂博代先生的说法是："文学的过去是流传下来的若干本书。而文学的现在是许多本书，是书之河，流动不止。要有过去，必须有现在。"这就是说，文学的过去是经过时间的"筛选"，留下若干本名著，是可以沉潜体味细细地加以研究的；文学的现在，则是未经"筛选"的、良莠并陈的一条"书之河"，只可以及时享用趁热打铁予以评论。文学的现在就是当代的文学，是活生生的、随时都有诞生和死亡的文学，是泥沙俱下、鱼龙混杂、未经时间淘洗的文学，自然也是谈论最快最多的文学。

所以要快，是因为慢了那本书可能由于批评的沉默而过早地死亡；所以要多，是因为过了这个时候就会有别的书来叩批评的大门；如此才能使文学之河不断地流下去。实用的批评的职能就是谈论这种方生方死的作品，有幸留下的将成为职业的批评的研究对象。这并不是说研究与评论有高下优劣难易之分，而是由于对象的不同决定了它们需要批评者不同的素质和修养。可是在有些人的眼中，研究论文和书刊评论的区别不是形态、方法、目标等的区别，而是身份、价值和地位的区别，前者有学术性，后者无学术性，仿佛前者是甲级队，后者是乙级队，前者是正规军，后者是游击队，文格上就高了一等，就是说，一篇很精彩的评论其价值大约只与一篇很平庸的论文相等。论文再平庸也是论文，生下来血液就是蓝色的，其作者可以被称为或自称为"学者"；评论再精彩也是评论，至多博得个"生动活泼，文采斐然"，究竟不是正途，摆脱不掉"无学术性"的劣根，其作者只能被称为"评论家"或"批评家"。其实，自发的批评或称实用的批评要求批评者具有敏锐的感觉、迅速的反应和深刻的理解，倘若一位批评者忙于进行圈地运动，划分势力范围，打起占山为王的旗号，写起文章来不是"论"就是"研究"，盲目地进口新概念或新名词，一味地追求"宏观"和"深刻"，廉价地赠送杰作的桂冠，不加分析地使用结论性的语言，暗中或公开地怀有非传世之作不写的雄心，总之是完全失去了面对当代文学所应有的鲜活与明快，我们只能说他把时间和精力用错了地方，用冷静、周密、系统的分析代替了快速、准确、完整的描述，把一条流动的河当成了一池静水。实用的批评注重的是"作品和人"，职业的批评注重的是"体裁和规则"。实用的批评追求所谓"学术性"，用体裁和规则去衡量作品和人，企图化个别为一般，势必扼杀了当代文学的活力。

一般地说，描述是当代文学批评最有力的武器，而描述的最大客户又是传媒，传媒可以在短时间内造就或毁掉一位作家的名声，然而它和一位作家靠作品赢得或丢掉的名声不可同日而语，它们有虚与实、短命与长久的区别。实用的批评与传媒有着天然的联系，或者说就是传媒的一部分，它不能只分享传媒的荣耀，而不分担传媒的耻辱。实用的批评注定是一种情绪的批评，是一种肤浅的批评，是一种片面的批评。其情绪、肤浅和片面将由批评家的学识、修养和见地给予程度不同的控制、调整和补救。如果有人以"情绪、肤浅和片面"指责它，它大可付之一笑，不予理会，它唯一可以接受的指责是笨重、深奥和古板。当然，书的作者个人或雇人参与的"炒作"，算不上文学批评，当另有评价的标准。

我们可以提倡甚至呼吁"传世之作"，但是传世之作的产生不是当代管的事，倘若作家们都埋头于传世之作，不唯传世之作不能产生，恐怕文学之河也要断流了。批评也是一样，倘若一位批评家执意要在当代的作品中寻找传世之作，或者他由于个人的修养和见地而错选了平庸之作，或者他要求过于严格而一无所见，其结果或是批评虚假繁荣，杰作满天飞，或是批评过于冷清，"伯乐一过冀北之野而马群遂空"。因此，批评家必须评论当代人的作品，哪怕其中多有平庸之作，更何况某一本书今日被视为平庸，未必不被后人视为杰作，当年"批评之王"儒勒·雅南贬低巴尔扎克的小说即为著例。再说，平庸之作充斥书籍市场，在本世纪并非中国特色，而是一种国际现象，不足为怪。当此写作的人愈来愈多的时代，哪一个国家的文坛也不敢立下消灭平庸的宏愿，为了不使平庸之作窃据杰作的地位，批评倒是可以一展宏图。平庸并不可怕，可怕的是批评跟着平庸。19 世纪的著名批评家弗朗西斯科·萨尔赛说："我们是批评的巴汝奇之羊①；公众跳下海，我们跟着跳下海；我们比公众优越的是知道它为什么跳下海，并且告诉它。"倘若批评既能"知道"，又能"告诉"，那它就已经摆脱了平庸。

文学不能归结为若干部杰作，如果把文学比喻为一片汪洋大海的话，杰作只不过是海中的若干岛屿罢了。蒂博代先生说得好："如果不是有成千上万很快就将湮没无闻的作家维持着一种文学生活的话，那就根本不会有文学，也就是说，不会有大作家。"此论真是既宽容又通达，也极公平。现今通行的文学史往往是杰作编年史加大作家年谱，虽然为我们建立了一代代作家的谱系，为我们编排出一部部作品的序列，但我不相信这就是一个时代的文学的真实面貌。以往那些在报刊上写作的著名批评家（即所谓文学专栏作家）写过巨量的文章（其频率是每人每周一篇，往往持续多

①　典出拉伯雷《巨人传》。巴汝奇从羊商手中买得一羊，为报复他，将羊抛入大海，羊商的羊也跟着跳入大海。

年），其中绝大多数已引不起今日的读者的兴趣了，不过这也在那些专栏作家的意料之中，今日读者的兴趣并不关他们的痛痒，因为这些文章原本就不是为后人写的。但是倘若后人真想了解那个时代的文学的真实情况，也许只有这些专栏作家能够提供一些可靠的画面或为那种杰作史提供必要的补充。蒂博代此论给了那些普通作家以写作的权利，并且对他们并非永垂青史的劳动给予了公正的评价。作品能否传世，常常成为许多作家的一块心病，甚至有些批评家也在构想着传世之作，蒂博代的话无疑是一剂良药，至少可以使他们清醒，意识到自己的可笑，抛却无谓且无益的烦恼。假使我们的作家和批评家都下定决心，抱着非传世之作不写的宗旨，那么传世之作未必会有，而文学这共和国却必将成为一片荒漠。当然，这并非说应该粗制滥造，无须精益求精。文学的历史和现状告诉我们，"水至清则无鱼"，粗制滥造是一种避而不可免的现象，最好的办法是批评的沉默，令其自生自灭。

　　总之，实用的批评是维系文学生命的批评，它与职业的批评（文学研究）并无高下优劣难易的区别。它有独擅胜场的领域，它有辉煌荣耀的时刻，它也为自己的成功付出了代价。它若追求职业的批评所擅长之绵密与完整，必然导致的是付出与收获失去平衡的结局。

二　批评是两个主体间的对话

　　创作和批评是一对孪生兄弟，有创作即有批评，尤其是在当今文字表达已到了无所不能的时代。批评对创作依附寄生服务的状态只是说，必须有创作才能有批评，或者说，创作在先，批评在后。创作需要阐释和生发，这是他的生命所在，它一旦产生，以后的事就要由批评去做，无论是荣，是辱，是兴，是衰。好的批评是创作得以生存的必要条件，因为一本书如果不经阅读的话，始终是一个硬邦邦的、砖头一样的、物质的存在。一本书的生命是固有的，但是只有书被打开，被阅读，它的生命才会被释放出来。阅读就是批评。写出一本书并不就是创造的完成，它有待于阅读，有待于批评，也即有待于接受。正如莫里斯·布朗休所说，"作家写了一本书，但书不就是作品"，"只有当这本书变成了作者和读者之间的开放性契合、变成了由于说之能力和读之能力之间的相互争论而突然展开的空间时，它才成为作品"①。阅读、批评和接受是一部作品生命的诞生和继续，而且书的生命也不止一个，每一次阅读、每一次批评、每一次接受都赋予书一次新的生命。作家鄙薄甚至痛恨批评家，那是 19 世纪以前的事了，进入 20 世纪特别是 50 年代之后，很少有作家敢于轻视批评和批评家了。批评家所以要在作家面前取谦虚的态度，绝不是因为批评低创作一等，而是因为创作和批评是平等的。平等尚需谦虚，更何况一个小批评家面对一个大作家了。大作家在数量上要远远胜过大批评家，只不过说明做一个平庸的批评家易，而做一个杰出的批评家难。作家是对原生态的生活进行勘察探询来表达自己对社会和人生的看法和态度，批评家则是通过作家的作品来和作家对话，也同样是表达他对社会和人生的看法和态度。好的批评一经产生，就获得了独立的存在，因此一篇批评有可能比它所评的作品有更长久的生命。艾略特说得好："我最感激的批评家是这样的批评家，他们能让我去看过去从未看到过的东西，或者只是被偏见蒙蔽着的眼睛去看的东西，他们让我直接面对这样的东西，然后让我独自去进一步处理它。"② 批评家应该做和能够做的是，揭示作品的真正底蕴，把作家隐约感觉到的东西明白晓畅地讲出来，即把王国维在《论哲学家与美术家之天职》所言之"表诸文字、绘画、雕刻之上"的"胸中徜恍不可捉摸之意境"——昭示于天下。瑞士文学批评家让·斯塔罗宾斯基谈到文学批评时说："为了回答它的全部的愿望，为了成为对作品的一种理解性话语，它自己应该成为作品，并且遭遇作品的风险。因此，它将带有一个人的印记，这个人将是一个经历过科学的技巧和'客观的'知识的苦行的人。批评将是一种重新置于一种新的言语中的关于言语的知识，将是对于诗学事件的一种分析，而这种分析自己也成为一种事件。"③ 成为作品（作为批评对象的文学作品），正是批评的一种最高的追求，而这种追求就表现在对作品的反复阅读之中。

----

① 莫里斯·布朗休：《文学的空间》，巴黎，伽利玛出版社 1955 年版，第 31 页。

② 《爱略特诗学文集》，国际文化出版公司 1989 年版，第 300 页。

③ 见让·斯塔罗宾斯基《波佩的面纱》，郭宏安译，载《世界文论》（5），社会科学文献出版社 1995 年版。

　　那么，阅读是什么？乔治·布莱说："阅读是这样一种行为，主体的原则——我称之为'我'——通过它变得我无权再将其视为我之'我'了。我被借与另一个人，这另一个人在我的内心中思想、感觉、痛苦和骚动。"① 乔治·布莱是日内瓦学派的代表人物之一，提倡一种意识批评，所谓意识批评说的是，文学作品乃是人类经验的一种"副本"，是人类意识活动的一种形式，文学批评从根本上说乃是一种"对于意识的批评"，是"意识的意识"。他的这句话说的是剥除我障，遍照真我，是"全面地应答所读或所赏的作品发出的暗示"，是"两个意识的相遇"，是阅读和批评的"原初运动"，所以，"没有两个意识的遇合，就没有真正的批评"。波德莱尔在《1846年的沙龙》一文中评论画家欧仁·德拉克洛瓦，曾经这样写道："他的画主要是通过回忆来作的，也主要向回忆说话。在观众的灵魂上产生的效果和艺术家的方法是一致的。"这意味着，艺术家是以自己的回忆来唤起观者的回忆，而观者必须以自己的回忆来应答艺术家的回忆，这样才能实现作者和观者之间的灵魂的感应与交流。乔治·布莱认为这里指的是一种"主体间的等值"，即"作者和批评者在一首诗上的全部真实关系应该被看作是一种主体间的现象，它们之间所交流的东西，不是一种等同，而是一种等值"。这就是说，批评者与作品的关系不是主体与客体的关系，而是主体与主体的关系，也就是一个主体经由客体（作品）与另一个主体的关系，这后一个主体正是作品后面的作者，批评者在作品中寻找的始终是作者的精神活动。所谓"两个意识的遇合"，就是批评意识和创作意识的遇合，而为了实现这种遇合，前者需"忘我"、"灭我"，直至将"我"借与他人。在这样的批评家面前，作品不再是纯粹的认识对象了，而是成为两个意识相互沟通的某种中介。批评家和作家，仿佛一对有情人，双方不是互相征服或占有，如取物焉；而是互相吸引，互相融汇，所谓默契。所以，批评行为不止于作品，而是经过作品直探作者的意识活动。从批评和创作的全过程来看，就是诗人观物，有所动于中，将其思想和感情化为作品，传达给另外一些人，例如读者和批评家。批评家则需澄怀息虑，洞开心房而纳之，再现作者的思想和感情。如此则创作

---

　　① 乔治·布莱：《批评意识》，郭宏安译，百花洲文艺出版社1993年版，第259—260页。

和批评成为一个首尾相接的循环。当然，批评家并非重复作者而是不自觉地调动自家的回忆和想象，直到"直接地把握一个没有对象的主体性"。布莱说得有道理，批评家和作家作为两个主体，它们之间所交流的东西，"不是一种等同，而是一种等值"。

　　等同的东西不必交流，需要和可以交流的只能是等值的东西。这种等值其实是主体间差异中的同一，它意味着：批评者应该全面彻底地应答作者发出的暗示，在自己的灵魂中产生某种陶醉，并且在回忆和想象的陪伴下浑然不觉地、毫无挂碍地进入作者设定的情景中去，而这种情景正是作者先行体验过的。因此，波德莱尔指出，对于诗人来说，他的传达要借助语言艺术，即"富有启发性的巫术"；对于批评家来说，在一首名副其实的诗面前，他的灵魂要受到"激发"，得到"提高"。他曾经讲过巴尔扎克的一个小故事："巴尔扎克一天站在一幅很美的画前，这幅画画的是冬景，气氛忧郁，遍地白霜，星星点点的几个窝棚和瘦弱的农夫。他凝视着一座飘出一股细烟的小房子，喊道：多美啊！可他们在这间窝棚里干什么？他们在想什么？他们在愁什么？收成好吗？他们大概是有到期的票据要支付吧？"小说家巴尔扎克的反应是一个敏感的、富有想象力的批评家的反应。然而，在这个故事中，我更感兴趣的是波德莱尔的评论，他说："谁愿意笑德·巴尔扎克先生就笑去吧。我不知道是哪一位画家有幸使得伟大的小说家的灵魂颤动、猜测和不安，但是我想他通过他的令人赞赏的天真为我们上了一堂极好的批评课。我赞赏一幅画经常是单凭着它在我的思想中带来的观念或梦幻。"① 这果然是一堂"极好的批评课"，且看它的组成：灵魂颤动、猜测和不安，天真，观念和梦幻；再看他们之间的关系：因其天真，才会有灵魂颤动、猜测和不安，因其观念和梦幻，才会生出赞赏之情。总之，这堂批评课包括了作品在批评家的精神上所产生的效果和批评家面对作品所应持的"虚心"态度。正是基于"内心之虚"，"从零出发"，批评家才能进入作品，发现作者的"我思"。这恰好如钱锺书《谈艺录》所说："除妄得真，寂而息照，此即神来之候。艺术家之会心，科学家之格物，哲学家之悟道，道家之因虚生白，佛家之因定发慧，

---

　　①　见《波德莱尔美学论文选》，人民文学出版社 1987 年版，第 362—363 页。

莫不由此。"神者，明也。不唯创作者要进入此境，批评者也要进入此境，只是途径有别，方式不一，这就是所谓"主体间的等值"。肯于和善于接受启发（暗示），并且立即作出应答，而且是全面的应答，这是批评家的最重要的素质。要实现这一素质，非"破我"、"忘我"、"斋心"、"洗心"不行，仿佛照相，使用曝过光的胶片自然会劳而无功。然而批评家之"心"其实都已不知曝过多少次光了，而且不知还要继续曝多少次。所以，"破"、"忘"、"斋"、"洗"，这些表示行为的词无非说批评家在观文前要自觉地主动地下一番清理的功夫，以使自己的"心"在每次观文前都是一张灵敏的空白胶片。否则，如朱熹所说，"心里闹，不虚静"，非但作不得诗，也评不得诗。刘勰《文心雕龙》有言："缀文者情动而辞发，观文者披文以入情。"此二"情"就是"主体间的等值"，若使其能够遇合而为一，第一步就是观文者的心能够"虚而待物"。

波德莱尔这样回忆他初读泰·戈蒂耶的诗时的感受："我还记得，那时我很年轻，当我第一次品味我们的诗人的作品时，一种打得准打得正的感觉使我浑身打颤，钦佩之情在我身上引起某种神经质的痉挛。"[1] 唯有一个主动地打开心灵的门户并且内中荡然无物（并非原本无物，而是待客之前先已进行过一番清理）的人，才会觉得他人的思想"打得准打得正"，而那种"钦佩之情"实际上也正是认同的一种形式。胸中塞得满满的人已成刀枪不入之躯，他人的思想和感情只会受到拒斥。此类批评家非但不会有"钦佩之情"，反而会以无动于衷为荣，或者以思想卫士自诩。清薛雪在《一瓢诗话》中说："看诗须知作者所指，才是贾胡辨宝。若一味率执己见，未免有吠日之诮。"批评史上此类"吠日"之作并不鲜见，有时还会被人誉为"旗帜鲜明，立场坚定"。殊不知此类所谓"鲜明"、"坚定"，往往是不由分说地拒绝，正应了朱熹的一段话："今人所以识古人文字不破，只是不曾仔细看。又兼是先将自家意思横在胸次。所以见从那偏处去，说出来也都是横说。"[2] "仔细看"也好，"虚心看"也好，都是要人不著成见，摄心专揣，在求学治学中破我、忘我。否则，守一成不变之立

---

① 见《波德莱尔美学论文选》，第79—80页。
② 朱熹：《清邃阁论诗》，第79—80页。

场，抱决不宽容之感情，持批判一切之武器，举目尽是非我族类，低首莫非精神污染，左顾右盼，只剩下自己脚下一片净土。呜乎，这片净土上的思想哨兵岂不要跑煞、忙煞、累煞。此种批评家不开口则已，开口准是"横说"。横说，就是硬说，就是不讲理，就是穿凿附会，就是望风捕影，无中生有。此种"横说"的批评曾经有过得意的日子，现今也还有市场，今后也多半不会绝迹，因为批评家们多少总是"心里闹，不虚静"。有没有心里不闹的批评家？当然有，只是数量不多。倘使批评家的心平时别有所闹，观文时心里不闹，则"横说"就会大大减少，此亦幸甚。走出自我，融入他人，不单单是一种理解的行为，也是一种精神的解放。自我既是一种时时需要肯定的存在，同时也是一种时时需要打破的禁锢。批评家亦如是。他并非一个天生的审判官，总是铁青着脸宣布奖惩，或者出示黄牌红牌之类。阅读别人的作品，倘能够心里不闹，就可以打破自我的藩篱，获得精神的解放。假使他总是手持某法典或某尚方宝剑，以不变裁万变，他就总是处在禁锢之中，就总是"心里闹，不虚静"。所以，批评乃是一种主体间的行为。文学批评不是一种立此存照式的记录，不是一种居高临下的裁断，也不是一种平复怨恨之心的补偿性行为。批评应该是参与的，批评家应该消除自己的偏见，不怀成见地投入作品的"世界"。这就是说，批评家应该"力图亲自再次体现和思考别人已经体验过的经验和思考过的观念"。批评作为一种"次生文学"是与"原生文学"（批评对象）平等的，也是一种认识自我和认识世界的方式。因此，批评是关于文学的文学，是关于意识的意识。批评家借助别人写的诗、小说或剧本来探索自己对人生和世界的感受和认识。我曾经写过一篇文章，叫做《重建阅读空间》，其中有仿明末张岱的一段文字，比照了五种阅读心态所撑起的五种阅读空间，说明阅读空间的广狭不在阅读种类的多少。阅读要真读，细读，反复地读，然后才能有所得，才能有交流和对话。

批评是一种对话，是批评家和作家通过作品进行的多次往复不已的对话。这种对话是双向的，正如斯塔罗宾斯基所说："凝视，为了你被凝视。"[1] 批评者叩问作者，主要是通过其作品，因为作者是那个写了这部作

---

[1]　见让·斯塔罗宾斯基《波佩的面纱》，郭宏安译，载《世界文论》(5)。

品的人，而不是生活中实实在在的那个人。清人仇兆鳌说："反复沉潜，求其归宿所在，又从而句栉字比之，庶几得作者苦心于千百年之上，恍然如身历其世，面接其人，而慨乎有余悲，悄乎有余思也。"（《杜诗详注·序》）说的正是此种情形。古代或已死的作家，自然要通过他们的作品与他们对话，对于还健在的作家，不是和他们本人对话更直接吗？不对。对于批评家来说，作品永远是第一位的，他的阅读永远是第一位的，作家本人对作品的解释，如果他有的话，永远只能是可信可不信的参考。再说，聪明的作家永远不解释他的作品，因为作品一旦产生并投入社会，作家就失去了对它的控制，好坏由人评说。一本书有它自己的命运，而它的生命在批评家和作家的对话中延伸，这就意味着，批评家和作家对一本书的生命有着平等的权利。所谓"对话"，就是讨论。批评家不把作品当作一个纯粹的客体，他与作者的关系是两个思考着的主体的关系，也就是两个主体的相遇。因此，读者从批评中听到的不是一个声音，而是两个声音，两个相互撞击的声音。批评家即不专事挞伐，也不止于观照和欣赏。批评者和作者都以探索真理为目的，而并不以为真理即在自己手中。所以，批评者无条件地赞同作者，或者无条件地反对作者，都不能有对话产生，因为颂扬和攻击都不是讨论，而没有讨论，就没有对话。斯塔罗宾斯基说："完整的批评也许既不是那种以整体性为目标的批评（例如俯瞰的注视所为），也不是那种以内在性为目标的批评（例如认同的直觉所为），而是一种时而要求俯瞰时而要求内在的注视，此种注视事先就知道，真理既不在前一种企图之中，也不在后一种企图之中，而在两者之间不疲倦的运动之中。"① 这是迄今为止我所见到的对于批评的位置的最好描述，在这里，"俯瞰"代表了批评最远的距离，"认同"代表了批评最近的距离（或者说没有距离），两种距离上的批评各有其价值，但是，"完整的批评"却在两种距离上的批评之间的"不疲倦的运动之中"，而所谓"运动"，只有对话能够承担得起。对话是真正的批评精神，因为批评者知道他一无所知。

---

① 见让·斯塔罗宾斯基《波佩的面纱》，郭宏安译，载《世界文论》（5）。

三　提倡一种自由的批评

按照蒂博代的说法，"批评是 19 世纪的产物"。在我国，现代形态的批评则产生于 20 世纪初，产生于王国维的《〈红楼梦〉评论》。他第一次运用西方批评的理论和方法来研究一部中国古代的文学作品，从而开始了中国文学批评从古典向现代的过渡。近二十年来，年轻的中国批评家突然发现，人文学科的诸家诸派的理论和方法纷纷侵入文学批评的共和国，造成了批评的园子里光怪陆离的景观。在西方，争论开始于五、六十年代，人们不免火气十足，传统的历史方法和新的诸如社会学批评、心理学批评、主题和现象学批评、语言学批评，等等，纷纷摆出了势不两立的架势，但是到了 70 年代，也就是十余年之后，人们终于明白了："这些新的方法不是取代，而是补充了传统的历史方法，它们产生于把已经在人文科学中获得居留权的诸学科应用于文学的可能性和必要性。"因此，我在这里提倡一种"自由的批评"，只是想在现存的或可能存在的各种批评方式中为"自由的批评"觅一块立足之地。

让·斯塔罗宾斯基论法国文学批评的现状时，说："今日的大问题是即时的批评不堪重负，因为批评家的收入常常是很菲薄的。唯有通过电视传播的反响似乎还对出版家有些重要性。至于纯学院的批评，则要保持距离。也许两者之间的余地倒有可图，即教授或作家肯冒某种风险撰写随笔，形成一种自由的批评。"① 这里所谓"随笔"，指的是蒙田的随笔。蒙田的随笔并不是"以不至于头痛为度"的文字，而是一种追寻和探索，以无知为出发点的、对自我和他人（世界）的追寻和探索，并在两者之间建立和保持平衡。蒂博代认为蒙田创立了一种批评，"一种纯粹趣味的批评，即完全美感的批评，一种判断永远保存着感觉之花并使之完整无损的批评，一种正确思想的细腻同隽永的快乐相混淆的批评"。即时的批评和纯学院的批评，即是实用的批评和职业的批评，前者追求适度的严谨，后者追求适度的生动，即为"两者之间的余地"。所谓风险在于：教授为之，

---

① 见《文学杂志》1983 年 2 月号，法文版。

可能被讥为"掉书袋";作家为之,可能被讥为"不严谨"。然而,运用之妙,存乎一心,全看批评者的修养和眼光了。蒙田在他的徽章上铸有一架天平,在天平上铸有那句有名的格言:"我知道什么?"斯塔罗宾斯基认为,这种"独特的直觉"表明,"随笔的行为本身乃是对于天平梁的状态的检验",构成了一种"最自由的文学体裁",其"宪章"就是蒙田的一句话:"我探询,我无知。"斯塔罗宾斯基指出:"唯有自由的人或者摆脱了束缚的人,才能够探询和无知。……强制的状态企图到处都建立起一种无懈可击、确信无疑的话语的统治,这与随笔无缘。""随笔的条件和赌注是精神的自由。"现代人文科学广泛而巨大的存在"不应该减弱它的活力,束缚它对精神秩序和协调的兴趣",而应该使它呈现出"更自由、更综合的努力"。总之,"从一种选择其对象、创造其语言和方法的自由出发,随笔最好是善于把科学和诗结合起来。它应该同时是对他者语言的理解和它自己的语言的创造,是对传达的意义的倾听和存在于现实深处的意外联系的建立,随笔阅读世界,也让世界阅读,要求同时进行阐释和大胆的冒险。它越是意识到话语的影响力,就越有影响……随笔应该不断地注意作品或事件对我们的问题所给予的准确回答。它无论何时都不应该背弃对语言的明晰和美的忠诚。最后,此其时矣,随笔应该解开缆绳,试着自己成为一件作品,获得自己的、谦逊的权威"①。他的夫子自道则说明,他一直在追求这种自由的批评:"我喜欢清澈的东西,我追求简单。批评应该做到既严谨又不枯燥,既能满足科学的苛求又无害于清晰。因此我冒昧地确定我的任务:给予文学随笔、批评甚至历史一种独立的创造所具有的音乐性和圆满性。"看看我国的文学批评,我们禁不住惊喜,我们发现了李健吾。李健吾的文学批评是一种结合了中国古代诗文评优良传统的印象主义批评,是一种"自由的批评"。

　　李健吾以笔名刘西渭先后出版于 1936 年和 1942 年的《咀华集》、《咀华二集》容纳的文字不多,然而它已经具有了独特的、自由的批评所必需的种种内在的素质。如果还有人对李健吾是否大批评家心存疑虑的话,那主要是因为他的批评在数量上有所欠缺。李健吾的独特之处在于他肯定了

---

①　见《时代,斯塔罗宾斯基》,蓬皮杜文化中心 1985 年版,第 196 页。

批评本身是一种艺术，他在《咀华集·跋》中明确指出："犹如书评家，批评家的对象也是书。批评的成就是自我的发见和价值的决定。……一个批评家是学者和艺术家的化合，有颗创造的心灵运用死的知识。……（批评）本身也正是一种艺术。"① 批评家与书评家相同的是工作的对象，说这对象"也是书"，似乎不言而喻，不说也罢，其实不然，有许多批评家是把作者（人）当作对象的，不是知人以论世，而是论世以知人，这已经是出发点和目的都不相同的两种批评了。钱锺书对一位求见的英国女士说："假如你吃了个鸡蛋觉得不错，何必认识那下蛋的母鸡呢？"这不仅仅是幽默，也不止于风趣，这句话里包含着一种批评观。在李健吾的"咀华啜英"的批评里，论世（书）永远是主要的，第一位的，知人永远是辅助的，第二位的。"所以，一本书摆在他的眼前。凡落在书本以外的条件，他尽可置诸不问。他的对象是书，是书里涵有的一切，是书里孕育这一切的心灵，是这心灵传达这一切的表现。"这种态度的直接后果是，批评者"有他自己的存在，一种完整无缺的精神作用"，而不必以作者的是非为是非，更不必"伺候东家的脸色"，因为"作者的自白（以及类似自白的文件），重述创作的经过，是一种经验；批评者的探讨，根据作者经验的结果（书），另成一种经验"。批评的是非不由作者裁定，批评者有阐释的自由。因此，当《爱情三部曲》的作者著文表示批评者的"拳头会打到空处"的时候，批评者李健吾并不曾脸红心跳、诚惶诚恐地收回自己的意见，而是坦然道："我无从用我的理解钳封巴金先生的自白，巴金先生的自白同样不能强我影从。"他捍卫了批评的尊严，因为批评"是一种独立的，自为完成的，犹如其他文学的部门，尊严的存在"。在他看来，批评的位置并不尴尬，批评家不需要同作家"攀亲戚"，批评和作品是两种互为需要的艺术。

维护批评的尊严当然不以贬低创作为代价，批评者和创作者是平等的，但更是谦逊的，取对话的态度。他"用心发见对方好的地方"，他"诚实于自己的恭维"。"当着杰作面前，一个批评者与其是指导的，裁判的，倒不如说是鉴赏的，不仅礼貌有加，也是理之当然。……一个人性钻进另一个人性，不是挺身挡住另一个人性。"李健吾对批评对象的钦佩之

---

① 以下李健吾的言论均出自此二书，不一一注明。

情是极为动人的，那是一种"不由自己的赞美"，他写道："一篇杰作，即使属于短篇，也像一座神坛，为了潜心瞻拜，红毡远远就得从门口铺起。"没有钦佩之情就没有灵魂的接近，而没有灵魂的接近就没有批评的行为。李健吾要求批评者"体味艺术家的真诚，那匠心的匠心"，要用"全份的力量来看一个人潜在的活动，和聚在这深处的蚌珠"，要"像白松糖浆，喝下去，爽辣辣地一直沁到他（作者——引者注）的肺腑"。否则，总是"站在外头打量"作品，"就是皮尺也嫌不够柔"，就会远离作品的精神。所以，"拿一个人的经验裁判另一个人的经验"，倘若"缺乏应有的同情"，就"容易限于执误"。波德莱尔进行批评的时候，先要在自身中"腾出空地"，好让作家的"自我"进入。李健吾面对不同的作家，就是首先"自行缴械，把辞句、文法、艺术、文学等武装解除，然后赤手空拳，照准他们的态度迎了上去"。自由的批评始于"泯灭自我"，否则自己始终是一个金刚不坏之身，如何容得别人再进去？倘若格格不入，或取居高临下之态，那就只能把"批评变成一种武器，或者等而下之，一种工具"。这是李健吾所"厌憎"的。

批评者的谦逊或"泯灭自我"，并非意味着批评主体的丧失。恰恰相反，批评主体的确立不表现为教训、裁断甚至判决，而是以"丧我"为条件的，并且在与创作主体的交流融汇中得到丰富和加强。李健吾指出，"一个批评者不怕没有广大的胸襟，更怕缺乏深刻的体味"，深刻的体味将开阔他的胸襟和提高他的境界。于是，"我多走近杰作一步，我的心灵多经一次洗练，我的智慧多经一次启迪：在一个相似而实异的世界旅行，我多长了一番见识"。"最坏而且相反的例子"，是"把一个作者由较高的地方揪下来，揪到批评者自己的淤泥坑里"。批评者的痛苦在于进不了这个世界，不在于毁灭不了这个世界，然而有多少批评者暗中怀了这样的愿望啊！一个批评者"和作家一样，他往批评里放进自己，放进他的气质，他的人生观"；"他重新经验作者的经验，和作者的经验相合无间，他便快乐；和作者的经验有所参差，他便痛苦"。"一个批评家是学者和艺术家的化合，有颗创造的心灵运用死的知识。他的野心在扩大他的个人，增深他的认识，提高他的鉴赏，完成他的理论。"因此，对于批评者来说，作品并非认识的对象，而是经验的对象；批评主体在经验中建立和强化，并由此"确定了批评的独立性"。李健吾的批评是他尊重作家、钦佩作家而又不妄自菲薄、盲目依从的产物，他体现了批评在 20 世纪取得的巨大成功，即批评与批评对象平起平坐。

倘若批评是"一种独立的艺术"，那么，批评也就是一种"表现"，表现"它自己的宇宙，它自己深厚的人性"，于是而有"所谓的风格，或者文笔"。李健吾深谙其中的奥妙和危险，将其称为"礁石"："这座礁石那样美好，那样动目，有些人用尽平生的力气爬不上去，有些人一登就登在这珊瑚色的礁石的极峰。"又将其喻为"蛇"："这是一条美丽的蛇，它会咬人一口的。"这是过来人语。风格（文笔）即是"人自己"，表现自我，同时就"区别这自我"，"证明我之所以为我"，其难在于一个"诚"字。李健吾对此有极详细的解说，最后归结为孔子的"情欲信，辞欲巧"。妙在他"不平行看待'情欲信'和'辞欲巧'"，而是认为"它们在措辞上是排偶，在意思上却是互相为用。这就是说，'情欲信'是'辞欲巧'的目的，'辞欲巧'是'情欲信'的努力"。所以，'情'是'辞'的根据，'信'是'巧'的根据，于是辞巧与外在的装饰无缘，成为内在的需要，这需要又根源于"现代文物繁复的活的变化"，即人的现代状态，我们必须"用语言颜色线条声音给我们创造一座精神的乐园"。脱离人生的辞藻，乃为雕琢，而"雕琢是病"。近年来，批评界不时冒出一二声对文采的呼唤，李健吾的议论可以使我们免除种种的误解。批评要有文采，但这文采绝不是外加的甚至外人的"润色"，它"是内心压力之下的一种必然的结果"。李健吾的潇洒、流动而略有节制的批评文体正是来源于"内心压力"，要叙述"灵魂在杰作间的奇遇"，他为文不能不潇洒；要"综合自己所有的观察和体会"，他为文不能不流动；要把自己的印象感悟"形成条例"，他为文不能不有所节制。

李健吾的渊博有目共睹，但是他不自炫，他对渊博的利弊有清醒的认识。他有前车之鉴："布雷地耶的学问不唯不能成全他，反而束手束脚，成功他的绊马索。"他也知道"布雷地耶和他的原则触了礁"的原因："他永远在审判，就永远不晓得享受"，他不去"了解"，也不去"感觉"，更不"拿自己作为批评的根据"。李健吾的渊博显示出一种有节制的文本间性，虽然为了一本小书可以拉来几个洋人或几位古人作陪，但是他从不深入过远，点到即止，不做今日所谓比较文学，只是设立参照，激起联想，于无意间扩大思维的空间。因此，他的渊博不唯成不了他的绊马索，反而成了他的刺马针，激励他"叙述他的灵魂在杰作之间的奇遇"。他对法朗士的这句名言有独特的理解，他说："所谓灵魂的冒险者是，他不仅仅有经验，而且要综合自己的观察和体会"，他"也不应当尽用自己来解释"，还应当"比照人类以往所有的杰作"。李健吾的旁征博引不是掉书袋，实在是出于内心的需要，出于他对批评的理解。所以，"根据人生"的波德莱尔得到他的"喜爱"，而"根据学问"的布雷地耶就只能得到他的尊敬了。这就是为什么，在李健吾身上，学识的渊博不曾妨害想象的丰富。他喜欢并且善于在批评中运用想象，把朦胧的感受化为鲜活生动的比喻。乔治·布莱论波德莱尔的"比喻"，指出，"波德莱尔的批评，像现代批评中的很大一部分一样，本质上是一种比喻式的批评"。李健吾喜用并善用比喻，其来有自乎？他说："比喻是决定美丽的一个有力的成分。……没有人比莎士比亚用比喻用得更多的。到了他嘴里，比喻不复成为比喻，顺流而下，和自然和生命相为表里而已。"比喻与印象有天然的联系，比喻是印象的深化，李健吾的印象式批评由于有了比喻而比他所借鉴的法国印象主义更进了一步，成为一种理性的印象主义批评。

李健吾在精神上是一个浪漫主义者，他认为，浪漫主义用在批评上，是"来解释普遍的人性的一面"的，而"一个批评家，第一先得承认一切人性的存在，接受一切灵性活动的可能，所有人类最可贵的自由"。他仿佛他所分析的萧乾，"类似一切最好的浪漫主义者，他努力把他视觉的记忆和情绪的记忆合成一件物什"。他也是一个用学问加以范围的印象主义批评家，知道怎样控制感情，所以他既是热情的，又是清醒的，能够写下这样的话："如若自我是印象主义批评的指南，如若风格是自我的旗帜，我们就可以说，犹如自我，风格有时帮助批评，有时妨害批评。"这样，他就能在限制中优游自如，有可能获得"最大的自由"，即"在限制中求得精神最高的活动"。他说沈从文的小说"具有一种特殊的空气，现今中国任何作家所缺乏的一种舒适的呼吸"。这可以移来评价他的批评。我们可以说李健吾的批评具有"一种舒适的呼吸"，这种舒适的呼吸乃是自由。然而，并非世间一切人都喜欢"舒适的呼吸"，有的人就宁愿自己和别人都急促地喘息。《咀华集》出版以后，有评论家"疾声嘶喊"："印象主义的死鬼到了中国"，并"跳脚挥拳道：印象主义是垂毙了的腐败的理论，刘西渭先生则是旧社会的支持者，是腐败理论的宣教师！"难得的是李健吾把这次"棒喝"当作了"抬举"。这不是故作豪语，他有深刻的根据。李健吾的批评每每向众多的作家批评家寻求支持，值得注意的是，无论这些作家批评家来自西方还是本土，无论他们的倾向和风格有多大的差异，但有一点是共同的，即他们都注重体验和印象。蒙田不必说，是他笔下的常客，圣伯夫给他提供了有益的警告，波德莱尔拥有他的"喜爱"，法朗士得到他同情的引证，就是通常被认为是现实主义大师的巴尔扎克、斯丹达尔和福楼拜，他也看重他们的天真、热情和对艺术的忠诚。雷米·德·古尔蒙则给了他这样的"建议"："一个忠实的人，用全副力量，把他独有的印象形成条例。"李健吾引述过的作家批评家还有很多，例如英国人柯勒律治、罗斯金、王尔德等，我们不必一一罗列，就已经清楚地看见有一条线贯穿下来。至于中国古代文人，当时似乎不大走红，然而并未受到他的冷落，从屈原、钟嵘、曹丕到曹雪芹，也有一条线贯穿下来，那就是中国的诗文评传统，一种以印象和比喻为核心的整体、综合、直接的体味和观照。可以说，这两条线的交汇造就了李健吾的批评，一种"形成条例"的印象主义批评，一种解脱了种种束缚的"自由的批评"，一种在众多的批评方式中卓然不群的值得提倡的批评。

　　我们需要印象，因为这不是任何一个人的印象，不是任何时候的印象，而是一个有阅读经验的人读一本书的时候的印象；当我们能把一种印象说出来、化为文字落在纸上的时候，我们就已经走出迷离惝恍之境了。我们也需要把"独有的印象形成条例"，因为分析和判断毕竟是不可少的，我们在读这本杰作之前还读过其他许多种杰作，今日和昨日的杰作必然要在这里进行一番比较，比较就是形成条例。最后，我要模仿一下斯塔罗宾斯基，说：此其时矣，快把我们的批评变成随笔，让它解开缆绳，试着自己成为一件作品，获得自己的、谦逊的权威。

1997 年 4 月 15 日，北京

（原载《雪泥鸿爪》，湖北教育出版社 2002 年版）

加缪:美与历史的博弈

2010 年，阿尔贝·加缪逝世五十周年了。

1960 年 1 月 4 日，一辆汽车驶过桑斯，朝着巴黎飞奔。车上四个人，米谢尔·伽利玛驾车，加缪坐在旁边，后边是伽利玛的妻子和女儿。他们从阿维农附近的卢尔马兰启程，卢尔马兰是一个只有六百个居民的小村子，加缪最近在那儿用诺贝尔奖金买了房子。他们沿着七号公路，六号公路，转五号公路，由南而北，途径奥兰季，夜宿马孔，在桑斯草草吃了中饭，然后继续赶路。过了桑斯二十四公里，路经维尔布勒万小镇，眼看就要进入巴黎大区了。突然，汽车撞在了一棵悬铃木上，又反弹到另一棵树上，解体了，残骸散落在半径一百五十米的田野上，时钟停在 13 点 54 分上。加缪当场毙命，伽利玛送到医院，五天后不治身亡，两个女人安然无恙。在散落一地的残骸中，人们发现了加缪的黑色皮包，里面装着他的护照，日记，尼采的书《快乐的知识》，加了评注的《奥塞罗》，还有一本未完成的、写满了密密麻麻的蝇头小字的手稿，就是后来由他的女儿整理出版的小说《第一个人》。当地来了一位医生，巧得很，也姓加缪。天不假年，只给了一位天才作家四十六年的时间，不让人们看到这位精神导师的老态龙钟，仿佛只允许他以直率的目光、运动员般的身姿、略带忧郁的冷酷的面容出现在世人面前，一支关心人类命运、追求个人自由、不以调侃、愉悦、娱乐为务的笔就这样折断了。荒诞啊，荒诞！五号公路的那一段平坦而笔直，九米宽，三车道，当时几乎没有车辆通过，只不过刚刚下了一场毛毛雨，路面有些湿滑而已。加缪一向不喜欢速度，他曾说过："我不知道还有什么比死于车祸更愚蠢的了。"伽利玛的车是一种大功率、十分结实的车，可是不久前，车子的修理工却说："这部车是一座坟墓。"真是一语成谶！然而，更为荒诞的是，他的口袋里还放着一张从马赛至巴黎的火车票！可怜他那寡言的母亲，一直住在阿尔及尔的里昂街上，听到加缪的死讯，只说了一句话："他太年轻了。"

一个人面临死亡，会回顾他一生所走过的道路；如果他是作家一类的人物，还会把他的思考落在纸上。加缪死于非命，而且非常年轻，在他对死亡还没有准备的时候，阴阳的界限瞬间跨过。我们不可能知道他对他的一生究竟有什么想法，幸亏他在 1954 年为他的第一本书《反与正》写了一篇序。《反与正》，薄薄的，只有五篇随笔，1937 年在阿尔及尔出版，加缪时当年二十四岁，刚刚迈入文坛，而且是在辽远的阿尔及利亚。一棵稚嫩的小苗，在远离巴黎的地方破土了。这篇序随 1958 年再版的《反与正》发表。《〈反与正〉序》说明为什么这本随笔集在加缪思想发展的轨迹上具有最重要的意义，其意义在于，如他 1953 年 10 月 30 日给勒内·夏尔的信中所说："是的，忘记童年时代是不可能的。然而，有时候应该离开它，至少表面上。做一个男子汉，被迫做一个男子汉，有时候容忍许多人，这有多难！巧的是，我最近也在考虑在阿尔及尔的时光，考虑我的童年。我在尘土飞扬的街道上、在肮脏的海滩上长大。我们游泳，稍远一些，就是纯净的大海了。对我来说，生活是艰难的，但我大部分时间里深深地感到幸福。"近海是肮脏的，然而远处是干净的，那里有纯洁的水。近海到远海，是一种超越；贫穷然而幸福，这是加缪毕生坚守的信念。"因为在一个艺术家的一生中总有需要作总结的时候，他接近他自己的中心，然后力图坚持。"在加缪的一生中，这个"需要作总结"的时间来得未免早了些，然而，他毕竟总结了，他接近了自己的中心；他毕竟坚持了，谁知道这是不是冥冥中注定了的事呢？《反与正》初版印量极少，读者求之若渴，甚至有人认为，这本小书包含了他"写过的最好的东西"。但是加缪始终拒绝再版，理由是文章写得"笨拙"。可是，二十年后，《反与正》竟然再版了，他不得不写了这篇长序。这篇序明确地指出了加缪思想的源头，这个源头可以用一句话概括：美与历史的博弈。

加缪在这篇序中说，每一个艺术家都"在他的内心深处保留着一眼唯一的泉水，在其一生中滋润着他之所是和他之所说"，"对于我，我知道我的泉水在《反与正》之中，在这个交织着贫穷和光明的世界之中，我曾长期生活在这个世界之中，其回忆仍然对我保持着两种相互对立的危险，这危险威胁着每一个艺术家，那就是怨恨和满足"。对于"贫穷"，加缪没有"怨恨"，对于"光明"，加缪从不"满足"，这两种相互对立的"危险"，乃是加缪毕生避之唯恐不及的陷阱：因为没有怨恨，加缪义无反顾地投入每日的生活；因为从不满足，加缪时时刻刻地捍卫个人的自由；他是一位感到幸福的西绪福斯。这眼滋润着他的一生的泉水是支配他的思想和行动的根本的、原初的动力，这种动力的名称叫做知识分子的"良心"。由于这种良心，他可以在斯德哥尔摩面对一位阿拉伯激进分子说："我一直谴责恐怖，我也谴责盲目地发生在阿尔及尔街头的恐怖主义，有朝一日它会危及我的母亲或我的家庭。我相信正义，但是我在捍卫正义之前要捍卫我的母亲。"有人指责加缪，说他居然把母亲置于正义之前，但是，试想一个人能够不顾母亲的安危而侈谈正义，他的正义不成了虚伪吗？连母亲都不爱的正义还是正义吗？加缪的话是一个有良心的人的话，这是他内心最隐秘处的呼喊，而说出这样的话是需要勇气的，这种勇气非有良心者不办。

《〈反与正〉序》开宗明义，首先说的是"贫穷"，他说："贫穷对我来说从来就不是一种不幸：光明在其中播撒着它的财富，甚至我的反抗也被照亮了。"的确，在获得诺贝尔奖之前，加缪一直是贫穷的。幼年的加缪，家里甚至没有一张写字的桌子。然而，贫穷使他懂得了"自由"，他说过："我不是在马克思的著作中学到自由的，我是在贫穷中学到的。"加缪并不赞美甚至炫耀贫穷，他只是不怨天尤人，也不仇恨财富，不嫉妒别人的富有，不把贫穷当作享受生活追求幸福的障碍……如此而已。"在非洲，大海和阳光不费分文；障碍反倒在于偏见或愚蠢"；加缪免于偏见和愚蠢的折磨，一是在于他的亲人，他的家庭几乎什么都缺，却什么也不羡慕；二是他"忙于感觉，无暇梦及其他"，一句话，"贫穷并不一定意味着羡慕"，他没有时间浪费在观察、觊觎、甚至掠夺对他人的财富上，所以，当他在巴黎看见"很豪华的生活"时，他产生的是"疏远"中的一丝"怜悯"。在他看来，窘迫和快乐并不总是对立的，他说："我从来也不能沉醉于人们所说的室内生活（它常常与内心生活相反）；所谓的资产者的幸福使我厌倦，使我害怕。"加缪在十七岁的时候，患上了肺结核，这在当时几乎是一种不治之症，这种疾病使他"恐惧和失望"，却没有使他"悲伤"，最后竟帮助他形成了一种"心灵的自由"，避免了"怨恨之心"，从而更加热情地投入到灵与肉的狂欢之中。他的苦难，他的快乐，都来源于他所生活的世界，所以他说："我生活在窘迫之中，生活在某种快乐之中。"改变生活，是的，但不要改变他生活的"世界"，这就是说，生活是人可以决定的，但是世界是不以人的意志为转移的。苦难使他不能认为"阳光下和历史中一切都是好的"，阳光告诉他"历史不就是一切"。历史的具体表现是政治、政府、政党以及他们从事的活动，例如战争，因此，历史常常但是没有权力干预个人的生活。我们常说历史的潮流是不可抗拒的，但是人的生活可以自外于历史的限制，就是说，试图以历史的名义限制人的自由是不可接受的，所以，"希腊人是个幸福的民族，他们没有历史"（《手记1》）。他在《普罗米修斯在地狱》中说："历史是一片贫瘠的土地，连欧石南也不长。然而今天的人还是选择了历史，他不能也不该离开它；但是，他不是让历史为自己服务，反而日益成为它的奴隶。"人类创造历史，人类赋予历史以某种意义，人类也在历史的演进中实现或摧毁某种价值，但是，人类往往不能驾驭历史，反而成为他的奴隶或成为某些人假历史之名成一己之私的工具。加缪并非一概地否定或反对历史，他否定或反对的是崇拜甚至神化历史的历史决定论，即人不能违背历史的所谓目的。他问道："我们会有力量让欧石南再生吗？"他用欧石南这种野花象征人的鲜活的生命。他呼唤"正义之子"，"他们恰恰知道没有盲目的正义，知道历史没有眼睛，因此必须抛弃它的正义，尽可能地代之以精神孕育的正义"。加缪认为，未来的日子"可能摧毁"他的一切，恰恰没有摧毁他对生活的"无节制的欲望"。"未来的日子"可能就是历史的种种表现，如暴政、战争等，而"无节制的欲望"却"在《反与正》的最阴郁的篇章中爆发出来"。

《反与正》的五篇随笔，几乎都是阴郁的，然而在阴郁的背景上，有几抹亮色，悲伤和快乐形成强烈、鲜明的对比。在《是与否之间》中，一个人回到了故乡，在一间摩尔人的咖啡馆里，他看到，"在一片大榕树间，有天空"。我们发现，这个人就是加缪。他感到，"在贫穷中有孤独，一种给每一件事物以价值的孤独"。虽然贫穷，但是"在财富的某种程度上，天空本身和布满星星的夜似乎是一种自然的财富。在等级的底部，天空重获它的全部含义：一种无价的恩惠"。"在匮乏的某种程度上，希望和失望似乎都没有根据，全部的生活归结为一个形象"，什么形象？童年的形象，从这种形象中，人们"汲取关于爱和贫穷的教诲"。在《反与正》中，作者说："我是谁？我能做什么？我只能投入这枝叶和阳光的游戏之中。化作一片光，我的香烟在其中燃烧；化作一股温柔和激情，它们在空气中呼吸。倘若我想认识我自己，那就是在这光的深处；倘若我想理解和享受这种交出了世界的奥秘的滋味，那就是我在宇宙的深处所发现的我自己，也就是说，我自己就是使我从环境中解脱出来的这种极度的感动。"阳光似乎可以"捏碎"，雨把大海"打湿了"，空气终于"能喝了"，太阳在天上"爬了一步"，白昼重新"上路了"（《重返蒂巴萨》），等等，如果他不是处于物我两忘的境地，如果他不是全身心地沉浸在自然的感受中，他怎么可以有如此具体的、细微的、富有质感的经验？此时此刻，他的"全部王国在这世界上"。他说，阴影，炎热，寒冷，在世界的这些正与反之间，他"不愿选择"，他"不喜欢人们选择"。在《西绪福斯神话》的篇首，加缪引了古希腊诗人品达罗斯的两句诗："我的灵魂啊，勿求永生，穷尽一切可能的领域吧！"这两句诗是《西绪福斯神话》的核心，也是加缪思想的核心，"说到底，问题在于如何指明这种对生活的酷爱和这种隐秘的绝望之间的联系"。

对生活的酷爱和隐秘的绝望，这是两种共生共存的品质，这在《婚礼集》一书中得到了充分的反映。《婚礼集》是一本包括四篇随笔的书，出版于 1939 年，其中的《蒂巴萨的婚礼》最为著名。蒂巴萨是距阿尔及尔六十九公里的一处古罗马遗址，濒临大海，安详宁静，然而在阳光的照射下，天空，大海，废墟，原野，神殿的遗迹，芳香的植物，绚烂的鲜花，炽热的石头，都沐浴在滚烫的热浪里，这是一次在古罗马的遗迹举行的婚礼，是一次灵与肉的狂欢，是一次由狂欢复归平静的经验。加缪和他的朋友们来到这里，且看他如何描写："走了几步，苦艾的气味就呛得我们喉咙难受。它那灰色的绒毛盖满了无际的废墟。它的精华在热气中蒸腾，从地上到天上弥漫着一片慷慨的酒气，天都为之摇晃了。我们向爱情和欲望走去。"晋人陶渊明说："纵浪大化中，不喜亦不惧。"不是说没有喜悦，也不是说没有恐惧，而是说喜到了极致，惧到了极致，喜和惧都消融在自然的大和谐之中。这些"回头浪子"早把"苦涩的哲学"抛到九霄云外，因为"这是自然的大放纵，这是大海的大放纵，我整个儿地被抓住了"。"什么也不能使他们与这种深厚的力量分开，这力量把它们引向事物的中心"，"中心"就是每日的生活。"一切都是简单的，是人把事情弄复杂了。"（《是与否之间》）摈弃了一切抽象的思辨，一头扎进有血有肉的感受，果然如加缪所说："对我来说，用我全部的身体生活，用我全部的心作证，这就足够了。首先是体验蒂巴萨，然后自然会有作证和艺术品。这里有一种自由。"但是，宇宙是什么？世界是什么？蒂巴萨是什么？原来它们什么也不是，重要的是它们和我之间"产生爱情的那种和谐与寂静"："大海，原野，寂静，土地的芬芳，我周身充满着香气四溢的生命，我咬住了世界这枚金色的果子，心潮澎湃，感到它那甜而浓的汁液顺着嘴唇流淌。"他在《重返蒂巴萨》一文中，写下了极其动人的"回忆和感受"："狂暴的童年，卡车轰鸣中少年的梦幻，清晨，鲜丽的姑娘，海滩，总是处于巅峰状态的年轻的肌肉，晚上一颗十六岁的心的淡淡的焦虑，生之欲望，光荣；还有那岁岁年年总是一样的天空，充满了汲不尽的力量和光明，永不满足；一连数月，一个一个地吞噬着在正午那阴郁的时刻摆在海滩上的呈十字状的祭品。"这是人类在进入历史之前的状态，加缪称之为"无邪"。无邪的时代已经远去了，他不再能享受"节制和秩序"所带来的狂喜。由狂热趋于平静，终于，"我们又感到了孤独，然而是在满足之中"。《杰米拉的风》中说："世界终究要战胜历史。杰米拉投向群山的巨大的石头的呼喊，天空和寂静，我牢牢地抓住了它们的诗意：清醒，冷漠，乃是绝望或美的真正的象征。"的确，历史不就是一切，换句话说，政治不就是一切，政党不就是一切，政府不就是一切，在"一切"之外，还有生活，还有自由，还有美，还有美所意味着的东西。

　　二十年之后，故地重游，加缪回到了蒂巴萨。他写下了《重返蒂巴萨》，收在1954年出版的随笔集《夏天》之中，这个集子里还有《巴旦杏树》、《普罗米修斯在地狱》、《海伦的放逐》，等等。今天我们读《夏天》，最突出的感受是：这本集子呈现了加缪思想源头的另一面，即拒绝屈服于历史的同时，在贫穷中张扬对美的追求，可以说，在加缪思想的源头上进行着美与历史的大博弈。他在《普罗米修斯在地狱》中指出了现代世界中人的根本特点："今天，人类却只需要、只关心技术。他在机器中反抗，他把艺术和艺术意味着的东西视为障碍和奴役的标志。相反，普罗米修斯的特点在于他不能把技术和艺术分开。他认为可以同时解放肉体和精神。"因此，"在历史的最阴暗的中心，普罗米修斯的人一面继续他们艰难的工作，一面继续望着大地，望着不疲倦的草。被缚的英雄在神的霹雳闪电中坚持着他对人的沉静的信念；因此，他比岩石还要坚硬，比秃鹫还要耐心"。《海伦的放逐》发表于 1948 年，是一篇美的颂歌，加缪认为，希腊人的美是一种包含着"太阳的悲剧性"的"界限"："希腊的思想总是固守着界限这一概念。它什么都不推向极端，无论是神圣，还是理性，因为它什么都不否定，无论是神圣，还是理性。它考虑到整体，用光明平衡黑暗。相反，我们的欧洲投入了总体的征服，它是过度的女儿。它否定美，正如它否定一切它不赞扬的东西；尽管它以不同的方式仅仅赞扬一个东西，即理性的未来王国。"总之，"我们放逐了美，而希腊人为她拿起了武器"，欧洲的黑暗与希腊的光明形成了鲜明的对比。自然和美以及美所意味的自由，是加缪义无反顾地生活的根本原因。"上帝死了，只剩下历史和权力。很久以来，我们的哲学家的所有努力只想着如何用形势来取代人性的概念，用偶然性的混乱的冲动和理性的无情的运动来取代古老的和谐。"文学艺术的活动也不例外："人们在自陀思妥耶夫斯基以来的欧洲文学中找不到风景。故事解释不了先于它的自然界，也解释不了高于它的美，于是就选择了无视自然界和美。柏拉图包容一切：荒谬、理性和神话；而我们的哲学家只有荒谬和理性，因为他们对剩下的一切闭上了眼睛。"历史精神和艺术家都想重新创造世界，然而后者知道界限，前者却否定界限，一个以自由充当激励的动力，另一个却走向暴政，所以，"今天所有那些为自由而战的人们最终都是为了美而战"。

蒂巴萨是古罗马遗址，但是，加缪愿意把它看成希腊遗址，他在那里找到了美，那美是界限，是节制，是平衡，是希腊人的核心价值，加缪将此作为他的思想的源头。《重返蒂巴萨》是加缪故地重游的记录和思考。他"逃离了欧洲的黑夜，逃离了人间的寒冬"，来到了阿尔及尔，来到了蒂巴萨，重温他"生活过"的日子。然而，今非昔比，"废墟已被围上了铁丝网，人们只能从被特许的入口进去"，他"发现了那阻隔在炽热的废

墟和铁丝网之间的距离和岁月"。炽热的废墟意味着"美的景色",铁丝
网代表着"暴政,战争,警察,反抗的时代"。泥泞的蒂巴萨依然遮不住
往日的"美、丰富、青春",可是,"在大火熊熊的照射下,世界顿时现
出了它的皱纹和创伤,旧的和新的"。世界和他,"一下子老了",我们听
到加缪这样低声倾诉,仿佛看见他的眼眶内有泪水在打转。加缪说:"当
人们一旦有机会强烈地爱过,就将毕生去追寻那种热情和那种光明。放弃
美,放弃与美相连的官能幸福,专一地为不幸效劳,这要求一种我所缺乏
的崇高。"这种"崇高"正是历史强迫人们做出的样子。美离不开人的渴
望,正义也离不开人的自由,"孤立的美最后要变成丑,孤独的正义最后
要变成压迫。谁想为一方效劳而排斥另一方,就将不为任何人效劳,也不
为自己效劳,最终将为双倍的不义效劳。有朝一日,由于过分的僵硬,将
不再有什么东西引起人们的赞叹,一切都不足为奇,生活就要重新开始。
那将是流放的时代,生命干枯的时代,灵魂死灭的时代"。但是,他终于
"重新发现了过去的美和一片年轻的天空",明白了在"疯狂肆虐的那些
年里",他从未放弃过这段使他从不绝望的"回忆",清楚"蒂巴萨的废
墟比我们的工地和瓦砾都年轻"。他进入了蒂巴萨这座"庇护所和避风
港",他又"认出了寂静造成的难于察觉的声音":"鸟儿的持续的低音,
悬崖下大海清而短促的呻吟,树的颤动,圆柱的盲目的歌唱,苦艾的摩
擦,倏忽即逝的蜥蜴。我听见了这一切,我也在倾听我身上涌起的幸福的
波涛。"但是,这个世界同时存在着"令人振奋的东西"和"令人沮丧的
东西",他学会了"用白线和黑线打同一根绷得要断的绳子",因为要
"放弃存在的一部分,他就必须放弃存在,也就必须放弃生活或者直接的
爱":"我不能否定我生于其中的光明,但是我也不愿拒绝这个时代的奴
役。""是的,有美,也有屈辱。无论做起来多么难,我愿永不背叛任何一
方。"于是,"在隆冬,我终于知道了,我身上有一个不可战胜的夏天"。
美与历史,是相互对立的,又是同处于一个统一体之中,这个统一体就
是人。

　　1945 年,加缪在《手记 2》中写道:"为什么我是一个艺术家而不是
哲学家?因为我是根据词而不是概念来思维的。"词是精神的血肉,概念
是现实的骨架,这就是加缪为什么要用"唯一的泉水"来形容他的思想的

原点，用宋代朱熹的一句诗来说，就是："问渠那得清如许，为有源头活水来。"这活水是词，是美，是具体的生活的感受，而不是概念，不是历史，不是抽象的哲学的推演。

2010 年 1 月，北京

（原载《中华读书报》2010 年 2 月 1 日）

蒙田的《随笔集》和现代随笔

　　蒙田的一生，正值 16 世纪中叶和末叶，这是个战乱频仍、风云变幻的时代。在法国这一封建君主政体逐步巩固，资本主义开始萌芽的时期中，王权不稳，需要新兴资产阶级财政上的支持以进一步巩固中央集权；世袭贵族由于封建土地所有制的解体而丧失了经济上的优势，竭力与王权对抗，以图重现封建割据的局面；资本主义原始积累刚刚开始，新兴资产阶级需要政局的稳定和王权的保护以求得进一步发展，广大农民和市民则受到重重压迫，不断爆发起义。以宗教战争为特征的这一段历史中，阶级斗争极其尖锐，阶级阵线变动不定，政治局面动荡不安，在意识形态领域中，更呈现出错综复杂的面貌。新兴资产阶级反封建反教会的思想革命——文艺复兴运动，正在完成为以后的资产阶级革命作最初的思想准备这一历史使命，从而进入尾声，如同一条奔腾咆哮的急流冲出峡谷，一变而为波平浪静的长河，虽不时有浪花泛起，却已是另一番风光了。

　　米谢尔·艾康·德·蒙田 1533 年 2 月 28 日生于法国西南部佩里格尔的蒙田城堡，祖上是富有的商人，到了父辈才被封为贵族。米歇尔·艾康是他的家族第一个放弃“艾康”而改姓“蒙田”的人，他自幼学习拉丁文，中学教育似乎并不成功，他十三岁就结束了我们今天所说的中学教育！后来他到波尔多学哲学，到图鲁兹学法律。他的父亲是一个狂热信仰文艺复兴思想的人，对他的教育既不严格也无强制，温和而自由，这对他的疏懒和闲逸的天性可能有些关系。蒙田早年曾有政治抱负，1554 年，他二十一岁，就担任佩里格尔间接税法院法官，三年后该法院取消，他进入佩里格法院，次年与拉波埃西结为毕生的朋友。拉波埃西是他在法院的同事，是一位诗人和哲学家，写过论宽容的书，其斯多葛派哲学对蒙田有深刻的影响。1565 年，蒙田结婚，婚后生育了好几个女儿，但只有一个活了下来。1568 年，他继承了蒙田的爵位和土地。1569 年，蒙田应父亲的遗愿翻译并出版了莱蒙·德·塞邦的《自然神学》，并为拉波埃西的诗歌写序。很快，蒙田对政治完全失去了兴趣，1570 年，他卖掉了法院的职位（买卖官职是当时的一种习俗），回到他的庄园蒙田城堡，开始写作《随笔集》。过了一年，1571 年 2 月 28 日，他三十八岁生日的时候，他在书房的墙上写下了一段铭文，纪念他获得了解放。他在官场十三年，可以说是没有热情，完全是凭良心履行职务。官场给他的唯一馈赠是朋友，可是拉波埃西 1563 年即去世了，年仅三十八岁。蒙田离开了政治生活，但是他并没有离开世界。除了长时间地阅读、沉思、写作之外，他在蒙田城堡接待朋友，参加附近的聚会，骑马，打猎，管理庄园，不时地应召参与国王的活动。1572 年 8 月，发生了屠杀新教徒（胡格诺派教徒）的“圣巴特罗缪之夜”。1573 年，蒙田应召，参与天主教军队的事务。1577 年，蒙田成为纳瓦尔国王的近身侍卫。1579 年，《随笔集》第一卷完成，于次年出版，也是在这一年，蒙田赴意大利旅行，目的是治疗他的肾结石。他不大相信医学，宁愿求助于自然疗法，例如温泉。十七个月内，他穿越法国东部、瑞士、德国，最后到达意大利。他在罗马住了整整一个冬季。1581 年，蒙田被任命为波尔多市市长，任期两年。国王亨利三世写信催促，他旋即返回蒙田城堡。旅行没有治好他的病，却使他有了新的人生经验。他把他在旅途中的所见所闻写成一本书，不过这本书 18 世纪才被发现并出版。1583 年，他再次被任命为波尔多市市长，任期两年。在他的斡旋下法兰西国王和亨利·德·纳瓦尔开始谈判。他当波尔多市长的时候，正是宗教战争正酣的时候，在与国王、神圣联盟和改革者的周旋中，蒙田表现出他的明智、宽容、坚决和勇敢的品格。1585 年，瘟疫流行，蒙田被迫离开蒙田城堡。他任期届满的时候，没有回到波尔多主持继任人的选举。没有人指责他失职，因为那纯粹是一件仪式性的工作。离开了市长的职务，回到了蒙田城堡，他可以全身心地投入阅读、写作和修改已出版的随笔了。他又写了十三篇文章，作为《随笔集》的第三卷。1588 年，《随笔集》的全部在巴黎出版。在巴黎居留期间，可以说是险象环生：他曾经遭到洗劫，肇事者是一些伪装的国王侍卫，后来他的财物被发还，其中就有《随笔集》的手稿。他又被神圣联盟的人逮捕，后经王太后的命令才被释放。

在此期间，他认识了德·古尔奈小姐，该小姐十分崇拜蒙田。1592 年 9 月 13 日，他去世了，其时他正在准备出版《随笔集》的定本。

文艺复兴运动中，作为新兴资产阶级反对宗教神学体系和提出自己的政治经济理想的思想武器的人文主义，已经具备了现代资产阶级的以自由、平等、博爱为旗帜，以个人主义为核心，以人性论为出发点的思想体系的一切萌芽。人文主义者反对神的权威，极力强调和颂扬人的价值、人的尊严和人的力量；他们抨击中世纪经院哲学的蒙昧主义，赞扬"理性"，追求知识；他们的斗争锋芒特别指向教会所宣扬的禁欲主义和来世思想，认为人有思想自由、表现个性、追求幸福和享受生活的权利，歌颂友谊、爱情和冒险精神。这种在激烈的斗争中产生的社会思潮，如同它为之服务的阶级一样，尽管在自许为全人类的代表这一点上有其虚伪性和欺骗性，在人类思想的发展史上，却是异军突起，朝气蓬勃，起了伟大的推动作用。恩格斯说，那些"在思维能力，热情和性格方面，在多才多艺和学识渊博方面的巨人"，"给现代资产阶级统治打下基础的人物，决不受资产阶级的局限"。处于文艺复兴运动后期的人文主义者蒙田，在这"巨人"的殿堂里有他的位置，厕身于"打下基础的人物"之列。由于他所处的历史环境，他的阶级地位，他个人的阅历、性格和气质，《随笔集》中所表现出的蒙田的思想有其特有的复杂性和深刻性。

蒙田的思想是"一种明快的自由思想"（恩格斯语），清晰、透彻，以个人经验为源泉，以古希腊哲学为乳汁，转益多师，不宗一派，表现出摆脱束缚、独立思考、大胆怀疑的自由精神，为 18 世纪启蒙思想的萌发作了准备。动荡的时代，较高的社会地位，新兴资产阶级的软弱，又使这种思想具有中庸、保守和妥协的色彩。

蒙田的思想的中心问题不是宗教和上帝，而是人，是人的行为及其与周围世界的关系。他不满当时思想界"阐释者成群，而著作者寥寥"的状况，嘲笑那种以阐发注释神学著作为能事的哲学家，大胆地提出："我所从事的研究其主题是人"（《莱蒙·塞邦赞》），并进一步以"我"作为"书的素材"。他充分肯定了个人的存在及其价值，认为"每一个人都包含了人之所以为人的完整形态"（《论悔恨》），"人在兴趣上和力量上各各不同，应该通过不同的道路，根据个人情况来谋求幸福"（《论相貌》）。

蒙田看到并强调了个别的人与一般的人之间的区别，说明了人文主义以人为本的思想有了进一步的发展。这种观点更深刻、更明确地表述了资产阶级关于人的观念，即资产阶级的人生观归结为个人主义。面对着神的精神束缚，这种对于个人的肯定显然是一种比肯定一般的人更为大胆，更为现实，也更具有战斗性。

针对教会宣扬的禁欲主义和来世思想，蒙田肯定了人有追求幸福和享受现世生活的权利。他宣称，"快乐和健康是我们最好的东西"，"我们光荣而伟大的事业就是及时享乐"（《莱蒙·塞邦赞》）。他对"铺地毯，镶金玉，充斥着绝色美人和奇馔珍馐的天堂"嗤之以鼻，并且断言："为我们生丝的蚕死去、干枯，从中生出蛾，继而变成虫，如果认为这还是原来的虫，那是可笑的。某物一旦停止存在，就不再存在了。"（《论阅历》）这样，就否定了来世思想和"灵魂不死"的观点。享乐主义贯穿了蒙田的整个思想，成为《随笔集》的基调。他所理解的享乐包括精神上的和物质上的享受。

但是，蒙田耳闻目睹的是，人不仅为精神上的各种欲望所裹挟，而且备尝物质上的种种困苦，人在这种情况下如何求得幸福？蒙田认为，人可以通过精神上的努力，战胜生活中的磨难，超脱于命运之上，做到完全控制自己，进入自由、恬静、无忧无虑的境界。他从加图（Marcus Porcius Cato）那里学到如何抵御情欲的疯狂、痛苦的纠缠和死亡的袭扰，而塞涅卡（Lucius Annaeus Seneca）则教他如何摆脱情欲的奴役，如何躲在高傲的孤独中反躬自省，"如同没有妻子，没有儿女，没有财产一样，以便在果然失去这一切的时候，不至再度感受匮乏之苦"（《论退隐》）。至于痛苦，"我们给它多大位置，它就占有多大位置"；说到死亡，他要人"脑袋里最经常装着的是死"，"不知道死在何处等着我们，我们就处处等着它"（《探讨哲学就是学习死亡》）。死亡只会使无知的人感到惊惶失措，对一个学会了蔑视俗见的哲学家则无可奈何。他认为可怕的不是死本身，而是对死的陌生和恐惧，熟悉了它，乃至于"演习"过它，就可以战胜它。有一次，蒙田坠马竟至昏迷不醒，事后，他认为那就是一次死亡演习。蒙田差不多一生都在战乱中度过，痛苦和死亡成了他经常谈论的题目，突出地反映出他所受的斯多葛派的影响。晚年，他的观点有了很大的变化。

这种变化也在蒙田对各种人的看法中得到反映。他从实际生活中看到，农民在战祸中大批死去，也曾表现得从容镇定，并不需要哲学家们的学问。他深受启发，认为不读书的工匠和农民比那些不务实际的哲学家们更有智慧。他说："我见过成百个比修道院长更聪明更幸福的工匠和农民，我更愿与他们相类"，"农民的习惯和言谈普遍地比我们的哲学家有条理"（《莱蒙·塞邦赞》）。因此，他认为，人与人在精神上和道德上是平等的，帝王将相并不高于普通人，不应将他们神化以愚弄百姓。他写道："皇帝和鞋匠的灵魂出于一个模子"，甚至："皇帝的仪仗使您眼花缭乱，可是，看看帐子后面吧，那只不过是个普通人，有时候比他的臣民还要卑劣。"（《论我们之间的差别》）他说人的行为以自己为榜样即可，不必到大人物那里去找，因为"恺撒的生活并不比我们自己的生活为我们提供更多的榜样，皇帝的一生与平民的一生，同样是人生种种意外觊觎的目标"。他认为，衡量一个人，应该根据他本身的价值，而不是根据外在附加的东西。"我们赞美一匹马，是因为它有力，灵活，而不是因为它的鞍辔；赞美一条猎犬，是因为他跑得快，而不是因为他的颈圈；赞美一只猎鹰，是因为它的翅膀，而不是因为它的绳索和铃铛。为什么我们不能根据其自身的东西衡量一个人呢？"（《论我们之间的差别》）地位、金钱和荣誉都是外在的东西，不能成为评价一个人的根据。"臣民之于帝王，附属和服从，是由于他的职务，而尊敬和爱戴，则仅仅因为他的德行。"不言而喻，没有德行的君主从臣民那里得到的只能是轻蔑和痛恨，而蒙田对法国当代的君王是不乏微词的，他们在他的笔下是不那么神圣的。人文主义者普遍地蔑视群众，蒙田能够冲破偏见，提出这样的见解，是非常可贵的。我们不是可以从这里听到 18 世纪启蒙思想家提出的平等观的先声吗？

蒙田不为流俗所蔽，一反人云亦云的习见，对所谓"野蛮人"做出自己的判断，议论十分精彩。《论食人部落》是他的早期随笔中一篇少见的长文，他在那里面说："我发现在这些民族身上毫无野蛮之处，只不过人人都称与自己的习俗不同的东西为野蛮罢了。"在"思想的明晰和敏锐"，"技艺的精巧"方面，"吃人生番"毫不逊于欧洲的"文明人"；在虔诚、守法、善良、正直等方面，"生番"则胜过"文明人"；而在坚强、忠实，面对痛苦、饥饿、死亡的态度方面，他们可与古代最著名的例子相媲美。相反，"文明人"恰恰在野蛮上超过了他们，并且利用他们的无知和缺乏经验来败坏其品质。他特别对"生番"把别人叫做自己的"一半"表示赞赏，并希望"文明人"与这"一半"之间建立"平等和睦"的关系。与这种博爱思想相联系，蒙田愤怒地谴责了西班牙殖民者在美洲犯下的野蛮罪行。他写道："为了获得宝石和香料，多少城市被夷为平地，多少民族被连根消灭，多少人死于兵刃，世界上最丰饶美丽的地方被搅得乱七八糟。"他把这种征服称为"卑鄙而粗暴的胜利"，对"文明人"毫无光荣可言。蒙田关于"野蛮人"的思想同卢梭关于"自然人"的思想有许多相通之处，不过，他在赞美"野蛮人"的优秀品质的时候，更加强调"文明人"和"野蛮人"之间应该存在的平等和睦关系。他说："我尊重一切人，他们都是我的同胞，我拥抱一个波兰人，如同拥抱一个法国人一样。""友谊的臂膀长得足可以从世界的一角拥抱到世界的另一角。"

在人与外界的关系上，蒙田崇拜自然，号召人们遵循自然的指示，享受自然的馈赠。他把自然称作"温柔的向导"，"伟大而强壮的母亲"。他认为，满足自然的要求是适合于人类的唯一理想的道德，反之，"拒绝、取消和歪曲它的馈赠"，就是"对不住这伟大的、强有力的馈赠者"（《莱蒙·塞邦赞》），而他则是愉快地，感激地接受自然给予他的一切。对自然的尊重和崇拜，使他改变了最初认为"探讨哲学就是学习死亡"的观点，而认为："如果您不会死，勿庸担心；自然到时会立刻充分、足够地告诉您的"（《论相貌》）。他借用西塞罗（Cicero）的话说："符合自然的一切都是值得尊敬的"，而违背自然则是疯狂："他们企图脱离自己，逃避人类。这是发疯：他们非但不能成为天使，反而变成了禽兽；他们非但不能上升，反而摔在地上。"（《论意志的掌握》）对自然的崇拜与肯定现世生活是一致的，其矛头直接指向了教会所宣扬的禁欲主义。

对于人的认识能力，蒙田采取怀疑论的态度。他认为"人类的理性是一把双刃的、危险的利剑"，因为理性至上论造成了人类的"狂妄和傲慢"，而这正是人类与生俱来的错误。与理性相比，他更强调经验，认为经验可以弥补理性的不足，是理性的"唯一根据"。但是，无论理性还是经验，都不是万能的，因为"判断者和被判断者都处于不断的变化和运动中","不可能建立任何确定的东西"。他有一篇长达十二万字的文章，题为《莱蒙·塞邦赞》，对这种怀疑论思想进行了淋漓尽致的发挥和系统全面的阐述。那是一篇奇文，意在辩护，实则与莱蒙·塞邦的观点大相径庭。后者把人放在一切造物的中心，极力颂扬人的理性，把理性视为信仰的基础；蒙田却恰恰相反，把人视同一切生物，而且还是最软弱的一种，在力量、忠诚、聪明、友爱等方面都不如禽兽，人类引以为荣的理性非但不一定为他独有，而且还是虚妄的，靠不住的。他认为，人类的两大认识，理性认识和感性认识，都是不中用的"虚荣"，如果感性不比理性更可靠，科学也同哲学一样软弱无力，事物的本质对人类来说，永远是深不可测的。人只能说"我知道什么？"而不能说"我不知道"，因为这仍然是一种肯定的说法，而"肯定和固执是愚昧的特别标志"。他认为最聪明的哲学家是怀疑论者，他在书房里刻下怀疑论的格言："我中止（判断）"，"我什么也不肯定，我不懂。我在怀疑中。我考察……"蒙田怀疑和考察的是盲目的信仰，宗教的狂热和僵死的教条。他有时似乎把怀疑论推向不可知论，其实，那只不过是一种手段而已。他说，"蹂躏和践踏人类的骄傲和狂妄"，是他"压倒这种狂热"的方法，而且是"最合适的方法"。怀疑论是蒙田的思想的重要侧面，对于摧毁经院哲学起了积极作用；但是，不应该夸大怀疑论在蒙田思想中所占的比重，也不应该忽视其消极保守的作用。在理论上，对理性的怀疑使他提出以经验作为判断的基础，从而给中世纪经院哲学以沉重打击，把哲学从烦琐的争论中解放出来面向现实生活；在实践上，由于人们思想的多变和各民族风习的差异，又使他尊重现存的宗教和政治秩序而反对巨大的变革。蒙田的怀疑论对 17 世纪的自由思想的盛行起了直接的推动作用。

宗教作为封建制度的精神支柱，在 16 世纪的思想家们的著作中占有重要地位，或颂扬，或批判，或揶揄，人人都要加以谈论。蒙田是个天主教徒，在长达三十年的宗教战争中，他站在天主教一边反对新教。但是，他是不是一个真正的、虔诚的天主教徒，历来是受到怀疑的。他忠于天主教与其说是出于信仰，勿宁说是由于他作为法官宣过誓。他很少谈论上帝，而他的上帝又常常同自然是一个东西，他还主张"少去介入对神意的判断"。他一方面宣称天主教是"最好的，最健康的"（《神意不须深究》），一方面又表示强烈的不满，指出："我们的宗教为剪除罪孽而创立，实际上，它却掩盖着它们，滋养着它们，煽动着它们。"他对宗教改革不感兴趣，因为他厌恶"标新立异"，但他主张宽容，反对宗教狂热，谴责宗教迫害。他说"上帝是一种不可理解的力量"，人类给予他的荣誉和尊崇，不论其面貌、名称、方式如何，他都接受。至于宗教本身，"我们只是以我们的方式，以我们的手接受我们的宗教，如同他们接受他们的宗教一样"。"宗教狂热造成的文化损失，比所有蛮族的火造成的损失都大。"（《论自命不凡》）在他的眼中，宗教战争是王侯们的一桩"狂暴的、野心勃勃的事业"。他看不到宗教外衣掩盖下的阶级斗争，但是，他清楚地看到了宗教这件外衣，他尖锐地指出，在这场撕裂着法国的内战中，宗教问题只不过是个借口，各方标榜的"正义"不过是"装潢和饰物"而已，真正使那些王侯们行动的是"情欲和贪欲"。因此，他对这场战争深恶痛绝，呼吁交战双方"节制"，并身体力行奔走于天主教和新教两派之间。他的呼声顺应了当时久乱思静的情势，得到了双方的欢迎。蒙田的宗教观深深地打上了怀疑论的烙印，对天主教的绝对统治构成了一种潜在的威胁。毫不奇怪，《随笔集》虽然于1580年获得罗马教廷的通过，终于在1676年被列为"禁书"。

教育问题是培养人的问题，引起了人文主义者的普遍重视，蒙田也不例外，写有专文《论儿童教育》陈述他的观点。他认为，"教育的目的在于使人变得善良和明智，而非使人博学"，也就是培养绅士，培养判断力，这是他的教育思想的核心，与拉伯雷（Francois Rabelais）培养全知全能的人的思想有很大的不同。他反对教儿童许多知识，反对单纯记忆，主张精神上的培养，"教他会思想"。他根据自己的经验，强调择师的重要。他要求教师的头脑有条理，而不是塞满知识。他反对由教师施行灌输，而要求让学生先说话。教师不但要考查学生认多少字，还要看他是否领会和掌握了字的精神实质；学生获益的证明不是他是否记住，而是他的行为。他反对任何强制，主张让学生自由选择判断，如果学生不能决定其判断，则宁可存疑。"只有疯子才确信无疑。"他特别强调让学生博采众家之长，加以融会贯通，变成自己的东西。他将这比作蜜蜂采花酿蜜。他认为，不能单纯地从书本上学习，还要接触外部世界。因此，与各种人谈话，到各地去旅行，都是学习的途径。他重视学生的自由，认为不给学生自由，就会使他们变得卑屈和懦弱。他认为，"使精神强健还不够，他要使筋肉强健"，为此，要让儿童过艰苦的生活，锻炼身体，并要"常常违反医学上的禁令"，"让他在户外和危险中生活"。他认为，教育的"目的在于德行，而德行并不像经院哲学说的那样被栽植在陡峭的高山上，道路崎岖，不可接近。相反，走近它的人认为它是在美丽、肥沃、鲜花盛开的高原上，人立于其上，一切尽收眼底；识途的人能够走近它，那是一条浓荫蔽日、花气芬芳、坡缓地平有如穹顶的道路"。《论儿童教育》是写给一位贵族夫人的，教育的对象是贵族的子弟，教育的目的是使他成为国王的廷臣或武士。蒙田的教育思想明显地打上了最与封建贵族接近的上层资产阶级的印记。但是，他的教育方法中，不乏令人深思，供人借鉴之处。综上所述，我们可以看到，在蒙田的思想的各个侧面中有一条线贯穿着，这条线就是经常出现于他的笔端的节制、秩序等概念，而他也正是在这个概念上建立了精神生活的主导和道德生活的准则。他主张顺从自然的安排，稳定、适中而有秩序，反对极端、狂热和动乱。他虽然思想自由不羁，常作"脱缰之马"状，却仍然觉得有加以条分缕析，实行控制的必要。他虽然赞美怀疑论者，却说"唯理论和怀疑论都是极端"，而"一切越出常轨的东西都使我不快"。他认为，"灵魂的价值不在于升得高，而在于升得有秩序。……其伟大不表现于伟大本身，而表现于节制"。这种务求稳健、中庸的思想贯穿一切，表现在各个方面。政治上，他反对巨大的、突然的变革，主张尊重现存的秩序，因为"一切巨大的变动都只是震撼了国家，使之陷入混乱"，而"人类社会无论如何总能站得住，连接得住。人不管被放在什么位置上，总能自己晃一晃，堆垛整齐，如同一个口袋里杂乱无常的东西总能找到互相合适的位置，往往比刻意摆放还要来得好"（《论虚空》）。教育上，他不主张让儿童绝对自由，而是需要严格，"温和的严格"，强调适当的纪律以使儿童身心两健。宗教上，他既反对天主教的狂热，也反对新教的标新立异，在内战方酣之时呼吁节制。在个人生活上，他主张个人以个人的方式寻找真理和追求幸福，又认为毫无限制的个人主义会导致无政府状态，人欲横流更是遭到他的谴责，"不足和过多殊途同归"，"最美好的生活是普通的，人人可及的生活，有条不紊，没有奇迹，不越常轨"。

他认为，幸福在于全面地、和谐地实现人的天性，即充分而不过分的享乐。蒙田强调节制和秩序，固然表现了他思想的保守和妥协倾向，但也反映了当时人们久战思和的心理，反映了新兴资产阶级希望有一个和平的环境以利于自己的发展。

《随笔集》中所反映的蒙田的思想十分复杂丰富，难以纳入一定的体系；有时也确如一匹"脱缰之马"，纵横驰骋，不见首尾，加上他的思想十分活跃，不断地发展演变，初看上去，令人觉得难以捉摸。此外，四百多年来，不同时代、不同阶级的读者又往往强调他的思想的某一特定的侧面，加以发挥和引申，这就使他的思想面貌更形复杂。纵观全部《随笔集》，蒙田先后受到斯多葛主义和怀疑论的影响，最后力图形成自己的生活之道，一种以伊壁鸠鲁主义为基调的人生哲学，这样一条线索还是可以相当清楚地描述他的思想演变过程的。但是，应该指出，上述三个方面并非截然分开、孤立存在的，它们只是在各自的阶段中占据主导的地位，并无排斥其他、唯我独尊的权威。

斯多葛主义是古希腊罗马的一种哲学派别，在伦理学上鼓吹宿命论和禁欲主义，以精神生活的淡泊和严峻著称。这个哲学派别的影响主要反映在蒙田早期的思想中。促使蒙田倾向于斯多葛主义的原因是多方面的。1562 年爆发了宗教战争，带来了痛苦和死亡，蒙田个人的身家性命也受到极大的威胁，他还深为肾结石所苦，这一切都迫使他在精神上寻求力量，以适应动荡不安的生活；1563 年，他的挚友拉博埃西去世，其面对死亡镇定自若的态度使蒙田极为钦佩；在文艺复兴运动中形成的文化风气的熏陶下，他大量地阅读了古代作家的作品，深为斯多葛派晚期代表人物塞涅卡的著作所折服，尤其是其面对痛苦的态度，精神上预先经受匮乏，智者应该超脱于命运之上等思想正投合了他的需要；而决定他的精神状态的更为深刻的原因，则是新兴资产阶级的事业还在草创阶段，发展十分缓慢，远未强大到足以蔑视前进中的障碍的程度。个人、社会、历史等诸方面的因素，都促使蒙田在斯多葛主义中寻求精神上的支持，汲取在世事纷纭面前冷眼旁观的勇气和在病痛死亡面前镇定自若的力量，以期获得智者孜孜以求的，高傲而俯视人类普遍的平庸。然而，斯多葛主义与伊壁鸠鲁主义虽然是两个对立的哲学派别，却有一个共同的目的，即追求个人的幸福。蒙田在把斯多葛派精神上的严峻作为行为的准则的同时，仍然处处流露出他懒散、享乐的倾向。他并不把痛苦看成为一种虚妄，而认为人的忍耐有一定的限度。他所宣扬的"学习死亡"也仍然是为了更舒服、更愉快地生活。可见，在他为斯多葛主义所唱的颂歌中，响动着伊壁鸠鲁（Epikou-ros，前341—前270年）的琴弦。

蒙田早期的思想并不单纯是斯多葛主义，而是潜藏着演变为一种不那么严峻的思想的种子，他本人的气质又推动他逐渐脱离斯多噶主义而转向一种更能为常人接受的思想。1574年，他读到阿米奥翻译的普鲁塔克（Plutarque）的《希腊罗马名人传》，这无疑在促使他脱离斯多葛主义上起了作用。普鲁塔克是斯多葛派公开的对手，他嘲笑该派的傲慢，主张一种平凡的智慧，这当然更合蒙田的口味。1580年，蒙田明显地表现出对普鲁塔克的偏好：如果说塞涅卡"更使我们激动，使我们感动"，普鲁塔克则"更使我们高兴，给予我们的更多。他引导我们，另一个则推拥我们"。

16世纪最后三十年的法国，教派纷争不已，战事愈演愈烈，极端和狂热动摇了理性的权威，人文主义者中间弥漫着浓厚的怀疑论空气。同时，新大陆的发现，科学的突破（如哥白尼的学说），殖民主义的挺进，不仅打开了人们的眼界，动摇了旧的神学体系和传统观念，也使人们对所谓"文明"的价值发生了疑问。蒙田亲眼看到了人的思想的复杂多变，亲耳听到了异国风俗的千奇百怪，痛切地感到经院哲学家们的胡言乱语不过是"鹦鹉学舌"而已。所以，他一读到古希腊哲学家塞克斯都·恩坡里柯的著作，就对他的名言"我知道什么？"推崇备至，铭刻在心。这说明，怀疑论在此时的蒙田身上找到了极为合适的土壤，并且还被赋予了新的意义，怀疑的矛头首先针对着经院哲学和教条主义。所以，蒙田发展的怀疑论是积极的、进步的。

但是，怀疑论在蒙田的思想中不过是一个看问题的出发点。他怀疑一切，但不是不可知论。他怀疑的是教条，是俗见，是极端和狂热。他不否定痛苦的存在，不否认生活的享受，更不否认实践的经验，只不过是他要寻求一种精神武器来抵抗严格的教条和狂热的信仰的侵袭，在动乱中求得内心的宁静，进而发现生活的艺术。在他对怀疑论的颂歌中，依然响动有伊壁鸠鲁的声音回响。

因此，怀疑论对蒙田来说并非一次思想发展中的突然变革，更不是一道不可逾越的鸿沟。恰恰相反，正是由于怀疑，蒙田确信绝对真理之不可求，普遍道德之虚妄以及现存秩序之不可变，进而追求一种动乱中的宁静，痛苦中的幸福和因人而异的德性。他教人以生活之道，提倡的不是英雄和圣徒的生活，而是平衡、丰满、普通人的生活。他认为中庸之道才是最难的，他的智慧是一种古代的、纯朴的、普通人的智慧。他认为，观察自己，分析自己，描绘自己，具有普遍性的意义，不是供人仿效，而是给人以启发，使每个人都能反躬自省，找出适合自己的方式，从而发现生活的真谛，因为，"从我自身的经验中，我发现了足以使我成为智者的东西，如果我是个好学生的话"（《论书籍》）。在蒙田看来，理想的生活是田园贵族的生活，无衣食之累，无俗务之忧，不让习惯、偏见束缚自己的思想，不让贪婪、吝啬等情欲扰乱自己的心情，不让极端和狂热左右自己的行动，充分而不过分地享受自然所赋予的一切快乐。这是蒙田的思想的归宿。诚如他自己所说："所有的世界观都是如此，即快乐是我们的目的，尽管它们采取了不同的方式。"因此，斯多葛主义也好，怀疑论也好，都是为了在人文主义这块土地上，开出一朵伊壁鸠鲁主义的花朵。

蒙田是法国文艺复兴运动晚期的人文主义者，《随笔集》的写作始终在民生凋敝、战乱频仍的广阔背景下进行，书中所反映的思想已与早期人文主义者的思想有了很大的不同。往日的那种对人的赞美，对理性的崇尚，对爱情的歌颂，对宗教的抨击，对知识的追求，都在蒙田的笔下失去了明亮的色彩和亢奋的激情，犹如奔腾咆哮的大河化为烟波浩渺的平湖，时而掠过一抹云影，给人以苍凉、宁静、多少有些茫然的感觉，既反映了蒙田的思想的独特性，也反映了后期人文主义思潮所特有的复杂性和深刻性。恩格斯认为，资产阶级不能在英法这样的国家里长期独自掌权。这就指出了资产阶级向封建势力妥协或与之合流的可能性和必然性。蒙田思想中的种种矛盾，恰恰反映了文艺复兴运动后期人文主义理想陷入了巨大的危机，以及一部分人文主义者与封建贵族势力合流的趋势。蒙田本人是个"穿袍贵族"，他的"明快的自由思想"也就打上了变成贵族的那部分资产阶级的烙印。

蒙田属于"给现代资产阶级统治打下基础的人物"之列，但也是个独

特的思想家。他的思想来自书本和经验。他不以哲学家自命，无意创造体
系，也不想遵循某种体系，他只是博采众家的思想，用来陶铸自己的精
神。苏格拉底（Socrate）、塞涅卡、普鲁塔克、皮浪（Pyrrhon）、伊壁鸠鲁
都曾向他提供过精神上的食粮，而都未使他成为毕生追随的信徒。诚如他
自己所说："我愿由于自己而富有，而不愿借债而富有"（《论荣誉》），他
已像蜜蜂一样，广采众花，酿成自己的蜜了。所以，蒙田就是蒙田，而不
是斯多葛主义者蒙田，不是怀疑论者蒙田，不是伊壁鸠鲁主义者蒙田。

　　蒙田是"随笔"这一体裁的创始人，但是他的随笔与我们今日之所见
有很大的不同。就其长度而言，我们的随笔还保持着宋代洪迈以来的传
统，"意之所之，随即笔录"，故一文一意，篇幅大多很短，超过一、二万
字的实不多见。蒙田的随笔则不同，一文一意或数意，不仅有"意之所
之"，而且有意之所由，各章随笔的题目"也不一定囊括全部内容"（《论
虚空》），往往有名不副实者，故其篇幅，少则千把字，多则上万，甚至有
数万或十数万者。考其原因，多半与他的风格有关。

　　蒙田是一个对风格有着自觉追求的作家，他所谓"风格"，乃是"无
定形和不规则的话语"（《论自命不凡》），是"浑然一体"，是"以变取
胜，变得唐突，变得无绪"，是"蹦蹦跳跳"、"飘忽不定"（《论虚空》）。
我们读蒙田，只觉得满纸烟云，神龙出没，不见首尾，一轮红日不知躲到
什么地方，时不时地放射出万丈光芒。怪不得蒙田说："我知道我在叙述
时缺乏次序，但是今后在这部作品中叙述这些故事时也不见得会遵守。"
（《莱蒙·塞邦赞》）。他"向来重视话语的分量和用处，而不是它们的次
序和连贯"（《怯懦是暴虐的根由》）。蒙田的随笔打破了当时流行的文章
体例，不守入题、正反题、结论等的框架，真正是"满心而发，肆口而
成"。苏轼《自评文》中说："吾文如万斛泉源，不择地而出，在平地滔
滔汩汩，虽一日千里无难，及其与山石曲折，随物赋形而不可知也；所可
知者，常行于所当行，常止于不可不止，如是而已矣。"（《答谢民师书》）
又说："……大略如行云流水，初无定质，但常行于所当行，常止于所不
可不止，文理自然，姿态横生。"唯中国古代文人尚简，文章是做给利根
人看的，蒙田则是"不论我谈到什么题材，我总是希望说出我所知道的最
为复杂的东西"，文章是做给钝根人看的，除此而外，两人大可拊掌，相

视而笑。

每篇随笔的题目和内容不尽一致，尤其是后期的随笔，不仅篇幅很长，而且内容远远大过题目，这是蒙田的风格的突出体现。例如，《塞亚岛的风俗》，全文一万字，主题是"心甘情愿的死是最美的死"，然而到了文章的最后才出现了塞亚岛。例如，《谈维吉尔的诗》，其实谈的是爱情，那著名的比喻："笼外的鸟儿拼命想进去，笼内的鸟儿拼命想出来。"就出在这篇随笔中。他说："我愿意说明我的思想的过程，让人看到每个想法当初是怎样产生的。"因此，他的随笔犹如一个在林中穿行的人，不时离开树林看看田野的风光，这里是溪流，那里是野花，那里是庄稼，远处又有一只鸟儿在鸣唱……这是蒙田的著名的"离题"。我国当代作家中，唯李健吾先生学得最像。离题而不离意。蒙田说得好："我的思绪接连不断，但有时各种思绪从远处互相遥望，不过视角是斜的。……失去我文章的主题线索的不是我，而是不够勤奋的读者。"（《论虚空》）这告诉我们，读蒙田的随笔，读者是要费些脑筋的，日本人厨川白村关于随笔的"以不至于头痛为度"的说法不能用于蒙田。换句话说，读蒙田的随笔是要"头痛"的，这种头痛带来的是思想的快乐和精神的享受。

近年来随笔大兴，但是没有人写蒙田式的随笔了。原因嘛，一是少有人如蒙田般博学多才，二是少有人如蒙田般有剖析自己的兴趣，三是少有人如蒙田般"强调虚妄和无知"（《论虚空》）。现代的人太忙了，受不了蒙田的旁征博引，容不得蒙田的"离题"。也看不惯蒙田的"严肃的题材"。有太多的人自恃有足够的思想或知识供其驱遣，或以为身边的琐事足以引起别人的兴趣。所以，随笔虽大兴，然而泥沙俱下，鱼龙混杂，好随笔太少了。当然，这不是说唯有蒙田式的随笔才是好随笔。

随笔，今天我们是把它当作一种独立的文体来看待的。当初，这一称谓刚刚产生的时候，人们并未把它当作一种文体，中国是这样，外国也是这样。当然，这个"我们"似乎并不包括所有的人。

在中国，洪迈的《容斋随笔》大概是最早以"随笔"命名的，当在宋淳熙十一年（1184年），他在序中说："予老志习懒，读书不多，意之所之，随即记录，因其先后，无复诠次，故目之曰随笔。"《容斋随笔》之后，以随笔名其书者渐多，如明李介之《天香阁随笔》、清王应奎之

《柳南随笔》、清马位之《秋窗随笔》、清梁绍壬之《两般秋雨庵随笔》，等等，现代则有曹聚仁的《中国学术思想史随笔》和丰子恺的《缘缘堂随笔》之类。《容斋随笔》的刊行距今已八百余年，这八百年间的变化，可谓大矣。中国古代文论家或目录学家的笔下并没有随笔的名目，《容斋随笔》之类皆被归为"史部杂说类"（《郡斋读书志》）、"子部小说类"（《宋史·艺文志》）或者"子部杂家类"（《四库全书总目》），并未以独立的文体目之。也就是说，南朝刘勰《文心雕龙》"论文叙笔""囿别区分"，用二十五篇叙述文类，明吴讷的《文章辨体凡例》称"文辞以体制为先"，辨明文体五十九类，明徐师曾《文体明辨序》说"自秦汉而下，文愈盛；文愈盛，故类愈增；类愈增，故体愈众；体愈众，故辨当愈严"，文体竟达一百二十七类，然而其中就是没有"随笔"的位置。在中国古代，随笔是徒有其名，而无其实的。

　　然而，到了20世纪的20年代，事情起了变化。1921年6月8日，周作人在《晨报》上发表了一篇短文，文仅五百字，曰《美文》。他说："外国文学里有一种所谓论文，其中大约可以分作两类。一类批评的，是学术性的。二记述的，是艺术性的，又称作美文……"又说："读好的论文，如读散文诗，因为它实在是诗与散文中间的桥。"还说："我以为文章的外形和内容，的确有点关系，有许多思想，既不能做为小说，又不适于做诗……便可以用论文式去表它。"最后，他发出呼吁："我希望大家卷土重来，给新文学开辟出一块新的土地来……"周作人所谓"论文"，我想就是法文中的"essai"或英文中的"essay"，他的文章有首倡之功，不能不表。但是，他的文章简则简矣，而稍欠明晰，因此引起不少误解，以为他只提倡美文，弃"批评"的一类于不顾，尤其是文章标以《美文》之名，更易使人糊涂。我在《从阅读到批评》一书中说："周作人说的是'美文'，而读的是'论文'，当中有些夹缠，唯一的解释，是发生了某种误解。"（第310页，商务印书馆2007年版）这种误解，焉知不是中国人的有意的选择？周作人在《燕知草跋》中说："中国新散文的源流，我看是公安派与英国的小品文两者所合成。""新散文"者，就是中国人的随笔；"公安派"者，就是"独抒性灵，不拘格套"；"英国的小品文"者，就是英国的"essay"。中国的新文学运动的参加者们，于中国，选的是明清的小品，于外国，选的是英国的随笔，两者合成了中国的新散文，即小品文，又称随笔。

不过，"随笔"这个称谓并不流行，据余元桂主编的《中国现代散文理论》，直到 1948 年，中国文学理论界占统治地位的说法还是小品文。就公安派与英国随笔的结合来说，周作人提出"美文"一说，王统照称之为"纯散文"（1923 年）或"论文"（1924 年），胡梦华称之为"絮语散文"，指明法人蒙田为其开创者，其余诸人，如钟敬文（1928 年）、鲁迅（1933 年）、郁达夫（1933 年）、林语堂（1934 年）、叶圣陶（1935 年）、郑伯奇（1935 年）、陈子展（1935 年）、夏征农（1935 年）、钱歌川（1947 年）等等，皆称之为"小品文"，其中傅东华（1935 年）认为小品文乃是"东方文学所特有"的一种文体，"西方文学里并没有和它相当的东西"，陈子展则反对"公安竟陵的东西和现代小品文的发展，真有什么联系"。说到用什么词来翻译"essay"，有人翻作"试笔"，如李素伯（1932 年）和朱光潜（1936 年），后者说："'小品文'向来没有定义，有人说它相当于西方的 essay。这个字的原义是'尝试'，或许较恰当的译名是'试笔'。这一类文字在西方有时是发挥思想，有时是书写情趣，也有时是叙述故事。"直到 1948 年，他还坚持蒙田的随笔应归到"'试笔'一类"。真正比较郑重地提到"随笔"的，是方非，恕我孤陋寡闻，竟不知他为何许人。他于 1933 年 10 月 7 日在《文学》第二卷第一号上发表了《散文随笔之产生》，从文章的题目看，"随笔"已经以文体的资格登堂入室了。他把随笔与小品文视为一物，同归于"软性读物"，并说："今日中国之小布尔作者，除了少数例外，既不愿意奔走于封建阀阅和大腹商贾之门，而甘心充其走狗，又不敢投笔从事实际行动，或涉笔于由实际行动而得来的经验之文学作品；上帝又不谅解，偏偏注定他们必得以文而生；他们琐尾流离，他们徘徊瞻顾，他们不得已乃取随笔文为其文学之主要形式了。"他指出随笔的特性，洋洋五条之多，类如篇幅短小，内容无所不谈，现实的衰颓和往昔的胜概之对比，对现状不满而出以冷嘲热讽的笔调，叙述描写伦理抒情无施而不可等，而其大端，或最为重要的，乃是"随笔中伦理的成分是非常少的"。当然，提到"随笔"的，非止方非一家，李素伯（1932 年）、鲁迅（1933 年）、阿英（1933 年）、林语堂

（1934 年）、茅盾（1935 年）、林慧文（1940 年）和唐弢（1947 年）都或多或少地提到了随笔，尤其是阿英。阿英 1933 年编了一套《现代名家随笔丛选》，在《〈现代名家随笔丛选〉序记》中，他说："真正优秀的随笔，它的内容必然是接触着，深深的接触着社会生活。"但是，一年以后，他又编了一部《现代十六家小品》，在他写的序中，于"随笔"未着一字，提都没有提。我想，这其中必有深意存焉。编《现代名家随笔》，说明他有明确的文体意识；编《现代十六家小品》，说明他看到了小品和随笔之间的分别。这不啻空谷足音，然而这只是荒漠中的呼喊，应者寥寥。中国错过了仔细分辨小品文与随笔的一次机会，可叹也夫！

　　在整个 20 世纪中，虽然小品文与随笔往往并称，或者一物而两名，但是，一旦某种文体被称为小品文，而随笔之名仿佛流星一样倏忽而逝，那就说明有两种情况：一是小品文和随笔本来是两种东西，小品文占了优势地位，而随笔得不到发展，处于萎缩的状态；一是它们本来就是一种东西，随笔不过是小品文的别名而已。我想恐怕是第一种情况吧，新文化运动的参加者们实在是看错了西方的"essai"或"essay"，结果是，他们放弃了"essai"或"essay"的"讲理"的成分，只记得"幽默"和"闲适"。所谓中国散文"受了英国 Essay 的影响"，只不过是因为英国的 Essay 与中国的"笔记之类""很有气脉相通的地方"。出于同样的理由，周作人可以说："现代的散文在新文学中受外国的影响最少……"（《中国新文学大系·散文一集·导言》）郁达夫则可以说："英国散文的影响，在我们的智识阶级中间，是再过十年二十年也决不会消灭的一种根深蒂固的潜势力。"（《中国新文学大系·散文二集·导言》）其实，英国散文的影响是通过日本完成的。日人厨川白村在《说 Essay》中有一段在中国散文作家中十分有名的话："和小说戏曲诗歌一起，也算是文艺作品之一体的这 Essay，并不是议论呀论说似的麻烦类的东西……如果是冬天，便坐在暖炉旁边的安乐椅子上，倘在夏天，则披浴衣，啜苦茗，随随便便，和好友任心闲话，将这些话照样地移在纸上的东西，就是 Essay。兴之所至，也说些以不至于头痛为度的道理吧。"译者鲁迅保留了 Essay 的英文形式，说明他至少不主张将之径直译作"小品文"或"随笔"，心中还着意于小品文和随笔之间的区别吧。厨川白村对中国散文最大的影响恐怕是"以不至于头痛为度"这句话，郁达夫的话可以为证："我总觉得西洋的 Essay 里，往往还脱不了讲理的 Philosophizing 的倾向，不失之太腻，就失之太幽默，没有了东方人的小品那么的清丽。"这里，我想引用陆建德先生的一句话："赫胥黎、普利斯特利新鲜活泼、不随时俗的见解并不以不至于引起头痛为度。厨川白村所理解的英国随笔未免太闲适、太安全了。"我以为他说得对，尤其是"太安全"三个字用得好，深得春秋笔法之三昧。所以，如郁达夫所说，中国的小品文还是逃不脱"细、清、真"三个字，虽然"看起来似乎很容易，但写起来，却往往不能够如我们所意想那么的简单周至"。《容斋随笔》"煞有好议论"，可是到了世纪初的中国，随笔（小品文）却只剩下了公安竟陵的"独抒性灵，不拘格套"了。小品文当然有它的价值，但是它与随笔（法国的 essai，英国的 essay）的区别也是不容不辨的。

在法国，蒙田的 *Essais*——我们今天译作《随笔集》——出版于 1580 年，后来在 1588 年和 1592 年，有所增加，定为三卷，共一百零七篇。文章长短不一，长可十万言，短则千把字。《随笔集》内容包罗万象，大至社会人生，小至草木鱼虫，远则新大陆，近则小书房，上有怀疑等主义的思考，下有日常诸经历的描绘，但无处不有"我"在；写法上是随意挥洒，信马由缰，旁征博引，汪洋恣肆，但无时不流露出"我"的真性情，表现出一个隐逸之士对人类命运的深刻的忧虑和思考。《随笔集》从出版到今天，已经过了四百余年，这四百年间，其变化亦可谓大矣。*Essais* 最初与公众见面的时候，不过是表示"试验"、"尝试"的意思，但是蒙田逝世十年之后，英国人约翰·弗洛里奥就翻译了《随笔集》，于 1603 年出版。弗洛里奥的翻译有两大功绩，一是他选取了法文的书名，就叫做 *Essay*，二是对培根有很大的影响，他原写有十篇摘记式的短文，1612 年和 1625 年两次增补扩充，冠以 Essay 之名，收文章五十八篇，遂开一代风气。Essai 除了试验、尝试之外，本无特别的意义，经过弗洛里奥的翻译，在英伦三岛仍以本来的面貌出现，加上培根的示范作用，随笔遂在英国植根，成为英国文学中最有特色的体裁之一。自此，Essai 或 Essay 成为一种文体，我们译作"随笔"，也算与中国古代的随笔接轨了。

蒙田是"随笔"这一文体的开创者，最终确立其文体地位的却是培根。蒙田的随笔是"无定形和不规则的话语"，是"浑然一体"，是"以变取胜，变得唐突，变得无序"，是"蹦蹦跳跳"、"飘忽不定"，一文一意或数意，不仅有意之所之，而且有意之所由，各章随笔的题目"也不一定囊括全部内容"，往往有名不符实者。然而，蒙田有开创之功，开花结果却落于英国的培根之手。王佐良先生说："培根对每个题目都有独到之见，诛心之论，而文笔紧凑、老练、锐利，说理透彻，警句迭出"，"文章也写得富于诗意"。当然，培根的后继者不一定都承继了他的风格，如 18 世纪的艾迪生或 19 世纪的兰姆、哈兹里特都写得比他长，比他散漫，而且更突出个人的感情，或色彩，或才情。无论如何，随笔作为一种文体的地位最终确立了，它表明了一种著作，"其中谈论的是一种新的思想，对所论问题的独特的阐释"。1688 年，英国哲学家洛克发表了《论人类的理解力》，其"论"字用的就是"essay"这个词。伏尔泰于 1756 年发表了历史著作《论风俗》，1889 年，柏格森将他的哲学著作命名为《论意识的直接材料》，其中的"论"字用的都是"essai"，这说明书的内容是严肃的甚至枯燥的，而其文体则都是灵活雅洁、引人入胜的，毫无高头讲章、正襟危坐的酸腐之气。18 世纪的思想家狄德罗说："我喜欢随笔更甚于论文，在随笔中，作者给我某些几乎是孤立的天才的思想，而在论文中，这些珍贵的萌芽被一大堆老生常谈闷死了。"生动灵活与枯燥烦闷，这是我们在随笔与论文的对比中经常见到的现象。在当代的文学批评家中，我们可以找出诺斯洛普·弗莱作为例子，这位加拿大批评家 1957 年出版了里程碑式的著作《批评的剖析》，此书煌煌然三十万字，他不仅在书名中加上了《四篇随笔》的字样，而且在《论辩式的前言》中开篇即对"随笔"这种形式做了一番解释："本书由几篇'探索性的随笔'组成——'随笔'（essay）这个词的本义就是试验性或未得出结论的尝试的意思——这几篇随笔试图从宏观的角度探索一下关于文学批评的范围、理论、原则和技巧等种种问题。"可见，随笔作为一种文体，篇幅不在长短，而在其内容多偏重说理，这与中国对随笔的说法多少有些距离。随笔的思想要深，角度要新，感情要真，文笔要纯。这四条皆备，才是一篇好随笔。不过，四条皆备，何其难哉！所谓"思想要深"，就是要讲出前人所未讲出的道理，所谓创新，这是最难的事情，因为我们所能讲出的道理，十之八九乃

是古人或外国人早已讲过的道理，只是我们或许不知道而已，所以我不说
"新"，而说"深"；思想或道理有深浅，不断地挖掘，才有可能接近事物
的底蕴。所谓"角度要新"，因为思想或道理需要反复地讲，不断地讲，
从各个角度讲，才能深入人心，或许能得到预期的效果；今天的随笔，要
做到角度新，恐怕已经是一件不大容易的事情了。所谓"感情要真"，这
里倒是要用上厨川白村的这句话了："在 essay，比什么都紧要的要件，就
是作者将自己的个人的人格的色彩，浓厚地表现出来。""文如其人"的
古训，在随笔这一文体中是要严格地遵守的。所谓"文笔要纯"，说的是
文采，或雅驯，或简洁，或浓丽，或朴素，要的是前后一致，避免雅俗相
杂。随笔要有文采，它与一般所谓的论文之区别，泰半在此。四者皆备，
几乎是一件不可能的事情，所以只要具备一条，就可以说是一篇好的或比
较好的随笔了。

　　1983 年，瑞士文学批评家让·斯塔罗宾斯基教授获得了当年的"欧
洲随笔奖"，他为此作了一篇文章，题目为《可以定义随笔吗?》，提出
"随笔是最自由的文体"，"其条件和赌注是精神的自由"，呼吁并提倡随
笔这种"自由的批评"。

　　随笔，在法文中是一个名词（un essai），原义为实验、试验、检验、
试用、考验、分析、尝试等，转义为短评、评论、论文、随笔、漫笔、小
品文等。为什么原本一个普通名词会成为文体学上具有特定意义的名称
呢？让·斯塔罗宾斯基采取了通常他最喜欢的做法，从词源学入手，追溯
词的历史，将其来龙去脉一步步揭示出来，为随笔的界定提供了坚实可靠
的基础。

　　让·斯塔罗宾斯基说，un essai 一词，12 世纪就出现在法文词汇中，
来源于通俗拉丁语 exagium，有平衡之义，他的动词形式（essayer）则来
源于 exagiare，义归称量、权衡等。与之相连的词有 examen，指天平梁上
的指针，还有检查、检验、核对等义。但是，examen 还有一义，即一群、
一伙、一帮等，如一群鸟、一群蜜蜂。这些词有一个共同的词源，即动词
exigo，它的意思是：推出、驱赶、排除、抛掷、摒弃、询问、强制、研
究、权衡、要求等等。总之，"L'essai 至少是指苛刻的称量，细心的检验，
又指冲天而起展翅飞翔的一长串语词"。蒙田把他的著作取名为 *Essais*，有

深意存焉。出于一种"独特的直觉"，他在他的徽章上铸有一架天平，同时还镌有他那句著名的箴言："我知道什么？"天平意味着，如果两个盘子一样高，就表明思想处于平衡状态，而那句箴言则代表着检验的行为，核对指针的状态，那句箴言还表明，蒙田对他自己和对他周围的世界采取了普遍怀疑的态度。斯塔罗宾斯基继续追寻词源学的痕迹，结果他发现，作为动词的 essayer 有一些与它竞争的词汇，如证实（prouver）、体验（eprouver）等，使 essyer 成为"考验"和"寻找证据"的同义词。这是一个语文学上的名正言顺的证明："最好的哲学是在 essai 的形式下得到表现的。"这意味着随笔具有表达思维的过程和结果的功能，绝不是"以不至于头痛为度"。

几乎像所有的文体一样，随笔有一个发展的过程，而这个过程并非一帆风顺，欣欣然高唱凯歌。随笔曾经被轻视过，甚至被否定过，这与它在中国的经历并无区别。随笔被叫做"essai"，法文中有一成语叫做"le coup d'essai"，意为"试一试"，"试一下"，这一文体的暂时性、随意性、肤浅性等等，原本是题中应有之义，这个词的本义难辞其咎。汉语中的随笔的"随"字，有"随手"、"信手"的意思，《容斋随笔》也是"随即笔录，因其先后，无复诠次"，往往给人率意而为的印象，在这一点上，essai 倒是与它的汉译相当一致的。有人如朱光潜先生曾经主张将"essai"或"essay"译为"试笔"，恐怕是出于这种考虑吧。

随笔作者，或随笔家，是英国人的发明，出在 17 世纪初。这个词刚一出现的时候，是有某种贬义的，与莎士比亚同时的本·琼生（1572？—1637 年）说过："不过是随笔家罢了，几句支离破碎的词句而已！"戈蒂耶（1811—1872 年）说随笔乃是"肤浅之作"，蒙田也曾自嘲"只掐掉花朵"，言下之意是不及其根。但是，对蒙田的话，切不可作表面的理解，因为他的话往往是很微妙的，充满了玄机。他不愿意被人看作博学的人，体系的创造者，大量论文的炮制者，总之，他是个贵族，以能写为耻，至少不以能写为荣。19 世纪初年，大学教育发展到一个新的时代，实证主义使文学研究特别是文类研究达到了一个新的高度，对各种文类的标准和特征进行了完善的规定，像随笔这样不受任何任何限制的文体自然难逃厄运，为博学者所不齿，或至少不入某些人的眼，它被打入冷宫，连同文体上的光彩和思想上的大胆，都同洗澡水一起被泼出去了。让·斯塔罗宾斯基说："从课堂上看，根据博士论文评审团的评价，是一个业余爱好者，在非科学的可疑领域中近乎一个印象派的批评家。"当然，随笔可能失去其精神实质，变成报纸上的专栏，论战的抨击性小册子，或者着三不着两的闲谈。总之，肤浅，率意，宇宙和苍蝇等量齐观，的确是随笔的胎记，倘若一叶障目，则失了随笔的全貌。写滑了手，率而操觚，或者忸怩作态，或者假装闲适，或者冒充博雅，或者以不平常心说平常心，或者热衷于小悲欢小摆设，甚至以为放进篮子里的就是菜，那就或浅或深地染上了让·斯塔罗宾斯基所说的"随笔习气"。让·斯塔罗宾斯基说："某种暧昧毕竟存在。坦率地说，如果有人说我有随笔习气，我多少会感到受了伤害，我觉得这是一种责备……"

总之，"试一试"，蒙田第一次用来称呼一种文学体裁，而这种体裁今天我们叫做"随笔"。让·斯塔罗宾斯基于是这样定义随笔："随笔，既是一种新事物，同时又是一种论文，一种推理，可能是片面的，但是推到了极致，尽管过去有一种贬义的内涵，例如肤浅、业余等，不过，这并不使蒙田感到扫兴。在蒙田那里，随笔囊括了好几个领域，蛮荒和暴烈的外部世界，作为世界和主体的媒介的身体，判断的能力（观察者询问他的知识的充分与不足之处），还有语言，不如说是写作，它承担着不同的研究的任务。这是一种谦虚谨慎又雄心勃勃的文学体裁，因为谈论自己的蒙田是唯一能够看到事物实质的人。他是他的存在的唯一的专家，他的演练是不可超越的。"

且看让·斯塔罗宾斯基是如何描述和评论蒙田的随笔的。

让·斯塔罗宾斯基首先指出，蒙田要让人知道："一本书哪怕是开放的，哪怕它并不达到任何本质，哪怕它只提供未完成的经验，哪怕它只是一种活动的开始，仍然是值得出版的，因为它与另一种存在紧密相连，这就是蒙田的老爷、米谢尔大人的独特的生存。"蒙田向他的同代人袒露了独特的个人，包括精神和肉体，在他之前从未有人这样做过，这是需要冒很大的风险的，总之，这需要勇气。让个人进入文学，包括他的思想、精神、性情、身体等等，这是现代文学的自觉的开始。所以，随笔作为一种文体，乃是现代社会的产物，它在我国古代有其名而无其实，实在也是必然的事情。

　　蒙田的"试验"是什么？是什么实在的东西？他如何"试验"？他在什么场地上"试验"？如果我们要理解随笔的赌注的话，这是我们必须反复提出的问题。不断重复的"企图"，反复开始的"称量"，既是部分的又是不疲倦的"试一试"，"这种开始的行为。这种随笔的始动的一面，显然是至关重要的，因为它表明了愉快的精力的丰富性，这种精力永不枯竭"。它应用的场地无穷无尽，它的多样性见证了蒙田的作品和活动，这一切都在随笔这一体裁建立之初让我们准确地看到了"随笔的权利和特权"。让·斯塔罗宾斯基从四个方面描述和评论了蒙田的随笔：1. 随笔既有主观的一面，又有客观的一面，其工作就在于"建立两个侧面之间不可分割的关系"。斯塔罗宾斯基指出："对于蒙田来说，经验的场地首先是抵抗他的世界：这是世界提供给他、供他掌握的客观事物，这是在他身上发挥作用的命运。"他试验着、称量着这些材料，他的试验和称量更多的是"一种徒手的平衡，一种加工，一种触摸"。蒙田的手永远不闲着，"用手思想"是他的格言，永远要把"沉思"生活和"塑造"生活结合起来。2. 随笔"具有试验证明的力量，判断和观察的功能"。随笔的自省的面貌就是随笔的主观的层面，"其中自我意识作为个人的新要求而觉醒，这种要求判断判断的行为，观察观察者的能力"。因此，随笔具有强烈的主观色彩和个性的张扬。在《随笔集·致读者》一文中，蒙田简要地叙述了他的意图："读者，这是一本真诚的书。我一上来就要提醒你，我写这本书纯粹是为了我的家庭和我个人，丝毫没有考虑要对你有用，也没有想得到荣誉。这是我力所不能及的。我是为了方便我的亲人和我的朋友才写这部书的：当我不在人世时（这是不久就会发生的事），他们可以从中重温我个性和爱好的某些特征，从而对我的了解更加完整，更加持久。若是为了哗众取宠，我会更好地装饰自己，就会字斟句酌，矫揉造作。我宁愿以一种朴实、自然和平平常常的姿态出现在读者面前，而不做任何人为的努力，因为我描绘的是我自己。我的缺点，我的幼稚的文笔，将以不冒犯公众为原则，活生生地展现在书中。假如我处在据说是仍生活在大自然原始法则下的国度里，自由自在，无拘无束，那我向你保证，我会很乐意把自己完整地、赤裸裸地描绘出来的。因此，读者，我自己是这部书的材料：

你不应该把闲暇浪费在一部毫无价值的书上。"有的学者视"毫无价值"一词为"矫情",但是把它当作"反讽",似乎更能体现蒙田的随笔之真实的含义,斯塔罗宾斯基说得好:"作者的欲推故就的姿态十分明显:没有什么比要求放弃阅读更能激起阅读的欲望了。"他又说:"在蒙田的随笔中,内在思考的演练和外在真实的审察是不可分割的。在接触到重大的道德问题、聆听经典作家的警句、面对现实世界的分裂之后,在试图与人沟通他的思索的时候,他才发现他与他的书是共存的,他给予他自己一种间接的表现,这只需要补充和丰富:我自己是这部书的材料。"如此汇总一个个个人的真实,才能表现出一般人的特征,这是现代文学的总趋势,蒙田用他的《随笔集》开了先河。3. 随笔既有趋向自己的内在空间,更有对外在世界的无限兴趣,例如现实世界的纷乱以及解释这种纷乱的杂乱无章的话语。随笔作者之所以常常感到有回到自身的需要,是因为精神、感觉和身体紧密地结合在一起。把随笔的客观的侧面和主观的侧面结合在一起,这不是一件自然而然的事情,蒙田也不是一下子就做到的。让·斯塔罗宾斯基认为,至少有三种对世界的关系是通过不断反复的运动来试验的,这三种关系是:被动承受的依附,独立和再度适应的意志,被接受的相互依存和相互帮助。这是一个人和世界及他人之间的关系的三个相互依存又相互独立的阶段,它们的相互依存才是一个人的完整的存在,否则,这个人的一生将是残缺不全的。精神、感觉和身体的紧密结合乃是随笔的本质内涵。4. 随笔是一种累积的试验,是考验口说的和笔写的语言形式。在蒙田看来,"话有一半是说者的,有一半是听者的"。所以,让·斯塔罗宾斯基说:"写作,对于蒙田来说,就是再试一次,就是带着永远年轻的力量,在永远新鲜直接的冲动中,击中读者的痛处,促使他思考和更加激烈地感受。有时也是突然地抓住他,让他恼怒,激励他进行反驳。"随笔所遵循的基本原则,或者它的"宪章",乃是蒙田的两句话:"我探询,我无知。"初读这两句话,颇为不解,为什么不先说"无知"后说"探询"呢?难道不是由于"无知"才需要"探询"吗?仔细想一想,方才明白:探询而后仍有不知,复又探询,如此反复不已,这不正是随笔的真意吗?让·斯塔罗宾斯基指出:"唯有自由的人或摆脱了舒服的人,才能够探索和无知。奴役的制度禁止探索和无知,或者至少迫使这种状态转入地下。这种制度企图到处都建立起一种无懈可击、确信无疑的话语的统治，这与随笔无缘。"有一些文本可以是报告，可以是会议记录，可以是教条的注释，可就不是真正的随笔，因为它不包含随笔可能有的冒险、反抗、不可预料和个人性的成分。精神的自由乃是现代随笔的"条件"，现代随笔的"赌注"，也是现代随笔的精髓。

总而言之，今天的精神气候与蒙田的时代相比，已经有了天翻地覆的变化，首先是人文社会科学广泛而巨大的存在，占据了几乎所有的精神领域，但是这不应该减弱随笔的"活力"，不应该束缚它对"精神秩序和协调的兴趣"，而应该使它呈现出"更加自由、更加综合的努力"。我们应该以最好的方式利用这些学科，从它们可以向我们提供的东西中获益。为了捍卫它们和我们自己而采取超前的、思考的、自由的态度。简言之，"从一种选择其对象、创造其语言和方法的自由出发，随笔最好是善于把科学和诗结合起来。它应该同时是对他者语言的理解和它自己的语言的创造，是对传达的意义的倾听和存在于现实深处的意外联系的建立。随笔阅读世界，也让世界阅读自己，它要求同时进行大胆的阐释和冒险。它越是意识到话语的影响力，就越有影响……它因此而有着诸多不可能的苛求，几乎不能完全满足。还是让我们把这些苛求提出来吧，让我们在精神上有一个指导的命令：随笔应该不断地注意作品和事件对我们的问题所给予的准确回答。它不论何时都不应该背弃语言的明晰和美的忠诚。最后，此其时矣，随笔应该解开缆绳，试着自己成为一件作品，获得自己的、谦逊的权威。"所谓"作品"，并不仅仅是用笔写在纸上的东西。让·斯塔罗宾斯基的话表明：现代随笔是最自由的文体，也是最有可能表达批评之美的文体。

张振金的《中国当代散文史》说："随笔起于八十年代中期，而盛于九十年代之初。"我要补充的是，对随笔具有明确的文体意识则是21世纪的事了，其标志是中国散文学会主编的《2002中国随笔年选》的出版，编选者是青年批评家李静。整个20世纪，中国的散文作者和评论者都没有走出"细、清、真"的窠臼，把随笔看作散文中的一个可有可无的品种，或者等同于小品文："随笔这种形式灵活随意、自由放达，篇幅也一般比较短小，适合现代人生活节奏紧、空闲少的特点。"总之，还是"以不至于头痛为度"。进入 21 世纪，情况开始不同了。在《2002 中国随笔年选》的序言中，石英指出："在多少年的约定俗成中，在有识者的直感中，随笔还就应该是随笔。"我觉得他的话是对的。我读书不多，中国现代的随笔尤其读得少，不敢对随笔的现状说三道四。我只能引用编者李静在《2005 中国随笔年选·序》中说的话，作为本文的结束："今年随笔写作的问题和缺憾，仍一如既往：缺少汉语之美；匮乏清明的理性和敏锐的直觉，既缺少对世界的整体观照，又没能勘探到自我的深处；理性的自负太过强烈，以至形成了独断的语气和文风；道学气过剩，失去了真诚、自然与节制；'媒体气'和'网络气'过浓，'私人对话'语态常能让人感到旁若无人的自恋，或者硬套近乎的唐突……"

2011 年 3 月，北京

（原载《中国图书评论》2010 年第 5 期）

随笔与随笔习气

近年来，散文随笔往往并称，其实两者并非一个东西。什么是散文，现在越来越难说了，因为所谓散文中实在是充斥着散而不文者。随笔则不同，似乎有所本：国内有宋洪迈的《容斋随笔》，所谓"予老去习懒，读书不多，意之所之，随即笔录，因其先后，无复诠次，故目之曰随笔"。去今八百年矣。域外则有法人蒙田的 *Essais* 和稍后英人培根的 *Essays*，国人译为《随笔集》。去今亦四百年矣。

关于英国的 essay，日人厨川白村有"以不至于头痛为度"之说。这"头痛"不知是说的写的人的，还是读的人的，总之是和"暖炉"、"安乐椅"、"浴衣"、"苦茗"之类不相称的东西吧。英国人的随笔，我读得不多，已觉得不尽是"即兴之笔"。培根的简洁紧凑中往往藏着诛心之论，写的人要用心，读的人也要用心，用心则难免头痛。法国人的随笔，我读得稍多，敢肯定少有"即兴之笔"。蒙田的率意铺陈中常常伴着伤时之语，写的人要有意，读的人也要有意，有意则必然头痛。这两家的文字嘛，都是看上去"随随便便，和好友任心闲话"，实则举重若轻，功夫下在"店铺后间"（蒙田谓人人皆须为自己辟一"店铺后间"），非博览群书、融会贯通、有得于心不办。随笔给人带来思想的快乐，思想着的头焉能不痛？思想的快乐中有"头痛"存焉，谓予不信，看看罗丹的《思想者》就知道了。

"以不至于头痛为度"的随笔当然是有的。洪迈的"老去习懒"之作大概是的，本·琼生说的"不过是随笔家罢了，几句支离破碎的词句而已"大概是的，戈蒂耶说的"肤浅之作"大概也是的。随笔，essai，essay，在中国，在域外，都曾被小看过，都曾带过贬义，蒙田也曾自嘲"只掐掉花朵"（言下之意是不及其根也）。肤浅，率意，"不至于头痛"，的确是随笔的胎记，不过也仅仅是一个胎记而已，倘若一叶障目，则失了随笔的全貌。写滑了手，率尔操觚，或者忸怩作态，或者假装闲适，或者冒充博雅，或者以不平常心说平常心，或者热衷于小悲欢小摆设，甚至以为放在篮子里的就是菜，那就是或浅或深地染上了斯塔罗宾斯基所说的"随笔习气"。斯塔罗宾斯基获得了 1984 年度的"欧洲随笔奖"，对随笔有独到的见解，尤其强调随笔的本质乃是"精神的自由"，其灵魂乃是蒙田的"我探询，我无知"，其血液乃是"科学和诗"的结合，其躯体乃是主观和客观的沟通与融汇。如果说蒙田的随笔本不是"以不至于头痛为度"，那么现代的随笔就更突出了怀疑和探索的精神，因此，随笔的写作也就带上了更多的严肃与深刻。这就是说，如果您没有鲜活的思想，没有独特的解说，没有新颖的表达，您不要写随笔，否则，您写的随笔会有"随笔习气"。当然，您若有斯塔罗宾斯基教授的认真，您还有救，因为斯塔罗宾斯基说过："坦率地说，如果有人说我有随笔习气，我会感到多少受了伤害，我觉得这是一种责备……"写随笔而警惕随笔习气，这是现代随笔的真谛。

2012 年 5 月，北京

"随笔"初探

20 世纪初，小品文盛极一时，20 世纪末，随笔风靡文坛，两次散文大潮，中间竟隔了近乎一个世纪的岁月。第一次大潮，有赖于外国文化的输入，如朱自清先生所说："现代散文所受的直接的影响，还是外国的影响……"所谓外国的影响，主要是大量地介绍了英国的散文。其中对中国散文有巨大影响的是日本人厨川白村的论英国 essay 一段话："和小说戏曲诗歌一起，也算是文艺作品之一体的这 essay，并不是议论呀和论说呀似的麻烦类的东西。……如果是冬天，便坐在暖炉旁边的安乐椅子上，倘在夏天，便披浴衣，啜苦茗，随随便便，和好友任心谈话，将这些话移在纸上的东西就是 essay。兴之所至，也说些以不至于头痛为度的道理吧。也有冷嘲，也有警句罢，既有 humor（滑稽），也有 pathos（感愤）。所谈的题目，天下国家的大事不待言，还有市井的琐事，书籍的批评，相识者的消息，以及自己的过去的追怀，想到什么就纵谈什么，而托于即兴之笔者，是这一类的文章。在 essay，比什么都要紧的要件，就是作者将个人底人格的色彩，浓厚地表现出来。"这一段话中的关键倒不是"比什么都要紧的要件"，而是"也说些不以头痛为度的道理"。这时期的散文勃兴虽然也有中国古典文学的介入，但不占主要地位，例如周作人就认为现代散文是晚明"独抒性灵、不拘格套"的公安派小品的"复兴"。虽然也有鲁迅如投枪匕首的杂文，但终被铺天盖地而来的清丽细巧的小品文淹没了。第二次大潮，有赖于本土文化的回顾，特别是明代公安竟陵派的小品。有人对晚明小品做过这样的总结："晚明小品多短小精致的闲谈妙语，谈天，谈地，谈命运，谈交友，谈性向，谈审美，谈修养，是凡人生所遇之事，无论大小，无所不谈，像冬日围炉品茗，像夏夜柳下漫步，当行即行，当止辄止，轻松自在。这里没有正襟危坐，没有剑拔弩张，更没有故作高深。有的是一种自我性灵的真实呈现，参透人生的睿智，和性命相守的意趣。因此晚明小品在追求审美品格的本色化、审美表现的性灵化，乃至审美情趣的庄谐并存、雅俗杂糅上，自成一家之格。"（王恺《公安与竟陵》）这一段话的关键是"当行即行，当止辄止，轻松自在"。这时期的随笔的盛行，固然也有外国文学的影响，但主要是晚明小品的再发掘，作为行时半个世纪之久的"遵命文学"的反动，似乎它更适合现代中国人的心理要求。试看当今流行的散文随笔，我们有一种"黄钟毁弃，瓦釜雷鸣"的感觉。

比较一下两次散文大潮，我们不禁发生了一个问题：两次大潮中的散文形态，基本上是一样的，都是以"细、清、真"（郁达夫语）为主，这是出于外来文化的影响呢，还是出于对外来文化的曲解呢？若说是对于外来文化的曲解，是出于误会还是出于选择？

为了回答这一个问题，我们不得不首先回答这样的问题，即什么是散文，什么是随笔。中国有名正则言顺的古训，然而实行起来却有相当的困难。据说现在人们常用的"散文"这名称并非中国土产，乃是西文 prose 的翻译。郁达夫在《中国新文学大系·散文二集》的导言中说："如我的臆断不错的话，则我们现在所用的'散文'二字，还是西方文化东渐之后的产品，或者简直是翻译也说不定。"若散文二字果真是 prose 的翻译，问题倒简单了，故是也非也，恐怕还真"说不定"。即以法国文学为例，不会有人说："给我作一篇 prose 来。"因为在法文中，le prose 是与 le vers（韵文）相对应的东西，若言 le prose 则或为小说，或为戏剧，或为随笔，或为日记，或为函札，或为游记，或为回忆录，或为……所以，我们中国人现在所说的散文是还原不成西方的 prose 的。倘若对一西人以 prose 称中国之散文，他必瞠目，或竟会以为是一种莫名其妙的东西，或者以为是除了诗以外的一切东西。然而我们现在所说的散文又的确是一个具有独立品格的文学品种。所以，与韵文相对的散行文字，即谓散文，这样的分法，未免使散文的范围过于大了，与我们的所论不合。我们的散文说的是刘半农所谓的"文学散文"（他的文学散文还包括小说，但是毕竟在散文的前面加上了"文学"二字），这文学散文又有不同的说法，例如周作人称之为"美文"，王统照称之为"纯散文"，等等。总之，这里所说的散文，乃是指记叙、抒情和说理的散行文字，所谓狭义的散文。"说理"一词加在这里，恐怕会引起争论，而这正是我所提出的问题，例如，什么是随笔。

"随笔"一词，原是中国的土产，我们用来翻译英文的 essay。郁达夫在《清新的小品文字》一文中说："英国的 Essay，气味原也和这些近似得很（所谓'这些'，是指'田园野景，和闲适的自然生活，以及纯粹的情感之类'，要描写得'情景兼到，既细且清，而又真切灵活'——引者注），但终因东西洋民族的气质人种不同，虽然是一样的小品文字，内容可终不免有点儿歧异。我总觉得西洋的 Essay 里，往往还脱不了讲理的 philosophizing 的倾向，不失之太腻，就失之太幽默，没有东方人的小品那么的清丽。"郁达夫认为，西洋的随笔若去掉了"讲理"的成分，还可以有东方人的小品的那种"清丽"。看来中国人对于西洋的文化并非没有认识，他的弃取完全是一种有意识的选择。我们不能见容于西方随笔的哲理，在当代人的著述中还可看到，例如季羡林先生在一篇名为《漫谈散文》的文章中就说："蒙田的随笔确给人以率意而行的印象。我个人认为在思想内容方面，蒙田是极其深刻的，但在艺术性方面，他却是不足法的。与其说蒙田是个散文家，不如说他是个哲学家或思想家。"讲理还是放弃讲理，区别仅在于此，而这仅有的区别决定了今天中国随笔的面貌，我认为这种面貌是亟须改变的。

那么，中国现代随笔有没有"讲理"的随笔，也就是说，有没有不"以不至于头痛为度"的随笔？我读书不多，所见有限，曹聚仁先生的《中国学术思想史随笔》算是一部吧。这部书既有史的丰赡准确，又有识的深刻圆融，又浓厚地表现出个人的人格色彩，是一部真正的、现代的随笔，而不单单是在题目中标明了"随笔"二字。读这一部著作是要费一些脑筋的，费脑筋就要头痛，显然是不"以不至于头痛为度"的。这部著作有趣自然是有趣，但读起来绝不会"轻松自在"，显然它是不"以不至于头痛为度"的 。可以说，如果不破掉"以不至于头痛为度"，我们的随笔难以有光辉的前途。

2001 年 8 月，北京

（原载《写作的幸福》2003 年 11 月）

后　记

　　这本文集主要收入了近期发表的一些文章，有论文、随笔等一些我认为有学术价值的文字，另外选入了一些已经收入其他文集中的文章，意在比较全面、集中、具体地表达我对文学批评的看法。这些已在序文中说明了，此处不再赘言。唯一需要说明的是这部文集的题目，为什么叫做《第十位缪斯》?

　　法国批评家阿尔贝·蒂博代在 1930 年出版的《批评生理学》的第三章《大师的批评》中写道："人们进行批评首先是出于对美的东西的趣味，接着是对不美的东西的厌恶，结果久而久之，人们眼里就没有美的东西了。伏尔泰说：'长期以来我们有九位缪斯。健康的批评是第十位缪斯。'他把她置于趣味神庙的门口。起初，批评这位缪斯和别的缪斯相同，和她们一样美丽，是她们的妹妹，像克吕泰涅斯特拉和海伦是姐妹一样，但她的父亲是一位凡人，而不是一位天神。只是她衰老得很快，人们最后会看到，她成了神庙前一个年老色衰的看门人，受到九位姐姐的嘲笑。幸运的是，九位缪斯不屑于占据她的位置，或者把使她们青春永驻的食物，即创造的热情，交到她的手里。"这段文字就是这部文集所以叫《第十位缪斯》的缘起。

　　希腊神话中，缪斯原是一些歌唱女神，后来成为司诗歌、艺术和科学的女神。缪斯有时是一位，有时是三位，有时数目不定，直到赫西俄多，才定为九位：克利俄、欧忒耳珀、塔利亚、墨尔波墨涅、忒耳普西科瑞、厄拉托、波吕许谟尼亚、乌拉尼亚和卡利俄珀，分别司历史、节日、喜剧、歌唱、舞蹈、婚庆、颂歌、天文和史诗。在艺术作品中，缪斯的形象是花容月貌的少女，神情高尚，体态优雅，各有与其所司艺术和科学的标志。伏尔泰显然意识到最终九位缪斯和第十位缪斯的区别，他把她放在趣味神庙的门口，他的姐姐们不愿当神庙的看门人，也就不和她争位置，让她安心从事她的事业。久而久之，第十位缪斯人老珠黄，失去了青春少女的鲜亮的颜色。她能否恢复青春的活力呢？这是 18 世纪的伏尔泰不能预见的。

把守趣味的大门，其责任大矣。蒂博代说："毫无疑问，趣味应该是批评的主要组成部分，但是批评家不仅要欣赏，他还要理解和创造。"趣味是文学批评的大问题，此处不拟细说，只须跟着蒂博代说："趣味是一种从艺术作品获得快乐的方式……"然而，他有一点与伏尔泰不同，他说："正是浪漫主义把这个有生命的火花，把这种创造的欲望和理想带进了批评。"也就是说，伏尔泰剥夺了批评的"创造的热情"，而蒂博代则把"创造"还给了批评，使这第十位缪斯和她的九位姐姐"一样美丽"。此中的关键，蒂博代认为，是"感情交流"："创造对他（指批评家——引者注）来说，就是感情交流。"他不惮用断然的口吻说："批评真正的缪斯是友情……哪里有友情，哪里就有创造。"友情即感情的交流，"批评只有吸取了感情交流的力量才能变为创造的批评"，而浪漫主义就是"一次感情交流的运动"。友情也即"寻美"，"寻美的批评在维持热情的同时，还贮存着批评的灵魂"，这种灵魂面对杰作永远感到"新鲜"而不会"麻木"。

第十位缪斯守在"趣味神庙的门口"，但愿她重新获得"创造的热情"，满怀着"创造的欲望和理想"，不至于"受到九位姐姐的嘲笑"，把那些没有趣味或有着恶劣趣味的批评关在门外。以此观之，"健康的批评是第十位缪斯"。

郭宏安

2012 年 12 月 27 日，于北京